古典嗜讀

詩經詳析

呂珍玉

序　言

在大學中文系擔任「詩經」課程多年，雖然逐年教學研究對《詩經》各方面問題不斷思索審視，也蒐集不少文獻材料，但從未想過要出一本教科書。理由很簡單，一則因為《詩經》的作者、時代、寫作背景、作意多半付之闕如，又歷經三千多年漫長時間流傳，不同時代、學識背景之讀者注解詮釋書籍已是汗牛充棟，如何從中截其精華，寫出一本有特色的教科書確實不易。再則要為這部體大思精的最早詩歌總集作注，必須具備字詞訓解、經學、史學、哲學、社會學、名物、制度等不同領域的專業知識；而且歷來學者不論字詞訓解或考訂詩旨，可說是紛紜而無達詁，何者為是？何者為非？實難說得清楚。如何在有限的篇幅交代如此龐大的一部經書，以及許多無從考證的問題呢？就這樣抱持自以為充份的理由，長久以來一直逃避這項艱鉅任務。但是從另一方面思量，為了提供教學時更為豐富正確的文獻材料，精確的字詞訓解，一本符合自己授課，或指引學生研讀需求的教科書，實在是迫切而且必要。於是在忙碌的教學、研究之餘，利用零碎時間，積累三年時日，這部《詩經詳析》終於誕生了。

要為三百篇詩詳析是不可能的任務，書名之所以名為詳析，並非自誇內容精詳，只是期望能達到詳析的目的。讀者透過閱讀，能掌握問題重點，並按圖索驥，深入探討每一首詩相關的問題。猶如喻守真《唐詩三百首詳析》，借諸精要注解，揭示作意、提點作法，帶讀者進入唐詩三百首之研究與審美世界。《詩經詳析》亦抱持如此期許，限於篇幅，只能以條列形式，清楚呈現歷代重要注家見解，必要時則以簡短文字表達撰者個人意見。從羅列資料中，詩旨部分，讀者應能清楚每首詩從漢代四家詩迄今之詮釋演變，各家論述同異與爭論焦點，領略詩作背景、作意與詩經學史相關論題。作法部分，讀者亦可透過歷代注家分析各詩篇之章法、思想、修辭、風格、影響等等，領略每首詩的內容、思想與文學審美。

本書內容包含以下兩大部分：

一、《詩經》概說

分為《詩經》的名稱與傳授、《詩經》的作者與編訂、《詩經》的體制、《詩經》產生的時代與地域、《詩經》的文學藝術成就、《詩經》的語言、《詩經》的押韻、《詩序》問題、四始與風雅正變、《詩經》研究重要書目等十個單元，導讀研究《詩經》之前必先瞭解的主要問題。歷代詩經學概略也是很重要的議題，但限於篇幅，未能列入，請讀者參考所列《詩經》研究重要書目。

二、三百篇詳析

按風、雅、頌之次序，詳析三〇五篇詩。每一體制前，先概論其歷史、地理、風俗、詩風特點。個別詩篇討論則分為經文、注釋、詩旨、作法等四部分。經文分段，並加新式標點符號，以方便閱讀。注釋、詩旨、作法，則廣蒐博採歷代重要注家說《詩》文獻材料，注釋求其精詳，並斟酌加入現代學者精闢的訓詁成果；詩旨與作法則羅列各家之見，並在必要時加入撰者個人意見。透過陳列文獻材料，清楚呈現歷代說《詩》演變，以及《詩經》思想內涵與文學審美。

本書內容原先設計包含三大部分，第三部分為附圖，附有地理、器物、車馬具、星象圖錄若干幀備參，用意在彰顯讀《詩》必須參照名物，審悉其特性，方能精確掌握詩意。後來因為版權等因素，不得不割捨。孔子說讀《詩》可以多識於鳥獸草木之名，除了鳥獸草木外，《詩經》可說是一部古代名物寶典，包含著各種各類的名物，其中植物、動物、鳥類已有專書出版，其他名物則分散在不同書籍中，讀者宜自行檢索參考。

本書的完成除了要感謝家人體諒、包容我「只有工作，沒有生活」的任性外；還要特別感謝學生林宜鈴幫忙蒐集資料，好友施麗珠協助圖片製作，以及五南圖書出版公司熱誠邀稿、東海大學教學卓越計畫補助出版印刷費。撰寫教科書未必比學術論文來得容易，其中過程之繁瑣，資料出處精確之要求，作者論點之呈現，處處都是考驗與折磨。淺學如我，自知錯誤與不足在所難免，期望能獲得方家不吝批評賜正，以求精益求精是幸。

二〇一〇年盛夏珍玉序於東海大學

人文大樓H541研究室

目錄

鄘風 101

衛風 120

王風 140

鄭風　156

齊風　190

魏風　208

唐風　220

節南山之什 376

谷風之什 409

甫田之什 434

魚藻之什 455

《詩經》概說

一、《詩經》的名稱與傳授

最早《詩經》並不稱「經」，只稱《詩》或《詩三百》。如《論語．季氏》：「不學《詩》，無以言。」〈陽貨〉：「《詩》可以興，可以觀，可以群，可以怨。」又〈為政〉：「《詩三百》，一言以蔽之，曰：思無邪。」〈子路〉：「誦《詩三百》，授之以政，不達，使於四方，不能專對。雖多，亦奚以為？」可見孔子都稱這部詩集為《詩》或《詩三百》，而不稱為《詩經》。「經」，這個名詞，起於戰國晚年。生當戰國晚期的荀子，在〈勸學〉說：「學惡乎始，惡乎終？……始乎誦經，終乎讀禮。……故《書》者，政事之紀也；《詩》者，中聲之所止也；《禮》者，法之大分，類之綱紀也，故學至乎《禮》而止矣。……《禮》之敬文也，《樂》之中和也，《詩》、《書》之博也，《春秋》之微也，在天地之間者畢矣！」他所說的「經」，是指《詩》、《書》、《禮》、《樂》、《春秋》。《莊子．天運》記載孔子對老聃說：「丘治《詩》、《書》、《禮》、《樂》、《易》、《春秋》六經，自以為久矣，孰知其故矣。」直接將六種書稱為六經；而在〈天道〉又有「十二經」的稱呼。莊子〈天運〉成書於戰國末年，可見大約此時《詩》已被稱為「經」了。其後秦代《呂氏春秋．察微》：「《孝經》云：『高而不危，所以長守貴也；滿而不溢，所以長守富也。』」也將傳記之書《孝經》稱為「經」。成書於漢初的解經之作《禮記．經解》：「入其國，其教可知也。其為人也，溫柔敦厚，《詩》教也；疏通知遠，《書》教也；廣博易良，《樂》教也；絜靜精微，《易》教也；恭儉莊敬，《禮》教也；屬辭比事，《春秋》教也。」可以確定戰國晚年到秦漢時代已普遍稱《詩》為「經」了。但還未將《詩》與「經」連屬成為專名，最早見到《詩經》成為書名，始於《史記．儒林傳》：「申公獨以《詩經》為訓以教。」《詩》被稱為經，和孔子及其傳人對它的弘揚、傳授有直接的關係。

百家爭鳴的戰國時代，各家都有自己的經典。《老子》是道家的經典，被稱為《道德經》；《墨子》是墨家的經典，則有〈經上〉、〈經下〉，又有〈經說上〉、〈經說下〉。此時《詩》的地位與其他學派的經典並立，還未特別突出。到了漢代，根據《漢書．儒林傳》說傳《詩》者有齊、魯、韓、毛四家，後來這些傳《詩》的經師陸續進入朝廷任職。魯人申培公在武帝時任太中大夫；齊人轅固生在景帝時為博士；燕人韓嬰在文帝時為博士，景帝時任常山太傅，武帝時曾與董仲舒辯論於朝；趙人毛萇為河間獻王傳。這些經師原本在民間傳授，屬於私學，等到他們進入朝廷，尤其是擔任博士之後，使得《詩經》在朝廷的傳授成為專門的學問。到了漢武帝「罷黜百家，獨尊儒術」，設立五經博士，《詩》於是由儒家經典，躍升為王朝之經，天下之經。

《詩》被尊為經，大大地提高了它的地位，得到更大範圍的普及與推廣。無論官學或私學，都將《詩》當作基本教材。同時不論對《詩》的注解，詮釋都成為一門顯學，並且走上經學化的道路。

二、《詩經》的作者與編訂

《詩經》只有四首詩留下作者姓名，並說明作意：

〈小雅．節南山〉：「家父作誦，以究王訩。」
〈小雅．巷伯〉：「寺人孟子，作爲此詩。」
〈大雅．崧高〉：「吉甫作誦，其詩孔碩。」
〈大雅．烝民〉：「吉甫作誦，穆如清風。」

其中家父、寺人孟子事蹟已不可考；吉甫即尹吉甫，為周宣王時人。其他詩之作者，見於載籍記載者有：

周公作〈鴟鴞〉，見於《尚書．金縢》：「周公居東二年，則罪人斯得。于後，公乃爲詩以貽王，名之曰〈鴟鴞〉。」

芮良夫作〈桑柔〉，見於《左傳．文公元年》：「周芮良夫之詩曰：『大風有隧，貪人敗類。聽言則對，誦言如醉。匪用其良，覆俾我悖。』」

武王作〈時邁〉，見於《左傳．宣公十二年》：「武王克商，作頌曰：『載戢干戈，載櫜弓矢。我求懿德，肆于時夏，允王保之。』」

武王作〈武〉、〈賚〉、〈桓〉，見於《左傳．宣公十二年》：「又作〈武〉，其卒章曰：『耆定爾功。』其三曰『鋪時繹思，我徂維求定。』其六曰：『綏萬邦，屢豐年。』」

周公作〈思文〉，見於《國語．周語》：「周文公爲之頌曰：『思文后稷，克配彼天。』」

這些典籍記載詩篇的作者，比較可信，至於《詩序》說某篇作於某人，則較不可信。不論如何，絕大多數詩篇不知作者為誰，寫作背景亦難確知，因而形成詩旨詮釋紛紜。除了這些有姓名的作者外，有關詩的來源主要有以下兩說：

(一)公卿列士獻詩

這種主張主要依據：

1.《國語．周語上》記載召公云：「為民者宣之使言，故天子聽政，使公卿至於列士獻詩。」

2.《國語．晉語》記載范文子云：「在列（位也）者獻詩，使勿兜（惑也）。」

(二)蒐集民間歌謠

這種主張主要依據：

1.《禮記．王制》：「天子五年一巡狩，命大師陳詩以觀民俗。」

2.《漢書．藝文志》：「故古有采詩之官，王者所以觀風俗，知得失，自考正也。」

3.《漢書．食貨志》：「孟春之月，群居者將散，行人振木鐸，徇於路以采詩，獻之太師，比其音律，以聞於天子。故曰，王者不出牖戶而知天下。」

4.《宣公十五年公羊傳注》：「從十月盡正月止…………男年六十，女年五十無子者，官衣食之，使之民間采詩，鄉移於邑，邑移於國，國以聞於天子。故王者不出牖戶，盡知天下所苦。」

張西堂《詩經六論．詩經的編訂》指出有關采詩之各種記載，於采詩之人、時、方式皆不同，可能是傳聞不同，正好也說明古代並無定制，且無明據。他認為蒐集詩歌的人是宮中樂師。《論語》：「詩三百」、「誦詩三百」，可見在孔子時，詩的蒐集已有成數，而且一定有蒐集的人在。《論語》：「太師摯適齊，亞飯干適楚，三飯繚適蔡，四飯缺適秦，鼓方叔入于河，……」可見古代的樂師很多，由他們來蒐集詩歌，並配以管弦。至於《史記．孔子世家》：

古者詩三千餘篇，及至孔子，去其重，取其可施於禮義，上采契、后稷，中述殷周之盛，至幽厲之缺，始於衽席。

引發孔子是否刪詩的討論。他列舉歷代學者贊成、反對不同意見，詳細論析，認為孔子正樂以前只說「詩三百」，並未「去其重」。就逸詩而言，尚不及十分之一，而且文詞多與三百篇不類，可見非三百篇之逸。〈孔子世家〉之說詞意自相矛盾，必是後人有所竄亂。根據歷史記載，季札至魯觀樂時《詩經》已初具今日〈風〉、〈雅〉、〈頌〉的規模了。《左傳．襄公二十九年》：「吳公子季札來聘，……請觀於周樂。使工為之歌〈周南〉、〈召南〉……」其後依次為〈邶〉、〈鄘〉、〈衛〉、〈王〉、〈鄭〉、〈齊〉、〈豳〉、〈秦〉、〈魏〉、〈唐〉、〈陳〉、〈鄶〉、〈小雅〉、〈大雅〉、〈頌〉，魯襄公二十九年時孔子才八歲，當時的周樂幾乎包括今本《詩經》的全部。到了春秋晚期孔子曾對《詩經》加以重訂，他在《論語．子罕》說：「吾自衛返魯，然後樂正，〈雅〉、〈頌〉各得其所。」因此孔子未曾刪詩，只是稍加編排，調整篇章次序，修訂配樂而已。

《詩經》的來源應是多元的，作者有國君、公卿、大夫、列士，也有來自民間的歌謠，不論知名或不知名作者的作品，最後都由太師審校編集，並配上音樂。《國語．魯語》：「正考父校商之名頌十二篇於周太師。」正考父校商頌，請教周太師，並以他所審定者為準，可見周太師參與《詩經》的蒐集、加工、創作工作。

三、詩經的體制

《詩經》的編集分為〈風〉、〈雅〉、〈頌〉三部分，它是以什麼為分類標準編排的呢？前人認為有依：來源、內容、使用場合、政事大小、時代早晚、演奏樂器不同等各種說法，張西堂《詩經六論．詩經的體制》以為二南應於國風獨立，分為〈南〉、〈風〉、〈雅〉、〈頌〉四詩，〈南〉、〈雅〉、〈頌〉都是以樂器得名，〈風〉是地方土腔，從樂器或聲調來區分，可以避免前人看法的不周延。一般所謂的十五國風包含：〈周南〉、〈召南〉、〈邶〉、〈鄘〉、〈衛〉、〈王〉、〈鄭〉、〈齊〉、〈魏〉、〈唐〉、〈秦〉、〈陳〉、〈檜〉、〈曹〉、〈豳〉，但其中〈周南〉、〈召南〉、〈王〉、〈豳〉等並非諸侯國，從宋代程大昌《詩論》就發現《詩》有〈南〉、〈雅〉、〈頌〉，無〈國風〉，其曰〈國風〉者，非古也，〈南〉、〈雅〉、〈頌〉樂名也。

張西堂引〈小雅．鼓鐘〉「以雅以南，以籥不僭」、《禮記．文王世子》「胥鼓南」都指樂器、郭沫若《甲骨文字研究．釋南》：「本鐘鑄之象形，更變而為鈴。」等文獻材料說：

詩之周南召南，大小雅，揆其初當亦以樂器之名孳乳爲曲調之名，猶今人言大鼓、花鼓、魚琴、簡版、梆子、灘簧之類耳。詩序謂南言化自北而南；乃望文生訓之臆說。」

他以本經證本經釋南，說南是一種曲調，是由於歌唱之時，伴奏的是一種形狀像「南」，而現在讀如鈴那樣的樂器而得名，南是南方之樂，是一種唱的詩，其主要得名的原因由於南是一種樂器。

張西堂又引顧頡剛〈論詩經所錄全為樂歌說〉：

大雅崧高篇說：「吉甫作誦，其詩孔碩，其風肆好。」有左傳成公九年說：「鍾儀操南音」，范文子說他「樂操土風」，則風字的意義似乎就是聲調。聲調不僅是諸國之風所具，雅頌也是有的。所以風的一名，是把通名用成專名的。所謂國風，猶之乎說土樂。

他以詩證詩，就當時客觀發展情形說風就是聲調，〈鄭風〉就是鄭國調，〈衛風〉就是衛國調，正如現在所用的秦腔、崑腔、漢調、徽調、京調之類，在腔調上加以地名，說明各地方的腔調，古之所謂諸國風。風和腔調一樣，原先是一個通稱，專指國風而言起於戰國時代。

〈雅〉包含〈小雅〉、〈大雅〉，張西堂仍引〈鼓鐘〉「以雅以南，以籥不僭」，說「南」、「籥」都是樂器，「雅」亦應當指樂器。接著分別引鄭樵、惠周惕之見：

小雅大雅者，特隨其音而寫之律耳。律有小呂大呂，則歌大雅小雅，宜有別也。　鄭樵《六經奧論》

風雅頌以音別也。雅有大小，義不存乎大小也。自序之言曰：「雅者，王政之所由廢興，政有大小，故詩有小雅有大雅。」大小雅之名立，而難辨之端起矣！……其後朱晦翁則謂小雅燕享之樂，大雅朝會之樂，受釐陳戒之辭。嚴華谷則謂：「明白正大，直言其事者，雅之體，純乎雅之體者爲雅之大，雜乎風之體者爲雅之小。」章俊卿則謂：「風體語皆重複淺近，婦人女子能道之，雅則士君子爲之也。小雅非復風之體，然亦間有重複，未至渾厚大醇，大雅則渾厚大淳矣！」三家之詩，朱子於理爲長。……大小二雅，當以音樂別之，不以政之大小論也。如律有大小呂，詩有大小明，義不存乎大小也。　惠周惕《詩說》

以為大小雅當以音別，從古代歌辭與曲調不分，從〈南〉、〈風〉、〈雅〉、〈頌〉是以樂器或聲調得名，可知雅之大小亦不應以政治或辭體區分。

〈頌〉包含〈周頌〉、〈魯頌〉、〈商頌〉，毛鄭以為頌是美盛德之形容以其成功告於神明，但頌詩中有許多不屬於此類告神明的祭祀詩。阮元說頌是舞容，並不符合〈風〉、〈雅〉、〈頌〉之別，當於聲求之，而且把〈周頌〉各篇舞容的樣子，說是周的樣子，此特徵並無法表現出來。王國維說〈頌〉聲較風雅緩，亦不能知道其何以緩的原因。因而張西堂從文字通假說「頌」、「鏞」通用，並從〈周頌．有瞽〉、〈大雅．靈臺〉等詩考察祭祀有用「鏞」這種樂器，還舉〈商頌．那〉「庸鼓有斁，萬舞有奕」說古代歌舞有用鐘的，並證以各種宗教儀式多用鐘為樂器。

四、《詩經》產生的時代與地域

《詩經》中既有周王朝建立以前的作品，又有殷商王朝的遺篇，其中大部分的作品產生在西周至春秋中期，最晚的作品是〈陳風．株林〉，創作時間在魯宣公十年（西元前五九九年），大體而言《詩經》的時代在西元前十一世紀至六世紀，縱貫將近五百年的漫長時間，有關各詩篇的具體寫作時間不易確知。

《詩經》所涉及的空間非常廣闊，東到山東，西至陝西、甘肅之間，南至江漢流域，北到河北、山西一帶，涵蓋了周王室的大部分版圖。約包括今日的山東、山西、河南、河北、陝西、安徽，湖北北部的長江流域。

(一)〈國風〉

〈周南〉、〈召南〉二十五篇，〈甘棠〉詩中有召伯，〈何彼襛矣〉詩中出現平王之孫，為東周時的作品，也可能有西周時的作品。二南都是黃河以南的作品，西周初以陝（今河南陝縣）為界，周公姬旦統轄東方諸侯，召公姬奭統轄西方諸侯。〈周南〉是周公所統轄南方地區的詩歌，其中〈漢廣〉提到長江、漢水；〈汝墳〉提到汝水。涉及的地域北至汝水，南到江漢合流的湖北武漢一帶。

〈邶〉、〈鄘〉、〈衛〉三十九篇，根據鄭玄《詩譜》：「武王伐紂，以其京師封武庚，三分其地，置三監，使管叔、蔡叔、霍叔，尹而教之。自紂城而北謂之邶，南謂之鄘，東謂之衛。」邶在今河南省湯陰縣東南，鄘在今河南省汲縣東北，衛則領有河南省北部，河北省南部之地。武庚及管蔡之亂平定之後，乃以衛封康叔，而兼領邶鄘之地，都於朝歌（今河南淇水縣東北）。春秋時衛文公遷都於楚丘（今河南滑縣東），衛成公又遷都於帝丘（今河南濮陽西南）。邶、鄘、衛詩多數是春秋時期的作品，其中衛懿公被殺和衛宣公淫亂，分別有一系列作品。

〈王風〉十篇，為周平王東遷洛邑（今河南洛陽西）以後，王畿地區的詩作，都作於春秋時期。

〈鄭風〉二十一篇，周宣王封其弟姬友於鄭（今陝西華縣西北），是為鄭桓公，其弟鄭武公遷都於今河南新鄭，其領地在今河南中部。鄭風全作於武公遷都之後，是春秋時期的詩作。

〈齊風〉十一篇，周武王封太師呂尚於齊，建都營丘（今山東臨淄），其疆域在今山東省中部至東北部。其中〈南山〉、〈敝笱〉、〈載驅〉、〈猗嗟〉都與春秋時齊襄公有關，其餘詩作年代不詳。

〈魏風〉七篇，始封之時，約在周初，始封之君為姬姓，何人及世次，則無可考。都城在今山西芮城西北，領地在今山西西南部。鄭玄《詩譜》以為其詩作於平桓之世。

〈唐風〉十二篇，周成王封其弟叔虞於唐，建都在晉陽（今山西太原），領地在今山西中部，因境內有晉水，後改稱晉。〈唐風〉具體寫作年代難以確定。

〈秦風〉十篇，非子為西周孝王養馬有功，被封於秦（今甘肅天水），至秦襄公時因驅逐犬戎並護送周平王東遷有功，西周王畿及豳地相繼歸秦。秦風多數是春秋時作品，其中〈黃鳥〉作於秦穆公逝世之際。

〈陳風〉十篇，周武王封舜的後人嬀滿於陳，是為胡公，並將長女太姬嫁給他。領域在禹貢豫州之東（河南舊開封府東南，南至安徽亳州一帶），都城宛丘（今河南淮陽縣）。〈陳風〉除〈株林〉諷刺陳靈公（西元前六一三—五九九年）淫於夏姬事外，其他詩篇具體寫作年代不得而知。

〈檜風〉四篇，世次無可考，相傳國君妘姓，祝融之後，領地在今河南中部，都城在今河南密縣東北。周平王時為鄭武公所滅，是以〈檜風〉應是西周末東周初的作品。

〈曹風〉四篇，周武王封其弟姬振鐸於曹，領地在今山東西南部，約當荷澤、定陶一帶。春秋時期周敬王三十三年（西元前四八九年）宋國滅曹。〈曹風〉除〈下泉〉作於周景王逝世之後，是春秋時期的作品，其他詩篇寫作年代不詳。

〈豳風〉七篇，周先祖公劉修后稷之業，民以富貴，乃相土之宜，遷徙於豳谷，其疆域在今陝西郇邑、邠縣一帶。西周滅亡，豳地歸秦所有。〈豳風〉詩篇多與周公有關，大約作於西周時期，是《詩經》早期的作品。

(二)〈小雅〉、〈大雅〉

〈小雅〉七十四篇，除〈正月〉提到西周滅亡，當作於春秋初年，其他多寫厲王、宣王、幽王之事，是以多數作品作於西周時期。產生於西周中心鎬京地區詩篇較多，也有作於其他地域的詩篇，〈大東〉作於東國，〈四月〉作於江漢流域，〈鼓鐘〉作於淮水水濱，〈都人士〉作於作於鎬京以外地區。

〈大雅〉三十一篇，其中〈生民〉、〈公劉〉、〈綿〉、〈皇矣〉、〈大明〉為周族史詩，敘述英雄祖先事功，或許長期先在口頭上流傳，最後於西周初年寫定。〈大雅〉詩篇大致上作於西周時期，產生地域以鎬京為主。

(三)〈周頌〉、〈魯頌〉、〈商頌〉

〈周頌〉三十一篇，都是西周時期的作品，作於鎬京。詩中提到后稷、太王、文王、武王、成王、康王，未提到昭王、穆王以後的天子，因此大約是周初至昭王間的作品。

〈魯頌〉四篇，周成王封周公之子伯禽於魯（今山東曲阜），其領地在今山東東南部。詩中〈泮水〉、〈閟宮〉作於春秋魯僖公時期，其餘〈駉〉、〈有駜〉舊說也作於魯僖公時期。

〈商頌〉五篇，周成王封商紂王之兄微子啟於宋（今河南商丘），宋國君主為殷商後裔。有關商頌寫作時代有三種不同說法，《國語．魯語》、《毛序》及古文學家認為是殷商時所作，後為宋國保存。《魯詩》、《史記》及後來今文學家認為是宋國的宗廟祭祀詩，為宋國所作，產生春秋之前。另一種說法（如程俊英《詩經注析》）是〈那〉、〈烈祖〉、〈玄鳥〉作於殷商時期，其餘兩篇〈長發〉、〈殷武〉是宋國建立後所作。

五、《詩經》的文學藝術成就

《詩經》寫作題材廣泛，普遍反映周人生活、情感、思想與文化，作者藉敘事、抒情表現其創作意圖，應用寫實手法，純熟多樣的寫作技巧，呈現渾樸自然風格。後代不論賦美人、狩獵、送別、悼亡、棄婦、征戍、禽言、歸隱等等皆以《詩經》為祖。其寫作技巧分別於析論個別詩篇時論述，以下對其賦比興藝術與疊章複沓寫作特色略說如下：

(一)賦比興藝術

《詩》有風、賦、比、興、雅、頌六義，賦比興是《詩》的作法，以這三種寫作方法，完成風雅頌內容。鍾嶸《詩品．序》論到賦比興時說：「若專用比興，患在意深，意深則詞躓。若但用賦體，患在意浮，意浮則文散。」在《詩經》的寫作中兼有此三體而能靈活因應。

1. 賦

朱熹《詩集傳》：「賦者，敷陳其事而直言之者也。」又：「直指其名，直敘其事者，賦也。」例如〈衛風．氓〉：「氓之蚩蚩，抱布貿絲。匪來貿絲，來即我謀。」《詩經》百分之八十以上使用這種質樸、精要、流暢語言敘述，敘事人稱多以第三人或第一人稱視點，或一詩前後章靈活轉換視點，偶爾亦用女性視點敘述。

2. 比

相較於賦，比、興就比較難以區分了，而且常常影響詩義的瞭解，可參考文幸福〈欲觀于詩必先知比興——以二南為例〉（第二屆詩經國際學術研討會論文集）所論判斷比、興與詩義瞭解的關係。

朱熹〈詩集傳〉：「比者，以彼物比此物也。」又云：「引物為說。」當我們面對比較抽象思維的概念，例如憂、苦等內心情感，如何使其具象化，用具體可感的比喻來呈現，會使表達更為生動形象，如寫憂說「心之憂矣，如匪澣衣」、寫苦說「誰謂荼苦，其甘如薺」。《詩經》的比喻方式形態多樣豐富，例如：

明喻——未見君子，惄如朝饑。

暗喻——價人為藩，大師為垣。

借喻——豈其娶妻，必齊之姜？

整首詩用比——〈螽斯〉、〈鴟鴞〉、〈碩鼠〉

因而使得全書表達生動，形象清新。

3. 興

毛《傳》未標比和賦，但在一一六首詩首章前三句下獨標興體，以其難明之故。根據毛《傳》的標示及釋義，興即起之義，興往往為物象，興句的物象義和底下賦寫的事物義之間因為關係隱微，因而對其是否取義，歷來學者各有不同見解：

(1)鄭司農云：「……比者，比方於物；興者，託事於物。」（《周禮》卷二十三）

(2)執虞〈文章流別論〉：「比者，喻類之言；興者，有感之詞。」

(3)劉勰《文心雕龍．比興》：「故比者，附也；興者，起也。附理者，切類以指事，起情者，依微以擬議。」
(4)孔穎達《毛詩正義》：「比顯而興隱。」「興者，託事於物。則興者，起也；取譬引類，起發己心，詩文諸舉草木鳥獸以見意者，皆興詞也。」
(5)朱熹《朱子語類．詩綱領》：「詩之興，全無巴鼻。」
(6)朱熹《詩集傳》：「興者，先言他物以引起所詠之辭。」
(7)李仲蒙：「敘物以言情，謂之賦，情盡物也；索物以託情，謂之比，情附物也；觸物以起情，謂之興，物動情也。」（王應麟《詩經考異》引）
(8)鄭樵《六經奧論》：「凡興者，所見在此，所得在彼，不可以事類推，不可以義理求。」
(9)葉嘉瑩《漢魏六朝詩》：「興，由物及心；比，由心及物；賦，即物即心。」
(10)龍師宇純〈也談詩經的興〉（載《中國文哲所集刊》創刊號），撰者歸納其說幾項要點如下：
①興既取音亦取義。
②興不見得是當時所見之景，可以為以往之經驗或騁想。
③《詩經》的興經過文人潤飾，不像民歌取眼前景，甚至有很多套句式的興，《詩經》中僅偶見這種套句式的興，如：「揚之水，不流束薪。」「山有……隰有……。」
④毛《傳》獨標興體，除了興隱一因外，恐是要標詩所獨有，以見其與文之不同。
⑤以賦比興之原意看，比賦和興一樣都出現於章首。
⑥有些章中興，毛《傳》未標，不知是漏標亦或不符合章首興，但被認為是章中興，正好都出現在章中換韻的開端，而換韻等於是章節的變換。興無出現於章尾作結的。

《詩經》由於具有豐富的興語，起句物象義和應句事物義取得有機的聯結，使得形象鮮明深刻，而豐富了詩歌的內容，情感更易打動人心。例如〈周南．桃夭〉「桃之夭夭，灼灼其華。之子于歸，宜其室家。」首二句取桃樹茂盛，花朵豔麗的物象義，與應句祝福出嫁女子青春貌美將為夫家開花結果長葉（繁衍子孫）的事物義類比，物象感發情意。〈唐風．鴇羽〉「肅肅鴇羽，集于苞栩。王事靡盬，不能蓺稷黍。父母何怙？悠悠蒼天，曷其有所！」首二句取鴇性不樹止，興今下從征役，其為危苦，有如鴇之樹止然，物象鮮明，詩人情意自然很容易感染讀者。

(二)疊章複沓章法

向熹《詩經語文論集》、夏傳才《詩經語言藝術》對《詩經》疊章複沓，有詳細的探討。根據張西堂《詩經六論．詩經的體制》說〈南〉、〈風〉、〈雅〉、〈頌〉四詩是以樂器或聲調區分，不論「以雅以南，以籥不僭」以樂器演奏，或「作此好歌，以極反側」的以歌刺反側、章法上所見的反覆形式，甚至《史記．孔子世家》記載「吾自衛返魯，然後樂正，雅．頌各得其所」，應該都可說明《詩經》是配樂可唱的。音樂是時間的藝術，隨著節拍，要在一定時間內完成一支曲子，如果僅唱一遍，勢必無法令聽者印象深刻，歌者亦不能盡情抒發感情，因此〈陽關曲〉要唱三遍，才能唱盡西出陽關無故人的依依離別之情。我們看到《詩經》尤其是〈國風〉詩篇中，往往用AAA，AAB，ABB，AABB，……等等各種不同變換的曲式，以達到聲音回環往覆，一唱三嘆及加深記憶、加強抒情的作用。曲式的表現形成《詩經》獨特的章法，透過疊章複沓，可以表現情感、時空、虛實或視點轉移等種種豐富的變化，形成《詩經》獨特的表達技巧。

六、詩經的語言

《詩經》是上古漢語的寶典，留下不少名言，如「白珪之玷，尚可磨也；斯言之玷，不可為也」、「不忮不求，何用不臧」、「他山之石，可以為錯」等。許多成語如「摽梅之憂」、「北門之嘆」、「風雨雞鳴」、「鳩占鵲巢」、「柏舟之節」等。此外還提供古代語法、上古音研究的語料，同時從《詩經》含量豐富的詞彙，也可用來研究上古語言，並從中觀察周代的生活與文化，再加上多樣的修辭、靈活多變的句法，《詩經》的語言表達藝術可說已經相當成熟。以下略述《詩經》的詞彙、修辭和句法。

(一)豐富的詞彙

周代是漢語詞彙由單音詞向雙音詞發展的階段，根據向熹《詩經詞典》統計《詩經》共二八二六個單音詞，這還不包括一字多義詞，夏傳才《詩經語言藝術新編》一書說按字義計算，大約有三九〇〇個單音詞，連同構成的複合詞約五〇〇〇個，如此眾多的單音詞和複合詞，可以表達更為豐富的事物和較為精確的意義。

1. 名詞

如光是網的詞彙就有——羅（捕鳥網）、罝（捕兔網）、罛（捕大魚網）、九罭（捕小魚網），分工十分細密，反映當時漁牧生活盛行。根據陳奐《詩毛氏傳疏．毛詩傳義類》統計：宮室、園林、道路、巷里、門戶等建築物名稱八十三種；各種草名一〇四種；蟲名二十三種；魚名十五種；鳥名三十五種；馬名三十八種，可見周代各類型詞彙已經非常豐富，提供《詩經》疊章多樣豐富的詞彙變換，及精準的詞義表達。

2. 動詞

看：視、瞻、相、監、題

動態：感、吪、抗、蹈、震

進攻：侵、襲、伐、征

3. 形容詞

美：旨、茂、休、膚、徽、嘉、懿、穆、皇

快樂：耽、娛、康、愉、喜

4. 聯綿詞

參差、輾轉、窈窕、栗烈、玄黃、蟋蟀、芣苢、肅霜、滌場等。

聯綿詞專門研究，可參杜其容《毛詩聯綿詞譜》，臺灣大學中國文學研究所碩士論文。

5. 重言詞

李雲光《毛詩重言通釋》整理考釋三五七組重言詞，以見其數量之多。例如：

聲音：喓喓、瑲瑲、關關、哼哼

眾多：瀰瀰、詵詵、濟濟、穰穰

茂盛：夭夭、菁菁、萋萋、采采

顏色：鑿鑿、皓皓、粼粼、青青

表情：蚩蚩、旦旦、肅肅、陽陽

動作：綏綏、招招、汎汎、爰爰

憂愁：殷殷、欽欽、悄悄、忡忡

重言詞專門研究，可參陳健章《毛詩重言詞研究》，東海大學中國文學研究所碩士論文。

(二)多樣的修辭

《詩經》在寫作技巧上已能十分純熟運用各種修辭格，展現優美的文學藝術特色，例如：

1. 借代：青青「子衿」，悠悠我心。
2. 映襯：昔我往矣，楊柳依依；今我來思，雨雪霏霏。
3. 對比：東人之子，職勞不來；西人之子，粲粲衣服。
4. 摹狀：參差荇菜、采采卷耳。
5. 摹聲：鳥鳴嚶嚶、坎坎伐檀。
6. 引用：先民有言，詢於芻蕘。
7. 呼告：碩鼠碩鼠，無食我黍。
8. 誇飾：周餘黎民，靡有孑遺。
9. 倒反：彼狡童兮，不與我言兮。
10. 對偶：誨爾諄諄，聽我藐藐。
11. 頂針：相鼠有皮，人而無儀，人而無儀，不死何為。
12. 錯綜：遵彼汝墳，伐其條枚，遵彼汝墳，伐其條肄。
13. 互文：鉦人伐鼓（鉦人伐鉦，鼓人伐鼓）、陳師鞠旅（陳列師旅誓告之）。

(三)靈活多變的句法

1. 並列式：相鼠有皮，人而無儀。
2. 主謂式：嘒彼小星，三五在東。
3. 感嘆式：天實為之，謂之何哉！
4. 問答式：誰從穆公？子車奄息。
5. 設問式：誰謂河廣？一葦杭之。
6. 排比式：手如柔荑，膚如凝脂，領如蝤蠐，齒如瓠犀，螓首蛾眉。巧笑倩兮，美目盼兮。
7. 句中鑲嵌虛字式：就其深矣，方之舟之。
8. 雜言式：螽斯，羽詵詵兮，宜爾子孫振振兮。

七、詩經的押韻

《詩經》的押韻，奠定後代詩歌押韻的形式，清代學者並利用《詩經》的押韻，探討上古韻部、諧聲問題。段玉裁《六書音韻表》、江有誥《詩經韻讀》、王念孫《詩經群經楚辭韻譜》、王力《詩經韻讀》等幾部著作是探討《詩經》押韻的重要書籍，尤其是王力《詩經韻讀》，標上現代音，使用尤為方便。以下例舉《詩經》的各種押韻形式：

(一)隔句押韻

關關雎鳩，在河之洲。窈窕君子，淑女好逑。（首句入韻，押幽部韻）

有狐綏綏，在彼淇梁。心之憂矣，之子無裳。（首句不入韻，押陽部韻）

(二)句句押韻

十畝之間兮，桑者閑閑兮，行與子還兮。（押元部韻）

相鼠有皮，人而無儀。人而無儀，不死何為？（押歌部韻）

(三)奇偶交叉押韻

自牧歸荑，洵美且異。匪女之為美，美人之貽。（荑、美押脂部韻，異、貽押職部韻）

(四)章換韻

定之方中，作于楚宮。揆之以日，作于楚室。樹之榛栗，椅桐梓漆，爰伐琴瑟。（冬部轉質部）

(五)篇換韻

相鼠有皮，人而無儀；人而無儀，不死何為？

相鼠有齒，人而無止；人而無止，不死何俟？

相鼠有體，人而無禮；人而無禮，胡不遄死？

首章押歌部韻，次章押之部韻，三章押脂部韻。

(六)不押韻

於穆清廟，肅雝顯相。濟濟多士，秉文之德，對越在天，駿奔走在廟。不顯不承，無射於人斯。（〈清廟〉）

八、《詩序》的問題

(一)作者問題

三家詩原先皆有序，但散佚於他書，今僅見《毛詩》有序。《詩序》是解釋《詩經》各篇詩旨的文字，本與《詩經》分開單行，是何時、何人所作，說法紛歧，由於它是現存最早有系統解釋《詩經》各篇詩旨的文字，因而從漢以來有關《詩經》的解釋即一直受其影響，直到宋初歐陽修《詩本義》、蘇轍《詩集傳》才開始受到挑戰，但之後仍是廢序、尊序各有支持，尤其是清代漢學派《詩經》注家，對《詩序》更是全盤接受的尊崇，民國初年古史辨學者雖強力主張廢除《詩序》，但經過兩千多年的論辯，《詩序》還不到可以廢除的地步，吾人今日研究《詩經》，於詩義之瞭解，仍須仰賴它。龍師宇純《詩序與詩經》：

> 《詩序》因為至今不能確指其作者及時代，自然無法要求大家對它的可信度不可產生懷疑；而詩無達詁，尤其無法禁止別人有屬於自己對於詩的看法。可是由於本文所指出者，許多經文絕看不出來的，並不表示《詩序》便無可取，便無根據，於是同是經文無法看得出來的，究竟何者可信，何者不可信，便沒有可以依循的標準；而實際上學者在這上面所表現的取舍態度，也絕不見有一致的。更由於《詩序》與經文的結合，已經形成了傳統的「詩經學」，有的甚至在民族文化裏生了根，怎樣也不能拔除。……《詩經》一書儘可以有新的詮釋，但必須逐篇先引《詩序》，一如坊間所刻朱熹《集傳》有於眉間附錄《詩序》者然；覺得經文不能證明的，亦不必一一指其不可取信。這當然不是要勉強讀者去接受它，而是為了表示一個重要的觀念：新的說解的誕生，並不等於便是舊說生命的終止；同時也不致使人根據新注熟讀了《詩經》，卻不知道「棘人」一詞的通行用義。

這段文字寫盡了我們今日對待《詩序》不能不參考，也不應該全面廢棄的較好態度。

關於《詩序》的作者，歷來學者說法不一，臚列如下：

1. 子夏，鄭玄《詩譜》主張。
2. 子夏、毛公，陸德明《經典釋文》主張。
3. 衛宏，《後漢書．儒林傳》主張。
4. 子夏所創，毛公、衛宏潤色，《隋書．經籍志》主張。
5. 大序出自孔子，小序發於國史，程頤《程氏遺書》主張；大小序皆出於國史，范處義《詩補傳》主張；小序為國史之舊題，漢儒之說或雜其間，李樗、黃櫄《毛詩李黃集解》主張。
6. 通達先生之法言的詩人自作序，非他人所加，王安石《三經新義》主張。
7. 村野妄人所作，鄭樵《詩辨妄》主張。
8. 序首兩語為毛萇以前經師所傳，以下續申之詞為毛萇以下弟子所附，《四庫全書提要》主張。
9. 《毛詩》之序，淵源於子夏，敘錄於毛公，增益於衛宏。謂詩人所作，孔子所作，國史所作，最無據。鄭玄、王肅、《後漢書》之說皆有可信，唯各舉其一，未能合而言之耳。胡樸安《詩經學》主張。
10. 《詩序》原於國史，傳自聖門，以至四家。而其序恉時有異同者：以詩有本義引申義之別……，四家或明本義，或明引申義，所明同者則序說同，所明異者則序說異。王禮卿《四家詩恉會歸．毛詩序考論》主張。

(二)《詩序》的缺點

《詩序》雖為漢學派學者所尊崇，至今還不到可廢地步，不過它本身確實也存在一些缺點。民國以來學者否定《詩序》為孔門真傳，展開《詩經》多元化的詮釋，對《詩序》提出更多批評。如鄭振鐸的〈讀毛詩序〉，用類比歸納的方法，將內容、句式相同的詩放在一起比較，發現詩的內容、句式雖然相同，但是《詩序》說詩旨卻大不相同。例如他說：「……我真不懂：為什麼同樣三首情詩（關雎、月出、澤陂），意思也完全相同的，而其所含的言外之意卻相差歧得如此之遠？我不懂，為什麼『寤寐思服，輾轉反側』在《周南．關雎》裏，便有許多好的寓意，同樣的『寤寐無為，輾轉服枕』二句，在陳風澤陂之詩裏，便變成什麼『刺時』，什麼『靈公君臣淫於其國……』等等的壞意思呢？這真是不可思議的事了！」張西堂在為顧頡剛所輯鄭樵《詩辨妄》所作的序，提出《詩序》十大缺點：

1. 雜取傳記：如〈關雎序〉用《樂記》而不及《樂記》；〈抑〉之序用《國語》，而以為刺厲王。

2.傳會書史：如〈宛丘〉、〈東門之枌〉、〈蜉蝣〉等篇之序。
3.不合情理：如方玉潤說：「章章牽涉后妃，此尤無理可厭。」
4.妄生美刺：如〈簡兮〉本非刺詩，而以為刺。〈雄雉序〉以為刺宣公，但詩中並無刺意。
5.強立分別：如謂風有「正」、「變」，以及〈周南〉、〈召南〉分繫二公等說。
6.自相矛盾：如〈召南．騶虞〉序說「天下純被文王之化」，〈行露〉序說「強暴之男侵凌貞女」，自相矛盾。
7.曲解詩意：凡頌中有「成王」及「成康」字者，皆曲為之說。
8.誤用傳說：如〈日月序〉以為莊姜傷己不見答於先君，是誤解《春秋傳》文，謂莊姜無子是由於莊公之不答。
9.望文生義：如〈雨無正〉、〈何人斯〉、〈召旻〉、〈蕩〉各篇之序。
10.疊見重複：如〈江有汜〉、〈載馳〉之序。

(三)〈關雎序〉及大小序問題

三家《詩》原先亦有序，但今已佚，僅《毛詩》有序。在《毛詩》的各篇序文中，〈關雎序〉最為特殊：

> 關雎，后妃之德也，風之始也，所以風天下而正夫婦也，故用之鄉人焉，用之邦國焉。風，風也，教也，風以動之，教以化之。詩者志之所之，在心爲志，發言爲詩，言之不足，故嗟嘆之，嗟嘆之不足，故永歌之，永歌之不足，不知手之舞之，足之蹈之。情發於聲，聲成文謂之音……頌者，美盛德之形容，以其成功告於神明者也。是爲四始，詩之至也。然則關雎麟趾之化，王者之風，故繫之周公。南言化自北而南也，鵲巢、騶虞之德，諸侯之風，先王之所以教，故繫之召公。周南、召南正始之道，王化之基。是以關雎樂得淑女以配君子，憂在進賢，不淫其色，哀窈窕，思賢才，而無傷善之心焉，是關雎之義也。

因為〈關雎〉既是〈周南〉的首篇，也是〈國風〉與整部《詩經》的首篇，所以〈關雎序〉在申述時所言深廣，不僅申述〈關雎〉，同時對〈南〉，對〈風〉對詩之起源、功用、六義等皆有所述，因而事實上〈關雎〉題下的序文已經成為〈毛詩序〉序文中帶有綱領性質的一篇詩論，非其他詩篇序文所能比擬，於是學者喜歡將〈關雎〉題下的序文稱為〈大序〉，而將其他詩篇題下的序文叫做〈小序〉。也有學者主張〈關雎序〉中「關雎后妃之德也，風之始也，所以風天下而正夫婦也，故用之鄉人焉，用之邦國焉。」是〈關雎〉的小序，而及於二南（然則關雎麟趾之化，王者之風……），自「風，風也……是為四始，詩之至也。」總論全詩是〈大序〉。至於以下每篇序文，如：

> 葛覃，后妃之本也。后妃在父母家，則志在女功之事，躬儉節用，服澣濯之衣，尊敬師傅，則可以歸安父母，化天下以婦道也。

是為小序。也有學者以為序文的一、二句構成前一部分，其餘的則構成後一部分，前一部分的內容往往揭示詩人作詩之旨，後一部分則往往是對詩人作詩之旨、對詩作的價值做進一步的申述。因此對這兩個部分，古人或以大序、小序，或以前序、後序，或以古序、續序之名來加以區分。

九、四始與風雅正變

(一)四始

所謂四始，應為〈風〉、〈小雅〉、〈大雅〉、〈頌〉的第一篇。四始之說源於漢代，鄭玄說：「始者，王道興衰之所由也。」《詩序》：「關雎，后妃之德也……風之始也……是以一國之事繫一人之本，謂之風。言天下之事，形四方之方，謂之雅，雅者，正也，言王政之所由興廢也。政有大小，故有小雅焉，有大雅焉。頌者，美盛德之形容，以其成功告於神明者也。是謂四始，詩之至也。」毛詩除了說明〈關雎〉為風之始外，未述及雅、頌的首篇；同時〈國風〉、〈大雅〉、〈小雅〉、〈頌〉是王道興衰之始。《魯詩》以〈關雎〉為風始，〈鹿鳴〉為〈小雅〉始，〈文王〉為〈大雅〉始，〈清廟〉為〈頌〉始。《齊詩》以〈大明〉在亥為水始，〈四牡〉在寅為木始，〈嘉魚〉在巳為火始，〈鴻雁〉在申為金始。雜入陰陽五行學說，非《詩經》應有之義，並無可取。《韓詩》以為〈關雎〉以下十一篇為風始，〈鹿鳴〉以下十篇為小雅始，〈文王〉以下十四篇為〈大雅〉始，〈清廟〉以下凡頌揚文武功德的詩為頌始。四家論述四始之具體觀點，雖不盡相同，但其最終目的都是企圖透過《詩經》的研究，闡釋詩人作詩用意，探討王道興廢原因。

(二)風雅正變

為何會有風雅正變的發生呢？《詩序》：

> 至於王道衰，禮義廢，政教失，國異政，家殊俗，而變風變雅作矣。國史明乎得失之跡，傷人倫之廢，哀刑政之苛，吟詠情性以諷其上，達於事變而懷其舊俗者也。故變風發乎情，止乎禮義。發乎情，民之性也；止乎禮義，先王之澤也。

鄭玄〈詩譜序〉開始畫分正變詩之界線做系統論述：

> 文武之德，光熙前緒，以集大命於厥身。遂爲天下父母，使民有政有居。其時詩：風有周南、召南，雅有鹿鳴、文王之屬。及成王、周公致大平，制禮作樂，而有頌聲興焉，盛之至也。本之由此風雅而來，故皆錄之，謂之詩之正經。後王稍更陵遲，懿王始受譖亨齊哀公，夷身失禮之後，邶不尊賢。自是而下，厲也，幽也，政教尤衰，周室大壞。十月之交、民勞、板、蕩，勃爾俱作。眾國紛然，刺怨相尋。五霸之末，上無天子，下無方伯，善者誰賞？惡者誰罰？紀綱絕矣。故孔子錄懿王、夷王時詩，訖於陳靈公淫亂之事，謂之變風變雅。……以爲勤民恤功，昭事上帝，則受頌聲，弘福如彼；若違而弗用，則被劫殺，大禍如此。吉凶之所由，憂娛之萌漸，昭昭在斯，足作後王之鑒，於是止矣。

照鄭玄之說，凡文、武、成王時詩，皆為正詩；懿王以後之詩（鄭氏詩譜所列，無康、昭、穆、共諸王時詩），皆謂之變詩。屈萬里《詩經詮釋》依鄭氏《詩譜》表列如下：

	正	變
國風	周南、召南	邶至豳
小雅	鹿鳴至菁菁者莪	六月至何草不黃
大雅	文王至卷阿	民勞至召旻

至於為何要畫分變風變雅呢？變風、變雅的作用和目的為何呢？孔穎達《毛詩正義》：

> 變風變雅之作，皆王道始衰，政教初失，尚可匡而革之，追而復之；故執彼舊章，繩此新失，覬望自悔其心，更尊王道，所以變詩作也。以其變改舊法，故謂之變焉。

以尊王道為宗旨，以變改舊法為目標，進而端正政教人心，猶如《詩序》所言：「達於事變，而懷其舊俗者。」正變之說，今日已普遍不為學者接受，屈萬里《詩經詮釋》就有很好的評論：

> 盛世之詩叫做正，衰世之詩叫做變，這種見解是否合理，我們姑且不論。即使承認毛鄭之說爲合理，而他們所定的詩的時代，已多半靠不住——如周南召南，顯然有東周時詩，他們都認爲是周初的作品——；何況毛鄭認爲豳風諸詩，皆作於成王之世，而鄭氏卻把它列入變風，這豈非自相矛盾嗎？總之，正變之說，本來沒有什麼道理，只是詩學史上的陳迹而已。

十、《詩經》研究重要書目

(一)注釋類

《毛詩》二十卷，漢毛亨傳，鄭玄箋，校相臺岳氏本

《毛詩正義》二十四卷附校勘記，藝文印書館影印重刊宋本毛詩注疏附校勘記

《毛詩指說》一卷，唐成伯璵撰，通志堂經解本

《毛詩本義》十六卷，宋歐陽修撰，通志堂經解本

《詩說》，宋王安石撰，邱漢生輯為《詩義鉤沉》

《潁濱先生詩集傳》二十卷，宋蘇轍撰，明焦氏刊兩蘇經解本

《詩疑》二卷，宋王柏撰，通志堂經解本、叢書集成初編本、金華叢書本

《詩辨妄》，宋鄭樵撰，原書已佚，顧頡剛輯本，民國二十一年北京樸社鉛印一冊

《詩總聞》二十卷，宋王質撰，叢書集成初編本、聚珍版叢書本
《詩補傳》三十卷，宋范處義撰，通志堂經解本
《詩集傳》，宋朱熹撰，刻本甚多，卷數不同，藝文本二十卷
《詩序辨說》一卷，宋朱熹撰，朱子遺書本
《呂氏家塾讀詩記》三十二卷，宋呂祖謙撰，錢儀吉編刻經苑本、商務影印宋淳熙九年刊本
《繼呂氏家塾讀詩記》三卷，宋戴溪撰，錢儀吉編刻經苑本、墨海金壺本、聚珍版叢書本
《慈湖詩傳》二十卷，宋楊簡撰，涵芬樓鈔本、四明叢書本
《詩緝》三十六卷，宋嚴粲撰，味精堂刊本，清光緒三年嶺南述古堂刊本
《詩童子問》十卷，宋輔廣撰，汲古閣刊本、日本刊本
《毛詩解頤》四卷，明朱善撰，通志堂經解本
《詩說解頤》四十卷，明季本撰，明刊本
《詩經世本古義》三十卷，明何楷撰，嘉慶己酉刊本
《端木賜詩傳》一卷，明豐坊撰，津逮祕書本、漢魏叢書本
《魯申培詩說》一卷，明豐坊撰，津逮祕書本、漢魏叢書本
《詩經稗疏》四卷，清王夫之撰，船山遺書本、皇清經解續編本
《詩廣傳》五卷，清王夫之撰，船山遺書本、皇清經解續編本
《毛詩稽古編》，清陳啓源撰，單行本、皇清經解本
《毛鄭詩考證》四卷，清戴震撰，皇清經解本、戴氏遺書本、昭代叢書本
《杲溪詩經補注》二卷，清戴震撰，皇清經解本、戴氏遺書本
《毛詩傳疏》三十卷，清陳奐撰，單行本、續皇清經解本
《毛詩傳箋通釋》三十二卷，清馬瑞辰撰，續皇清經解本、道光十五年刻本
《毛詩後箋》三十卷，清胡承珙撰，續皇清經解本、墨莊遺書本
《詩經小學》四卷，清段玉裁撰，皇清經解本、經韻樓本、臧氏拜經堂刻本
《毛詩故訓傳定本》三十卷附《小箋》，段玉裁撰，皇清經解本、經韻樓本
《白鷺洲主客說詩》一卷，清毛奇齡撰，西河全集本、續皇清經解本
《詩傳詩說駁義》五卷，清毛奇齡撰，西河全集本

《田間詩學》不分卷，錢氏斟雉堂刻本、朱一清校點單行本。

《詩經通論》十八卷，清姚際恆撰，道光丁酉刊本，中華書局一九五八年排印本、廣文書局一九六一年排印本

《詩古微》十七卷，清魏源撰，續皇清經解本、宜都楊守敬刊本

《讀風偶識》四卷，清崔述撰，畿輔叢書本、日本刊東壁遺書本

《詩經原始》十八卷，清方玉潤撰，鴻蒙室叢書本

《經義述聞》三十卷，清王引之撰，其中五至七卷為《詩經述聞》，皇清經解本、光緒乙未鴻文書局石印本

《群經平議》三十五卷，清俞樾撰，其中卷八至卷十一為《毛詩平議》，續皇清經解本。另有《春在堂全書》本

《詩三家義集疏》二十八卷，清王先謙撰，民國四年家刻本、虛受堂刊本

《詩義會通》四卷，吳闓生撰，北京中華書局一九五八年排印本

《詩經通解》，林義光撰，臺灣中華書局鉛印本

《詩經通義》、《詩經新義》、《風詩類鈔》，聞一多撰，收入湖北人民出版社出版《聞一多全集》，二〇〇四年出版

《古史辨》第三冊下編，顧頡剛等著，上海古籍出版社一九八二年印本

《卷耳集》，郭沫若撰，《郭沫若文集》第二冊，人民文學出版社一九五七年印本

《毛詩鄭箋平議》，黃焯撰，武漢大學一九五四年鉛印本

《澤羅居詩經新證》，于省吾撰，北京中華書局一九八二年出版。

《雙劍誃詩經新證》四卷，于省吾撰，一九三六年自印本。

《詩經通釋》，王靜芝撰，輔仁大學文學院一九六八年初版

《詩經今注》，高亨撰，上海古籍出版社一九八〇年鉛印本

《詩經評注讀本》，裴普賢撰，臺北三民書局一九八二年初版

《詩經詮釋》，屈萬里撰，臺北聯經出版社一九八三年初版

《詩經評釋》，朱守亮撰，臺灣學生書局一九八四年初版

《詩經注析》，程俊英、蔣見元等撰，北京中華書局一九九一年初版

《詩經正詁》，余培林撰，臺北三民書局一九九三年初版

《白話詩經》，吳宏一撰，臺北聯經出版社一九九三、二〇〇九年初版

《詩經鑑賞集成》，周嘯天主編，臺北五南圖書公司一九九四年初版
《四家詩恉會歸》，王禮卿撰，臺中青蓮出版社一九九五年初版
《詩經圖注》，劉毓慶撰，高雄麗文文化公司二〇〇〇年初版
《詩經新注》，雒三桂、李山撰，濟南齊魯書社，二〇〇〇年出版
《詩三百解題》，陳子展撰，上海復旦大學二〇〇一年出版
《詩經全注》，黃忠慎，臺北五南圖書出版公司，二〇〇八年出版

(二)名物類

《毛詩名物解》二十卷，宋蔡卞撰，通志堂經解本
《詩集傳名物鈔》八卷，元許謙撰，叢書集成初編本、通志堂經解本
《毛詩名物圖說》九卷，清徐鼎撰，乾隆三十六年刻本
《毛詩品物圖考》七卷，日本岡公翼撰，掃葉山房石印本
《詩草木今釋》，陸文郁撰，天津人民出版社一九五七年鉛印本
《詩經名物新證》，揚之水，北京古籍出版社，二〇〇〇年出版
《詩經植物圖鑑》，潘富俊撰，臺北貓頭鷹出版社，二〇〇一年出版
《詩經裏的鳥類》，顏重威撰，臺中鄉宇文化事業公司，二〇〇四年出版
《詩經動物釋詁》，高明乾、佟玉華、劉坤等撰，北京中華書局二〇〇五年出版。

(三)史地類

《漢書・地理志》，東漢班固撰，中華書局本、藝文印書館本
《詩譜》一卷，東漢鄭玄撰，宋歐陽修補亡，通志堂經解本（附《毛詩本義》後）
《詩地理考》六卷，宋王應麟撰，叢書集成初編本、津逮祕書本、學津討原本、玉海附刻本
《詩地理徵》，清朱右曾撰，清光緒十四年江陰南菁書院刊本、皇清經解續編本

(四)音韻類

《毛詩古音考》四卷，明陳第撰，學津討原本、明辨齋叢書本、雙流黃氏濟忠堂重刊武昌張氏本
《詩本音》十卷，清顧炎武撰，皇清經解本、學海堂本、音學五書本
《詩經韻讀》四卷，清江有誥撰，嘉慶甲戌刻本，上海中國書店影印原刻本、音韻學叢書本
《說文解字注．六書音韻表》，清段玉裁撰，續修四庫全書本、藝文印書館本
《詩經韻讀》，王力撰，收入《王力文集》第六卷，山東教育出版社一九八六年出版

(五)人物類

《漢書．古今人表》，東漢班固撰，藝文印書館本、中華書局本
《詩氏族考》六卷，清李超孫撰，道光十五年刊本，別下齋叢書本，翠琅玕館叢書本

(六)詩經學類

《詩經學》，胡樸安撰，臺灣商務印書館鉛印本
《三百篇演論》，蔣善國撰，臺灣商務印書館鉛印本
《詩經研究史概要》，夏傳才撰，臺北萬卷樓圖書公司一九九三年排印本
《中國歷代詩經學》，林葉連撰，臺灣學生書局一九九三年出版
《從經學到文學——明代詩經學史論》，劉毓慶撰，北京商務印書館二〇〇一年出版
《詩經學史》，洪湛侯撰，北京中華書局二〇〇二年出版
《二十世紀詩經學》，夏傳才撰，北京學苑出版社二〇〇五年出版
《現代學術文化思潮與詩經研究——二十世紀詩經研究史》，趙沛霖撰，北京學苑出版社二〇〇六年出版
《先秦詩經學》，朱金發撰，北京學苑出版社二〇〇七年出版
《漢代詩經學史論》，劉立志撰，北京中華書局二〇〇七年出版
《從文學到經學——先秦兩漢詩經學史論》，劉毓慶、郭萬金撰，上海華東師範大學二〇〇九年出版
《清末民初詩經學史論》，陳文采，花木蘭文化出版社二〇〇七年出版

國風

周南
召南
邶風
鄘風
衛風
王風
鄭風
齊風
魏風
唐風
秦風
陳風
檜風
曹風
豳風

周南

〈周南〉共十一首詩。鄭玄《詩譜》：「周、召者，《禹貢》雍州岐山之陽地名……文王受命，作邑于豐，乃分岐邦周、召之地，為周公旦、召公奭之采地，施先公之教於己所職之國。武王伐紂定天下，巡守述職，陳誦諸國之詩，以觀民風俗。……屬之太師，分而國之。其得聖人之化者，謂之〈周南〉；得賢人之化者，謂之〈召南〉：言二公之德教自岐而行於南國也。」認為周、召之分是以「化行」。《水經注．河水》：「昔周、召分陝（今河南陝縣），以此域為東西之別。」則認為二南之詩的畫分以陝為地界，產生在陝以西的，今河南南陽，湖北枝江以西地區的詩歌歸入〈周南〉，以東則歸入〈召南〉。

《詩譜》的教化說和《水經注》的區域說，於《詩經》分為〈南〉、〈風〉、〈雅〉、〈頌〉四詩的體制都有一些缺失。南為字形像鈴的樂器，〈周南〉是以這種樂器演奏的詩歌，詩篇中有〈漢廣〉、〈汝墳〉，〈關雎〉詩中有「在河之洲」之語，可見〈周南〉詩出自江、漢、汝水流域，屈萬里《詩經詮釋》說：「周南方域，約北抵黃河，南及汝漢：即今河南省黃河以南偏西之地。」大約是今天河南南部，湖北北部的江漢流域。

漢儒以為〈周南〉、〈召南〉皆殷末周初時詩，但拿產生於周初的〈周頌〉、〈大雅〉和二〈南〉相較，二〈南〉的文詞淺易得多，是以其產生時代不太可能早到周初。而且〈周南．汝墳〉有「王室如燬」之語，係指西周末驪山亂亡之事；〈召南．何彼襛矣〉有「平王之孫」，明為東周之詩。因此周南之詩最早或及宣王之世，最晚已至春秋初期，是學界普遍看法。

關雎

關關雎鳩❶，在河之洲❷。窈窕淑女❸，君子好逑❹。

參差荇菜❺，左右流之❻。窈窕淑女，寤寐求之❼。求之不得，寤寐思服❽。悠哉悠哉❾！輾轉反側。

參差荇菜，左右采之❿。窈窕淑女，琴瑟友之⓫。參差荇菜，左右芼之⓬。窈窕淑女，鐘鼓樂之。

注釋

❶關關，狀聲詞，形容雎鳩鳥和鳴之聲。雎鳩，音ㄐㄩ ㄐㄧㄡ，魚鷹。棲息水邊，善於捕魚。毛《傳》：「王雎也，鳥摯而有別。」

❷河，在《詩經》中，單稱「河」指黃河。洲，水中陸地。

❸窈窕，毛《傳》：「幽閒也」，個性溫柔嫻靜。淑，善也；此指其品德。

❹君子，《詩經》中之君子，多指有官爵者（婦人稱其夫亦用之）。逑，音ㄑㄧㄡˊ，匹配；好逑，指匹配之好對象。

❺參差，長短不齊貌。荇菜，荇，音ㄒㄧㄥˋ，一種水生植物，浮在水上，其白莖、嫩葉可供食用。

❻流，求也。《爾雅．釋詁》：「流，擇也。」又〈釋言〉：「流，求也。」《廣雅．釋言》：「摎，捋也。」捋、流一語之轉。高本漢《詩經注釋》「罶或留之段借，訓捕取義。」

❼寤寐，毛《傳》：「寤，覺。寐，寢。」馬瑞辰《毛詩傳箋通釋》：「寤寐，猶夢寐也。」

❽思服，《經傳釋詞》：「思，句中語助詞。」服，毛《傳》：「思之也。」

❾悠哉悠哉，形容思念之深長。王先謙《詩三家義集疏》：「悠哉悠哉，猶悠悠也。二哉字增文以成句。」

❿采，即採字。

⓫琴瑟，古樂器名。古琴多七弦，瑟二十五弦。友，親近。

⓬芼，音ㄇㄠˋ，毛《傳》：「擇也。」孔《疏》：「〈釋言〉云：『芼，搴也。』郭璞曰：『拔取菜也。』」陳奐《詩毛氏傳疏》：「芼者覒之假借字，《玉篇》引《詩》作『左右覒之』，《說文》云：『覒，擇也。』」

詩旨

1. 《詩序》：「后妃之德也……樂得淑女以配君子。」古文詩以為是文王時代的作品，讚美周文王后妃；今文詩以為是康王時代的作品，諷刺康王晏朝。
2. 朱熹《詩集傳》：「周之文王生有盛德，又得聖女姒氏以為之配。宮中之人，於其始至，見其有幽閒貞靜之德，故作是詩。」

3.崔述《讀風偶識》：「乃君子自求良配，而他人代寫其哀樂之情耳。」

4.聞一多《風詩類鈔》：「女子采芣於河濱，君子見而悅之。」

5.屈萬里《詩經詮釋》：「祝賀新婚之詩。」

作法

撰者按：以水鳥求偶、採物相思起興。採用疊章、疊字、疊詞、雙聲、疊韻、雙聲疊韻、頂針等章法和語言特點。首章統攝全詩，泛言淑女為君子良配。次章言思淑女之切。三章言得淑女之樂。詩中描寫君子追求淑女，求之、思之、友之、樂之過程，為男女愛情寫真，描寫哀樂之情自然而合於人性。

葛覃

葛之覃兮❶，施于中谷❷，維葉萋萋❸。黃鳥于飛❹，集于灌木❺，其鳴喈喈❻。

葛之覃兮，施于中谷，維葉莫莫❼。是刈是濩❽，爲絺爲綌❾，服之無斁❿。

言告師氏⓫，言告言歸⓬。薄汙我私⓭，薄澣我衣⓮。害澣害否⓯？歸寧父母⓰。

注釋

❶葛，葛藤，蔓生植物，其莖之纖維，可以織葛布。覃，延長。又聞一多《詩經新義》以為：「覃為蕁之省，蕁即藤聲之轉。」亦通。

❷施，音ㄧˋ，同拖，蔓延。中谷，毛《傳》：「谷中也。」《詩經》中舉凡中字置前者：如中逵、中林、中河、中原、中澤等皆與此同。陳奐《詩毛氏傳疏》：「中谷，谷中，此倒句法。」

❸萋萋，茂盛貌。以上三句毛《傳》釋為「興也」。鄭

《箋》：「興者，葛延蔓于谷中，喻女在父母之家，形體浸浸日長大也。葉凄凄然，喻其容色美盛也。」

❹黃鳥，黃鸝，又名倉庚。于為動詞前詞頭，于飛，猶言在飛。

❺灌木，叢木，矮小叢生之樹木。

❻喈，《說文》：「鳥鳴聲。」

❼莫莫，茂盛貌。

❽是，周師法高《古代漢語・稱代篇》：「賓語+是（或之）+述語，乃古語常式，此是（或之）或謂是句中語助，或謂是代詞，似先為代詞，漸變為賓語提前記號。」刈，割。濩，音ㄏㄨㄛˋ，煮。刈是濩是，即割下葛，煮葛。

❾絺，音ㄔ，葛布細者。綌，音ㄒㄧˋ，葛布較粗者。

❿服，穿著。斁，音ㄧˋ，厭。

⓫言，梅廣〈詩三百篇言字新議〉說前二個「言」字，承上文指時間先後，相當於現代漢語「於是」，第三個「言」為補語（或賓語）成分，用法和「焉」類似。師氏，毛《傳》：「師，女師，古者女師教以婦德、婦容、婦言、婦功。祖廟未毀，教於公宮，祖廟既毀，教於宗室。」並見《周禮・九嬪》、《禮記・昏義》、《儀禮・士昏禮》。

⓬歸，歸寧。

⓭薄，梅廣〈詩三百篇言字新議〉說訓為急迫，轉為副詞用法，可譯為急忙、連忙，亦可解釋成趕快，在短時間內完成。汙，洗衣而搓揉以去污垢。私，毛《傳》：「燕服也。」劉熙《釋名》：「近身衣。」即內衣。

⓮澣，音ㄏㄨㄢˇ，洗滌。衣，指外衣。

⓯害，通曷，毛《傳》：「何也。」

⓰寧，毛《傳》：「安也。父母在則有時歸寧耳。」又曰：「古者后夫人三月廟見，使大夫寧，有寧父母禮，無歸寧父母禮。」

詩旨

1.《詩序》：「〈葛覃〉，后妃之本也。后妃在父母家，則志在於女功之事；躬儉節用，服澣濯之衣；尊敬師傅；則可以歸安父母，化天下以婦道也。」

2.屈萬里《詩經詮釋》：「此婦人自詠歸寧之詩。由『言告師氏』之語證之，此婦似非平民。」

3.楊師承祖〈說詩經葛覃篇〉（《孔孟月刊》二卷五期）：「此當是女子將嫁之前受教公宮宗室，告假歸省其親之詩。」

作法

1.崔述《讀風偶識》：「詩之為體，多重末章，而前特為原起。」

2.方玉潤《詩經原始》：「因歸寧而澣衣，因澣衣而念絺綌，因絺綌而想葛之初生。」

3.吳闓生《詩義會通》：「文家用逆之至奇者也。」「舊評：中二章故作曲勢，其音長，末章直下，其音促。又云：末章急管繁絃。」

卷耳

采采卷耳❶，不盈頃筐❷。嗟我懷人❸，寘彼周行❹。

陟彼崔嵬❺，我馬虺隤❻。我姑酌彼金罍❼，維以不永懷！

陟彼高岡，我馬玄黃❽。我姑酌彼兕觥❾，維以不永傷❿！

陟彼砠矣⓫，我馬瘏矣⓬，我僕痡矣⓭，云何吁矣⓮！

❶采采，茂盛貌。（參丁聲樹〈詩卷耳芣苡采采說〉《北大國學季刊》六卷三期，提出古漢語外動詞無疊用情形）。卷耳，即蒼耳。一種一年生之草，莖葉皆有微毛，葉作長卵形，對生無柄，嫩葉可食。杜甫〈驅豎子摘蒼耳〉：「蓬秀獨不焦，野蔬暗泉石。卷耳況療風，童兒且時摘。」

❷盈，滿溢。頃筐，毛《傳》：「畚屬，易盈之器也。」馬瑞辰《毛詩傳箋通釋》曰：「頃筐蓋即今畚箕之類，後高而前低，故曰頃筐，頃則前淺，故曰易盈。」

❸懷，念。馬瑞辰《毛詩傳箋通釋》：「嗟為語詞。嗟我懷人，猶言我懷人也。」

❹寘，音ㄓˋ，同置。周行，屈萬里《書傭論學集．三百篇成語零釋》：「周行者，乃周室之官道，所以行達官輸粟賦者。」朱熹《詩集傳》：「周行，大道也。託言方采卷

耳，未滿頃筐，而心適念其君子，故不能復采，而寘之大道之旁也。」

❺陟，音ㄓˋ，登。崔嵬，山巔。

❻虺隤，音ㄏㄨㄟˇ ㄊㄨㄟˊ，疲病也。

❼姑，姑且。金罍，青銅製成之酒樽。

❽玄黃，《經義述聞》：「病貌。」

❾兕觥，音ㄙˋ ㄍㄨㄥ，酒器。匜類之稍小而深者，或有足，或無足，而皆有蓋，蓋皆作牛首形（詳參孔德成〈說兕觥〉、屈萬里〈兕觥問題重探〉）。

❿傷，憂思也。

⓫砠，音ㄐㄩ，毛《傳》：「石山戴土曰砠。」

⓬瘏，音ㄊㄨˊ，朱熹《詩集傳》：「馬病不能進也。」

⓭痡，音ㄆㄨ，朱熹《詩集傳》：「人病不能行也。」

⓮云，語助詞。何，多麼。吁，音ㄒㄩ，通盱（〈小雅．都人士〉作「云何盱矣」），病也。又《爾雅．釋詁》：「盱，憂也。」

詩旨

1.《詩序》：「〈卷耳〉，后妃之志也。又當輔佐君子，求賢審官。知臣下之勤勞，內有進賢之志，而無險詖私謁之心，朝夕思念，至於憂勤也。」

2.歐陽修《詩本義》：「婦人無外事，求賢審官非后妃之職也。」

3.方玉潤《詩經原始》：「此詩當是婦人念夫行役，而憫其勞苦之作。」

作法

撰者按：

全詩採ABBB曲式，首章和後三章聯吟如何銜接，歷來有不少討論：

1.孫作雲《詩經與周代社會》以為誤合兩詩。

2.錢鍾書《管錐篇．毛詩正義》：「夫『嗟我懷人』，而稱所懷之人為『我』……，葛藤莫辨，扞格難通。……實則涵泳本文，意義豁然。……男女兩人處兩地而情事一時，批尾家謂之『雙管齊下』，章回小說謂之『話分兩頭』，《紅樓夢》第五四回王鳳姐仿說書所謂『一張口難說兩家話，〝花開兩朵，各表一枝〞』。」

3.屈萬里《詩經詮釋》：「此當是行役者思家之詩。首章述家人思己之苦；二、三、四章，則行役者自述思家之情也。」依其見以為首章從對面設想，準此，亦可以後三章為從對面設想寫法。劉勰《文心雕龍．神思》：「文之思也，其神遠矣。故寂然凝慮，思接千載；悄焉動容，視通萬里。」此詩正是想像妙用之表現。

樛木

南有樛木❶，葛藟纍之❷。樂只君子❸！福履綏之❹。

南有樛木，葛藟荒之❺。樂只君子！福履將之❻。

南有樛木，葛藟縈之❼。樂只君子！福履成之❽。

注釋

❶南，指南土，在南郡、南陽之間。樛，音ㄐㄧㄡ，韓詩作「朻」，毛《傳》：「木下曲曰樛。」即樹木之枝幹往下彎曲。

❷藟，《廣雅．釋草》：「藤也。」《說文》稱之為藟草，是一種與葛類似之蔓生植物。纍，纏繞。

❸只，語助詞。樂只，猶言樂哉。

❹履，毛《傳》：「祿也。」綏，安也。

❺荒，毛《傳》：「奄也。」即掩蓋之意。

❻將，鄭《箋》：「猶扶助也。」毛《傳》釋為大，亦通。

❼縈，纏繞。《魯詩》、《韓詩》作蘔。《說文》：「蘔，草旋貌也。」指草盤旋而上達。

❽成，成就。

詩旨

1.《詩序》：「〈樛木〉，后妃逮下也。言能逮下，而無嫉妒之心焉。」。

2.崔述《讀風偶識》：「未有以見其必為女子而非男子也。玩其詞意，頗與〈南有嘉魚〉、〈南山有臺〉之詩相類；或為群臣頌禱其君，亦未可知。」

3. 聞一多：「賀新婚也。」
4. 屈萬里《詩經詮釋》：「此祝福之詩。所祝之君子，蓋亦有官爵者。」

作法

1. 牛運震《詩志》：「換字不換調，一節深一節，風體往往有此。」
2. 方玉潤《詩經原始》：「觀纍、荒、縈等字有纏綿依附之意，如蔦蘿之施松柏，似於夫婦為近。」又曰：「三章只易六字，而往復疊詠，殷勤之意自見。」
3. 王先謙《詩三家義集疏》：「文選潘安仁寡婦賦云：『……顧葛藟之蔓延兮，託微莖於樛木。』李注：『葛、藟二草名也，言二草之託樛木，喻婦人之託夫家也。詩曰南有樛木，葛藟纍之。』」

螽斯

螽斯❶，羽詵詵兮❷。宜爾子孫，振振兮❸。

螽斯，羽薨薨兮❹。宜爾子孫，繩繩兮❺。

螽斯，羽揖揖兮❻。宜爾子孫，蟄蟄兮❼。

注釋

❶螽斯，蝗屬，雄蟲能藉由摩擦兩前翅發出聲響，俗稱紡織娘之鳴蟲。毛《傳》：「螽斯，蚣蝑。」《說文》：「螽，蝗也。」姚際恆《詩經通論》：「螽斯之斯，語辭，猶鹿斯鶯斯也，〈豳風〉斯螽動股，則又以斯居上，猶斯干斯稗也。」戴震《詩經補注》：「或曰螽斯，或曰斯螽，變文協句。」

❷羽，翅膀。馬瑞辰《毛詩傳箋通釋》：「舊讀以『螽斯羽』絕句，武氏億讀從『螽斯』絕句，而以『羽』字屬下『詵詵』兮連文，竊謂武讀是也。」詵詵，音ㄕㄣ，馬瑞辰：「詵詵、薨薨、揖揖，皆形容羽聲之盛多。」

❸振振，音ㄓㄣ，眾多貌。

❹薨薨，音ㄏㄨㄥ，牟庭《詩切》：『是蟲子之羽聲也。今俗語聲多之貌曰薨薨然，詩人之遺言也。』

❺繩繩，朱熹《詩集傳》「不絕貌。」

❻揖揖，毛《傳》：「會聚貌。」《魯詩》、《韓詩》作集，而音義均同。馬瑞辰《毛詩傳箋通釋》：「揖蓋集之假借。」

❼蟄蟄，歐陽修《詩本義》：「振振，群行貌；繩繩，齊一貌；蟄蟄，聚眾貌，皆謂子孫之多。而毛訓仁厚、戒慎、和集皆非詩義。」

詩旨

1.《詩序》：「〈螽斯〉，后妃子孫眾多也。言若螽斯。不妒忌，則子孫眾多也。」

2.方玉潤《詩經原始》：「其措詞亦僅借螽斯為比，未嘗顯頌君妃，亦不可泥而求之也。讀者細詠詩詞，當能得諸言外。」

3.屈萬里《詩經詮釋》：「此祝子孫盛多之詩。」

作法

1.牛運震《詩志》：「子孫說螽斯奇，疊字為調，節短韻長。」

2.撰者按：詩人以蝗蟲多子、繁殖力強、群居、活動範圍廣、適應力強取比。用AAA曲式，反覆頌讚，祝人多子多孫。今以「螽斯衍慶」為祝人子孫眾多讚語，出於本詩。全詩三十九字，就有六對重言疊字。方玉潤：「六字鍊得新。」「詵」、「振」、「薨」、「繩」、「揖」、「蟄」六字單言無「多」之義，重言即有多義，用以形容螽斯多子，並以之比喻人之多子，為既形象又生動之狀詞。

桃夭

桃之夭夭❶，灼灼其華❷。之子于歸❸，宜其室家❹。

桃之夭夭，有蕡其實❺。之子于歸，宜其家室。

桃之夭夭，其葉蓁蓁❻。之子于歸，宜其家人。

注釋

❶夭夭，《說文》引作枖枖，云：「木少盛貌。」

❷灼灼，色彩鮮明貌，形容桃花火般紅豔盛開。華，古「花」字。

❸之子，此位姑娘。于歸，婦人謂嫁曰歸。

❹宜，善也，即相處融洽。馬瑞辰《毛詩傳箋通釋》：「宜與儀通。《爾雅》：『儀，善也。』凡《詩》云宜其室家、宜其家人者，皆謂善處其室家與家人耳。」室家，指配偶、夫妻。

❺蕡，大也；有蕡，蕡然，猶重言蕡蕡，有為形容詞前綴。有蕡其實，形容果實碩大。

❻蓁蓁，毛《傳》：「至盛貌。」桃葉繁盛貌。

詩旨

1.《詩序》：「〈桃夭〉，后妃之所致也。不妒忌，則男女以正，婚姻以時，國無鰥民也。」

2.方玉潤《詩經原始》：「蓋此亦詠新婚詩，與關雎同為房中樂，如後世催妝坐筵等詞。特〈關雎〉從男求女一面說，此從女歸男一面說，互相掩映，同為美俗。」

3.屈萬里《詩經詮釋》：「此賀嫁女之詩。」

1. 錢鍾書《管錐篇．毛詩正義》：「『夭夭』總言一樹桃花之風調，『灼灼』專詠枝上繁花之光色；猶夫〈小雅．節南山〉『節彼南山，維石巖巖』先道全山氣象之尊嚴，然後及乎山石之犖确。修詞由總而分，有合於觀物由渾而化矣！」

2. 撰者按：

(1)用ＡＡＡ曲式，反覆吟詠祝頌。一、二句起興，三、四句賦實，五、六句設想之子婚後幸福。

(2)詩以桃之枝、花、實、葉起興，以喻女子如桃樹生命力旺盛，開花、結果、散葉，嫁到夫家後能和樂夫家。姚際恆《詩經通論》：「桃花色最豔，故以取喻女子，開千古詞賦詠美人之祖。」「面如桃花」、「豔如桃李」、「人面桃花」等詞語源於本詩。

(3)用「夭夭」、「灼灼」、「蓁蓁」等疊字，狀桃樹枝、花、葉之風貌，形象描繪桃樹風貌，又增添音樂美。劉勰《文心雕龍．物色》：「詩人感物，聯類不窮；流連萬象之際，沉吟視聽之區。寫氣圖貌，既隨物以宛轉；屬采附聲，亦與心而徘徊。故『灼灼』狀桃花之鮮，『依依』盡楊柳之貌……」並將「灼灼」狀桃花之鮮，看作是思考千年也難以改易一字的佳構。

兔罝

肅肅兔罝[1]，椓之丁丁[2]。赳赳武夫[3]，公侯干城[4]。

肅肅兔罝，施于中逵[5]。赳赳武夫，公侯好仇[6]。

肅肅兔罝，施于中林[7]。赳赳武夫，公侯腹心[8]。

注釋

❶肅肅，形容捕獸網之繁密。馬瑞辰《毛詩傳箋通釋》：「肅、縮古通用。」「肅肅蓋縮縮之假借。」「兔罝，本結繩為之，言其結繩之狀則為縮縮。縮縮為兔罝結繩之狀，猶赳赳為武夫勇武之貌也。」兔罝，兔網。又楚地人謂虎為兔，聞一多《詩經新義》：「古本毛詩疑當作菟。菟即於菟，為虎也。」因下接「赳赳武夫」，就詩義而言以聞一多說法為長。

❷椓，將繫網之木樁打進地裏。丁丁，狀聲詞，敲打木樁之聲。

❸赳赳，威武有力貌。武夫，武士。

❹干，盾。盾以護身，城以阻敵；干城，猶言護衛。

❺施，置。逵，高處。中逵，逵中。

❻仇，同逑，匹。好仇，良伴。

❼中林，林中。

❽腹心，心腹。

詩旨

1.《詩序》：「〈兔罝〉，后妃之化也。〈關雎〉之化行，則莫不好德，賢人眾多也。」

2.方玉潤《詩經原始》：「竊意此必羽林衛士，扈蹕游獵，英姿偉抱，奇傑魁梧，遙而望之，無非公侯妙選。」

3.屈萬里《詩經詮釋》：「此頌武人之詩。」

作法

1.牛運震《詩志》：「……好仇說君臣較魚水之喻更深。腹心二字，想見盛世君臣忠信一體，令人忼慨激昂。」

2.撰者按：全詩採AAA三章疊章複沓賦寫形式。或為描寫大蒐禮，好獵人即為朝中好武士，由獵手而武夫而干城，並由外而內描寫其為公侯之干城、好仇、腹心，在公侯心目中的重要地位。

芣苢

采采芣苢❶，薄言采之❷。采采芣苢，薄言有之❸。
采采芣苢，薄言掇之❹。采采芣苢，薄言捋之❺。
采采芣苢，薄言袺之❻。采采芣苢，薄言襭之❼。

注釋

❶采采，茂盛貌。芣苢，通作芣苢，音ㄈㄨˊ ㄧˇ，毛《傳》：「芣苢，馬舄。馬舄，車前也。宜懷妊焉。」

❷薄言，梅廣〈詩三百篇言字新議〉說：猶「迫」，急迫，有馬上採取行動、立刻、不拖延之意。

❸有，《廣雅．釋詁》：「有，取也。孔子弟子冉求名有，正取名字相因，求與有皆取也。」

❹掇，音ㄉㄨㄛˊ，《說文》：「拾取也。」胡承珙《毛詩後箋》：「掇是拾其子之既落者，捋是捋其子之未落者。」

❺捋，音ㄌㄜˋ，用手握住，用力抹下來。戴震《詩經補注》：「捋，一手持其穗，一手捋取之。」

❻袺，音ㄐㄧㄝˊ，毛《傳》：「執衽也。」手提衣襟兜住。

❼襭，音ㄒㄧㄝˊ，毛《傳》：「扱衽。」將衣襟插在腰帶上以盛東西。

詩旨

1. 《詩序》：「〈芣苢〉，后妃之美也。和平，則婦人樂有子矣。」
2. 馬國翰輯申培《魯詩故》：蔡人之妻，宋人之女也。既嫁於蔡，而夫有惡疾，其母將改嫁之。女曰：「夫不幸乃妾之不幸也，奈何去之？適人之道，壹與之醮，終身不改。……且夫采采芣苢之草，雖其臭惡，猶始於捋采之，終於懷擷之，浸以日親，況於夫婦之道乎！彼無大故，又不遣妾，何以得去？」終不聽其母，乃作芣苢之詩。君子曰：「宋女之意，甚貞而壹也。」薛漢《韓詩章句》有類似說法。

3. 方玉潤《詩經原始》：「蓋此詩即當時竹枝詞也。詩人自詠其國風俗如此，或作此以畀婦女輩俾自歌之，互相娛樂，亦未可知。」

4. 聞一多《匡齋尺牘》：「古籍中凡說到芣苢處，都說它有懷妊的功能（間或也有說治難產的），這與禹母吞薏苡而孕禹的傳說正相合。」又《詩經通義》：「『芣苢』之音近『胚胎』，故古人根據類似律之魔術觀念，以為食芣苢即能受胎而生子。」

5. 屈萬里《詩經詮釋》：「此詠婦人採芣苢之詩。」

作法

1. 袁枚《隨園詩話》：「須知三百篇如『采采芣苢，薄言采之』之類，均非後人所當效法。……章艧齋戲倣云『點點蠟燭，薄言點之；點點蠟燭，薄言剪之。』聞者絕倒。」袁枚以此詩為天籟不可效顰，主張其性靈說。

2. 方玉潤《詩經原始》：「讀者試平心靜氣，涵泳此詩，恍聽田家婦女三三五五，於平原繡野、風和日麗中群歌互答，餘音裊裊，若遠若近，忽斷忽續，不知其情之何以移，而神之何以曠。」

3. 吳闓生《詩義會通》：「通篇止六字變換，而招邀儔侶，從事始終，一一如繪。」

4. 撰者按：以AAA曲式反覆詠唱，全詩只換六個手的動作（采、有、掇、捋、袺、襭），採芣苢愈採愈快愈多，人物歡欣情緒躍然紙上。

漢廣

南有喬木❶，不可休思。漢有游女❷，不可求思❸。漢之廣矣，不可泳思。江之永矣❹，不可方思❺。

翹翹錯薪❻，言刈其楚❼。之子于歸❽，言秣其馬❾。漢之廣矣，不可泳思。江之永矣，不可方思。

翹翹錯薪，言刈其蔞❿。之子于歸，言秣其駒。漢之廣矣，不可泳思。江之永矣，不可方思。

注釋

❶喬木，高聳之大樹。毛《傳》：「喬，上竦也。」陳奐《詩毛氏傳疏》：「上竦者，其上曲，其下少枝葉。」姚際恆《詩經通論》曰：「喬，高也。借言喬木本可休而不可休，以況遊女本可求而不可求。」

❷游女，出遊之女。朱熹《詩集傳》：「江漢之俗，其女好遊，漢魏以後猶然；如大隄之曲可見也。」又劉向《列仙傳》：「江妃二女者，不知何所人也。出遊於江漢之湄，逢鄭交甫。見而悅之，不知其神人也，謂其僕曰：『我欲下請其佩。』……（二女）遂手解佩與交甫。交甫悅，受而懷之中當心，趨去數十步，視佩，空懷無佩；顧二女，忽然不見。《詩》曰：『漢有游女，不可求思。』此之謂也。」聞一多《詩經通義》：「鄭交甫事未審係何時代，然足證漢上實有此傳說。游女既為水神，則游女之義當為浮行水上，如〈洛神賦〉云『凌波微步，羅襪生塵』之類。夫求之必以泳以方，則女在波上審矣。」並進一步說二女即湘之二妃，所謂娥皇、女英者也。

❸思，語助詞。

❹永，長也。《韓詩》作漾，義同。

❺方，木筏。此用作動詞，乘筏渡過。

❻翹翹，眾也，朱熹《詩集傳》：「翹翹，秀起之貌。」錯，雜也。錯薪，古代嫁娶必以燎炬為燭，故《詩經》嫁娶多以析薪、刈楚為興。

❼言，我也。刈，音ㄧˋ，割。楚，木名，荊屬。

❽歸，嫁也。

❾秣，音ㄇㄛˋ，餵馬。屈萬里《詩經詮釋》：「秣，飽也，言秣其馬，為希冀之辭，即雖為之執鞭亦欣慕焉之意。」

❿蔞，音ㄌㄡˊ，蔞蒿。孔穎達《正義》：「《傳》以上楚是木，此蔞是草，故言草中之翹翹然。〈釋草〉云：『購，蔏蔞。』舍人注：『購，一名蔏蔞。』郭云：『蔏蔞，蔞蒿也。生下田，初生可啖。江東用羹魚也。』陸璣《疏》云：『其葉似艾，白色，長數寸，高丈餘，好生水邊及澤中。正月根芽生，旁莖正白，生食之，香而脆美。其葉又可蒸為茹。』」蔞蒿可高至丈餘，所以也言「翹翹」。

1.《詩序》：「〈漢廣〉，德廣所及也。文王之道被于南國，美化行乎江漢之域，無思犯禮，求而不可得也。」《韓詩序》：「〈漢廣〉，悅人也。」三家《詩》引鄭交甫遇漢水女神民間傳說為釋。

2.朱熹《詩集傳》：「文王之化自近及遠，先及於江漢之間，而有以變其淫亂之俗，故其出游之女，人望見之，而知其端莊靜一，非復前日之可求矣！」

3.方玉潤《詩經原始》：「江干樵唱。」

4.屈萬里《詩經詮釋》：「此詩當是愛慕游女而不能得者所作。」

1.戴君恩《讀風臆評》：「詩詞之妙，全在反覆詠嘆。此篇正意只『不可求思』自了，卻生出『漢之廣矣』四句來，比擬詠嘆，便覺精神百倍，情致無窮。」

2.胡承珙《毛詩後箋》：「詩中言娶妻者，每以析薪起興，如〈齊．南山〉、〈小雅．車舝〉及〈綢繆〉之束薪，〈豳風〉之〈伐柯〉皆是。」又於〈野有死麕〉：「竊意古者于昏禮或本有薪芻之饋，蓋芻以秣馬，薪以供炬。」

3.撰者按：全詩四章複沓，用喬木不可休、江漢不可渡等物象喻漢女之不可求，每章末尾均疊詠「漢之廣矣，不可泳思；江之永矣，不可方思」。副歌，將游女迷離恍惚之形，江漢浩渺迷茫之景，詩人心中癡迷思慕之情，交匯於長歌浩嘆之中。方玉潤《詩經原始》：「……覺煙水茫茫，浩渺無際，廣不可泳，長更無舫，唯有徘徊瞻望，長歌浩歎而已。」若杜甫詩「詩罷地有餘」、「篇終接混茫」，猶如吟詠此追求卻不能得到之愛情，但覺煙波滿眼、愁悵苦澀。

汝墳

遵彼汝墳❶，伐其條枚❷。未見君子❸，惄如調飢❹。
遵彼汝墳，伐其條肄❺。既見君子，不我遐棄❻。
魴魚赬尾❼，王室如燬❽。雖則如燬，父母孔邇❾。

❶遵，遵循，沿著。汝，水名。墳，讀如〈大雅・常武〉：「鋪敦淮濆」之濆，《說文》：「濆，水崖也。」汝墳，汝水岸邊。

❷條枚，毛《傳》：「枝曰條，幹曰枚。」指樹幹和樹枝。

❸君子，此為婦女對丈夫之尊稱。

❹惄，音ㄋㄧˋ，毛《傳》：「惄，飢意也。」《韓詩》作愵，為後起字。揚雄《方言》：「愵，憂也。秦晉之間，凡志而不得、欲而不獲、高而有墜、得而中亡謂之溼，或謂之惄。」調，音周，通朝。《魯詩》作「朝」，朝飢，未吃早餐前之飢餓。聞一多《詩經通義》以為是男女之性慾未能得到滿足。

❺肄，毛《傳》：「餘也，斬而復生曰肄。」砍過又重生之小樹枝。

❻遐，毛《傳》：「遐，遠也。」屈萬里《詩經詮釋》：「詩中凡『不遐』（遐或作瑕），兩字冠於句首，或云『不……遐……』者，遐字皆語詞無義；『不我遐棄』，即不棄我也。」

❼魴魚，《說文》：「赤尾魚也。」馬瑞辰《毛詩傳箋通釋》以為即鯿魚。赬，音ㄔㄥ，赤。舊注以為魴魚之尾本白色，魚勞則尾赤，以喻民之勞苦，用類比思維來解釋物象與人事的關係。

❽王室，周朝。燬，焚。《方言》：「火也。」崔述《讀風偶識》：「竊意此乃東遷後詩，『王室如燬』，即驪山亂亡之事。」

❾孔，甚，非常。邇，近。以上二語謂：王室雖如燬，固應為國服役，但父母甚近，應留戀也。

詩旨

1.《詩序》：「〈汝墳〉，道化行也。文王之化行乎汝墳之國，婦人能閔其君子，猶勉之以正也。」三家《詩》無異義。

2.崔述《讀風偶識》：「細玩此詩詞意，與《序》、《傳》所言，了不相似。竊意此乃東遷後詩，『王室如燬』，即驪山亂亡之事。」

3.龔橙《詩本誼》：「〈汝墳〉，婦人思行役也。」

作法

1.方玉潤《詩經原始》：「調飢寫出無限渴想意，不我棄寫出無限欣幸意，孔邇寫出無限安慰意。」

2.撰者按：全詩三章，馳騁想像，情境由實入幻，虛實相生，情感層層深入。運用明喻、暗喻、複疊、錯綜、遞進等手法，將思婦未見君子的憂思，既見君子的欣幸，以及不捨其再離去的無奈，悲、喜、怨、愛之情感寫得深刻鮮明。全詩的轉折變化，在每章的末二句。「惄如朝飢」寫出思婦對丈夫無限思念折磨心情，「不我遐棄」幻想與丈夫歡聚的歡樂和疑懼，「父母孔邇」則寫對丈夫的委婉挽留。思婦之心理變化，起伏不定。梁啟超〈中國韻文裏頭所表現的情感〉曾將這種表達方法稱為「回盪的表情法」，認為這樣的詩有「極濃厚的情感蟠結在胸中，像春蠶抽絲一般把它抽出來」。吳闓生《詩義會通》引舊評以為〈汝墳〉一詩有「沉鬱頓挫」之致。

麟之趾

麟之趾❶，振振公子❷。于嗟麟兮❸！

麟之定❹，振振公姓❺。于嗟麟兮！

麟之角，振振公族❻。于嗟麟兮！

注釋

❶麟，麒麟，古代傳說中之祥獸，其形象源自於鹿，具有鹿身、馬蹄、牛尾、頭上長角等特徵。《說文》：「大牝鹿也。」又：「麒，仁獸也。」《史記．司馬相如傳》之《索隱》引張揖曰：「雄曰麒，雌曰麟。」趾，蹄。《廣雅．釋獸》：「麒麟步行中規，折還中矩，不履生蟲，不折生草。」故詩以「趾」為興。

❷振振，如〈螽斯〉之振振，盛多貌。公子，諸侯之子。

❸于，同吁。于嗟，毛《傳》：「吁嗟，嘆詞。」陳奐《詩毛氏傳疏》：「嘆詞，美嘆之詞也。美嘆曰嗟，傷嘆亦曰嗟，凡全詩嘆詞有此二義。」

❹定，《魯詩》作「顁」，額頭。毛《傳》：「定，題也。」《說文》：「題，額也。」

❺公姓，姓，指族姓。西周以前，姓代表著部族。如周部族主要有姬姜二姓，陳國為嬀姓，宋國是殷人之後，為子姓。同姓則同祖，因此同姓代表根源於相同血統之部族。戰國以後姓與氏逐漸混淆。

❻公族，《經義述聞》：「公姓、公族，皆謂子孫也。」

詩旨

1.《詩序》：「〈麟之趾〉，〈關雎〉之應也。〈關雎〉之化行，則天下無犯非禮。雖衰世之公子皆信厚如麟趾之時也。」毛《傳》：「麟信而應禮，以足至者也。」鄭《箋》：「喻今公子亦信厚，與禮相應，有似于麟。」

2.《韓詩》：「〈麟趾〉美公族之盛也。」

3.聞一多《詩經通義乙》以為此詩和婚禮納徵有關。

作法

1.嚴粲《詩緝》：「有足者宜踶，唯麟之足，可以踶而不踶；……有額者宜抵，唯麟之額，可以抵而不抵；……有角者宜觸，唯麟之角，可以觸而不觸。」

2.姚際恆《詩經通論》「〈麟之趾〉，蓋麟為神獸，世不常出，王之子孫亦各非常人，所以興比而嘆美之耳。」「趾、定、角由下而及上；子、姓、族由近而及遠，此則詩之章法也。」

召南

〈召南〉共十四首詩。「召」是召公奭始封之地，《詩序》：「〈關雎〉、〈麟趾〉之化，王者之風，故繫之周公，……〈鵲巢〉、〈騶虞〉之德，諸侯之風也，先王之所以教，故繫之召公。」《詩序》以教化說詩，並將〈召南〉之詩全繫之召公，固屬妄謬。其實根據〈召南〉詩篇所提到者乃召公後人，周宣王時之召虎，而非周初周公弟召公。屈萬里《詩經詮釋》：「召虎闢江漢之域，大雅江漢之篇，俱詠其事；時在宣王之世。召南之詩十四篇，言地望者，則有江有汜；復證以江漢之詩，知其地南至長江；乃周南以南至於長江之地域也。甘棠之詩言召伯，知其為召虎而非召公奭；何彼襛矣言『平王之孫』；以此證之，召南之詩，早者不逾宣王之世，遲者已至東周初葉。舊以為皆周初之詩，非也。」所論極是。

鵲巢

維鵲有巢❶，維鳩居之❷。之子于歸❸，百兩御之❹。

維鵲有巢，維鳩方之❺。之子于歸，百兩將之❻。

維鵲有巢，維鳩盈之❼。之子于歸，百兩成之❽。

❶維，發語詞，猶啊！見胡適〈談談詩經〉。鵲，喜鵲或說灰喜鵲。有巢，比喻男子已造家室。

❷鳩，鳲鳩，即八哥，自己不築巢，鵲於每年十月後遷巢，其空巢則鳲鳩居之。王先謙《詩三家義集疏》：「鵲性好潔，鳲鳩伺鵲出，遺污穢於巢。吾鄉諺云：『阿鵲蓋大屋，八哥住見窩。』謂此。」或以為鳩指布穀鳥。《爾雅．釋鳥》郭璞注：「（鳲鳩）今之布穀也。」《山海經．西山經》：「南山鳥多尸鳩」，郭璞注：「尸鳩，布

穀類也。」

❸歸，嫁。女婚曰于歸，男婚曰完娶。

❹兩，同輛。孔《疏》：「謂之兩者，風俗通以為車有兩輪，馬有四匹，故車稱兩，馬稱駟。」御，迎。

❺方，《經義述聞》：「方當讀為放。放，依也。」

❻將，毛《傳》：「送也。」馬瑞辰《毛詩傳箋通釋》：「迎也。」

❼盈，滿也。

❽成，指結婚之禮成。

詩旨

1.《詩序》：「〈鵲巢〉，夫人之德也。國君積行累功以致爵位，夫人起家而居有之，德如鳲鳩乃可以配焉。」

2.《魯詩說》：「諸侯嫁女，其民觀焉。」

3.屈萬里《詩經詮釋》：「此祝嫁女之詩。」

作法

1.姚際恆《詩經通論》：「不穿鑿，不刻畫，方可說詩。」「所說極似平淺，其味反覺深長。請思之！」

2.撰者按：《周禮》婚禮有納采、問名、納吉、納徵、請期、親迎六禮，此詩僅寫親迎一段禮節，隆重鋪張。全詩三章，反覆致意。每章首二句皆為興體，以鳩居鵲巢喻夫婦同居；居、方、盈意思相類，即居住、放依、住滿之意。

采蘩

于以采蘩❶？于沼于沚❷。于以用之？公侯之事❸。

于以采蘩？于澗之中❹。于以用之？公侯之宮❺。

被之僮僮❻，夙夜在公❼。被之祁祁❽，薄言還歸❾。

注釋

❶于以，楊樹達《積微居小學金石論叢》卷五〈詩于以采蘩解〉：「于何。」蘩，白蒿，水草植物，用以作為祭品。《左傳．隱公三年》：「苟有明信，澗谿沼沚之毛，蘋蘩蘊藻之菜……可薦於鬼神，可羞於王公。」

❷于，於，在。沼，池沼。沚，渚，小洲。

❸事，屈萬里《詩經詮釋》：「事，祭祀之事也。古謂祭祀之事曰『有事』，甲骨文、《周易．爻辭》，皆常用此語。」

❹澗，山間之流水。

❺宮，宗廟。

❻毛《傳》：「被，首飾也。」僮僮，毛《傳》：「竦敬也。」首飾竦敬不通，應以形容首飾盛多為是。被之，又牟庭《詩切》釋為「背負白蒿」，可備一說。

❼夙夜，早晚。朱熹《詩集傳》：「公，公所也。」此謂宗廟。

❽祁祁，毛《傳》：「舒遲也，去事有儀也。」亦以形容首飾盛多為是。

❾薄言，猶「薄」，急迫，快快地。見〈周南．芣苢〉注。

詩旨

1.《詩序》：「〈采蘩〉，夫人不失職也。夫人可以奉祭祀，則不失職矣。」

2.王靜芝《詩經通釋》：「此婦人自詠采蘩奉公以供祭祀之詩。」

作法

1.戴君恩《讀風臆評》：「連用四『于以』字，分明寫出疾趨不寧之意。『僮僮』、『在公』何等竦敬；『祁祁』、『還歸』何等閒飭，真傳神手也。」

2.方玉潤《詩經原始》：「首二章事瑣，偏重疊詠之；末章事煩，偏虛摹之。此文法虛實之妙，與葛覃可謂異曲同工。」

3.撰者按：全詩採AAB曲式，一、二章複沓，雙問雙答，賦寫採地、用事。末章描寫婦人從事祭事始終首飾皆盛，烘托其虔敬之心。

草蟲

喓喓草蟲❶，趯趯阜螽❷。未見君子，憂心忡忡❸。亦既見止❹，亦既覯❺止，我心則降❻。

陟❼彼南山，言采其蕨❽。未見君子，憂心惙惙❾。亦既見止，亦既覯止，我心則說❿。

陟彼南山，言采其薇⓫。未見君子，我心傷悲。亦既見止，亦既覯止，我心則夷⓬。

❶喓喓，音ㄧㄠ，蟲鳴聲。草蟲，蟈蟈。王先謙《詩三家義集疏》引郝懿行云：「今驗一種青色善鳴者，登萊人謂之『聒子』，濟南人謂之『聒聒』，並音如『乖』。順天（撰者按：今北京）人亦謂之『聒聒』，音如『哥』，體青綠色，比蝗蠡短，狀類蟋蟀，振翼而鳴，其聲清滑，及至晚秋，鳴聲猶壯。」

❷趯趯，音ㄊㄧˋ，昆蟲跳躍貌。阜螽，一種蝗蟲，幼蝗尚未生翅者。

❸忡忡，音ㄔㄨㄥ，憂心貌。

❹止，之矣合音。此「止」具有「之」的成分，之，指君子。

❺覯，音ㄍㄡˋ，遇見。

❻降，夅之借字，放下。《爾雅．釋言》：「降，下也。」我心則降，我則放下心了。

❼陟，升；登。

❽蕨，植物名，為羊齒類植物。初生無葉，可食。

❾惙惙，音ㄔㄨㄛˋ，憂傷愁苦貌。

❿說，音ㄩㄝˋ，通悅。

⓫薇，草本植物，項安世曰：「今之野豌豆苗也。」

⓬夷，平；悅。

詩旨

1.《詩序》：「〈草蟲〉，大夫妻能以禮自防也。」

2.孔穎達、陳奐等以為反映三月廟見反馬之俗，但三月廟見為祭祖先或公婆之禮？三月廟見前夫婦同房與否？各家說法不一，「亦既遘止」，說成夫婦同房，未必有據。

3.朱熹《詩集傳》：「南國被文王之化，諸侯大夫行役在外，其妻獨居，感時物之變，而思其君子如此，亦若〈周南〉之〈卷耳〉也。」

作法

1.方玉潤《詩經原始》：「始因秋蟲以寄恨，繼歷春景而憂思。既未能見，則更設為既見情形，以自慰其幽思無已之心。此善言情作也，然皆虛想，非真實覯。」

2.撰者按：全詩採AAA三章複沓曲式，開頭兩句用興體，以景現情，而且二三章換興，表現詩中人物紛亂之心理活動。又採未見君子與既見君子層遞，將思婦心情微妙變化強烈對照。若如方玉潤所謂既見為虛想，則更見思婦之情深切，此透過一層寫法也。

采蘋

于以采蘋❶？南澗之濱❷。于以采藻❸？于彼行潦❹。

于以盛之❺？維筐及筥❻。于以湘之❼？維錡及釜❽。

于以奠之❾？宗室牖下❿。誰其尸之⓫？有齊季女⓬。

注釋

❶于以，于何。見〈采蘩〉注。采，採。蘋，一種水生植物；《本草綱目》：「水萍有三種，大者曰蘋，中者曰荇，小者即水上浮萍也。」

❷澗，山間之流水。濱，水邊。

❸藻，水生植物，《詩序》：「藻，聚藻也。」

❹行潦，《毛詩正義》：「行者，道也。《說文》云：『潦，雨水也。』然則行潦，道路上流行之水。」

❺盛，用容器裝東西。

❻筐、筥，皆為竹器，方者為筐，圓者為筥。

❼湘，烹也。《韓詩》作「鬺」，義同：見《漢書》顏師古注。

❽錡、釜，皆為金屬製成之炊具。有三足者為錡，無足者為釜。

❾奠，放置；指蘋藻之羹言。

❿宗室，毛《傳》：「宗室，大宗之廟也。大夫、士祭於宗廟，奠於牖下。」牖，音ㄧㄡˇ，窗戶。牖下，鄭《箋》：「牖下，戶牖間之前。」陳奐《詩毛氏傳疏》引胡培翬說：「大夫士宗廟之制，室在中，有東西房，……房室皆向堂開戶，房有戶無牖，室則戶牖俱有。戶在東，牖在西，故堂上以戶牖間為尊位。」又竹添光鴻《毛詩會箋》曰：「古人室皆南向，而廟主則東向。蓋南向取其離明，於人為宜，鬼屬幽陰，不取離明，故牆蔽其南光，而惟于東南設戶出入，西南設牖，稍透光明，以便行事。」

⓫尸，主，主持設羹以祭祀者。

⓬齊，讀為齋，敬也。季女，少女。有齊季女，主持設羹者，是一位齋然莊敬之少女。何楷《詩經世本古義》據《左傳·襄公二十八年》以為有齊之齊應指齊地，季女即季蘭。又屈萬里《詩經釋義》：「儀禮少牢饋食禮，薦菹醢者為主婦，而非少女。此齊字疑乃齊國之齊；蓋齊國季女，嫁為南國某大夫之主婦也。」

詩旨

1.《詩序》：「〈采蘋〉，大夫妻能循法度也。能循法度，則可以承先祖，共祭祀矣。」此據《儀禮·士昏禮》記新婦廟見奠菜之禮立說。毛《傳》：「古之將嫁女者，必先禮之于宗室，牲用魚，芼之以蘋藻。」

2.方玉潤《詩經原始》：「此詩非詠祀事，乃教女者告廟之詞。觀其歷敘祭品、祭器、祭地、祭人，循序有法，質實無文，與〈鵲巢〉異曲同工。蓋〈鵲巢〉為婿家告廟詞，此特女家祭先文耳。」

作法

1.毛先舒《詩辨坻》：「戴君恩云：『前連用五『于以』字，犇放迅快莫可遏，末忽接『誰其尸之，有齊季女』，萬壑飛流，突然一注。』又云：『詩本美季女，俗筆定從季女賦起。且敘事絮絮詳悉，至點季女，只二語便了，尤奇。』」

2.方玉潤《詩經原始》：「祭品及所采之地，治祭品及所治之器，祭地及主祭之人，層次井然，有條不紊。」

甘棠

蔽芾甘棠❶，勿翦勿伐❷，召伯所茇❸。

蔽芾甘棠，勿翦勿敗❹，召伯所憩❺。

蔽芾甘棠，勿翦勿拜❻，召伯所說❼。

注釋

❶芾，音ㄈㄟˋ，《說文》：「芾，草木盛芾芾然。」蔽芾，草木茂盛掩覆貌。甘棠，即棠梨，樹高大，果似梨而小，霜後可食，北方山野多見，又叫杜梨。

❷翦，剪其枝葉。伐，伐其條榦。

❸召伯，指召穆公召虎，姬姓。其先祖為西周初期的武王之弟召公奭，周初受封於召地，其子孫因稱召伯。梁啟超〈古書真偽及其年代〉：「毛鄭一派硬認做召公奭，說是周初的詩，但『公』『伯』顯然有別，伯是五伯的伯，詩有郇伯、申伯，都是西周末年的人，詩大雅召旻稱召公奭為召公，不稱召伯，可見甘棠最早不過西周末年的詩。」陸侃如《詩史》亦謂此召伯非召公奭，並列舉〈小雅‧黍苗〉、〈大雅‧崧高〉、〈江漢〉、〈召旻〉等詩為證。《論衡‧須頌》：「宣王惠周，詩頌其行，召伯述職，周歌棠樹。」茇，音ㄅㄚˊ，𢊁之借字。《說文》：「𢊁，舍也。詩曰：『召伯所𢊁』。」《玉篇》：「𢊁，草舍也。」《周禮‧夏官大司馬》有「草止之法」、《左

傳．僖公十五年》：「獲晉侯以歸，晉大夫反首拔舍，從之。」杜注：「拔，草舍止。」草中止息，意為在草地上宿營。

❹敗，毀壞。

❺憩，休息。

❻拜，鄭《箋》：「拜之言拔也。」拜為拔之借字，《魯詩》、《韓詩》作扒，《廣韻．十六怪》：「扒，拔也。《詩》曰：『勿翦勿扒』。」扒、拜雙聲通轉。

❼說，音，ㄕㄨㄟˋ，休息。

詩旨

1.《詩序》：「〈甘棠〉，美召伯也。召伯之教，明於南國。」

2.《史記．燕召公世家》：「召公之治西方，甚得兆民和。召伯巡行鄉邑，有棠樹，決獄政事其下，自侯伯至庶人各得其所，無失職者。召公卒，人民思召公之政，懷棠樹不敢伐，歌詠之作〈甘棠〉之詩。」《史記》本《魯》說，《齊》、《韓》大體相同。

3.屈萬里《詩經詮釋》：「南國之人，愛召穆公虎而及其所曾憩息之樹，因作是詩。」

作法

1.方玉潤《詩經原始》：「他詩鍊字一層深一層，此詩一層輕一層，然以輕而愈見其珍重耳。」

2.撰者按：本詩用「愛屋及烏」、「愛人及樹」，以小見大寫法，樹猶不忍心，其他無須贅言，以見召南百姓對召伯勤政親民懷思之深遠。

行露

厭浥行露❶，豈不夙夜❷，謂行多露❸？

誰謂雀無角❹？何以穿我屋？誰謂女無家❺？何以速我獄❻？雖速我獄，室家不足❼

誰謂鼠無牙？何以穿我墉❽？誰謂女無家？何以速我訟❾？雖速我訟，亦不女從❿。

注釋

❶厭浥，浥，音ㄧˋ，露水潮濕貌。行，道路。

❷夙夜，夙，早。夙夜指天未明之時。

❸謂，常義為「說」。王引之《經傳釋詞》：「謂，猶奈也。言豈不欲夙夜而行，奈道中多露何哉！」馬瑞辰《毛詩傳箋通釋》：「謂，疑畏之假借。凡詩上言豈不、豈敢者，下句多言畏……」首章毛《傳》標興，以道路露水潮濕，行於其上困難，興打官司必然沾惹麻煩。馬瑞辰之說更能呈顯不怕強暴之口氣。

❹角，象鳥雀喙形。指雀鳥之嘴。又角、咮、噣並屬侯部。

❺女無家，女，通「汝」。家，娶妻成家。

❻速，促使。獄，訴訟。

❼室家，古代男子有妻謂之有室，女子有夫謂之有家。混言室家，男女可通用，指結婚。足，成功。《左傳．襄公二十五年》：「言以足志，文以足言。」杜預注：「足，猶成也。」連上句意謂：即使逼我吃官司，也絕不讓你要結婚的企圖得到成功。

❽墉，牆壁。

❾訟，訴訟。

❿女從，即從汝，倒文以叶韻。

詩旨

1.《詩序》：「〈行露〉，召伯聽訟也。衰亂之俗微，貞信之教興，彊暴之男不能侵陵貞女也。」

2.劉向《列女傳．召南申女傳》：「召南申女者，申人之女也。既許嫁于酆，夫家禮不備而欲迎之，女與其人言，以為夫婦者人倫之始也，不可不正……。」王先謙引齊、韓說論點大致相同。

3.朱熹《詩集傳》：「女子有能以禮自守，而不為強暴所法者自述己志，作此詩以絕其人。」

4.崔述《讀風偶識》：「所謂禮未備者，儀乎？財乎？義耶？男女何惜此區區之勞，而必興訟？訟之勞，不更甚於儀乎？女子何爭此區區之賄，而甘入獄？婚娶而論財，又何取焉？揆之情理，皆不宜有。細詳詩意，但為以勢迫之不從，而因致造謗興訟耳，不必定為女子之詩，如《序》、《傳》云云也。」

5.方玉潤《詩經原始》：「夫昏嫁稱家有無，此女果賢，雖寄廡賃舂之士，亦御裝飾，著布裙，操作而前以相從。茲乃以室家不足故，反生悔心，致興獄訟，而猶謂之為賢，吾不知其賢果安在也？」

6.屈萬里《詩經詮釋》：「此女子拒婚之詩。」

1.王柏《詩疑》、王質《詩總聞》、孫作雲《詩經與周代社會研究》皆以為首章有殘缺或錯簡。

2.戴君恩《讀風臆評》：「妙於用反，若正說便索然。」「下文正意，只，『雖速我獄』二語便了，卻先反振，『誰謂雀無角』四語，遂覺精神聳動，筆力遒整，乃知文章家唯反則不板，唯反則不死。」

3.牛運震《詩志》：「雀、鼠罵得痛快而風流，室家不足說得冰冷，亦不女從拒得激烈。」

4.方玉潤《詩經原始》：「乘勢翻入，毫不礙手。」

5.撰者按：此詩為ＡＢＢ曲式，首章總論，二三章聯吟。如何將前後詩意貫串？毛《傳》以為首章係興體，朱熹以為賦體，加以「謂」字多義，形成詩義紛紜。二三章以雀、鼠比喻侵犯者，並用反問、質問、排比句法，跌宕起伏，層層遞進，表現不畏強暴、堅持立場之決心。

羔羊

羔羊之皮❶，素絲五紽❷。退食自公❸，委蛇委蛇❹。

羔羊之革❺，素絲五緎❻。委蛇委蛇，自公退食。

羔羊之縫❼，素絲五總。委蛇委蛇，退食自公。

注釋

❶羔羊，小羊。

❷素，白色。紽，音ㄊㄨㄛˊ，王引之《經義述聞》：「紽、緎、總，皆數也。五絲為紽，四紽為緎，四緎為總。」

❸公，公所，公署。退食自公，自公退食之倒裝，謂自公署退歸而進食，即今言下班。

❹委蛇，音ㄨㄟ ㄧˊ，《韓詩》作「逶迤」，行路紆曲之貌，狀其行之緩而從容也。

❺革，去毛之獸皮。

❻緎，音ㄩˋ，四紽為緎。

❼縫，兩皮相接處。

詩旨

1.《詩序》：「〈羔羊〉，〈鵲巢〉之功致也。召南之國，化文王之政，在位皆節儉正直，德如羔羊也。」

2.王靜芝《詩經通釋》：「此詩一寫衣服，一寫退食，純為美南國大夫燕居之情況也。」

3.陳應棠《詩風新疏》：「此詩為詩人詠當時大夫之賢，衣有制，食有節，行有法度也。」

作法

1.牛運震《詩志》：「退食、委蛇寫出大臣風度，後二章顛倒叶韻，亦自頓挫風神。……詩意妙在渾含不露，只於容旨氣度描寫得之。」

2.撰者按：全詩採AAA曲式，三章疊詠，除五紽、五緎、五總的變化外，每章後二句前後顛倒以求變，頗為特殊。全詩從服著、飲食、儀態風度三方面賦寫召南官吏退朝食於家，悠閒自得神態。

殷其靁

殷其靁❶，在南山之陽❷。何斯違斯❸？莫敢或遑❹。振振君子❺，歸哉歸哉！

殷其靁，在南山之側。何斯違斯？莫敢遑息。振振君子，歸哉歸哉！

殷其靁，在南山之下。何斯違斯？莫或遑處，振振君子，歸哉歸哉！

❶殷，雷聲。靁，同雷。阜陽漢簡《詩經》作「印其離」，印即殷、慇，意為傷其離。

❷陽，山之南面稱為陽。

❸違，去。上斯字，指此人；下斯字，指此地。句謂：何以此人離開此地。

❹遑，閒暇。

❺振振，毛《傳》：「信厚也。」

詩旨

1. 《詩序》：「〈殷其靁〉，勸以義也。召南之大夫遠行從政，不遑寧處，其室家能閔其勤勞，勸以義也。」
2. 豐坊《子貢詩傳》：「召公宣布文王之命，諸侯歸焉。」
3. 豐坊《申培詩說》：「武王克商，諸侯受命於周廟。」
4. 姚際恆《詩經通論》：「小序謂『勸以義』難解。」又說：「按詩『歸哉歸哉』，是望其歸之辭，絕不見有『勸以義』之意。」「此詩之義當闕疑。」
5. 方玉潤《詩經原始》：「諷眾士以歸周。」
6. 屈萬里《詩經詮釋》：「此婦人懷念征夫之詩。」

1.黃櫄《毛詩李黃集解》：「因聞雷而動其思想之情。南山之陽、南山之側、南山之下，皆是一意，但便其韻以協聲耳，不必求其異義也。」

2.謝枋得《詩傳注疏》：「始不敢暇，中不敢止，終不敢暇居處，一節緊一節，此詩人之法度也。」

3.朱善《詩解頤》：「何斯違斯，念其久也。莫敢或遑，憫其勞也。振振君子，美其德也。歸哉歸哉，望其至也。往役者，君子事上之義；思念者，婦人愛夫之情，二者固並行而不相悖也。」

4.撰者按：全詩三章皆用賦體，選景典型，情景交融，語意懇切，思婦盼歸，情急心切，毫不掩飾，一吐為快。

摽有梅

摽有梅❶，其實七兮❷。求我庶士❸，迨其吉兮❹。

摽有梅，其實三兮。求我庶士，迨其今兮❺。

摽有梅，頃筐塈之❻。求我庶士，迨其謂之❼。

❶毛《傳》：「摽，落也，盛極則墮落者。」有，名詞詞頭，無義。

❷七，樹上果實尚有七成。

❸庶士，眾士。求我庶士，來追求我之眾士。

❹迨，音ㄉㄞˋ，及，趁著。吉，吉日。

❺今，現在。林義光《詩經通解》：「今讀為堪，堪字通作𢦔。」聞一多《風詩類鈔》：「堪即堪士，古又稱作任士，指可以信任依託的男子。」

❻頃筐，斜口之淺筐。塈，音ㄐㄧˋ，韓詩作「概」，取也。

❼謂，猶告也。

1.《詩序》：「〈摽有梅〉，男女及時也。召南之國被文王之化，男女得以及時也。」
2.姚際恆《詩經通論》：「卿、大夫為君求庶士之詩。」
3.龔橙《詩本誼》：「〈摽有梅〉，急壻也。」
4.聞一多《風詩類鈔》：「在某種節令的聚會裏，女子用新熟的果子，擲向她所屬意的男子，對方如果同意，並在一定期間裏送上禮物來，二人便可結為夫婦。」
5.屈萬里《詩經詮釋》：「疑諷女子之遲婚者。」

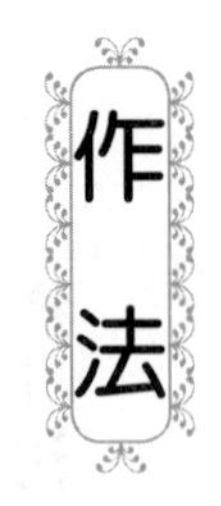

1.牛運震《詩志》：「媚而不豔，切而不怒。古詩門前之株棗及蹋地喚天等語，較此粗而激矣！此自女子之情，詩人為之寫其意耳！開後世閨怨之祖。」
2.撰者按：全詩三章疊章複沓，首二句興，以梅子成熟過程喻女子青春流逝，開後人以花木生命週期喻女子青春流逝寫作先鋒。例如南朝清商曲〈子夜四時歌〉：「梅花落已盡，柳花隨風散。嘆我當春年，無人相要喚。」北朝〈折楊柳枝歌〉：「門前一株棗，歲歲不知老。阿婆不嫁女，那得孫兒抱？」杜牧〈嘆花〉：「自是尋春去較遲，不須愁悵怨芳時。狂風落盡深紅色，綠葉成蔭子滿枝。」《牡丹亭．皂羅袍》：「原來姹紫嫣紅開遍，似這般都付予斷井頹垣。」在《周禮．媒氏》：「中春之月，令會男女，于是時也，奔者不禁。」孔穎達《毛詩正義》：「三十之男，二十之女，禮雖未備，年期既滿，則不待禮而行之，所以蕃育民人也。」這種「人老不如花」，遲婚摽梅之憂躍然紙上。

小星

嘒彼小星❶，三五在東❷。肅肅宵征❸，夙夜在公。寔命不同❹！
嘒彼小星，維參與昴❺。肅肅宵征，抱衾與裯❻。寔命不猶❼！

❶嘒，馬瑞辰《毛詩傳箋通釋》：「蓋狀星之明貌。」與〈大雅·有嘒其星〉之「嘒」同義。嘒彼猶疊字嘒嘒。

❷三五，一說指參三星，昴五星，即參昴。一說為概舉天上星星數量。

❸肅肅，疾行貌。宵，指下文夙夜，即天未亮以前。征，行。

❹寔，《韓詩》作實。

❺參，參宿。我國古代天文學二十八星宿之一，屬西方白虎七宿中之一宿，即西方天文學中之獵戶星座。一般指中間排成一行之三星，有時也包括周圍四星。《史記·天官書》：「參為白虎，三星直。」「其外四星，左右肩股也。」昴，指昴宿。二十八宿之一，西方白虎七宿中之第四宿，即著名之昴星團。

❻衾，《毛傳》：「被也。」裯，音ㄔㄡˊ，《毛傳》：「襌被也。」又鄭《箋》：「床帳也。」

❼猶，若。不猶，即不若、不如。

詩旨

1.《詩序》：「〈小星〉，惠及下也。夫人無妒忌之行，惠及賤妾，進御於君，知其命有貴賤，能盡其心矣。」

2.姚際恆《詩經通論》：「章俊卿以為『小臣行役之作』，是也。」

3.方玉潤《詩經原始》：「肅肅宵征者，遠行不逮，繼之以夜也。夙夜在公者，勤勞王事也。命之不同，則大小臣工之不一，而朝野勞逸之懸殊也。既知命不同而仍克盡其心，各安其分，不敢有怨天心，不敢有怨王事，此何如器識乎？……此詩雖以命自委，而循分自安，毫無怨懟詞，不失敦厚遺旨，故可風也。」

4.胡適〈談談詩經〉：「好像是寫妓女生活的最古記載。我們試看《老殘遊記》，可見黃河流域的妓女送鋪蓋上店陪客人的情形。」

5.屈萬里《詩經詮釋》：「《韓詩外傳》引此詩，以為勞於仕宦者之作，近是。」

作法

撰者按：二章採AA曲式疊詠，一、二句寫景，從泛寫整個夜空，轉移到東方天空，三、四句敘事，末句感嘆，層次分明。

江有汜

江有汜❶，之子歸，不我以❷；不我以，其後也悔。

江有渚❸，之子歸，不我與❹；不我與，其後也處❺。

江有沱❻，之子歸，不我過❼；不我過，其嘯也歌❽。

注釋

❶汜，水決復入。嚴粲《詩緝》：「凡水之支流復還本水者曰汜。」

❷以，與，共。不我以，不以我之倒裝。

❸渚，水中小洲。

❹與，偕，共。

❺毛《傳》：「處，止也。」屈萬里《詩經詮釋》：「處，謂共處也。」《經義述聞．通說》：「處，辨也。」作明白講，尤切合詩義。

❻沱，江水之別出者。

❼過，訪問。

❽嘯，鄭《箋》：「蹙口而出聲。」聞一多《詩經通義》認為嘯歌即號哭的意思。屈萬里《詩經詮釋》：「蓋狂歌當哭之意。」

詩旨

1.《詩序》：「〈江有汜〉，美媵也。勤而無怨，嫡能悔過也。文王之時，江沱之間，有嫡不以其媵備數；媵遇勞而無怨，嫡亦自悔也。」

2.方玉潤《詩經原始》：「此必江漢商人遠歸梓里，而棄其妾不以相從。始則不以備數，繼則不與偕行，終且望其廬舍而不之過，妾乃作此詩以自歎而自解耳！否則詩人託言棄婦以寫其一生遭際淪落不偶之心，亦未可知。」

3.屈萬里《詩經詮釋》：「此蓋男子傷其所愛者捨己而嫁人之詩。」

作法

1.聞一多《詩經通義》：「婦人蓋以水喻其夫，以水道自喻，而以水之旁流枝出，喻夫之情愛別有所歸。」

2.撰者按：全詩三章採AAA曲式疊詠，似寫棄婦之情。首句以江之枝流，水不循正軌，喻夫之情愛別有所歸。二、三句寫對方薄情義絕，四、五句寫仍期望其後悔回頭，一恩盡義絕，一愈想愈癡，極盡纏綿悱惻。

野有死麕

野有死麕❶，白茅包之。有女懷春❷，吉士誘之❸。

林有樸樕❹，野有死鹿，白茅純束❺。有女如玉。

舒而脫脫兮❻，無感我帨兮❼，無使尨也吠❽。

注釋

❶麕，音ㄐㄩㄣ，獐。死麕，杜其容〈說詩經死麕〉（《臺大中文學報》第一期）以為囮麕之訛，囮鹿即由鹿，為鹿

媒也，所以誘捕鹿者。又龍師宇純《絲竹軒詩說．詩義三則》有詳論，可參。

❷懷，思。懷春，謂當春而有所懷思也。王質《詩總聞》：「女至春而思有所歸，吉士以禮通情而思有所耦，人道之常。」

❸吉士，美士，男子之美稱。

❹樸樕，樕，音ㄙㄨˋ，小木，灌木。

❺純束，毛《傳》：「猶包之也。」三家《詩》「純」作「屯」。《釋文》：「屯，聚也。」

❻舒，徐緩。脫脫，遲緩貌。

❼感，三家《詩》作「撼」，動搖。帨，音ㄕㄨㄟˋ，帨巾，一曰縭，一曰褘，一曰蔽膝；又曰芾、曰韍、曰韠。

❽尨，音ㄇㄤˊ，多毛而凶猛之犬。

詩旨

1.《詩序》：「〈野有死麕〉，惡無禮也。天下大亂，彊暴相陵，遂成淫風。被文王之化，雖當亂世，猶惡無禮也。」

2.朱熹《詩集傳》：「南國被文王之化，女子有貞潔自守不為強暴所污者，故詩人因所見以興其事而美之，或曰賦也。……此章乃述女子拒之之辭，言姑徐徐而來，毋動我之帨，毋驚我之犬，以甚言其不能相及也，其凜然不可犯之意蓋可見矣！」

3.姚際恆《詩經通論》：「此篇是山野之民相與及時為昏姻之詩。」

4.胡適〈談談詩經〉：「也同樣是男子勾引女子的詩。初民社會的女子多喜歡男子有力能打野獸，故第一章『野有死麕，白茅包之』，寫出男子打死野麕，包以獻女子的情形。『有女懷春，吉士誘之』，便寫出他的用意了。此種求婚獻野獸的風俗，至今有許多地方的蠻族還保存著。」

5.屈萬里《詩經詮釋》：「此男女相悅之詩。」

作法

撰者按：

1.一二章開頭釋為興或賦，影響詩義之理解。本詩描寫吉士誘懷春如玉之女，一、二句以興體詮釋優於賦體。杜其容〈說詩經死麕〉一文，提出死麕為佪麕之訛，佪麕即佪鹿，為鹿媒，所以誘補鹿者，甚合開首吉士誘佳人興義。

2.本詩押韻特殊，首章一三句押文部韻，二四句押幽部韻；二章句句押屋部韻；三章句句押月部韻，句末並加「兮」字以加強詠嘆。

3.本詩敘事視點從一二章的第三人視點，轉移到第三章的第一人視點，由客觀敘述轉換成主觀敘述，將女子若推若就，亦懼亦喜之情態，彷如畫面生動呈現。

何彼襛矣

何彼襛矣❶？唐棣之華❷。曷不肅雝❸？王姬之車❹。

何彼襛矣？華如桃李。平王之孫，齊侯之子❺。

其釣維何？維絲伊緡❻。齊侯之子，平王之孫。

❶襛，一作穠，花木盛美貌。

❷唐棣，毛《傳》：「栘也。」即薁李、郁李、棠棣，今名杜梨。樹大者數丈，開白花，結實如李而小，可食。華，即花。

❸曷，何。肅，敬。雝，通雍，和也。

❹王姬，周為姬姓，故稱周王之女或孫女為王姬。

❺平王之孫，齊侯之子，毛《傳》：「平，正也。武王女，文王孫，適齊侯之子。」惠周惕《詩說》：「〈何彼襛矣〉明言平王，而舊說為武王。……蓋昔人誤認二南為文王時詩，故曲說羨言先後承襲若此。不知二南非一時所作。春秋書王姬歸齊一在莊公元年，為齊襄公；一在十一年，為齊桓公。……竊以肅雝之義求之，疑是歸桓公者。春秋莊公十一年書王姬歸於齊，傳曰『齊侯來逆共姬』共姬，固美諡，又與肅雝之義合。」屈萬里《詩經詮釋》以為平王，即周平王。齊侯，齊君也。春秋書王姬歸于齊者二：一在魯莊公元年，即齊襄公五年；一在魯莊公十一

年，即齊桓公三年：二者未詳孰是。或別有其事，而春秋未書。馬瑞辰《毛詩傳箋通釋》則以為平王之孫，齊侯之子為同一人，如〈衛風·碩人〉及〈韓奕〉「汾王之甥，蹶父之子」（韓姞）、〈閟宮〉「周公之孫，莊公之子」（僖公）。

❻伊，維，發語詞。緡，音ㄇㄧㄣˊ，合股絲繩，以絲綸相結，喻男女成婚。

詩旨

1.《詩序》：「〈何彼襛矣〉，美王姬也。雖則王姬，亦下嫁於諸侯，車服不繫其夫，下王后一等，猶執婦道以成肅雝之德也。」

2.毛《傳》以為所嫁之女為文王之孫、武王之女而嫁於齊侯之子者。齊、魯、韓三家《詩》以為詩中的女子為齊侯所嫁之女，周平王的外孫女。平王之女王姬先嫁於齊，留車反馬。而其所生之女又嫁於王畿內的諸侯之國，因以其出身為榮，所以以其母親始嫁之車而送之。

3.惠周惕《詩說》：「書王姬歸于齊，《傳曰》齊侯來逆共姬，共姬固美謚，又與肅雝之意合也。」以此詩為齊桓公迎娶周莊王之女時所奏樂曲。迎娶時間在魯莊公十一年，周莊王十四年，齊桓公三年，即西元前六八三年。

作法

1.朱熹《詩集傳》：「故見其車者，知其能敬且和，以執婦道。」

2.謝枋得《詩傳注疏》：「頌人之德，多美其車馬衣服，多美其宗族兄弟，此風人之法度。觀〈碩人〉、〈韓奕〉，可觸類而長。」

3.撰者按：此詩採用合錦體，中間一章的前二句，呼應第一章，後二句呼應第三章。而且用間接描寫法，寫容以唐棣之花，寫德以車隊肅雍，寫婚配以釣絲伊緡，譬喻巧妙，烘托得宜；又以「曷不」反問表肯定，讚頌王姬與齊侯世紀婚禮。

騶虞

彼茁者葭❶，壹發五豝❷。于嗟乎騶虞❸！
彼茁者蓬❹，壹發五豵❺。于嗟乎騶虞！

注釋

❶茁，毛《傳》：「出也。」《說文》：「艸初生出地貌。」葭，音ㄐㄧㄚ，蘆葦。

❷壹發，舊說一射，於詩義難通，發，釋縱放為是。豝，音ㄅㄚ，母豬；又作兩歲豬。五豝，屈萬里《詩經詮釋》：「君射獵時，由虞人驅五豕，以待君射；故曰壹發五豝。」

❸于嗟，吁嗟，感嘆詞，有讚美之意。騶虞，古代管理山澤之官名虞人。魯、韓《詩》以「騶虞」為天子掌管鳥獸之官，又毛《傳》釋為「白虎黑文，不食生物」的義獸，以魯、韓說為是。

❹蓬，草名，其葉似柳，花色白，至秋天則枯老，隨風飄飛，又稱飛蓬。

❺豵，音ㄗㄨㄥ，一歲豬。《廣雅．釋獸》：「獸一歲為豵、二歲為豝，三歲為豜，四歲為特。」

詩旨

1.《詩序》：「〈騶虞〉，〈鵲巢〉之應也。〈鵲巢〉之化行，人倫既正，朝廷既治，天下純被文王之化。則庶類蕃殖，蒐田以時。仁如騶虞，則王道成也。」

2.屈萬里《詩經詮釋》：「此美田獵之詩。」【周禮賈疏引韓詩，以騶虞為天子掌鳥獸之官。】

作法

撰者按：全詩兩章複沓，開門見山直接賦寫，景、物、人配合得宜，讚頌虞人擅長養獸、驅獸以供天子田獵。

邶風

〈邶風〉十九首詩、〈鄘風〉十首詩、〈衛風〉十首詩，合計三十九首詩。有關邶、鄘、衛和三監的說法，歷來十分紛紜：

一、《逸周書．作雒》：「武王克殷，乃立王子祿父，俾守商祀；建管叔於東，建蔡叔、霍叔於殷，俾監殷臣。」

二、《漢書．地理志》：「河內本殷之舊都，周既滅殷，分其畿內為三國，詩邶庸衛國是也。邶以封紂子武庚，庸，管叔尹之，衛，蔡叔尹之；以監殷民，謂之三監。」

三、鄭玄《詩譜》：「武王伐紂，以其京師封武庚，三分其地，置三監，使管叔、蔡叔、霍叔，尹而教之。自紂城而北謂之邶，南謂之鄘，東謂之衛。」

四、皇甫謐《帝王世紀》（史記正義引）：「自殷都以東為衛，管叔監之；殷都以西為鄘，蔡叔監之；殷都以北為邶，霍叔監之：是謂三監。」

各家於督監之人，所監之地說法不一，莫衷一是。武庚及管蔡之亂既平，乃以衛封康叔，而兼領邶鄘之地。（但朱熹《詩集傳》：「邶鄘不詳其始封，衛則武王弟康叔之國也。……其後不知何時，併得邶鄘之地。」和舊說不同）建都朝歌（今河南淇縣）。傳至懿公，為狄所滅，戴公東徙渡河，廬於漕邑（今河北滑縣），文公復國後又徙居楚丘（今山東城武縣），其地皆在衛之本土。

《左傳．襄公二十九年》記載吳公子季札至魯觀樂，樂工為之歌唱〈邶〉、〈鄘〉、〈衛〉之詩後，季札稱這三國之詩為〈衛風〉，至漢代三家《詩》，亦將三國之詩合為一卷，《毛詩》則將三國之詩分立，清儒顧炎武、馬瑞辰、朱右曾諸人也都以為古代三國之詩合為一卷，今人贊同此說者亦不少。我們以為之所以合為一卷或因武王克商之後，封〈邶〉、〈鄘〉、〈衛〉三個國家以安殷民，武庚、管蔡之亂後，封給衛康叔，兼併有邶鄘之地，三國之詩久漸混同，編詩者欲存邶鄘舊名，一如魏之與唐，檜之與鄭等，而其詩又不易區分，故統名之曰「邶鄘衛」，或簡稱「衛」。

鄭玄《詩譜》以為邶鄘衛詩起自西周夷王，下迄東周襄王。屈萬里《古籍導讀》：「三風中或有西周晚年時詩，然大都皆東遷以後至春秋前期之作。」三風中最早應是衛武公時詩，然而大都是東遷以後至春秋前期之詩。

柏舟

汎彼柏舟[1]，亦汎其流[2]。耿耿不寐[3]，如有隱憂[4]。微我無酒[5]，以敖以遊[6]。

我心匪鑒[7]，不可以茹[8]。亦有兄弟，不可以據[9]。薄言往愬[10]，逢彼之怒。

我心匪石，不可轉也[11]；我心匪席，不可卷也[12]。威儀棣棣[13]，不可選也[14]。

憂心悄悄[15]，慍于群小[16]。覯閔既多[17]，受侮不少。靜言思之[18]，寤辟有摽[19]。

日居月諸[20]，胡迭而微[21]？心之憂矣，如匪澣衣[22]。靜言思之，不能奮飛[23]。

注釋

❶ 汎彼，猶言泛泛，毛《傳》：「泛泛，流貌。」狀其流動之貌。柏舟，柏木製成之船。

❷ 汎，動詞，漂浮之意，異於上文「汎」當狀詞。流，順流而下。

❸ 耿耿，毛《傳》：「猶儆儆也。」《魯詩》作炯，與耿字音義並同。憂心焦灼之貌。寐，睡著。

❹ 如，《經義述聞》：「如讀為而。」隱，痛。隱憂，內心深處之痛苦。

❺ 微，非，不是。

❻ 敖，出遊。王先謙《詩三家義集疏》：「非我無酒遨遊以解憂，特此憂非飲酒遨遊所能解。」

❼ 匪，非，不是。鑒，銅鏡。

❽ 茹，容納。陸德明《經典釋文》引《廣雅》：「茹，食也。」影入鏡中，像食物之入於口中，無不容納，故詩人以「茹」取譬。又鄭《箋》：「鑒之察形，但知方圓白黑，不能度其真偽。我心非如是鑒，我於眾人之善惡外內，心度知之。」

❾ 據，毛《傳》：「依也。」

❿ 薄言，急忙、連忙：梅廣〈詩三百篇言字新義〉有說。愬，音ㄙㄨˋ，同「訴」，告訴，傾訴。

⓫ 轉，移動。

⓬ 卷，即捲。毛《傳》：「石雖堅，尚可轉。席雖平，尚可卷。」鄭《箋》：「言己心志堅平，過於石席。」王先謙《詩三家義集疏》：「詩言石雖堅，可轉運；席雖平，可

卷曲。我以善道自守，必不可奪。此心匪石、匪席，豈能聽人之轉運卷曲乎？」

⑬ 威儀，莊嚴之容貌舉止。棣棣，富盛而嫻習貌。

⑭ 選，毛《傳》說選，不可數也。《後漢書．朱穆傳注》載絕交論引詩作不可算也。選為算之通假，算，數也。

⑮ 悄悄，毛《傳》：「憂貌。」

⑯ 慍，怨怒。群小，眾多奸邪小人。慍于群小，為眾多小人所恨怒。

⑰ 覯，音ㄍㄡˋ，三家《詩》作「遘」，遭受。閔，通愍，痛苦憂傷。

⑱ 靜言，梅廣〈詩三百篇言字新議〉說：「『言』為狀語詞尾，靜言，猶言靜而。靜，《說文》：「宷也。」靜言思之猶宷而思之。

⑲ 寤，醒來。屈萬里《詩經詮釋》：「或當讀為吾，當是語助詞。」辟，捶胸拍心。有摽，摽然，捶胸拍心之聲。王先謙《詩三家義集疏》：「貞女言審思此事，寤覺之時，以手拊心，至於擗擊之也。」

⑳ 居、諸，語氣助詞，無義。

㉑ 胡，何，為什麼。迭，更換，更動。微，虧傷，昏暗無光，指日蝕、月蝕言；或日落、月缺。

㉒ 匪，非，又釋為彼。匪澣衣，骯髒未洗之衣；或如洗衣揉搓。

㉓ 奮飛，振奮羽翼而飛。毛《傳》：「如衣之不浣矣，不能如鳥奮翼而飛去。」

詩旨

1.《詩序》：「〈柏舟〉，言仁而不遇也。衛頃公之時，仁人不遇，小人在側。」今文三家《齊詩》與《毛詩》同；《魯詩》、《韓詩》則以此詩為衛宣姜自誓不更嫁之詞，後為劉向《列女傳》所本。

2. 朱熹《詩集傳》：「婦人不得於其夫，故以柏舟自比。……《列女傳》以此為婦人之詩，今考其辭氣卑順柔弱，且居變風之首，而與下篇相類，豈亦莊姜之詩也歟？」姚際恆、方玉潤對朱說有所質疑。

3. 方玉潤《詩經原始》：「今觀詩詞固非婦人語，誠如姚氏際恆所駁，然亦無一語及衛事，不過賢臣憂讒憫亂，而莫能自遠之辭。安知非即邶詩乎？邶既為衛所併，其未亡也，國勢必孱……當此之時必有賢人君子，目擊時事之非，心存危亡之慮，日進忠言而不見用，反遭讒譖……。」

作法

1. 姚際恆《詩經通論》：「三『匪』前後錯綜。」
2. 牛運震《詩志》：「騷愁滿紙，語語平心厚道，卻自悽婉欲絕，柔媚出幽怨，一部離騷之旨都括其內。。」
3. 俞平伯《葺芷繚衡室讀詩札記》（收入古史辨）：「五章一氣呵成，娓娓而下，將胸中之愁思，身世之畸零，婉轉申訴出來。通篇措詞委婉幽抑，取喻起興細巧工密，在素樸的《詩經》中是不易多得之作。」
4. 撰者按：全詩用興體，豐富的比喻、排比、對偶等寫作技巧，以「隱憂」為主線，娓娓傾訴詩人受群小傾陷，而主上不明，無法施展抱負的憂憤，逐層深入抒寫愛國憂己之情，是最早敘寫知識份子憂患意識之佳篇。

綠衣

綠兮衣兮❶，綠衣黃裏。心之憂矣，曷維其已❷？
綠兮衣兮，綠衣黃裳。心之憂矣，曷維其亡❸？
綠兮絲兮，女所治兮❹。我思古人❺，俾無訧兮❻。
絺兮綌兮❼，淒其以風❽。我思古人，實獲我心❾。

❶綠，為褖之誤，緣為褖之異體字，與綠形近而誤。鄭《箋》以為褖衣：「褖兮衣兮者，言衣自有禮制也。諸侯夫人祭服之下，鞠衣為上，展衣次之，次之者眾妾亦以貴賤之等服之。鞠衣黃，展衣白，褖衣黑，皆以素紗為裏。今褖衣反以黃為裏，非其禮制也，故以喻妾上僭。」

❷曷，何時。已，停止。

❸亡，同已。

❹女，同汝。嚴粲《詩緝》：「言此間色之綠也，本是絲也，乃女染治以為綠也。女既染此絲以為綠，豈可復以為衣，而加諸黃色之上乎？譬既以為妾，則不可僭嫡也。」

❺古人，鄭《箋》：「謂制禮者，我思此人定尊卑，使人無過差之行，心善之也。」又程俊英、蔣見元《詩經注析》：「古人，古與故通，故人，這裡指作者的妻子。」

❻訧，過。一說為埋怨。

❼絺，精細之葛布。綌，粗糙之葛布。見〈葛覃〉注。

❽淒其，淒然，毛《傳》：「淒，寒風也。」朱熹《詩集傳》：「絺綌而遇寒風，猶己之過時而見棄也。」

❾我思古人，實獲我心，毛《傳》：「古之君子實得我之心也。」鄭《箋》：「古之聖人制禮者，使夫婦有道，妻妾貴賤各有次序。」朱熹《詩集傳》：「故思古人之善處此者，真能先得我心之所求。」

詩旨

1.《詩序》：「〈綠衣〉，衛莊姜傷己也。妾上僭，夫人失位，而作是詩也。」《詩序》之說係本《左傳·隱公三年》：「衛莊公娶於齊東宮得臣之妹，曰莊姜，美而無子，衛人所為賦〈碩人〉也。又娶於陳，曰厲媯，生孝伯，早死。其娣戴媯，生桓公，莊姜以為己子。公子州吁，嬖人之子也，有寵而好兵，公弗禁。莊姜惡之。」又隱公四年（西元前七一九年）春，州吁弒衛桓公而自立為衛君，後為石碏用計殺死。

2.劉大白《白屋詩話》：「此是一篇悼亡詩或念舊詩。」

3.聞一多《風詩類鈔乙》：「感舊也。婦人無過被出，非其夫所願。他日因衣婦舊所製衣，感而思之，遂作此詩。」

作法

撰者按：全詩四章，前二章寫思古人心憂之情，後二章具體讚揚古人之才德。詩旨古今說法差異甚大，今人以為悼亡詩之先河，例如潘岳〈悼亡詩〉「望廬思其人，入室想所歷。幃屏無仿佛，翰墨有餘跡。流芳未及歇，遺掛猶在壁。」魏文帝〈悼夭賦〉「感遺物之如故，痛爾身之獨亡。」等詩頗有〈綠衣〉影像存在。

燕燕

燕燕于飛❶，差池其羽❷。之子于歸❸，遠送于野。瞻望弗及❹，泣涕如雨。

燕燕于飛，頡之頏之❺。之子于歸，遠于將之❻。瞻望弗及，佇立以泣❼。

燕燕于飛，下上其音。之子于歸，遠送于南❽。瞻望弗及，實勞我心。

仲氏任只❾，其心塞淵❿。終溫且惠⓫，淑慎其身⓬。先君之思⓭，以勖寡人⓮。

注釋

❶燕燕，名詞重疊，即燕子。于，動詞詞頭，于飛，猶言在飛。

❷差池，不齊之貌。馬瑞辰《毛詩傳箋通釋》：「差池二字疊韻，義與參差同，皆不齊之貌。」此狀燕子舒張其羽翼貌。

❸于歸，出嫁；在《詩經》用於他人稱女子出嫁，見郭芹納《訓詁散論．詩經中的于歸和有行》。

❹瞻望，即遠望。

❺頡，音ㄒㄧㄝˊ、頏，音ㄏㄤˊ。毛《傳》：「飛而上曰頡，飛而下曰頏，解者不得其說。」實際上應互倒。段玉裁《說文注》：「毛《傳》曰：『飛而上曰頡，飛而下曰頏』，轉寫互訛久矣。頡與頁同音。頁，古文䭫，飛而下如䭫首然，故曰頡之；古本當作頁之。頏即亢字，亢之引申為高也，故曰頏之。古本當作亢之。」

❻將，鄭《箋》「將亦送也。」遠于將之，即將之于遠，謂送她到遠處去。

❼佇立，毛《傳》：「久立也。」

❽南，古音同「林」，《爾雅．釋地》：「邑外謂之郊，郊外謂之牧，牧外謂之野，野外謂之林，林外謂之坰。」

❾仲氏，衛君稱其妹之詞。古人以伯、仲、叔、季為兄弟姊妹之行次。王先謙《詩三家義集疏》：「女子以伯仲為字，位在中者，言此婦之字齒列在仲。」任，誠懇篤實。只，語尾助詞，無義。

❿塞，音ㄙㄜˋ，篤厚誠實。淵，深也。其心塞淵，其心誠實而深遠。

⓫終，《經傳釋詞》：「詞之既也。」溫，溫和。惠，柔

順、和順。終溫且惠，言既溫和且柔順。
⓬淑，善也。慎，謹慎。孔《疏》：「善自謹慎其身。」
⓭先君，前代帝王，已故國君。
⓮勖，勉勸。寡人，寡德之人，對自己之謙稱。

詩旨

1.《詩序》：「〈燕燕〉，衛莊姜送歸妾也。」鄭《箋》：「莊姜無子，陳女戴媯生子名完，莊姜以為己子。莊公薨，完立，而州吁殺之，戴媯於是大歸，莊姜遠送之于野，作詩見己志。」
2.劉向《列女傳．母儀》以為係衛定姜送其守寡兒媳返歸娘家之作。王先謙即持此說。如此此詩寫作年代已是春秋中葉了。《韓詩》則認為是衛定姜送其娣歸國之作。
3.崔述據《史記．衛康叔世家》：「莊公五年，取齊女為夫人，好而無子。又取陳女為夫人，生子蚤死。陳女娣亦幸于公，而生子完。完母死，莊公令夫人齊女子之，立為太子。」準此可知，戴媯之子完為君被弒時，戴媯早已死，何勞莊姜之送？又從習俗不遠送，雙方面考察，以駁《詩序》。因而以為此篇之文但有惜別之義，絕無感時悲遇之情。而詩稱「之子于歸」者，皆指女子之嫁者言之，未聞有稱大歸為于歸者。恐係衛女嫁於南國，而其兄送之之詩，絕不類莊姜戴媯婚事也。
4.魏源《詩古微．詩序集議》以為是衛莊姜於衛桓公死後，送桓公之婦大歸於薛之詩。
5.屈萬里《詩經詮釋》：「王質以為當是國君送女弟適他國之詩，其說近是。」

作法

1.朱熹《朱子語類》：「譬如畫工一般，真是寫得他精神出。」
2.牛運震《詩志》：「前三章空寫別情，末章實敘仲氏，情之所繫，涕泣心勞，正因乎此，此詩意章法貫串處。」
3.撰者按：本詩採用AAAB曲式，前三章聯吟，反覆抒情，末章總論。前三章一、二句用興體，見鳥飛遠去，觸景傷離別之情。接著敘寫送別之情，三章愈送愈遠，直至不見離人，隨著空間變化，而情感加深，初別泣涕如雨、已別久立以泣、既去而思之不忘，不說泣涕，更覺婉痛。末章則總論何以離人讓其如此泣涕心勞。〈燕燕〉

為《詩經》中最優美感人篇章之一。（宋）許顗《彥周詩話》：「此真可以泣鬼神矣！」（清）王漁洋《池北偶談》自述六七歲時誦此詩「覺悵怏欲涕，不知其所以然」，並在《分甘餘話》稱許此詩「為萬古送別之祖」。王維〈齊州送祖三〉：「解纜君已遠，望君猶佇立。」王操〈送人南歸〉：「去帆看已遠，臨水立多時。」王安石〈相送行〉：「但聞馬嘶覺已遠，欲望應須上前坂；秋風忽起吹沙塵，雙目空回不見人。」何景明〈河水曲〉：「君隨流水去，我獨立江干。」可謂遠紹〈燕燕〉之寫送別。

日月

日居月諸❶，照臨下土❷。乃如之人兮❸，逝不古處❹。胡能有定❺？寧不我顧❻！

日居月諸，下土是冒❼。乃如之人兮，逝不相好。胡能有定？寧不我報❽！

日居月諸，出自東方。乃如之人兮，德音無良❾。胡能有定？俾也可忘❿。

日居月諸，東方自出。父兮母兮！畜我不卒⓫。胡能有定？報我不述⓬。

注釋

❶居、諸，語助詞，猶「乎」。見前〈柏舟〉注。

❷下土，屈萬里《詩經詮釋》：「即下地。東周初葉以前載籍，率稱地曰土。」

❸乃如，王引之《經傳釋詞》：「乃如，轉語詞也。」裴學海《古書虛字集釋》：「乃如猶言若夫，提示之詞也。」竟然之意。之人，是人，此人。

❹逝，發語詞。古，毛《傳》：「故也。」鄭《箋》：「不以故處，甚違其初時。」屈萬里《詩經詮釋》：「故處，謂以故舊相處。」

❺胡，何。定，止。胡能有定，何時才能夠停止，意指心志不定。

❻寧，乃。寧不我顧，倒裝句，乃不顧我。

❼冒，毛《傳》：「覆也。」鄭《箋》：「猶照臨也。」

❽報，答，理睬之意。陳奐《詩毛氏傳疏》：「不報，即不答也。」

❾德音，嚴粲《詩緝》：「言語、教令、聲名皆可稱德

音。」

❿俾，使。忘，鄭《箋》：「君之行如此，何能有所定，使是無良可忘也。」屈萬里《詩經詮釋》：「忘，讀為亡，失也；指德音無良言。」

⓫畜，鄭《箋》：「養。」馬瑞辰《毛詩傳箋通釋》：「喜好也。」卒，終。

⓬述，毛《傳》：「循也。」屈萬里《詩經詮釋》：「道也，不述，即不道。」

詩旨

1.《詩序》：「〈日月〉，衛莊姜傷己也。遭州吁之難，傷己不見答於先君，以至困窮之詩也。」

2.劉向《列女傳．孽嬖》引此詩「乃如之人兮，德音無良」二句，說明衛宣姜謀殺太子伋事。

3.傅斯年《詩經講義》：「婦見棄於夫之哀歌。」

作法

1.方玉潤《詩經原始》：「一訴不已，乃再訴之；再訴不已，更三訴之；三訴不聽，則唯有自呼父母而嘆其生我之不辰，蓋情極則呼天，疾痛則呼父母，如舜之泣于旻天，于父母耳。此怨極也，而篇終乃云『報我不述』，則用情又何厚哉！」

2.撰者案：全詩四章皆以日月為興，睹日月照臨下土而生思。而且四章皆有女子反覆問對方「胡能有定」？應是對方心性不定遺其憂。且除第三章末句外，每章後三句皆為否定句、反問句，或是其無力改變對方，心中滿腔委屈怨憤，無法排解，而傾訴心曲。

終風

終風且暴❶，顧我則笑❷。謔浪笑敖❸，中心是悼❹。

終風且霾❺，惠然肯來❻。莫往莫來❼，悠悠我思。

終風且曀❽，不日有曀❾。寤言不寐，願言則嚏❿。
曀曀其陰，虺虺其靁⓫。寤言不寐，願言則懷⓬。

注釋

❶終，既。見〈燕燕〉注。暴，迅疾。詩人以疾風興丈夫之狂暴。《齊詩》暴作瀑。《說文》：「瀑，疾雨也。《詩》曰：『終風且暴。』」《齊詩》釋此句為「疾風暴雨」，但興義與《毛詩》同。
❷顧，看見。
❸謔，戲謔。浪，放蕩。敖，放縱。《爾雅》：「謔浪笑敖，戲謔也。」
❹中心，心中。悼，痛傷。
❺霾，《說文》：「風雨土也。」即風揚土落如雨。
❻惠然，和順貌。
❼莫往莫來，謂其終不往來。
❽曀，音ㄧˋ，《爾雅．釋天》：「陰而風曰曀。」陰而有風。
❾不日，不見太陽。有，又。
❿願，思。言，作狀語詞尾，修辭手法與「愛而不見」相同：梅廣〈三百篇言字新議〉說（撰者按：上句「寤言不寐」亦同）。嚏，打噴嚏。鄭《箋》：「我其憂悼而不能寐，汝思我心如是，我則嚏也。今俗人嚏，云人道我，此古之遺語也。」王先謙《詩三家義集疏》：「言我思君甚，寤覺而不能寐，有時噴鼻，以為君思願我，乃致我嚏也。非真謂公願，正以形我思。」嚏或作疐，困頓，同跋前躓後之「躓」。又高本漢《詩經注釋》訓為惱怒煩悶。
⓫虺虺，音ㄏㄨㄟˇ，形容打雷之聲。
⓬懷，憂傷。

詩旨

1.《詩序》：「〈終風〉，衛莊姜傷己也。遭州吁之暴，見侮慢而不能正也。」
2.朱熹《詩序辨說》：「詳味此詩，有夫婦之情，無母子之意。」《詩集傳》：「莊公之為人，狂蕩暴疾。莊姜蓋不忍斥言之，故但以『終風且暴』為比，言雖其狂暴如此，然亦有『顧我則笑』之時，但皆出於戲慢之意，而無愛敬之誠，則又使我不敢言而心獨傷之耳。蓋莊公暴慢無常，而莊姜正靜自守，所以忤其意而不見答也。」魏源、王先謙皆從朱說。

3.屈萬里《詩經詮釋》：「此亦婦人不得於其夫之詩。」

撰者按：

1.本詩採四章疊章複沓形式，一、二句以天候的可怕變化興男子性格戲謔不定，雖如此，但詩人通過自敘心曲方式，對比技巧，鮮明塑造一個內心悲傷、失望，但仍思念對方不已的癡情女子。

2.關於打噴嚏有人想，錢鍾書《管錐篇．毛詩正義》：「就解詩而言固屬妄鑿，然觀物態考風俗者有所取材焉。」並舉翟灝《通俗編》：「蘇軾〈元日詩〉：『曉來頻嚔為何人？』」康進之〈負荊曲〉：「打嚔耳朵熱，一定有人說。」等相關民俗文獻。

擊鼓

擊鼓其鏜❶，踊躍用兵❷。土國城漕❸，我獨南行。

從孫子仲❹，平陳與宋❺。不我以歸❻，憂心有忡❼。

爰居爰處❽，爰喪其馬❾。于以求之❿，于林之下。

死生契闊⓫，與子成說⓬；執子之手，與子偕老⓭。

于嗟闊兮⓮！不我活兮⓯！于嗟洵兮⓰！不我信兮⓱！

注釋

❶ 其，《經傳釋詞》：「狀事之詞。」鏜，音ㄊㄤ，擊鼓聲。

❷ 踴躍，朱熹《詩集傳》：「坐作擊刺之狀。」兵，兵器。

❸ 土，鄭《箋》：「役土功於國」。國，指都城。漕，衛邑，在今河南省滑縣。城漕，修治漕城。

❹ 孫子仲，人名，即公孫文仲，字子仲，是衛國的世卿，當時任南征的將領。

❺ 平陳與宋，一說為調解陳、宋之間的糾紛；王先謙據唐書宰相世系表，考定詩中的孫子仲，與州吁俱衛武公孫，時代正合；並解釋說：「平，和也。左隱六年經注：『和而不盟曰平。』蓋陳宋有宿怨，是役乃平。」一說為聯合陳、宋討伐鄭國；毛《傳》以為是魯隱公四年夏，衛聯合陳、宋、蔡共同伐鄭，即《史記．衛康叔世家》說州吁殺其兄衛桓公，並聯合陳、宋討伐立衛公子馮的鄭國。姚際恆《詩經通論》則認為州吁時尚未城漕，與詩中城漕之說不合，因謂此乃魯宣公十二年，衛穆公背清丘之盟，救陳（陳為宋所伐），平陳宋之難，數興軍旅，其下怨之而作此詩也。

❻ 以，使也。不我以歸，不以我歸之倒裝。即不讓我回來。

❼ 有忡，忡然，心神不安貌。

❽ 爰，於，於是。朱熹《詩集傳》：「於是居，於是處。」

❾ 喪，失也。

❿ 于以，於何，在何處。見〈采蘩〉、〈采蘋〉注。

⓫ 死生契闊，屈萬里《詩經詮釋》：「孫奕示兒編云：『契，合也；闊，離也；謂死生離合。』朱傳：『契闊，隔遠也。』釋文引韓詩云：契闊，約束也。」契闊，或視為偏義複合詞較佳，死生契闊意為：不論死生都要在一起。

⓬ 成說，朱熹《詩集傳》：「成其誓約之言。」即立下誓約。

⓭ 偕老，相伴到老。

⓮ 闊，遠離。

⓯ 活，生活。不我活兮，毛《傳》：「不與我生活也。」

⓰ 洵，遠。

⓱ 信，信守誓約，指不能實踐約定。

詩旨

1. 《詩序》：「〈擊鼓〉，怨州吁也。衛州吁用兵暴亂，使公孫文仲將而平陳與宋，國人怨其勇而無禮也。」

（撰者按：鄭《箋》、三家《詩》亦以為是春秋初期魯隱公四年（西元前七一九年）衛公子州吁聯合宋、陳、蔡三國共同伐鄭之事。）

2. 方玉潤《詩經原始》：「夫國家大役，無過土工城漕，然尚為境內事，即征伐敵國，亦尚有凱還時。唯此邊防戍遠，永斷歸期，言念室家，能不愴懷？未免咨嗟涕洟而不能自已。此戍卒思歸不得詩也。」

撰者按：全詩按時間順序，描寫南征士兵出征前、出征時，出征後內心複雜心理。第三章詩人匠心獨運，不從正面描寫戰爭殘酷，行軍勞頓，而是通過設問，巧妙暗示。第四章插入回憶，形成往事與現實強烈對比。全詩頓宕起伏，波瀾增生。

凱風

凱風自南❶，吹彼棘心❷。棘心夭夭❸，母氏劬勞❹。

凱風自南，吹彼棘薪❺。母氏聖善❻，我無令人❼。

爰有寒泉❽，在浚之下❾。有子七人，母氏勞苦。

睍睆黃鳥❿，載好其音⓫。有子七人，莫慰母心。

❶凱風，毛《傳》：「南風謂之凱風，樂夏之長養者。」

❷棘，酸棗樹。棘心，指酸棗樹初發之嫩芽。

❸夭夭，茂盛貌。

❹劬勞，勞苦。

❺棘薪，指棘已經長大可以為薪。

❻聖善，聰明睿智而有美德。王先謙《詩三家義集疏》：

「言通於事理，有美德也。」

❼令，《爾雅．釋詁》：「善也。」我無令人是七子反躬自責之詞。

❽爰，發語詞。寒泉，清冷之泉水。

❾浚，衛邑，在今山東省濮縣境。酈道元《水經．瓠子水》：「濮水枝津……又東逕浚城南，而北去濮陽三十五里，城側有寒泉岡，即《詩》所謂：『爰有寒泉，在浚之下。』」

❿睍睆，音ㄒㄧㄢˋㄨㄢˇ，毛《傳》：「好貌。」黃鳥，黃雀。

⓫載，猶則也。

詩旨

1.《詩序》：「〈凱風〉，美孝子也。衛之淫風流行，雖有七子之母，猶不能安其室。故美七子能盡其孝道，以慰其母心而成其志爾。」

2.魏源《詩古微》、王先謙《詩三家義集疏》以為是頌繼母之詩。因該繼母或未能慈愛於前母之子，故七子作此詩而感動之。

3.聞一多《詩經通義》以為《詩》言風多喻暴怒之男性，《詩》中「棘」乃七子之母，「棘受風吹而傾屈，喻母受父之虐待」。「名為慰母，實為諫父耳。」故七子「惟有陳詩自咎，冀父與母心皆有所感，而終以言歸於好而已」。

4.王靜芝《詩經通釋》：「本詩七子自疚，非真不能孝其母也。惟以愈能孝母，故見母之勞而愈自疚，乃思更盡其孝道，以慰母心也。」「此詩祇是孝子念母氏劬勞而自疚之詞也。」

作法

1.陳奐《詩毛氏傳疏》：「前二章以凱風之吹棘，喻母養其七子。後二章以寒泉之益於浚，黃鳥之好其音，喻七子不能事悅其母，泉鳥之不如也。」

2.撰者按：全詩四章，前二章言母氏，以凱風吹棘，喻母氏育子劬勞，以見七子之不善；後二章言七子，換用寒泉尚且潤物，黃鳥猶能好音悅耳，自責泉鳥不若，更見母氏勞苦之恩。

雄雉

雄雉于飛，泄泄其羽❶。我之懷矣❷，自詒伊阻❸。

雄雉于飛，下上其音。展矣君子❹，實勞我心❺。

瞻彼日月❻，悠悠我思。道之云遠❼，曷云能來❽？

百爾君子❾，不知德行。不忮不求❿，何用不臧⓫。

注釋

❶泄泄，音ㄧˋ，鼓動翅膀貌。

❷懷，思念。

❸詒，音ㄧˊ，遺留。伊，其，語助詞。阻，憂也。《左傳．宣公二年》引作「慼」，〈小雅．小明〉作戚，馬瑞辰《毛詩傳箋通釋》：「阻慼音近，作慼為是。」

❹展，毛《傳》：「誠也。」

❺勞，掛念，憂慮。嚴粲《詩緝》：「誠然此君子實使我思之而勞心也。」

❻瞻，視。

❼云，句中語助詞。

❽曷，何時。

❾百爾，凡爾，各位。君子，指為官者。

❿忮，嫉害。求，貪求。

⓫臧，善。王先謙《詩三家義集疏》：「何用不臧，猶言無往不利。」

詩旨

1.《詩序》：「〈雄雉〉，刺衛宣公也。淫亂不恤國事。軍旅數起，大夫久役，男女怨曠，國人患之，而作是詩。」王先謙《詩三家義集疏》：「案《序》：大夫久役，男曠女怨，正此詩之指。宣公云云，乃推本之詞，詩中未嘗及之。」

2.朱熹《詩集傳》：「婦人以其君子從役於外，故言雄雉之飛舒緩自得如此，而我之所思者乃從役於外，而自遺阻隔也。」

3.姚際恆《詩經通論》：「上三章可通，末章難通，不敢強說。」

1.范家相《詩瀋》：「詩人托為婦之念夫，以刺衛君之搆而勞民。前三章道思婦之情，末乃指其因忮害而起釁爭，因貪求而召搆怨，亂輒得怨，以致桯杌而不安也。不敢斥言君，故以責之百爾之君子。」

2.馬瑞辰《毛詩傳箋通釋》：「前二章睹物起興，以雄雉之在目前，羽可得見，音可得聞，以興君子久役，不見其人，不聞其聲也。第三章以日月之迭往迭來，以興君子之久役不來。末章則推其君子久役之故，皆由有所忮求，若知修其德行，無所忮求，則可以全身遠害，復何用而不臧乎。」

匏有苦葉

匏有苦葉❶，濟有深涉❷。深則厲❸，淺則揭❹。

有瀰濟盈❺，有鷕雉鳴❻；濟盈不濡軌❼，雉鳴求其牡❽。

雝雝鳴鴈❾，旭日始旦❿。士如歸妻⓫，迨冰未泮⓬。

招招舟子⓭，人涉卬否⓮。人涉卬否，卬須我友⓯。

注釋

❶匏，瓠，葫蘆。苦，王先謙據《易林》讀為枯，並說：「初熟時取其不能製物者食之，餘則留待秋盡葉枯，壺蘆體質堅老，摘取煮熟，剖以為瓢而食其瓤。不剖者人繫於身，入水不湛，故江湖間用以防溺。」葉枯然後取匏，故匏有苦葉而後濟有深涉。

❷濟，水名，一說即為〈泉水〉「出宿于泲」之泲水。涉，渡口。

❸厲，以衣涉水。

❹揭，提起衣裳涉水。毛《傳》：「以衣涉水為厲，謂由帶以上也。揭，褰衣也。遭時制宜，如遇水深則厲，淺則揭矣，男女之際安可以無禮義。」

❺瀰，水滿貌。有瀰，瀰然。濟盈，濟水盈滿。

❻鷕，音ㄧㄠˇ，毛《傳》：「雌雉聲也。」

❼濡，沾濕。軌，龍師宇純《絲竹軒詩說．讀詩雜記》說：今謂軌字不誤。軌之言範，範圍輿前，在軾之下，垂於輈之上（參戴氏《考工記圖》），故許君云車軾前，毛云由輈以上；濟盈不濡軌，猶云濟盈不過軌輈相接之處也。

❽牡，指雄雉。

❾雝雝，雁和鳴聲。

❿旭日，朝陽。旦，明亮。旭日始旦，朝陽剛剛升起。

⓫歸妻，娶妻。

⓬迨，趁著。泮，消散，指堅冰在春天分解融化。古人行婚禮多在秋冬季節和春天堅冰未泮之前，《白虎通義．嫁娶》：「嫁娶必以春何？春者天地交通，萬物始生，陰陽交際之時也。」陳奐《詩毛氏傳疏》：「《大戴禮．誥志篇》：『孟春冰泮發蟄，月令謂之解凍，冰未畔，猶在解凍前也。』《荀子．大略》：『霜降逆女，冰泮殺止。』」

⓭招招，招手貌。舟子，船夫。

⓮卬，音ㄤˊ，我也。馬瑞辰《毛詩傳箋通釋》：「卬者，姎之假借。《說文》：『姎，婦人自稱我也。』《爾雅》郭注：『卬，猶姎也。』卬、姎音近通用，亦為我之通稱。」

⓯須，等待。

詩旨

1.《詩序》：「〈匏有苦葉〉，刺衛宣公也。公與夫人並為淫亂。」

2. 魏源《詩古微》：「按此篇似為渡頭即景，而意旨則在不苟求匹，待同心而後為婚配也，與鄭風出其東門同趣。」
3. 王先謙《詩三家義集疏》：「賢者不遇時而作。」
4. 陳子展《詩經直解》：「顯為女求男之作。詩義自明，後儒大都不曉。詩寫此女一大侵早至濟待涉，不厲不揭；已至旭日有舟，亦不肯涉，留待其友人。並紀其頃間所聞，極為細緻曲折，歌謠體傑作也。」

撰者按：全詩四章，細膩刻畫一位在濟水邊等待情人的女子內心。首章比興，謂行事宜因事制宜，知所變通；次章心事為雉鳴求牡外景所觸動；三章女子內心獨白，期望婚期及時；末章見他人渡河，但自己堅持等待良偶同行。

谷風

習習谷風❶，以陰以雨❷。黽勉同心❸，不宜有怒。采葑采菲❹，無以下體❺？德音莫違❻，及爾同死❼。

行道遲遲❽，中心有違❾。不遠伊邇❿，薄送我畿⓫。誰謂荼苦⓬？其甘如薺⓭。宴爾新昏⓮，如兄如弟⓯。

涇以渭濁⓰，湜湜其沚⓱。宴爾新昏，不我屑以⓲。毋逝我梁⓳，毋發我笱⓴。我躬不閱㉑，遑恤我後㉒！

就其深矣，方之舟之㉓；就其淺矣，泳之游之。何有何亡㉔？黽勉求之。凡民有喪，匍匐救之㉕。

不我能慉[26]，反以我爲讎[27]。既阻我德[28]，賈用不售[29]。昔育恐育鞫[30]，及爾顛覆[31]。既生既育，比予于毒[32]。

我有旨蓄[33]，亦以御冬[34]。宴爾新昏，以我御窮[35]。有洸有潰[36]，既詒我肄[37]。不念昔者，伊余來塈[38]。

注釋

❶ 習習，猶颯颯，連續不斷的大風聲。谷風，毛《傳》：「東風謂之谷風。陰陽和而谷風至，夫婦和則室家成，室家成而繼嗣生。」王先謙《詩三家義集疏》：「陰陽和調則風雨有節，與夫婦和順則戾氣不生，正與『不宜有怒』相應。」

❷ 以，《經詞衍釋》：「以與乃義同。」以陰以雨，猶又陰又雨。

❸ 黽勉，勉力。魯、韓《詩》作「密勿」，雙聲聯綿詞。

❹ 葑，蕪菁，根部可以食用。菲，蘿蔔。

❺ 以，猶及也。下體，指根莖。此當是反問語氣，言採葑採菲，能不及其根乎？以喻夫婦當有始有終，不當愛華年而棄衰老也。

❻ 德音，語言。《詩經》中稱他人之語言為德音，非關道德。莫違，前後不要不一。

❼ 及爾同死，與你同生共死。

❽ 遲遲，緩慢行走貌。

❾ 中心，即心中。違，怨恨；馬瑞辰說。

❿ 伊，猶維也。邇，近。

⓫ 薄，猶迫，快快地。畿，門內。《白虎通．嫁娶》：「出婦之義，必送之，接以賓客之禮，君子絕愈于小人之交，詩云『薄送我畿』。」棄婦怨其夫只是趕快送她到門口，不合出婦之義。

⓬ 荼，苦菜。

⓭ 誰謂荼苦，其甘如薺，意謂：荼菜的味道，雖然很苦，在我看來已經甜得像薺菜了，比喻內心更苦。

⓮ 宴，樂。昏，古婚字。新昏，指丈夫另娶新人。

⓯ 如兄如弟，形容丈夫新婚之樂，與上一句對照自己被棄之苦。

⓰ 涇、渭，都是水名，源出甘肅，在陝西高陵縣合流，涇清渭濁。以，因也。史念海《河山二集．論涇渭清濁的變

遷》以為春秋前涇水遠清於渭水。此棄婦以涇水自喻，以渭水喻新人，言自己婚姻受其介入。

⑰湜湜，水清見底貌。沚，鄭《箋》：「小渚曰沚。……己之持正守初，如沚然，不動搖。」又《說文》、《玉篇》等書引作「止」，馬瑞辰《毛詩傳箋通釋》：「止水則清。」雖可通，但鄭玄說：「小渚曰沚」，未說「止當為沚」，可見其所據為沚字，止為沚之假借。龍師宇純〈析詩經止字用義〉（六、異文止字說明）有說。

⑱以，猶與也；共也。不我屑以，不屑與我。

⑲逝，往。梁，魚梁，攔阻水流而留缺口以便捕魚。

⑳發，舉也。笱，音ㄍㄡˇ，捕魚竹器，承對梁之缺口，用來捉順水游出之魚。

㉑躬，身。閱，容。我躬不閱，我身已不見容。

㉒遑，何。恤，憂傷。遑恤我後，何暇憂慮我去後之家事呢？

㉓方，竹筏。舟之，用舟渡過。

㉔有，富有。亡，同「無」，貧窮。

㉕匍匐，伏在地上，手足並進，形容極盡努力。凡民有喪，匍匐救之，言凡鄰居有災禍都極力救助。

㉖不我能慉，慉，音ㄒㄩˋ，喜好。段氏《詩經小學》曰：「《說文》引詩『能不我慉』，能之言而也，乃也。《詩》『能不我慉』、『能不我知』、『能不我甲』（芄蘭）皆同，今作『不我能慉』誤也。」馬瑞辰《毛詩傳箋通釋》轉引王肅、孫毓本並能字在句首；又曰：「慉與讎對，當讀如畜好之畜。《孟子》：『畜君者，好君也。』」慉，猶言愛寵也，鄭《箋》訓為驕，亦是此義。

㉗讎，同「仇」。

㉘既，盡。阻，阻卻。德，好處。

㉙賈，賣。用，貨物。賈用不售，販賣貨物而不能售出。

㉚昔育恐育鞫，胡承珙《毛詩後箋》曰：「〈蜀石經〉恐下無育字。」《傳》、《箋》本皆當作「昔育恐鞫」四字為句。高本漢謂此句當謂：我成長時既恐懼復困窮也。鞫，音ㄐㄩˊ，窮也。

㉛顛覆，傾跌，謂困窮。鄭《箋》：「與女顛覆盡力於眾事，難易無所辟。」

㉜生，鄭《箋》：「財業。」既生既育，比予於毒，有了財業之後，你就看待我像毒蟲似的。

㉝旨，甘美。蓄，蓄菜，乾菜，收藏過冬之菜。

㉞御，抵擋。

㉟御窮，抵擋貧窮。

㊱洸，音ㄍㄨㄤ，有洸，洸然，形容威武貌。潰，音ㄎㄨㄟˋ，有潰，潰然，形容盛怒貌。有洸有潰，狀其夫恚怒之色。

㊲既，盡，全。詒，遺。肄，勞苦之事。既詒我肄，盡把勞苦之事使我擔負。

㊳伊，維。來，猶是。塈，音ㄐㄧˋ，毛《傳》訓為「息」，馬瑞辰《毛詩傳箋通釋》訓為「愛」，王引之《經義述聞》訓為「怒」。

詩旨

1.《詩序》：「〈谷風〉，刺夫婦失道也。衛人化其上，淫於新昏而棄其舊室，夫婦離絕，國俗傷敗焉。」
2.朱熹《詩集傳》：「婦人為夫所棄，故作是詩，以敘其悲怨之情。」
3.方玉潤《詩經原始》：「此詩通篇皆棄婦辭，自無異議。然凡民有喪，匍匐救之，非急公嚮義、胞與為懷之士，未可與言，而豈一婦人所能言哉！又昔育恐育鞫，及爾顛覆，亦非有扶危濟傾、患難相恤之人，未能自任，而豈一棄婦所能任哉！是語雖巾幗，而志則丈夫，故知其為託詞耳。」
4.吳闓生《詩義會通》：「竊疑此人臣不得志於君，而託為棄婦之詞以自傷。」

作法

1.俞平伯《葺芷繚蘅室讀詩札記》（收入古史辨）：「〈谷風〉之篇，猶之漢人所作〈上山采蘼蕪〉。其事平淡，而言之者一往情深，遂能感人深切。通篇全作棄婦自述之口吻，反覆申明，如怨如慕，如泣如訴，不特悱惻，而且沉痛。篇中歷敘自己持家之辛苦，去時之徘徊，追憶中之情癡，其綿密工細殆過於〈上山采蘼蕪〉。彼詩只寥寥數語，而此則絮絮叨叨；彼詩是冷峭的譏諷，此詩是熱烈的怨詛。三百篇中可與匹敵者只有〈氓〉之一篇，而又各有各的好處，全不犯複。」
2.撰者按：全詩六章，以棄婦口吻講述其婚姻悲劇故事，以棄婦離家之際情感為脈絡，善用環境烘托、內心刻畫、細節描寫、譬喻、對比等寫作技巧，將棄婦既痛恨丈夫的負心，又留戀家庭的溫暖；既懷失落一切的惆悵，又忌恨新人的染指；既深感絕望，又仍存幻想；紛亂複雜的情緒，寫得鮮明深刻。

式微

式微式微❶，胡不歸❷？微君之故❸，胡為乎中露❹？
式微式微，胡不歸？微君之躬❺，胡為乎泥中❻？

注釋

❶式，發語詞，庶幾。微，衰微。句言：庶幾其微，近乎微也。

❷胡，為何？

❸微，非，要不是。

❹中露，露中。毛《傳》以為衛邑名。《韓詩》「露」作「路」。今人釋為露水之中。

❺躬，身。

❻泥中，毛《傳》亦以為衛邑名。今人釋為泥塗之中。

詩旨

1.《詩序》：「〈式微〉，黎侯寓於衛，其臣勸以歸也。」鄭《箋》：「黎侯為狄人所逐，棄其國而寄於衛。衛處之以二邑，因安之，可以歸而不歸，故其臣勸之。」

2.《列女傳．貞順篇》以為黎莊夫人不見答於其夫，又不肯大歸於母家，與其傅母倡和聯句，以明己志之作。魏源、王先謙採此說。

3.陳啟源《毛詩稽古編》：「式微勸其君歸，旄丘責衛伯之不救，旨各不同者。意狄人破黎之後，必是棄而不守。黎侯若能自振，則遺民猶有存也。」

4.余冠英《詩經選》：「這是苦於勞役的人所發的怨聲。」

作法

程俊英《詩經注析》：「此詩二章，全用設問。所謂設問，指心中早有定見，話中故意提出問題。詩人苦不堪言，因此一再反問，為什麼有家不能歸？為什麼要在泥水、露水中受苦？這樣的明知故問，比直接的敘述顯得更加宛轉而有情致。因此〈式微〉雖然只有八句，但由於設問而使得怨恨之情溢於言表，給讀者的印象還是比較深刻的。」

旄丘

旄丘之葛兮❶，何誕之節兮❷！叔兮伯兮，何多日也！
何其處也？必有與也❸。何其久也？必有以也。
狐裘蒙戎❹，匪車不東❺。叔兮伯兮，靡所與同❻。
瑣兮尾兮❼，流離之子❽。叔兮伯兮，褎如充耳❾。

注釋

❶旄丘，前高後下之丘。
❷誕，馬瑞辰《毛詩傳箋通釋》說：延之假借，長也。之，猶其也。王先謙《詩三家義集疏》：「何者，驚訝之詞，覽物起興，以見為日之多。」節，指葛藤的枝節。
❸與，和好。朱熹《詩集傳》：「與，與國也。」
❹蒙戎，散亂貌。
❺匪，彼。言衛不以車來迎黎之君臣也。
❻同，毛《傳》：「無救患恤同也。」又朱熹《詩集傳》：「不與我同心。」
❼瑣尾，毛《傳》：「瑣尾，少好之貌。」朱熹《詩集傳》：「瑣，細；尾，末也。」
❽流離，毛《傳》：「流離，鳥也。少好長醜。」朱熹《詩集傳》：「流離，漂散也。」
❾褎如充耳，毛《傳》：「褎，盛服也。充耳，盛飾也。大夫褎然有尊盛之服而不能稱也。」

詩旨

1.《詩序》：「〈旄丘〉，責衛伯也。狄人迫逐黎侯，黎侯寓於衛，衛不能脩方伯連率之職，黎之臣子以責於衛也。」

2.《齊詩》：「陰陽隔塞，許嫁不答。旄丘、新臺，悔往歎息。」（見《易林．歸妹之蠱》），王先謙《詩三家義集疏》：「日隔塞，日不答，知與〈式微〉同指，亦黎莊夫人不見答而作也。」

作法

1. 朱熹《詩集傳》：「此詩本責衛君，而但斥其臣，可見其優柔而不迫也。」
2. 朱公遷《詩經疏義會通》：「一章怪之，二章疑之，三章微諷之，四章直責之。」
3. 姚際恆《詩經通論》：「自問自答，望人情景如畫。」

簡兮

簡兮簡兮❶，方將萬舞❷。日之方中，在前上處❸。

碩人俁俁❹，公庭萬舞❺。有力如虎，執轡如組❻。

左手執籥❼，右手秉翟❽。赫如渥赭❾，公言：「錫爵❿。」

山有榛⓫，隰有苓⓬。云誰之思⓭？西方美人⓮。彼美人兮，西方之人兮！

注釋

❶簡，《國語．吳語》注：「簡，習也。」俞樾《毛詩平議》：「簡當讀為僩，《說文》人部，僩，武貌，字亦作撊，《方言》曰：『撊，猛也。』」

❷方將，且將。萬舞，舞之總名。聞一多《神話與詩》：「《左傳．隱公五年》：『考仲子之宮，將萬焉。』仲子者，公之祖母，考其宮用萬舞，可知萬舞與婦人有特殊關係。然而《左傳．莊公二十八年》又曰：『楚令尹子元欲蠱文夫人，為館於其宮側而振萬焉。』注：『蠱惑以淫

事。』〈邶風・簡兮〉曰『方將萬舞』、『公庭萬舞』，又曰：『云誰之思，西方美人。』似亦男女愛慕之詩。愛慕之情生於觀萬舞，此則舞之富於誘惑性可知。」

❸在前上處，鄭《箋》：「在前列上頭也。」

❹俁俁，音ㄩˇ，身材高大貌。

❺宮庭，廟庭。

❻轡，馬韁繩。

❼籥，音ㄩㄝˋ，竹子做成之樂器，形似笛，六孔。

❽秉，持。翟，音ㄉㄧˊ，山雉也，此指雉羽。以上二語謂文舞。

❾赫，紅色貌。渥，浸染。赭，紅色。赫如渥赭，形容臉色紅潤。

❿公，指衛君。錫，賜。爵，酒器。錫爵，謂賜之酒。

⓫榛，樹名，其實似栗而小。

⓬隰，低濕之地。苓，草名，即甘草。以上二語，鄭《箋》：「榛也，苓也，生各得其所，以言碩人處非其位。」余冠英《詩經選》：「凡稱山有某，隰有某，而以大樹小草對舉的，往往是隱語，以木喻男，以草喻女。」

⓭云，發語詞。之，是。

⓮西方美人，朱熹《詩集傳》：「託言以指西周之盛王。」又謂指舞師，即上文之碩人。

詩旨

1.《詩序》：「〈簡兮〉，刺不用賢也。衛之賢者仕於泠官，皆可以承事王者也。」三家《詩》無異義。

2.聞一多《風詩類鈔》：「慕舞師也。」

3.程俊英《詩經注析》：「這是一位女子觀看舞師表演萬舞，從而對他產生愛慕之情的詩。」

作法

撰者按：「山有榛，隰有苓」二句，鄭《箋》：「榛也，苓也生各得其所，以言碩人處非其位。」余冠英則以為《詩經》中，凡稱「山有某，隰有某」而以大樹小草對舉的往往是隱語，以木喻男，以草喻女。全詩四章，前三章透過鏡頭由遠而近，賦寫舞師出場、表演、亮相特寫鏡頭，獲得衛君賜酒。末章詩意轉變較大，如何和前三章銜接？各家說法不一，說詩者或轉變不同視點，或將「西方美人」說成衛君，或說成舞師，因而形成紛紜說法。若承前三章一位女子觀賞舞師萬舞，則為女子愛慕舞師之詩，《詩經》詩義之難以確指，有類於此。

泉水

毖彼泉水❶，亦流于淇❷。有懷于衛❸，靡日不思❹。孌彼諸姬❺，聊與之謀❻。

出宿于泲❼，飲餞于禰❽。女子有行❾，遠父母兄弟。問我諸姑，遂及伯姊。

出宿于干❿，飲餞于言⓫。載脂載舝⓬，還車言邁⓭。遄臻于衛⓮，不瑕有害⓯。

我思肥泉⓰，茲之永歎⓱。思須與漕⓲，我心悠悠⓳。駕言出遊⓴，以寫我憂㉑。

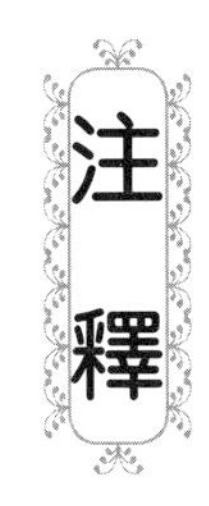

❶毖，音ㄅㄧˋ《說文》引作泌，云：「俠流也。」俠流即急流。

❷淇，水名，流經今河南湯陰、淇縣等地。

❸懷，思念。

❹靡，無。

❺孌，美好貌。諸姬，指娣姪。

❻聊，毛《傳》：「聊，願也」鄭《箋》：「聊，且略之辭。」

❼泲，水名。《水經注》曰：「泲水自滎陽卷縣以東，分為二水，其支流曰北泲，經陽武，封邱、泲陽、冤朐、定陶之北，而合南泲；南泲經陽武，封邱、泲陽、冤朐、定陶之南，又東過乘氏縣而入鉅野澤。」朱右曾《詩地理徵》則疑為北泲。

❽餞，設宴送行。禰，水名，朱右曾說即大禰溝，一名冤水，在今山東省荷澤縣西南。

❾行，嫁也。郭芹納《訓詁散論．詩經中的于歸和有行》以為女子自稱出嫁為有行，他稱出嫁為于歸。

❿干，地名。朱右曾說在今河北清豐縣西南。

⓫言，地名。朱右曾說疑即《方輿紀要》之聶城，在清豐縣北。

⓬載，則。脂，以脂油塗車軸。舝，音ㄒㄧㄚˊ，同轄，貫穿車軸頭之金屬鍵，以防輪子脫落。

⓭還，返。言，作連詞，與「而」用法相當：梅廣〈詩三百篇言字新議〉說。邁，行。

⓮遄，音ㄔㄨㄢˊ，急速。臻，至。

⓯瑕，語助詞。屈萬里《詩經詮釋》：「凡不瑕（瑕或作遐）二字用於句首者，瑕字皆語助詞，猶今語之啊。」不有害，猶今祝人遠行一路平安。

⓰肥泉，屈萬里《詩經詮釋》：「朝歌附近有肥泉，見《水經注》。」

⓱永歎，長嘆。

⓲須、漕，皆為衛邑。胡承珙《毛詩後箋》說須在今河南滑縣東南；漕，亦作曹，即白馬縣，在滑縣東。屈萬里《詩經詮釋》：「須、漕皆楚丘附近之邑。以此言之，此詩蓋作於衛都楚丘之時也。」

⓳悠悠，形容思念深長。

⓴駕，駕車。言，作為連詞，猶而。

㉑寫，除。

詩旨

1.《詩序》：「〈泉水〉，衛女思歸也。嫁於諸侯，父母終，思歸寧而不得，故作是詩以自見也。」三家《詩》無異義。

2. 姚際恆《詩經通論》：「此衛女媵于諸侯，思歸寧而不得之詩。」

作法

1. 戴君恩《讀風臆評》：「『有懷于衛，靡日不思』詩題也，以下俱藉以描寫有懷之極思耳。蜃樓海氣，出有入無，詩人作怪如此。若認作實與諸姬謀之，謀之不可而出游以寫其憂，則詩為拙手，作詩者為癡漢矣！」

2. 陳繼揆《讀詩臆補》：「全詩皆虛景也。因想成幻，搆出許多問答，許多路途，又想到出遊寫憂，其實未出中門半步也。」

北門

出自北門，憂心殷殷❶。終窶且貧❷，莫知我艱。已焉哉❸！天實爲之，謂之何哉❹！

王事適我❺，政事一埤益我❻。我入自外，室人交徧讁我❼。已焉哉！天實爲之，謂之何哉！

王事敦我❽，政事一埤遺我。我入自外，室人交徧摧我❾。已焉哉！天實爲之，謂之何哉！

注釋

❶殷殷，深憂之貌。

❷終窶且貧，即「既窶且貧」。窶，音ㄐㄩˋ，《釋文》：「謂貧無可為禮。」指居處狹陋。

❸已焉哉，猶如「罷了」！

❹謂，奈何。《戰國策》卷八（齊一）：「吾獨謂先王何乎？」高注：「謂，猶奈何也。」

❺王事，猶今之公事。適，當讀為擿，投擲也：馬瑞辰說。

❻一，猶「皆」，一切。埤，增益，加於。一埤，龍師宇純釋為一併。一埤益我，言一併加給我

❼室人，家人。交，交互。徧，同「遍」。讁，音ㄓㄞ，譴責。

❽敦，毛如字，音ㄉㄨㄣ；鄭都回反，音ㄉㄨㄟ。毛《傳》曰：「厚也。」陳奐《詩毛氏傳疏》曰：「厚，猶加也。」鄭《箋》曰：「敦，猶投擲也。」並通。

❾摧，徂回反，音ㄘㄨㄟˊ。毛《傳》曰：「沮也。」馬瑞辰《毛詩傳箋通釋》曰：「《說文》曰：『摧，擠也；一曰折也。』」猶言排擠。

詩旨

1. 《詩序》：「〈北門〉，刺仕不得志也。言衛之忠臣，不得其志耳。」鄭《箋》從之，三家《詩》亦無異義。

2.楊合鳴《詩經新選》：「小吏自嘆貧困辛勞之詩。」

作法

撰者按：全詩三章用賦體，直抒胸臆，語言質直，詩的形式自由，雜用三、四、六字句，而且用韻極富變化。貧仕卑官，職務辛勞，回家又得不到家人體諒，詩人萬般無奈，將如此壞命運歸諸天意，較之〈小星〉，詩人猶可怨嘆命不如人，尤顯心靈痛楚。每章末反覆嘆息「已焉哉，天實為之，謂之何哉！」加強其惱怒又無可奈何的心理抒發。《世說新語．言語》記載李充家貧又懷才不遇，故有「北門之歎」，典出《詩經．北門》，〈北門〉成為懷才不遇抒寫之典型。

北風

北風其涼，雨雪其雱❶。惠而好我❷，攜手同行。其虛其邪❸！既亟只且❹。

北風其喈❺，雨雪其霏❻。惠而好我，攜手同歸。其虛其邪！既亟只且。

莫赤匪狐，莫黑匪烏❼。惠而好我，攜手同車。其虛其邪！既亟只且。

注釋

❶雨，作動詞。雨雪，下雪。雱，音ㄆㄤˊ，其雱，猶言雱雱，雪盛之貌。

❷惠，愛。惠而，猶言惠然，見〈終風〉注。

❸虛，通舒。邪，通徐，魯、齊《詩》作「徐」。虛邪，疊韻，即舒徐。

❹亟，急。只且，語尾助詞。王先謙《詩三家義集疏》：「詩人見其同行者從容安雅之狀如此，又速之曰『既亟只且』，猶言事已急矣，尚不速行而為此徐行之態乎？」

❺喈，馬瑞辰《毛詩傳箋通釋》說「湝」之假借，水寒曰湝，風寒亦為湝。其湝猶其涼也。

❻霏，雨雪盛貌。

❼莫赤匪狐，莫黑匪烏，孔《疏》：「狐色皆赤，烏色皆黑，以喻衛之君臣皆惡也。」詩人以赤狐、黑烏象徵妖異不祥的統治者。王先謙《詩三家義集疏》：「目見耳聞，皆妖異不祥之物，亟思避之，詞危而情迫矣。」

詩旨

1.《詩序》：「〈北風〉，刺虐也。衛國並為威虐，百姓不親，莫不相攜持而去焉。」

2.陳啟源《毛詩稽古編》：「邶有〈北風〉，猶魏之有〈碩鼠〉也。避虐與避貪，人情皆然，不待賢而後能也。程子謂〈北風〉詩乃君子見幾而作，夫北風雨雪害將及身，當此而去，亦不得為見幾矣。又敘以此詩為刺虐而辯說非之，言衛以淫亂亡國，不聞威虐之事，《集傳》又以烏狐為不祥之物，則《通義》駁之當矣！」

3.方玉潤《詩經原始》：「此篇不知其為衛作乎？抑為邶言乎？若以詩編〈邶風〉內，則當為邶言為是。」

作法

撰者按：方玉潤之推測亦有可能，但若說是反映邶亡前亂象，邶亡於衛在何時，史不可考，亦無法知悉當時紛亂事件。若據《詩序》視為衛亂，則據《左傳》記載衛國較大內亂有：公子州吁殺桓公篡位，聯合陳宋攻鄭；惠公構讒，陷害伋壽，逐黔牟，殺左右公子；定公姑息養奸，釀成孫寧據邑叛亂；春秋末莊公父子為爭位而大動干戈等等。加之有外患，與鄰國齊，晉、邢、狄人的戰爭時有發生，可說百年間戰亂不斷，百姓幾無寧日。全詩三章，前二章開頭先借興句，風疾雪盛的描繪，渲染悲慘氣氛。其次透過音節的變化，各章前四句尚寬緩，末二句忽作促音。又通過詩中人物一問一答，強調亂邦衛國不可久居。誠如李樗《毛詩李黃集解》：「夫去國豈人之本情哉？昔孔子去魯，曰遲遲吾行也，去父母國之道也。今衛之暴虐而民亟去者，恐遲留於此而遭其禍，必有大不忍於此而奪其情也。」

靜女

靜女其姝❶，俟我於城隅❷。愛而不見❸，搔首踟躕❹。

靜女其孌❺，貽我彤管❻。彤管有煒❼，說懌女美❽。

自牧歸荑❾，洵美且異❿。匪女之爲美，美人之貽⓫。

❶靜女，貞靜嫻雅之女。馬瑞辰《毛詩傳箋通釋》：「靜當讀靖，謂善女，猶云淑女、碩女也。」姝，音ㄕㄨ，毛《傳》：「美色也。」

❷俟，等待。城隅，城角。又馬瑞辰《毛詩傳箋通釋》：「《說文》：『隅，陬也。』《廣雅》：『陬，角也。』是城隅即城角也。《考工記》：『宮隅之制七雉，城隅之制九雉』，鄭注：『宮隅、城隅，謂角浮思也。』賈疏謂浮思為城上小樓，則角浮思即後世城上之角樓。」

❸愛而不見，陳奐《詩毛氏傳疏》曰：「《說文》僾，彷彿也。引詩作僾。《說文》竹部：薆，蔽不見也。薆與愛同。今詩作愛者，古文假借字。〈烝民〉《傳》曰：『愛，隱也。』此承上文城隅立言，愛而者，隱蔽不見之謂。」愛而猶薆然。

❹踟躕，徘徊，雙聲聯綿詞。搔首踟躕，用手撓頭，同時徘徊不定，用以形容焦急惶惑、心情不安貌。

❺孌，美好貌。

❻貽，贈。彤管，或以為紅色之筆、笛類之樂器、針線管，恐非是，應為紅色管狀之草，郭璞〈遊仙詩〉「臨崗掇丹荑」，即此詩末章之「荑」。

❼煒，音ㄨㄟˇ，有煒，即煒然，紅而有光之貌。

❽說懌，喜悅。女，通汝，指彤管。

❾牧，野外。歸，通饋，贈送。荑，音ㄊㄧˊ，毛《傳》：「茅之始生也。」

❿洵，實在，誠然。異，特殊，不平凡。

⓫之，是。貽，贈送。

詩旨

1. 《詩序》：「〈靜女〉，刺時也。衛君無道，夫人無德。」鄭玄《箋》：「以君及夫人無道德，故陳靜女遺我以彤管之法。德如是可以易之為人君之配也。」孔穎達《疏》：「陳靜女之美，欲以易今夫人也，庶輔贊於君，使之有道也。」
2. 朱熹《詩序辨說》：「此《序》全然不是詩意。」《詩集傳》：「此淫奔期會之詩也。」
3. 方玉潤《詩經原始》：「靜女，即宣姜也，何以知之?案水經注鄄城北岸有新臺，寰宇記在濮州鄄城縣北十七里，孔氏穎達曰：『伋妻自齊始來，未至於衛，故為新臺，待其至於河而因臺以要之。』此所謂城隅也，所謂俟我於城隅之靜女也。宣姜初來未始不靜且姝，亦未始不執彤管以為法，不料事變至於無禮，雖欲守彤管之誡，而不能即，欲不俟諸城隅，而亦不得也，然使非其靜且姝，則宣公亦何必為此無禮之極乎……（宣公）竟不顧惜廉恥，自取而納之。」
4. 屈萬里《詩經詮釋》：「此男女相悅之詩。」

作法

1. 陳繼揆《讀風臆補》：「通詩以愛字為主，管與荑無所謂美，曰『有煒』，曰『且異』，以所愛及所不愛也，皆從一愛字生出。然其傳神處，尤在『搔首踟躕』四字耳。」
2. 錢鍾書《管錐篇．毛詩正義》：「卉木無知，禽犢有知而非類，卻胞與而爾汝之，若可酬答，此詩人之至情洋溢，推己及他。我而多情，則視物可以如人。」
3. 程俊英《詩經譯註》：「詩以男子口吻寫幽期密約，既有焦急的等候，又有歡樂的會面，還有幸福的回味。」
4. 撰者按：現代學者以此詩為男女約會之詩，全詩用賦法，將男女約會的情趣寫得生動逼真，情趣盎然。一章寫赴約，但俏皮的女子躲藏起來，捉弄男子，令他緊張；二、三章寫約會的樂趣，多情的女子贈送男子丹荑，不因所送之物微賤，只為它是愛人所送，因而男子將它視若珍寶。

新臺

新臺有泚❶，河水瀰瀰❷。燕婉之求❸，籧篨不鮮❹。
新臺有洒❺，河水浼浼❻。燕婉之求，籧篨不殄❼。
魚網之設，鴻則離之❽。燕婉之求，得此戚施❾。

❶新臺，衛宣公所築臺，故址約在今山東陻城縣東北黃河故道旁。據《左傳·桓公十六年》：「初，衛宣公烝于夷姜，生急子，屬諸右公子，為之取于齊而美，公取之。」《史記·衛世家》亦有同樣記載。泚，音ㄘˇ，玼之借字，毛《傳》：「鮮明貌。」

❷瀰瀰，音ㄇㄧˇ，毛《傳》：「盛貌。水所以潔污穢，反于河上而為淫昏之行。」

❸燕婉，美色也。之，猶是也。王先謙《詩三家義集疏》：「燕婉之求，言為嘉耦是求也。」

❹籧篨，音ㄑㄩˊㄔㄨˊ，毛《傳》：「不能俯者。」不能俯之雞胸，疾之醜陋者也。鮮，不以壽終曰鮮，意即本來欲求美貌之夫婿，卻遭逢此醜而不早死之人。鄭《箋》：「伋之妻齊女來嫁於衛，其心本求燕婉之人，謂伋也；反得籧篨不善，謂宣公也。」

❺洒，音ㄘㄨㄟˇ，毛《傳》：「高峻也。」《韓詩》作漼，「云鮮貌。」馬瑞辰《毛詩傳箋通釋》：「洒、洗雙聲，古通用。《白虎通》：『洗者，鮮也。』《呂覽》高注：『洗，新也。』……有洒猶有玼。毛訓高峻，不若韓訓鮮貌為確。」

❻浼浼，音ㄇㄟˇ，《韓詩》作「浘浘」，水勢盛大貌。

❼殄，音ㄊㄧㄢˇ，滅絕。不殄，不死。

❽離，猶罹也。網得。

❾戚施，不能仰之駝背，疾之醜陋者也。

詩旨

《詩序》：「〈新臺〉，刺衛宣公也。納伋之妻，作新臺於河上而要之，國人惡之而作是詩也。」孔《疏》：「此詩伋妻蓋自齊始來，未至於衛而公聞其美，恐不從己，故使人於河上為新臺，待其至於河，而因臺所以要之耳。」相關史料見《左傳．桓公十六年》、《史記．衛世家》、《列女傳》、《新序》。

作法

撰者按：本詩採三章複沓形式，除採常用的排比外，還用對比和反襯手法。一、二句用興體，前二章以麗景反襯醜行，末章設魚網竟捕到鴻鳥，隱喻所得非所求。三、四句應句的事物義謂本求美色，卻得到疾之醜者，正是興體的隱喻義。

二子乘舟

二子乘舟❶，汎汎其景❷。願言思子❸，中心養養❹。

二子乘舟，汎汎其逝❺。願言思子，不瑕有害❻。

注釋

❶二子，二人。毛《傳》：「伋、壽也。」

❷汎汎，通泛，漂浮貌。景，《經義述聞》說讀如〈魯頌．泮水〉「憬彼淮夷」之「憬」，遠行貌。

❸願，念。言，作狀語詞尾。見〈終風〉注。

❹養養，馬瑞辰《毛詩傳箋通釋》說養為恙之假借，《爾雅釋詁》、《說文》並曰：「恙，憂也。」心中憂不知所定

之貌。

❺逝，往，遠去。

❻不瑕有害，見〈泉水〉注。瑕，語助詞。屈萬里《詩經詮釋》：「凡不暇（瑕或作遐）二字用於句首者，瑕字皆語助詞，猶今語之啊。」不有害，猶今祝人遠行一路平安。

詩旨

1. 《詩序》：「〈二子乘舟〉，思伋、壽也。衛宣公之二子爭相為死，國人傷而思之，作是詩也。」鄭《箋》：「宣公為伋取於齊而美，公奪之，生壽及朔（惠公）。朔與其母愬伋於公。公令伋之齊，使賊先待於隘而殺之。壽知之，以告伋，使去之。伋曰：『君命也，不可以逃。』壽竊其節而先往，賊殺之。伋至，曰：『君命殺我，壽有何罪？』賊又殺之。」

2. 劉向《新序》：「使人與伋乘舟於河中，將沉而殺之。壽知不能止也，因與之同舟，舟人不得殺伋。方乘舟時，伋傅母恐其死也，閔而作詩。」

3. 姚際恆《詩經通論》：「大抵《小序》說詩，非真有所傳授，不過影響猜度，故往往有合有不合。如〈邶〉、〈鄘〉及〈衛〉皆摭衛事以合於《詩》，〈綠衣〉、〈新臺〉以言莊姜、衛宣，此合者也；〈二子乘舟〉以言伋、壽，此不合者也。正當分別求之；豈可漫無權衡，一例依從者哉！」

4. 程俊英《詩經注析》：「這是詩人掛念乘舟遠行者的詩。衛國政治腐敗，民不聊生，多逃亡國外，〈北風〉即其一例。〈二子乘舟〉可能是抒發對流亡異國者的懷念。」

作法

1. 陳繼揆《讀風臆補》：「不曰形而曰影，已有顧影堪憐之意。不曰行而曰逝，一去不返，影亦不復覩矣。真令人不堪卒讀也。」

2. 撰者按：全詩二章複沓，一幅江邊送別圖，舟行漸遠，仍立江干，無限心憂與祝福。

鄘風

〈鄘風〉收〈柏舟〉等十首詩。詩中有事實可考者僅〈定之方中〉和〈載馳〉二篇，作於魯閔公二年（西元前六六〇年）衛懿公為北狄所滅之後。至於〈鄘風〉產生的地域，舊說在朝歌以南，但據王國維〈北伯鼎跋〉考證在魯地，即周公東征時所滅掉的奄國，在邶國南邊。其他說詳〈邶風〉。

柏舟

汎彼柏舟❶，在彼中河❷。髧彼兩髦❸，實維我儀❹。之死矢靡它❺。母也天只❻！不諒人只❼！

汎彼柏舟，在彼河側。髧彼兩髦，實維我特❽。之死矢靡慝❾。母也天只！不諒人只！

❶汎彼，即汎汎，飄浮之貌。

❷中河，即河中。

❸髧，音ㄉㄢˇ，頭髮下垂之貌。齊、韓《詩》作紞。《國語．魯語》：「王后親織元紞」，韋昭注：「紞，所以懸瑱當耳者。」馬瑞辰《毛詩傳箋通釋》：「紞為懸瑱之貌，因謂髦垂之貌為紞。」髦，音ㄇㄠˊ，三家《詩》作鬏，亦作髳，《說文》：「髮至眉也。」古代未成年男子前額頭髮分向兩邊披著，長與眉毛相齊，額後頭髮則紮成兩綹，左右各一，稱為兩「髦」。此未冠時的髮飾，若父母尚在，雖及冠亦不除去，待雙親歿後，然後除去。

❹維，為。儀，匹配。

❺之，至。矢，毛《傳》：「誓也。」靡它，無他心之志，

王先謙《詩三家義集疏》：「猶言無二也。」

❻也、只，語助詞。母也天只，即母啊天啊，呼天喚父母，狀其痛心之貌。

❼諒，諒解。

❽特，匹配。

❾慝，音ㄊㄜˋ，邪，改變。靡慝，無所改變。

詩旨

1.《詩序》：「〈柏舟〉，共姜自誓也。衛世子共伯蚤死，其妻守義，父母欲奪而嫁之，誓而弗許，故作是詩以絕之。」據《史記‧衛世家》記載，衛釐侯去世後，太子共伯餘立為君王，共伯之弟和，利用與兄弟一同上釐侯墳機會偷襲共伯。共伯不敵，逃入釐侯墓道中自殺。和立為衛君，是為武公。事在周宣王十六年（西元前八一二年）

2.姚際恆《詩經通論》：「《序》謂共姜自誓，共伯已四十五、六歲，共姜為之妻，豈有父母欲其改嫁之理。至于共伯已為諸侯，乃為武公攻于墓上，共伯入釐侯羨（墓道）自殺，則《大序》謂共伯為『世子』及『早死』之言尤悖矣。故此詩不可以事實之；當是貞婦有夫蚤死，其母欲嫁之，而誓死不願之作也。」

3.傅斯年《詩經講義》：「母氏欲其嫁一人，而自願別嫁一人，以死矢之。」

作法

撰者按：全詩二章疊章複沓，一、二句用興體，以柏舟在河中漂浮隱喻女子心情不安。續寫其所愛之人，並發出至死不渝之誓言，以「母也天只」呼告作結，正是對父母干涉婚姻，舊禮教罪惡之揭露。詩中女子毫不掩飾地表白自己之心願，當愛情遇到壓力，既不悲觀失望，也不忍氣吞聲，而是堅決反抗，爭取婚姻自主。如此心直口快，性格強烈，勇敢突破傳統，反抗父母之命，在文學作品中罕見。也定形為成語，「柏舟之痛」為婦人喪夫，「柏舟之節」為夫死婦不嫁，不可不瞭解。

牆有茨

牆有茨❶，不可埽也❷。中冓之言❸，不可道也。所可道也，言之醜也。

牆有茨，不可襄也❹。中冓之言，不可詳也❺。所可詳也，言之長也。

牆有茨，不可束也。中冓之言，不可讀也❻。所可讀也，言之辱也。

注釋

❶茨，音ㄘˊ，毛《傳》：「蒺藜也。」齊、韓《詩》作薺，《說文》：「「蒺藜也。」

❷埽，音ㄙㄠˇ，同「掃」，除去。

❸冓、構義略同，構謂蓋屋。中冓即室中。陳奐《詩毛氏傳疏》：「中冓與墻對稱。墻為宮墻，則中冓當為宮中之室。」

❹襄，毛《傳》：「除也。」

❺詳，細說。朱熹《詩集傳》：「詳，詳言之也。」

❻讀，《廣雅》：「說也。」反覆地說。

詩旨

1.《詩序》：「〈牆有茨〉，衛人刺其上也。公子頑通乎君母，國人疾之而不可道也。」鄭《箋》：「宣公卒，惠公幼，其庶兄頑，烝於惠公之母，生子五人：齊子、戴公、文公、宋桓夫人、許穆夫人。」（見《左傳・閔公二年》，頑即昭伯）《齊詩》據《易林》說：「牆茨之言，三世不安。」《魯詩》說：「衛宣姜亂及三世，至戴公而後寧。」

2.方玉潤《詩經原始》：「衛宮淫亂未必即止宣姜，而宣姜為尤甚。……蓋廉恥至是而盡喪，有詩人不忍道、不忍詳、不忍讀者。」

作法

1. 牟庭《詩切》：「牆之高而有茨之穢，不如平地之茨，可以掃除，以喻君母之尊，而有汙穢之行，不如賤者之罪，可以防制也。」
2. 撰者按：全詩三章疊章複沓，以「牆有茨」起興，茨為防盜賊而種在牆上之有刺植物，因為它刺手不可接近，而聯想到宮中污穢之事無法啟齒。三章反覆吟誦人們對醜事之譴責，「不可道也」（詳也、讀也），一再表明對醜事厭惡之情；「言之醜也」（長也、辱也），一再表明不願說之因，說來話長，太難為情了。詩人深知不直說醜事，反能更好地表達厭惡、蔑視和聲討之情。詩人對宮中醜聞本有強烈義憤和激越之情，卻以欲言有止、含而不露之方式表達，不僅深知人們好奇見獵之心，不言之言，讓讀者去想像，達到最好之揭發效果。

君子偕老

君子偕老[1]，副笄六珈[2]。委委佗佗[3]，如山如河[4]。象服是宜[5]。子之不淑[6]，云如之何！

玼兮玼兮[7]，其之翟也[8]。鬒髮如雲[9]，不屑髢也[10]。玉之瑱也[11]，象之揥也[12]，揚且之皙也[13]。胡然而天也[14]？胡然而帝也？

瑳兮瑳兮[15]，其之展也[16]。蒙彼縐絺[17]，是紲袢也[18]。子之清揚[19]，揚且之顏也[20]。展如之人兮[21]，邦之媛也[22]。

注釋

❶偕，具。偕老，指夫妻相偕至老，有共生同死之意。

❷副，毛《傳》：「后夫人之首飾，編髮為之。」笄，髮

簪。珈，用玉加於笄而為飾。

❸委委佗佗，透迤，走路紆曲貌，此言其緩而從容也。

❹如山如河，孔穎達《正義》：「其舉動之貌，如山如河。」嚴粲《詩緝》：「其止如山，則容貌之安重；其動如河，則氣象之廣大。」

❺象服，褘衣也，王后及諸侯夫人之禮服。褘衣，畫衣也；畫文采於其上，故曰象服。

❻不淑，王國維〈與友人論詩書中成語書〉：「不淑，古多用為遭際不善之專名，猶云不幸。」

❼玼，音ㄘˇ，毛《傳》：「鮮盛貌。」

❽翟，馬瑞辰《毛詩傳箋通釋》說：即闕狄，王后六服之一，畫羽為裝飾之衣也。

❾鬒，音ㄓㄣˇ，頭髮烏亮稠密。

❿髢，音ㄊㄧˋ，用假髮製成之髻。三家《詩》作「鬄」，《說文》：「鬄，髲也。」「髲，益髮也。」孔《疏》引之，並云：「言人髮少，聚他人髮益之。」

⓫瑱，音ㄊㄧㄢˋ，古人頭飾上垂在兩側用以塞耳之玉飾。

⓬象，象骨。揥，音ㄊㄧˋ，象牙製搔頭髮簪。

⓭揚，眉上廣，指眉上額頭寬廣。且，語助詞。皙，膚色白皙。

⓮胡然，鄭《箋》：「何由然。」而，同如。陳奐《詩毛氏傳疏》：「古而、如通用。」戴連璋：「如天，何以如此邪？如帝，何以如此邪？」二語極言其如天仙、帝女容貌之美。

⓯瑳，玼之或體，鮮白貌。

⓰展，馬瑞辰《毛詩傳箋通釋》說：展衣，白色，王后六服之一。

⓱蒙，覆蓋。縐絺，毛《傳》：「絺之靡者為縐。」鄭《箋》：「縐絺，絺之蹙蹙者。」即精細之葛布。

⓲紲袢，貼身素淨之內衣。

⓳清揚，形容眉目清明。

⓴顏，容貌。

㉑展，誠。

㉒媛，毛《傳》：「美女為媛。」姚際恆《詩經通論》：「邦之媛，猶後世言國色。」

《詩序》：「〈君子偕老〉，刺衛夫人也。夫人淫亂，失事君子之道。故陳人君之德、服飾之盛，宜與君子偕老也。」鄭《箋》：「夫人，宣公夫人，惠公之母也。」三家《詩》無異義。撰者按：衛宣姜事蹟見《左傳．桓公十六年》、《史記》、《列女傳》、《新序》等典籍。

作法

1. 呂祖謙《呂氏家塾讀詩記》：「一章之末『子之不淑，云如之何』責之也；二章之末『胡然而天也，胡然而帝也』問之也，三章之末云『展如之人兮，邦之媛也』惜之也。」

2. 沈德潛《說詩晬語》：「諷刺之詞，直詰易盡，婉道無窮。衛宣姜無復人理，而〈君子偕老〉一詩，止道其容飾衣服之盛，而首章末以『子之不淑，云如之何』二語逗之……蘇子所謂不可以言語求而得，而必深觀其意者也，詩人往往如此。」

3. 王照圓《詩說》：「君子偕老，筆法絕佳，通篇止『子之不淑』二句，明露譏刺，餘均歎美之詞，含蓄不露。如『副笄六珈』、『象服是宜』是說服飾之盛；『委委佗佗，如山如河』，是說儀容之美。通篇俱不出此意。『玼兮玼兮』以下復說服飾之盛，『揚且之皙』以下，復說儀容之美；『瑳兮瑳兮』以下又是說服飾之盛，『子之清揚』以下又是說儀容之美。抑揚反覆，詠歎淫泆，句句有一『子之不叔』在，言下蘊藉可思。至筆法之妙，尤在首末二句。首云『君子偕老』，忽然憑空下此一語，上無緣起，下無聯綴，乃所謂聲罪致討，義正詞嚴，是《春秋》筆法。末云『邦之媛也』，詘然而止，悠然不盡。一『也』字如游絲裊空，餘韻繞梁，言外含蘊無窮，是文章歇後法。」

桑中

爰采唐矣❶，沬之鄉矣❷。云誰之思❸？美孟姜矣❹。期我乎桑中❺，要我乎上宮❻，送我乎淇之上矣。

爰采麥矣，沬之北矣。云誰之思？美孟弋矣。期我乎桑中，要我乎上宮，送我乎淇之上矣❼。

爰采葑矣❽，沬之東矣。云誰之思？美孟庸矣。期我乎桑中，要我乎上宮，送我乎淇之上矣。

注釋

❶爰，于何，猶言在何處。唐，植物名，即蒙菜，一名女羅、菟絲子，寄生蔓草，秋初開小花，子實入藥。

❷沬，音ㄇㄟˋ，衛國邑名，即妹邦，在今河南淇縣北。

❸云，句首語助詞；之，是也。云誰之思，思念者為誰。

❹孟姜，姜姓之長女。孟，老大。姜與下文弋、庸皆為貴族姓，此以貴族姓氏泛指美人。衛國為姬姓，其貴族世代與齊、呂、許、申等姜姓貴族女子通婚，故以「姜」代之。反過來說，齊國貴族為姜姓，故〈齊風〉中以「姬」代表美女。陳國貴族為媯姓，世代與姬姓諸侯國通婚，故〈陳風〉亦以「姬」代表美女。

❺桑中，一說泛指桑林之中。一說為衛地名，亦名桑間，在今河南省華縣東北。孫作雲《詩經與周代社會》以桑為社樹，桑中為衛地桑林之社。

❻要，邀約。上宮，樓，指宮室，一說為地名。孫作雲以上宮為社廟。

❼淇，淇水。

❽葑，音ㄈㄥ，蕪菁，塊根可做蔬菜。

詩旨

1.《詩序》：「〈桑中〉，刺奔也。衛之公室淫亂，男女相奔，至於世族在位，相竊妻妾，期於幽遠。政散民流而不可止。」

2.《禮記．樂記》：「桑間濮上之音，亡國之音也，其政散，其民流，誣上行私，而不可止也。」《漢書．地理志》：「衛地有桑間濮上之阻，男女亦亟聚會，聲色生焉，故俗稱鄭衛之音。」舊說將〈桑中〉視為幽期密約之所，詩所寫內容為諷刺淫奔之作。

3.屈萬里《詩經詮釋》：「此男女相悅之詩。」

作法

撰者按：全詩三章，一、二句以採物相思起興，續以自問自答點出所思女子，然後一口氣唱出心愛女子期我、邀我、送我之約會甜蜜過程。全詩多用「矣」、「之」、「乎」等虛字，並在形式上採用逐漸增字永言法。末三句三章疊詠，反覆吟唱，詩人歡欣之情溢於言表。

鶉之奔奔

鶉之奔奔❶，鵲之彊彊❷。人之無良❸，我以爲兄❹。
鵲之彊彊，鶉之奔奔。人之無良，我以爲君❺。

注釋

❶鶉，鳥名，即鵪鶉。奔奔，《左傳》、《禮記》、《呂氏春秋》引《詩》俱作賁賁。鄭《箋》釋「奔奔彊彊」：「居有常匹，飛則相隨之貌。」又《禮記．表記》鄭注：「鬥爭惡貌。」說與毛異。據《本草集解》：「（鶉）性畏寒，其在田野，夜則群飛，晝則草伏。人能以聲呼取之，畜令鬥博。」準此鄭注或許為長。

❷鵲，喜鵲。

❸無良，不善，品德不良。

❹我，指衛惠公。公子頑，惠公兄也。

❺君，小君，指宣姜。

詩旨

1.《詩序》：「〈鶉之奔奔〉，刺衛宣姜也。衛人以為宣姜鶉鵲之不若也。」鄭《箋》：「刺其與公子頑為淫亂行，不如禽鳥。」

2.朱熹《詩集傳》：「衛人刺宣姜與頑非匹耦而相從也，故為惠公之言以刺之。」

3.姚際恆《詩經通論》：「均曰『人之無良』，何以謂一指頑，一指宣姜也？大抵人即一人，我皆自我。而為兄為君，乃國君之弟所言，蓋刺宣公也。」

4.王先謙《詩三家義集疏》以為是刺宣公也。《左傳．襄公二十七年》傳：「鄭七卿享趙孟，伯有賦鶉之賁賁，趙孟曰：『床笫之言不踰閾，況在野乎，非使人之所得聞也。』」「文子（即趙孟）告叔向曰：『伯有將為戮矣。詩以言志，志誣上而公怨之，以為賓榮，其能久乎？』」杜預注：「衛人刺其君淫亂，鶉鵲之不若，義取『人之無良，我以為兄』、『我以為君』也。」

撰者按：全詩兩章疊章複沓，首二句以鶉鵲相匹耦，反襯宣姜、公子頑之亂倫（此依《毛傳》說）。後二句應句，以惠公口吻慨嘆自己竟然以人中無一善者為兄、為母。詩人直抒胸臆，無情指責，用「人之無良」四字，捨去細節描寫，冷峻犀利諷刺，對公子頑、宣姜飽含鄙視與憤怒。

定之方中

定之方中❶，作于楚宮❷。揆之以日❸，作于楚室。樹之榛栗❹，椅桐梓漆，爰伐琴瑟❺。

升彼虛矣❻，以望楚矣❼。望楚與堂❽，景山與京❾，降觀于桑❿。卜云其吉，終然允臧⓫。

靈雨既零⓬，命彼倌人⓭。星言夙駕⓮，說于桑田⓯。匪直也人⓰，秉心塞淵⓱，騋牝三千⓲。

❶定，星名，定星，又名營室，二十八宿之一。方中，當正中的位置。大約在每年十月十五後至十一月初的時候，定星在黃昏時出現於正南，可依據它定方位，建宮室。《春秋．僖公二年》：「正月，城楚丘。」按周的正月，即今農曆十一月。

❷楚宮，位於楚丘之宗廟。

❸揆，測度。日，日影。立臬而度日出日入及日中之影，以定東西南北。

❹樹，種植。

❺爰伐琴瑟，椅、桐、梓、漆等樹都可以砍伐來做琴瑟。馬瑞辰《毛詩傳箋通釋》：「詩『爰伐琴瑟』特承上椅桐梓漆言，謂六木中有可伐為琴瑟者耳。《箋》謂六木皆可為琴瑟，失之。」

❻升，登。虛，大丘，此指漕墟，漕邑與楚丘鄰近的丘墟，其地在今河南省滑縣東。

❼楚，楚丘。

❽堂，楚丘之旁邑。

❾景山，馬瑞辰說：景當從朱子《集傳》讀如既景乃岡之景，後人乃以景山名之耳。京，高丘。

❿桑，桑林。毛《傳》：「地勢宜蠶，可以居民。」姚際恒說：疑是地名。

⓫允，誠然。臧，善。

⓬靈，善也。零，落。

⓭倌，音ㄍㄨㄢ，《說文》：「倌人，小臣也。」

⓮星，馬瑞辰說：正字應作姓，古晴字。鄭玄《箋》：「雨止星見。」《說文》：「雨而夜除星見。」言，梅廣〈詩經言字新議〉說：作狀語詞尾，並引田樹生說：「星言夙駕，如同宵爾索綯。」夙，早晨。駕，駕車。

⓯說，音ㄕㄨㄟˋ，休息。

⓰匪，彼。直，正直。

⓱秉，持。秉心，用心。塞淵，孔穎達《正義》：「其心誠實而深遠。」

⓲騋，音ㄌㄞˊ，高七尺以上之馬。牝，音ㄆㄧㄣˋ，母馬。三千，概數，表示眾多。

詩旨

《詩序》：「〈定之方中〉，美衛文公也。衛為狄所滅，東徙渡河，野處漕邑，齊桓公攘戎狄而封之。文公徙居楚丘，始建城市，而營宮室，得其時制，百姓說之，國家殷富焉。」鄭玄《箋》：「春秋閔公二年，冬，狄人入衛，衛懿公及狄人戰於滎澤而敗，宋桓公迎衛之遺民渡河，立戴公以廬於漕。戴公立一年而卒，魯僖公二年，齊桓公城楚丘而封衛，於是文公立而建國焉。」

作法

1. 汪梧鳳《詩學女為》：「此詩首章言營建之事，次章述謀遷之始，末章明富強之本，專美君德事未嘗一字及於霸功。」
2. 撰者按：全詩三章，章七句，以記實手法，記敘衛文公在楚丘重建家園之全部過程，是一首實錄性史詩。就記敘順序而言應以第二章居先，是記敘衛文公對楚丘之勘察與抉擇；第一章總述營造宮室及植樹情形；第三章讚美衛文公勤於農桑畜牧，連馬皆因其德繁殖。第一章以熱烈之畫面，描述衛人營建宮室之景象，二、三兩章一巨一細，一宏一微，一粗線條勾勒，一細緻著色，塑造一位艱苦創業、勵精圖治之衛文公形象。

蝃蝀

蝃蝀在東❶，莫之敢指❷。女子有行❸，遠父母兄弟。

朝隮于西❹，崇朝其雨❺。女子有行，遠兄弟父母❻。

乃如之人也❼，懷昏姻也❽。大無信也❾，不知命也❿。

注釋

❶蝃蝀，劉熙《釋名》：「虹，又曰美人。陰陽不和，昏姻錯亂，淫風流行，男美於女，女美於男，互相奔隨之時，則此氣盛。」

❷莫之敢指，虹在典籍中皆象徵不祥之氣所生，例如：《文子》：「虹霓不見，盜賊不行，令德之所致也。」蔡邕《月令章句》：「夫陰陽不和，婚姻失序，即生此氣。」

《逸周書》：「小雪之日，虹藏不見，虹不藏，婦不專一。」毛《傳》：「夫婦過禮則虹氣盛，君子見戒而懼，諱之，莫之敢指。」鄭《箋》：「虹，天氣之戒，尚無敢指者，況淫奔之女，誰敢視之。」屈萬里《詩經詮釋》：「今北俗戒小兒指虹，云：指虹則爛手指；或云：指虹令人手歪。古俗蓋亦類此，不必牽附淫奔之義也。」

❸有行，女子自言出嫁。見〈泉水〉注。錢澄之《田間詩學》：「女子有行二句，似是當時陳語，故多引用之。」

❹隮，ㄐㄧ，虹。楊樹達《小學述林》卷一：「詩人以『朝隮于西』與『蝃蝀在東』為對文，而隮亦謂虹，知古義虹為通稱。細分之則見於東方者為蝃蝀，見於西方者為隮也。」

❺崇，終之借字。

❻遠兄弟父母，龍師宇純《絲竹軒詩說．讀詩管窺》說疑此原作「遠兄弟母父」。父字古韻屬魚部上聲，正與雨字韻及調相同。更疑「遠兄弟母父」其始或作「遠弟兄母父」。

❼乃如，轉語詞。之，是。

❽懷，思。

❾大，讀為太。屈萬里《詩經詮釋》：「由此語證之，似此人昔曾約婚而未實踐其言者。」

❿命，命運。

詩旨

1. 《詩序》：「〈蝃蝀〉，止奔也。衛文公能以道化其民，淫奔之恥，國人不齒也。」《韓詩》：「刺奔女。」《齊詩》：「蝃蝀充側，佞人傾惑。女謁橫行，正道壅塞。」
2. 朱熹《詩集傳》：「蝃蝀，虹也。日與雨交，倏然成質，似有血氣之類，乃陰陽之氣不當交而交者，蓋天地之淫氣也。在東者，莫虹也。虹隨日所映，故朝西而暮東也。」「此刺淫奔之詩，言蝃蝀在東，而人不敢指，以比淫奔之惡，人不可道。」
3. 方玉潤《詩經原始》：「此詩舍卻宣姜，別無他解，蓋與新臺相為唱答耳。」又說：「新臺以刺宣姜，故詩人又設為宣姜之意，代答新臺，互為解嘲，亦諷刺中之一體也。」

作法

1. 牛運震《詩志》：「一二章婉諷，末章直斥。苦心厚道，情見乎詞。」
2. 撰者按：此詩採AAB式，前二章以蝃蝀起興，重章複沓，著重敘事；第三變調，卒章見志，著重議論。至於第三章如何和前二章銜接？視點為何人？各家看法不一，因而形成諸多不同瞭解。

相鼠

相鼠有皮❶，人而無儀❷。人而無儀，不死何爲？

相鼠有齒，人而無止。人而無止❸，不死何俟❹？

相鼠有體，人而無禮。人而無禮，胡不遄死❺？

注釋

❶相鼠，《毛傳》：「相，視也。」陸璣《疏》：「今河東有大鼠，能人立，交前兩腳於頭上，跳舞善鳴。」馬瑞辰《毛詩傳箋通釋》引陳第〈相鼠解義〉和孫奕〈示兒編〉之說，以為「相」是地名，相傳此地之老鼠形體頗大，見人舉前兩足，若拱揖然，又稱「禮鼠」、「拱鼠」。

❷儀，威儀，禮儀。

❸止，鄭《箋》：「容止。《孝經》曰容止可觀。」

❹俟，等待。

❺胡，為什麼。遄，音ㄔㄨㄢˊ，疾速、迅速。

詩旨

1.《詩序》：「〈相鼠〉，刺無禮也。衛文公能正其群臣；而刺在位承先君之化，無禮儀也。」

2.牟庭《詩切》：「余按《毛詩序》據襄二十七年《左傳》慶封不敬，叔孫為賦〈相鼠〉，故曰：『相鼠，刺無禮也。』然刺人無禮，至於詈之以死，直而不婉，非詩教也。惟以為『妻諫夫』之詩，則所謂『夫婦一體，榮恥共之』。夫無儀，故使己無儀，己無儀，故不如死。非詈人死，乃自詈也，自詈所以諫夫也。以此意讀之可以識溫柔敦厚之教，而知古義之可貴也。」

3.王先謙引述《魯詩》以為妻諫夫，並引《白虎通．諫諍》為證：「妻得諫夫者，夫婦一體，榮恥共之，《詩》曰……，此妻諫夫之詩也。」

4.撰者按：《左傳．襄公二十七年》：「齊慶封來聘，其車美。孟孫謂叔孫曰：『慶封之車亦美乎！』叔孫曰：『豹聞之：服美不稱，必以惡終。美車何為？』叔孫與慶封食，不敬。為賦〈相鼠〉，亦不知也。」後來慶封終被逐於齊而出奔魯，又奔吳，後為楚所族滅。從《左傳》引詩，或可觀察西周末至春秋中晚期，社會禮崩樂壞局面，本詩應是其反映。

作法

1.范處義《詩補傳》：「鼠雖微物，猶有皮以被其外，猶有齒以養其內，猶具四體以全其形。今在位之人，無威儀容止，不知有禮則生，無禮則死，是人不如鼠也。……疾惡之甚如此，以見清議之不可犯，遷善改過不可不力也。」

2.撰者按：《禮記．學記》：「不學博依，無以安詩。」以「皮」物表，喻為人之表的禮儀；以「齒」之有序，喻為人上下、長幼有序；以「體」四肢，用以支體，喻禮儀為立身之具，相當貼切。全詩三章一體，通過鼠有人無對照反襯，無儀、無止、無禮之人連鼠都不如，並用頂針法反覆譴責，痛斥這些人「不死何為」、「不死何俟」、「胡不遄死」，語氣一句比一句激切，情感一句比一句強烈。筆鋒犀利，痛快淋漓。

干旄

孑孑干旄❶，在浚之郊❷。素絲紕之❸，良馬四之。彼姝者子❹，何以畀之❺？

孑孑干旟❻，在浚之都❼。素絲組之❽，良馬五之❾。彼姝者子，何以予之？

孑孑干旌❿，在浚之城。素絲祝之⓫，良馬六之。彼姝者子，何以告之？

❶孑孑，特出貌。干，旗杆。旄，旗杆頂端飾有犛牛尾之旗幟。屈萬里《詩經詮釋》：「古以旄牛尾注於旗杆之首。」毛《傳》：「注旄於干首，大夫之旃也。」

❷浚，衛邑，在楚丘附近。

❸素，白色。紕，音ㄆㄧˊ，縫。鄭《箋》：「素絲者以為縷，以縫紕旌旗之旒縿。」

❹姝，《說文》：「好也。」彼姝者子，猶言彼美人兮。

❺畀，予，贈予。朱熹《詩集傳》：「言衛大夫乘此車馬，建此旌旄，以見賢者。彼其所見之賢者，將何以畀之，而答其禮義之勤乎？」

❻旟，音ㄩˊ，九旗之一，畫鳥隼為裝飾之旗子。

❼都，屈萬里《詩經詮釋》：「都、居音近，古每連言（《穆天子傳》及《管子．水地篇》，皆有「都居」之語），都猶居也；謂民所居之處。」

❽組，聯合，此亦縫合之意。

❾良馬五之，古代馬車皆為四馬，五、六，乃趁韻換字。

❿旌，《說文》：「析羽注干首也。」九旗皆有旄有羽，干旄言其旄，干旌言其羽，而其旗則旟也：胡承珙《毛詩後箋》說。

⓫祝，毛《傳》：「織也。」鄭《箋》：「當作屬。」龍師宇純〈讀詩管窺〉：「此詩祝、六、告三字為韻，古韻並屬幽部入聲。屬字古韻在侯部，以知鄭改不可從。《傳》雖於他書無徵，祝織二字聲同照三，織字古韻屬之部入聲，之幽音亦相近，祝即織之轉語，仍以毛為是。……」

詩旨

1.《詩序》：「〈干旄〉，美好善也。衛文公臣子多好善，賢者樂告以善道也。」

2.崔述《讀風偶識》：「衛之重封，由於齊桓。齊桓所封者，邢與衛也。然邢僅二十餘年而遂亡，而衛歷春秋及戰國秦又數百年而始亡，何哉？吾讀〈干旄〉之篇，而知衛之所以久存，良有由也。蓋國家之治惟賴賢才，而賢才不易得，故人君於賢才不惟當舉之用之，而且當鼓之舞之。旌旄之賁於浚，所以下賢也，即所以勸賢也。」

3.方玉潤《詩經原始》：「小序以為美好善從之，唯大序謂為文公時作，集傳與姚氏均有所疑，然史稱文公敬教勸學，授方任能，則以此詩屬之，亦無不宜。……而此二三有道仁人君子，又不肯其立闕廷，或伏處城郭，或遠在郊畿，非有好善樂道之君，略分下交之臣，不肯親詣而往訪之。……」

4.王靜芝《詩經通釋》：「此美衛大夫夫婦出遊之詩。」

5.屈萬里《詩經詮釋》：「此蓋美貴婦人之詩。」

作法

姚際恆《詩經通論》：「郊、都、城，由遠而近也，四、五、六由少而多也。詩人章法自是如此，不可泥。以首章四馬為主，五、六則從四陪說。」

載馳

載馳載驅[1]，歸唁衛侯[2]。驅馬悠悠[3]，言至于漕[4]。大夫跋涉[5]，我心則憂。

既不我嘉[6]，不能旋反。視爾不臧[7]，我思不遠[8]。既不我嘉，不能旋濟[9]。視爾不臧，我思不閟[10]。

陟彼阿丘[11]，言采其蝱[12]。女子善懷[13]，亦各有行[14]。許人尤之[15]，眾穉且狂[16]。

我行其野，芃芃其麥⑰。控于大邦⑱，誰因誰極⑲？大夫君子，無我有尤。百爾所思⑳，不如我所之㉑。

注釋

❶載，乃，則，發語詞。馳、驅，快馬加鞭。孔《疏》：「走（跑）馬謂之馳，策馬謂之驅。」

❷唁，音ㄧㄢˋ，慰問死者家屬。《眾經音義》十三經引《韓詩》文云：「吊生曰唁，吊失國亦曰唁也。」衛侯，舊謂戴公，但戴公立僅一月而死，據胡承珙《毛詩後箋》其時當在魯僖公元年春間，乃唁文公，非戴公也。

❸悠悠，毛《傳》：「遠貌。」

❹言，梅廣〈詩經言字新議〉說：承上文指時間先後，相當於現代漢語「於是」。漕，漕邑，衛國故都朝歌（在今河南省淇縣東北）覆滅後宋桓公將衛國之遺民安頓於漕邑。

❺大夫，指勸說許穆夫人回國之許國諸臣。跋涉，毛《傳》：「草行曰跋，水行曰涉。」

❻嘉，善。既不我嘉，指許穆夫人欲親自前往弔問衛侯，而許國人不以其行為善。王先謙《詩三家義集疏》：「國君夫人父母既歿，惟奔喪得歸，後遂不復歸也。懿公死於兵亂，觀《呂覽》弘演納肝事，知戴公倉卒廬漕，亦未能成葬禮，夫人之歸，不能以奔喪為詞，則疑於歸寧兄弟，此許人所為執禮相責也，故夫人作詩曰，我之馳驅而歸，乃弔衛侯之失國，非寧兄弟比。宗國破滅，此不恆有之變，既不能救，義當往唁。當時未有此禮而夫人毅然行之，雖不合於常經，亦天理人情之正，故孟子以為權而賢者。」

❼視，比。臧，善。視爾不臧，比起你們不高明之見。

❽不遠，馬瑞辰《毛詩傳箋通釋》：「遠，猶去也。我思不去，猶不止。」

❾濟，渡水。

❿閟，音ㄅㄧˋ，馬瑞辰《毛詩傳箋通釋》說：「閟，亦止也。」

⓫阿丘，偏高之丘。

⓬蝱，音ㄇㄤˊ，藥草名，貝母，可治心氣鬱結之疾。

⓭懷，思。善懷，多愁易感。

⓮行，道路。各有行，即各有各之道理。

⓯尤，過，不以為是。

⓰眾，既。穉，音ㄓˋ，驕。眾穉且狂，既驕橫且狂妄。

⓱芃芃，音ㄆㄥˊ，茂盛貌。麥，麥苗。狄人入衛在魯閔公二年

冬十二月，而詩言此，故王先謙以為此詩作於閔公二年夏曆二、三月。

⑱ 控，《一切經音義》引《韓詩》曰：「控，赴也。」赴，走告。

⑲ 因，朱彬《經傳考證》說：「猶親也。」方玉潤《詩經原始》說：「因依。」極，正也。

⑳ 百爾，凡爾。

㉑ 不如我所之，言不如我之所思。

詩旨

1. 《詩序》：「〈載馳〉，許穆夫人作也。閔其宗國顛覆，自傷不能救也。衛懿公為狄人所滅，國人分散，露於漕邑。許穆夫人閔衛之亡，傷許之小，力不能救；思歸唁其兄，又義不得，故賦是詩也。」《詩序》認為夫人並未回衛，詩為設想之詞。王先謙駁之曰：「言爾無以禮非責我。今日之事，義在必歸。雖百爾之所思，不如我所往之為是也。故服虔注《左傳》云：『言我遂往，無我有尤』也。是夫人竟往衛矣。或疑夫人以義不果往而作詩。今案『驅馬悠悠』、『我行其野』，非設想之詞。服說是也。如夫人未往，涉念而止，烏有舉國非尤之事？」

2. 嚴粲《詩緝》：「味詩之意，夫人蓋欲赴愬於方伯，以圖救衛，而託歸唁為辭耳。」

3. 撰者按：衛懿公好鶴失敗，魯閔公二年（西元前六六〇年），冬十二月，狄人伐衛，衛師敗績，遂滅衛。宋桓公（衛戴公妹夫）率師迎衛遺民，夜渡黃河。衛人擁立戴公，舍於漕（今河南滑縣東南）。次年戴公逝世，立文公。許穆夫人奔赴漕邑，慰問文公，並提出聯齊抗狄的主張，得到齊桓公之協助，衛終於復國於楚丘。〈載馳〉即作於她抵達漕邑之時，約在衛文公元年（西元前六五九年）春夏之間。許穆夫人事蹟見《左傳》閔公二年：「許穆夫人賦載馳，齊侯使公子無虧率車三百乘、甲士三千人以戍曹」「歸夫人魚軒、重錦三十兩」。又見於《韓詩外傳》、《新序》、《列女傳》等典籍。

作法

1. 牛運震《詩志》：「控于大邦，以報亡國之讎，此一篇本意，妙在於卒章說出，而前則吞吐搖曳，後則低徊繚繞，筆底言下，真有千百折也。純是無中生有，撰景寫情微妙不可意識。」

2.方玉潤《詩經原始》有「纏綿繚繞」、「文勢極佳」、「沉鬱頓挫，感慨唏噓，實出眾音上」之讚嘆。

3.撰者按：《禮記‧雜記下》：「婦人非三年之喪，不逾封而弔。」《春秋繁露‧玉英》：「婦人無出境之事，經禮也；為子娶婦，奔喪父母，變禮也。」許穆夫人父母俱歿，應使大夫寧於兄弟，全詩以許穆夫人憂心國難，與許國大夫固守禮教之衝突為中心，展開兩組人之堅持。全詩通過敘事抒情，寫景寓情，對話寄情等手法，寓情於事，情景交融，細膩刻畫許穆夫人真摯熱烈、沉鬱悲壯之愛國情懷。全詩結構嚴謹綿密，脈絡清晰，前後照應，以許穆夫人之憂國和許大夫之論爭為中心線索，變換四個空間，展開許穆夫人違禮返國之內心掙扎。又暗用對比手法，通過對話刻畫出許國大夫之固執迂腐，以及許穆夫人通權達變、高瞻遠矚、義正詞嚴、義無反顧之愛國形象，無怪乎《列女傳》將她列入〈仁智〉篇頌揚。

衛風

〈衛風〉收錄〈淇奧〉等十首詩。其中依《詩序》有時代可考者僅〈淇奧〉和〈碩人〉二篇。《詩序》說〈淇奧〉是歌頌衛武公之德。衛武公的時代和周平王相當。〈碩人〉則是衛人憐憫莊姜而作，事見《左傳》隱公三年。可見〈衛風〉的時代，大約在周平王東遷後一百年左右，比〈邶風〉略晚，比〈鄘風〉則早五六十年。

邶、鄘、衛在今河北省南部，河南省北部一帶，歷來有些說《詩》者將三者合編為衛詩，不分卷、編次。其他說詳〈邶風〉。

淇奧

瞻彼淇奧❶，綠竹猗猗❷。有匪君子❸，如切如磋，如琢如磨❹。瑟兮僩兮❺，赫兮咺兮❻。有匪君子，終不可諼兮❼。

瞻彼淇奧，綠竹青青❽。有匪君子，充耳琇瑩❾，會弁如星❿。瑟兮僩兮，赫兮咺兮。有匪君子，終不可諼兮。

瞻彼淇奧，綠竹如簀⓫。有匪君子，如金如錫⓬，如圭如璧⓭。寬兮綽兮⓮，猗重較兮⓯。善戲謔兮⓰，不爲虐兮⓱。

❶淇，淇水。奧，音ㄩˋ，齊、魯《詩》作隩，又作澳。涯岸之內側。

❷綠竹，毛《傳》：「綠，王芻。竹，萹竹。」胡承珙《毛詩後箋》以為：王芻，水草，可食；萹竹，即萹蓄，亦可

食之菜。朱熹《詩集傳》：「綠，色也。」意為綠色之竹子。猗猗，音ㄧ，美盛貌。

❸匪，魯、齊《詩》及《禮記》、《爾雅》引詩均作斐。有匪，即斐然，指人物有文采和才華。

❹切、磋、琢、磨，毛《傳》：「治骨曰切，象曰磋，玉曰琢，石曰磨。」朱熹《詩集傳》：「治骨角者，既切之以刀斧，而復磋以鑢錫。治玉者，既琢以槌鑿，而復磨以砂石。」王充《論衡．量知》：「切磋琢磨，乃成寶器。人之學問知能成就，猶骨象玉石切瑳琢磨也。」上二句，言精益求精，以喻進德不已。

❺瑟，璱之借字，莊嚴貌。僩，音ㄒㄧㄢˋ，朱熹《詩集傳》：「威嚴貌。」

❻赫、咺，咺，音ㄒㄩㄢˇ，赫、咺皆是昭顯之意，此指威儀容止昭顯。

❼終，永。諼，音ㄒㄩㄢ，忘。

❽青，音ㄐㄧㄥ，青青，茂盛貌。

❾充耳，即瑱，見〈君子偕老〉注。琇瑩，美石。

❿會，音ㄎㄨㄞˋ，縫也。弁，音ㄅㄧㄢˋ，皮弁。會弁，弁縫，即弁之兩皮相接縫合處。會弁如星，在皮弁之縫合處綴以玉飾寶石，就如星星般光彩明亮。

⓫簀，音ㄗㄜˊ，竹蓆，形容竹子之茂盛櫛比。

⓬金、錫，朱熹《詩集傳》：「言其鍛鍊之精純。」

⓭圭、璧，皆為美玉，在此用以比喻氣質之溫潤。

⓮寬、綽，形容心地開闊，有寬大之懷。

⓯猗，音ㄧ，憑。較，車兩輢（車廂兩旁立板）旁立木也；以其高出軾上，故曰重較，為古代卿士所乘之車。《論語．鄉黨》皇疏：「古人乘路車，皆於車中倚立，倚立難久，故於車箱上安一橫木，以手隱憑之，謂之較。《詩》云『猗重較兮』是也。」

⓰戲謔，猶今言開玩笑。

⓱虐，馬瑞辰《毛詩傳箋通釋》：「虐之言劇，謂甚也。」言過甚而為虐於人。上二句指善開玩笑，但並不過分，不刻毒尖酸。

詩旨

1. 《詩序》：「淇奧，美武公之德也。有文章又能聽規諫，以禮自防，故能入相於周，美而作是詩。」撰者按：《史記》載武公即位後修康叔之政，百姓和集。犬戎殺周幽王，武公將兵往，佐周平戎甚有功。又善於作詩，〈大雅．抑〉、〈小雅．賓之初筵〉據說皆為其所作。

2. 徐幹〈中論〉：「昔衛武公年過九十，猶夙夜不怠，思聞訓道。命其群臣曰：『無謂我老耄而舍我，必朝夕交戒。』又作抑詩以自儆也。衛人誦其德，為賦〈淇奧〉。」

3. 姚際恆《詩經通論》：「序謂美武公之德，未有據。」

4. 傅斯年《詩經講義》：「要之為美君子之詩則然也。」

1. 牛運震《詩志》：「理致精微，神趣充悅，通篇以比喻勝。德性、學問之事最難寫，似非詩家所長。此篇描寫武公都有精理真氣，細看純是一片神韻，何曾一字落板腐也。其體安以莊，其神鮮以暢，此風詩之近雅者。」

2. 吳闓生《詩義會通》：「舊評云：通篇無一字腐，得法在用興用比，用形容詠嘆。末章就寬綽戲謔處寫，尤妙。」

3. 撰者按：全詩三章，每章九句，各分三層。第一層兩句以淇水岸綠竹起興，第二層三句讚美君子之文采才華和品德修養，第三層四句，讚美君子之風度、氣質、性格之美。本詩綜合運用了賦、比、興手法及排比、誇張、反覆等修辭方法，從環境到人物，從品德學問到衣飾車騎，從形象描寫到細節刻畫，從內到外，一一鋪寫，用語華美精當，寫盡了君子之人品性格和文采風流，展現《詩經》時代對男性之審美觀點。

考槃

考槃在澗❶，碩人之寬❷。獨寐寤言❸，永矢弗諼❹。

考槃在阿❺，碩人之薖❻。獨寐寤歌，永矢弗過❼。

考槃在陸❽，碩人之軸❾。獨寐寤宿，永矢弗告❿。

注釋

❶毛《傳》：「考，成；槃，樂也。」又朱熹《詩集傳》引陳傅良：「考，扣也。槃，器名。」澗，山夾水曰澗。

❷碩，大。寬，胸懷寬廣。

❸寐，睡。寤，醒。獨寐寤言，指獨寐、獨寤、獨言。

❹矢，通誓。諼，音ㄒㄩㄢ，忘也。

❺阿，山之曲隅曰阿，即山坡。

❻薖，音ㄎㄜ，毛《傳》：「寬大貌。」

❼弗過，鄭《箋》：「弗過者，不復入君之朝也。」馬瑞辰《毛詩傳箋通釋》：「過，去也。弗過，猶弗忘也。」

❽陸，高平之地。

❾軸，屈萬里《詩經詮釋》：「軸，當讀為迪。《偽大禹謨》、《偽孔傳》云：『迪，道也。』」

❿弗告，朱熹《詩集傳》：「不以此樂告人也。」

詩旨

1.《詩序》：「〈考槃〉，刺莊公也。不能繼先公之業，使賢者退而窮處。」

2.《孔叢子》：「孔子曰：『吾於〈考槃〉，見遯世之士而不悶也。』」

3.朱熹《詩序辨說》：「此為美賢者窮處而能安其樂之詩，文意甚明，然詩文未有見棄于君之意，則不得為刺莊公矣。」

作法

1.戴君恩《讀風臆評》：「每章精神都在第二句，下二句卻從個裏拈出。細讀此詩一過，居然覺山月窺人，澗芳襲袂，那得不作人外想？」

2.陳繼揆《讀風臆補》：「『煙銷日出不見人，欸乃一聲山水綠』，碩人之境也；『桃花流水杳然去，別有天地非人間』，碩人之心也。陶詩『結廬在人境，而無車馬喧』，是首句意；『問君何能爾，心遠地自偏』是次句意：『此中有真意，欲辨已忘言』，即三四句意。唐人詩『縱聽世人權似火，不能燒得臥雲心』，亦得『永矢』之意者。昌黎云『終吾生以徜徉』，『終』字即『永』字義，又陶辭『策扶老以流憩，時矯首而游觀，景依依以將入，撫孤松而盤桓』，即『軸』字意。太白詩『但得醉中趣，勿與醒者傳』，亦即『勿告』意也。」

碩人

碩人其頎❶，衣錦褧衣❷。齊侯之子❸，衛侯之妻❹，東宮之妹❺，邢侯之姨❻，譚公維私❼。

手如柔荑❽，膚如凝脂❾，領如蝤蠐❿，齒如瓠犀⓫，螓首蛾眉⓬。巧笑倩兮⓭，美目盼兮⓮。

碩人敖敖⓯，說于農郊⓰。四牡有驕⓱，朱幩鑣鑣⓲，翟茀以朝⓳。大夫夙退⓴，無使君勞。

河水洋洋㉑，北流活活㉒。施罛濊濊㉓，鱣鮪發發㉔，葭菼揭揭㉕。庶姜孽孽㉖，庶士有朅㉗。

注釋

❶碩人，身材高大之人。頎，音ㄑㄧˊ，秀長而高貌。鄭《箋》：「碩，大也。言莊姜儀表長麗俊好頎頎然。」

❷錦，錦衣，用錦織成文采華美之衣。衣錦，穿著錦製華美之衣。褧，音ㄐㄩㄥˇ，用枲麻類纖維織成之紗罩衣。褧衣即罩袍，罩在錦衣之外，用以遮擋灰塵污垢。鄭《箋》：「褧，襌也。國君夫人翟衣而嫁，今衣錦者，在途之所服也。尚之以襌衣，為其文之大著。」

❸齊侯，指齊莊公。子，女兒。

❹衛侯，指衛莊公。

❺東宮，本指太子所居宮殿，此指齊國太子得臣。

❻邢，為姬姓之國，故地在今河北省邢臺縣。邢侯，未詳何人。姨，男子稱妻之姊妹為姨。

❼譚，嬴姓之國，故地在今山東省濟南東（歷城縣東南）。譚公，未詳何人。維，是。私，女子稱姊妹之夫為私。

❽荑，音ㄊㄧˊ，白茅初生之嫩芽，見〈靜女〉注。用以形容手指尖柔滑嫩。

❾凝脂，凝結之油脂，在此形容皮膚白細光滑。

❿領，頸部。蝤蠐，音ㄑㄧㄡˊㄑㄧˊ，一種白而長之木蟲，用以形容頸部細長膚白。

⓫瓠犀，音ㄏㄨˋㄒㄧ，瓠瓜之種子方正潔白且比次整齊，用以形容牙齒之潔白整齊。

⓬螓，音ㄑㄧㄣˊ，一種昆蟲如蟬而小，其額廣而方正。用以形容美人之額頭。蛾眉，蠶蛾之觸鬚，細長而彎曲有致，古代之眉形以此為尚。詩中用以形容莊姜之眉形。

⓭倩，毛《傳》：「好口輔。」陳奐《詩毛氏傳疏》曰：「口輔即靨輔也。」即笑時兩頰出現之酒窩。

⓮盼，眼睛黑白分明。此形容明亮之眼眸，以及流動靈活之眼神。

⓯敖敖，身材高大貌。

⓰說，音ㄕㄨㄟˋ，休息。

⓱牡，公馬。有驕，驕然，形容馬匹形體高大雄壯貌。

⓲幩，音ㄈㄣˊ，馬鑣上飾物。朱幩，馬口鐵上用紅綢纏縛為裝飾。鑣，音ㄅㄧㄠ，馬口所銜之鐵，鑣鑣，盛貌。

⓳翟，音ㄉㄧˊ，雉雞。茀，音ㄈㄨˊ，車蔽。毛《傳》：「翟，翟車也，夫人以翟羽飾車。茀，蔽也。」孔《疏》：「婦人乘車不露見，車之前後設障以自隱蔽，謂之茀。」翟茀，畫有雉雞羽毛或以雉雞羽毛裝飾之車蔽。以朝，朝見君王。

⓴夙，早。大夫夙退，指夫人初至，大夫之朝者，宜早退。

㉑洋洋，水勢盛大貌。

㉒活，音ㄍㄨㄛ，活活，水流聲。

㉓罛，音ㄍㄨ，漁網；施罛，撒下漁網。濊，音ㄏㄨㄛˋ，濊濊，魚網撒入水中發出之聲。

㉔鱣，音ㄓㄢ，一種鯉魚，毛《傳》：「鯉也。」一說鱘鰉，即大黃魚。鮪，音ㄨㄟˇ，與鱣相類之一種魚，但體型較小。發發，音ㄆㄛ，《釋文》引馬融說：「魚著網，尾發發然。」即魚群在網中跳躍撥動尾巴所發出之聲音。

㉕葭，音ㄐㄧㄚ，蘆葦。菼，音ㄊㄢˇ，蘆荻。揭揭，秀長貌。

㉖庶，眾多。庶姜，莊姜之姪娣，指媵女，莊姜陪嫁之眾位女子。孽孽，盛飾貌。

㉗庶士，眾士，指齊國送嫁之諸臣。朅，音ㄐㄧㄝ，有朅，朅然，武壯貌。

詩旨

1.《詩序》：「〈碩人〉，閔莊姜也。莊公惑於嬖妾，使驕上僭。莊姜賢而不答，終以無子，國人閔而憂之。」

2.姚際恆《詩經通論》：「詩中無閔意，《偽傳》曰：『衛莊公取于齊，國人美之，賦碩人。』」又引孫文融亦云：「此當是莊姜初至衛時，國人美之而作者。」

3.屈萬里《詩經詮釋》：「隱公三年左傳：『衛莊公娶于齊東宮得臣之妹曰莊姜，美而無子，衛人所為賦碩人也。』按此當是莊姜嫁時，衛人美之之詩。」

作法

1.鍾惺《評點詩經》：「巧笑二句言畫美人，不在形體，要得其性情。此章前五句，猶狀其形體之妙，後二句並其性情生動處寫出矣！」

2.顧炎武《日知錄》：「詩用疊字最難，衛詩『河水洋洋，北流活活，施罛濊濊，鱣鮪發發，葭菼揭揭，庶姜孽孽。』連用六疊字，可謂複而不厭，賾而不亂矣！古詩「青青河畔草，鬱鬱園中柳，盈盈樓上女，皎皎當窗牖，娥娥紅粉妝，纖纖出素手」連用六疊字，亦極自然，下此即無人可繼。」

3.（清）孫聯奎《詩品臆說》：「衛風之詠碩人也，曰『手如柔荑』，云云，猶是以物比物，未見其神。至曰『巧笑倩兮，美目盼兮』，則傳神寫照，正在阿堵，直把個絕世美人，活活的請出來在書本上晃漾，千載而下，猶如親其笑貌，也可謂離形得似者矣。似，神似，非形似也。」

4.宗白華〈中國美學史中重要問題的初步探索〉：「前五句堆滿了形象，非常『實』，是『錯采鏤金、雕繪滿眼』的工筆畫。後二句是白描，是不可捉摸的笑，是空靈，是虛。這二句不用比喻的白描，使前面五句形象活動起來了。沒有這二句，前面五句可以使人感到是一個廟裏的觀音菩薩，有了這二句，就完全成了一個如『初發芙蓉，自然可愛』的美人形象。」

5.撰者按：詩分四章，首章寫莊姜出身和族類高貴。次章採喻象疊加，描繪一幅美人圖。三、四章，據惲敬〈碩人說〉以為錯簡，兩章應倒置，第四章敘莊姜由齊赴衛途中景象，全詩用疊字（末句有揭，有＋狀詞，猶揭揭）；第三章敘莊姜來至衛國成親，且第一章以碩人始，第四章應以碩人終，惲敬三、四章倒置說頗合章法。姚際恆

《詩經通論》推許此詩「千古頌美人之祖，無出其右，是為絕唱」，信然。

氓

氓之蚩蚩❶，抱布貿絲❷。匪來貿絲❸，來即我謀❹。送子涉淇❺，至于頓丘❻。匪我愆期❼，子無良媒。將子無怒❽，秋以爲期。

乘彼垝垣❾，以望復關❿。不見復關，泣涕漣漣⓫。既見復關，載笑載言⓬。爾卜爾筮⓭，體無咎言⓮。以爾車來，以我賄遷⓯。

桑之未落，其葉沃若⓰。于嗟鳩兮⓱，無食桑葚⓲。于嗟女兮，無與士耽⓳。士之耽兮，猶可說也⓴；女之耽兮，不可說也。

桑之落矣，其黃而隕㉑。自我徂爾㉒，三歲食貧㉓。淇水湯湯㉔，漸車帷裳㉕。女也不爽㉖，士貳其行㉗。士也罔極㉘，二三其德㉙。

三歲爲婦，靡室勞矣㉚。夙興夜寐㉛，靡有朝矣㉜。言既遂矣㉝，至于暴矣。兄弟不知，咥其笑矣㉞。靜言思之㉟，躬自悼矣㊱。

及爾偕老㊲，老使我怨㊳。淇則有岸，隰則有泮㊴。總角之宴㊵，言笑晏晏㊶。信誓旦旦㊷，不思其反㊸。反是不思㊹，亦已焉哉㊺！

注釋

❶氓，音ㄇㄤˊ，流亡的人民，《石經》作甿，據魏源《詩古微考證》，氓字從亡民，謂流亡之民也。又同甿，言亡田之民也。《周禮》「新氓之治」，注：「新徙來者也。」《孟子》：「陳相自楚之滕，願受一廛而為氓。」又曰：

「天下皆悅而願為之氓。」這些都指離開本地寄居他國的人。本詩的氓，可能是一個喪失田地而流亡到衛國的人。蚩蚩，音ㄔ，毛《傳》：「敦厚之貌。」

❷布，毛《傳》：「布，幣也。」王先謙《詩經稗疏》則認為布是當時的一種錢幣。不過釋為布匹，更適合於小民以物易物交易模式。

❸匪，非，不是。

❹即，就，接近。謀，商量。來即我謀，來和我商量婚事。

❺淇，淇水，衛國水名，在今河南省北部。

❻頓丘，地名，在今河北省清豐縣西南二十五里。但王夫之《詩經稗疏》（卷一）說：「淇水……自淇縣以下，不復名為淇水，北過內黃，又合洹水，以流於濮。頓丘去淇百里而遙，涉淇而至於清豐之頓丘，亦太遠矣。」因而從毛《傳》釋頓丘為「一成之丘」，也就是方十里之一座土丘。

❼愆，音ㄑㄧㄢ，過。愆期，誤期，拖延日期。

❽將，音ㄑㄧㄤ，發語詞。毛《傳》曰：「願也。」鄭《箋》曰：「請也。」

❾乘，登上。垝，音ㄍㄨㄟˇ，危，高之意。垣，牆。

❿復關，地名。今河北省清豐縣附近。「氓」所居住之地，用以作為「氓」之代稱。猶如〈鄭風·子衿〉以青衿借代所思之人。

⓫漣漣，淚下流貌。

⓬載，則。載……載……，等於口語中的又……又……或邊……邊……。

⓭爾，汝、你。卜、筮，都是占卜之方式，只是所用工具有差異，卜用龜甲，筮用蓍草。古代遇重要之事必卜筮以占吉凶，作為行事之依據。

⓮體，卜筮所顯示之卦兆與卦辭。咎，凶，過。咎言，不吉利之言詞。

⓯賄，財物。以我賄遷，將我之財物搬遷到你家，即嫁到夫家。

⓰沃若，沃然，柔嫩潤澤貌。

⓱于，音ㄒㄩ，于嗟，即吁磋，感嘆詞。鳩，斑鳩。

⓲桑葚，桑樹之果實，毛《傳》：「鳩，鶻鳩也。食桑葚過則醉而傷其性。」此用以比喻女子與男子熱戀時容易失去理智。

⓳耽，沉迷於歡樂。

⓴說，說得過去，或擺脫。

㉑隕，落下。以桑葉變黃隕落喻容顏衰老。

㉒徂，音ㄘㄨˊ，往。徂爾，嫁到你家。

㉓食貧，過著窮苦之日子。

㉔湯湯，音ㄕㄤ，毛《傳》：「水盛貌。」

㉕漸，水浸濕。帷裳，車子之帷幔。孔《疏》：「以帷障車之旁如裳，以為容飾，故或謂之帷裳，或謂之童容，其上有蓋，四旁垂而下，謂之襜。」

㉖爽，毛《傳》：「差也。」

㉗貳，馬瑞辰《毛詩傳箋通釋》：「貳當為貣，形近之譌。」

貧者，忒之同音假借。《爾雅．釋言》：『爽，忒也。』《釋訓》：『晏晏，旦旦，悔爽忒也。』正取《詩》士忒其行為義。」

㉘罔極，無良、缺德之意。屈萬里《書傭論學集．詩經罔極解》一文有詳說。

㉙二三其德，猶今言三心二意。謂其夫愛情不專。

㉚靡室勞矣，龍師宇純《絲竹軒詩說．詩義三則》：「靡，習也。」引王引之釋《荀子》「靡之儇之」即賈子所云：「服習積貫也。」「靡室勞矣」即習慣於家中勞動之務。

㉛夙，早。興，起。夙興夜寐，早起晚睡。

㉜靡有朝矣，即習有朝矣，天天習慣於夙興夜寐。

㉝遂，成。既遂，心願達成。此句言當年謀婚之言既成事實。

㉞咥，音ㄒㄧˋ，大笑貌。

㉟言，作狀語詞尾，猶而也。見〈邶風．柏舟〉注。

㊱躬，自身。悼，悲傷。

㊲及，與。偕，共。偕老，相伴到老。有共生同死意。及爾偕老，與你白頭到老。

㊳老使我怨，提到偕老，只是徒增我之怨恨。

㊴隰，音ㄒㄧˊ，低窪潮濕之處。泮，音ㄆㄢˋ，涯岸。淇有岸，隰有泮，反喻人心之無極。

㊵總，紮也。總角，指童年時將頭髮紮成兩角之形。孔《疏》：「男子未冠，婦人未笄，結其髮，聚之為兩角。」宴，歡樂。

㊶晏晏，和柔貌。

㊷旦旦，誠懇貌。

㊸不思其反，不回頭想一想往日相愛之情景。

㊹反是不思，意謂回頭想一想都不肯。

㊺已，止，完了。亦已焉哉，也只好算了吧！

詩旨

1. 《詩序》：「〈氓〉，刺時也。宣公之時，禮義消亡，淫風大行。男女無別，遂相奔誘，華落色衰，復相棄背。或乃困而自悔，喪其妃耦，故序其事以風焉。美反正，刺淫泆也。」三家《詩》無異義。
2. 朱熹《詩集傳》：「此淫婦為人所棄，而自敘其事，以道其悔恨之意也。」
3. 方玉潤《詩經原始》：「此女始終總為情誤，固非私奔失節者比。」
4. 屈萬里《詩經詮釋》：「此棄婦自傷之詩。」

作法

1. 錢鍾書《管錐篇》：「此篇層次分明，工於敘事。『子無良媒』而『愆期』，『不見復關』而『泣涕』，皆具無往不復、無垂不縮之致。然文字之妙有波瀾，讀之只覺是人事之應有曲折。」
2. 撰者按：〈氓〉與〈谷風〉被譽為《詩經》棄婦詩雙璧。全詩六章，以棄婦口吻講述自己哀婉動人之婚姻悲劇故事。抒情詩但有較強敘事性，詩用回憶與對比手法，就近取譬寫物之工，對男子稱謂由疏而親而疏的四次變化，以及淇水的三次出現，展現女子情感的變化，不論棄婦或放在被譴責位置的氓，透過這些寫作技巧，都得以呈現其性格。

竹竿

籊籊竹竿❶，以釣于淇❷。豈不爾思❸？遠莫致之❹。

泉源在左，淇水在右。女子有行❺，遠兄弟父母。

淇水在右，泉源在左。巧笑之瑳❻，佩玉之儺❼。

淇水滺滺❽，檜楫松舟❾。駕言出遊❿，以寫我憂⓫。

注釋

❶籊籊，音ㄉㄧˊ，長而細之貌。
❷淇，淇水。
❸爾，你。豈不爾思，即豈不思爾，古漢語受詞賓語提前。
❹致，招致。
❺有行，女子自稱出嫁。見〈泉水〉注。
❻瑳，音ㄘㄨㄛˇ，鮮白色，笑而見齒，其色鮮白貌。又馬瑞辰《毛詩傳箋通釋》：「瑳與此雙聲，瑳當為齜之假借。《說文》齜字注：『一曰：開口見齒之貌，讀若柴。』笑而見齒，故以齜狀之。」
❼儺，音ㄋㄨㄛˊ，行有節度。

❽ 滺滺，音ㄧㄡ，水流貌。

❾ 檜，樹木名。楫，用以划船之槳。松舟，以松木做成之船。

❿ 駕，舊訓駕車，又王質《詩總聞》：「舟亦得言駕，今猶謂之駕船。」言，梅廣〈詩三百篇言字新議〉說：作連詞用，與「而」用法相當。

⓫ 寫，除。

詩旨

1.《詩序》：「〈竹竿〉，衛女思歸也。適異國而不見答，思而能以禮者也。」三家《詩》無異義。何楷《詩經世本古義》、魏源《詩古微》皆以為〈竹竿〉、〈泉水〉均〈載馳〉作者許穆夫人所作。

2.朱熹《詩集傳》：「未見『不見答』之意。」「衛女嫁於諸侯，思歸寧而不可得，故作此詩。」

3.方玉潤《詩經原始》：「〈載馳〉、〈泉水〉與此篇皆思衛之作，一則遭亂以思歸，一則無端而念舊，詞意迥乎不同。此不唯非許穆夫人作，亦無所謂不見答意。蓋其局度雍容也，音節圓暢，而造語之工，風致嫣然，自足以擅美一時，不必定求其人以實之。……俗儒說詩務求確解，則三百篇詩詞不過一本記事珠，欲求一陶情寄興之作，豈可得哉？」

4.屈萬里《詩經詮釋》：「此蓋男子思念舊好（女子）之詩。首章言觸景思人，次章言其人已嫁，三章念其容止，末章則以寫憂作結。」舊謂衛女思歸之詩，恐非是。

作法

撰者按：〈竹竿〉詩旨不易明，但從「女子有行」，自稱出嫁，知敘述者為一女子，而且此詩與〈泉水〉開頭「毖彼泉水，亦流於淇」描寫類似，又次章：「女子有行，遠父母兄弟。」末章：「駕言出遊，以寫我憂。」完全相同，以見《詩序》衛女思歸之說不為無據。前三章回憶當年情景，末章終不得歸，只能駕船出遊寫憂。

芄蘭

芄蘭之支❶，童子佩觿❷。雖則佩觿，能不我知❸。容兮遂兮❹，垂帶悸兮❺。

芄蘭之葉，童子佩韘❻。雖則佩韘，能不我甲❼。容兮遂兮，垂帶悸兮。

注釋

❶芄蘭，草名，一名蘿藦，多年生草本植物。蔓生，葉心形，對生，莖、葉含白色汁液，可食。果實大，種子生白絮，隨風飛散。支，枝。

❷觿，錐，用象骨製成，用以解結，為成人之佩飾。

❸能，而。能不我知，而不知我。

❹容，鄭《箋》：「容刀也。」遂，鄭《箋》：「瑞也。」

❺悸，俞樾《毛詩平議》說：動也。

❻韘，音ㄕㄜˋ，射箭所用之玦，又稱扳指，以象骨製成，射箭時套在右手大拇指上以鉤弦。

❼甲，毛《傳》：「狎也。」親暱之意。

詩旨

1.《詩序》：「〈芄蘭〉，刺惠公也。驕而無禮，大夫刺之。」鄭《箋》：「惠公以幼童即位，自謂有才能，而驕慢於大臣，但習威儀，不知為政以禮。」《詩序》係據《左傳．閔公二年》：「初，惠公即位也少。」杜注：「蓋年十五六。」推測詩義。三家《詩》無異義。

2.朱熹《詩集傳》：「此詩不知所謂，不敢強解。」

3.陳啟源《毛詩稽古編》：「序以芄蘭為刺惠公，而朱子不信。夫惠公譖殺二兄，違拒王命，其狼抗不遜可知。序云：驕而無禮，正相合也。且即位時方十五六歲，宜有童子之稱，又何疑乎？然則為此詩者，殆左公子洩，右公子職之徒歟？」

4. 方玉潤《詩經原始》：「惠公縱少而無禮，臣下刺君，不應直以童子呼之。此詩不過刺童子之好躐等而進，諸事驕慢無禮。」
5. 聞一多《風詩類鈔》以為女戲男之詞。
6. 白川靜《詩經研究》：「這是戲弄不解風情的男子之詩歌。」
7. 高亨《詩經今注》：「周代貴族有男子早婚的習慣。這是一個成年的女子嫁給一個約十二三歲的兒童，因作此詩表示不滿。」
8. 王靜芝《詩經通釋》：「此諷人應守分之詩。」
9. 裴普賢《詩經評注讀本》：「這是一篇諷刺小丈夫的民歌。借小丈夫老婆的口吻，形容小丈夫冒充大人的可笑動作，活現眼前，非常有趣。」

作法

1. 牟庭《詩切》：「此詩以芄蘭柔弱，雖有枝而不能自扶，喻人無才藝者，雖強為容飾，而不足觀美也。」
2. 黃焯《毛詩鄭箋平議》：「詩凡刺人之無德，往往虛陳其容服之盛，如此詩兩章末二句也。」

河廣

誰謂河廣❶？一葦杭之❷。誰謂宋遠？跂予望之❸。

誰謂河廣？曾不容刀❹。誰謂宋遠？曾不崇朝❺。

注釋

❶河，黃河。衛國在戴公之前，都於朝歌，和宋國隔河相望。

❷葦，蘆葦。杭，渡，渡河。一葦杭之，喻輕易即可渡河而過。

❸跂，音ㄑㄧˋ，魯、齊《詩》作企，踮起腳跟。予，而，跂而望之，踮起腳跟就可以望見，用以比喻距離不遠。

❹曾，乃，而也。刀至薄，不容刀，極言河之窄容易渡過。或刀兼具刀斧、小船二義，同形異字，舟、刀一語之轉。

❺崇朝，終朝。曾不終朝，謂不待終朝即可到達。鄭《箋》：「行不終朝，亦喻近。」

詩旨

1. 《詩序》：「〈河廣〉，宋襄公母歸於衛，思而不止，故作是詩也。」鄭《箋》：「宋桓公夫人衛文公之妹，生襄公而出。襄公即位，夫人思宋，義不可往，故作是詩以自止。」
2. 王質《詩總聞》以為宋人僑居於衛地者所作。
3. 崔述《讀風偶識》：「似宋女嫁於衛，思歸宋國而以義自閒之詩。」

作法

1. 劉勰《文心雕龍》：「文辭所被，誇飾恆存。」「是以言峻則嵩高極天，論狹則河不容刀，說多則子孫千億，稱少則民靡孑遺。」「辭雖已甚，其義無害也。」
2. 龍起濤《毛詩補正》：「河廣，此詩之蘊藉者也。河本廣也，而謂之不廣；宋本遠也，而謂之不遠；既不廣矣，不遠矣，而卒不往，其不往之故不言也，故曰詩之蘊藉者也。」
3. 方玉潤《詩經原始》：「飄忽而來，起最得勢，語亦奇秀可歌。」
4. 錢鍾書《管錐篇．毛詩正義》：「蓋人有心則事無難，情思深切則視河水清淺，跂以望宋，覺洋洋者若不容刀，可以葦杭。」
5. 撰者按：全詩兩章，雙問雙答，首章以誇張之詞，正面作答；次章採否定句式作答。此詩不寫難歸，反極言其易，正是為了反襯其難，耐人尋味。

伯兮

伯兮朅兮❶，邦之桀兮❷。伯也執殳❸，爲王前驅❹。
自伯之東，首如飛蓬❺。豈無膏沐❻？誰適爲容❼！
其雨其雨❽？杲杲出日❾。願言思伯❿，甘心首疾⓫。
焉得諼草⓬？言樹之背⓭。願言思伯，使我心痗⓮。

❶伯，兄弟中排行最大者，此為婦人對丈夫之稱呼。朅，音ㄑㄧㄝˋ，雄壯威武貌。伯兮朅兮，句法同於「邦之桀兮」、「子之昌兮」，兮字原亦當為之字。參龍師宇純《絲竹軒詩說．讀詩雜記》。

❷桀，通傑，英傑。

❸殳，音ㄕㄨ，兵器，長一丈二尺，有稜無刃。

❹前驅，驅馬在前，即前鋒，前導。

❺蓬，草名，果實有茸毛，如絮。首如飛蓬，頭髮散亂像飛散之蓬草。比喻無心化妝打扮。

❻膏，猶今之潤髮油面霜之類。沐，《左傳．哀公十四年》：「使疾而遺之潘沐。」潘沐，即米汁，用以沐髮，猶今洗髮精之類。

❼適，音ㄉㄧˊ，專主。專意從事於一件事。

❽其，語助詞，將然，有推測之意。其雨其雨，要下雨了吧？要下雨了吧？甲骨文中常見此句法。

❾杲杲，音ㄍㄠˇ，形容日光明亮。

❿願，念，或說甘願。言，梅廣〈詩三百篇言字新議〉說：作狀語詞尾，用法與「然」相當。

⓫首疾，頭痛。

⓬諼，音ㄒㄩㄢ；諼草，即萱草，古人認為食用萱草可以忘憂，故又名忘憂草。

⓭樹，栽種。背，通北。言樹之背，種萱草於房北（即後）：俞樾《毛詩平議》說。一說背，北，指北堂。

⓮痗，音ㄇㄟˋ，憂思成病。

詩旨

1.《詩序》：「〈伯兮〉，刺時也。言君子行役，為王前驅，過時而不反焉。」鄭玄《箋》：「衛宣公之時，蔡人、衛人、陳人，從王伐鄭伯也。為王前驅久，故家人思之。」（按：春秋桓公五年經：「秋，蔡人、衛人、陳人，從王伐鄭。」）

今文三家無異說。

2.朱熹《詩集傳》：「婦人以夫久從征役而作是詩。」

作法

1.徐常吉《毛詩翼說》：「有膏沐而無意於首之容，願思伯而甘心於首之疾，思諼草而卒安於心之痗，此可見婦人性情之至。」

2.方玉潤《詩經原始》：「此詩不特為婦人思夫之詞，且寄遠作也，觀次章詞意可見。」

3.竹添光鴻《毛詩會箋》：「甘心至首疾而不悔，則思之不能已可知。雖首疾而心亦甘，則其思之如貪口味，心不與他事親，惟以思伯為悅。」

4.撰者按：全詩四章，首章敘述對象為第三者，思婦誇讚丈夫英武雄健的風姿，無比自豪傾慕。後三章敘述對象轉向丈夫。第二章寫思婦刻骨思念，無心容飾。三、四章其雨及欲得諼草，實為欲擒故縱，思婦甘心首疾、心痗，以思念為樂事，以生理痛苦，撫慰心靈痛苦。又次章寫思婦無心容飾，具典型性和概括性。徐幹〈室思〉：「自君之出矣，明鏡暗不治。」杜甫〈新婚別〉：「羅襦不復施，對君洗紅妝。」皆祖之。

有狐

有狐綏綏❶，在彼淇梁❷。心之憂矣，之子無裳❸。

有狐綏綏，在彼淇厲❹。心之憂矣，之子無帶❺。

有狐綏綏，在彼淇側。心之憂矣，之子無服❻。

注釋

❶綏綏，《齊詩》作夊夊，行走遲緩貌。

❷淇，淇水。梁，以石決水曰梁，即今所謂攔河壩。

❸之子，是子，指征夫。裳，下衣。

❹厲，音ㄌㄞˋ，通瀨，水淺之處。胡承珙《毛詩後箋》、俞樾《毛詩平議》並有說。

❺帶，束衣之帶，亦稱紳。毛《傳》：「帶，所以申束衣。」

❻服，衣服。

詩旨

1.《詩序》：「〈有狐〉，刺時也。衛之男女失時，喪其妃耦焉。古者國有凶荒，則殺禮而多昏，會男女之無夫家者，所以育人民也。」

2.朱熹《詩集傳》：「有寡婦見鰥夫而欲嫁之，故託言有狐獨行，而憂其無裳也。」

3.崔述《讀風偶識》「狐在淇梁，寒將至矣！衣裳未具，何以禦冬？其為夫行役，婦人憂念之詩顯然。」

4.方玉潤《詩經原始》：「不知何以見其為寡婦？何以見其為鰥夫？更何以見其為而欲嫁之？夫曰之子，則明明指其夫矣！曰無裳、無帶、無服，則明明憂其夫之無裳、無帶、無服矣！」

作法

撰者按：全詩採AAA曲式，以雄狐綏綏，行無定所，興丈夫行役辛勞。三章重複「心之憂矣」，加深思婦淒苦心境，通過最平常具體事物衣著來敘說，更是凸顯思婦對丈夫無微不至之關心。

木瓜

投我以木瓜❶，報之以瓊琚❷。匪報也❸，永以爲好也。
投我以木桃❹，報之以瓊瑤❺。匪報也，永以爲好也。
投我以木李❻，報之以瓊玖❼。匪報也，永以爲好也。

❶投，投擲。木瓜，楙木之果實，狀似瓜，可以食用。
❷瓊琚，毛《傳》：「瓊，玉之美者。琚，佩玉名。」
❸匪，通非。
❹木桃，桃子。《埤雅》：「圓而小於木瓜，食之酸澀而木者，謂之木桃。」又據《述異記》：「桃之大者名木桃。」
❺瑤，美玉。
❻木李，李子。《埤雅》：「木李大如木桃，似木瓜而無鼻，其品又小。」
❼玖，《說文》：「玖，石之次玉黑色者。」比玉稍差之黑色美石。

詩旨

1. 《詩序》：「〈木瓜〉，美齊桓公也。衛國有狄人之敗，出處於漕。齊桓公救而封之，遺之車馬器服焉。衛人思之，欲厚報之而作是詩也。」
2. 朱熹《詩集傳》：「疑亦男女相贈答之詞，如〈靜女〉之類。」
3. 崔述《讀風偶識》：「即以尋常贈答視之可也。」
4. 聞一多《風詩類鈔乙》以為是訂情之詩。

作法

1. 黃櫄、李樗《毛詩李黃集解》：「木瓜、木桃、木李皆微物也，而詩人欲以瓊琚、瓊瑤、瓊玖報之，且尤以為未足，非物之不足，而心不足也。」
2. 牛運震《詩志》：「惠有大於木瓜者，卻以木瓜為言，是降一格襯托法。瓊瑤足以報矣，卻說匪報，是進一層翻剝法。匪報也，三字逗，婉曲之極，分明是報，卻說匪報，妙！三疊三覆，纏綿濃緻。」
3. 撰者按：全詩採AAA曲式，反覆抒情，情感深摯，雖不能確知是朋友或男女贈答之詩，但一投一報之間，洋溢著人際間永以為好之情感交流與期盼。

王風

〈王風〉共十首詩，王為王畿之簡稱，指周王朝直接統治之都邑地區。周平王宣臼（西元前七七〇—前七二〇年）東遷洛邑（今河南洛陽西），周室衰微，無法駕馭諸侯，名義上是王，實際地位和列國相等。〈王風〉就是東周洛邑一帶之詩歌，都是東周時期之作品。

王城之詩，不列於雅，而列於風，鄭《箋》說：「平王東遷，政遂微弱，下列於諸侯，其詩不能復雅，而同於國風焉。」姚際恆《詩經通論》不認同鄭玄之看法說：「風雅自有定體。其體風，即系之風；其體雅，即系之雅。非以王室卑之故，不為雅而為風也。」〈王風〉產生背景在東遷之後，多亂離之音。崔述《讀風偶識》說：「幽王昏暴，戎狄侵陵，平王東遷，家室飄蕩。」傅斯年《詩經講義稿》也說：「王風是周東遷以後王城一帶民間詩，其與二南不同者，二南雖涉東周之初，猶是西周遺風，故不為亂世之音，王風既在東遷之後，疆土日蹙，民生日用故多為亂離之詞。」〈黍離〉、〈君子于役〉、〈揚之水〉、〈中谷有蓷〉、〈兔爰〉、〈葛藟〉等詩都有亂離或家室飄蕩影子。

黍離

彼黍離離❶，彼稷之苗❷。行邁靡靡❸，中心搖搖❹。知我者，謂我心憂❺；不知我者，謂我何求❻。悠悠蒼天❼，此何人哉❽！

彼黍離離，彼稷之穗。行邁靡靡，中心如醉❾。知我者，謂我心憂；不知我者，謂我何求。悠悠蒼天，此何人哉！

彼黍離離，彼稷之實。行邁靡靡，中心如噎❿。知我者，謂我心憂；不知我者，謂我何求。悠悠蒼天，此何人哉！

注釋

❶黍，小米。離離，下垂貌。一說分披茂盛貌。

❷稷，高粱，與黍同類，黏者為黍，不黏者為稷。

❸邁，行。行邁，行路。靡靡，腳步緩慢貌。

❹中心，就是心中。搖搖，又作愮愮，心憂不能自主之感覺。中心搖搖，心中愁悶難忍，形容心神不安。

❺知我者，謂我心憂，瞭解我之人見我在此徘徊，曉得我心中憂愁。

❻不知我者，謂我何求，不瞭解我之人，還當我有何所求呢！

❼悠悠，遙遠貌。

❽此何人哉，斥責「不知我者」，或謂造成這種局面的是何人？

❾醉，恍惚不定，心神不能自主。

❿噎，音ㄧㄝ，食物塞住咽喉，氣逆不能呼吸。

詩旨

1. 《詩序》：「〈黍離〉，閔宗周也。周大夫行役，至于宗周，過故宗廟宮室，盡為禾黍。閔周室之顛覆，彷徨不忍去，而作是詩也。」
2. 劉向《新序．節士》用〈魯詩〉說：衛宣公子壽，閔其兄伋之且見害，作憂思之詩，〈黍離〉之詩是也。
3. 曹植〈令鳥惡禽論〉用〈韓詩〉說：昔尹吉甫信後妻之讒，而殺孝子伯奇，其弟伯封求而不得，作〈黍離〉之詩。
4. 崔述《讀風偶識》：「玩『心憂』、『何求』之語，乃憂未來之患，亦不似傷已往之事者也。……然則此詩乃未亂而預憂之，非已亂而追傷之者也。」
5. 屈萬里《詩經詮釋》：「此行役者傷時之詩。」

作法

1. 方玉潤《詩經原始》：「三章只換六字，而一往情深，低徊無限。此專以描摹風神擅長，憑弔詩中絕唱也。唐人劉滄、許渾憶古諸詩，往往襲其音調。」

2. 撰者按：全詩採AAA曲式反覆詠嘆，只換苗、穗、實，植物成熟過程，搖、醉、噎心情憂傷之比喻，取象鮮明，描摹人物心理神情見長。

君子于役

君子于役❶，不知其期❷；曷至哉❸！雞棲于塒❹；日之夕矣，牛羊下來❺。君子于役，如之何勿思❻！

君子于役，不日不月❼；曷其有佸❽？雞棲于桀❾；日之夕矣，牛羊下括❿。君子于役，苟無飢渴⓫？

❶君子，妻子對丈夫之稱謂。于，往。役，指遣戍遠地。于役，行役。

❷不知其期，不知道行役何時可以結束。

❸曷，何時。至，歸家。曷至哉，何時才能夠歸來？

❹塒，音ㄕˊ，雞舍，鑿牆做成之雞舍。

❺羊牛下來，牛羊多在山陵等高處，入晚則歸，故曰下來。

❻如之何勿思，如何能不思。亦即到了晚上，牛羊都已經回來，不知道君子此時在何處，有無休息之所，因而思念之。

❼不日不月，無法用日月來計算時間。意即時間之無限定，不知何時能停止。

❽佸，音ㄎㄨㄛˋ，相會。有佸，再會。

❾桀，雞棲息之木架，今之橛子。

❿括，毛《傳》：「至也。」〈小雅．車舝〉「德音來括」，毛《傳》：「括，會也。」

⓫苟，大概，庶幾，希冀之詞。苟無飢渴，是希望他無飢渴而又不敢確信。

詩旨

1.《詩序》：「〈君子于役〉，刺平王也。君子行役無期度，大夫思其危難以風焉。」

王先謙《詩三家義集疏》：「據詩文『雞棲』、『日夕』、『牛羊下來』，乃室家相思之情，無僚友託諷之誼。所稱『君子』，妻謂其夫，《序》說誤也。」

2.朱熹《詩集傳》：「大夫久役於外，其室家思而賦之。」

作法

1.許謙《詩集傳名物鈔》：「上三句謂君子之役無期可歸，次三句則家中目前之所覩者以起興，雞則必棲于塒與桀，猶人必當止於家，今乃不得止息。日夕則牛羊必來，猶人出有期，必當歸，今乃無期可歸，則思君子之心，容可已乎？」

2.（清）許瑤光《雪門詩鈔．再讀詩經四十二首》：「雞棲于桀下牛羊，飢渴縈懷對夕陽。已啟唐人閨怨句，最難消遣是昏黃。」此詩睹物懷人如畫，對唐代閨怨詩寫作有所啟發。

3.撰者按：全詩兩章，每章分三層次。前三句敘事，寫役期之久。中三句寫景，由近景、全景而遠景，景中含情，情景交融。末二句抒情，寫思夫之切，並願他無飢無渴。全詩採用對比、烘托、白描、人物獨白、思念、感懷、掛念等心理活動，語淡而情濃。

君子陽陽

君子陽陽❶，左執簧❷，右招我由房❸。其樂只且❹。

君子陶陶❺，左執翿❻，右招我由敖❼。其樂只且。

注釋

❶陽陽，通揚揚，得意、快樂貌。

❷左，左手。簧，笙竽中之銅片，吹時可以鼓動發出聲音，此指笙。

❸右，右手。由，從。房，私室，鄭《箋》：「欲使我從之於房中。」一說為房中之樂。

❹只且，語助詞。

❺陶陶，和樂貌。

❻翿，音ㄊㄠˊ，舞者所持之羽毛。

❼敖，俞樾《毛詩平議》：「敖當讀為謷。《儀禮．大射儀》曰：『公入，驁。』鄭注曰：『驁夏亦樂章也，以鐘鼓奏之，其詩今亡。』右招我由敖，言右招我用敖夏之樂也。」或作舞位，楊師承祖《詩經講義》：「按此詩乃詠君子習為舞事也，或即教舞之詞。古之君子，蓋當習舞，《周禮．地官》鄉大夫之職曰：『以鄉射之禮五物詢眾庶，五曰興舞。』又曰：『舞師掌教兵舞、教帗舞、教羽舞、教皇舞。』是教舞、習舞乃古之常制也。」

詩旨

1.《詩序》：「〈君子陽陽〉，閔周也。君子遭亂，相招為祿仕，全身遠害而已。」

2.朱熹《詩集傳》：「此詩疑亦前篇婦人所作，蓋其夫既歸，不以行役為勞，而安於貧賤以自樂，其家人又識其意而深嘆美之，皆可謂賢矣！」

3.姚際恆《詩經通論》：「《大序》謂『君子遭亂，相招為祿仕』，此據『招』之一字為說，臆測也。《集傳》謂：『疑亦前篇婦人所作』，此據『房』一字為說，更鄙而稚。大抵樂必用詩，故作樂者亦作詩以摹寫之，然其人其事不可考矣。」

4.傅斯年《詩經講義》：「室家和樂之詩。」

5.王靜芝《詩經通釋》：「此詠樂舞之人自樂之詩。」

作法

1. 鄧翔《詩經繹參》：「詩有韻只三句，末一句在長哦之後，另綴一句，似不在吟韻中，而意之所歸正在詩後之微言。」
2. 陳應棠《詩風新疏》：「此詩短短兩章充分表現歌舞歡樂氣氛。故全篇以樂為骨幹。君子陽陽、君子陶陶，一開頭即點出喜樂得意之狀，次之以歌舞為樂，最後以樂也哉作結束。第一章言歌，第二章言舞，古人有歌必有舞，蓋以歌配舞也。故古詩可以歌，又可以舞。墨子所謂歌詩三百，舞詩三百是也。」

揚之水

揚之水❶，不流束薪❷。彼其之子❸，不與我戍申❹。懷哉懷哉❺！曷月予還歸哉❻！

揚之水，不流束楚❼。彼其之子，不與我戍甫❽。懷哉懷哉！曷月予還歸哉！

揚之水，不流束蒲❾。彼其之子，不與我戍許❿。懷哉懷哉！曷月予還歸哉！

注釋

❶揚，激揚，江水飛濺貌。毛《傳》：「揚，激揚也。」

❷束薪，一束木柴。鄭《箋》：「激揚之水至湍迅，而不能流移束薪。興者喻平王政教煩急，而恩澤之令不行於下民。」

❸其，通「姬」，彼其之子，那個姬姓之貴族。詳參龍師宇純《絲竹軒詩說·彼其之子及於焉嘉客釋義》。

❹戍，以兵戍守邊疆。申，國名，姜姓之國，為平王之母家，在今河南省南陽縣。

❺懷，思念。

❻曷，何。還歸，返歸。

❼楚，木名，亦草名。

❽甫，國名，姜姓之國，即呂國。〈唐世系表〉：「宣王世改呂為甫。」故地在今河南省南陽縣西。陳奐《詩毛氏傳疏》：「甫，即呂國，《詩》及《孝經》、《禮記》皆作

甫，《尚書》、《左傳》、《國語》皆作呂。甫呂古同聲。……成七年左傳：楚圍宋之役，子重清取申呂以為賞田，蓋呂亦楚所滅。」

❾ 蒲，木名，蒲柳。

❿ 許，國名，亦姜姓之國，在今河南省許昌縣。

詩旨

1.《詩序》：「〈揚之水〉，刺平王也。不撫其民，而遠屯戍於母家，周人怨思焉。」鄭玄《箋》：「怨平王恩澤不行於民，而久令屯戍不得歸，思鄉里之處者。言周人者，時諸侯亦有使人戍焉。平王母家申國在陳、鄭之南，迫近彊楚，王室衰微而數見侵伐，王是以戍之。」

2.朱熹《詩集傳》：「平王以申國近楚，數被侵伐，故遣畿內之民戍之，而戍者怨思作此詩也。」

3.方玉潤《詩經原始》：「其所以致民怨嗟，見諸歌詠而不已者，以徵調不均，瓜代又難必耳。」

作法

1.歐陽修《詩本義》：「激揚之水其力弱，不能流移於束薪。猶東國政衰，不能召發諸侯，獨使周人遠戍，久而不得代爾。彼其之子，周人謂他諸侯國人之當戍者，曷月還歸者，久而不得代也。」

2.撰者按：以激揚之水，卻流不動束薪起興，採AAA曲式，反覆詠嘆戍卒抱怨姬姓貴族不協防戍守，使得役期漫無止境，不能還鄉之心理層次。戍卒本怨戍申，卻以不與我戍申為詞，亦其寫作婉妙之處。

中谷有蓷

中谷有蓷❶，暵其乾矣❷。有女仳離❸，嘅其嘆矣❹。嘅其嘆矣，遇人之艱難矣。

中谷有蓷，暵其脩矣❺。有女仳離，條其歗矣❻。條其歗矣，遇人之不淑矣❼。

中谷有蓷，暵其濕矣❽。有女仳離，啜其泣矣❾。啜其泣矣，何嗟及矣❿。

注釋

❶中谷，谷中。蓷，音ㄊㄨㄟ，益母草。

❷暵，音ㄏㄢˋ，毛《傳》：「暵，菸貌，陸草生於谷中，傷於水。」鄭《箋》：「蓷之傷於水，始則濕，中則脩，久而乾。」三家《詩》作「灘」，水濡而乾。王先謙《詩三家義集疏》：「蓷本惡濕，今生谷中，水瀕浸之。首章雖濡旋乾，次章且濡且乾，三章雖乾終濕，則傷於水而將萎死，次第如此。」

❸仳，音ㄆㄧˇ，離。仳離，別離。

❹嘅，音ㄎㄞˋ，嘆氣聲。嘅其，嘅然。

❺脩，本指乾肉，此指將乾之意。

❻條，長。條其，條然，深長貌。歗，音ㄒㄧㄠˋ，同嘯。條其歗矣，深長之嘆息。

❼淑，善。或以不淑、不弔皆不幸之意。

❽濕，王引之《經義述聞》以為當讀為曝，欲乾也。龍師宇純《絲竹軒詩說．讀詩管窺》則以為暵既可以形容乾，也可以形容濕，蓷遇水而乾以胡承珙《毛詩後箋》說解最為精闢：「……觀經於乾、脩、濕皆以暵言之，則必非乾義可該，故《傳》以灘為菸貌，並非如暵之但訓燥也。……」

❾啜，音ㄔㄨㄛˋ，哭泣時抽噎貌。

❿何嗟及矣，嗟何及矣，嘆氣又有何用，嘆氣亦於事無補。

詩旨

1. 《詩序》：「〈中谷有蓷〉，閔周也。夫婦日以衰薄，凶年饑饉，室家相棄爾。」三家《詩》無異義。
2. 姚際恆《詩經通論》：「此或閔嫠婦之詩，猶杜詩所謂『無食無兒一婦人』也。」
3. 屈萬里《詩經詮釋》：「此詠婦人被夫遺棄之詩。」

作法

1. 謝枋得《詩傳注疏》：「此詩三章，言物之暵，一節急一節，女之怨恨者，一節急一節。始曰『遇人之艱難』，憐其窮苦也；中曰『遇人之不淑』，憐其遭凶禍也；終曰『何嗟及矣』，夫婦既已離別，雖怨嗟亦無及也。饑饉而相棄，有哀矜惻怛之意焉。」

2. 姚際恆《詩經通論》：「乾、脩、濕由淺及深，嘆、歗、泣亦然。」

3. 撰者按：全詩三章，採AAA曲式。每章分起興、敘事、抒情三層次，首二句以谷中益母草枯萎興婦人被棄的不幸遭遇；中二句寫棄婦悲嘆之情；末二句寫婦人被棄之因在於識人之難和男子缺德。

兔爰

有兔爰爰❶，雉離于羅❷。我生之初，尚無爲❸；我生之後，逢此百罹❹。尚寐無吪❺！

有兔爰爰，雉離于罦❻。我生之初，尚無造❼；我生之後，逢此百憂。尚寐無覺❽！

有兔爰爰，雉離于罿❾。我生之初，尚無庸❿；我生之後，逢此百凶。尚寐無聰⓫！

❶爰爰，行動緩慢貌。

❷雉，雉雞。離，同罹，遭逢。羅，網。朱熹《詩集傳》：「言張羅本以取兔，今兔狡得脫，而雉以耿介反離于羅。以比小人致亂，而以巧計幸免。君子無辜，而以忠直受禍也。」

❸為，作為，指軍役之事，禍亂之事。

❹罹，憂。

❺尚，鄭《箋》：「庶幾。」吪，音ㄜˊ，動，驚動之意。鄭《箋》：「今但庶幾乎於寐，不欲見動，無以樂生之甚。」

❻罦。音ㄈㄨˊ，覆車為網，《爾雅》郭注：「今之翻車也，有兩轅，中施罥以捕鳥。」

❼造，作為。

❽覺，覺醒。

❾罿，音ㄊㄨㄥˊ，又音ㄔㄨㄥ，罦也。

❿庸，事也。

⓫聰，聞也。

詩旨

1.《詩序》：「〈兔爰〉，閔周也。桓王失信，諸侯背叛，構怨連禍，王師傷敗，君子不樂其生焉。」孔穎達《正義》引《左傳》隱公三年和桓公五年周鄭交惡記載解釋詩文。三家《詩》無異義。

2.崔述《讀風偶識》：「其人當生於宣王之末年，王室未騷，是以謂之無為，既而幽王昏暴，戎狄侵陵；平王播遷，室家飄蕩，是以謂之逢此百罹，故朱子《詩集傳》云：『為此詩者蓋及見西周之盛。』可謂得其旨矣！」

作法

1.牛運震《詩志》：「讀此詩如聞老人說開元天寶年間事。此興體也，以兔爰興無為，以雉離于羅興百罹，詩意甚明。」

2.馬瑞辰《毛詩傳箋通釋》：「有兔爰爰，以喻小人之放縱；雉罹于羅，以喻君子之獲罪。」

3.吳闓生《詩義會通》：「追溯生初，無限低徊。安得山中千日酒，酩然直到太平時，即尚寐意。」

4.撰者按：全詩三章，採AAA曲式，首二句興語，以雉于罹喻己，以兔喻狡猾之人，兩種不同命運。又以生之初和生之後世道遭遇對比，絕望至極，希望能無動、無醒、無聞，不樂其生至此。

葛藟

緜緜葛藟❶，在河之滸❷。終遠兄弟，謂他人父。謂他人父❸，亦莫我顧❹。

緜緜葛藟，在河之涘❺。終遠兄弟，謂他人母。謂他人母，亦莫我有❻。

緜緜葛藟，在河之漘❼。終遠兄弟，謂他人昆❽。謂他人昆，亦莫我聞❾。

注釋

❶ 緜緜，長而不絕之貌。葛藟，植物名，又名野葡萄，蔓生藤本植物。
❷ 滸，水邊。
❸ 謂，稱謂。
❹ 顧，眷顧。
❺ 涘，水邊。
❻ 有，友，親愛。
❼ 漘，音ㄔㄨㄣˊ，涯岸。
❽ 昆，兄。
❾ 聞，問也，相恤問也：《經義述聞》說。

詩旨

1.《詩序》：「〈葛藟〉，王族刺平王也。周室道衰，棄其九族焉。」

2.朱熹《詩集傳》：「世衰民散，有去其鄉里家族，而流離失所者，作此詩以自嘆。言緜緜葛藟，則在河之滸矣，今乃終遠兄弟而謂他人為己父，己雖謂彼為父，而彼亦不我顧，則其窮也甚矣！」

作法

1.劉玉汝《詩纘緒》：「世衰民散而終遠兄弟，非得已也。謂他人父，尊之也；謂他人母，親之也，凡吾所尊之親之若此者，庶乎人之以子顧念我也。此既不可得，則又有以兄弟事之者，庶乎人之或以弟友我也，而亦邈然如不聞也。則其窮亦甚矣。然其所以然者，或以世道衰而情義薄，或以家蕩析而財力微，然皆足以見民之流離失所者，所在皆然矣。」

2.方玉潤《詩經原始》：「葛藟本蔓生，必有所依而後附。今乃在河之滸與涘與漘，無喬木高枝以引其條葉，雖足自庇本根而本根已失，奈之何哉！故人一去鄉里，遠其兄弟，則舉目無親，誰可因依？」

3.撰者按：全詩三章採AAA曲式，興語形象寫出流民如葛生河岸，離其本根，無所依托。賦語「終遠兄弟，謂他人父（母、昆）」，流民在異鄉不論對年齡大小、性別不同之人，都要作小伏低，謙卑以對；然而他人對己卻是「亦莫我顧（有、聞）」，視而不見，不聞不問。同時「終」、「亦」不變的字詞，三章反覆地詠嘆，也頗能將流民離鄉之久遠、他人之冷漠無情對照，凸顯流民痛苦心聲。

采葛

彼采葛兮，一日不見，如三月兮！
彼采蕭兮❶，一日不見，如三秋兮❷！
彼采艾兮❸，一日不見，如三歲兮❹！

注釋

❶蕭，毛《傳》：「所以供祭祀。」蒿類植物，有香氣。古人在祭祀時雜以油脂點燃。

❷三秋，通常以一秋為一年。穀熟為秋，穀類多一年一熟。古人說「今秋」、「來秋」就是近年來年。或說此詩「三秋」該長於「三月」，短於「三歲」，義同「三季」，就是九個月。又有以「三秋」專指秋季三月，此為後代用法。

❸艾，蒿屬，即香艾，菊科植物。燒艾葉可以灸病。

❹三歲，三年。

詩旨

1.《詩序》：「〈采葛〉，懼讒也。」鄭玄《箋》：「桓王之時，政事不明，臣無大小，使出則為讒人所毀，故懼之。」三家《詩》無異義。

2.朱熹《詩集傳》：「采葛所以為絺綌，蓋淫奔者託以行也，故因以指其人，而言思念之深，未久而似久也。」

3. 嚴粲《詩緝》：「人臣任事於外則讒易生。一日不見於君，已懼小人乘間而讒之，如三月之久也。」

4. 姚際恆《詩經通論》：「當是懷友之詩。」

5. 屈萬里《詩經詮釋》：「此男女相思之詩。」

作法

撰者按：「彼采葛兮」以興（那茂盛的葛）或賦（他去採葛）詮釋影響詩義。季旭昇〈詩經王風采葛篇新探〉（《漢學研究》六卷二期，民國七十七年十二月），釋「彼」為遠指示詞「那」，「采葛」為「茂盛的葛」，以葛之蔓延興讒言可畏，認同《詩序》懼讒說。全詩三章複沓，層層遞進，並以情感改造時間誇飾寫法，刻畫詩人憂讒畏譏心理。

大車

大車檻檻❶，毳衣如菼❷。豈不爾思❸？畏子不敢。

大車啍啍❹，毳衣如璊❺。豈不爾思？畏子不奔❻。

穀則異室❼，死則同穴❽。謂予不信，有如皦日❾。

注釋

❶大車，毛《傳》：「大車，大夫之車。」檻檻，車行聲。

❷毳，音ㄘㄨㄟˋ，毳衣，毛《傳》：「毳衣，大夫之服。」馬瑞辰《毛詩傳箋通釋》以為毳衣，績毛為衣，取其可以禦雨，大夫巡行邦國之服。菼，音ㄊㄢˇ，荻草。如菼，形容其青色。

❸爾，你。指愛慕的對象。

❹啍啍，音ㄊㄨㄣ，毛《傳》：「重遲之貌。」

❺璊，音ㄇㄣˊ，《說文》：「玉赬色也。禾之赤苗謂之穈，玉

色如之，從玉㒼聲。」紅色之玉。

❻奔，私奔。或逃亡。

❼穀，生，指活著。異室，不得同居於一室。

❽穴，墓穴。

❾如，此。皦，白，明亮之意。有如皦日，以此白日作證。王先謙《詩三家義集疏》：「指日為誓，尚著明也。」

詩旨

1.《詩序》：「〈大車〉，刺周大夫也。禮義陵遲，男女淫奔。故陳古以刺今大夫不能聽男女之訟焉。」

2.劉向《列女傳．貞順》則以為春秋時息夫人殉夫所作絕命詞。

3.朱熹《詩集傳》：「周衰，大夫猶有能以刑政治其私邑者，故淫奔者畏而歌之如此。然其去二南之化則遠矣！此可以觀世變也。」

4.姚際恆《詩經通論》：「《偽傳》說皆以為周人從軍，訊其室家之詩，似可通。爾指室家，子指主之者，奔，逃亡也。」

5.王靜芝《詩經通釋》：「首章言不敢，不敢者何事？次章云不奔，知不敢者，是不敢逃亡而奔也。三章因不得見其妻室，乃寄言以達其情，以稍溫慰之。蓋恐妻疑其在外另有所歡也。言生雖異室相處，將來死必同穴。如不信我言，我敢發誓：『有如白日。』」

6.屈萬里《詩經詮釋》：「此蓋女子有所愛而不得遂其志之詩。」

作法

撰者按：各家說詩旨紛紜，其因在於「爾」、「子」指涉何人？同一人？或不同一人？另「奔」字如何釋義，私奔或逃亡？各有所持。此詩採AAB曲式，一、二章聯吟，末章變調，指日為誓，生雖異室，死必同穴，前二章爾、子身分為何？和詩人之關係為何？遭遇現實何種阻隔？從字詞上不易指實。

丘中有麻

丘中有麻❶，彼留子嗟❷。彼留子嗟，將其來施施❸。
丘中有麥，彼留子國❹。彼留子國，將其來食❺。
丘中有李，彼留之子❻。彼留之子，貽我佩玖❼。

注釋

❶丘，《說文》：「土之高也……一曰四方高，中央下為丘。」麻，一年生草本植物，莖部韌皮纖維長而堅韌，可供紡織。

❷留，姓氏。毛《傳》：「留，大夫氏；子嗟，字也。」馬瑞辰《毛詩傳箋通釋》：「留、劉古通用。薛尚功《鐘鼎款識》有劉公簠，阮元《積古齋鐘鼎款識》作留公簠。」

❸將，發語詞，有願、請之意。施施，毛《傳》：「難進之意。」鄭《箋》：「舒行伺閒獨來見己之貌。」即徐行貌。顏之推《顏氏家訓．書證》：「《詩》云『將其來施施』，……河北《毛詩》皆云施施，江南舊本悉單為施。」單作「施」，義為用，展其材也（詳參拙作〈詩經疊章相對詞語訓詁問題〉一文）。

❹留子國，毛《傳》：「子國，子嗟父。」子國，亦字也。

❺食，來就我而食。

❻彼留之子，那個姓留之人。

❼貽，贈送。玖，一種次於玉之黑色美石。

詩旨

1.《詩序》：「〈丘中有麻〉，思賢也。莊王不明，賢人放逐，國人思之而作是詩也。」毛《傳》：「丘中墝埆之處，盡有禾麥草木，乃彼子嗟之所治。」孔《疏》：「子嗟在朝有功，今放逐在外，國人覩其業而思之。」王先謙《詩三家義集疏》：「緱氏縣地勢險峻，丘中墝埆為多，而樹蓺勤勞，由於彼子嗟之董督，宜其動人懷思矣！」

2.朱熹《詩序辨說》：「此亦淫奔者之詞。」《詩集傳》：「婦人望其所與私者而不來，故疑丘中有麻之處，復有與之私而留之者，今安得其施施然而來乎？」

3.方玉潤《詩經原始》：「丘中，招賢偕隱也。」「周衰，賢人放廢，或越在他邦，或尚留本國，故互相招集，退處丘園以自樂，所謂桃花園尚在人間者是也。」

4.傅斯年《詩經講義稿》：「男女約期之詞。」

5.王靜芝《詩經通釋》：「首章之所詠與次章之所詠，男子固不必為一人，女子亦不必為一人。此種詩歌，蓋當時流行，詠男女相悅期會之歌謠；形容其情狀而已，未必真有其事也。若今之流行歌曲，其詞皆作者臆想作成；但求描繪目前社會生活情況，使人欣賞而已。並非皆實有者。」

撰者按：全詩三章，採AAA曲式，招賢或男女約期，詩旨難明。首句寫所期者居處山丘景物，次句寫所期者姓字，三句頂針，反覆詠嘆，更見期望殷切，末句設想所期之人對我之情義。

鄭風

〈鄭風〉共二十一首詩，鄭玄《詩譜》：「初，宣王封母弟友於宗周畿內咸林之地，是為鄭桓公，今京兆鄭縣（今陝西華縣境）是其都也。為幽王大司徒，……幽王為犬戎所殺，桓公死之。其子武公，與晉文侯定平王於東都王城，……取（虢，鄶等）……十邑之地。右洛左濟，前華後河，食溱洧焉。今河南新鄭（本檜地。今仍名新鄭）是也。」鄭國始封之國君為宣王之庶弟姬友，是為鄭桓公。幽王時，桓公任司徒。犬戎侵周，殺死幽王和桓公。桓公的兒子武公掘突建國於東方，仍稱鄭，都新鄭。疆土包括今河南中部一帶。〈鄭風〉據學者考證都是東周至春秋時期的作品，詩篇中本事具體可考的僅〈清人〉一首，約作於魯閔公二年（西元前六六〇年）北狄入衛時。根據《詩序》和《左傳》閔公二年的記載，是鄭公子素諷刺鄭文公和高克的詩。鄭文公的時代，約在周惠王、周襄王時，已經是東周時代了。

鄭國在春秋初期國勢較強，特別是鄭莊公時曾經「小霸」，後來南方楚國勢力大興，北方又有晉、齊等強國，鄭國處在大國之間，備受欺凌，力量漸衰。而在當時的諸侯之中，要屬鄭、衛二國在音樂文化上最為發達。《漢書・地理志》：「武公與平王東遷，卒定虢、會（即鄶）之地，右雒左泲，食溱洧焉。土陿而險，山居谷汲，男女亟聚會，故其俗淫。鄭詩曰：『出其東門，有女如雲。』又曰：『溱與洧，方灌灌兮。士與女，方秉菅兮。』『恂盱且樂，惟士與女，伊其相謔。』此其風也。」指出鄭地音樂發達和鄭風多愛情詩的特色。

緇衣

緇衣之宜兮❶，敝❷，予又改爲兮❸。適子之館兮❹，還❺，予授子之粲兮❻。

緇衣之好兮，敝，予又改造兮❼。適子之館兮，還，予授子之粲兮。

緇衣之蓆兮❽，敝，予又改作兮。適子之館兮，還，予授子之粲兮。

注釋

❶緇，音ㄗ，黑色。緇衣，毛《傳》：「緇衣，卿士聽朝之正服也。」鄭《箋》：「緇衣者，卿士居私朝之服也。」宜，稱，合。

❷敝，破舊。

❸予，我。為，作。

❹適，往。館，舍，治事之處。馬瑞辰《毛詩傳箋通釋》：九卿治事之公朝，在天子之宮。

❺還，歸。馬瑞辰：還私朝。

❻授，給予，賜予。粲，餐。

❼造，作。

❽蓆，毛《傳》：「大也。」

詩旨

1.《詩序》：「〈緇衣〉，美武公也。父子並為周司徒，善於其職，國人宜之。故美其德，以明有國善善之功焉。」《詩序》係據《左傳·隱公三年》：「鄭武公莊公，為平王卿士。」引申其義。

2.何楷《詩經世本古義》：「武公有功周室，平王愛之，而作此詩。」

3.王先謙《詩三家義集疏》：「禮緇衣云：『好賢如緇衣』鄭注：『緇衣，詩篇名也。其首章曰：『緇衣之宜兮，蔽，予又改為兮。適子之館兮，還，予授子之粲兮。』言此衣緇衣者，賢者也，宜長為國君。其衣蔽，我願改制，授之以新衣，是其好賢，欲其貴之甚也。』鄭注禮時治三家詩，知三家皆以此詩為美武公，無異說。」

4.吳闓生《詩義會通》：「味詩旨，自是武公好賢之誠。緇衣以禮賢士，適館授粲，殷勤無已，故國人作此詩美之。」

作法

1.戴君恩《讀風臆評》：「改衣、適館、授餐都是借以寫其無已之意，不必有其事理。」

2.陳繼揆《讀風臆補》：「蔽字一句，還字一句，詩家折腰句之祖。」

將仲子

將仲子兮❶！無踰我里❷，無折我樹杞❸。豈敢愛之？畏我父母。仲可懷也❹；父母之言，亦可畏也。

將仲子兮！無踰我牆，無折我樹桑。豈敢愛之？畏我諸兄。仲可懷也；諸兄之言，亦可畏也。

將仲子兮！無踰我園❺，無折我樹檀。豈敢愛之？畏人之多言。仲可懷也；人之多言，亦可畏也。

❶將，音ㄑㄧㄤ，發語詞，請，願之意。仲子，猶今言老二，指其心愛之人。

❷無，不要。踰，音ㄩˊ，越。里，居住之地，周代二十五家為里，孔《疏》：「〈地官遂人〉云：『五家為鄰，五鄰為里。』是二十五家為里也。」凡里皆有牆，此里實指里牆。

❸折，毛《傳》：「折，言傷害也。」樹杞，就是杞樹，古漢語中心詞前置。

❹懷，思念

❺園，宅園。毛《傳》：「園，所以樹木也。」《說文》：「園，所以樹果也。」

詩旨

1.《詩序》：「〈將仲子〉，刺莊公也。不勝其母以害其弟，弟叔失道而公弗制，祭仲諫而公弗聽，小不忍以致大亂焉。」《詩序》係據《左傳・隱公元年》引申其義。三家《詩》無異義。

2. 鄭樵《詩辨妄》：「此實淫奔之詩，無與於莊公叔段之事，《序》蓋失之，而說者又從而巧為之說，以實其事，誤亦甚矣！」
3. 朱熹《詩序辨說》：「莆田鄭氏謂此實淫奔之詩。」
4. 姚際恆《詩經通論》：「女子為此婉轉之辭以謝男子，而以父母、諸兄及人言為可畏，大有廉恥，又豈得為淫奔者哉！」
5. 方玉潤《詩經原始》：「女心既有所畏而不從，則不得謂之為奔，亦不得謂之為淫。」
6. 屈萬里《詩經詮釋》：「女子拒人求愛之詩。」

1. 王鴻緒《詩經傳說彙纂》引徐常吉云：「由逾里而牆而園，仲之來也以漸而迫也。由父母而諸兄而眾人，女之畏也以漸而遠也。」
2. 吳闓生《詩義會通》：「舊評：語語是拒，實語語是招，蘊藉風流。」
3. 撰者按：全詩三章以女子對情人說話口吻敘寫，既欲其來，又懼於家庭、社會的壓力，愛與畏的矛頓心理，曲盡其致，娓娓道來。仲子由遠而近之來，女子所畏之人由近及遠，巧妙安排，以見禮教下男女愛情受壓抑，女子欲言不敢言，意在言外。

叔于田

叔于田❶，巷無居人。豈無居人？不如叔也：洵美且仁❷。
叔于狩❸，巷無飲酒。豈無飲酒？不如叔也：洵美且好。
叔適野❹，巷無服馬❺。豈無服馬？不如叔也：洵美且武。

注釋

❶叔，男子。指鄭莊公之弟共叔段。崔述《讀風偶識》：「仲與叔，皆男子之字。」于，往。田，打獵。《春秋公羊傳》桓公四年何休注曰：「田者，蒐狩之總名也。古者肉食，衣皮服。捕禽者故謂之田。」

❷洵，確實。仁，厚道謙讓。王先謙《詩三家義集疏》引黃山曰：「《論語》『里仁為美』，仁只是敦讓意。」

❸狩，毛《傳》：「冬獵曰狩。」又馬瑞辰《毛詩傳箋通釋》：「狩為田獵之通稱，于狩，猶于田也。」

❹適，往，到。

❺服馬，駕馬。馬瑞辰《毛詩傳箋通釋》：「服者，犕之假借。《易繫辭》『服牛乘馬』，《說文》引作『犕牛乘馬』。《玉篇》：『犕猶服也。以鞍裝馬也。』」

詩旨

1.《詩序》：「〈叔于田〉，刺莊公也。叔處于京，繕甲治兵，以出于田，國人說而歸之。」《詩序》係據《左傳．隱公元年》引申其義，陳奐《詩毛氏傳疏》：「繕甲治兵，厚且得眾。弟叔失教，實由莊公，故以為刺。」三家《詩》無異義。王先謙《詩三家義集疏》：「武姜溺愛，莊公縱惡，寵異其號，謂之京城大叔。從叔於京者，類皆諛佞之徒，惟導以畋遊飲酒之事，而國人亦同聲貢媚，詩之所為作也。」

2.朱熹《詩集傳》：「段不義而得眾，國人愛之，故作是詩。」又云：「疑此亦民間男女相悅之辭也。」

3.崔述《讀風偶識》：「大抵《毛詩》專事附會，仲與叔皆男子之字。鄭國之人不啻數萬，其字仲與叔者不知幾何也。乃稱叔即以為共叔，稱仲即以為祭仲，情勢之合與否皆不復問。然則鄭有共叔，他人即不得復字叔；鄭有祭仲，他人即不得復字仲乎？」

4.屈萬里《詩經詮釋》：「舊謂共叔不義而得眾，國人愛之，而作是詩。」

作法

撰者按：此詩為讚美獵人之詩，描寫叔一人單獵，通過詩人主觀感受抒發，借助襯托，顯示一位獵者的英雄出眾。全詩三章，每章五句，除首尾兩句（叔于田、洵美且仁）為全詩重點外，中間三句為補足讚美之意，疑語奇（豈無居人），注解妙（不如叔也），回答妥切（洵美且仁）。

大叔于田

大叔于田❶，乘乘馬❷。執轡如組❸，兩驂如舞❹。叔在藪❺，火烈具舉❻。襢裼暴虎❼，獻于公所❽。將叔無狃❾，戒其傷女❿。

叔于田，乘乘黃⓫。兩服上襄⓬，兩驂鴈行⓭。叔在藪，火烈具揚⓮。叔善射忌⓯，又良御忌。抑磬控忌⓰，抑縱送忌⓱。

叔于田，乘乘鴇⓲。兩服齊首⓳，兩驂如手⓴。叔在藪，火烈具阜㉑。叔馬慢忌㉒，叔發罕忌㉓。抑釋掤忌㉔，抑鬯弓忌㉕。

注釋

❶大叔于田，屈萬里《詩經詮釋》：「兩叔于田相次，篇名無別，不便稱說。嚴粲以為長篇者加大字以別之，其說是也。」

❷乘乘馬，前「乘」當動詞，駕之意。後「乘」，音ㄕㄥˋ，四馬為乘。駕著四匹馬拉的馬車。

❸轡，馬韁。組，織絲為之，言其柔也。執轡如組，意即駕馭技術精良能操縱自如。

❹兩驂，古時四馬之車，中間夾轅之兩匹馬為服，外側兩匹馬為驂。如舞，行列整齊。

❺藪，音ㄙㄡˇ，草木叢生之低地，禽獸聚居之處。《韓說》

曰：「禽獸居之曰藪。」孔《疏》：「鄭有甫田，此言在藪，蓋圃田也。」

❻烈，猛火。陳奐《詩毛氏傳疏》以為「列」古通「迾」字，《周禮》作「厲」。鄭司農訓《山虞》、《典祀》並訓厲為遮列，即遮迾也。《詩》叚作「烈」。《孟子》「益烈山澤而焚之」，言遮迾山澤而以火焚之也，當為古代常用之打獵方式。具，俱。舉，起。具舉，齊起。

❼襢裼，音ㄊㄢˇ ㄒㄧˊ，裸露上身。暴虎，空手與虎搏鬥。毛《傳》：「徒搏也。」

❽公所，舊注以為鄭莊公之處所。

❾將，音ㄑㄧㄤ，請，希冀。狃，音ㄋㄧㄡˇ，習以為常之意。

❿戒，防備。女，汝，舊注以為指共叔段。戒其傷女意謂：希望叔別常襢裼暴虎，以免受傷。

⓫乘黃，四匹黃馬。

⓬服，駕車之馬在中央夾轅者。上，前。襄，駕。兩服上襄，是說中央之兩匹服馬在驂馬之前並駕。

⓭兩驂鴈行，兩匹驂馬比服馬稍後，像雁飛之行列。

⓮揚，起。孔《疏》：「言舉火而揚其光耳。」

⓯忌，語助詞，無義。鄭《箋》：「忌，讀如『彼己之子』之己。」

⓰抑，發語詞，無義。磬控，雙聲聯綿詞，控制馬不讓牠前進。馬瑞辰、俞樾有說。

⓱縱送，疊韻聯綿詞，就是放縱馬使牠騁馳。馬瑞辰、俞樾有說。

⓲鴇，黑白雜毛之馬，又稱為駂。

⓳齊首，馬首並齊而前驅。

⓴如手，言兩驂馬在兩服馬旁稍後，像人之兩手夾在身側，意同上章「鴈行」。

㉑阜，旺盛。

㉒馬慢，田獵即將結束。

㉓發，射。罕，稀。

㉔掤，音ㄅㄧㄥ，箭筒之蓋。釋，解。釋掤，解開箭筒之蓋，準備將箭收起。

㉕鬯，音ㄔㄤˋ，同韔，弓囊，此處作動詞，將弓裝入弓囊。

詩旨

1. 《詩序》：「〈大叔于田〉，刺莊公也。叔多才而好勇，不義而得眾也。」詩題何以稱為〈大叔于田〉？阮元《揅經室集》：「如唐風之杕杜及有杕之杜兩篇，經名不同，而經義則同也。」馬瑞辰謂：「大為長，此篇長於前篇，故加一大字以別於前短篇也。」

2. 屈萬里《詩經詮釋》：「此亦美共叔段之詩。」

3. 陳子展《詩三百解題》：「〈大叔于田〉，也是贊美一個青年獵者，好像是由〈叔于田〉一篇改寫出來的詩。或者說，這兩篇是同一母題的歌謠。」

作法

1. 姚際恆《詩經通論》：「描摹工豔，鋪張亦復淋漓盡致，便為長揚、羽獵之祖。」
2. 胡承珙《毛詩後箋》：「此詩自是宵田用燎。初獵之時，其火乍舉，正獵之際，其火方揚，末章獵畢將歸，持炬炤（照）路，其火自當更盛……」胡氏之說指出此詩次序分明地、具體地表現叔往狩獵之全部過程。
3. 撰者按：此詩亦讚美獵人之詩，多用賦法，正面渲染叔之不同凡響。全詩章法井然又錯落有致，輕重緩急，整飭有序，筆法精妙，又多用閒筆。如第一章寫馬之如組如舞，第二章寫馬之上襄鴈行，第三章寫馬之齊首如手，均為工筆。至第二章穿插入親愛語「將叔無狃，戒其傷女」又是襯托之妙筆。至第三章以磬控、縱送寫御，又是工美之至。末章以「馬慢」、「發罕」、「釋掤」、「鬯弓」四語寫獵畢情景，更是句句入畫。

清人

清人在彭❶，駟介旁旁❷。二矛重英❸，河上乎翱翔❹。
清人在消❺，駟介麃麃❻。二矛重喬❼，河上乎逍遙❽。
清人在軸❾，駟介陶陶❿。左旋右抽⓫，中軍作好⓬。

注釋

❶清，鄭邑名，在今河南省中牟縣西。清人，清邑之人，高克所帥者也。彭，鄭邑名。後人謂為彌子瑕之采邑。朱右曾說其地約當延津、滑二縣境，臨黃河。
❷駟，四馬。介，鎧甲。駟介，四馬皆披鎧甲。旁旁，同彭

彭，眾多貌，一說馬奔走聲。

❸二矛，酋矛有二，並置於車上。英，畫飾。重英，重其英飾。

❹翱翔，遨遊。

❺消，亦黃河上地名。

❻麃麃，勇武貌。

❼喬，鷮之省體，雉之一種，矛柄近上及矛頭受刃處，懸以鷮羽為裝飾。

❽逍遙，優遊。

❾軸，亦黃河上地名。

❿陶陶，毛《傳》：「驅馳貌。」龍師宇純《絲竹軒詩說·讀詩雜記》說：毛於麃麃、陶陶分訓為武貌，為驅馳之貌，今謂麃麃、陶陶與旁旁為「雙聲轉韻」，義當與旁旁同。

⓫左旋，左手執旗指麾以相周旋，以為進退之節。抽，通搯，拔兵刃以習擊刺。

⓬中軍，軍中。好，音ㄏㄠˋ，猶樂也。

詩旨

1. 《詩序》：「〈清人〉，刺文公也。高克好利而不顧其君，文公惡而欲遠之不能。使高克將兵，而禦狄于竟。陳其師旅，翱翔河上，久而不召，眾散而歸，高克奔陳。公子素惡高克進之不以禮，文公退之不以道，危國亡師之本，故作是詩也。」《詩序》係據《左傳·閔公二年》：「鄭人惡高克，使帥師次於河上，久而弗召，師潰而歸，高克奔陳，鄭人為之賦清人。」立說。
2. 陳奐《詩毛氏傳疏》：「案，魯閔公二年，鄭文公之十三年也。鄭、衛連境，其時狄人入衛，鄭能修方伯連率之職救患恤同，此一役也，鄭可以霸。乃徒尋君臣之小忿，外為救衛之師，內遂逐臣之怨。《春秋》譏其棄師，不啻自棄其國矣。此詩為公子素所作。《漢書·古今人表》有公孫素，與鄭文公、高克列下上，當是一人。」

作法

1. 孫鑛《批評詩經》：「只貌其閒散無事，而刺意自見。」
2. 牛運震《詩志》：「一篇游戲調笑之詞，春秋鄭棄其師，便是此詩題目，妙在就全師未潰時描寫，乃其立意高處。」「作好字嘲笑入妙，極無聊卻說得極興致。」

3. 陳應棠《詩風新疏》：「此詩重在翱翔逍遙，亦即軍中作好之義。三章均重在末句言高克意不在禦狄，雖二矛重飾，駟介旁旁，祇合逍遙河上，軍中作好而已。詩人諷刺之意在暗而不在明也。此詩明刺高克，實則刺文公也。」

羔裘

羔裘如濡❶，洵直且侯❷。彼其之子❸，舍命不渝❹。

羔裘豹飾❺，孔武有力❻。彼其之子，邦之司直❼。

羔裘晏兮❽，三英粲兮❾。彼其之子，邦之彥兮❿。

注釋

❶羔裘，用羔羊皮做成之皮衣。鄭《箋》：「緇衣羔裘，諸侯之朝服也。」濡，柔而有光澤。如濡，潤澤貌。

❷洵，信。直，正直。侯，美，有風度。

❸其，通「姬」，姬姓貴族。見〈王風・揚之水〉。

❹舍命，據戴震《毛鄭詩考正》及王國維〈與友人論詩書中成語書〉考證，意同「敷命」、「布命」，即傳達命令，鐘鼎文中常見此詞。渝，改變。

❺豹飾，以豹皮緣袖為飾。

❻孔，甚，非常。

❼司，主。直，正。王引之《經義述聞》：「直，為正人之過。」

❽晏，毛《傳》：「鮮盛貌。」

❾英，以素絲裝飾裘，三英，即上章之豹飾。豹皮鑲在袖口上，有三排裝飾。粲，鮮明貌。

❿彥，毛《傳》：「士之美稱。」

詩旨

1.《詩序》：「〈羔裘〉，刺朝也。言古之君子，以風其朝焉。」鄭《箋》：「鄭自莊公而賢者陵遲，朝無忠正之臣，故刺之。」今文三家無異義。

2.朱鶴齡《詩經通義》：「詩所稱彼其之子，如〈王風．揚之水〉、〈魏風．汾沮洳〉、〈唐風．椒聊〉、〈曹風．候人〉皆刺，則此詩恐非美之。三章末二句皆有責望之意，若曰『彼其之子』果能稱是服而無愧否乎？」

3.朱熹、姚際恆等人以為是鄭人美其大夫之詩，不知何指也。

4.陳啟源《毛詩稽古編》：「陳古刺今，詩之常也。《辨說》之譏〈羔裘〉序，過矣！……至釋為美其大夫之詞，而欲以子皮、子產當之，不知《詩》止于陳靈，鄭二子之去《詩》世已五六十年矣。襄二十九年魯為季札歌〈鄭〉，〈羔裘〉詩久編入周樂。是年，子皮始當國，子產之為政，又在其後，魯何由先有其詩也？昭十六年鄭六卿餞韓宣子，子產賦〈鄭〉之〈羔裘〉，不應取人譽己之詩歌，以誇客也。朱子說《詩》，毋乃未論其世乎？」

作法

1.方玉潤《詩經原始》：「此詩非專美一人，必當時盈廷碩彥，濟美一時，或則順命以持躬，或則忠鯁而事上，或則儒雅以聲稱，皆能正己以正人，不媿朝服以章身。故詩人即其服飾之盛，以想其德誼經濟文章之美，而詠歎之如此。」

2.撰者按：此詩美刺難以論斷，若從《左傳．昭公十六年》（西元前五二六年），晉國韓起（宣子）聘於鄭。「夏四月，鄭六卿餞宣子于郊。」「子產賦鄭之〈羔裘〉，宣子曰：『起不堪也。』」知當時在外交場合〈羔裘〉用來頌揚。全詩三章採ＡＡＡ曲式反覆詠嘆，從官吏服德相稱，外美內美頌揚其盡忠職守，為國家美士。

遵大路

遵大路兮❶，摻執子之袪兮❷。無我惡兮❸，不寁故也❹。
遵大路兮，摻執子之手兮。無我魗兮❺，不寁好也❻。

注釋

❶遵，循，沿著。
❷摻，音ㄕㄢˇ，執也。袪，音ㄑㄩ，衣袖。
❸無，勿，不要。惡，憎惡。
❹寁，音ㄗㄢˇ，繼續。故，故舊之情。
❺魗，音ㄔㄡˇ，厭惡。
❻好，歡好。朱熹《詩集傳》：「情好也。」

詩旨

1.《詩序》：「〈遵大路〉，思君子也。莊公失道，君子去之，國人思望焉。」三家《詩》無異義。
2.朱熹《詩集傳》：「淫婦人為人所棄，故於其去也，攬其袪而留之曰：『子無惡我而不留，故舊不可以遽絕也。』宋玉賦有『遵大路兮攬子袪』之句，亦男女相說之辭也。」
3.魏源《詩古微．詩序集義》：「托男女之詞為留賢之什。」
4.方玉潤《詩經原始》：「此詩當從《序》言為正。《集傳》謂『淫婦人為人所棄』者固非，即姚氏以為『故舊道左言情』者亦未是。蓋道左而挽留賢士，且殷殷動以故舊朋好之心，則豈無故而云然哉？呂氏祖謙曰：『武公之朝，蓋多君子矣。至於莊公，尚權謀，專武力，氣象一變，左右前後無非祭仲、高渠彌、祝聃之徒也。君子安得不去乎『不寁故也』、『不寁好也』，詩人豈徒勉君子遲遲其行也，感於事而懷其舊者亦深矣！』此雖無所據，而揆時度勢，據理言情，深得古風人意旨所在。……又曹氏粹中曰：『申公、白生強起穆生曰：『獨不念先王之德歟？』即此詩欲留君子之意。而詩不言念先王，但曰『無我惡』者，詞婉而意愈深耳！』嗚呼！可以觀世道矣！」

5.屈萬里《詩經詮釋》：「此男女相愛者，其一因失和而去，其一悔而留之之詩。」

作法

1.牛運震《詩志》：「故人情重，世道中不可少此一念。相送還成泣，只三四語抵過江淹一篇〈別賦〉。」「思怨纏綿，意態中千回百折。」

2.撰者按：詩旨為留賢抑男女之詞，較難論斷。全詩兩章複沓，詩人善於剪裁鏡頭，成功截取畫面，將大馬路上，雙方失和，一方執意離去，一方後悔，執袪、執手挽留對方，結果如何不說，留給讀者無限空間。全詩直賦其事，哀憐求告，聲調悲愴。

女曰雞鳴

女曰：「雞鳴」。士曰：「昧旦❶」。「子興視夜❷，明星有爛❸。」「將翱將翔❹，弋鳧與鴈❺。」

「弋言加之❻，與子宜之❼。宜言飲酒，與子偕老。琴瑟在御❽，莫不靜好❾。」

「知子之來之❿，雜佩以贈之⓫。知子之順之⓬，雜佩以問之⓭。知子之好之⓮，雜佩以報之。」

注釋

❶昧旦，天將亮而未亮之時。

❷子，你。興，起。視夜，視夜之早晚，即看看夜色。

❸明星，啟明星。爛，明亮。有爛，爛然。天將明之時，唯獨有啟明星在東方爛然發光。

❹將，且。翱翔，遨遊。

❺弋，繳射，以繩繫矢而射。鳧，野鴨。

❻言，作為連詞，猶而也。加，射中。

❼宜，肴，做成菜餚。

❽御，用，有彈奏之意。

❾靜，通靖，《爾雅．釋詁》：「靖，善也。」靜好，嘉好。

❿來之，來此。王引之《經義述聞》：「來，讀為勞來之來，《爾雅》云：『勞來，勤也。』」

⓫雜佩，毛《傳》：「雜佩者，珩、璜、琚、瑀、衝牙之類。」陳奐《詩毛氏傳疏》：「集諸玉石以為佩，謂之雜佩。」贈，戴震《毛鄭詩考正》：「以韻讀之，贈當作貽。」

⓬順，和順。

⓭問，贈送。毛《傳》：「問，遺也。」

⓮好，愛好。

詩旨

1.《詩序》：「〈女曰雞鳴〉，刺不說德也。陳古義以刺今不說德而好色也。」

2.朱熹《詩集傳》：「詩人述賢夫婦相警戒之詞，……不惟治其門內之職，又欲其君子親賢友善，結其驩心，而無所愛於服飾之玩也。」

3.方玉潤《詩經原始》：「《序》以為陳古以刺今，不知何所見而云然。彼其意蓋謂〈鄭風〉無美詞耳。夫使美者皆述古，而惡者皆刺今，則變風中無一可取之詩，而何以知政治之得失耶？……觀其詞義『子興視夜』以下，皆婦人之詞。首章勉夫以勤勞，次章宜家以和樂，三章則佐夫以親賢樂善而成其德。」

4.屈萬里《詩經詮釋》：「男女相悅之詩。」

作法

1.歐陽修《詩本義》：「今徧考詩，諸風言偕老者多矣，皆為夫婦之言也。」

2.姚際恆《詩經通論》：「古未以地支紀時，故曰『雞鳴』，曰『昧旦』，曰『明星有爛』，皆指時而言也。小星不見為卯，詩不言小星不見，而言『明星有爛』，妙筆。『女曰雞鳴』，蚤矣。『士曰昧旦』，則稍遲矣。女子是促之以興而視夜，則又遲矣。此賢婦也。將翱將翔指鳧、鴈言，鳧、鴈宿沙際蘆葦中，亦將起而翱翔，是可以弋之之時矣。此詩人閒筆涉趣也。二章『加』，指熟薦鳧鴈也，故根『弋』字來。『宜』，宜于食也，既食而飲酒，故根『宜』字來，既飲酒而琴瑟間作，乃見其莫不靜好也。三章見不止于閨房之雍和已也，其好賢用以遺贈之具，婦亦有以成之如此。」又曰末章「有急管繁絃之意」。

3. 撰者按：全詩三章，採對話體。王質、方玉潤以為子興視夜以下皆婦人之語，屈萬里則以為次章男子語，三章女子語，釋詩旨截然不同。撰者以為「子興視夜」句為女子語，「將翱將翔」句為男子語，次章有男子弋獲獵物予女子治餚，似為男子語，三章為女子勉夫親賢友善，應是女子語。全詩洋溢夫妻互勉、和樂之家庭生活情趣。

有女同車

有女同車，顏如舜華❶。將翱將翔❷，佩玉瓊琚❸。彼美孟姜❹，洵美且都❺。

有女同行，顏如舜英❻。將翱將翔，佩玉將將❼。彼美孟姜，德音不忘❽。

❶舜，《魯詩》作蕣，木槿，落葉灌木，開淡紫或紅色花。華，花。

❷將，且。翱翔，遨遊。

❸瓊琚，毛《傳》：「瓊，玉之美者。琚，佩玉名。」

❹孟姜，姜姓之長女。

❺洵，誠然。都，美。

❻英，毛《傳》：「英猶花也。」

❼將將，通瑲瑲，《魯詩》作鏘鏘，走路時玉珮相擊之聲。《說文》：「瑲，玉聲也。」

❽德音，好聲譽。屈萬里《詩經詮釋》：「詩中德音之語屢見，歸納之可得二義：一、謂他人之言語；二、謂聲譽。此德音當指聲譽言。不忘，猶不已也。」

詩旨

1.《詩序》：「〈有女同車〉，刺忽也。鄭人刺忽之不昏于齊。太子忽嘗有功于齊，齊侯請妻之。齊女賢而不敢，卒以無大國之助，至於見逐。故國人刺之。」王先謙《詩三家義集疏》：「昭公辭昏見逐，備見《左傳》隱八年如陳逆婦嬀，詩所為作，三家無異義。」

2.朱熹《詩集傳》：「淫奔之詞。」

3.嚴粲《詩緝》：「忽以弱見逐，國人追恨其不取齊女。言忽所取他國之女，行親迎之禮，而與之同車者，特取其色耳。此女色如木槿之華，朝生暮落，不足恃也。而今也且翺且翔于此，佩其瓊琚之玉，徒有威嚴服飾之可觀，而無益于事也。曷若彼美好齊國之長女，信美而且閑雅？向來忽若取之，則有大國以為援，而不至于見逐矣！」

4.屈萬里《詩經詮釋》：「此蓋婚者美其新婦之詩。」（撰者按：如此詮釋是將有女、彼美視為一人。）

作法

1.范處義《詩補傳》：「同車同行，親迎之禮也。舜華舜英，德之見於容也。瓊琚將將，德之稱其服也。洵美且都，信美而且閑雅也。德音不忘，美名之不可忘也。詩人之言如此，非賢女不足以當之。」

2.撰者按：全詩兩章，採AA曲式，分別寫有女和彼美兩女子之美好，似非同寫一人。有女（陳嬀）貌美如花，姿態輕盈如鳥，走起路來佩玉將將，服德相稱。彼美（齊僖公長女文姜）亦信美且好，聲譽昭著。

山有扶蘇

山有扶蘇❶，隰有荷華❷。不見子都❸，乃見狂且❹！

山有橋松❺，隰有游龍❻。不見子充❼，乃見狡童❽！

注釋

❶扶蘇，木名，即扶木：胡承珙《毛詩後箋》說。

❷隰，低窪潮濕之處。華，花。

❸子都，美男子之稱。

❹乃，竟然。狂且，馬瑞辰《毛詩傳箋通釋》：「且，當為伹之省假。《說文》：『伹，拙也。』」狂行鈍拙之人。

❺橋，一作喬，高也。

❻游，朱熹《詩集傳》：「游，枝葉放縱也。」龍，通蘢，水草名，即水葒。形容蘢草枝葉舒展貌。

❼子充，同子都，美男子或好人之代稱。

❽狡童，孔穎達《正義》：「狡好之幼童」，意為：俊美少年。屈萬里《詩經詮釋》：「狡獪之童也。古者詈人率用豎子之語；豎子，猶童也。今罵人往往曰『小子』，猶有古意。」

詩旨

1.《詩序》：「〈山有扶蘇〉，刺忽也。所美非美然。」王先謙《詩三家義集疏》引《易林．蠱之比》：「視暗不明，雲蔽日光。不見子都，鄭人心傷。……」及徐幹《中論．審大臣》：「時俗之所不譽者，未必為非也；其所譽者，未必為是也。《詩》曰：『山有扶蘇，隰有荷華。不見子都，乃見狂且。』言所謂好者非好，醜者非醜。」等文獻，以說明三家《詩》無異義。

2.朱熹《詩序辨說》：「男女戲謔之詞。」

3.余冠英《詩經選》：「寫一個女子對愛人的俏罵。」

作法

撰者按：全詩兩章採A A曲式，首二句山有……隰有……，為《詩經》常用興語套句，意為萬物各得其所，或山隰皆有物庇飾，以反襯女子不遇美男子，反遇狂拙之人。又詩句句押韻，首章魚韻轉次章東韻，用詞聲音諧美，活潑俏皮，或為男女打情罵俏之詞。

蘀兮

蘀兮蘀兮❶，風其吹女❷。叔兮伯兮❸，倡予和女❹。

蘀兮蘀兮，風其漂女❺。叔兮伯兮，倡予要女❻。

注釋

❶蘀，音ㄊㄨㄛˋ，枯葉。《說文》：「草木凡皮葉落陊地為蘀。」

❷女，汝，你，指蘀。

❸叔、伯，鄭《箋》：「叔伯，兄弟之稱。」

❹倡，始唱。予，我。和，應和。女，汝，指叔伯。

❺漂，同飄。

❻要，成。曲一終為一成。

詩旨

1.《詩序》：「〈蘀兮〉，刺忽也。君弱臣強，不倡而和也。」鄭《箋》：「君臣各失其禮，不相唱和。」三家《詩》無異義。

2.朱熹《詩集傳》：「此淫女之詞。」

3.嚴粲《詩緝》：「此小臣憂國之心。」

4.何楷《詩經世本古義》：「女雖善淫，不應呼叔兮，又呼伯兮，殆非人理，言之污人齒頰矣！」

5.傅斯年《詩經講義稿》：「你倡我和，當是一種極尋常歌詞，如〈周南〉之芣苢。」

6.王靜芝《詩經通釋》：「若此詩者，家人伯仲，傍晚相聚於槐蔭之下，涼風習習，蘀葉飄落，歡談共樂，心曠神怡。詩人乃信口作歌，家人和之。曰：『蘀兮蘀兮，風其吹女。』是何等自然之神情，殆為天籟。」

1. 黃中松《詩疑辨證》引金仁山（履祥）說：「蘀，木葉之將落者，風吹則落矣。以見人生之易老，故欲與之相樂也。」
2. 撰者按：全詩二章採ＡＡ疊唱曲式，只換四字，首章蘀、伯為韻（鐸部）、吹、和為韻（歌部），次章同首章蘀、伯為韻，飄、要為韻（宵韻），而且兩章都是兩「兮」字，兩「女」字，聲音諧美，另外全詩兩字一頓，短促音節較多，充滿歡快情調。

狡童

彼狡童兮❶，不與我言兮。維子之故❷，使我不能餐兮❸。

彼狡童兮，不與我食兮❹。維子之故，使我不能息兮❺。

❶狡童，即姣童，俊美之少年；一說狡獪之小人兒，戲指其所愛之人。見〈山有扶蘇〉注。

❷維，因為。

❸餐，食。使我不能餐，使我食不下咽。

❹不與我食兮，不與我共食。

❺息，安息，一說喘息。使我不能息，使我喘不出氣來。馬瑞辰《毛詩傳箋通釋》：「息對餐言，謂喘息也。人之氣急曰喘，舒曰息。渾言之，則喘亦為息。……不能息，即言氣息不利耳。」

詩旨

1.《詩序》：「〈狡童〉，刺忽也。不能與賢人圖事，權臣擅命也。」三家《詩》無異義。
2.朱熹《朱子語類》：「經書都被人說壞了，前後相仍不覺。且如〈狡童〉詩，是《序》之妄。安得當時人民敢指其君為狡童？況忽之所為，可謂之愚，何狡之有？當是男女相怨之詩。」
3.朱熹《詩集傳》：「此亦淫女見絕而戲其人之詞。」
4.毛奇齡《白鷺洲主客說詩》：「高忠憲講學東林，有客問：『〈木瓜〉之詩並無男女字，而謂之淫奔，何也？』忠憲未能答。蕭山來風季曰：『即有男女字，亦非淫奔。』忠憲曰：『何以言之？』風季曰：『張衡〈四愁詩〉云：「美人贈我金錯刀，何以報之英瓊瑤。」張衡淫奔邪？』旁一人不平，遽曰：『彼狡童兮，稱為狡童，非淫奔乎。』曰：『亦非淫奔。』忠憲曰：『何以言之。』曰：『箕子〈麥秀歌〉云：「彼狡童兮，不與我好兮。」其所稱狡童者，受辛也，君也，君淫奔耶？』忠憲起揖曰：『如先生言。』又曰：『必如先生者，而可與言詩。』」
5.聞一多《風詩類鈔》將此詩歸入「女詞」，並云：「恨不見答也。」
6.屈萬里《詩經詮釋》：「此女子斥男子相愛不終之詩。」

作法

撰者按：全詩兩章，章四句，前兩句敘述對象為第三者，後兩句轉為對狡童敘說。寫狡童原先和她有說有笑，一同吃飯，但現在並不如此，為此之故，使得她飯也吃不下，覺也睡不著。從生活原形，寫女子相思之苦，幽怨之情。至於是否有寓託，或寓託何事，無從斷言。

褰裳

子惠思我❶，褰裳涉溱❷。子不我思❸，豈無他人？狂童之狂也且❹！

子惠思我，褰裳涉洧❺。子不我思，豈無他士❻？狂童之狂也且！

❶惠，毛《傳》：「愛也。」

❷褰，撩起。裳，下衣，類似今之裙子，古代男女皆服之。涉，徒步渡水。溱，河水名，在鄭都新鄭城南與洧水會合。新鄭城之南、東兩面即以溱水和洧水為天然屏障，〈鄭風〉中多次提到溱水和洧水。

❸不我思，即不思我。

❹狂童，猶今之「癡兒」或「傻小子」。狂，癡騃。且，音ㄐㄩ，語尾助詞。

❺洧，鄭國河水名，發源於今河南省登封縣北，在新鄭城東南與溱水相合。

❻士，朱熹《詩集傳》：「士，未娶者之稱。」即未婚夫，情人。他士，他人。

詩旨

1.《詩序》：「〈褰裳〉，思見正也。狂童恣行，國人思大國之正己也。」鄭《箋》：「狂童恣行，謂突與忽爭國，更出更入，而無大國正之。」

2.朱熹《詩序辨說》：「此序之失，蓋本於子太叔、韓宣子之言，而不察其斷章取義之意耳。」（撰者按：《左傳．昭公十六年》記載，鄭六卿餞韓宣子于郊，子太叔賦〈褰裳〉，宣子曰：「起在此，敢勤子至于他人乎？」子太叔拜。）

3.朱熹《詩集傳》：「淫女語其所私者曰：子惠然而思我，則將褰裳而涉溱以從子。子不我思，則豈無他人之可從，而必於子哉？狂童之狂也且，亦謔之之辭。」

4.屈萬里《詩經詮釋》：「此女子斥男子情好漸疏之詩。」

5.陳子展《國風選譯》：「關於〈褰裳〉一詩，《詩序》是用貴族賦詩的意義，《集傳》是用民俗歌謠的意義，所以顯得兩者大相逕庭。其實兩者都說得通，不過《集傳》好像運用了詩的本義，直截了當，平易通俗，更容易為一般人接受罷了。」

作法

1. 孫鑛《批評詩經》：「狂童之狂也且，語勢拖靡，風度絕勝。」
2. 撰者按：全詩兩章複沓，毛奇齡《毛詩寫官記》：「女子曰；子思我，子當褰裳來。嗜山不顧高，嗜桃不顧毛。」當愛情出現障礙時，女子對情好漸疏男子，主動試探，以攻代守，希望他拿出愛的證據來。面對愛情，女子表明不依求男子，肯定自我存在價值，掌握自己的命運，刻畫一位充滿自信、爽直潑辣和傳統害羞、被動完全不同的女子形象。

丰

子之丰兮❶，俟我乎巷兮❷；悔予不送兮❸！
子之昌兮❹，俟我乎堂兮❺；悔予不將兮❻！
衣錦褧衣❼，裳錦褧裳❽。叔兮伯兮❾，駕予與行❿。
裳錦褧裳，衣錦褧衣。叔兮伯兮，駕予與歸⓫。

注釋

❶丰，豐滿，面龐豐滿美好貌。
❷俟，等待。乎，於。巷，毛《傳》：「門外也。」
❸予，我。
❹昌，毛《傳》：「盛壯貌。」
❺堂，廳堂，門堂。
❻將，送。
❼錦，錦衣，以錦織成之文采華美衣服。衣錦，穿著錦製之華美衣服。褧，音ㄐㄩㄥˇ。褧衣即罩袍，以絹或麻紗織成之單衣，罩在錦衣外，用以遮擋塵土。
❽裳，穿著，第二個裳為下衣。錦、褧、裳皆是出嫁者所穿之衣服。
❾叔兮伯兮，此指隨婿親迎之人。毛《傳》：「叔伯，迎己

者。」陳奐《詩毛氏傳疏》：「謂婿之從者也。」

❿與，共、同。此期望之詞，盼其人駕車來而相與共去。

⓫歸，出嫁。

1.《詩序》：「〈丰〉，刺亂也。婚姻之道缺，陽倡而陰不和，男行而女不隨。」鄭《箋》：「昏姻之道，謂嫁娶之禮。」孔穎達《正義》：「男親迎而女不從，後乃追悔，此陳其詞也。」三家《詩》無異義。

2.朱熹《詩集傳》：「婦人所期之男子已俟乎巷，而婦人以有異志不從，既而悔之，而作是詩也。」

3.王先謙《詩三家義集疏》引戴震云：「時俗衰薄，婚姻而卒有變志，非男女之情，乃其父母之惑也。故託為女子自怨之詞以刺之。悔不送，以明己之不得自主，而意終欲隨之也。」

作法

1.龍起濤《毛詩補正》：「前二章以悔字作主，後二章以駕字作主；前二章是懊詞，後二章是勸詞。一懊一勸，似成兩橛，然〈式微〉一章，前半節是問詞，後半節是答詞，合之不見痕跡，此四章前後不脫予字，亦復一線穿去。」

2.撰者按：全詩四章，採AABB雙重章聯吟，前二章章三句，後二章章四句，為國風僅有之例。前二章拒婚，寫其「悔」之心理狀態，後二章許嫁，寫其出嫁幸福幻想。詩多用「之」、「乎」等虛字，句尾多用「兮」字，節奏舒緩，情感纏綿。

東門之墠

東門之墠❶，茹藘在阪❷。其室則邇❸，其人甚遠。

東門之栗❹，有踐家室❺。豈不爾思？子不我即❻。

注釋

❶東門，鄭國都城之東門。墠，音ㄕㄢˋ，平坦的廣場。毛《傳》：「墠，除地町町者。」陳喬樅《三家詩遺說考》：「町町，言除地使之平坦。」除地，指在郊外治地除草。町町，形容地的平坦。

❷茹藘，一名茅蒐，即茜草，其根可以作為紅色染料。阪，音ㄅㄢˇ，陂陀不平之地，即斜坡或山坡。

❸邇，近。

❹栗，栗樹。

❺有踐，踐然，排列整齊貌。又「踐」韓詩作「靖」，釋為善也。家室，房舍。

❻即，毛《傳》：「就也。」

詩旨

1. 《詩序》：「〈東門之墠〉，刺亂也。男女有不待禮而相奔者也。」王先謙《詩三家義集疏》：「詩無奔意，蓋以世風淫亂，己獨持正，故《序》云『刺』耳。『東門』至『心反』，《易林．賁之鼎》文，此齊說。言亂世禮義不行，與我心相違反也。魯韓無異義。」
2. 王質《詩總聞》：「尋詩無奔狀，此詩從容悁悒，與棄不同，蓋謀婚而未諧也。」
3. 朱熹《詩集傳》：「門之旁有墠，墠之外有阪，阪之上有草，識其所與淫者之居也。室邇人遠者，思之而未得見之詞也。」
4. 傅斯年《詩經講義稿》：「上章言室邇人遠，下章言思之而不來，蓋愛而不晤者之詞。」

作法

1. 孫鑛《批評詩經》：「兩語工絕（按：其室則邇，其人甚遠），後世情語本此。」
2. 姚際恆《詩經通論》：「其室則邇，其人甚遠，較《論語》所引『豈不爾思，室是遠而』所勝為多。彼言『室遠』，此偏言『室邇』，而以『遠』字屬人，靈心妙手。又八字中不露一『思』字，乃覺無非思，尤妙。『思』字于下章始露之。『子不我即』，正釋『人遠』，又以見人遠之非果遠也。」
3. 方玉潤《詩經原始》：「就首章而觀，曰室邇人遠者，男求女之詞也。就次章而論，曰子不我即者，女望男之心也。一詩中自為贈答，而均未謀面。」

風雨

風雨淒淒❶，雞鳴喈喈❷。既見君子❸，云胡不夷❹？

風雨瀟瀟❺，雞鳴膠膠❻。既見君子，云胡不瘳❼？

風雨如晦❽，雞鳴不已❾。既見君子，云胡不喜？

注釋

❶ 淒淒，孔《疏》：「寒涼之意。」

❷ 喈喈，雞鳴聲。

❸ 君子，女子對丈夫之稱呼。或對有德之人之稱呼。

❹ 云胡，如何，反問語。夷，平。指心境由憂慮轉為平靜。

❺ 瀟瀟，風雨急驟之聲。毛《傳》：「瀟瀟，暴疾也。」

❻ 膠，三家《詩》作嘐。《廣韻》亦作嘐，云：「雞鳴也。」

❼ 瘳，音ㄔㄡ，病癒。指原先抑鬱苦悶之心情，霍然而癒。

❽ 晦，昏暗如夜。

❾ 已，止。

詩旨

1.《詩序》：「〈風雨〉，思君子也。亂世則思君子不改其度焉。」鄭《箋》：「興者，喻君子雖居亂世，不變改其節度。……雞不為如晦而止不鳴。」因《詩序》的解釋，「風雨如晦，雞鳴不已」遂形成亂世君子不改節度典故。三家《詩》無異義。
2.朱熹《詩集傳》：「淫奔之女言當此之時見其所期之人而心悅也。」
3.崔述《讀風偶識》：「風雨之『見君子』，擬諸〈草蟲〉、〈隰桑〉之詩，初無大異。」
4.傅斯年《詩經講義》：「相愛者晤於風雨雞鳴中。」
5.屈萬里《詩經詮釋》：「此男女幽會之詩。」

作法

1.方玉潤《詩經原始》：「此詩人善於言情，又善於即景以抒懷，故為千秋絕調也。」
2.撰者按：全詩三章複沓，未見時風雨淒淒、瀟瀟、如晦，透過感覺、聽覺、視覺，寫外面天候之可怖，情隨景移，層層遞進，既見時之放心、病瘉、喜悅，並以反詰語氣，將期待時之焦盼，見面時之歡愉反襯對比，形成前後心境上極大反差。

子衿

青青子衿❶，悠悠我心❷。縱我不往，子寧不嗣音❸？
青青子佩❹，悠悠我思。縱我不往，子寧不來？
挑兮達兮❺，在城闕兮❻。一日不見，如三月兮。

注釋

❶衿，音ㄐㄧㄣ，衣領。陸德明《經典釋文》：「本亦作襟。」《顏氏家訓．書證》：「古有斜領下連於襟，故謂領為襟。」

❷悠悠，朱熹《詩集傳》：「思之長也。」

❸寧不，何不。嗣，寄送，《釋文》：「嗣，《韓詩》作詒，詒，寄也。」音，信息。嗣音，寄送音訊。

❹青青，指佩玉之綬帶。佩，佩玉。

❺達，音ㄊㄚˋ。挑達，亦作佻㒓，毛《傳》：「往來相見貌。」孔《疏》：「城闕雖非居止之處，明其乍往乍來，故知挑達為往來貌。」

❻城闕，城門兩邊之觀樓。上二語謂：登城闕以望其所思之人。

詩旨

1.《詩序》：「〈子衿〉，刺學校廢也。亂世則學校不脩焉。」三家《詩》無異義。「子衿」一詞已為讀書人之代稱。

2.王鴻緒《詩經傳說彙纂》：「左傳襄公三十一年，鄭人游鄉校以論執政。然明曰：『毀鄉校如何？』子產曰：『何為？蓋鄭之有學校也舊矣！』鄭康成曰：『國亂，人棄學業。』范祖禹曰：『大亂五世，學廢之由也。此詩自漢及唐宋元明諸儒皆主學校之說，而集傳定為淫奔之作。它日朱子作白鹿洞賦云"廣青衿之疑問"則仍用序說矣！』……」

3.傅斯年《詩經講義稿》：「愛而不晤，責其所愛者何以不來也。」

4.屈萬里《詩經詮釋》：「此女子思其所愛者之詩。」

作法

1.朱公遷《詩經疏義會通》：「一章二章則致思而微責之，三章則切責而深思之。」

2. 撰者按：

(1)本詩採AAB，末章變調曲式，一二章為向對方陳說之口氣，末章變為獨白式的抒情。詩中「我」為何人？末章誰在城闕上挑達？造成解說紛紜。

(2)一、二章用對方身上之衣飾來借代所思念之人，採子、我上下對舉手法，一、二句和三、四句並變換次序，造成錯落有致。青青、悠悠疊字之運用，上下搭配，相互映襯，表達詩人情感上之綿延不絕。另外全詩各章用字由多而少，首章「子寧不嗣音」、次章「子寧不來」，到末章化被動為主動，更是詩人由等待、期盼、登城遠望焦燥心理之巧妙呈現。而末章用聯綿詞、誇飾修辭，以及多用「兮」字，尤增熱烈渴望之情。

揚之水

揚之水❶，不流束楚。終鮮兄弟❷，維予與女❸。無信人之言，人實迋女❹。

揚之水，不流束薪。終鮮兄弟，維予二人❺。無信人之言，人實不信。

注釋

❶揚，激揚。見〈王風．揚之水〉注。

❷終，既。鮮，少。

❸維，通惟。予，我。女，汝，你。

❹迋，音ㄍㄨㄤˇ，本義為往，此借為誑，欺騙。

❺維予二人，毛《傳》：「二人，同心也。」陳奐《詩毛氏傳疏》：「予二人，猶云予女二人耳。不言女，文不備也。《傳》云同心以申明經義，謂予女二人有同心也。」

詩旨

1.《詩序》：「〈揚之水〉，閔無臣也。君子閔忽之無忠臣良士，終以死亡，而作是詩也。」三家《詩》無異義。因詩中無閔傷意，後人多駁其非。

2.王質《詩總聞》：「兄弟為人所間而不協者作。」

3.朱熹《詩集傳》：「淫者相謂。」

4.胡承珙《毛詩後箋》：「郝氏仲輿曰：『國風〈揚之水〉有三，皆微弱之比。一〈王風〉，比平王不能令諸侯也。一〈唐風〉，比昭侯不能制曲沃也。此篇比昭公不能制突也。昭公之于突與昭侯之于曲沃，其事同，故其比同。突與子儀、子亹皆忽之弟，同氣相殘，迄無寧歲，詩所以謂之終鮮兄弟，傷忽之無助也。』」

5.方玉潤《詩經原始》：「此詩不過兄弟相疑，始因讒間，繼乃悔悟，不覺愈加親愛，遂相勸勉，以為根本之間不可殘；……又況骨肉無多，維予與女，何堪再離？女豈謂人言可信哉？他人雖親，難勝骨肉；人實迂女，以遂其私而已矣！慎無信他人之言，而致疑於骨肉間也。語雖尋常，義實深遠。」

作法

1.鄭玄《箋》：「激揚之水，喻忽政教亂促，不流束楚，言其政不行於臣下。」

2.牛運震《詩志》：「苦口危詞，瀝肝之言，淒痛難讀。」

3.撰者按：全詩採AA曲式，首二句興，中二句兄弟相親，對照末二句他人相欺，勸勉兄弟宜友愛，不言而喻。首章「維予與女」，後二字都是合口呼，有兄弟如膠漆不分之感，兩「女」字為韻腳。次章「無信」人之言，和人實「不信」，又相呼應，對人言勿輕易相信又說得斬釘截鐵。

出其東門

出其東門，有女如雲❶。雖則如雲，匪我思存❷。縞衣綦巾❸，聊樂我員❹。

出其闉闍❺，有女如荼❻。雖則如荼，匪我思且❼。縞衣茹藘❽，聊可與娛❾。

注釋

❶如雲，形容眾多。王先謙《詩三家義集疏》：「鄭城西南門為溱、洧二水所經，故以東門為遊人所集。」

❷匪，非。思存，思之所存。匪我思存，不是我思之所在。

❸縞，音ㄍㄠˇ，縞衣，白色衣服。綦，音ㄑㄧˊ，綦巾，蒼艾色佩巾。

❹聊，且。員，通云，語尾助詞。聊樂我員，我且樂之。又《韓詩》作「聊樂我魂」，員、魂同屬匣母文部，作「魂」（猶神）解尤佳。

❺闉，音ㄧㄣ，曲城，城門之外，復為環牆以障牆門。闍，音ㄉㄨ，城臺。

❻荼，白茅花。馬瑞辰《毛詩傳箋通釋》：「如荼與如雲，皆取眾多義。」

❼且，徂之借字，《爾雅》：「徂，存也。」

❽茹藘，一名茅蒐，即茜草，其根可做紅色染料。毛《傳》：「茅蒐之染女服也。」鄭《箋》：「茅蒐，染巾也。」在此即指佩巾。王先謙《詩三家義集疏》：「詩言茹藘，不言巾者，省文以成句。」

❾娛，毛《傳》：「樂也。」

詩旨

1.《詩序》：「〈出其東門〉，閔亂也。公子五爭，兵革不息。男女相棄，民人思保其室家焉。」三家《詩》無異義。

2.朱熹《詩集傳》：「人見淫奔之女，而作此詩，以為此女雖美且眾，而非我思之所存，不如己之室家，雖貧且陋，而聊可以自樂也。是時淫風大行，而其間乃有如此之人，亦可謂能自好而不為習俗所移矣！」

3.方玉潤《詩經原始》：「然詩方細詠太平遊覽，絕無干戈擾攘、男奔女竄氣象，《序》言無當於經，固已。《集傳》云人見淫奔之女而作此詩，是以如雲如荼之女，盡屬淫奔，亦豈可哉！晦翁釋詩隨口而道，並未暇思，於此可見。此詩亦貧士風流自賞，不屑屑與人尋芳逐豔。一旦出遊，睹此繁華，不覺有慨於心，以為人生自有伉儷，雖荊釵布裙，自足為樂，何必妖嬈豔冶，徒亂人心乎！故東門一遊，女則如雲，而又如荼，終無一人繫我心懷，豈矯情乎色？不可以非禮動耳！心為色動，且出非禮，則將無所止。詩固知足，亦善自防哉！」

4.屈萬里《詩經詮釋》：「此詠男子能專愛之詩。」

作法

撰者按：全詩兩章，採AA複沓曲式。以如雲、如荼，具體物象巧妙比喻眾多美貌女子，又用縞衣綦巾（茹藘）借代法寫所專愛女子衣飾，兩相對照，更顯男子猶如漢樂府〈華山畿〉：「奈何許，天下人何限，慊慊只為汝。」之癡情專一，忠貞不二，不喜新厭舊。

野有蔓草

野有蔓草❶，零露漙兮❷。有美一人，清揚婉兮❸。邂逅相遇❹，適我願兮❺。

野有蔓草，零露瀼瀼❻。有美一人，婉如清揚❼。邂逅相遇，與子偕臧❽。

❶蔓，本義為葛屬，正字為曼，蔓草，蔓延之草。

❷零，落下。漙，音ㄊㄨㄢˊ，《毛傳》：「漙然盛多也。」

❸清揚，眉目清明，見〈鄘風．君子偕老〉注。婉，美好貌。王先謙《詩三家義集疏》：「眉目之間位置天然，視之但覺其婉順而美也。」

❹邂逅，不期而遇。又陳奐《詩毛氏傳疏》說和「解說」相同，即「說懌」、「相悅以解」之意。

❺適，符合。願，意願，願望。

❻瀼瀼，音ㄖㄤˊ，露水盛貌。

❼如，然。婉如，婉然。

❽臧，善。朱熹《詩集傳》：「與子偕臧，言各得其所欲也。」

詩旨

1.《詩序》：「〈野有蔓草〉，思遇時也。君之澤不下流，民窮於兵革。男女失時，思不期而會焉。」鄭《箋》：「蔓草而有露，謂仲春之月，草始生，霜為露也。《周禮》：『仲春之月，令會男女之無夫家者。』」王先謙《詩三家義集疏》引《左傳》襄公二十七年、昭公十六年鄭人賦詩、《說苑．尊賢》，以為此詩乃思遇賢人，而託諸男女而已。

2.朱熹《詩集傳》：「男女相遇於田野草露之閒，故賦其所在以起興。」

3.方玉潤《詩經原始》：「此詩必為朋友期會之詩無疑。士固有一見傾心，終身莫解，片言相投，生死不渝者，此類是也。又何必男女相逢始適願哉？」

4.傅斯年《詩經講義稿》：「男女相遇而相愛，自言適願。」

作法

1.裴普賢《詩經評註讀本》：「這詩寫男子的驚豔，邂逅相遇，便一見鍾情時一廂情願的癡戀狂態。著墨不多，而妙透毫端。兩章末句，是傳神之筆。」

2.撰者按：全詩兩章，採ＡＡ複沓曲式。首二句寫清晨野外景物，中二句寫美人美態，末二句寫不期而遇，心情愉快，希望終成美眷。

溱洧

溱與洧，方渙渙兮❶。士與女❷，方秉蕑兮❸。女曰：「觀乎？」士曰：「既且❹。」「且往觀乎❺洧之外，洵訏且樂❻。」維士與女，伊其相謔❼，贈之以勺藥❽。

溱與洧，瀏其清矣❾。士與女，殷其盈矣❿。女曰：「觀乎？」士曰：「既且。」「且往觀乎洧之外，洵訏且樂。」維士與女，伊其將謔⓫，贈之以勺藥。

注釋

❶方，正。渙渙，毛《傳》：「春水盛也。」鄭《箋》：「仲春之時，冰以釋水，則渙渙然。」

❷士與女，泛指眾遊春之男女。

❸秉，持。蕑，音ㄐㄧㄢ，菊科，亦名蘭，但不是今天所稱的蘭花，而是一種香草。古人用來沐浴、澤頭或佩身，以祓除不祥。李時珍《本草綱目》：「蕑，即今省頭草。」

❹既，已。且，徂之借字，往。既且，已經去過了。

❺且，姑且。或讀為徂，往也。

❻洵，信，誠然。訏，音ㄒㄩ，樂，毛《傳》：「大也。」鄭《箋》：「女曰觀乎？欲與士觀於寬閑之處。既，已也。士曰已觀矣，未從之也。」「洵，信也。女情急，故勸男，使往觀於洧之外，言其土地信寬大又樂也，於是男則往也。」

❼伊，當讀如喔咿之咿，笑聲也。伊其，咿然也。又鄭《箋》：「伊，因也。」〈召南・何彼襛矣〉「維絲伊緡」，毛《傳》：「伊，維也。」謔，調笑戲謔。

❽勺藥，香草名，有草本、木本兩種，木本勺藥，即今牡丹，草本勺藥，又名江蘺。《釋文》引《韓詩》云：「勺藥，離草也，言將別贈此草也。」崔豹《古今注》謂勺藥一名可離。陳啟源《毛詩稽古編》引董氏說，以為勺藥即江蘺（與將離同音）。故將別時以此為贈。

❾瀏，水清貌。《說文》：「瀏，流清貌。」

❿殷，眾。盈，滿。殷其盈矣，形容士女眾多，盈滿於溱洧之間。

⓫將，鄭《箋》：「大也。」又朱熹《詩集傳》：「將當作相，聲之誤也。」馬瑞辰《毛詩傳箋通釋》：「猶相謔也。」

詩旨

1. 《詩序》：「〈溱洧〉，刺亂也。兵革不息，男女相棄，淫風大行，莫之能救焉。」《齊詩》：「鄭男女亟聚會，聲色生焉，故其俗淫。」《魯詩》：「鄭國淫辟，男女私會於溱洧之上，有洵訏之樂，勺藥之和。」《太平御覽》八百八十六引《韓詩內傳》云：「鄭國之俗，三月上巳之日於兩水上，招魂續魄，拂除不祥，故詩人願與所說者俱往觀也。」

2.朱熹《詩集傳》：「淫奔者自敘之詞。」「衛猶為男悅女之詞，而鄭皆為女惑男之語。衛人猶多刺譏懲創之意，而鄭人幾於蕩然無復羞愧悔悟之萌。是則鄭聲之淫，有甚於衛矣！」

3.屈萬里《詩經詮釋》：「此賦情侶遊樂之詩。」

作法

1.張爾岐《蒿庵閒話》：「蓋詩人一面敘述，一面點綴，大類後世弦索曲子。」

2.姚際恆《詩經通論》：「詩中敘問答語甚奇。」

3.撰者按：這是一首寫節日與愛情的詩篇，全詩兩章複沓，用二、四、五、七言穿插對話，構成完整情節，富有生活情趣，像首優美的散文詩，開雜言詩先聲。詩人從節日紛繁複雜的遊樂場景，截取青年男女愛情進行的精采畫面，以敘述穿插對話形式，靈活輕快的節奏，將節日的歡樂氣氛描寫出來。

齊　風

齊風共十一首詩，始封者為姜太公呂尚，《漢書．地理志》：「齊地，虛、危之分埜也。……少昊之世，有爽鳩氏，虞、夏時有季崱，湯時有逢公伯陵，殷末有薄姑氏，皆為諸侯，國此地。至周成王時，薄姑氏與四國共作亂，成王滅之，以封師尚父，是為太公。《詩．風》齊國是也。」太公初封時，其地不過百里，到了春秋時代，齊桓公稱霸諸侯，拓展疆土，東至於海，西到黃河，南至泰山，北到無棣（今山東無棣），都是齊的領域，大約在今山東省北部、中部一帶。齊國建都營丘，工商業發達，人口眾多，國勢強盛。

〈齊風〉約產生於東周初年至春秋中期，《漢書．地理志》：「臨菑名營丘，故齊詩曰：『子之營兮，遭我虖嶩之間兮。』又曰：『竢我於著乎而。』此亦其舒緩之體也。吳季札聞齊之歌，曰：『泱泱乎，大風也哉！其太公乎？國未可量也。』」又曰：「太公以齊地負海舄鹵，少五穀而人民寡，乃勸以女工之業，通魚鹽之利，而人物輻湊。後十四世，桓公用管仲，設輕重以富國，合諸侯成伯功，身在陪臣而取三歸，故其俗彌侈，織作冰紈綺繡純麗之物，號為冠帶衣履天下。」齊國為富庶之泱泱大國可見一般。

齊風十一首詩，大致分為三方面內容：南山、敝笱、載驅、猗嗟是關於齊襄公與其同父異母妹文姜淫亂的詩，與《左傳．桓公十八年》記載史事相合；雞鳴、著、東方之日、東方未明、甫田反映齊國的社會生活，主要是寫朝會、婚戀和田獵等生活；還、盧令則是兩首狩獵詩。

雞鳴

「雞既鳴矣❶，朝既盈矣❷。」「匪雞則鳴❸，蒼蠅之聲。」

「東方明矣，朝既昌矣❹。」「匪東方則明，月出之光。」

「蟲飛薨薨❺，甘與子同夢❻；會且歸矣❼，無庶予子憎❽！」

注釋

❶既，已經。

❷朝，朝會。盈，滿。朝既盈矣，會朝之臣子都已到齊。

❸匪，非。則，之。楊樹達《詞詮》：「則，陪從連詞，與『之』同。」

❹昌，盛，與盈同義，形容人多。

❺薨薨，蟲飛之聲。

❻甘，心甘情願。同夢，同寢。

❼會，朝會。且，即將。歸，散朝而歸。

❽馬瑞辰《毛詩傳箋通釋》：「無庶，乃庶無倒文。予，與也；猶貽也。」王先謙《詩三家義集疏》：「言天之將明，飛蟲皆出，予猶甘願與子臥而同夢，但會於朝者且將歸治其家事矣，庶無因予之故而使臣下憎惡於子耳。」

詩旨

1.《詩序》：「〈雞鳴〉，思賢妃也。哀公荒淫怠慢，故陳賢妃貞女夙夜警戒相成之道焉。」

2.方玉潤《詩經原始》：「賢妃進御於君，有夜漏以警心，有大師以奏誡，豈煩乍寐乍覺，誤以蠅聲為雞聲，以月光為東方明哉？此正士夫之家雞鳴待旦，賢婦關心常恐早朝遲誤，有累慎德，不唯人憎夫子，且及其婦，故尤為關心，時存警畏，不敢留於逸欲也。」

3.陸侃如〈中國詩史〉：「此詩所寫乃是幽會將終，男女二人臨別時的對話。」

4.屈萬里《詩經詮釋》：「此詠賢妃警君之詩。」

作法

1.錢鍾書《管錐篇・毛詩正義》：「竊意作男女對答之詞，更饒情致。女促男起，男則淹戀；女曰雞鳴，男闢之曰蠅聲；女曰東方明，男闢之曰日月光，亦如〈女曰雞鳴〉之士女對答耳。」並舉莎翁戲劇中描寫情人歡會，以為和《詩經》夫婦床笫對話有異曲同工之妙。

女曰：天尚未明，此夜鶯啼，非雲雀鳴也。
男曰：雲雀報曙，東方雲開透日矣！
女曰：此非晨光，乃流星耳！

2. 撰者按：此詩為一首后妃警君之黎明催起圖，一、二章，一、二句后妃催起，三、四句國君賴床，推託之詞；末章后妃婉言勸告。

還

子之還兮❶，遭我乎峱之閒兮❷。竝驅從兩肩兮❸，揖我謂我儇兮❹。
子之茂兮❺，遭我乎峱之道兮。竝驅從兩牡兮❻，揖我謂我好兮。
子之昌兮❼，遭我乎峱之陽兮❽。竝驅從兩狼兮，揖我謂我臧兮❾。

❶還，音ㄒㄩㄢˊ通旋，毛《傳》：「便捷之貌。」《齊詩》作「營」，通嫙，美好貌。
❷遭，遇見。峱，音ㄋㄠˊ，山名，在今山東省臨淄縣南，《齊詩》作「嶩」。閒，間。
❸竝，併，相偕。從，跟從。肩，毛《傳》：「獸三歲曰肩。」《說文》引作「豜」。《廣雅》：「獸一歲為豵，二歲為豝，三歲為肩，四歲為特。」凡獸之大者通稱為豜或肩。
❹儇，音ㄒㄩㄢ，毛《傳》：「利也。」陳奐《詩毛氏傳疏》：「利猶閑也，閑于馳逐也。」身手矯健貌。
❺茂，本義為「草木盛。」引申為美，誇獎獵人技藝完美。毛《傳》：「美也。」陳奐《詩毛氏傳疏》：「美者，謂習於田獵也。」
❻牡，雄獸。
❼昌，盛壯貌。鄭《箋》：「佼好貌。」
❽陽，山之南面。
❾臧，善，美好。

詩旨

1.《詩序》：「〈還〉，刺荒也。哀公好田獵，從禽獸而無厭。國人化之，遂成風俗。習於田獵謂之賢，閑於馳逐謂之好焉。」三家《詩》無異義。四家詩之解釋合於《國語．齊語》記桓公對管仲說：「昔吾先君築臺以為高位，田狩畢弋，不聽國政，卑聖侮士，而惟女是崇。」
2.朱熹《詩集傳》：「獵者交錯於道路，且以便捷輕利相稱譽如此，而不自知其非也。」
3.崔述《讀風偶識》：「疑作《序》者之意但以錄此詩為刺之，非以作此詩為刺之，不必附會而為之說也。」
4.陳子展《詩經直解》：「……國人出獵活動當美，國君好獵荒樂當刺。以美為刺，序說蓋用採詩之義。」

作法

1.方玉潤《詩經原始》引章潢之語曰：「子之還兮，己譽人也；謂我儇兮，人譽己也；並驅，則人己皆有能也。寥寥數語，自具分合變化之妙。獵固便捷，詩亦輕利，神乎技矣！」
2.撰者按：全詩三章採AAA複沓曲式，每章一韻，句句用韻，而且都以「兮」字為句尾，每章四、六、七言並用，句法參差。

著

俟我於著乎而❶，充耳以素乎而❷，尚之以瓊華乎而❸。

俟我於庭乎而，充耳以青乎而❹，尚之以瓊瑩乎而❺。

俟我於堂乎而，充耳以黃乎而❻，尚之以瓊英乎而❼。

注釋

❶俟，等待。著，通宁，毛《傳》：「門屏之間曰著。」

❷充耳以素，屈萬里《詩經詮釋》：「古人以玉塞耳，謂之瑱；繫之以繩，謂之紞；通稱充耳。以素，謂紞用素絲也。」

❸尚，加。瓊，玉之美色者。瓊華，用玉雕刻之花，懸在紞下之裝飾。

❹青，青色之紞。

❺瑩，榮之借字，即花。古語樹開花為華，草開花為榮。

❻黃，黃色之紞。

❼英，花。

詩旨

1.《詩序》：「〈著〉，刺時也。時不親迎也。」鄭玄《箋》：「時不親迎，故陳親迎之禮以刺之。」三家《詩》無異義。

2.姚際恆《詩經通論》：「此女子于歸見壻親迎之詩，今不可知其為何人。觀充耳以瓊玉，則亦貴人矣！」

3.郝懿行《詩問》：「美親迎也。士有親迎者，女家悅其服飾之盛，君子喜其重大昏之禮，述以美焉爾。瑞玉曰：『經未見刺不親迎意。』」

作法

1.陳子展《詩經直解》：「每句半著虛字，餘音搖曳，別具神態，有一種優遊不迫之美。……前人論文有所謂『齊氣』、『舒緩之體』，殆指此種詩而言乎？」

2.撰者按：全詩三章，採AAA複沓曲式，六、七言交錯，並插入虛字，以齊地方言「乎而」雙語氣詞結尾，句句押韻，每章一韻，音節輕緩搖曳。另外以嫁者視點，寫新郎前來，空間著、庭、堂，由外而內，佩飾充耳以素、青、黃，紞的顏色鮮麗，洋溢著嫁者的喜樂與婚慶的歡鬧。

東方之日

東方之日兮，彼姝者子❶，在我室兮。在我室兮，履我即兮❷。

東方之月兮，彼姝者子，在我闥兮❸。在我闥兮，履我發兮❹。

注釋

❶姝，美色。《說文》：「姝，好也。好，美也。」子，此指男子較合詩義。

❷履，毛《傳》：「禮也。」鄭《箋》：「即，就也。在我室者以禮來，我則就之與之去也，言今者之子不以禮來也。」

❸闥，音ㄊㄚˋ，毛《傳》：「闥，門內也。」馬瑞辰說當為「內門」之譌。

❹毛《傳》：「發，行也。」鄭《箋》：「以禮來，則我行而與之去。」

詩旨

1.《詩序》：「〈東方之日〉，刺衰也。君臣失道，男女淫奔，不能以禮化也。」鄭《箋》：「日在東方，其明未融。興者，喻君不明。」三家《詩》無異義。

2.朱熹《詩序辨說》：「此男女淫奔者所自作，非有刺也。其曰君臣失道者，尤無所謂。」

3.屈萬里《詩經詮釋》：「此情歌之類。」

作法

1.馬瑞辰《毛詩傳箋通釋》：「古者喻人顏色之美，多取譬於日月。」

2.撰者按：全詩兩章，採ＡＡ曲式複沓，除次句外，句句押韻，並且句尾皆加「兮」字，用頂針句法。以日月喻彼姝者子未必形容女子美色，亦可用以形容男子（詳參龍師宇純《絲竹軒詩說‧詩義三則》），《文選》李善注引《韓詩薛君章句》曰：「詩人所說者，顏色盛也。言美如東方之日出也。」其以禮來，我則隨他而去，《詩序》之說仍有道理。

東方未明

東方未明❶，顛倒衣裳❷。顛之倒之，自公召之❸。

東方未晞❹，顛倒裳衣。倒之顛之，自公令之❺。

折柳樊圃❻，狂夫瞿瞿❼。不能辰夜❽，不夙則莫❾。

❶東方未明，天尚未亮，指天色正黑，離天亮還很久之時間。

❷顛倒衣裳，上衣下裳，穿著顛倒。

❸召，令。

❹晞，音ㄒㄧ，日將出，即破曉。

❺令，號令、命令。

❻樊，藩。圃，菜園。折柳樊圃，折柳枝以作為菜園之藩籬。毛《傳》：「折柳以為藩園，無益於禁矣。」鄭《箋》：「柳木不可以為樊，猶是狂夫不任挈壺氏之事。」

❼瞿瞿，驚慌四顧貌。朱熹《詩集傳》：「折柳樊圃，雖不足恃，然狂夫見之猶驚顧而不敢越，以比辰夜之限甚明，人所易知，今乃不能知。」

❽辰，晨。不能辰夜，不辨晨夜。一說辰夜為司夜，司夜不善管理夜間漏刻，即不明言埋怨君王之召令，而埋怨司夜之官未能盡責。

❾夙，早上。莫，同暮，晚上。不夙則莫，不失之早，則失之晚，號令無時。

詩旨

1. 《詩序》：「〈東方未明〉，刺無節也。朝廷興居無節，號令不時，挈壺氏不能掌其職焉。」
2. 郝敬《毛詩原解》：「興居號令，非辰夜者所得司。無所歸咎，不敢斥君，而求諸挈壺氏，所謂『敢告僕夫』云爾。」
3. 傅斯年《詩經講義》：「從仕於公者，感於辰夜勞苦，其君興居不時，與〈南〉中之〈小星〉同。」
4. 陳子展《詩三百篇解題》：「讀此詩和〈雞鳴〉一詩，可以想見當時齊國政府無紀律、無秩序的混亂狀態。〈雞鳴〉既刺哀公『荒淫怠慢』，失時晏起；此詩又刺『朝庭興居無節，號令不時』。無所歸咎，乃歸咎於司夜之官不能盡職。」

作法

1. 牛運震《詩志》：「『顛倒衣裳』，奇語入神，寫匆亂光景宛然。」
2. 撰者按：本詩採AAB曲式，一、二章擅長剪取天未明，官吏接獲召令，急於上朝，顛倒衣裳之戲劇性鏡頭。第三章一、二句用興體，折柳樊圃，雖不足恃，然狂夫見之猶驚顧而不敢越，以比辰夜之限甚明，人所易知，今乃不能知。

南山

南山崔崔❶，雄狐綏綏❷。魯道有蕩❸，齊子由歸❹。既曰歸止❺，曷又懷止❻？

葛屨五兩❼，冠緌雙止❽。魯道有蕩，齊子庸止❾。既曰庸止，曷又從止❿？

蓺麻如之何⓫？衡從其畝⓬；取妻如之何⓭？必告父母。既曰告止，曷又鞠止⓮？

析薪如之何⓯？匪斧不克⓰；取妻如之何？匪媒不得。既曰得止，曷又極止⓱？

❶南山，即牛山，在齊臨淄城南郊。陳奐《詩毛氏傳疏》：「即《孟子》之牛山。」崔崔，高大貌。

❷綏綏，《韓詩》作夊夊，《玉篇》：「夊，行遲貌。」

❸有蕩，蕩蕩，平坦。

❹齊子，齊國之女子，指文姜。歸，女子出嫁。由歸，指文姜由此道路出嫁到魯國。

❺止，之矣合音，之為指示代詞，指魯桓公。

❻曷，何。懷，思。既曰歸止，曷又懷止，朱熹《詩集傳》：「文姜既從此道歸乎魯矣，襄公何為而復思之乎？」

❼葛屨，以葛草編織成之草鞋，古時結婚有送履之禮。兩，即今所謂之雙。五兩，龍宇純〈析詩經止字用義〉說「葛屨五兩」的五字雖然不知其取義如何，兩字取義同於雙字，應該可以肯定。我頗疑心「五兩」原作「兩止」，因五字止字形近而致誤，「兩止」即「兩之矣」。

❽緌，音ㄖㄨㄟˊ，帽帶下端之裝飾，類似今之穗頭，帽帶必雙，緌亦必雙，如朱熹《詩集傳》說：「屨必兩，緌必雙，物各有偶，不可亂也。」

❾庸，用，由。

❿從，相從。

⓫蓺，藝，種植。

⓬衡，同橫，從，同縱。衡從，縱橫耕治田畝。賈思勰《齊民要術》：「凡種麻耕不厭熟，縱橫七徧以上，則麻無葉也。」

⓭取，娶。

⓮鞫，屈萬里《詩經詮釋》：「窮也；亦即厄也。言襄公之行，實困扼文姜，使其不能遂夫婦之好也。」

⓯析薪，劈柴也。

⓰匪，非。克，能。

⓱極，屈萬里《詩經詮釋》：「猶窮也；困扼之也。《孟子．離婁篇》：『又極之於其所往』是其義。」

1.《詩序》：「〈南山〉，刺襄公也。鳥獸之行，淫乎其妹。大夫遇是惡，作詩而去之。」鄭玄《箋》：「襄公之妹，魯桓公夫人文姜也。」詩之本事見《左傳．桓公十八年》、《公羊傳．莊公元年》、《史記．齊世家》。三家《詩》無異義。

2.朱熹《詩集傳》以為此詩前二章刺齊襄，後二章刺魯桓。嚴粲《詩緝》以為四章皆刺魯桓。兩家說法並不周延，以方玉潤《詩經原始》之見較合詩意：「魯桓、文姜、齊襄三人者，皆千古無恥人也，……故此詩不可謂專刺一人也。首章言襄公縱淫，不當自淫其妹；妹既歸人而有夫矣，則亦可以已矣，而又曷懷之有乎！次章言文姜即淫，亦不當順從其兄，今既歸魯而成耦矣，則亦可以已矣，而又曷返齊而從兄乎！後二章言魯桓以父母命，憑媒妁言而成此昏配，非苟合者比，豈不有聞其兄妹事乎！既取而得之，則當禮以閑之，俾勿歸齊，則亦可以已矣！而又曷從其入齊，至令得窮所欲而無止極，自取殺身禍乎？故欲言襄公之淫，則以雄狐起興；欲言文姜成耦，則以冠履之雙者為興；欲言魯桓被禍，則先以蓺麻興告父母以臨之，析薪興媒妁以鼓之，而無如魯桓之懦而無志也，何哉？詩人之大不平也。故不覺發而為詩，亦將使千秋萬世後知有此無恥三人而已，又何暇為之掩飾其辭，而歸咎於一哉！」

1.陳繼揆《詩經臆補》：「全用詰問法，令其難以置對，的是妙文。」

2.吳闓生《詩義會通》：「逆倫蔑理，人道已盡，而詩詞特和緩，若不欲深斥者，所謂微文刺譏，亦溫柔敦厚之指也。」

3.撰者按：此詩四章，一、二句興體，大量取譬（首章南山、雄狐；次章葛屨、冠緌；三章蓺麻；四章析薪），含蓄深刻。並用反詰語氣，無須回答，答案已經很清楚，達到很好之諷刺效果。

甫田

無田甫田❶，維莠驕驕❷。無思遠人，勞心忉忉❸。

無田甫田，維莠桀桀❹。無思遠人，勞心怛怛❺。

婉兮孌兮❻，總角丱兮❼。未幾見兮❽，突而弁兮❾。

注釋

❶田，第一個田，音ㄉㄧㄢˋ，耕治。甫，大。甫田，面積廣大之田地。

❷維，發語詞。莠，害苗的野草，今稱狗尾草。驕驕，音ㄑㄧㄠˊ，《韓詩》作喬喬，高貌。

❸忉忉，音ㄉㄠ，憂勞貌。

❹桀桀，音ㄐㄧㄝˊ，高長貌。

❺怛怛，音ㄉㄚˊ，憂傷不安貌。

❻婉孌，少好之貌。

❼總角，結髮，即將頭髮結成兩個角形，為古代男女未成年時之髮型。丱，音ㄍㄨㄢˋ，總角狀，兩辮上聳如羊角之形狀。

❽未幾見，相見未久，即相別未久。

❾突而，突然。弁，冠，此處用作動詞。古代男子二十歲而戴冠，表示已經成年。

詩旨

1.《詩序》：「〈甫田〉，大夫刺襄公也。無禮義而求大功，不脩德而求諸侯。志大心勞，所以求者非其道也。」三家《詩》無異義。

2.朱熹《詩集傳》：「言無田甫田也，田甫田而力不給，則草盛矣！無思遠人也，思遠人而不至，則心勞矣！以戒時人厭小而務大，忽近而圖遠，將徒勞而無功也。」

3.王靜芝《詩經通釋》：「此詩乃安慰離別之人之詩。前二章勸勿作徒勞之懷念，三章設想遠人將不久歸來，則將見其成長而弁也。」

4.屈萬里《詩經詮釋》：「蓋喜遠人歸來之詩。」

作法

撰者按：全詩採AAB曲式，一、二章聯吟，反覆詠嘆思遠人如田大田，將力不給，徒增憂傷，三章獨立，是實指，抑虛說？如何和前兩章聯貫？語境如何？三章突而弁兮之遠人，是指所思之遠人回來了嗎？還是勸人勿過於思慮遠人，隨意虛設一般小孩很快長大來安慰他？還是整首詩有喻託？借耕田懷人兩種比喻，說明一切事應從小處做起，循序漸進，自然水到渠成，如小孩之成長？可見詮《詩》空間之大。

盧令

盧令令❶，其人美且仁❷。
盧重環❸，其人美且鬈❹。
盧重鋂❺，其人美且偲❻。

❶盧，毛《傳》：「田犬。」黑色獵犬。孔《疏》引《戰國策》：「韓國盧，天下之駿犬也。」令令，毛《傳》：「纓環聲。」象聲詞。

❷其人，指獵犬之主人。

❸重環，毛《傳》：「子母環也。」以大環套小環。

❹鬈，音ㄑㄩㄢˊ，毛《傳》：「好貌。」鄭《箋》：「鬈，讀當為權，權，勇壯也。」

❺鋂，音ㄇㄟˊ，一個大環套兩個小環。孔《疏》：「重鋂與重環別，一環貫二，謂一大環貫二小環也。」

❻偲，音ㄙㄞ，毛《傳》：「偲，才也。」《經典釋文》引《說文》：「偲，強也。」

詩旨

1.《詩序》：「〈盧令〉，刺荒也。襄公好田獵畢弋，而不脩民事，百姓苦之，故陳古以風焉。」三家《詩》無異義。

2.朱熹《詩集傳》：「此詩大意與〈還〉略同。」

3. 方玉潤《詩經原始》：「襄公好田獵而死於田，事見《春秋傳》，故當刺。然此詩與公無涉，亦無所謂陳古以風意。蓋游獵自是齊俗所尚，詩人即所見以詠之詞。」
4. 屈萬里《詩經詮釋》：「此美獵者之詩。」

作法

1. 陳繼揆《詩經臆補》：「詩三字句賦物最工，如『殷其雷』及『盧令令』等句，使人如見如聞，千載以下讀之，猶覺其容滿目，其音滿耳。」
2. 撰者按：全詩採AAA複沓曲式，章與章間只更換幾字，短篇而音長。由犬及人，寫犬則先聞其聲，寫人則從外貌儀表之美，進而讚美其才華之美。與〈還〉同為寫獵人之詩，但此詩以聲容為美觀，〈還〉以驅逐為能事。

敝笱

敝笱在梁❶，其魚魴鰥❷。齊子歸止❸，其從如雲❹。
敝笱在梁，其魚魴鱮❺。齊子歸止，其從如雨。
敝笱在梁，其魚唯唯❻。齊子歸止，其從如水。

❶敝，破舊。笱，竹子編成之捕魚工具。梁，堰石障水而空其中，以通魚之往來者，即魚梁。
❷魴，音ㄈㄤˊ，鯿魚，又名赤尾魚，已見〈周南．汝墳〉。鰥，音ㄍㄨㄢ，王引之《經義述聞》以為即《爾雅》之「鯇」，一作「鯤」。《爾雅．釋魚》：「鯤，魚子。」李巡曰：「凡魚之子，總名為鯤也。」故鄭《箋》云：

「魴也，鰥也，魚之易制者，然而敝敗之笱不能制。興者，喻魯桓微弱，不能防閑文姜，終其初時之婉順。」

❸齊子，指文姜。歸，指文姜初嫁於魯桓之時。

❹從，隨從。如雲，用以形容隨從之多。

❺鱮，音ㄒㄩˋ，朱熹《詩集傳》：「似魴厚而頭大，或謂之鰱。」

❻唯唯，鄭《箋》：「行相隨順之貌。」

詩旨

1.《詩序》：「〈敝笱〉，刺文姜也。齊人惡魯桓公微弱，不能防閑文姜，使至淫亂，為二國患焉。」三家《詩》無異義。

2.朱熹《詩集傳》：「齊人以敝笱不能制大魚，比魯莊公不能防閑文姜，故歸齊而從之者眾也。」（撰者按：《春秋》書文姜與齊襄公五會：莊公二年冬，會齊侯于禚。四年春，享齊侯于祝丘。五年夏，如齊師。七年春，會齊侯于防；冬，會齊侯于穀。朱子此以綱常義理解詩，夫死從子，魯莊公未能防閑其母。）

3.陳啟源《毛詩稽古編》：「文姜如齊，始于桓末年耳，時僖公已卒，不得言歸寧。又非見出，不得云大歸。則詩言『齊子歸止』，定指于歸無疑。」

4.陳奐《詩毛氏傳疏》：「考桓三年春秋，書齊侯送姜氏于讙。齊侯，僖公也。桓以弒兄篡國，求昏于齊，而文姜又為僖公寵女，親送之讙，嫁從之盛，驕伉難制，魯為齊弱，由來者漸。及至桓十八年，文姜如齊與襄公通，桓即斃於彭生之手。」

作法

1.王安石《詩義鉤沉》引陸農師曰：「其從如雲，無定從風而已；雲合而為雨，故以雨繼之；雨降而成水，故以水繼之。」

2.聞一多〈說魚〉一文以為敝笱象徵沒有節操的女性，唯唯然自由出進各種魚類，象徵她所接觸的眾男子；而且雲與水都是性的象徵，魚是隱語。

3. 撰者按：全詩採AAA曲式，三章章四句，以敝笱起興，以喻魯桓之微弱，又極寫文姜初嫁時儀從之盛以反襯之。

載驅

載驅薄薄❶，簟茀朱鞹❷。魯道有蕩，齊子發夕❸。

四驪濟濟❹，垂轡濔濔❺。魯道有蕩，齊子豈弟❻。

汶水湯湯❼，行人彭彭❽。魯道有蕩，齊子翱翔❾。

汶水滔滔❿，行人儦儦⓫。魯道有蕩，齊子遊敖⓬。

❶載，語首助詞。驅，馬車急走。薄薄，毛《傳》：「急驅聲也。」

❷簟，音ㄉㄧㄢˋ，竹蓆。毛《傳》：「方文席也。」茀，音ㄈㄨˊ，車蔽。簟茀，竹蓆車蔽。鞹，音ㄎㄨㄛˋ，去毛獸皮。

❸齊子，指文姜，三家《詩》則以為哀姜。發夕，日夕出行。

❹驪，黑色馬。濟濟，眾多貌。

❺轡，馬韁繩。濔濔，毛《傳》：「眾也。」

❻豈弟，即愷悌，和樂平易。

❼汶水，即今山東省境內之汶水，流經當時齊、魯二國境內。湯湯，音ㄕㄤ，水流盛大，一說水流聲。

❽彭彭，音ㄅㄤ，毛《傳》：「多貌。」

❾翱翔，遨遊，如鳥之飛翔貌。

❿滔滔，水流盛大。

⓫儦儦，音ㄅㄧㄠ，眾多。

⓬遊敖，遨遊。

詩旨

1.《詩序》：「〈載驅〉，齊人刺襄公也。無禮義，故盛其車服，疾驅於通道大都，與文姜淫，播其惡於萬民焉。」《焦氏易林》（齊詩）說：「襄嫁季女，至于蕩道。齊子旦夕，留連久處。」王先謙《詩三家義集疏》列舉《春秋》記載，「莊二十二年冬，公如齊納幣。」「二十四年夏，公如齊逆女。秋，公至自齊。八月，夫人姜氏入。」今文派以為寫哀姜出嫁魯莊公時，曾經稽留，不肯急入，因而詩中有「發夕」、「豈弟」、「翱翔」、「遊敖」之語。

2.朱熹《詩集傳》：「齊人刺文姜乘此車而來會襄公也。」

3.屈萬里《詩經詮釋》：「此蓋詠文姜與齊襄公聚會之詩。春秋記齊襄公與文姜之會凡五，皆在魯莊公初年。」

作法

1.范處義《詩補傳》：「一章曰發夕，則以宵而逝，猶有自赧之意；二章曰豈弟，則安然樂易，已無自歉之色；三章曰翱翔，則徊翔從容而後去；四曰遊敖，則遊觀愜適而忘反。雖指齊子而言，襄公無禮無義之跡，不可掩矣！」

2.輔廣《詩童子問》：「首章言文姜疾驅其車，離於所宿之舍而來會襄公也。二章言其四馬之美，六轡之柔，而其人則無忌憚羞愧之意也。三章四章則又言行道之人甚眾，而彼乃翱翔遊敖於其間也。人而無羞惡之心，則亦何所不至哉！」

3.賀貽孫《詩觸》：「曰發夕，何情急也；發夕而後，胡為有豈弟樂易之容也？將至汶水齊境，胡為而翱翔遊敖？喜不自禁也。簟服朱鞹，四驪垂轡，是何粧束？魯道有蕩，是何通衢？行人彭彭儦儦，是何耳目？詩中一概鋪敘，不刺似刺，刺似不刺；不言似言，言似不言，所以謂風人也。」

4.撰者按：全詩四章，前二章寫文姜車駕之華貴與急不可待心情，後二章寫文姜招搖過市，忝不知恥。載驅、汶水兩組興體反襯，發夕、豈弟、翱翔、遊敖之心理變化，暗將文姜厚顏無恥之淫蕩行為勾畫在讀者面前。

猗嗟

猗嗟昌兮❶！頎而長兮❷。抑若揚兮❸，美目揚兮❹。巧趨蹌兮❺，射則臧兮❻。

猗嗟名兮❼！美目清兮❽。儀既成兮❾，終日射侯❿，不出正兮⓫。展我甥兮⓬。

猗嗟孌兮⓭！清揚婉兮⓮。舞則選兮⓯，射則貫兮⓰。四矢反兮⓱，以禦亂兮⓲。

❶猗嗟，猶吁嗟，感嘆詞。昌，美盛貌。

❷頎，音ㄑㄧˊ，頎而，猶頎然，身材高長貌。

❸屈萬里《詩經詮釋》：「當指射言，抑，按；揚，舉。老子：『天之道其猶張弓乎！高者抑之，下者舉之。』又云：『將欲抑之，必故揚之。』皆可為此語作註腳。若，語助詞，連抑字讀。」

❹揚，張目而視貌。

❺巧趨，步履輕巧迅捷。蹌，快步走之姿態。

❻臧，善。

❼名，龍師宇純〈讀詩雜記〉說：「今謂名當是明之轉語，無專字，即以同音之名字書之，與清同為狀美目之詞。毛氏以目上下為別，或信有所泥，其義與清為類，固不可易。」

❽清，清明。

❾儀，指射箭之禮儀。成，完備。

❿侯，張布或皮而射之者，即箭靶。

⓫正，侯中之靶心。不出正，意即每射必中靶心。

⓬展，誠，實在。甥，姊妹之子，此指魯莊公為齊襄公之甥。鄭玄《箋》：「容貌技藝如此，誠我齊之甥。言誠者，拒時人言齊侯之子。」朱熹《詩集傳》：「按春秋桓公三年，夫人姜氏至自齊，六年九月，子同生，即莊公也。十八年，桓公乃與夫人如齊，則莊公誠非齊侯之子也。」

⓭孌，毛《傳》：「壯好貌。」

⓮清揚，眉目清明。婉，美好。

⓯選，齊。

⓰貫，命中。

⓱四矢，禮射每發四矢。反，重複。四矢反兮，四箭皆重複命中一處。

⓲以禦亂，善射如此，可以禦亂。

詩旨

1.《詩序》：「〈猗嗟〉，刺魯莊公也。齊人傷魯莊公有威儀技藝，然而不能以禮防閑其母，失子之道，人以為齊侯之子焉。」王先謙《詩三家義集疏》：「《春秋》莊公四年冬，及齊人狩于禚。故齊人賦之。」

2.胡承珙《毛詩後箋》：「考莊公生於桓公六年，至即位之時，纔十三歲耳，固難責以防閑其母。其即位後二年至七年，文姜屢會齊襄，莊公身已弱冠，責以不能防閑，固已無所逃罪。惟詩中歷言莊公容貌技藝之美，非齊人熟觀而審悉之，不能言之如此其詳。而莊二十二年以前，其身實未至齊，詩人無由興刺。惟二十二年如齊納幣，二十三年如齊觀社，二十四年如齊逆女……〈猗嗟〉之作，當在此時。」

3.陳奐《詩毛氏傳疏》：「吳惠士奇《春秋說》云：『莊四年春二月，夫人姜氏饗齊侯于祝丘。其年冬，公及齊人狩于禚。齊有〈猗嗟〉之詩，為莊公狩而作也。』」

4.方玉潤《詩經原始》：「此齊人初見莊公而嘆其威儀技藝之美，不失名門子，而又可以為戡亂材。誠哉其為齊侯之甥矣！意本贊美，以其母不賢，故自後人觀之而以為刺耳。於是紛紛議論，並謂『展我甥兮』一句，以為微詞，將詩人忠厚待人本意盡情說壞，是皆後儒深文苛刻之論有以啟之也。愚於是詩不以為刺，而以為美，非好立異，原詩人作詩本意蓋如是耳。」

作法

1.牛運震《詩志》：「畫美女難，畫美男子尤難。看他通篇寫容貌態度，十分妍動，與君子偕老篇各盡其妙。」

2.撰者按：全詩三章，每章分為前後兩部分。前部分寫人物形體健美，身材高大健壯，容貌清明有光彩，眼睛炯然有神。後部分寫其射藝高超，首章籠統讚其射之臧；次章讚其箭箭皆中，「展我甥兮」，無限親愛；末章更誇大其四矢同貫一處，射技絕倫，可以禦亂。

魏風

〈魏風〉共七首詩，鄭玄《詩譜》：「魏者，虞舜夏禹所都之地，在〈禹貢〉冀州雷首之北，析城之西。周以封同姓焉，其封域南枕河曲，北涉汾水。」魏為姬姓諸侯，其始封者為誰不詳，領地在今山西省芮城縣東北一帶，西接秦國，北鄰晉國，因為土地貧瘠，民生困苦，經常受到大國之侵陵。〈魏風〉收〈葛屨〉等七首詩，反映受剝削、壓迫之苦悶，亦流露憂國傷時之心聲。

魏國所在地之山西西南部，為古代堯舜禹建都之地，為我國文明之發源地。東周惠王十六年（即魯閔西元年，西元前六六一年）魏國為晉獻公所滅，〈魏風〉皆作於此年之前，大約是春秋初期以前之作品。

朱熹《詩集傳》：「蘇氏曰：『魏地入晉久矣，其詩疑皆為晉而作，故列於唐風之前，猶邶鄘之於衛也。』今按篇中公行、公路、公族，皆晉官，疑實晉詩。又恐魏亦嘗有此官，蓋不可考矣。」現今學者多認為魏詩多怨怒之音，一片政亂國危氣象，因而贊同《詩譜》所說作於東周平王、桓王之世，為姬魏之詩，而非晉獻公滅魏，將魏地賞賜給大夫畢萬統治之時及其後之魏詩，因畢萬時魏地人民生活已逐漸轉好。

葛屨

糾糾葛屨❶，可以履霜❷。摻摻女手❸，可以縫裳。要之襋之❹，好人服之❺。

好人提提❻，宛然左辟❼。佩其象揥❽。維是褊心❾，是以爲刺❿。

注釋

❶糾糾，纏結之貌。葛屨，葛草編成之鞋子。

❷可以，俞樾《毛詩平議》以為意同「何以」。履霜，踩在冰霜上。

❸摻摻，《文選》古詩注引《韓詩》作「纖纖」，細長貌。

❹要，音ㄧㄠ，裳褄。襋，音ㄐㄧˊ，衣領。在此皆作動詞，即縫好腰身和衣領。

❺好人，指君夫人，為諷刺之詞。

❻提提，《魯詩》作媞媞，安詳舒適貌。

❼宛然，即婉然，溫柔和順貌。左辟，方玉潤《詩經原始》：「古人以右為尊，故讓者辟右就左。」

❽揥，音ㄊㄧˋ，象揥，象骨做成之頭簪。

❾褊，音ㄅㄧㄢˇ，《說文》：「衣小也。」段玉裁注：「引申為凡小之稱。」褊心，器量狹小而性情急躁。

❿刺，諷刺。

詩旨

1. 《詩序》：「〈葛屨〉，刺褊也。魏地陿隘，其民機巧趨利，其君儉嗇褊急，而無德以將之。」鄭《箋》：「魏俗至冬，猶謂葛屨可以履霜。」「魏俗使未三月婦縫裳者，利其事也。」「魏俗所以然者，是君心褊急，無德教使之耳。」

2. 王質《詩總聞》：「言婚嫁太速，其意欲早使夫力婦功以濟其家，不虛度也，此所以為褊而可刺也。今河東風俗如此。」

3. 朱熹《詩集傳》：「魏地狹隘，其俗儉嗇而褊急，故以葛屨履霜起興，而刺其使女縫裳，又使治其要襋，而遂服之也。此詩疑即縫裳之女所作。」

作法

1. 陳繼揆《讀風臆補》：「風人未有說出所以刺之之故，惟此明言之，是風詩中之別立格者。通篇最喫緊在『好人』二字。蓋不提『好人』，而刺褊之意不醒。」「白香山謂詩有隱一字而意自見者。『糾糾葛屨，可以履霜』，言不可也。『海水知天寒』，言不知也。皆隱一『不』字在。」

2. 龍起濤《毛詩補正》：「為屨、為裳、為揥。自足、至要、至領，通身看來，均無大雅氣象，猶強命之曰好人，寫其醜態，而再呼好人，似譽、似諷、似莊、似諧。此種刺法，自饒冷趣。」

汾沮洳

彼汾沮洳❶，言采其莫❷。彼其之子❸，美無度❹；美無度，殊異乎公路❺。

彼汾一方❻，言采其桑。彼其之子，美如英❼；美如英，殊異乎公行❽。

彼汾一曲❾，言采其藚❿。彼其之子，美如玉；美如玉，殊異乎公族⓫。

❶汾，音ㄈㄣˊ，水名，汾水，發源於今山西省寧武縣西南之管涔山，由榮河縣北注入黃河。沮洳，音ㄐㄩ ㄖㄨˋ，低窪潮濕之地。

❷言，梅廣〈詩三百篇言字新議〉說：承上文，複指處所（撰者案：句謂我到汾沮洳採莫）。采，採。莫，野菜名。朱熹《詩集傳》：「似柳葉，厚而長，有毛刺，可為羹。」

❸彼其之子，姬姓貴族男子。

❹美無度，鄭《箋》：「是子之德，美無有度，言不可尺寸。」言其美得無法衡量。亦有人釋為：好美而無節度。

❺公路，掌管國君路車之官員，主居守，與公行、公族皆為大夫。

❻方，通旁。一方，指在汾水旁某一個地方。

❼英，花。又馬瑞辰《毛詩傳箋通釋》：「美無度，度讀如『尺度』之度，與『美如玉』，皆以器物為喻，不得謂英獨指人言。英，當讀如『瓊英』之英。如英，猶云『如玉』，變文以協韻耳。」

❽公行，掌管兵車之官員，主從行。

❾曲，水流彎曲之地。

❿藚，音ㄒㄩˋ，草名，一名澤瀉，葉如車前草。

⓫公族，掌管國君宗族事務之官員。

詩旨

1.《詩序》：「〈汾沮洳〉，刺儉也。其君儉以能勤，刺不得禮也。」《韓詩外傳》：「君子盛德而卑，虛己以受人，旁行不流，應物而不窮，雖在下位，民願戴之，雖欲無尊得乎哉！」魏源《詩古微》：「據《外傳》之言，蓋歎沮澤之間有賢者隱居在下，采蔬自給。然其才德實出乎在位公行、公路之上。……蓋春秋時晉官皆貴游子弟，無材世祿，賢者不得用，用者不必賢也。」

2.姚際恆《詩經通論》：「此詩人贊其公族大夫之詩，托言采物而見其人以起興也。當時公族之人多習為驕貴，不循禮法，故言此子美不可量，殊異乎公路之輩，猶言『超出流輩』也。」

3.傅斯年《詩經講義稿》：「疑是言一尋常百姓之子，美如玉英，貴族不及。」

作法

1.陳繼揆《讀風臆補》：「『彼其之子，美無度』徑接『殊異乎公路』，則韻致索然矣。復三字殊妙。」

2.撰者按：全詩三章，採AAA複沓曲式，首二句興句，有採物相思之意。以下應句，賦寫所思之姬姓男子如何美好，以花、玉為喻，以頂針法再頌其美到無限度，並對比朝中其他貴族官吏，反覆吟詠讚美他。

園有桃

園有桃，其實之殽❶。心之憂矣，我歌且謠❷。不我知者，謂我士也驕。「彼人是哉❸！子曰何其❹？」心之憂矣，其誰知之？其誰知之？蓋亦勿思❺！

園有棘❻，其實之食。心之憂矣，聊以行國❼。不我知者，謂我士也罔極❽。「彼人是哉！子曰何其？」心之憂矣，其誰知之？其誰知之？蓋亦勿思！

注釋

❶實，果實。之，是。殽，音ㄧㄠˊ，食用。其實之殽，食其果實。

❷我歌且謠，毛《傳》：「曲合樂曰歌，徒歌曰謠。」此泛稱。

❸彼人，指執政者。馬瑞辰《毛詩傳箋通釋》：「我士與彼人對稱，彼人謂所刺之人，我士即詩人自謂也。」

❹子，你，指詩人。何其，馬瑞辰《毛詩傳箋通釋》：「何其即何居也。〈檀弓〉鄭注：『居讀如姬姓之姬，齊魯之間語辭也。』」鄭《箋》：「何其，子於此憂之何乎！」上二語為「不知我者」所說。

❺蓋，通盍，即何。亦，語助詞。思，有憂思之意。蓋亦勿思，何能不思。

❻棘，酸棗樹。

❼聊，且。行國，行遊於國中。古於都城亦謂之國。

❽罔極，猶無良。見〈衛風‧氓〉注。

詩旨

1.《詩序》：「〈園有桃〉，刺時也。大夫憂其君國小而迫，而儉以嗇，不能用其民，而無德教，日以侵削，故作是詩也。」三家《詩》無異義。

2.王質《詩總聞》：「采桃實以為肴，採棘實以為食，士大夫朋友相與會集游適者也。但其憂不知何事，發之歌謠，付之行國，必有難言而不可顯陳者也。」

3.崔述《讀風偶識》：「園有桃乃憂時，非刺時。……所憂在國無政。」

作法

1.戴君恩《讀風臆評》：「他人於『心之憂矣，我歌且謠』意無餘矣！此卻借『不知我者』轉出一段光景，而結以『蓋亦勿思』，有波瀾，有頓挫，有吞吐，有含蓄。」

2. 陳繼揆《讀風臆補》：「姜白巖曰：『是篇一氣六折，自己心事全在一「憂」字，喚醒群迷，全在一「思」字。至其所憂之事，所思之故，則俱在筆墨之外，託興之中。』」
3. 姚際恆《詩經通論》：「詩如行文，極縱橫排宕之致。」
4. 方玉潤《詩經原始》：「此詩與〈黍離〉、〈兔爰〉如出一手，所謂悲愁之詞易工也。」

陟岵

陟彼岵兮❶，瞻望父兮。父曰：「嗟！予子行役❷，夙夜無已❸。上慎旃哉❹！猶來無止❺。」
陟彼屺兮❻，瞻望母兮。母曰：「嗟！予季行役❼，夙夜無寐❽。上慎旃哉！猶來無棄❾。」
陟彼岡兮，瞻望兄兮。兄曰：「嗟！予弟行役，夙夜必偕❿。上慎旃哉！猶來無死。」

注釋

❶ 陟，登。岵，音ㄏㄨˋ，毛《傳》：「山無草木曰岵。」《說文》：「岵，山有草木也。」
❷ 行役，因公務出行，猶今言出差，亦有出征之意。
❸ 夙，早上。已，止，休息。
❹ 上，通尚，希望之意。旃，音ㄓㄢ，之。上慎旃哉，希望你小心謹慎。
❺ 來，歸來。止，留止於外。此行役者假想父親對其叮嚀話語。
❻ 屺，音ㄑㄧˇ，毛《傳》：「山有草木曰屺。」《說文》：「屺，山無草木也。」

❼季，毛《傳》：「少子也。」
❽寐，睡。無寐，無睡覺時間。
❾棄，死。無棄與無死同義。
❿偕，毛《傳》：「俱也。」言與其他行役之人相偕，即與他人一起行動，不要落單。

詩旨

1.《詩序》：「〈陟岵〉，孝子行役，思念父母也。國迫而數侵削，役乎大國，父母兄弟離散，而作是詩也。」三家《詩》無異義。
2.屈萬里《詩經詮釋》：「行役者思家之詩。」

作法

方玉潤《詩經原始》：「人子行役，登高念親，人情之常。若從正面直寫己之所以念親，縱千言萬語，豈能道得意盡？詩妙從對面設想，思親所以念己之心與臨行勖己之言，則筆以曲而愈達，情以婉而愈深，千載下讀之，猶足令羈旅人望白雲而起思親之念，況當日遠離父母者乎？」

十畝之間

十畝之間兮，桑者閑閑兮❶。行，與子還兮❷。
十畝之外兮，桑者泄泄兮❸。行，與子逝兮❹。

注釋

❶朱熹《詩集傳》：「閑閑，往來者自得之貌。」

❷行，猶今言之走吧。《經傳釋詞》謂行猶且也，朱熹《詩集傳》：「行，猶將也。」將與你一同前往，亦通。還，音ㄒㄩㄢˊ，指歸返田園。

❸泄泄，音ㄧˋ。朱熹《詩集傳》：「泄泄，猶閑閑也。」又毛《傳》：「泄泄，多人之貌。」三家《詩》作詍或呭，皆訓為多言。多言由於多人，故與多人之貌義相近。

❹逝，往。王引之《經義述聞》：「此詩『行與子還』、『行與子逝』，猶言且與子歸、且與子往也。」

詩旨

1.《詩序》：「〈十畝之間〉，刺時也。言其國削小，民無所居焉。」

2.朱熹《詩集傳》：「政亂國危，賢者不樂仕於其朝，而思與其友歸於農圃，故其詞如此。」

3.姚際恆《詩經通論》：「此類刺淫之詩。蓋以『桑者』為婦人古稱，採桑皆婦人，無稱男子者。若為君子思隱，則何為及于婦人也。……古西北地多植桑，與今絕異，故指男女之私者，必曰『桑中』也。」

4.傅斯年《詩經講義稿》：「男女相悅，而言同歸。」

作法

1.姚舜牧《重訂詩經疑問》：「曰十畝之間，又曰十畝之外；曰桑者閑閑，又曰桑者泄泄。蓋深嫉朝市之莫可居，而欲飄然於風塵之外也，仕者之心如是，蓋世道之福哉！」

2.吳闓生《詩義會通》：「陶公〈歸去來辭〉，從此衍出。」「國不可為之意，具在言外。」

3.陳應棠《詩風新疏》：「此為賢者招隱田園之詩。代表田園為桑麻禾黍，而以桑概其餘。孟浩然：『綠樹村邊合，青山郭外斜。開軒面場圃，把酒話桑麻。』即為田園之景，也是田園之和樂氣氛。詩中『桑者閑閑』、『桑者泄泄』也是田園和樂景象。解詩以十畝為田，閑閑為男女往來，殊不知士翁每章三句均為一貫性。先設想和樂之田園樂土，然後邀友往此樂土，其重點在最後一句，『行與子還兮』、『行與子逝兮』解詩者將它三句脫節，有失詩義。」

伐檀

坎坎伐檀兮❶，寘之河之干兮❷；河水清且漣猗。不稼不穡❸，胡取禾三百廛兮❹？不狩不獵❺，胡瞻爾庭有縣貆兮❻？彼君子兮，不素餐兮❼！

坎坎伐輻兮❽，寘之河之側兮；河水清且直猗❾。不稼不穡，胡取禾三百億兮？❿不狩不獵，胡瞻爾庭有縣特兮⓫？彼君子兮，不素食兮⓬！

坎坎伐輪兮，寘之河之漘兮⓭；河水清且淪猗⓮。不稼不穡，胡取禾三百囷兮⓯？不狩不獵，胡瞻爾庭有縣鶉兮⓰？彼君子兮，不素飧兮⓱！

❶坎坎，伐木聲。檀，潘富俊《詩經植物圖鑑》以為青檀。

❷寘，同置。干，涯岸。

❸稼，種植。穡，音ㄙㄜˋ，收割穀物。不稼不穡，不從事農作。

❹胡，何。廛，音ㄔㄢˊ，一夫之居曰廛，其田百畝，此謂取三百家之田賦。

❺狩獵，冬獵曰狩，宵田曰獵，即從事田獵。

❻瞻，看。縣，同懸，懸掛。貆，音ㄏㄨㄢˊ，獸名，即獾。

❼素餐，不勞而食，指無功而受祿。《孟子．盡心》：「無功而食謂之素餐。」

❽輻，車輪間之細木，以放射狀連接車轂支撐車輪。

❾直猗，水流平直。毛《傳》：「直，直波也。」

❿億，周代以十萬為億。此指禾把之數目，為虛數而非實指。鄭《箋》：「禾秉之數。」

⓫特，毛《傳》：「獸三歲曰特。」

⓬素食，同素餐。

⓭漘，音ㄔㄨㄣˊ，《說文》：「水涯也。」即涯岸。

⓮淪漪，風吹拂水面形成如輪狀之漣漪。《爾雅》：「小波為淪。」

⓯囷，音ㄐㄩㄣ，毛《傳》：「圓者為囷。」即圓形倉庫。

⓰鶉，音ㄔㄨㄣˊ，鵪鶉。

⓱飧，熟食。素飧，同素餐、素食。

詩旨

1.《詩序》：「〈伐檀〉，刺貪也。在位貪鄙，無功而受祿。君子不得進仕爾。」三家詩無異義。

2.黃中松《詩疑辨證》：「魏俗儉嗇，而此（按指〈伐檀〉）與〈碩鼠〉皆刺貪，天下惟嗇者最貪，魏風至此，民何以堪乎！」

3.姚際恒《詩經通論》：「此詩美君子之不素餐，『不稼』四句只是借小人以形君子，亦借君子以罵小人，乃反襯『不素餐』之義耳。」

4.傅斯年《詩經講義》：「民刺其上不獵不穡，有貆有禾。」

作法

撰者按：全詩採AAA曲式，用長短不齊雜言句式，首三句運用描述語氣敘事抒情；次四句連用兩組反詰排句，以激問語氣，直斥剝削者不勞而獲；末二句運用判斷語氣的反語，做出君子人不素餐之肯定結論，是非立辨，揭示主題。

碩鼠

碩鼠碩鼠❶，無食我黍！三歲貫女❷，莫我肯顧❸。逝將去女❹，適彼樂土❺。樂土樂土，爰得我所❻。

碩鼠碩鼠，無食我麥！三歲貫女，莫我肯德❼。逝將去女，適彼樂國。樂國樂國，爰得我直❽。

碩鼠碩鼠，無食我苗！三歲貫女，莫我肯勞❾。逝將去女，適彼樂郊。樂郊樂郊，誰之永號❿？

注釋

❶碩鼠，大老鼠，比喻統治者。齊、魯《詩》以為鼫鼠。郭璞《爾雅注》：「鼫鼠形大如鼠，頭似兔，尾有毛青黃色，好在田中食粟豆。」

❷三歲，虛數，指多年。貫，《魯詩》作宦。貫為宦之借字。故毛《傳》云：「貫，事也。」事奉之意。女，汝之本字。

❸顧，眷顧。莫我肯顧，即莫肯顧我，不肯關心眷顧我。

❹逝，鄭《箋》：「往」。或可釋為發語詞。又《公羊傳》徐彥《疏》引作「誓」有發誓、決心之意，於詩義尤長。

❺適，往。樂土，安樂之處。

❻爰，乃。所，處所。爰得我所，在哪裡獲得我安身之處。

❼德，恩惠。莫我肯德，莫肯施德惠於我。

❽直，馬瑞辰《毛詩傳箋通釋》：「道也。」；鄭《箋》：「正也。」王引之《經傳釋詞》：「當讀為職，職亦所也。」

❾勞，勞來；今語謂之慰勞。

❿之，馬瑞辰《毛詩傳箋通釋》：「猶，其也。誰之永號，猶言誰其永號。」陳奐《詩毛氏傳疏》：「之，猶則也。永，長也。誰則永號，猶言樂郊之地，民無長嘆耳。」

詩旨

1.《詩序》：「〈碩鼠〉，刺重斂也。國人刺其君重斂，蠶食於民，不脩其政，貪而畏人若大鼠也。」《潛夫論・班祿篇》（承《魯詩》說）：「履畝稅而〈碩鼠〉作。」《鹽鐵論・取下篇》（承《齊詩》說）：「周之末涂，德惠塞而嗜欲眾，君奢侈而上求多。民困於下，怠於公事，是以有履畝之稅，〈碩鼠〉之詩是也。」王先謙《詩三家義集疏》：「《毛序》以為刺重斂，不若三家義尤為明確，《韓詩》當同。」可見此詩為刺履畝稅而作，所謂履畝稅，根據《春秋穀梁傳．宣公十五年》：「初稅畝者，非公之去公田，而履畝十取一也。」注：「徐邈以為除去公田之外，又稅私田之十一。」也就是農民除了要出勞役為公田耕種之外，還要繳納私田收成的十分之一為實物稅。

2. 朱熹《詩集傳》：「民困於貪殘之政，故託言大鼠害己而去之也。」

作法

1. 輔廣《詩童子問》：「首章冀得其所，次章冀適其宜，末章則冀其得免於永號而已。讀〈碩鼠〉之詩，固當知民之情不可以久隳，而又當知民之情亦未敢有過求也。」
2. 陳繼揆《讀風臆補》：「呼鼠而女之，實呼女而鼠之也。怨毒之深有如此者。周方人曰：『女即指鼠，與甯戚牛兮努力食細草，吾將舍女適齊國同一調耳。』」
3. 陳子展《詩經直解》：「食麥未足，復食苗。苗者，禾方樹而未秀也，食至於此，其貪殘甚矣！」
4. 撰者按

(1)此詩採AAA曲式，層層深入。將剝削者比作不勞而食、貪得無厭的大老鼠；直呼碩鼠之名，正面予以詰責；詩分兩層，第一層揭露統治者貪婪殘酷本性對比百姓之善良，第二層抒寫百姓對理想社會的嚮往與追求。

(2)本詩首開以老鼠比喻剝削者寫作先例，晚唐曹鄴〈官倉鼠〉：「官倉老鼠大如斗，見人開倉亦不走。健兒無糧百姓饑，誰遣朝朝入君口。」應是受到《詩經》啟發之作。

唐風

〈唐風〉共十二首詩，為成王弟叔虞封國之詩。鄭玄《詩譜》記載其受封於成王時，及其封域：「唐者，帝堯舊都之地。今日太原晉陽是堯始居，此後乃遷河東平陽。成王封母弟叔虞於堯之故墟，曰唐侯。南有晉水，至於子燮改為晉侯。其封域在〈禹貢〉冀州太行、恆山之西，太原、太岳之野。」《左傳》、《史記》亦皆謂成王封弟叔虞於唐，但近人根據晉公盦考定叔虞實封於武王之世。《史記‧晉世家》亦有記載：「唐叔子燮，是為晉侯。」後人據此，遂以唐改稱晉，始於晉侯燮；但馬瑞辰據《國語》及《呂氏春秋》考定自叔虞時即有晉名，舊說並不正確。叔虞後三世至成侯，自晉陽徙都曲沃，即今山西翼城縣東南。昭侯以曲沃封桓叔，至其孫武公併晉，又自曲沃徙還絳，嗣後晉之疆域益大。稱〈唐風〉而不稱〈晉風〉，因其詩產自唐地，其聲亦唐地之聲也。

鄭玄《詩譜》歐陽修補亡云：「僖侯立，當宣王時，唐之變風始作。凡十三君，至於獻公，有詩者四。」自惠公以下無詩。又十九君至於靖公為韓魏趙所滅。因此唐風的時代約上起周宣王時，下迄周惠王時，多數創作於東周和春秋初期。

《漢書‧地理志》：「河東土地平易，有鹽鐵之饒，本唐堯所居，《詩‧風》唐、魏之國也。……其民有先王遺教，君子深思，小人儉陋。」《太平御覽》卷二十六引《詩含神霧》云：「唐地處孟冬之位，得常山太岳之風。音中羽。其地墝确而收，故其民儉而好畜，外急而內仁。」從地理位置、文化、民風等方面揭示唐地的特點，有助於我們〈唐風〉詩篇的閱讀。

蟋蟀

蟋蟀在堂❶，歲聿其莫❷。今我不樂，日月其除❸。無已大康❹，職思其居❺。好樂無荒❻，良士瞿瞿❼。

蟋蟀在堂，歲聿其逝❽。今我不樂，日月其邁❾。無已大康，職思其外❿。好樂無荒，良士蹶蹶⓫。

蟋蟀在堂，役車其休⓬。今我不樂，日月其慆⓭。無已大康，職思其憂⓮。好樂無荒，良士休休⓯。

❶蟋蟀，蟲名，或稱促織。堂，廳堂，在堂，蟋蟀於九、十月即進入屋內以避寒。

❷聿，音ㄩˋ，語助詞。莫，暮。歲聿其莫，孔《疏》：「時當九月，則歲末為暮，而言『歲聿其莫』者，言其過此月後，則歲遂將暮耳。」周代建子，以農曆十一月為一年之始，故以九月為歲暮。

❸日月，光陰。除，消失，及歲終。日月其除，歲月消逝而一年又將結束。

❹無，通毋，希冀之詞。大，太。康，安樂。大康，太過放逸。

❺職，《爾雅．釋詁》：「職，常也。」居，家，家中之事。其居，所居，所居之職分。職思其居，當常思其所居之職務。

❻好樂無荒，雖及時行樂，亦勿荒廢職事。

❼良士，賢士。瞿瞿，音ㄐㄩˋ，驚顧警惕之貌。

❽逝，流逝。

❾邁，往。

❿外，指職事以外之事。蘇轍《詩集傳》：「既思其職，又思其職之外。」

⓫蹶蹶，音ㄍㄨㄟˋ，驚起貌。《禮記》：「子夏蹶然而起。」

⓬役車，行役之車。其休，將要休息。馬瑞辰《毛詩傳箋通釋》：「古者役不逾時。〈月令〉：『孟秋乃命將帥。』則孟冬正當旋役之時。〈采薇〉詩：『曰歸曰歸，歲亦陽止。』〈杕杜〉詩：『日月陽止，女心傷止，征夫遑止。』皆古者歲暮還役之證。」

⓭慆，音ㄊㄠ，毛《傳》：「過也。」

⓮憂，毛《傳》：「可憂也。」指自己肩負重責而深以為憂。

⓯休休，朱熹《詩集傳》：「安閑之貌。」

1.《詩序》：「〈蟋蟀〉，刺晉僖公也。儉不中禮，故作是詩以閔之，欲其及時以禮自虞樂也。此晉也，而謂之唐。本其風俗，憂深思遠，儉而用禮，乃有堯之遺風焉。」

2.朱熹《詩集傳》：「唐俗勤儉，故其民間終歲勞苦，不敢少休，及其歲晚務閒之時，乃敢相與燕飲為樂……然其憂深而思遠也，故方燕樂而又遽相戒。」

3.姚際恆《詩經通論》：「觀詩中『良士』二字，既非君上，亦不必盡是細民，乃士大夫之詩也。」

4.方玉潤《詩經原始》：「今觀詩意，無所謂刺，亦無所謂儉不中禮，安見其必為僖公發哉？序好附會，而又無理，往往如是，斷不可從。」

1.劉瑾《詩傳通釋》：「此詩必曰蟋蟀在堂，而後曰今我不樂，則能不遊於逸矣。既曰今我不樂，又曰無已大康，則能不淫於樂矣。曰職思其外，則儆戒無虞也。曰好樂無荒，則無怠無荒也。以詩人之克勤克儉，所憂所思，雖無唐虞君臣之德業，而其發於詩者，與伯益告戒之辭同條相貫，信乎前聖遺風之遠也。」

2.戴君恩《讀風臆評》：「正意只『好樂無荒』四字耳，卻從『今我不樂』二句倒翻來，而急以『無已大康』一句喝醒，何等抑揚！何等轉折！」

3.牛運震《詩志》：「八句中起承轉合悉具，可悟詩家結構之法。」

4.方玉潤《詩經原始》：「〈蟋蟀〉，唐人歲暮述懷也。此真唐風也。其人素本勤儉，強作曠達而又不敢過放其懷，恐耽逸樂，致荒本業，故方以日月之舍我而逝，不復回者，為樂不可緩；又更以職業之當修，勿忘其本業者，為志不可荒，無已，則必如彼瞿瞿良士，好樂無荒焉可也。」

5.撰者按：本詩採AAA曲式，前四句勉及時行樂，後四句以戒語收轉，勸勿過樂以荒事功，應效法良士思居、思外、思憂，唐地之民可謂操心也危，慮事也深。

山有樞

山有樞❶，隰有榆❷。子有衣裳，弗曳弗婁❸；子有車馬，弗馳弗驅。宛其死矣❹，他人是愉❺。

山有栲❻，隰有杻❼。子有廷內❽，弗洒弗埽❾；子有鐘鼓，弗鼓弗考❿。宛其死矣，他人是保⓫。

山有漆⓬，隰有栗。子有酒食，何不日鼓瑟？且以喜樂，且以永日⓭。宛其死矣，他人入室⓮。

注釋

❶樞，《魯詩》作蓲，今名刺榆。

❷隰，低下潮濕之地。榆，榆樹。

❸婁，曳，皆拖曳之意。此指穿著。

❹宛其，宛然。毛《傳》：「宛，死貌。」又《經詞衍釋》：「宛，猶若也。」龍師宇純〈讀詩管窺〉歸納《詩經》中「△其△矣」三十二句，以宛為苑之假借字，《傳》訓死貌義近。

❺愉，享樂。

❻栲，音ㄎㄠˇ，木名，今稱臭椿，又名山樗。

❼杻，音ㄋㄧㄡˇ，孔穎達《正義》引陸璣《疏》云：「杻，檍也。葉似杏而尖，白色，皮正赤，為木多曲少直，枝葉茂好，二月中葉疏，華如練而細蕊正白。……人或謂之牛筋，或謂之檍，材可為弓弩幹也。」梓樹之一種。

❽廷，同庭，中庭。內，堂與室。王引之《經義述聞》：「廷內，謂庭與堂室，非謂庭之內也。」

❾埽，同掃。此指捨不得居住，因而不用灑掃。

❿鼓、考，敲擊。

⓫保，保有、佔有。

⓬漆，漆樹。

⓭永日，毛《傳》：「永，引也。」陳奐《詩毛氏傳疏》：

「引日猶引年，引亦長也。」引年猶言增壽。朱熹《詩集傳》：「人多憂，則覺日短，飲食作樂，可以永長此日也。」

⓮入室，佔有。

1.《詩序》：「〈山有樞〉，刺晉昭公也。不能脩道以正其國，有財不能用，有鐘鼓不能以自樂，有朝廷不能洒埽。政荒民散，將以危亡。四鄰謀取其國家而不知，國人作詩以刺之也。」王先謙《詩三家義集疏》：「《史記．晉世家》：『當周公召公共和之時，成侯曾孫僖侯甚嗇愛物，儉不中禮，國人閔之，唐之變風始作。』以此推之，三家與毛異義，下引張賦薛注，是魯說明作僖公。」

2.方玉潤《詩經原始》：「破唐人吝嗇不堪之見，則誠對症良藥。」

3.傅斯年《詩經講義》：「言及時行樂，而多含悲痛之意。」

作法

1.謝枋得《詩傳注疏》：「始言他人是愉，中言他人是保，末言他人入室，一節悲一節，此亦憂深思遠也。」

2.鍾惺《評點詩經》：「行樂之詞，乃以澀苦之音出之，開後來許多憂生惜日之感。末語促節，便可當一部輓歌。」

3.撰者按：全詩採AAA曲式，一、二句用興體，王安石《詩義鉤沉》釋為借山隰還能有樞榆等樹自庇飾為美者，而人有衣食車馬鐘鼓等物卻不知享用，曾山隰之不如。應句從衣，行、住、食等方面鋪敘守財奴的吝嗇，前二章用弗——弗的句式，以質問語、責備語做直接的敘述，譴責守財奴的吝嗇。末章改用勸樂的口吻，在「子有酒食」後，以「何不」反問，規勸其天天奏樂以助飲食，從而精神愉快，有益於健康長壽。

揚之水

揚之水❶，白石鑿鑿❷。素衣朱襮❸，從子于沃❹。既見君子❺，云何不樂❻？
揚之水，白石皓皓❼。素衣朱繡❽，從子于鵠❾。既見君子，云何其憂？
揚之水，白石粼粼❿。我聞有命⓫，不敢以告人⓬。

注釋

❶揚，激揚。見〈王風．揚之水〉注。
❷鑿鑿，毛《傳》：「鮮明貌。」
❸襮，音ㄅㄛˊ，毛《傳》：「襮，領也。諸侯繡黼丹朱中衣。」古代諸侯所穿領子有刺繡之衣服。
❹沃，曲沃，在今山西聞喜縣境，為桓叔封地。從子于沃，跟你到曲沃。
❺君子，鄭《箋》：「謂桓叔。」
❻云何，如何。
❼皓皓，毛《傳》：「潔白也。」
❽朱繡，指紅邊領上畫以五彩花紋。陳奐《詩毛氏傳疏》：「諸侯冕服，其中衣之衣領，緣以丹朱，畫以繡黼。」
❾鵠，亦指曲沃。《齊詩》作皋。馬瑞辰《毛詩傳箋通釋》：「鵠，古通作皋。澤也、皋也、沃也，蓋析言則異，散言則通。三家《詩》從本字作皋，《毛詩》假借為鵠，非曲沃之旁別有邑名鵠也。」
❿粼粼，音ㄌㄧㄣˊ，朱熹《詩集傳》：「水清石見之貌。」
⓫有命，命令。蓋指桓叔發動叛亂謀晉之事。
⓬不敢以告人，嚴粲《詩緝》：「言不敢告人者，乃所以告昭公。」吳闓生《詩義會通》：「此巧於告密者，晉昭不悟，奈何！」陳奐《詩毛氏傳疏》：「此章四句，殊太短，恐漢初傳之者有脫誤。」

詩旨

1.《詩序》：「〈揚之水〉，刺晉昭公也。昭公分國以封沃，沃盛彊，昭公微弱，國人將叛而歸沃焉。」據《左傳》記載，晉昭侯元年（西元七四五年），昭侯封叔父成師於曲沃，號為桓叔。昭侯七年，晉大夫潘父與桓叔密謀，作為內應，發動政變。此次陰謀沒有成功，桓叔敗歸曲沃，但昭侯已被殺死。此詩可能作於潘父與桓叔策畫政變之時。《史記．晉世家》亦載有此事。

2.朱熹《詩集傳》：「晉昭侯封其叔父成師於曲沃，是為桓叔。其後沃盛強，而晉微弱，國人將叛而歸之，故作此詩。」「聞其命不敢以告人者，為之隱也。桓叔將欲傾晉，而民為之隱，蓋欲其成矣！」

3.嚴粲《詩緝》：「此詩末章之云，蓋反辭以見意，故泄其謀，欲昭公知之，忠之至也。……自桓叔至武公，屢得志矣，而晉人終不服，相與攻而去之。其後更六世，逾六七十載，迫於王命，而後不敢不聽。在昭公之初，晉人之心豈從沃哉？」故序末「國人將叛而歸沃」之語不實。

4.姚際恆《詩經通論》：「《大序》謂：『昭公分國以封沃，沃盛強，昭公微弱，國人將叛而歸沃。』嚴氏曰：『將叛者潘父之徒而已，國人拳拳于昭公，無叛心也，彼《序》言過矣。異時潘父弒昭公，迎桓叔，晉人發兵攻桓叔，桓叔敗還，歸曲沃，皆可以見國人之心矣！』」

作法

1.李樗《毛詩李黃集解》：「『既見君子，云何不樂』，以見其得眾心也。『我聞有命，不敢以告人』亦是言得眾心也。張橫渠曰：『民愛桓叔，聞有叛逆之命，不敢以告人，以見民心之愛桓叔，其深如此。』」

2.嚴粲《詩緝》：「設言其人，其意謂國中有將與為叛以應曲沃者矣。此微辭以泄其謀，欲昭公聞之而戒懼，早為之備也。……若真欲從沃，則是潘父之黨，必不作此詩以泄漏其事，且自取敗也。」

椒聊

椒聊之實❶，蕃衍盈升❷。彼其之子❸，碩大無朋❹。椒聊且❺，遠條且❻。

椒聊之實，蕃衍盈匊❼。彼其之子，碩大且篤❽。椒聊且，遠條且。

注釋

❶毛《傳》：「椒聊，椒也。」陸璣《疏》：「聊，語助也。椒樹似茱萸，有針刺，葉尖而華澤，蜀人作菜，吳人作茗，皆合其葉以為香。……東海諸島亦有椒樹，枝葉皆相似，子長而不圓，甚香，其味似桔皮。」段玉裁《定本小箋》：「傳不以聊為語詞，椒聊疊字疊韻，單呼曰椒，絫呼曰椒聊。」阮元、胡承珙、陳奐諸家並論聊非語詞，陸《疏》非也。

❷蕃衍，繁多。盈，滿。

❸其，姬。彼其之子，那個姬姓貴族。詳參龍師宇純《絲竹軒詩說·彼其之子於焉嘉客釋義》。

❹碩，大。朋，比。

❺且，語助詞。

❻遠條，朱熹《詩集傳》：「長枝也。」又足利古本作「遠脩且」，「脩」同「修」，與第二章末句「遠條且」的「條」意義不盡相同。阮元校本引段玉裁之言，以為「修」者，指枝條之長；「條」者，芬芳條暢之謂。

❼匊，音ㄐㄩˊ，掬之古字，兩手合捧。

❽篤，毛《傳》：「厚也。」指性情敦厚。吳宏一《白話詩經》以為「篤」多用於能承天命的子孫而言。

詩旨

1.《詩序》：「〈椒聊〉，刺晉昭公也。君子見沃之盛彊，能脩其政，知其蕃衍盛大，子孫將有晉國焉。」三家《詩》無異義。

2.朱熹《詩集傳》：「不知其所指。」《詩序辨說》：「此詩未見其必為沃而作也。」

3. 聞一多《風詩類鈔》：「椒聊喻多子，欣婦人之宜子也。」

4. 傅斯年《詩經講義稿》：「疑是稱美人之子孫繁衍，猶〈南〉之〈螽斯〉。」

作法

1. 吳闓生《詩義會通》：「末二句詠歎淫溢，含意無窮。憂深遠慮之旨，一於弦外寄之。三代之高文大率如此。」

2. 撰者按：全詩二章，採AA複沓曲式，每章二、四句一韻，五、六句一韻，聲音諧美。首二句以椒聊結實纍纍起興，以下四句為賦，聯想到人也像椒聊子孫繁衍眾多，末二句頗類演唱時的和聲，頌揚椒聊枝條遠揚，實則頌揚人家族興旺，反覆致意。

綢繆

綢繆束薪❶，三星在天❷。今夕何夕？見此良人❸。子兮子兮❹！如此良人何❺！

綢繆束芻❻，三星在隅❼。今夕何夕？見此邂逅❽。子兮子兮！如此邂逅何！

綢繆束楚，三星在戶❾。今夕何夕？見此粲者❿。子兮子兮！如此粲者何！

注釋

❶ 綢繆，毛《傳》：「猶纏綿也。」束薪，一束柴薪。束薪與束芻、束楚皆與婚姻有關，見〈周南·漢廣〉注。

❷ 三星，指二十八宿中之參宿，又稱心星，三星連成一線，屬西方天文學中獵戶座，冬、春之時高懸天空。在天，毛《傳》：「謂始見東方也。男女待禮而成，若薪芻待人事而後束也。三星在天，可以嫁取矣。」

❸ 良人，新郎，古時婦女稱丈夫為良人。

❹ 子，通咨，感嘆詞。子兮，王引之《經義述聞》卷五引

《說文》等書，以為即「嗟茲」之嘆詞。

❺ 如此良人何，屈萬里《詩經詮釋》：「意謂世亂恐難常聚也。」楊合鳴《詩經新選》：「此二句為鬧房者戲謔之語。你啊！你啊！把這漂亮的新娘怎麼辦？」

❻ 芻，乾草。此指結婚時用來餵親迎馬匹的草料。

❼ 隅，毛《傳》：「東南隅也。」朱熹《詩集傳》：「昏現之星至此，則夜久矣。」

❽ 邂逅，本指相遇、會合。此作名詞，指可愛之人。

❾ 在戶，當戶。朱熹《詩集傳》：「戶必南出，昏現之星至此，則夜分矣。」

❿ 粲，美。粲者，美人，指新婦。

詩旨

1. 《詩序》：「〈綢繆〉，刺晉亂也。國亂則婚姻不得其時焉。」三家《詩》無異義。
2. 朱熹《詩序辨說》：「此但為昏姻者相得而喜之詞，未必為刺晉國之亂也。」《詩集傳》：「國亂民貧，男女有失其時而後得遂其婚姻之禮者。」
3. 姚際恆《詩經通論》：「是詩人見人成昏而作，《序》謂：『國亂，昏姻不得其時』恐亦臆測。如今人賀人作花燭詩，亦無不可也。」
4. 魏源《詩古微》：「此蓋亂世憂昏姻之難常聚，而非刺昏姻之不得時。」

作法

1. 錢鍾書《管錐篇．毛詩正義》：「譬之歌曲之『三章法』，女先獨唱，繼之以男女合唱，終以男獨唱，似不必認定全詩出一人之口，而斡旋『良人』之稱也。」
2. 撰者按：若將此詩視為花燭詩，首二句興，既標示束薪為炬、束芻餵馬婚俗，又點出時間、空間的變化，參星在天、在隅、在戶，夜愈來愈深，空間由室外而室內。應句透過三章複沓，新人相得口吻，加深詠嘆配偶天成。

杕杜

有杕之杜❶，其葉湑湑❷。獨行踽踽❸。豈無他人❹？不如我同父❺。嗟行之人❻，胡不比焉❼？人無兄弟，胡不佽焉❽？

有杕之杜，其葉菁菁❾。獨行睘睘❿。豈無他人？不如我同姓⓫。嗟行之人，胡不比焉？人無兄弟，胡不佽焉？

注釋

❶杕，音ㄉㄧˋ，孤特貌，有杕，杕然。杜，赤棠樹。

❷湑湑，樹葉茂盛貌。馬瑞辰《毛詩傳箋通釋》：「杜雖孤特，猶有葉以為蔭芘。以杜之特喻君，以其葉之茂喻宗族，興今之獨行無親，為杕杜不若也。」

❸踽踽，音ㄐㄩˇ，毛《傳》：「無所親也。」

❹豈，難道，表示反詰、疑問。。

❺同父，指兄弟。

❻嗟，感嘆詞。行，道路。行之人，道路上之行人，意即他人。

❼胡，何。比，親。

❽佽，音ㄘˋ，助。

❾菁菁，毛《傳》：「葉盛貌。」

❿睘睘，音ㄑㄩㄥˊ，毛《傳》：「無所依也。」

⓫同姓，毛《傳》：「同祖也。」此指同胞兄弟。

詩旨

1.《詩序》：「〈杕杜〉，刺時也。君不能親其宗族，骨肉離散，獨居而無兄弟，將為沃所併爾。」三家《詩》無異義。

2.朱熹《詩序辨說》：「此乃人無兄弟而自嘆之詞，未必如序之說也。況曲沃實晉之同姓，其服屬又未遠乎！」

《詩集傳》：「此無兄弟者，自傷其孤特而求助於人之詞。」

3. 姚際恆《詩經通論》：「此詩之意，似不得于兄弟而終望兄弟比助之辭。」據詩中「豈無他人，不如我同父」，此人應有兄弟，但因故不得於兄弟，姚說較朱說切合。

作法

撰者按：全詩二章章六句，採AA複沓曲式，二章換四韻，時而句句用韻，時而偶句用韻。用字樸實無華，首二句以孤特之赤棠樹枝葉不相比，興不得兄弟相助之孤獨，而且多用反問句，嘆獨行之人、無兄弟之人，無人輔助。

羔裘

羔裘豹袪❶，自我人居居❷。豈無他人？維子之故❸。

羔裘豹褎❹，自我人究究❺。豈無他人？維子之好❻。

注釋

❶袪，音ㄑㄩ，袖口。鄭《箋》：「羔裘豹袪，在位卿大夫之服也。」

❷自我人，對待我人，又出自我人。居居，毛《傳》：「居居，懷惡不相親比之貌。」在位者對待我人懷惡不相親比貌。又馬瑞辰《毛詩傳箋通釋》：「讀為裾裾，衣服盛貌。」在位者出自我人而得以衣服鮮盛。

❸之，是。故，故舊。鄭《箋》：「此民，卿大夫采邑之民也，故云豈無他人可歸往者乎？我不去者，乃念子故舊之人。」

❹褎，音ㄒㄧㄡˋ，同袖。

❺究究，毛《傳》：「究究猶居居也。」屈萬里《詩經詮釋》：「究、糾音近。魏風葛屨毛傳：『糾糾，猶繚繚

也。』繚繚即繚繞，張衡南都賦：『修秀繚繞而滿庭』；李善注云：『繚繞，袖長貌。』蓋袖長乃能繚繞也。此究

究當亦長袖繚繞之貌。」

❻好，情好，愛好。

詩旨

1. 《詩序》：「〈羔裘〉，刺時也。晉人刺其在位，不恤其民也。」孔穎達《正義》：「〈北風〉刺虐，則云『攜手同行』，〈碩鼠〉刺貪，則云『適彼樂國』，皆欲奮飛而去，無顧戀之心。此則念其恩好，不忍歸他人之國，其情篤厚如此，亦是唐之遺風，言猶有帝堯遺化，故風俗淳也。」
2. 朱熹《詩集傳》：「此詩不知所謂，不敢強解。」
3. 王質《詩總聞》：「此朋友切責之辭。切責之中，忠厚所寓，此風可嘉也。」
4. 屈萬里《詩經詮釋》：「此蓋愛美其在位者之詩。」

作法

撰者按：全詩二章採AA複沓曲式，短章含意隱晦，易生歧解，加之各家對「自我人居居」釋義不同，因而說解紛紜。「維子之故」句寫出詩人與對方原有深厚情意，因而心情複雜，不忍離他而去。苦心厚道，頗為深婉。

鴇羽

肅肅鴇羽❶，集于苞栩❷。王事靡盬❸，不能蓺稷黍❹。父母何怙❺？悠悠蒼天❻，曷其有所❼？

肅肅鴇翼，集于苞棘❽。王事靡盬，不能蓺黍稷。父母何食？悠悠蒼天，曷其有極❾？

肅肅鴇行❿，集于苞桑。王事靡盬，不能蓺稻粱。父母何嘗⓫？悠悠蒼天，曷其有常⓬？

注釋

❶ 肅肅，羽聲。鴇，音ㄅㄠˇ，野雁。毛《傳》：「鴇之性不樹止。」陸德明《經典釋文》：「鴇似雁而大，無後趾。」

❷ 集，棲息。苞，茂盛。栩，柞櫟樹。鄭《箋》：「興者，喻君子當居安平之處，今下從征役，其為危苦，如鴇之樹止然。」

❸ 王事，王室之事，或指當時曲沃莊伯與晉侯間之衝突，而周天子參與其中。《左傳．隱公五年》：「王命虢公伐曲沃。」桓公八年：「王命虢仲立晉侯。」九年：「虢仲、芮伯、荀侯、賈伯伐曲沃。」皆所謂王事。靡，無。盬，音ㄍㄨˇ，《經義述聞》：「盬者，息也：王事靡盬者，王事靡有止息也。……《爾雅》曰：『棲遲、憩、休、苦，息也。』『苦』讀與『靡盬』之『盬』同。」

❹ 蓺，藝，種植。

❺ 怙，音ㄏㄨˋ，恃，依靠也。

❻ 悠悠，高遠貌。蒼天，青天，即今所謂老天。

❼ 曷，何時。所，處所。曷其有所，何時始有安身之所。

❽ 棘，酸棗樹。苞棘，陳奐《詩毛氏傳疏》：「猶叢棘。」

❾ 極，鄭《箋》：「已也。」曷其有極，指此次行役何時終了。

❿ 行，毛《傳》：「行，翮也。」《說文》：「翮，羽莖也。」段注：「莖翮雙聲，〈唐風〉肅肅鴇行，毛曰行，翮也，亦於雙聲求之。上文云鴇羽鴇翼，故不得以行列釋之也。」

⓫ 嘗，同嚐，朱熹《詩集傳》：「食也。」

⓬ 常，朱熹《詩集傳》：「復其常也。」曷其有常，何時才能恢復平常無事之時？

詩旨

1. 《詩序》：「〈鴇羽〉，刺時也。昭公之後，大亂五世。君子下從征役，不得養其父母，而作是詩也。」（按《序》說此詩當作於春秋初期晉昭公、孝侯、鄂侯、哀侯、小子侯晉國內亂之爭。）
2. 朱熹《詩集傳》：「民從征役而不得養其父母，故作此詩。」
3. 李樗、黃櫄《毛詩李黃集解》引王安石《詩經新義》：「此詩如〈北山〉、〈蓼莪〉、〈陟岵〉皆孝子不得奉養父母，故其詩哀以思也。」

作法

1. 方玉潤《詩經原始》：「始則痛居處之無定，繼則念征役之何極，終則恨舊樂之難復，民情至此，咨怨極矣！」
2. 撰者按：全詩採AAA曲式，一、二句用興體，毛《傳》：「鴇性不樹止。」鄭《箋》：「今下從征役，其為危苦，如鴇之樹止然。」「父母何怙」為反詰語，「悠悠蒼天」則為哀苦之呼告，「曷其有所」深期能安居在家不再征戍。

無衣

豈曰無衣七兮❶？不如子之衣❷，安且吉兮❸。

豈曰無衣六兮❹？不如子之衣，安且燠兮❺。

注釋

❶七，毛《傳》：「侯伯之禮七命，冕服七章。」古代侯伯之冕服有七種花紋，畫在上衣有雉、火、宗彝三章，繡在下裳有藻、粉米、黼、黻四章。

❷子，你，指天子之使者。

❸安，安適。吉，美善。

❹六，毛《傳》：「天子之卿六命，車旗衣服，以六為節。」古代天子之卿冠服以六為節度。

❺燠，音ㄩˋ，毛《傳》：「暖也。」

詩旨

1.《詩序》：「〈無衣〉，美晉武公也。武公始并晉國，其大夫為之請命乎天子之使，而作是詩也。」《左傳·莊公十六年》、《史記．晉世家》皆記武公（曲沃桓叔之孫）并晉，以寶器賂周釐王，王以為晉侯。三家《詩》無異義。

2.方玉潤《詩經原始》：「此蓋詩人窺見武公隱微，自恃強盛，不惟力能破晉，而且目無天王，特以晉人屢征不服，不能不藉王命以懾服眾心，故體其意而為是詩。」

3.聞一多《風詩類鈔乙》：「此感舊或傷逝之作。」

4.傅斯年《詩經講義稿》：「言我固有衣，然不如服子之衣，更為安吉。《毛詩》以為是曲沃武公并晉始受王七命事，恐是附會。」

作法

1.徐退山批注《詩經》：「豈曰不如四字，描繪跋扈驕蹇口角如生，蓋亂世天子乃奸雄之所借資，曹操所以終身不廢漢獻歟？魏晉之後無王之心，而有簒弒之念之請賜名器服章，直如兒戲，甚而無所不用其極者，未嘗非晉武公之始作俑也。」

2.牛運震《詩志》：「此刺武公也，蓋設為請命之詞以醜之。《序》以為美之矣！後世簒竊之徒，紛紛賜劍履，加九錫，皆自為之，而要天子之命以為重，唐劉仁恭曰：『旌節吾自有，但要長安本色爾。』此所謂『不如子之衣安且吉』也。」

3.姚際恆《詩經通論》：「起得兀突飄忽。二句只一意，無他襯句，章法亦奇。」

4.方玉潤《詩經原始》：「起勢飄忽。」

有杕之杜

有杕之杜❶，生于道左。彼君子兮，噬肯適我❷。中心好之❸，曷飲食之❹？

有杕之杜，生于道周❺。彼君子兮，噬肯來遊❻。中心好之，曷飲食之？

注釋

❶杕，音ㄉㄧˋ，孤特貌。有杕，杕然。杜，赤棠樹。見〈杕杜〉注。

❷噬，發語詞，《魯詩》作遾，《韓詩》作逝。適，往。噬肯適我，意謂庶幾肯來我家。

❸中心，心中。好，喜愛。

❹曷，何時。又馬瑞辰《毛詩傳箋通釋》：「曷訓何，亦為何不。《爾雅》：『曷，盍也。』郭注：『盍，何不也。』曷飲食之，謂何不飲食之也。」

❺毛《傳》：「周，曲也。」道周，道路彎曲處。屈萬里《詩經詮釋》：「道周，道右也。」

❻逝，或作噬，發語詞。

詩旨

1.《詩序》：「〈有杕之杜〉，刺晉武公也。武公寡特，兼其宗族，而不求賢以自輔焉。」

2.朱熹《詩集傳》：「此人好賢而恐不足以致之。」

3.聞一多《風詩類鈔乙》以為女詞，《風詩類鈔甲》：「飲食是性交的象徵廋語。首二句是唱歌人給對方聽的一個暗號，報導自己在什麼地方，以下便說出正意思來。古人說牡曰棠，牝曰杜，果然如是，杜又是象徵女子的暗話。」

4.傅斯年《詩經講義》：「思君子，欲其來。」

作法

1.朱公遷《詩經疏義會通》：「道左則僻，道周則迂，杕杜生于僻左迂迴之地，力薄位卑，有若此矣！故兩章皆合兩句為比。……適我且不肯，況肯來以遨遊乎？以意之淺深為次序。」

2.姚際恆《詩經通論》：「《集傳》謂：『此人好賢而不足以致之。』是。首二句是興，不必作比解。賢者初不望人飲食，而好賢之人則惟思以飲食申其殷勤之意。〈緇衣〉『改衣、授餐』亦然。此真善體人情以為言也。」

葛生

葛生蒙楚❶，蘞蔓于野❷。予美亡此，誰與？獨處❸！
葛生蒙棘❹，蘞蔓于域❺。予美亡此，誰與？獨息❻！
角枕粲兮❼，錦衾爛兮❽。予美亡此，誰與？獨旦❾！
夏之日，冬之夜❿。百歲之後⓫，歸于其居⓬。
冬之夜，夏之日，百歲之後，歸于其室⓭。

❶葛，藤本植物，多年生蔓草。莖細長，複葉闊大，花紫赤色，結實成莢。根可入藥，亦可取出澱粉，供食用及製糊用。纖維可織布及做造紙原料。蒙，掩蓋。楚，木名。

❷蘞，音ㄌㄧㄢˋ，亦蔓生草。蔓，蔓延。

❸與，共。誰與獨處，誰與相共，唯有獨處。

❹棘，酸棗樹。

❺域，毛《傳》：「域，塋域也。」《說文》：「塋，墓地也。」

❻息，寢息、止息。

❼角枕，以獸角裝飾之枕頭；《周禮．天官玉府》：「大喪，共含玉，復衣裳，角枕角柶。」粲，同燦，鮮麗華美貌。

❽衾，音ㄑㄧㄣ，被子。爛，燦爛，鮮明貌。

❾旦，天明。獨旦，獨處直至天明。

❿夏之日，冬之夜，夏季之白晝比夜晚長，冬天之夜晚較白天為長，此處指日日似夏日之漫長難度，夜夜似冬夜之漫長難度。形容哀思無已，度日如年。

⓫百歲之後，指死後。極言其思念之長。

⓬居，指墳墓。

⓭室，毛《傳》：「猶居也。」鄭《箋》：「猶塚壙。」

詩旨

1.《詩序》：「〈葛生〉，刺晉獻公也。好攻戰，則國人多喪矣。」鄭《箋》：「夫從征役，棄亡不反，則其妻居家而怨思。」孔《疏》：「其妻獨處於室，故陳妻怨之詞以刺君也。」三家《詩》無異義。

2.朱熹《詩集傳》：「婦人以其夫久從征役而不歸，故言葛生而蒙於楚，蘞生而蔓於野，各有所依託，而予之所美者，獨不在是，則誰與而獨處於此乎？」

3.劉大白《白屋說詩》：「悼亡詩。」

撰者按：一、二章開頭用興體，借眼前墓地上蘞、蔓兩種植物尚有依附，反襯自己夫死無依。三章轉換場景，由野外而墓內，死者裝殮之物富麗光豔，和墳地荒寂形成反差，尤顯寡婦對亡夫深刻之思。四、五章為一、二章「誰與獨處」、「誰與獨息」、「誰與獨旦」之延伸和拓展，「冬之夜，夏之日」六字，舉日與夜，表晝夜流轉，長日哀思，舉夏與冬，表寒暑更迭，長年哀思。將生之怨恨，化為對死之嚮往，以同墓中人相聚，作為自己唯一之願望。本詩為悼亡詩之祖。梅堯臣〈悼亡詩〉第一首「終當與同穴，未死淚漣漣」、〈悲懷〉「此身今尚在，竟當共為土」、〈悲書〉「吾身行將衰，同穴詩可誦」，脫胎於本詩。

采苓

采苓采苓❶，首陽之巔❷。人之爲言❸，苟亦無信❹。舍旃舍旃❺，苟亦無然❻。人之爲言，胡得焉❼！

采苦采苦❽，首陽之下。人之爲言，苟亦無與❾。舍旃舍旃，苟亦無然。人之爲言，胡得焉！

采葑采葑⑩，首陽之東。人之爲言，苟亦無從。舍旃舍旃，苟亦無然。人之爲言，胡得焉！

❶苓，藥草名，甘草也，又名大苦，生長於低地而不生山上。
❷首陽，山名，約在今山西永濟縣南，亦名雷首山，而非伯夷、叔齊餓死之首陽山。巔，山頂。馬瑞辰《毛詩傳箋通釋》：「詩言采於首陽者，蓋設為不可信之言，以證讒言之不可聽，即下所謂『人之偽言』也。」
❸為，通偽。為言，陳奐《詩毛氏傳疏》：「為言，即讒言，所謂小行無徵之言也。」
❹苟，且。亦，語助詞。無信，勿信。
❺舍，捨。旃，音ㄓㄢ，之，之焉合聲。舍旃，捨之焉。
❻無然，勿以為然，即不要信以為真。
❼得，中，合理之意。胡得焉，怎能達其目的，發生作用呢？
❽苦，苦菜。
❾與，許，承諾。
❿葑，音ㄈㄥ，蕪青。

詩旨

1.《詩序》：「〈采苓〉，刺晉獻公也。獻公好聽讒焉。」孔《疏》：「以獻公好聽用讒之言，或見貶退賢者，或進用惡人，故刺之。經三章皆上二句刺君用讒。下六句教君止讒，皆是好聽讒之事。」三家《詩》無異義。
2.朱熹《詩集傳》：「此刺聽讒之詩。言子欲采苓於首陽之巔乎？然人之為是言以告子者，未可遽以為信也。姑舍置之而無遽以為然，徐察而審聽之，則造言者無所得而讒止矣！」
3.方玉潤《詩經原始》：「〈采苓〉，刺聽讒也。詩意若此，所包甚廣，所指亦非一端，安見其必為驪姬發哉？但驪姬則讒之尤者，晉獻公則尤聽讒之甚者，故足以為戒也。朱子不以《序》言為然，置焉可也，而必排而斥之，過矣！」

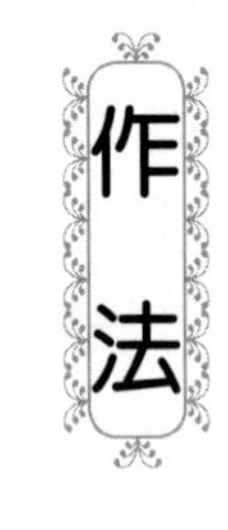

撰者按：

1. 本詩採AAA曲式，開頭藉物起興，苓生隰、苦生野、葑生圃，皆非首陽山所宜有，以興讒言之不可相信。又馬瑞辰《毛詩傳箋通釋》說：「苓為甘草，而《爾雅》名為大苦，則甘者名苦矣。苦為苦菜，而《詩》言『堇荼如飴』，則苦者實甘矣。〈谷風〉詩『采葑采菲，無以下體』，《箋》云：『其根有美時，有惡時』是葑又美惡無定者。詩以三者取興，正以見讒言似是而實非也。」
2. 詩人不從說「為言」之人一面說，而從「聽讒」之人一面說，相當有見地。無信、捨之、無然可謂面對讒言之三部曲，《詩經》時代有如此富智慧之哲理詩，十分難得。

秦風

秦風共十首詩。秦國原為周王室之附庸，先祖伯益佐禹治水有功，賜姓為嬴氏。其後代中潏（中潏當殷之末葉）居西戎以保西垂。其六世孫大駱生成及非子。非子事周孝王，養馬於汧渭之間，馬大繁息，故孝王封其為附庸而邑之於秦。至宣王時，犬戎滅成之族，宣王遂命非子曾孫秦仲為大夫，率軍征討西戎，秦仲兵敗被殺。及周幽王為犬戎所殺，平王東遷，秦仲孫襄公以兵送之，平王遂封襄公為諸侯，封以岐西之地。秦襄公及其後代與西戎爭戰近百年，到春秋前期，才盡有關中周人舊地，遂雄據西方。至秦穆公時，任用由余、百里奚之策，滅國十二，開地千里，遂霸西戎，為以後秦國之強大奠定了基礎。

秦始封領域在甘肅天水一帶，以後向東征戰，盡逐西戎，始有關中之地。處於戎狄包圍之中，不得不力戰以求生存發展，故秦人尚武，《漢書．地理志》說秦地風俗：「天水、隴西，山多林木，民以板為室屋。及安定、北地、上郡、西河，皆迫近戎狄，修習戰備，高上氣力，以射獵為先。故秦詩曰『在其板屋』，又曰『王于興師，修我甲兵，與子偕行』。及〈車轔〉、〈四驖〉、〈小戎〉之篇，皆言車馬田狩之事。」因此〈秦風〉充滿尚武之豪情。

〈秦風〉中〈小戎〉之時間創作較早，約在西元前八世紀；而〈黃鳥〉則在西元前七世紀末期。因此秦風大都是西周末至春秋中期以前之作品。

車鄰

有車鄰鄰❶，有馬白顛❷。未見君子❸，寺人之令❹。

阪有漆❺，隰有栗❻。既見君子，竝坐鼓瑟❼。今者不樂，逝者其耋❽。

阪有桑，隰有楊。既見君子，竝坐鼓簧❾。今者不樂，逝者其亡❿。

注釋

❶鄰鄰，魯、齊《詩》作轔轔，毛《傳》：「眾車聲也。」

❷顛，首，額頭。白顛，指馬之額頭上有白毛。孔《疏》引舍人曰：「額有白毛，今之戴星馬也。」

❸君子，指秦君。

❹寺人，宮內小臣。王先謙《詩三家義集疏》：「寺人即侍臣，蓋近侍之通稱，不必泥歷代寺人為說。」之，是。令，使。寺人之令，使寺人前去通報。

❺阪，陂陀不平之地，即斜坡或山坡。

❻隰，低窪潮濕之地。

❼竝，同並。

❽逝，指時光飛逝。又俞樾《毛詩平議》：「逝者對今者言，今者謂此日；逝者謂他日也。逝，往也，謂過此以往也。」耋，音ㄉㄧㄝˊ，八十歲，泛指年老。

❾簧，笙竽中之銅片，吹時可鼓動發聲，此指笙。

❿亡，死亡。

詩旨

1.《詩序》：「〈車鄰〉，美秦仲也。秦仲始大，有車馬禮樂侍御之好焉。」鄭《箋》：「君臣以閒暇燕飲相安樂也。」

2.朱熹《詩集傳》：「是時秦君始有車馬及此寺人之官，將見者，必先使寺人通之，故國人創見而誇美之。」

3.王禮卿《四家詩指會歸》：「此蓋詩人見秦仲以僻遠附庸之君，膺王朝大夫之命，聲文制度新備，與上國同風。喜其為國之創見，故詠而頌之，此作詩者之美也。」

作法

1.徐退山批注《詩經》：「《書》以〈秦誓〉終，見代周者秦也；〈風〉以寺人始，見立秦者寺人也。末二句悲壯中帶有哀歎，故嚴粲曰：『言貴生前得意，否則虛老歲月耳。』」

2.牛運震《詩志》：「莽莽草草，寫出古風霸氣。讀其詩，可以知其俗。讀此篇，簡易之風，悲壯之氣俱見。」

3.雒三桂、李山《詩經新注》：「詩三章，首章全用賦體，寫出車盛馬壯，侍御傳令，一派莊嚴氣象。二、三章改為興體，阪桑隰楊之好，鼓瑟鼓簧之樂，逝者其亡之嘆，寫出一種及時行樂的歡愉氣氛。」

駟驖

駟驖孔阜❶，六轡在手❷。公之媚子❸，從公于狩❹。

奉時辰牡❺，辰牡孔碩❻。公曰「左之」❼！舍拔則獲❽。

遊于北園❾，四馬既閑❿。輶車鸞鑣⓫，載獫歇驕⓬。

注釋

❶駟，四馬。驖，一作鐵，毛《傳》：「驖，驪。」《正義》：「驖者，言其色黑如驖，故為驪也。」駟驖，四馬皆為鐵色。孔阜，甚大。

❷轡，韁繩。孔《疏》：「每馬有二轡，四馬當八轡矣。言六轡者，以驂馬內轡納之於軜，故在手者惟六轡耳。」

❸公，指秦君，即秦襄公。媚，愛。媚子，親信，寵臣。

❹于狩，于，往。狩，毛《傳》：「冬獵曰狩。」

❺奉時辰牡，毛《傳》：「時，是；辰，時也。冬獻狼，夏獻麋，春秋獻鹿豕群獸。」鄭《箋》：「時牡，甚肥大，言禽獸得其所。」馬瑞辰《毛詩傳箋通釋》：「辰當獨為麎。《爾雅》：麎，牡麌牝麎。《說文》：麎，牝麋也。辰牡猶言麎牝，彼以麎為牡，與牝對言；此以麎為牝，與牡對言，其句法正相類，辰即麎之渻借耳。」龍師宇純〈讀詩雜記〉說：〈定之方中〉「騋牝三千」，毛《傳》云：「馬七尺以上為騋，騋馬與牝馬也。」騋牝謂騋馬及其牝者，下特言牝，則騋謂騋馬之牡者可知。依此例，詩當云麎牡，方合馬氏之意，無以類推辰為麎字之假借。詩云辰牡者，以理度之：虞人驅獸以供公射，當奉其時之壯碩肥大者，不限於鹿，而必為其牡類可知。然則毛氏訓辰為時，辰牡謂時令之壯大者，此意宜不可易。

❻孔碩，大。

❼左之，命令駕車者往左，以射獸之左。或謂驅獸使射者當

其左。古射獸者，以中其左為善，因祭祀用右半體，心臟近左，射左則動物速死肉鮮，且保持右半體之完整。

❽舍，捨、放，放箭。拔，箭末。舍拔則獲，箭射出即有所獲，形容射獵技術精良。

❾北園，所射獵之地。

❿閑，閒暇，悠閒。一說為熟習。

⓫輶，音ㄧㄡˊ，輕。輶車，輕便之車。鸞，作鑾，鑾鈴。鑣，馬銜外鐵，置鑾鈴於馬銜之兩旁者稱鑾鑣。

⓬獫，音ㄒㄧㄢˇ，毛《傳》：「獫、歇驕，田犬也，長喙曰獫，短喙曰歇驕。」載，載之於車也。

詩旨

1.《詩序》：「〈駟驖〉，美襄公也。始命，有田狩之事、園囿之樂焉。」鄭《箋》：「始命，始命為諸侯也。秦始附庸也。」三家《詩》無異義。
2.王質《詩總聞》：「西人田狩之事，園囿之樂，蓋其常俗，不必始命方有。」
3.方玉潤《詩經原始》：「美田獵之盛也。」
4.傅斯年《詩經講義》：「此獵歌。其用於公室者，如石鼓文；其流行在民間者，如此類。」

作法

撰者按：本詩採ABC曲式，全用賦體。首章寫初獵，次章寫射獵，末章寫獵後。生動而簡潔描述秦公遊獵的整個過程。剪取遊獵中三個精采場景，典型情節。首章寫公有心腹隨行，次章透過緊張之射獵場面，來呈現秦君之英武善射。三章以射獵後之游憩，點染秦君舉止舒閑，氣度雍容。一急一緩，波瀾起伏，結尾留有餘味。

小戎

小戎俴收❶，五楘梁輈❷，游環脅驅❸，陰靷鋈續❹，文茵暢轂❺，駕我騏馵❻。言念君子❼，溫其如玉❽；在其板屋❾，亂我心曲❿。

四牡孔阜⓫，六轡在手⓬。騏騮是中⓭，騧驪是驂⓮。龍盾之合⓯，鋈以觼軜⓰。言念君子，溫其在邑。方何爲期⓱？胡然我念之⓲？

俴駟孔群⓳，厹矛鋈錞⓴，蒙伐有苑㉑。虎韔鏤膺㉒，交韔二弓㉓，竹閉緄縢㉔。言念君子，載寢載興㉕。厭厭良人㉖，秩秩德音㉗。

注釋

❶小戎，兵車，一般隨行官員所乘之兵車。屈萬里《詩經詮釋》：「先啟行之車，謂之元戎（即大戎），射師所乘也；從後行者，謂之小戎，群臣所乘也。」俴，音ㄐㄧㄢˋ，淺。收，車後之橫木，即車軫，古人登車必自車後，車後橫木較其他三面橫木為低，故稱淺收。

❷楘，音ㄇㄨˋ，圍繞纏束之意，毛《傳》：「楘，歷錄也。」輈，音ㄓㄡ，車轅，屈萬里《詩經詮釋》：「大車謂之轅，兵車、田車、乘車謂之輈。」梁輈，輈前端上曲如橋樑，故曰梁輈。毛《傳》：「梁輈，輈上句衡也。一輈五束，束有歷錄。」

❸游環，以皮或銅製成，在服馬背上，用以穿驂馬外轡之環，因為它游移不定，所以稱為游環。脅驅，一種以皮製成的繩，前繫於衡之兩端，後繫於軫之兩端，在服馬脅之外，用以區隔驂馬使之不得內入影響服馬。

❹陰，車廂前端軾下之木板，成半圓形，用來圍護輈身。毛《傳》：「陰，揜軌也。」靷，音ㄧㄣˇ，驂馬用來拉車之皮繩，前端繫在驂馬背上，後端繫在軸上。陰靷，陰下之靷。鋈，音ㄨㄛˋ，白金，古代金、銀、銅、鐵總稱之為金。鋈續，毛《傳》：「鋈，白金也；續，續靷也。」靷很長，必須用數條皮帶相接續而成，連接處用白金之環扣緊，故稱為鋈續。

❺茵，車席。文茵，虎皮車席。暢，長。轂，車輪中心包著

車軸之圓木。

❻騏，青黑色有如棋盤格紋之馬。馵，音ㄓㄨˋ，後左腳為白色之馬。

❼言，我也。念，思念。君子，指婦人之夫。

❽溫其，溫然，溫順之意。

❾板屋，以木板搭建之屋。毛《傳》：「西戎板屋。」《漢書．地理志》：「天水、隴西，山多林木，民以板為室屋。故秦詩曰：『在其板屋』。」

❿心曲，心窩。馬瑞辰《毛詩傳箋通釋》：「《說文》：『曲，像器受物之形。』」心之受事，有如曲之受物，故稱心曲。猶水涯之受水處，亦曰水曲也。

⓫牡，雄馬。孔，甚，非常。阜，大。

⓬轡，韁繩。每匹馬有二轡，四馬應有八轡，但是驂馬內轡繫於觖，因此手中只有六轡。參〈駟鐵〉孔穎達《正義》。

⓭駵，音ㄌㄧㄡˊ，赤身黑鬣之馬。中，即居中間之兩匹服馬。

⓮騧，音ㄍㄨㄚ，黑嘴之黃色馬。驪，黑馬。驂，古時四馬之車，中間夾轅之兩匹馬稱之為服，外邊之兩匹馬稱之為驂。

⓯龍盾，畫有龍紋之盾。之，是。合，一車合載兩盾。

⓰觼，音ㄐㄩㄝˊ，有舌之環。軜，音ㄋㄚˋ，驂馬之內轡。朱熹《詩集傳》：「置觼於軾前以係軜，故謂之觼軜。」

⓱方，將。期，歸期。

⓲胡然，何以如此。

⓳俴駟，駟馬都不披鎧甲。孔群，甚為合群。

⓴厹，音ㄑㄧㄡˊ，厹矛，亦作仇矛或酋矛，長一丈八尺，上有三稜鋒刃。錞，音ㄉㄨㄣˋ，又作鐏，矛柄之下端。鋈錞，指用白銅裝飾之矛端。

㉑蒙，在盾上刻畫雜羽花紋。伐，中干，盾之別名。蒙伐，畫有雜羽花紋之盾。苑，文采貌。有苑，苑然，花紋美麗貌。

㉒韔，音ㄔㄤˋ，弓囊。虎韔，用虎皮做成之弓囊。鏤，雕刻。膺，毛《傳》：「馬帶也。」

㉓交韔二弓，將兩張弓順倒交叉地放入弓袋中。

㉔閉，通柲，一作柲，弓檠，校正弓弩之工具。陳奐《詩毛氏傳疏》：「閉亦作柲。〈既夕記〉『有柲』注：『柲，弓檠，弛則縛之於弓裏，備損傷，以竹為之。』」緄，音ㄍㄨㄣˇ，繩子。縢，音ㄊㄥˊ，捆紮。朱熹《詩集傳》：「以竹為閉，而以繩約之於弛弓之裏。」

㉕載，則。興，起。此二句言：心中思念征人，睡也不是，起也不是。

㉖厭厭，毛《傳》：「安靜也。」良人，婦女稱其丈夫。

㉗秩秩，朱熹《詩集傳》：「有序也。」指人之行為進退合於禮節。德音，好聲譽。

詩旨

1.《詩序》：「〈小戎〉，美襄公也。備其兵甲以討西戎，西戎方彊而征伐不休。國人則矜其車甲，婦人能閔其君子焉。」（撰者按：《史記．秦本紀》：「襄公二年，戎圍犬丘，世父擊之，為戎人所擄。七年，西戎與申侯伐周，殺幽王，而襄公將兵救周，戰甚力，有功。十二年，伐戎，至岐而卒。」詩約作於襄公七年至十二年，從詩文可見秦與西戎戰爭之激烈。）

2.朱熹《詩集傳》：「西戎者，秦之臣子，所與不共戴天之讎也。襄公上承天子之命，率其國人往而征之，故其從役者之家人先誇車甲之盛如此，而後及其私情，蓋以義興師，則雖婦人亦知勇於赴敵而無所怨矣！」

3.姚際恆《詩經通論》批評《詩序》：「一詩作兩義，非也。《偽傳》謂：『襄公遣大夫征戎而勞之。』意近是。」

4.傅斯年《詩經講義稿》：「丈夫出征，其妻思之。」

作法

1.嚴粲《詩緝》：「小戎之詩，鋪陳兵馬器械之事，津津然誇說不已，以婦人閔其君子，而猶有鼓勇之意，其真秦風也哉！」

2.劉玉汝《詩纘緒》：「首章先言車而後及所駕之馬，言馬者一言而已。次章先言馬，而後及所乘之車，言車者二言。末章兼言車馬矛盾（武器），而於弓矢為詳。秦人性強悍尚勇敢，又值犬戎之變而事戰鬥，其平居暇日所以修其車馬器械以備戰伐之用者，無不整飭而精緻，故家人婦女亦皆習見而熟觀之，而襄公又能以王命命之，大義驅之……」

3.姚際恆《詩經通論》：「寫軍容之勝，細述其車馬、器械制度，刻琢典奧，于斯極矣；漢賦迥不能及。『言念君子』以下，忽又為平淺之音，空淡之句。一篇之中，氣候不齊，陰、晴各異，宜乎作《序》者不知之，以為兩義也。」

4.牛運震《詩志》：「借婦人語氣，矜車甲而閔其君子，立意便勝。極雄武事，妙在以柔婉參之也。不必定以為婦人之詩。」「敘典制，斷連整錯有法，骨方神圓。周考工、漢鐃歌併為一體。」

5. 黃中松《詩疑辨證》：「徐鳳彩曰：『約而計之，攻木之工三，收也，輈也，轂也。攻革之工四，游環也，脅驅也，陰靷也，文茵也。攻金之工一，鋈是也。一車而工聚如此。然二章言龍盾之合，畫龍於盾（毛傳），合而載之以為車蔽（王肅），則又未嘗無設色之工矣！』」

蒹葭

蒹葭蒼蒼❶，白露爲霜❷。所謂伊人❸，在水一方❹。遡洄從之❺，道阻且長❻。遡游從之❼，宛在水中央❽。

蒹葭淒淒❾，白露未晞❿。所謂伊人，在水之湄⓫。遡洄從之，道阻且躋⓬。遡游從之，宛在水中坻⓭。

蒹葭采采⓮，白露未已⓯。所謂伊人，在水之涘⓰。遡洄從之，道阻且右⓱。遡游從之，宛在水中沚⓲。

❶蒹，荻草。葭，蘆葦。蒼蒼，茂盛貌。

❷白露，秋天之露水。霜，接近地面之水蒸氣，遇冷而凝結成白色之結晶顆粒。白露為霜，陳奐《詩毛氏傳疏》：「白露為霜，乃在九月已後。」

❸伊人，那個人。指所愛慕之人，或說為賢人。

❹方，旁。一方，猶云一邊。馬瑞辰《毛詩傳箋通釋》：「方、旁古通用，一方即一旁也。」

❺遡洄，毛《傳》：「逆流而上曰遡洄。」

❻阻，險阻，指水道崎嶇難走。

❼遡游，毛《傳》：「順流而涉曰遡游。」

❽宛，鄭《箋》：「坐見貌。」猶言儼然，清楚存在。央，旁同意，詩多以中為語詞，水中央，猶言水之旁。參馬瑞辰《毛詩傳箋通釋》。

❾淒淒，一作萋萋，茂盛貌。

⑩ 晞，乾。
⑪ 湄，水草交接之處，即岸邊。
⑫ 躋，音ㄐㄧ，登高。毛《傳》：「躋，昇也。」
⑬ 坻，音ㄔˊ，水中小沙洲。毛《傳》：「坻，小渚也。」
⑭ 采采，茂盛貌。
⑮ 未已，未止，未乾。
⑯ 涘，音ㄙˋ，水邊、岸邊。
⑰ 右，鄭《箋》：「言其迂迴也。」又龍師宇純〈讀詩雜記〉說：右即迂之雙聲轉韻，鄭則是由引申其意為說。
⑱ 沚，小渚，水中小沙洲。

詩旨

1.《詩序》：「〈蒹葭〉，刺襄公也。未能用《周禮》，將無以固其國焉。」
2.朱熹《詩集傳》：「言秋水方盛之時，所謂彼人者，乃在水之一方，上下求之，而皆不可得。然不知其所指也。」
3.姚際恆《詩經通論》：「此自是賢人隱居水濱，而人慕而思見之詩。」
4.胡承珙《毛詩後箋》：「懷人之作。」
5.傅斯年《詩經講義》：「相愛者之詞。」
6.白川靜《詩經的世界》以為祭水神之歌。

作法

1.朱善《詩經解頤》：「白露為霜，言其時之暮也；在水一方，言其居之遠也。迫以時之暮，限以水之遠，所謂伊人，果若何而求之？將欲逆流而上以求歟？則雖近而不可至，然則斯人也其終不可見乎？孔子曰：『未之思也，夫何遠之有？』亦在乎心誠求之而已，所謂伊人，雖不知所指，然味其辭有敬慕之意，而無褻慢之情，則必指賢人之肥遯者。」
2.陳繼揆《讀風臆補》：「起二語畫筆，詩情雞聲茅店一聯得此神化。意境空曠，寄託元淡。秦川咫尺，宛然有三川雲氣，竹影仙風。故此詩在國風為第一縹渺文字，宜以恍忽迷離讀之。」

3. 黃中松《詩疑辨證》：「細玩所謂二字，意中之人難向人說；而在水一方，亦想像之辭。若有一定之方，即是人跡可到，何以上下求之而不得哉！詩人之旨甚遠，固執以求之抑又遠矣！」

4. 方玉潤《詩經原始》：「此詩在〈秦風〉中氣味絕不相類，以好戰樂鬥之邦，忽遇高超遠舉之作，可謂鶴立雞群，翛然自異者矣！」「三章只一意，特換韻耳。其實首章已成絕唱。古人作詩，多一意化為三疊，所謂一唱三歎，佳者多有餘音。」

5. 撰者按：全詩三章複沓，AAA曲式。首二句狀物寫景，後六句抒情寫人。全詩融寫景、敘事、抒情於一爐。至於詩意為何，各家說法不一。錢鍾書《管錐篇．毛詩正義》舉中外作品，認為此篇所賦即企慕之象徵，寫愛情越過寫實，進入象徵領域。王國維《人間詞話》（二四則）將此詩和晏殊〈蝶戀花〉「昨夜西風凋碧樹，獨上高樓，望盡天涯路」相提並論，認為「最得風人深致」。讀此詩誠如謝榛《四溟詩話》所說：「詩有可解，有不可解，不必解，若水月鏡花，勿泥其跡可也。」

終南

終南何有❶？有條有梅❷。君子至止❸，錦衣狐裘❹。顏如渥丹❺，其君也哉！

終南何有？有紀有堂❻。君子至止，黻衣繡裳❼。佩玉將將❽，壽考不忘❾。

❶終南，即終南山，亦名南山，今之秦嶺，主峰在陝西西安城南。

❷條，朱熹《詩集傳》：「山楸也。皮葉白，色亦白，材理好，宜為車版。」梅，即枏木。

❸君子，指秦君。至止，至之矣，秦君來到終南山呀！

❹錦衣狐裘，陳奐《詩毛氏傳疏》：「《玉藻》：『君一狐白裘，錦衣以裼之。』錦衣狐裘，諸侯之服也。鄭注云：『君衣狐白毛之裘，則以素錦為衣覆之。』」

❺渥，厚漬。丹，《韓詩》作赭，赤石製成之紅色顏料，即今之朱砂。顏如渥丹，形容秦君面色紅潤如塗丹一般。

❻紀，音ㄑㄧˇ，杞柳。堂，甘棠。三家《詩》作杞、棠。王引之《經義述聞》：「終南何有，設問南山所有之物也，

山基與畢道仍是山，非山中所有之物也。今以全詩所有之例考之，如山有榛、山有扶蘇，凡首章言草木，二章、三章、四章、五章皆言草木，此不易之例也。今首章言草木，而二章言山，則既與首章不合，又與全詩之例不符矣！」

❼黻，音ㄈㄨˊ，古代禮服上黑青相間之花紋。黻衣，袞衣。繡裳，古代禮服繡以彩色之花紋於下裳。毛《傳》：「黑與青謂之黻，五色備謂之繡。」

❽將將，音ㄑㄧㄤ，同鏘鏘，佩玉相擊之聲。

❾忘，通亡。不忘，不已，長久之意。壽考不忘，猶言高壽無疆。

詩旨

1.《詩序》：「〈終南〉，戒襄公也。能取周地，始為諸侯，受顯服。大夫美之，故作是詩以戒勸之。」

2.范處義《詩補傳》：「周地雖有王命，尚為戎有，戒其無負天子之託，而勉其必取也。」釋《詩序》云「戒勸者」之義。

3.朱熹《詩集傳》：「此秦人美其君之詞，亦車鄰、駟鐵之意。」

4.吳闓生《詩義會通》：「此詩顯為頌美之辭，序以為戒，則能得其意於辭旨之外者也。」

作法

1.陳應棠《詩風新疏》：「此詩之地乃終南山，即岐周之地，其人為秦襄公，其時乃襄公奉命服之時，結構簡單，岐豐之地多山，山以種木為宜，故以條梅杞棠以概括之。襄公初奉命服來此，故不寫其功績，專寫其衣服狀貌，用『錦衣狐裘』寫命服，『顏如渥丹』寫其狀貌，聊聊數語，點出其為君之形象。」

2.撰者按：二章複沓，AA曲式。以「終南」起興，以「何有」提問式開篇，接著出現終南美景。應句描述、讚美國君。首章上見其裘，見其顏；次章下見其裳，見其步。「其君也哉」的讚嘆，「壽考不忘」的祝福，聊聊幾筆，生動且形象為秦君素描。

黃鳥

交交黃鳥❶，止于棘❷。誰從穆公❸？子車奄息❹。維此奄息❺，百夫之特❻。臨其穴❼，惴惴其慄❽。彼蒼者天，殲我良人❾。如可贖兮❿，人百其身⓫。

交交黃鳥，止于桑。誰從穆公？子車仲行⓬。維此仲行，百夫之防⓭。臨其穴，惴惴其慄。彼蒼者天，殲我良人。如可贖兮，人百其身。

交交黃鳥，止于楚⓮。誰從穆公？子車鍼虎⓯。維此鍼虎，百夫之禦⓰。臨其穴，惴惴其慄。彼蒼者天，殲我良人。如可贖兮，人百其身。

❶交交，鳥鳴之聲，一說小貌。

❷止，棲息。棘，酸棗樹。

❸從，從死殉葬。穆公，秦穆公（？—西元前六二一年），姓嬴，名任好。秦成公弟。在位期間用百里奚、蹇叔等，勵精圖治，國勢日強。又用由余之謀伐西戎，益國十二，開地千里，遂霸西戎，成為西方諸侯之伯。在位三十九年，為春秋五霸之一。

❹子車奄息，秦國大夫，《左傳》作子輿。子車，氏；奄息，名。

❺維，發語詞。

❻特，匹敵。百夫之特，猶言百夫是當。

❼穴，墓穴。

❽惴惴，音ㄓㄨㄟˋ，恐懼貌。慄，戰慄。朱熹《詩集傳》：「臨穴而惴慄，蓋生納之壙中也。」

❾殲，音ㄐㄧㄢ，殺盡。良人，良善之人。

❿贖，貿，換回。

⓫人百其身，以百人贖其一身。又程俊英《詩經注析》：「情願死一百次來贖回三良的性命。人只能死一次，絕不能死一百次，事實上雖無此事，但感情上卻可以有此設想；這正是誇張的特點。」

⓬子車仲行，奄息之兄弟。鄭《箋》謂仲行為字，馬瑞辰以為仍當為名而非字。

⑬ 防，鄭《箋》：「猶當也，言此一人當百夫。」

⑭ 楚，荊楚樹。

⑮ 子車鍼虎，鍼，音ㄑㄧㄢˊ，亦為奄息之兄弟。

⑯ 禦，抵擋。陳奐《詩毛氏傳疏》：「御亂當亂，御敵當敵，是御有當意。百夫之當，言可當百夫耳。」

詩旨

1. 《詩序》：「〈黃鳥〉，哀三良也。國人刺穆公以人從死，而作是詩也。」

2. 方玉潤《詩經原始》：「古人封建國君，得以專制一方，生殺予奪，惟意所欲，似此苛政惡俗，天子不能黜，國人不敢違，哀哉良善，其何以堪！若後世大一統，人命至重，非天子不得擅生殺，雖無知愚民，猶自矜恤，況賢人乎？封建固良法，封建亦虐政。秦漢後竟不能復，雖曰時勢，亦人心為之也。聖人存此，豈獨為三良悼乎？亦將作萬世戒耳！」

3. 撰者按：穆公以人從死，事見〈左傳．文公六年〉（西元前六二一年）：「秦伯任好卒，以子車氏之三子奄息、仲行、鍼虎為殉，皆秦之良也。國人哀之，為之賦〈黃鳥〉。」及《史記．秦本紀》。事死如事生，殉葬習俗，從來古遠。孟子記孔子語：「始作俑者，其無後乎？為其像人而用之也。」《墨子．節葬》：「天子殺殉，眾者數百，寡者數十；將軍大夫殺殉，眾者數十，寡者數人。」秦國統治階級公然將殉葬定為制度，自秦文公「十三年，初有史以記事」。《史記．秦本紀》：「武公卒，葬雍平陽，初以人從死，死者六十六人。」「獻公元年止從死。」「穆公卒，葬雍，從死者，百七十七人。秦之良臣三人，名曰奄息、仲行、鍼虎，亦在從死之中，秦人哀之，為作歌〈黃鳥〉之詩。」二十世紀八〇年代，在陝西鳳翔所發掘的秦公一號大墓，墓主為秦穆公四世孫，春秋晚期的秦景公，墓中殉葬者高達一八二人，可見殉葬之風在秦愈演愈烈。到了秦始皇，根據《史記．秦始皇本紀》：「秦始皇之死，令後宮皆從死，為之作墓道者，亦閉墓道中而死。」殉葬人數難計其數，以見封建帝王擁有人命生殺予奪大權，殘酷至極。

作法

撰者按：本詩採AAA三章疊章複沓曲式，一、二句興，蘇軾以為：「臣之託君，猶黃鳥之止於木，交交和其鳴；今三子獨不得其死，曾鳥之不若也。」（馬瑞辰《毛詩傳箋通釋》則有不同取譬角度）應句以極度之惶惑、悲憤設問，回答，並描述臨視其壙時惴慄之情。鄭《箋》：「秦人哀傷此奄息之死，臨視其壙，皆為之惴慄。」若據朱熹《詩集傳》：「臨穴而惴惴，蓋生而納之壙中也。」則非詩人臨三良之穴，而是三良臨穆公之穴，生殉前之惴慄恐懼。以百夫替代三良，並非詩人視常人性命如螻蟻，乃一時情急不忍出言若此，有類梁惠王之「以羊易之」，實為最自然直接觸動之悲憫情懷。

晨風

鴥彼晨風❶，鬱彼北林❷。未見君子，憂心欽欽❸。如何如何❹！忘我實多。

山有苞櫟❺，隰有六駮❻。未見君子，憂心靡樂❼。如何如何！忘我實多。

山有苞棣❽，隰有樹檖❾。未見君子，憂心如醉❿。如何如何！忘我實多。

注釋

❶鴥，音ㄩˋ，鳥急速飛行貌。晨風，隼，即鸇鳥。

❷鬱，茂盛貌。

❸欽欽，毛《傳》：「思望之心，心中欽欽然。」憂慮貌。

❹如何，為何？又陳奐《詩毛氏傳疏》：「如，猶奈也。」如何，即奈何、怎麼辦之意。

❺苞，茂盛貌。櫟，樹名。

❻隰，低窪潮濕之地。六駮，俞樾《毛詩平議》以六為宍之通假，叢生之意。駮，樹名。《正義》引陸《疏》云：「駮馬，梓榆也。」

❼靡，無。

❽棣，樹名，即唐棣、郁李，結果紅色如李。

❾樹，直立貌。檖，赤羅（紅梨）也，一名楊檖。馬瑞辰

《毛詩傳箋通釋》：「《方言》：『樹，植立也。』樹檖蓋植立者，故對苞為叢生言之。」

❿如醉，昏而不醒。

詩旨

1.《詩序》：「〈晨風〉，刺康公也。忘穆公之業，始棄其賢臣焉。」

2.朱熹《詩序辨說》：「此婦人念其君子之辭，序說誤矣！」《詩集傳》：「此與扊扅之歌同意。」撰者按：扊扅（音ㄧㄢˇ ㄧˊ）之歌，為秦穆公賢相「五羖大夫」百里奚富貴後忘妻，其妻歌扊扅之歌：「百里奚！五羊皮。憶別離，烹伏雌，炊扊扅。今富貴，忘我為？」而後夫妻相認事。

3.王質、崔述以為賢者遁隱，而猶未忘懷世情之詩。

4.方玉潤《詩經原始》：「男女情與君臣義原本相通，詩既不露其旨，人固難以意測。與其妄逞臆說，不如闕疑存參。」

5.聞一多《風詩類鈔乙》：「懷人也。」

作法

1.鄒泉《詩經折衷》：「首章以物之有所止，興己之有所憂。二、三章，亦以山與隰之所有，興未見君子而有憂也。」

2.撰者按：全詩三章，採AAA曲式複沓。首二句起興，且首章與二、三章不同興。中二句正意，寫未見君子之憂心，從欽欽到靡樂到如醉，層層加深。末二句餘波，概嘆君子何以忘我。

無衣

豈曰無衣？與子同袍❶。王于興師❷，脩我戈矛❸，與子同仇❹。

豈曰無衣？與子同澤❺。王于興師，脩我矛戟❻，與子偕作❼。

豈曰無衣？與子同裳。王于興師，脩我甲兵，與子偕行❽。

注釋

❶同，猶共也。

❷王，指周天子。于，動詞詞頭，作用同曰、聿。興師，出兵。

❸脩，同修。整治。戈矛，二者皆為古代長柄武器。

❹同仇，同其仇敵，鄭《箋》：「怨耦曰仇。」王先謙《詩三家義集疏》：「秦民敵王所愾，故曰同讎也。」

❺澤，襗之借字，鄭《箋》：「襗，褻衣，近污垢。」

❻戟，音ㄐㄧˇ，古代長柄兵器，可用於擊刺。

❼作，起。行動起來。甲，鎧甲。兵，兵器。

❽行，往。偕行，陳奐《詩毛氏傳疏》：「言奉王命而偕往征之也。」

詩旨

1.《詩序》：「〈無衣〉，刺用兵也。秦人刺其君好攻戰，亟用兵，而不與民同欲焉。」關於本詩寫作時間，有不同說法。王夫之《詩經稗疏》：「春秋申包胥乞師，秦哀公為之賦〈無衣〉。……『為之賦』云者，與衛人為之賦〈碩人〉、鄭人為之賦〈清人〉義例正同。則此詩哀公為申胥作也。若所賦為古詩，如子產賦〈草蟲〉之類，但言賦，不言為之賦也。」據王氏考訂，此詩當為秦哀公出師救楚而作。程俊英《詩經注析》考訂：「王氏自立《左傳》義例，證明〈無衣〉為秦哀公所作之說不能成立。從詩的內容看來，亦不似秦王口氣，它應是流傳在民間的戰歌。」王先謙《詩三家義集疏》：「《漢書．趙充國辛慶忌傳贊》：『山西天水、隴西、安定、北地處勢迫近羌胡，民俗修習戰備，高上勇力鞍馬騎射。故秦詩曰〝王于興師，修我甲兵，與子皆行〞。』其風聲氣俗自古而然，今之歌謠慷慨，風流猶存耳。」班固之說，代表齊詩。王先謙又說：「王于興師，于，往也。秦自襄公以來，受平王之命以伐戎。」「西戎殺幽王，于是周室諸侯為不共戴天之讎，秦民敵王所愾，故曰同讎也。」王氏指出詩作背景、時代並斷為秦民所作，可供參考。

2. 朱熹《詩集傳》：「秦人之俗，大抵尚氣概，先勇力，忘生輕死，故其見於詩如此。」
3. 姚際恆《詩經通論》：「（豐坊）《偽傳》說謂：『秦襄公以王命征戎，周人赴之，賦此。』近是；然不必云周人也。犬戎殺幽王，乃周人之仇，秦人言之，故曰『同仇』。『子』指周人也。」
4. 魏源《詩古微．秦風答問》說：「〈無衣〉，美用兵勤王也。秦地迫近西戎，修習戰備，高上氣力，故秦風有〈車鄰〉、〈駟鐵〉、〈小戎〉之篇及『王于興師，修我甲兵，與我偕行』之事。上與百姓同欲，則百姓樂致其死。天下有道，則禮樂征伐自天子出。秦之先世與戎世仇，屢有勤王敵愾之事，至後世民俗猶存。」
5. 傳斯年《詩經講義稿》：「秦武士出征時，相語之壯辭。」

作法

撰者按：全詩三章，章五句，皆用賦體，採AAA複沓曲式，一、二句為一層，以「豈曰無衣」提出反問，回答與子同袍、澤、裳，由外而內，由上而下，層層深入寫戰士間親密關係。三、四句為一層，賦寫此次戰役為周天子所發動，以王命為旗號。末句同仇、偕作、偕行，逐層加深戰士共同赴敵，同仇敵愾的高昂士氣，是首充滿戰鬥氣息的軍歌。

渭陽

我送舅氏，曰至渭陽❶。何以贈之？路車乘黃❷。

我送舅氏，悠悠我思。何以贈之？瓊瑰玉佩❸。

注釋

❶曰，發語詞。渭陽，渭水之北岸。陳奐《詩毛氏傳疏》：「水北曰陽。渭陽在渭水北。送舅氏至渭陽，不渡渭

也。」

❷路車，諸侯所乘之車。乘黃，四匹黃馬。

❸毛《傳》：「瓊瑰，石而次玉。」瓊、瑰皆形容玉石之美。玉佩，即佩玉。

詩旨

《詩序》：「〈渭陽〉，康公念母也。康公之母，晉獻公之女。文公遭驪姬之難，未反而秦姬卒，穆公納文公，康公時為太子，贈送文公于渭之陽，念母之不見也，我見舅氏，如母存焉。及其即位，思而作是詩也。」孔《疏》：「秦姬生存之時，望使文公反國。康公見舅得反，憶母宿心，故念母之不見，見舅如母存也。」今文派看法並無不同，王先謙《詩三家義集疏》引劉向《列女傳》（《魯詩》）和《後漢書．馬援傳注》引《韓詩》，確認此詩為康公送晉文公之作。但以為創作的時間乃康公為太子時，不待即位後方作詩。因秦康公即位時，晉文公已死了七八年之久。

作法

1. 朱熹《詩集傳》：「王氏曰：『至渭陽者，送之遠也；悠悠我思者，思之長也；路車乘黃，瓊瑰玉佩者，贈之厚也。』」
2. 嚴粲《詩緝》：「送舅而有所思，則思母也。此詩念母而不言母，但言見舅而勤拳不已，自有念母之意。讀之者，但覺其味悠然深長，瓊瑰玉佩雖贈之貴矣，然未足以舒我心之思也。」
3. 姚際恒《詩經通論》：「『悠悠我思』句，情意悱惻動人。往復尋味，非惟思母，兼有諸舅存亡之感。」
4. 方玉潤《詩經原始》：「詩格老當，情致纏綿，為後世送別之祖，令人想見攜手河梁時也。」

權輿

於我乎！夏屋渠渠❶，今也每食無餘。于嗟乎！不承權輿❷。

於我乎！每食四簋❸，今也每食不飽。于嗟乎！不承權輿。

注釋

❶於，音ㄨ，感嘆詞。龍師宇純〈讀詩雜記〉說：余謂「於我乎夏屋渠渠」，與「於我乎每食四簋」上下章相當，下屋義若為大具，以四簋不得謂非大具，據全《詩》構句之法，上下章相當之句，不為叶韻者不易字，為叶韻但易其韻字，今下句云「於我乎每食四簋」，不云「於我乎夏屋四簋」，屋當取館室義，故毛氏不釋。不然，下句原亦當作「夏屋四簋」，今本涉上下文「每食」而誤書。

❷承，繼續。權輿，毛《傳》：「始也。」

❸簋，音ㄍㄨㄟˇ，古代盛飯之食器，圓形。用木或銅製成。毛《傳》：「四簋，黍稷稻粱。」為當時公食大夫之禮。

詩旨

1.《詩序》：「〈權輿〉，刺康公也。忘先君之舊臣，與賢者有始而無終也。」

2.朱熹《詩集傳》：「此言其君始有渠渠之夏屋，以待賢者。而其後禮意寖衰，供意寖薄，至於賢者每食而無餘，於是嘆之，言不能繼其始也。」

作法

1.輔廣《詩童子問》：「夏屋渠渠，無不致其備也；每食無餘，無一致其備也。每食四簋，無不極其至也；每食不飽，無一極其至也。其進銳者，其退速，惟有恆者然後可久也。」

2.陳繼揆《讀風臆補》：「秦上首功，簡賢棄士。〈權輿〉一詩，其逐客坑儒之漸歟！楚穆生因禮酒不設而去。唐明皇時，薛令之為東宮詩曰：『朝日上團團，照見先生盤，盤中何所有？苜蓿長闌干。飯澀匙難挽，羹稀箸易寬。』遂去。兩賢其得詩人權輿之旨者。」

陳風

〈陳風〉共十首詩。陳國為西周初年分封之諸侯國，鄭玄《詩譜》：「陳者，太皞虙戲氏之墟。帝舜之胄，有虞閼父者，為周武王陶正，武王賴其利器用，與其神明之後，封其子媯滿於陳，都於宛丘之側，是曰胡公，以備三恪；妻以元女太姬。其封域在禹貢豫州之東（按：當今河南舊開封府東南，南至安徽亳州一帶），其地廣平，無名山大澤；西望外方（即嵩高山），東不及盟豬（澤名，在今河南商丘縣東北）。太姬無子，好巫覡禱祈鬼神歌舞之樂，民俗化而為之。」陳人為中原歷史悠久部族，周武王將長女嫁給虞閼父之長子媯滿為妻，以加強周族之聯盟勢力。傳至陳閔公二十一年，為楚惠王所滅。

陳地處淮河流域、黃河流域之匯集地帶，東面和南面便是群舒等蠻夷，西面靠近楚國，在文化上受到長江流域文化，敏感、輕靈、俗信巫鬼影響，在〈陳風〉中呈現較多這樣之特色。故《漢書．地理志》說：「陳本太昊之虛，周武王封舜後媯滿於陳，是為胡公，妻以元女大姬。婦人尊貴，好祭祀，用史巫，故其俗巫鬼。陳詩曰：『坎其擊鼓，宛丘之下。無冬無夏，值其鷺羽。』又曰：『東門之枌，宛丘之栩。子仲之子，婆娑其下。』此其風也。」除表現巫鬼之俗外，大部分詩篇都和男女戀情有關，傅斯年《詩經講義》也說：「陳風所歌之事，最近於鄭。」

〈陳風〉大都是東周以後之作品，鄭玄《詩譜》據《詩序》：「幽公立，當周厲王之時，陳之變風始作，凡十三君至於靈公，有詩者凡五。」〈陳風〉具體年代可確定的僅〈株林〉一篇，為刺陳靈公淫於夏姬而作，事見《左傳》宣公十年（西元前五九九年），時當春秋中葉，應是《詩經》中最晚的作品。

宛丘

子之湯兮❶，宛丘之上兮❷，洵有情兮❸，而無望兮❹！

坎其擊鼓❺，宛丘之下。無冬無夏❻，值其鷺羽❼。

坎其擊缶❽，宛丘之道。無冬無夏，值其鷺翿❾。

注釋

❶湯，音ㄉㄤˋ，《魯詩》作蕩，遊蕩。

❷宛丘，陳國丘名，在陳國都附近。陳奐《詩毛氏傳疏》：「陳有宛丘，猶之鄭有洧淵，皆是國人游觀之所。」

❸洵，信，誠然。

❹無望，鄭《箋》：「此君信有荒淫之情，其威儀無可觀望而則傚。」又余冠英《詩經選》釋為：「詩人自謂對彼女有情而不敢抱任何希望。」可備一說。

❺坎，擊鼓聲。坎其，即坎坎。擊鼓聲和擊缶聲

❻無冬無夏，孔穎達《正義》：「無間冬，無間夏。」即無論冬季夏季之意。

❼值，毛《傳》：「持也。」鷺羽，鷺鷥之羽毛，舞者用以為翳，鄭《箋》：「翳，舞者所持以指麾。」

❽缶，音ㄈㄡˇ，陶器，腹大口小，用以盛流質之器皿。古人扣之，用以節樂。

❾翿，音ㄉㄠˋ，毛《傳》：「翳也。」以鷺鷥羽毛編為扇形，舞者所持，以翳身者。

詩旨

1.《詩序》：「〈宛丘〉，刺幽公也。淫荒昏亂，游蕩無度焉。」鄭玄《詩譜》：「大姬無子，好巫覡禱祈、鬼神歌舞之樂，民俗化而為之。」

2.朱熹《詩序辨說》：「陳國小無事實，幽公但以諡惡，故得游蕩無度之詩，未敢信也。」

3.方玉潤《詩經原始》：「此必陳君與其臣下不務政治，相與游樂，君擊鼓而臣舞翿，無冬無夏，威儀盡失。故過宛丘下者，相與指而誚曰：『子之游蕩，洵足為樂，奈失威儀，其何以為民望乎？』」「子字為君為臣，或下指人民，終屬呆相，豈免『固哉』之誚歟？」

4.龔橙《詩本誼》：「刺巫俗也。」

5.屈萬里《詩經詮釋》：「此刺游蕩之詩。」

1. 劉玉汝《詩纘緒》：「詩有首句中用一字而即見全篇之意者，此詩是也。惟用一湯字，而下文所詠之歌舞皆非其正可知。宛丘上下，無定所也，無冬無夏，無定時也。有情無望，寫出游蕩歌舞之情態，最可想見。擊鼓、擊缶，歌也；鷺羽、鷺翿，舞也。首章先見遊蕩之情，而後疊見歌舞之事實。事實易敘，而歌舞難畫，故有情無望，最善形容。《傳》謂歌舞之俗本於大姬，愚謂歌舞祭祀而褻慢無禮，楚俗尤甚，屈原九歌猶然，陳南近楚，此其楚俗之薰然歟！」
2. 陳繼揆《詩經臆補》：「陳僅曰：『首章四兮字，用變調入手，使游蕩輕薄之人，神情態度脫口如生，真傳神妙手。』自宛丘之上、而下、而道，無地不熱鬧，無冬、無夏，無時不熱鬧，直揭出一國若狂景象。」
3. 陳應棠《詩風新疏》：「此詩為詠陳俗崇尚歌舞事巫之詩。此詩為國人刺時人以歌舞事巫之樂，殊失君臣士子身分為主體，故重點在第一章『洵有情兮，而無望兮』一語，而以『子之湯兮，宛丘之上兮』為其無望之原因。第二、三兩章始敘在宛丘之上作樂事巫之情形，擊鼓、擊缶，為歌舞之伴奏，『值其鷺羽』、『值其鷺翿』為歌舞事巫之情形。無冬無夏言其過甚，以點一『湯』字，全篇脈絡如此也。陳風之歌以詠民俗荒淫開其端，至株林、澤陂終其淫亂之事，以致亡國，治國者可以為戒矣！」
4. 撰者按：本詩採ABB曲式，首章總論，二三章聯吟。

東門之枌

東門之枌❶，宛丘之栩❷。子仲之子❸，婆娑其下❹。

穀旦于差❺，南方之原❻。不績其麻❼，市也婆娑❽。

穀旦于逝❾，越以鬷邁❿。視爾如荍⓫，貽我握椒⓬。

注釋

❶枌，音ㄈㄣˊ，白榆樹。
❷栩，櫟樹。
❸子仲，姓氏。子仲之子，朱熹以為子仲氏之女。
❹婆娑，跳舞盤旋搖擺貌。
❺穀，善。旦，日。穀旦，好日子。于，語助詞。差，選擇。穀旦于差，選擇一個好日子。
❻原，高而平坦之地。又南方之原，鄭《箋》：「南方原氏之女。」
❼績，紡織。
❽市，音ㄆㄟˋ，屈萬里《詩經詮釋》：「市，當作芾。古市、芾、沛等字通。《漢書．禮樂志》：『靈之來，神哉沛。』注云：『沛，疾貌。』此狀其舞之疾速。」
❾逝，往。穀旦于逝，意為：趁好日子前往歡聚。
❿越，語詞，以、與語之轉。鬷，ㄗㄨㄥˇ，總合、共同之意。邁，行走。鬷邁，共行、同行。越以鬷邁，子仲之子與南方原氏之女相與共行。參龍師宇純〈詩經于以說〉。
⓫荍，音ㄑㄧㄠˊ，亦名錦葵，花紫紅色或白色，帶深紫色條紋。
⓬貽，贈。握椒，一把花椒。屈原《離騷》：「巫咸將夕降兮，懷椒糈而要之。」王逸注：「椒，香物，所以降神。」據此，子仲之子或兼作巫女。她帶著花椒降神，並以此為禮物送給心愛的男子。

詩旨

1.《詩序》：「〈東門之枌〉，疾亂也。幽公淫荒，風化之所行，男女棄其舊業，亟會於道路，歌舞於市井爾。」《齊詩》並無不同。
2.朱熹《詩集傳》：「此男女聚會歌舞，而賦其事以相樂也。」
3.方玉潤《詩經原始》：「姚氏際恆引漢王符《潛夫論》曰：『刺詩「不績其麻，女也婆娑」今多不修中饋，休其蠶織，而起學巫覡，鼓舞事神，以欺誑細民。』以為足證詩意，是則然矣！然豈必盡學巫覡事哉？亦不過巫覡盛行，男女聚觀，舉國若狂耳！東門、宛丘其地也；枌栩相蔭可以游息其下也。子仲之子，男覡也；不績其麻，女巫也。婆娑鼓舞，神弦響而星鬼降也；穀旦于差，諏吉期會也；越以鬷邁，男婦畢集以邁觀也；視如荍而貽之椒，則又觀者互相愛悅也。此與鄭溱洧之采蘭贈勺大約相類，而鄙俗荒亂則尤過之。在諸國中，又一俗也。故可以觀也。舊傳云大姬婦人尊貴，好樂巫覡歌舞之事，其民化之，蓋謂此也。為民上者，可不知謹所尚歟！」

4. 龔橙《詩本誼》：「男女因觀巫結好也。」

作法

1. 陳應棠《詩風新疏》：「此詩第一章言子仲氏之男，第二章言原氏之女，第三章男女總會。第一、二章言歌舞，卒章言舞後男女調情及贈物，與〈溱洧〉篇『維士與女，伊其相謔，贈之以勺藥』之情調相同，《詩序》所謂荒淫，不為過也。」
2. 撰者按：全詩三章，子仲之子，是男子，抑女子？南方之原是南方高平之地，抑南方原氏之女？各家解說不一。另外本詩一、二章以第三人客觀視角敘述，三章轉為第一人視角敘述，應為男方向女方說的話。如是首章子仲之子為男子，次章南方之原為原氏之女，可能較合詩義。

衡門

衡門之下❶，可以棲遲❷。泌之洋洋❸，可以樂飢❹。

豈其食魚❺，必河之魴❻？豈其取妻❼，必齊之姜❽？

豈其食魚，必河之鯉？豈其取妻，必宋之子❾？

注釋

❶衡門，毛《傳》：「橫木為門，言淺陋也。」王引之《經義述聞》以為橫門，城門也。

❷棲遲，毛《傳》：「遊息也。」

❸泌，泉水。洋洋，水勢盛大貌。

❹樂，治療。《韓詩外傳》、《列女傳》等書引《詩》俱作「療」。

❺豈，難道。
❻魴，魚名，即鯿魚。與下章鯉魚皆為美味之魚類。
❼取，娶。
❽齊，齊國，姜姓之諸侯國。齊之姜，齊國姜姓之女子。
❾宋，宋國，子姓之諸侯國。宋之子，宋國子姓之女子。

詩旨

1.《詩序》：「〈衡門〉，誘僖公也。愿而無立志。故作是詩以誘掖其君也。」《韓詩外傳》：「衡門，賢者不用世而隱處也。」後人亦駁《序》說。

2.朱熹《詩序辨說》：「僖者，小心畏忌之名，故以為願無立志，而配以此詩。不知其為賢者自樂而無求之意也。」《詩集傳》：「此隱居自樂而無求者之詞。」

3.方玉潤《詩經原始》：「僖公，君臨萬民者也。縱願而無立志，誘之以夫焉而進於道也可，奈何以無求世之志勸之？豈非所誘反其所望乎？」

4.王先謙《詩三家義集疏》：「……皆言賢者樂道忘饑，無誘進人君之意。即為君者感此詩以求賢，要是旁文，並非正義也。」

作法

1.朱守亮《詩經評釋》：「詩則前一章言居處飲食，不嫌簡陋，謙柔恬易，有自足意。後二章言欲無奢求，隨遇而安，蕭曠高遠，有桀傲態。是真能隱居、自樂、無求者也。兩可以字，四豈其字、必字，正反翻跌，呼應緊足，章法甚靈。」

2.撰者按：全詩三章，首章橫門、泌水本陋貧，但正面用兩「可以」，猶如孔子讚美顏回陋巷簞瓢之樂，曾典浴沂風雩之趣。二三章食魚不求美味，娶妻不求貴族，則用兩「豈其」、「必」，從反面否定，詩人降格以求次，稱心易足，蘇軾〈薄薄酒〉：「薄薄酒，勝茶湯；粗粗布，勝無裳；醜妻惡妾勝空房。」正此詩退一步行安樂之法。

東門之池

東門之池❶，可以漚麻❷。彼美淑姬❸，可與晤歌❹。
東門之池，可以漚紵❺。彼美淑姬，可與晤語❻。
東門之池，可以漚菅❼。彼美淑姬，可與晤言❽。

注釋

❶池，毛《傳》：「城池也。」馬瑞辰《毛詩傳箋通釋》：「古者有城必有池，《孟子》『鑿斯池也，築斯城也』是也。池皆設于城外，所以護城。」
❷漚，音ㄡˋ，浸泡。《說文》：「漚，久漬也。」
❸淑姬，賢慧之女子。
❹晤，相對。晤歌，對唱，相對而歌。
❺紵，音ㄓㄨˋ，麻之一種，也稱為苧。
❻晤語，對話。
❼菅，音ㄐㄧㄢ，植物名，其莖可以搓繩、編草鞋。
❽晤言，聊天。

詩旨

1.《詩序》：「〈東門之池〉，刺時也。疾其君之淫昏，而思賢女以配君子也。」
2.朱熹《詩集傳》：「此亦男女會遇之詞。蓋因其會遇之地，所見之物以起興也。」
3.姚際恆《詩經通論》：「疑即上篇之意，取妻不必齊姜、宋子，即此淑姬，可以晤對。」
4.崔述《讀風偶識》：「漚麻漚苧，絕不見有淫昏之意。即使君果淫昏，亦當思得賢臣以匡正之，何至望之女子？」

作法

撰者按：全詩三章章四句，採AAA複沓曲式。一、二句興，以麻在池水之浸泡下可以變柔，喻男子逐漸打動女子，三、四句應句，晤歌、晤言、晤語為追求過程之三個情感漸進層次。

東門之楊

東門之楊，其葉牂牂❶。昏以爲期❷，明星煌煌❸。
東門之楊，其葉肺肺❹。昏以爲期，明星晢晢❺。

注釋

❶牂牂，音ㄗㄤ，枝葉茂盛貌。
❷昏，黃昏。期，約會。
❸明星，指長庚星，春天黃昏和晚上高懸於西方天空。煌煌，明亮貌。
❹肺肺，毛《傳》：「猶牂牂也。」
❺晢晢，毛《傳》：「猶煌煌也。」《說文》：「晢，昭晢，明也。」此指星光明亮。

詩旨

1.《詩序》：「〈東門之楊〉，刺時也。昏姻失時，男女多違。親迎，女猶有不至者也。」三家《詩》無異義。
2. 朱熹《詩集傳》：「此亦男女期會而有負約不至者，故因其所見以起興也。」
3. 劉玉汝《詩纘緒》：「此只言其負期耳」，「此篇不必為男女期會」。
4. 何楷《詩經世本古義》：「刺陳靈公淫於夏姬也。」

5. 姚際恆、方玉潤：未詳。

6. 汪梧鳳《詩學女為》：「按此詩乃泛刺無信爽約者，不必定指男女。《楚辭》：『曰黃昏以為期，羌中道而改路。初既與予成言兮，後悔遁而有他。』詩即此意。」

作法

1. 方玉潤《詩經原始》：「辭意閃爍。」「玩其詞頗奇奧，隱約難詳。」

2. 撰者按：全詩二章章四句，採AA複沓曲式，一、二句點出相期地點，三句為相期時間，四句寫候人不至，藉景物烘托映襯人物之情感。整首詩明示少暗示多，誰等候誰？等了多久？最後對方有沒有來？這些並不能確知，因此留給讀者無限想像空間。

墓門

墓門有棘❶，斧以斯之❷。夫也不良❸，國人知之。知而不已❹，誰昔然矣❺。

墓門有梅❻，有鴞萃止❼。夫也不良，歌以訊之❽。訊予不顧❾，顛倒思予❿。

注釋

❶ 墓門，毛《傳》：「墓道之門。」王引之、馬瑞辰以為陳國城門。王先謙以為陳國地名。

❷ 斯，劈開。

❸ 夫，指所刺之人。

❹ 不已，指其過惡不停止。陳奐《詩毛氏傳疏》：「已，止也。國人皆知之，知之而不能救止也。」

❺ 誰昔，朱熹《詩集傳》：「猶言疇昔。」馬瑞辰《毛詩傳箋通釋》：「疇誰，一聲之轉。」《爾雅．釋言》：「誰昔，昔也。」誰昔然矣，從前就是這樣。

❻ 梅，《魯詩》作「棘」。馬瑞辰《毛詩傳箋通釋》：

「棘、梅二木，美惡大小不類，非詩取興之指。梅古作某，《玉篇》：『古文某作槑。』槑、棘形似，棘蓋譌作槑，因之《毛詩》作『梅』，又作『楳』耳。」

❼鴞，惡聲之鳥，即貓頭鷹。萃，聚集。

❽訊，勸諫。

❾予，朱熹《詩集傳》：「或曰：訊予之予，疑當依前章作而字。」

❿顛倒，猶顛覆。顛倒思予，意即等到失敗之時就會想到我。

詩旨

1.《詩序》：「〈墓門〉，刺陳佗也。陳佗無良師傅，以至於不義，惡加於萬民焉。」《詩序》係據《左傳．桓公五年》：「文公子佗，殺大子免而代之。」加以申說。王先謙《詩三家義集疏》：「《列女．陳辯女傳》：『辯女者，陳國採桑女也。晉大夫解居甫使於宋，道過陳，遇採桑之女，止而戲之曰：〝女為我歌，我將舍女。〞採桑女乃為之歌曰：「墓門有棘，斧以斯之。夫也不良，國人知之。知而不已，誰昔然矣。」大夫又曰：「為我歌其二。」女曰：「墓門有梅（當作棘），有鴞萃止。夫也不良，歌以訊止。訊予不顧，顛倒思予。」大夫曰：「其楳則有，其鴞安在？」女曰：「陳，小國也，攝乎大國之間，因之以飢饉，加之以師旅，其人且亡，而況鴞乎！」大夫乃服而釋之。君子謂辯女貞正而有詞，柔順而有守，《詩》曰：『既見君子，樂且有儀。』此之謂也。」三家《詩》引詩刺之，乃推衍詩意。

2.朱熹《詩序辨說》：「陳國君臣事無可紀，獨陳佗以亂賊被討，見書於《春秋》，故以無良之詩與之。《序》之作，大體類此，不知其信然否也。」

3.崔述《讀風偶識》：「陳佗不聞他惡，但爭國耳。而篇中絕無一語針對陳佗者，此必別有所刺之人，既失其傳，而《序》遂強以佗當之耳。」

4.傅斯年《詩經講義稿》：「婦人不得志於其夫之悲歌，與〈邶風．終風〉同義。」

1. 輔廣《詩童子問》：「人之為惡，初動於隱微之中，猶有懼人之知之心。至於公然形肆於外，則已無所忌憚矣！然猶幸其為人所規正刺譏而有所改也。今其為惡，至於國人皆知之，而猶不自改，自疇昔而已然，則非一日之積矣！蓋不可得而救藥之也。」
2. 姚舜牧《重訂詩經疑問》：「凡人之不良者，初不畏人之知，亦不顧人之訊。至於顛倒，然後致思，則已無及矣！此有識者必辨之於蚤，不待狼狽而後為無及之思也。」
3. 陳奐《詩毛氏傳疏》：「棘、梅喻佗，斧與鴞以喻師傅。一章言墓道之門有棘，維斧可以開析之；以興陳佗之不義，維良師傅乃有以訓教之。二章言墓門有梅，又有鴞以集止之；以興陳佗之不義，維師傅之不良，又有以交引之。一反喻，一正喻也。」

防有鵲巢

防有鵲巢❶，邛有旨苕❷。誰侜予美❸，心焉忉忉❹。

中唐有甓❺，邛有旨鷊❻。誰侜予美，心焉惕惕❼。

❶ 防，堤防。馬瑞辰《毛詩傳箋通釋》：「鵲巢宜於林木，今言『防有』，非其所應有也。不應有而以為有，所以為讒言也。詩之取興與〈采苓〉同義。」

❷ 邛，音ㄑㄩㄥˊ，丘陵。旨，美味。苕，音ㄊㄧㄠˊ，蔓生植物，一名鼠尾、凌霄，生於低濕之地。馬瑞辰《毛詩傳箋通釋》：「是苕生於下濕，今詩言『邛有』者，亦以喻讒言之不可信。」

❸ 侜，音ㄓㄡ，誑，欺騙、挑撥。予美，我所美之人。胡承珙《毛詩後箋》：「《韓詩》以為說人者，蓋因『予美』而云然，說其人，故憂其被讒，然不必為男女之離間。」

❹忉忉，音ㄉㄠ，憂愁貌。

❺中，中庭。唐，朝堂和庭中通道。甓，音ㄅㄛˋ，瓴。

❻鷊，音ㄋㄧˋ，魯、齊《詩》作虉，一種雜色小草，美如錦綬，故又名綬草。今名鋪地錦。

❼惕惕，音ㄊㄧˋ，恐懼不安貌。

詩旨

1.《詩序》：「〈防有鵲巢〉，憂讒賊也。宣公多信讒，君子憂懼焉。」孔穎達《毛詩正義》：「言防邑之中，有鵲鳥之巢；邛丘之上，有美苕之草，處勢自然。以興宣公之朝，有讒言之人，亦處勢自然。何則？防多樹木，故鵲鳥往巢焉；邛丘地美，故旨苕生焉。以言宣公信讒，故讒人集焉。」《詩序》係據《左傳．莊公二十二年》：「陳人殺其太子禦寇，陳公子完與顓孫奔齊。……」《史記．陳世家》：「宣公（撰者按：宣公在西元前六九三年即位）後有嬖姬生子款，欲立之，乃殺其太子禦寇。禦寇素愛厲公子完，完懼禍及己，乃奔齊。」申說。

2.朱熹《詩集傳》：「此男女之有私，而憂或間之之詞。」

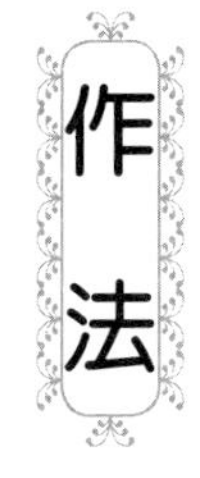

作法

1.范處義《詩補傳》：「鵲，必以大木為巢。為防以止水，必無大木，安有鵲巢？陵苕，生於下濕；邛，高仰之地，必無潤澤，安有美苕？中唐，在堂塗之間，人朝夕所掃除，必無瓴甓；旨鷊，綬草也，與陵苕相類，亦邛之所必無。而讒者皆以為有，彼好聽者遽信之，何哉！」

2.方玉潤《詩經原始》：「鵲本巢木，而今則曰防有鵲巢矣；苕生下隰，而今則曰邛有旨苕矣。而且中唐非甓瓴之所；高丘豈旨鷊所生？人皆可以偽造而為謠。又況無根浮詞，不侜張予美而生彼攜貳之心耶？予是以常懷憂懼，中心惕惕而不能自解也。」

3.撰者按：全詩二章章四句，採AA複沓曲式，一、二句興句，連用四種不存在事物，以興讒言之不可信，應句則賦寫所美之人為誑言所惑之痛心。

月出

月出皎兮❶，佼人僚兮❷。舒窈糾兮❸，勞心悄兮❹。

月出皓兮❺，佼人懰兮❻。舒懮受兮❼，勞心慅兮❽。

月出照兮❾，佼人燎兮❿。舒夭紹兮⓫，勞心慘兮⓬。

注釋

❶皎，月光皎潔明亮貌。鄭《箋》：「喻婦人有美色之白皙。」

❷佼，音ㄐㄧㄠˇ，好貌。佼人，美人。僚，音ㄌㄧㄠˊ，嫽之借字，美好貌。

❸馬瑞辰《毛詩傳箋通釋》：「舒，發聲字，猶逝為語詞也。」窈糾，猶窈窕。

❹勞心，憂心。悄，憂。

❺皓，明亮貌。

❻懰，音ㄌㄧㄡˊ，美好貌。

❼懮，音ㄧㄡˇ，懮受，猶窈窕。《玉篇》：「舒遲之貌。」

❽慅，音ㄘㄠˇ，憂愁貌。

❾照，同皎、皓，明亮貌。

❿燎，音ㄌㄧㄠˋ，朱熹《詩集傳》：「明也。」

⓫夭紹，馬瑞辰《毛詩傳箋通釋》：「嬋娟作姿容也。」

⓬慘，《說文》：「愁不安也。」

詩旨

1. 《詩序》：「〈月出〉，刺好色也。在位不好德而說美色焉。」三家《詩》無異義。
2. 朱熹《詩集傳》：「此亦男女相悅而相念之辭。」
3. 魏源《詩古微》：「〈月出〉，刺靈公淫夏姬也。舒，徵舒也。詩人知徵舒之懟而危之也，故列〈株林〉之前。」魏源將「舒」比附夏徵舒，不可信也。

4. 陳延傑《詩序解》：「朱子云此不得為刺詩，亦男女相悅而相念之辭，甚是。蓋當皓月之際，感其所見，思而不可得，憂愁靜默，託興無端，此風詩之旨焉，而意境幽峭矣。」

作法

1. 呂祖謙《呂氏家塾讀詩記》：「此詩用字聱牙，意者其方言歟。」
2. 朱善《詩經解頤》：「〈月出〉之詩，其悅之也至矣！其思之也切矣！其憂之也深矣！移是心以好賢，亦將何求而不獲哉！惜也。吾未見好德如好色者也。」
3. 焦竑《焦氏筆乘》卷一「月出」：「毛詩〈月出〉『皎人僚兮』，見月懷人，能道意中事。太白〈送祝八〉：『若見天涯思故人，浣溪石上窺明月。』子美〈夢太白〉：『落月滿屋梁，猶疑照顏色。』常建〈宿王昌齡隱處〉：『松際露微月，清光猶為君。』王昌齡〈贈馮六元二〉：『山月出華陰，開此河渚霧。清光比故人，豁然展心悟。』此類甚多，大抵出自〈陳風〉也。」
4. 姚際恆《詩經通論》：「似方言之聱牙，又似亂辭之急促，尤妙在三章一韻。此真風之變體，愈出愈奇者。每章四句，又全在第三句使前後句法不排。蓋前後三句皆上二字，下一字；第三句上一字單，下二字雙也。後世作律詩，欲求精妙，全講此法。」
5. 牛運震《詩志》：「極要眇流麗之體，妙在以拙峭出之。」「調促而流，句聱而圓，字生而豔，後人騷賦之祖。」
6. 方玉潤《詩經原始》：「此詩雖男女之詞，而一種幽思牢愁之意，固結莫解。情念雖深，心非淫蕩。且從男意虛想，活現出一月下美人，並非實有所遇，蓋巫山洛水之濫觴也。……至其用字聱牙，句句用韻，已開晉唐幽峭一派。東萊不識，以為方言，豈非少見多怪歟！」
7. 鄭振鐸《插圖本中國文學史》：「〈陳風〉裏，情詩雖不多，卻都是很好的。像〈月出〉與〈東門之楊〉，其情調的幽雋可愛，大似在朦朧的黃昏光中，聽凡珴令的獨奏，又在月光皎白的夏夜，聽長笛的曼奏。」
8. 撰者按：本詩採AAA曲式，三章疊章複沓，多用形容詞，及雙聲疊韻詞，且句句押韻，句尾加兮字，讀來悅耳動人，搖曳生姿。首句以月之皎潔比德美人，次句寫其容色之美，三句寫其行動姿態之美，末句則抒發個人懷思憂愁。當皓月之際，感發所見，思而不可得，託興無端，意境幽峭。蘇東坡〈赤壁賦〉：「誦明月之詩，歌窈窕之章。」所歌頌即此詩。

株林

胡為乎株林❶？從夏南❷。匪適株林❸，從夏南。
駕我乘馬❹，說于株野❺。乘我乘駒❻，朝食于株❼。

❶胡，何。胡為，為什麼。株，夏氏之邑，在今河南柘城縣。林，馬瑞辰《毛詩傳箋通釋》：「野之別稱。」

❷夏南，徵舒之字，徵舒字子南，故稱夏南，夏姬之子。此稱其子，不稱其母，實指夏姬，夏姬是陳大夫夏御叔之妻。

❸匪，彼；或非，不是。適，往。

❹乘，音ㄕㄥˋ，乘馬，四馬，一輛車有四匹馬稱乘馬。。

❺說，音ㄕㄨㄟˋ，休息。

❻乘我，乘，音ㄔㄥˊ，駕車。龍師宇純《絲竹軒詩說・讀詩雜記》說：「我上乘字，謂駕也。〈大叔于田〉云乘乘馬、乘乘黃、乘乘鴇，與此同。但前章云『駕我乘馬』，依全《詩》句法，前後章或上下文凡相當之句，不為叶韻不易字；易馬為駒，為其叶株字，駕字不當易，疑涉二乘字而誤。」乘駒，乘，音ㄕㄥˋ，駒，六尺以下之馬；乘駒，同乘馬。

❼朝食于株，早上在株邑用餐，以進食之時間暗示留宿一晚。王先謙《詩三家義集疏》：「靈公初往夏氏，必託言遊株林。自株林至株野，乃說其駕，然後微服入株邑，朝食于夏氏。」

詩旨

1.《詩序》：「〈株林〉，刺靈公也。淫乎夏姬，驅馳而往，朝夕不休息焉。」三家《詩》無異義。

2.撰者按：陳靈公君臣淫於夏姬事見《左傳．宣公九年》：「陳靈公與孔寧、儀行父通于夏姬，皆衷其衵服，以戲于朝。」洩治諫曰：「公卿宣淫，民無效焉。且聞不令，君其納之。」宣公十年：「陳靈公與孔寧、儀行父飲酒于夏氏。公謂行父曰：『徵舒似女。』對曰：『亦似君。』徵舒病之。公出，自其廄射而殺之。二子奔楚。」鄭玄《毛詩箋》：「夏姬，陳大夫妻，夏徵舒之母，鄭女也。徵舒，字子南。」《詩氏族考》引李樗曰：「夏姬，鄭穆公之女，靈公之妹，嫁於陳大夫公子夏御叔也，本姓姬，故以姬為氏，為夏氏之婦，故曰夏姬。」

作法

1.朱善《詩解頤》：「衛之亂，至于〈牆有茨〉而極，于是有狄人入衛之禍，陳之亂，至於〈株林〉而極，于是有楚人陳之禍。然則狄非能入衛也，宣姜實召之也；楚非能入陳也，夏姬實召之也，此所謂女戎也。」

2.姚際恆《詩經通論》：「首章詞急迫，次章承以平緩，章法絕妙。曰『株林』，曰『株野』，曰『株』，三處亦不雷同。『說于株野』、『朝食于株』兩句，字法亦參差。短章無多，能曲盡其妙。」

3.馬瑞辰《毛詩傳箋通釋》：「上二句，詩人故設為問辭，若不知其淫於夏姬者，以為從夏南遊耳！下二句當連讀，謂其非適株林從夏南也，言外見其實淫於夏姬。此詩人立言之妙。」

4.方玉潤《詩經原始》：「靈公與其臣孔寧、儀行父淫於夏姬事見《春秋傳》，而此詩故作疑信之謂，非特詩人忠厚不肯直道人隱，抑亦善摹人情，如見忸怩之態。蓋公卿宣淫，朝夕往從所私，必有從旁指而疑之者，即行淫之人亦自覺忸怩難安，故多隱約其辭，故作疑信言以答訊者，而飾其私。詩人即體此情，為之寫照。不必更露淫字，而宣淫無忌之情，已躍然紙上，毫無遁形，可謂神化之筆。然羞惡之心，人皆有之，使陳靈君臣知所羞惡而檢行為，則何至有徵舒射廄之難？即楚亦可不必入陳也。女戎名亂，足為炯戒。聖人存此，亦信史歟！」

5.陳應棠《詩風新疏》：「第一章設為問答之辭，蓋一章仍在疑似之間，而第二章則言之確鑿，詩人用筆，其巧妙在此。」

澤陂

彼澤之陂❶，有蒲與荷❷。有美一人，傷如之何❸！寤寐無爲❹，涕泗滂沱❺。

彼澤之陂，有蒲與蕑❻。有美一人，碩大且卷❼。寤寐無爲，中心悁悁❽。

彼澤之陂，有蒲菡萏❾。有美一人，碩大且儼❿。寤寐無爲，輾轉伏枕⓫。

注釋

❶陂，音ㄆㄛ、一音ㄅㄟ，俗讀為ㄆㄧˊ，池塘邊堤岸。

❷蒲，蒲草。荷，荷花。

❸傷，鄭《箋》：「思也。」如之何，奈之何。傷如之何，我思此美人，當如之何而得見之。又魯、韓《詩》作「陽」，「陽」和「姎」、「卬」通用，《爾雅．釋詁》：「陽，予也。」

❹無為，無所作為。

❺涕，眼淚。泗，鼻涕。滂沱，涕淚俱下貌。

❻蕑，蘭。

❼卷，音ㄑㄩㄢˊ，通婘，漂亮、美好。

❽悁悁，音ㄐㄩㄢ，王先謙《詩三家義集疏》：「蓋悲哀不舒之意。」

❾菡萏，音ㄏㄢˋㄉㄢˋ，荷花。鄭《箋》：「華以喻女之顏色。」

❿儼，《說文》：「一曰：好貌。」毛《傳》：「矜莊貌。」韓《詩》作嬙，《太平御覽》三六八引薛君《韓詩章句》：「嬙，重頤也。」即今所謂雙下巴，以喻人物之美。

⓫伏枕，朱熹《詩集傳》：「臥而不寐，思之深且久也。」

詩旨

1.《詩序》：「〈澤陂〉，刺時也。言靈公君臣淫於其國，男女相說，憂思感傷焉。」三家《詩》無異義。

2.朱熹《詩集傳》：「此詩大旨與〈月出〉相類。」

3. 聞一多《風詩類鈔乙》列為女詞，並說：「荷塘有遇，悅之無因，作詩自傷。」

4. 王禮卿《四家詩恉會歸》：「此蓋詩人見靈公君臣共淫，染其民俗，遂致男女聚會，沉於淫泆，別後則憂思感傷，涕泗滂沱，輾轉伏枕。故託男女合離之事，寫其思傷之情，以刺時世之淫亂。是則作詩者之刺也。亦或相悅之男或女，述其憂樂互念之情，發之於吟詠，序詩者即所作而錄之，於以見時世之淫亂，觀政教之衰亡，題而刺之，則為序詩者之刺矣。」

1. 范處義《詩補傳》：「詩人以蒲配荷、以蒲配蕳、以蒲配菡萏，所謂男女相說也。……其未得之也，則既思其人而感傷，又思其人髮之卷，又思其人貌之儼，寤寐之間，不復他有作為，或涕泗俱下，或悁悁憂慼，或輾轉廢寢，此皆合男女之情而言之。詩人言其情而不及於亂，亦欲其止於禮義也。」

2. 方玉潤《詩經原始》：「集傳謂與〈月出〉相類，誠然。……起極幽豔，繼乃傷感，故知為思存作，非悼亡篇也。大抵臣不得於其君，子不得於其父，皆可藉此以抒懷。詩人所言，或實有所指，或虛以寄興。興之所到，觸緒即來。後世〈江南曲〉、〈子夜歌〉，此類甚多。豈篇篇俱有所為而言耶？」

檜風

〈檜風〉共四首詩，檜《左傳》、《國語》作鄶，《漢書．地理志》作會，其疆域在今河南省密縣境。傳說檜國國君為妘姓，是祝融之後，其世次已不可考。范處義引王肅云：「周武王封祝融之後於濟、洛、河、潁之間，為檜子。」未詳所據。《漢書．地理志》：「濟洛河潁之間，子男之國，虢、會為大。恃勢與險，崇侈貪冒。」鄭玄《詩譜》：「檜者，古高辛氏火正祝融之墟。檜國在《禹貢》豫州外方之北，滎波之南，居溱洧之間。祝融氏名黎，其後八姓，唯妘姓檜者處其地焉。周夷王、厲王之時，檜公不務政事，而好潔衣服。大夫去之，於是檜之變風始作。其國北鄰於虢。」檜國仗地勢險峻，易於防守，加上檜公不務政事，好絜衣服，因而於東周初年（西元前七六九年），為鄭武公所滅，鄭桓公即其地以建鄭國。《史記》、《韓非子》、《說苑》俱載鄭桓公伐檜之事。《詩經》除〈鄭風〉外，又有〈檜風〉，屈萬里《詩經詮釋》：「鄭因檜地，都於溱洧之間；鄭詩既數言溱洧，此又別出檜詩，明檜詩之別出，非因方域及樂調與鄭詩不同，蓋以其為未被併於鄭以前之詩也。然則檜詩四篇，皆平王東遷以前之作矣。」可見〈檜風〉皆併於鄭以前之作，大約是西周末，東周初的作品。《左傳．襄公二十九年》載吳公子季札請觀周樂，有「自鄶以下無譏焉」之語，可見〈檜風〉在當時便不受重視。

羔裘

羔裘逍遙❶，狐裘以朝❷。豈不爾思？勞心忉忉❸。

羔裘翱翔❹，狐裘在堂❺。豈不爾思？我心憂傷。

羔裘如膏❻，日出有曜❼。豈不爾思？中心是悼❽。

注釋

❶羔裘，小羊皮所製成之朝服。逍遙，遊戲宴樂。

❷狐裘，狐狸皮所製成之祭服。朝，上朝。孔《疏》：「今以朝服燕，祭服朝，是其好絜衣服也。」

❸勞，憂。忉忉，音ㄉㄠ，憂勞貌。

❹翱翔，鄭《箋》：「猶逍遙也。」

❺在堂，在朝堂。陳奐《詩毛氏傳疏》：「堂在路門內。燕朝，路寢庭也。堂，路寢堂也。公堂者，以公所聽政之堂而名之也。」

❻膏，油脂，形容羔裘潤澤光亮貌。

❼有曜，曜然，明亮貌。形容羔裘因日照而有光彩。

❽中心，心中。悼，哀傷。

詩旨

1.《詩序》：「〈羔裘〉，大夫以道去其君也。國小而迫，君不用道。好絜其衣服，逍遙遊燕，而不能自強於政治。故作是詩也。」鄭《箋》：「三諫不從，待放於郊，得玦乃去。」孔《疏》：「大夫去君，必是諫而不從，詩之所陳，即諫君之意。」「其意猶尚思君，明已棄君而去，待放未絕之時，作此詩也。」

2.聞一多《風詩類鈔乙》：「女欲奔男之辭。」

3.屈萬里《詩經詮釋》：「此疑檜人慕其君而不得近之詩。」

作法

1.鄭玄《箋》：「先言燕，後言朝，見君之志不能自強於政治。」

2.孔穎達《正義》：「羔裘是適朝之常服，今服之以逍遙；狐裘是息民之祭服，今服之以在朝，言其志好鮮潔，變易常服也。」

3.黃櫄《毛詩李黃集解》：「觀〈羔裘〉一詩，見臣子愛君之心，未嘗一日忘。雖去國矣，而不敢無憂國之念；君雖不明道矣，而不敢言其君之過；託言其意於羔裘，而寓其情於憂傷。……檜君之好潔衣服，必有不可救正者，不止於此。大夫不忍言其君之過，而特曰逍遙遊燕，此其微意也。作《序》者謂大夫以道去其君，可謂深於詩矣。」

4. 錢澄之《田間詩學》：「論語狐貉之厚以居，則狐裘燕服也，逍遙而以羔裘，是則法服為嬉遊之具矣。視朝而以狐裘，是臨御為褻媟之場矣。先言逍遙，後言以朝，是以逍遙為急務，而視朝在所緩矣！」

5. 撰者按：本詩採AAA曲式，三章疊章複沓，各章前二句寫其君只知錦衣美服，沉湎於遊樂，後二句則極寫自己勞心憂慮之情。

素冠

庶見素冠兮❶，棘人欒欒兮❷，勞心慱慱兮❸。

庶見素衣兮❹，我心傷悲兮，聊與子同歸兮❺。

庶見素韠兮❻，我心蘊結兮❼，聊與子如一兮❽。

注釋

❶庶，庶幾，表示希冀之意。素冠，屈萬里《詩經詮釋》：舊謂此詩為刺不能三年之喪者，以有素冠素衣之語也。按：古人喪服，以縷之粗細，定其輕重，非必尚白。古冠禮用素冠，士冠禮始冠鄭注云：「白布冠，今之喪冠是也。」曰今之喪冠，明古者不必如是。鄭風出自東門言「縞衣綦巾」，是女子平時亦衣白衣。曲禮云「父母在，衣冠不純素。」始以純素為嫌。曲禮蓋戰國晚年或秦漢間人所作，所言未必為古俗也。翟灝通俗編有說詳之。

❷棘人，舊說為居喪之人。一說棘通瘠，瘦也，棘人為女子自稱，惠棟、馬瑞辰皆有說。欒欒，瘦弱貌。

❸勞心，憂心。慱慱，音ㄊㄨㄢˊ，憂慮貌。

❹素衣，白色之衣服，舊說為喪服，今人多以為是古代男女平常皆可穿之衣服。

❺聊，且。同歸，一同回家。或同歸一處，指同死而言。

❻韠，音ㄅㄧˋ，亦名韍或蔽膝，以皮製成，長方形，上窄下寬，似今之圍裙。

❼蘊結，朱熹《詩集傳》：「思之不解。」憂鬱不解貌。

❽如一，如一人，指意志相同。或說即同生共死之意。

詩旨

1.《詩序》：「〈素冠〉，刺不能三年也。」鄭《箋》：「喪禮，子為父，父卒為母，皆三年。時人恩薄禮廢，不能行也。」三家《詩》引《列女傳．杞梁妻傳》：「杞梁之妻無子，內外皆無五屬之親，既無所歸，乃枕其尸於城下而哭。內誠動人，道路過者莫不為之揮涕，十日而城為之崩。」

2.姚際恆《詩經通論》以「其不可信者十」批評《詩序》。並說：「此詩不知指何事何人，但『勞心』、『傷悲』之詞，『同歸』、『如一』之語，或如諸篇，以為思君子可，以為婦人思男亦可，何必泥『素』之一字，遂迂其說以為『刺不能三年』乎！……」

3.王靜芝《詩經通釋》：「蓋三年之喪，為孔子之主張，後世儒者，遇此大題目，多莫敢議論。惟三年之喪即使應守，而此詩中所言，固與三年之喪無關也。《詩序》之所以說此詩為刺不能三年者，以有素冠、素衣、素韠數語而已。然素冠、素衣、素韠之文，從未於喪禮中見之。姚際恆考之甚詳。然則據素冠等語以為指三年之喪，明為誤矣！因舊說以此詩為刺三年之喪，而通俗乃以棘人為居父母喪者之稱。流傳既久，已不可更易。然此詩非指三年之喪而言，則可確定。」

4.屈萬里《詩經詮釋》：「此當是女子思慕男子之詩。」

撰者按：全詩三章章三句，採AAA複沓曲式，句句押韻，且句尾皆加兮字，一、二章押平聲韻，三章轉仄聲韻。首句「庶」字寫盡詩人無限希冀見到對方之渴望，二、三句描繪其因過於思慕，而消瘦傷悲鬱結之情狀。

隰有萇楚

隰有萇楚❶，猗儺其枝❷。夭之沃沃❸，樂子之無知❹。
隰有萇楚，猗儺其華❺。夭之沃沃，樂子之無家❻。
隰有萇楚，猗儺其實。夭之沃沃，樂子之無室❼。

注釋

❶隰，音ㄒㄧˊ，低下潮濕之地。萇楚，羊桃，葉長而狹，花紫赤色，其枝莖弱，過一尺，蔓生於草上，果實可食。鄭《箋》：「興者，喻人少而誠愨，其長大無慾。」取萇楚初生正直，長大亦不放縱，不若檜君之恣放無禮。

❷猗儺，音ㄜ ㄋㄨㄛˊ，義同婀娜。《魯詩》作「旖旎」，柔美貌。

❸夭之沃沃，毛《傳》：「夭，少也。沃沃，壯佼也。」

❹樂，羨慕。無知，不知愁苦。又鄭《箋》：「知，匹也。」是以無知與無家、無室，皆為無妻室。

❺華，花之古字。

❻無家，無家室之累。

❼無室，同無家。

詩旨

1.《詩序》：「〈隰有萇楚〉，疾恣也。國人疾其君之淫恣，而思無情慾者也。」三家《詩》無異義。
2.朱熹《詩集傳》：「政繁賦重，人不堪其苦，嘆其不如草木之無知而無憂也。」
3.姚際恆《詩經通論》：「此篇為遭亂而貧窶，不能贍其妻子之詩。」
4.方玉潤《詩經原始》：「傷亂離也。」「此必檜破民逃，自公族子姓以及小民之有室有家者，莫不扶老攜幼，挈妻抱子，相與號泣路歧，故有家不如無家之好，有知不如無知之安也。」
5.聞一多《風詩類鈔》：「幸女之未字人也。」

6.屈萬里《詩經詮釋》：「此傷時之詩。意謂生逢衰世，而羨幼童之無知，與夫無室家之累也。」

作法

1.鄒忠胤《詩傳闡》：「詩發乎情，如其情以為情者，常也。亦有反其情以為情者，〈鄶風〉之〈萇楚〉是也。」

2.沈德潛《說詩晬語》：「政繁賦重，民不堪其苦，而〈萇楚〉一詩唯羨草木之樂，詩意不在文辭中也。至〈苕之華〉，明明說出，要之並為亡國之音。」

3.撰者按：本詩採AAA式，三章複沓。比興類似〈桃夭〉，但〈桃夭〉由樹木之欣榮，義歸於家室之好，本詩則由樹木之欣榮，義歸於有家而不樂。在寫法上採用襯托對比，用萇楚夭之沃沃之樂，反襯人有知、有家、有室之累。詩人不言自家之苦，只是羨慕萇楚之樂，苦樂對比，尤顯苦者愈苦，樂者愈樂。此種嗟人世之憂患，睹草木而生羨之情思為後代文學作品所承襲，錢鍾書《管錐篇．毛詩正義》舉元結〈系樂府．壽翁興〉：「借問多壽翁，何方自修育。唯云順所然，忘情學草木。」杜甫〈哀江頭〉：「人生有情淚沾臆，江水江花豈終極。」韋莊〈台城〉：「無情最是台城柳，依舊煙籠十里堤。」戴敦元〈餞春〉：「春與鶯花都作達，人如木石定長生。」姜夔〈長亭怨〉：「樹若有情時，不會得青青如許。」說這些作品和本詩在構思上均同出一脈。

匪風

匪風發兮❶，匪車偈兮❷。顧瞻周道❸，中心怛兮❹。

匪風飄兮❺，匪車嘌兮❻。顧瞻周道，中心弔兮❼。

誰能亨魚❽，溉之釜鬵❾。誰將西歸❿，懷之好音⓫。

❶匪，王念孫《廣雅疏證》：「匪當為彼。『匪風發兮，匪車偈兮。』猶言彼風之動發發然，彼車之驅偈偈然。」亦或作「非」，毛《傳》：「非有道之風。」王質《詩總聞》：「非風飄忽，使我不安也，非車馳疾，使我不安也，但顧趨周之路而傷心爾。」發，即發發，指風聲疾速。

❷偈，音ㄐㄧㄝˊ，車馬疾驅貌。

❸顧，回頭看。周道，即周行，猶言大道。

❹中心，心中。怛，音ㄉㄚˊ，悲傷。

❺飄，吹。一說為疾速。

❻嘌，音ㄆㄧㄠ，《說文》：「疾也。」

❼弔，悲傷。

❽亨，同烹。《韓非子．解老》：「治大國而數變法，則民苦之，是以有道，君貴靜，不重變法，故曰：『治大國，若烹小鮮。』」

❾溉，洗滌。之，猶其也。釜，飯鍋。鬵，音ㄒㄩㄣˊ，大鍋。

❿西歸，鄭《箋》：「檜在周之東，故言西歸。」屈萬里《詩經詮釋》：「檜在周東，西歸，謂歸附於周，則仕於周也。」

⓫懷，盼望之意。又毛《傳》：「懷，歸也。」歸有饋、送之意。好音，好消息。又陳奐《詩毛氏傳疏》：「善政令。」

詩旨

1. 《詩序》：「〈匪風〉，思周道也。國小政亂，憂及禍難，而思周道焉。」毛《傳》：「下國之亂，周道滅也。」孔穎達《正義》：「若使周道明盛，必無喪亡之憂，故思之。」三家《詩》無異義。

2. 范處義《詩補傳》：「周之盛時，眾建諸侯，使小事大，大庇小；有相侵伐者，命方伯連帥以正之。故諸國不失分地，庶民保其生業。……今檜，小國也。政亂而民不安其居，惴惴然惟恐大國之若并，故思周建國親侯之道，而賦是詩。」

3. 方玉潤《詩經原始》：「鄭桓公之謀伐虢與檜也久矣！然未幾而旋亡。使周轍不東，檜亦未必受迫於鄭。其或王綱再振，鄭必不敢加兵於檜。而今已矣，悔無及矣！不能不顧瞻周道而自傷也。……蓋周興，則我小國亦與之俱興矣！搔首茫茫，其誰能烹魚乎？有則我願為之溉其釜鬵也，其誰將西歸乎？有則我願慰之以好音也。……此檜臣自傷周道之不能興復其國也，不料諸儒但以為思周道之陵遲，則豈詩人意旨哉！」

作法

1. 孔穎達《正義》：「上二章言周道之滅，念之而怛傷；下章思得賢人輔周興道，皆是思周道之事。」
2. 陳應棠《詩風新疏》：「本篇重點在第三句『顧瞻周道』一語，『顧瞻』有思念之意，故《序》云：『思周道也。』首二句以飄風疾車以喻檜國政治之紛亂，後一句回應第一二兩句，言政亂之可悲也。同時連接第三句言亂世而思治也，更可慨歎也。全詩結構轉接緊密，條理不亂也。又詩中第一二兩章疊詠，第三章則變換其筆法，但仍離不開『思周道』三字之意義。『思』字雖未明白指出，但通篇以一個『思』字貫通著。第一二章言『瞻望』，第三章言『西歸』，瞻望只虛寫，西歸則實寫，虛實兩面寫法，亦妙筆也。至第三章以烹魚以喻治國，更是妙想也。」

曹風

〈曹風〉共四首詩，曹國為姬姓諸侯國，始封者為周武王之弟叔振鐸，其封地約當今山東省西南部荷澤、定陶一帶。春秋時期，曹國國勢衰微，是附屬於晉、齊、楚之三流小國，國小而君奢，民勞而政僻，詩多悲觀之詞。傳二十六世至曹伯陽，於魯哀公八年（周敬王三十三年，西元前四八七年），為宋景公所滅。

《漢書．地理志》：「濟陰定陶，《詩．風》曹國也。武王封其弟叔振鐸於曹。……昔堯作游成陽，舜漁靁澤，湯止於亳，故其民猶有先王遺風，重厚多君子，好稼穡，惡衣食，以致畜藏。」〈曹風〉中〈候人〉詩中有「三百赤芾」句，合於《左傳》所記晉文公入曹，數曹共公不用僖負羈而乘軒者三百人，因此詩作於晉文公入曹時（西元前六三二年）；末篇〈下泉〉，明代何楷《詩經世本古義》據《易林》之說，以魯昭公二十二年王子朝作亂，晉籍談、荀礫帥九州之戎勤王之事實之，馬瑞辰、王先謙、屈萬里等人採其說，若如此則其寫作時間要比〈陳風．株林〉晚八十多年，為《詩經》最晚之作品。但像方玉潤、王靜芝等人，則倡〈下泉〉非曹人美荀伯荀礫能勤王之詩，乃傷晉文之侵曹，而念周之衰，無力以制晉扶曹，念周懷郇伯也。如此則時代比前說早上百年，非三百篇最後之作。不知何說為是？難以定論。

蜉蝣

蜉蝣之羽❶，衣裳楚楚❷。心之憂矣，於我歸處❸。

蜉蝣之翼，采采衣服❹。心之憂矣，於我歸息❺。

蜉蝣掘閱❻，麻衣如雪❼。心之憂矣，於我歸說❽。

注釋

❶蜉蝣，蟲名，身長六、七分，體似蜻蛉而略小，有四翅，體細而狹，腹部末端有一對很長尾毛。幼蟲棲於水中，蛻化為成蟲之後，出水能飛，成蟲不取食，壽命只有數小時至幾天而已，故有朝生暮死之說。毛《傳》：「渠略也，朝生夕死，猶有羽翼以自修飾。」

❷楚楚，鮮明貌。

❸於我，我且。於，音ㄨ，感嘆詞。歸處，即死去，與〈唐風‧葛生〉「歸于其居」、「歸于其室」同義。

❹采采，鮮明貌。

❺歸息，與「歸處」同義。

❻掘，穿。掘閱，小蟲化生，穿穴而出。鄭《箋》：「掘閱，掘地解閱，謂其始生時也。」蜉蝣為水生昆蟲，穿穴而出難通，此或狀其幼蟲蛻皮羽化之過程。

❼麻衣，白布衣。如雪，形容其皎潔。此指蜉蝣蛻變後之薄翅。

❽說，音ㄕㄨㄟˋ，舍息。義同「歸處」、「歸息」。

詩旨

1. 《詩序》：「〈蜉蝣〉，刺奢也。昭公國小而迫，無法以自守，好奢而任小人，將無所依焉。」鄭玄《詩譜》：「昭公好奢而任小人，曹之變風始作。」王先謙《詩三家義集疏》引《漢書‧古今人表》：「曹昭公，釐公子，作詩。」《魯》、《韓》當同。
2. 朱熹《詩集傳》：「此詩蓋以時人有玩細娛，而忘遠慮者，故以蜉蝣為比而刺之。」「《序》以為刺其君，或然，而未有考也。」
3. 范處義《詩補傳》：「檜曹皆小國，詩亦相似。檜之變風，始於〈羔裘〉；曹之變風，始於〈蜉蝣〉。〈羔裘〉刺絜其衣服，〈蜉蝣〉刺好奢，亦類也。」「〈羔裘〉之詩，不及政治，序詩者以其逍遙游燕，而知其必不能自強於政治；〈蜉蝣〉之詩，不及小人，序詩者以其將無所依，而知其所用皆小人，故不足恃。然不能自強，猶愈於無所依，此曹所以又出檜下也。」
4. 屈萬里《詩經詮釋》：「此詩每章首句蓋皆起興之辭。第二句刺在官者之奢，三四句乃作詩之本旨，疑是在官位者傷時之詩。」

5. 裴普賢《詩經評註讀本》：「此詩乃歎人生之如蜉蝣，表面上雖甚可愛，其奈朝生暮死，轉瞬即逝何？豈可徒事奢浮乎？蓋『少小不努力，老大徒傷悲』也！」

作法

陳應棠《詩風新疏》：「國風其國在春秋而先亡者有檜與曹，檜亡於鄭，曹亡於宋，二國之君皆奢侈美衣服，如檜『羔裘如膏』，曹『麻衣如雪』，其惡相似，可以為國者戒也。……全詩三章首二句為興，以興曹之君臣奢侈好絜也。後二句為正意，言其君臣不知國小而迫，是可憂也。」

候人

彼候人兮❶，何戈與祋❷。彼其之子，三百赤芾❸。

維鵜在梁❹，不濡其翼❺。彼其之子，不稱其服❻。

維鵜在梁，不濡其咮❼。彼其之子，不遂其媾❽。

薈兮蔚兮❾，南山朝隮❿。婉兮孌兮⓫，季女斯飢⓬。

❶候人，據《周禮．夏官》說為掌管迎送賓客之小官，以保護賓客安全，並負責邊境道路之司察與禁令。

❷何，通荷，肩背。祋，音ㄉㄨㄛˊ，殳，參〈衛風．伯兮〉，皆長柄兵器。

❸赤，紅色。芾，音ㄈㄨˊ，蔽膝。毛《傳》：「大夫以上，赤芾乘軒。」曹共公之臣，乘軒者三百人，所以說三百赤芾。

❹鵜，音ㄊㄧˊ，鵜鶘，一種水鳥，體型較鵝大，色灰白帶

紅，嘴較長，頷下有大喉囊，性貪惡，常攪渾水面，吃光魚蝦，因而又稱洿澤、淘河。除捕食外，多睡懶覺、曬太陽，或梳理羽毛，詩人借其好吃懶做形象為取譬。梁，捕魚所築之水壩。

❺濡，浸濕。翼，羽翼。

❻稱，配合適當。鄭《箋》：「不稱者，言德薄而服尊。」

❼咮，音ㄓㄡˋ，鳥嘴。

❽遂，成。媾，婚姻。毛《傳》：「媾，厚也。」鄭《箋》：「遂，猶久也。不久其厚，言終將薄於君也。」

❾薈，音ㄏㄨㄟˋ，薈蔚，草木茂盛貌，此狀虹雲升騰之景。毛《傳》：「薈、蔚，雲興貌。」

❿隮，音ㄐㄧ，彩虹。

⓫婉、孌，年少美好貌。毛《傳》：「婉，少貌。孌，好貌。」

⓬季女，少女。季女斯飢，鄭《箋》：「天無大雨則歲不熟，而幼弱者飢，猶國之無政令，則下民困病。」

詩旨

《詩序》：「〈候人〉，刺近小人也。共公遠君子，而好近小人焉。」《詩序》係根據《左傳·僖二十八年》：「春，晉文公伐曹。三月，丙午入曹，數其不用僖負羈，而乘軒者三百人也。」為說。王先謙《詩三家義集疏》：「詳味詩義，季女，即候人之女也。蓋詩人稔知此賢者沉抑下僚，身丁困阨，家有幼女，不免恆飢，故深歎之。」三家《詩》義同。

作法

撰者按：全詩採ABBC曲式，首章四句，意分兩層，對比候人服役辛勞與姬姓貴族衣著鮮麗。二、三章聯吟，緊承首章後二句，以鵜鶘不必沉水捕魚，卻有魚吃，比喻權貴之尸位素餐，不勞而獲。三章遠承首章一、二句，以樂景寫哀情，候人遠在南山的家園雲興、朝隮，但他家中的幼女卻因貧乏而挨餓。

鳲鳩

鳲鳩在桑，其子七兮❶。淑人君子，其儀一兮❷。其儀一兮，心如結兮❸。
鳲鳩在桑，其子在梅❹。淑人君子，其帶伊絲❺。其帶伊絲，其弁伊騏❻。
鳲鳩在桑，其子在棘❼。淑人君子，其儀不忒❽。其儀不忒，正是四國❾。
鳲鳩在桑，其子在榛。淑人君子，正是國人。正是國人，胡不萬年❿！

注釋

❶鳲鳩，布穀鳥。春秋時有鳲鳩養子平均之傳說。《左傳·昭公十七年》：「鳲鳩氏，司空也。」杜預注：「鳲鳩平均，故為司空，平水土。」毛《傳》：「鳲鳩之養其子，朝從上下，暮從下上，平均如一。」七，虛數，言其多。
❷儀，儀度，態度。一，專一。
❸結，繩結。如結，形容心志堅定。
❹梅，柟樹。
❺帶，大帶。伊，維，是。其帶伊絲，大帶是絲做的。
❻弁，皮冠。騏，鄭《箋》：「騏，當作璂。」即弁上之玉飾。其弁伊騏，皮冠以玉石裝飾。
❼棘，酸棗樹。
❽忒，音ㄊㄜˋ，差錯。《說文》：「忒，更也。」段玉裁注：「凡人有過失改革謂之忒。」
❾正，準則。又毛《傳》：「正，長也。」即領導。四國，四方之國，即天下。正是四國，天下之人都以他為準則。
❿胡，何。朱熹《詩集傳》：「胡不萬年，願其壽考之辭也。」

詩旨

1.《詩序》：「〈鳲鳩〉，刺不壹也。在位無君子，用心之不壹也。」《詩序》以美為刺。陳啟源《毛詩稽古編》亦說「援古以刺今」。王先謙《詩三家義集疏》：「三家無異義。陳喬樅云：《魯詩》說〈鳲鳩〉之義，詞無譏刺，與毛異解。愚謂刺詩不在顯言，〈關雎〉、〈鹿鳴〉皆其例也。」但詩中並無刺意，反多溢美之詞，因而後人多以美詩釋之，至於所美何人，說法不一。

2. 朱熹《詩集傳》：「詩人美君子之用心均平專一。」

3. 方玉潤《詩經原始》：「《小序》謂刺不壹，詩中純美無刺意，或謂美振鐸，或謂美公子臧，皆無確據，何元子謂曹人美晉文公之復曹伯……至《集傳》則又謂美君子之用心均平專一，而不指為何人，似亦不必深考之意。然詩卒章云『正是國人，胡不萬年。』則明明有人在，非虛詞也。回環諷詠非開國賢君未足當此，故以為美振鐸之說者，亦庶幾焉。」

作法

撰者按：全詩四章章六句，採AAAA曲式，一、二句興，後四句描寫淑人君子，第五句頂針，反覆讚美君子，句尾並多加「兮」字，以增加聲情之美。首章讚美君子之儀與心。次章描寫君子之帶、弁，服稱其德。三章進一步寫君子之儀，讚美他是四國之正。末章從君子之儀容進而寫其品德，並以胡不萬年反詰，表肯定會萬年，來祝頌君子。

下泉

洌彼下泉❶，浸彼苞稂❷。愾我寤嘆❸，念彼周京❹。

洌彼下泉，浸彼苞蕭❺。愾我寤嘆，念彼京周❻。

洌彼下泉，浸彼苞蓍❼。愾我寤嘆，念彼京師❽。

芃芃黍苗❾，陰雨膏之❿。四國有王⓫，郇伯勞之⓬。

注釋

❶ 冽，寒涼。下泉，自高處往下流之泉水。

❷ 苞，茂盛，草叢貌。稂，音ㄌㄤˊ，草名，其莖葉似禾而不結實，常雜生於禾粟中，損害禾苗之生長，又名狼尾草。此草生不結實，遇水即死。詩人以寒冷之泉水浸泡稂根使之濕腐而死，興王子朝作亂而使周京受害。

❸ 愾，嘆息聲。寤，睡覺，或以為語助詞。

❹ 周京，周朝之京都，指成周。

❺ 蕭，草名，即艾蒿。

❻ 京周，即周京。倒文以叶韻。念彼周京，馬瑞辰《毛詩傳箋通釋》：「昭二十二年，王猛入於王城。《公羊傳》：『王城者何？西周也。』二十六年冬十月，天王入於成周。《公羊傳》：『成周者何？東周也。』……此詩云『念彼周京』，蓋王新遷成周，追念故京師王室之詞。自是以後諸侯不復勤王，故列〈國風〉，《詩》亦終於此。』」

❼ 蓍，音ㄕ，草名，菊科蓍屬，多年生草本植物。葉互生，為闊線形。花似菊，為白色或淡紅色。古時取其莖以為占卜之用。

❽ 京師，國都，同周京。

❾ 芃，音ㄆㄥˊ，芃芃，茂盛貌。

❿ 膏，潤澤。

⓫ 四國，四方之諸侯國。有王，諸侯朝聘於天子。一說心中尚有周天子，尊敬而朝之。

⓬ 郇，音ㄒㄩㄣˊ，郇伯，鄭《箋》：「郇侯，文王之子，為州伯。」即郇躒，（知伯）。勞，音ㄌㄠˋ，慰勞。之，指納周敬王於京師之事。王先謙《詩三家義集疏》：「荀氏在晉為名卿，納王之事，身著勤勞，詩美其遇王室危亂之時，能以周京為憂念，故言：黍之苗芃芃然盛者，以陰雨能膏澤之；今四國尚知有王事者，以郇伯能勞來之也。」

詩旨

1. 《詩序》：「〈下泉〉，思治也。曹人疾共公侵刻，下民不得其所，憂而思明王賢伯也。」王先謙《詩三家義集疏》：「《左傳》昭二十二年十月，荀躒與籍談帥師納王于王城。二十六年七月，知躒與趙鞅帥師納王。荀氏在晉為名卿，納王之事，身著勤勞，詩美其遇王室危亂之時，能以周京為憂念。」「自春秋昭二十二年王子朝作亂，至三十二年城成周為十年，與《易林》『十年無王』合。」

2.方玉潤《詩經原始》：「傷周無王不足以制霸也。此與〈匪風〉同被大國之伐，而傷周王之不能救己也。夫天下有道，則禮樂征伐自天子出，天下無道，則禮樂征伐自諸侯出。今晉文入曹，執其君，分其田，以釋私憾，寧能使曹人帖然心服乎！此詩之作，所以念周衰，傷晉霸也。使周而不衰，則四國有王，彼曹雖強敢擅征伐，又況承王命而布王恩者，有九州之伯以制之。昔者郇國之君，當承是命治諸侯而有功矣！而今不然也，不能不愾然悟歎，以念周京如苞稂之見浸下泉，日蕪沒而自傷耳！」

3.傅斯年《詩經講義》：「傷時衰世亂，而念昔之盛世。」

4.糜文開、裴普賢《詩經欣賞與研究》：「現在考察王子朝之亂，荀礫與籍談於亂起之年，即帥師納悼王于王城。悼王卒，敬王立，荀礫更以十國聯軍統帥的身分，帥師納敬王于成周，王子朝之亂平。就軍事而言，荀礫是晉國勤王平亂的大功臣。」「蓋亂起於（魯）昭公二十二年，亂平于二十六年，各國又派兵戍守成周五年，至三十二年城成周，放棄王城，改以成周為京師，不多不少，剛巧是京師（王城）無王者十年。王子朝之亂的勤王之役，曹人參加到底。二十五年輸粟戍人的黃父之會，二十七年令戍成周的扈之會，三十二年的城成周的狄泉之會等，《春秋經》都明載有曹國參加。所以〈曹風．下泉〉詩所說的『四國有王，郇伯勞之』，的確是詠王子朝之亂諸侯勤王，荀礫為聯軍十國統帥，對他們慰勞有加之語。」

作法

1.陳繼揆《讀風臆補》：「昔時黍苗，今則苞稂。昔時陰雨，今則洌泉。感時追憶，無限傷心，妙在前路絕不說出。讀末章，正如唐天寶亂後，說到貞觀盛時，壹似天上人，令人神馳，而不覺言之津津也。」

2.王靜芝《詩經通釋》：「愚意以為此晉文入曹，曹人傷晉之侵，而念周室衰微，無力以制晉扶曹，故念周而懷郇伯也。下泉之洌，是喻晉也。寒洌是言其侵人之厲也。苞稂喻晉人生命之所繫。是先感其國之辱，其人之危，然後思外援之不濟，王室之今非昔比者。」

3.撰者按：前三章為一段，寫周敬王未入京師時事，氣氛沉悶，顯得抑鬱焦慮、末章為一段，寫周敬王既入京師後事，氣氛明快，顯得歡愉輕鬆。

豳風

豳風共七首詩，豳，又寫作邠，在《禹貢》雍州岐山之北，今陝西栒邑縣、邠縣一帶。原為戎狄之地，周之先世公劉由邰（今陝西武功）遷居於此，始從事農桑，為周朝發祥地之一。十世為太王，徙居岐山之陽周原之地，始稱周。十二世為文王，十三世而武王伐紂滅商，遂有天下。朱熹《詩集傳》：「武王崩，成王立，年幼不能莅阼，周公旦為冢宰攝政，乃述后稷公劉之化，作詩一篇以戒成王，謂之〈豳風〉。而後人又取周公所作，及凡為周公而作之詩以附焉。」由此知豳雖為周先人之國，且〈豳風〉多言周公事。但〈豳風〉非全為豳人所作，傅斯年《詩經講義稿》說：「〈豳風〉雖涉周公事，然絕非周公時詩之原面目，恐口頭流傳二三百年後而為此語。」屈萬里《詩經詮釋》也說：「豳地與周公無關，而豳詩多言周公東征事，此必有故。疑周公東征時所率者多豳地之民，所為歌詩，皆豳地之聲調，故其詩雖作於東國，而仍以豳名之也。〈七月〉之詩，疑亦東征之士，懷念故土，作之以慰鄉思者。」所論頗為合理。

〈豳風〉大都寫定在西周晚年或東周初，在〈國風〉中年代最早。其中〈東山〉、〈破斧〉等詩提到西周初年的周公東征，如傅斯年所說可能是傳唱已久。《漢書．地理志》：「昔后稷封斄，公劉處豳，太王徙岐，文王作酆，武王治鎬，其民有先王遺風，好稼穡，務本業，故豳詩言農桑衣食之本甚備。」周人以農立國，因而產生像〈七月〉這樣難得的長篇農事詩。

七月

七月流火[1]，九月授衣[2]。一之日觱發[3]，二之日栗烈[4]。無衣無褐[5]，何以卒歲[6]？三之日于耜[7]，四之日舉趾[8]。同我婦子[9]，饁彼南畝[10]，田畯至喜[11]。

七月流火，九月授衣。春日載陽[12]，有鳴倉庚[13]。女執懿筐[14]，遵彼微行[15]，爰求柔桑[16]。春日遲遲[17]，采蘩祁祁[18]。女心傷悲，殆及公子同歸[19]。

七月流火，八月萑葦[20]。蠶月條桑[21]，取彼斧斨[22]，以伐遠揚[23]，猗彼女桑[24]。七月鳴鵙[25]

，八月載績㉖，載玄載黃，我朱孔陽㉗，爲公子裳㉘。
四月秀葽㉙，五月鳴蜩㉚。八月其穫，十月隕蘀㉛。一之日于貉㉜，取彼狐狸，爲公子裘。二之日其同㉝，載纘武功㉞。言私其豵㉟，獻豜于公㊱。
五月斯螽動股㊲，六月莎雞振羽㊳。七月在野㊴，八月在宇㊵，九月在户㊶，十月蟋蟀，入我牀下㊷。穹窒熏鼠㊸，塞向墐户㊹。嗟我婦子，曰爲改歲㊺，入此室處㊻。
六月食鬱及薁㊼，七月亨葵及菽㊽，八月剝棗㊾，十月穫稻。爲此春酒，以介眉壽㊿。七月食瓜，八月斷壺(51)，九月叔苴(52)，采荼薪樗(53)，食我農夫(54)。
九月築場圃(55)，十月納禾稼(56)。黍稷重穋(57)，禾麻菽麥。嗟我農夫，我稼既同(58)，上入執宮功(59)。晝爾于茅(60)，宵爾索綯(61)；亟其乘屋(62)，其始播百穀(63)。
二之日鑿冰沖沖(64)，三之日納于凌陰(65)。四之日其蚤(66)，獻羔祭韭。九月肅霜，十月滌場(67)。朋酒斯饗(68)，曰殺羔羊(69)。躋彼公堂(70)，稱彼兕觥(71)：「萬壽無疆」。

❶ 七月，指夏曆七月。夏曆七月為周之九月。流，毛《傳》：「流，下也。」此指行星在天空之位置向下移動。火，星名，即心宿二，又名大火星。流火，大火星在六月黃昏時，見於正南方，至七月黃昏時偏離中天，漸漸向西沉。

❷ 九月，夏曆九月，為周曆之十一月。授衣，九月開始降霜，故製寒衣以授家人，用以禦寒。馬瑞辰《毛詩傳箋通釋》：「凡言授衣者，皆授使為之也。此詩授衣亦授冬衣使為之，蓋九月婦功成，絲麻之事已畢，始可為衣，非謂九月冬衣已成，遂以授人也。」

❸ 一之日，夏曆十一月，周曆正月。觱，音ㄅㄧˋ，觱發，寒風觸物所發出之聲音。

❹二之日，夏曆十二月，周曆二月。栗烈，《說文》引詩作「溧冽」，是正字，寒氣刺骨貌。
❺褐，粗布衣服。
❻卒歲，終歲，即過寒冬。
❼三之日，夏曆正月，周曆三月。于，為，修理。耜，木製犂頭。于耜，整修農具。
❽四之日，夏曆二月，周曆四月。舉趾，舉足下田，即開始春耕。
❾同，會合、相約。婦子，妻子和小孩。
❿饁，音ㄧㄝˋ，毛《傳》：「饋也。」即送飯。南畝，胡承珙《毛詩後箋》：「古之治田者，大抵因地勢水勢而為之。其在南者，謂之南畝。」此泛指田地。
⓫畯，音ㄐㄩㄣˋ，田畯，毛《傳》：「田大夫也。」教田之官，一說為農正，古代掌農事之官員。喜，欣喜；或通饎，吃飯菜。鄭《箋》：「饎，酒食也。耕者之婦子俱以饟來，至於南畝之中，其見田大夫，又為設酒食焉。言勸其事，又愛其吏也。」
⓬載，則。陽，天氣暖和。鄭《箋》：「陽，溫也。」
⓭倉庚，黃鶯。
⓮懿筐，深筐。
⓯遵，沿著。微行，小路。
⓰爰，乃，於是。柔桑，嫩桑葉。
⓱遲遲，毛《傳》：「舒緩也。」《廣雅》：「長也。」
⓲蘩，毛《傳》：「白蒿也，所以生蠶。」祁祁，毛《傳》：「眾多也。」
⓳殆，將要。及，與。公子，豳公之子。又訓公子為豳公之女，歸為嫁，亦通。鄭《箋》：「春女感陽氣而思男，秋士感陰氣而思女，是其物化，所以悲也。悲則始有與公子同歸之志，欲嫁焉。女感事苦而生此志，是謂〈豳風〉。」春天為男女戀愛及嫁娶之良期，故詩中及之。
⓴萑，音ㄏㄨㄢˊ，一種荻類植物。葦，蘆葦。可以製蠶箔以養蠶。
㉑蠶月，養蠶之月，指夏曆三月。條桑，桑葉茂盛：俞樾《毛詩平議》說。
㉒斨，音ㄑㄧㄤ，柄孔為方形之斧頭，圓形者為斧。
㉓遠揚，指過長過高之桑枝。
㉔猗，美盛貌。女桑，桑樹小而條長者。
㉕鵙，音ㄐㄩㄝˊ，伯勞鳥。
㉖載，則、乃。績，紡。載績，紡麻。毛《傳》：「載績，絲事畢而麻事起矣。」
㉗孔，甚。陽，鮮明。
㉘為，治，治之以供公子為裳。
㉙秀，不開花而結實。葽，音ㄧㄠ，植物名，多年生草本植物，根由細根叢生而成，葉互生平滑，呈線形或長橢圓形。五月開花，有不整齊之紫色花冠。果實略凹，呈扁球狀。俗稱為「遠志」。
㉚蜩，音ㄊㄧㄠˊ，蟬。
㉛隕，墜落。蘀，音ㄊㄨㄛˋ，落葉。

㉜貉，音ㄏㄜˊ，獸名，似狐而尾短。毛《傳》：「于貉，謂取狐狸皮。」鄭《箋》：「往搏貉以自為裘也，狐狸以共尊者，言此者時寒宜助女功。」

㉝同，會集。鄭《箋》：「其同者，君臣及民因習兵俱出田也。」

㉞纘，音ㄗㄨㄢˇ，繼續。功，事。武功，田獵以習武事。

㉟言，梅廣〈詩三百篇言字新議〉說：承上文指時間先後，相當於現代漢語「於是」。私，私有。豵，音ㄗㄨㄥ，一歲豬，泛指小獸。言私其豵，於是自己私有獵獲之小獸。

㊱豜，音ㄐㄧㄢ，三歲豬，泛指大獸。獻豜于公，獵獲大獸則獻於公。

㊲斯螽，即螽斯。動股，斯螽摩擦翅膀而發聲，古人誤以為腿在摩擦。

㊳莎，音ㄙㄨㄛ。莎雞，昆蟲名，即紡織娘。振羽，震動翅膀發出聲音。

㊴野，野外。

㊵宇，屋簷。

㊶戶，門。

㊷十月蟋蟀入我牀下，指十月大寒，蟋蟀避寒，進入床下以過冬。鄭《箋》：「自七月在野，至十月入我床下，皆謂蟋蟀也。言此三物之如此，著將寒有漸，非卒來也。」

㊸穹，洞穴。窒，音ㄓˋ，堵塞。穹窒熏鼠，除去窒塞牆洞之物使空，以煙火燻鼠穴，使其逃逸後再塞緊牆洞。

㊹向，《說文》：「北出牖也。」朝北之窗戶。墐，音ㄐㄧㄣˇ，毛《傳》：「塗也。庶人蓽戶。」蓽戶，即編柴竹為門。塞向墐戶，冬天為抵禦風寒，因而塞住朝北窗戶，並以泥巴塗於門戶。

㊺曰，發語詞。為，將。改歲，除歲，指過年。夏曆十月，周曆十二月，年終即將改歲。

㊻室處，處室，居住。

㊼鬱，郁李，一名車下李。薁，音ㄩˋ，即蘡薁、野葡萄，蔓性藤本植物，幼枝有角稜及絨毛，葉大，邊緣有淺而不整齊之齒牙，漿果球形，黑色，可食，具止渴、利尿之效果。

㊽亨，烹。葵，冬葵、野葵。菽，豆類。

㊾剝，撲之借字，撲打使其掉落。（清）吳求有八月剝棗圖。

㊿介，音ㄍㄞˋ，求。眉壽，眉為镾、彌之通假，眉壽即滿壽，全壽之意。

51壺，瓠之通假。斷，斷其蒂而取之。斷壺，摘葫蘆。

52叔，拾取。苴，音ㄐㄩ，麻籽。

53荼，音ㄊㄨˊ，苦菜。樗，音ㄕㄨ，木名，俗稱臭椿樹。薪樗，伐樗以為柴薪。

54食，音ㄙˋ，養活。

55場，打穀場。圃，菜圃。古人一地兩用。毛《傳》：「春夏為圃，秋冬為場。」

56納，收藏，將穀物收入穀倉。禾稼，五穀之通稱。

57重，音ㄔㄨㄥˊ，三家《詩》作「種」，即「穜」，先種後熟之穀類。穋，音ㄌㄨˋ，三家《詩》作「稑」，後種早熟之穀類。

58 同，聚攏，集中，指作物已經收聚完畢。

59 上入，尚入。執，作。宮功，宮室之事，此指為貴族修建宮室。

60 爾，語助詞。于茅，治理茅草之事。

61 宵，夜晚。索，搓製。綯，音ㄊㄠˊ，繩子。

62 亟，急。乘，音ㄔㄥˊ，《說文》：「覆也。」乘屋，以茅草覆蓋房子。

63 其，將然之意。其始播百穀，就將要開始播種各類穀物了。

64 沖沖，鑿冰之聲音。

65 納，藏，此指藏冰以備夏天之用。凌陰，毛《傳》：「冰室也。」鄭《箋》：「古者日在北陸而藏冰，西陸朝覿而出之。祭司寒而藏之，獻羔而啟之。其出之也，朝之祿位，賓食喪祭，於是乎用之。〈月令〉：『仲春，天子乃獻羔，開冰，先薦寢廟。』《周禮》凌人之職：『夏，頒冰掌事。秋，刷。』上章備寒，故此章備暑，后稷先公，禮教備也。」

66 蚤，《齊詩》、《魯詩》均作早，為當時開窖取冰前之祭祀儀式，獻上小羊和韭菜以祭祖。《禮記．月令》：「仲春，天子乃鮮（獻）羔開冰，先薦寢廟。」

67 肅霜、滌場，王國維《觀堂集林．肅霜滌場說》：「肅霜、滌場皆互為雙聲聯綿字，不容分別釋之。肅霜，猶言肅爽；滌場，猶言滌蕩也。……九月肅霜，謂九月之氣清高顥白而已，至十月則萬物搖落無餘矣。與觱發栗烈由風寒而進於氣寒者，遣詞正同。」

68 朋，毛《傳》：「兩樽曰朋。」斯，句中助詞。饗，在一起飲酒。

69 曰，同聿、爰，發語詞。

70 躋，升，登。

71 稱，偁之借字，舉起。兕觥，見〈周南．卷耳〉注。

詩旨

1.《詩序》：「〈七月〉，陳王業也。周公遭變，故陳后稷先公風化之所由，致王業之艱難也。」今文三家無異《序》說。金履祥、閻若璩、崔東壁、方玉潤等人以為此詩為豳人所作，或者周公加以增損之，以詩說教。

2.朱熹《詩集傳》：「武王崩，成王立，年幼，不能莅阼。周公以冢宰攝政，乃述后稷、公劉風化，作詩一篇，以戒成王。」「周公以成王未知稼穡之艱難，故陳后稷、公劉風化之所由，使瞽矇朝夕諷誦以教之。」

3.方玉潤《詩經原始》：「周公生長世胄，位居冢宰，豈暇為此？且公劉世遠，亦難代言。此必古有其詩，自公始陳王前，俾知稼穡艱難並王業所自始，而後人遂以為公作也。」但詩中已用周曆，寫作時間不可能早在公劉時代，方氏之說待商榷。

4.王靜芝《詩經通釋》：「此豳人自詠其生活之詩。」

1.陳繼揆《詩經臆補》：「陳僅曰：通詩八十句，一句一事，如化工之範物，如列星之麗天。讀之但覺其醇古淵永，而不見繁重瑣碎之跡。中間有告誡、有問答、有民情、有閨思，波瀾頓挫，如風行水面，純任自然。非制作官禮大手筆，誰其能之？噫！觀止矣！」

2.姚際恆《詩經通論》：「鳥語、蟲鳴、草榮、木實，似〈月令〉；婦子入室，茅、綯、升屋，似風俗畫。流火、寒風，似〈五行志〉。養老、慈幼、躋堂稱觥，似庠序禮。田官、染織、狩獵、藏冰、祭、獻、執功，似國家典制書。其中又有似采桑圖、田家樂圖、食譜、穀譜、酒經，一詩之中無不具備，洵天下之至文也。」

3.牛運震《詩志》：「此詩以編紀月令為章法，以蠶衣農食為節目，以豫備儲蓄為筋骨，以上下交相忠愛為血脈，以男女室家之情為渲染，以穀蔬蟲鳴之屬為點綴。平平常常，癡癡鈍鈍，自然充悅和厚，典則古雅，此一篇而備三體，又一詩中而藏無數小詩，真絕大結構也。有七八十老人語，然和而不傲；有十七八女子語，然婉而不媚；有三四十壯者語，然忠而不戇。凡詩皆專一性情，此詩兼各種性情，一派古風，滿篇春風，斯為詩聖大作手。」

4.王靜芝《詩經通釋》：「其中凡鳥語蟲鳴、草榮木實之象；婦子入室、茅綯升屋之俗；養老慈幼、躋堂稱觥之樂；田家狩獵藏冰祭獻之制；采桑績染播穀納禾之事；春日秋霜冬寒卒歲之情，無不俱備。真為田家樂居之活動圖畫；情詞並茂，景物生動，若在眼前；誠真善且美之文也。」

鴟鴞

鴟鴞鴟鴞❶！既取我子，無毀我室❷！恩斯勤斯❸，鬻子之閔斯❹。

迨天之未陰雨❺，徹彼桑土❻，綢繆牖戶❼。今女下民❽，或敢侮予❾。

予手拮据⑩，予所捋荼⑪，予所蓄租⑫，予口卒瘏⑬，曰予未有室家⑭。

予羽譙譙⑮，予尾翛翛⑯，予室翹翹⑰，風雨所漂搖⑱。予維音嘵嘵⑲。

❶鴟鴞，音ㄔ ㄒㄧㄠ，貓頭鷹，朱熹《詩集傳》：「惡鳥攫鳥子而食者也。」此詩作者以鳥語自比，重疊呼告懇求鴟鴞。

❷無，同毋，不要。

❸恩，愛，《魯詩》作殷。斯，語助詞。勤，《正義》引王肅說云：「勤，惜也。」馬瑞辰《毛詩傳箋通釋》以為「恩」當從毛《傳》訓「愛」，「勤」當解作「勤勞」，即「憂」，並釋為：「愛之欲其室之堅，憂之懼此室之傾也，恩勤皆指王室言。」

❹鬻，音ㄩˋ。鬻子，稚子。閔，憐憫。

❺迨，及，趁著。

❻徹，撤之借字，剝取。毛《傳》：「桑土，桑根也。」土，《釋文》引韓詩作杜，《方言》云：「東齊謂根曰杜。」

❼綢繆，纏綁。牖，音ㄧㄡˇ，窗。戶，門。鳥巢以草或細根等纏紮而成，故曰綢繆牖戶。

❽女，汝，你。下民，巢下之民。

❾或敢，誰敢。或敢侮予，已經如此辛苦，或且尚有敢欺侮我之人。

❿拮据，胡承珙申毛《傳》說：「謂屈兩肘如戟形以捧物也。」朱熹《詩集傳》以為手口共作之貌。辛勞操持。

⓫捋，音ㄌㄜˋ，取。荼，荻穗，可以鋪巢。

⓬蓄，積蓄。租，通蒩，《說文》：「蒩，茅藉也。」亦用來鋪巢。

⓭卒，通顇，《爾雅》：「顇，病也。」瘏，音ㄊㄨˊ，亦病也，見〈周南．卷耳〉注。

⓮曰，同聿，發語詞。

⓯譙譙，音ㄑㄧㄠˊ，羽毛焦枯貌。馬瑞辰《毛詩傳箋通釋》：「人面之焦枯曰醮顇，鳥羽之焦殺曰譙譙，其義一也。」

⓰翛翛，音ㄒㄧㄠ，翛翛之訛，《釋名》：「翛，縮也，乾燥而縮也。」毛《傳》：「翛翛，敝也。」

⓱翹翹，音ㄑㄧㄠˊ，高危貌。毛《傳》：「翹翹，危也。」

⓲漂搖，衝擊動盪，危怠不安。此指鳥巢被風吹雨打而搖晃。

⓳嘵嘵，音ㄒㄧㄠ，恐懼之叫聲。毛《傳》：「嘵嘵，懼也。」

詩旨

1.《詩序》：「〈鴟鴞〉，周公救亂也。成王未知周公之志，公乃為詩以遺王，名之曰〈鴟鴞〉焉。」《詩序》係據《尚書．金縢》：武王既喪，周公為避流言之謗，居東二年，則罪人斯得。于後，公乃為詩以貽成王，名之曰鴟鴞。王先謙《詩三家義集疏》所引述《魯詩》、《齊詩》並無不同。

2.歐陽修《詩本義》：「周公既誅管蔡，懼成王疑己戮其兄弟，乃為詩以曉喻成王。云有鳥之愛其巢者，呼彼鴟鴞而告之曰：『鴟鴞鴟鴞，爾寧取我子，無毀我室。我之生育是子，非無仁恩，非不勤勞，然未若我作巢之難，至於口、手、羽、尾皆病弊，積日累功，乃得成此室。』以譬寧誅管蔡，無使亂我周室也。我祖宗積德累仁，造此周室以成王業甚艱難。」

作法

1.戴君恩《讀風臆評》：「連用十『予』字，而身任其勞，獨當其苦之意可想。」

2.陳繼揆《詩經臆補》：「託鳥言以自訴，〈長沙〉、〈鵩鳥〉之祖，後人禽言諸詠之濫觴也。」

3.撰者按：本詩為禽言詩、寓言詩之祖，詩人以小鳥口吻呼告貓頭鷹在既取我子之後，勿再毀壞我巢，連用十「予」字，並排比八個「予」字同型句，身任其勞，獨當其苦之意可想，末章疊字、聯綿詞的使用，從視覺、聽覺上傳達鳥兒之驚懼、勞瘁，如聞其聲，如見其狀。

東山

我徂東山❶，慆慆不歸❷。我來自東，零雨其濛❸。我東曰歸❹，我心西悲❺。制彼裳衣❻，勿士行枚❼。蜎蜎者蠋❽，烝在桑野❾；敦彼獨宿❿，亦在車下⓫。

我徂東山，慆慆不歸。我來自東，零雨其濛。果臝之實⓬，亦施于宇⓭。伊威在室⓮，蠨蛸在戶⓯，町畽鹿場⓰，熠燿宵行⓱。不可畏也，伊可懷也。

我徂東山，慆慆不歸。我來自東，零雨其濛。鸛鳴于垤[18]，婦歎于室。洒埽穹窒[19]，我征聿至[20]。有敦瓜苦[21]，烝在栗薪[22]。自我不見，于今三年。

我徂東山，慆慆不歸。我來自東，零雨其濛。倉庚于飛[23]，熠燿其羽。之子于歸[24]，皇駁其馬[25]。親結其縭[26]，九十其儀[27]。其新孔嘉[28]，其舊如之何[29]？

❶徂，音ㄘㄨˊ，往。東山，亦名蒙山，在今山東省曲阜縣。殷商時在奄國境內，是詩人遠征之地。

❷慆慆，音ㄊㄠ，三家《詩》作滔滔，時間長久。

❸零，齊、韓《詩》作霝，魯《詩》作蘦，落也。濛，細雨貌。其濛，猶濛然。

❹曰，語助詞，無義。我東曰歸，我由東歸來。

❺西悲，因為思念西方家鄉而傷悲。

❻制，縫製。裳衣，馬瑞辰《毛詩傳箋通釋》：「蓋製其歸途所服之衣，非謂兵服。」

❼士，通事，從事。行，音ㄏㄤˊ，行陣。枚，銜枚，似筷子之勒口短棍，以防人馬行軍時發出聲響。鄭《箋》：「無行陣銜枚之事。」

❽蜎蜎，音ㄩㄢ，蠕動貌。蠋，音ㄓㄨˊ，桑蟲。

❾烝，《爾雅》：「眾也。」

❿敦，團；獨宿者畏寒，四肢蜷縮成團貌。

⓫亦在車下，指士兵睡於兵車之下，極言行軍之勞苦。

⓬蠃，音ㄌㄨㄛˇ。果蠃，今名栝樓、瓜蔞，蔓生葫蘆科植物，可入藥。

⓭施，音ㄧˋ，蔓延。宇，屋簷。

⓮伊威，蟲名，一名委黍，一名鼠婦，似土鼈而小，多生於牆腳下或甕缸底下之土中。

⓯蠨蛸，音ㄒㄧㄠ ㄕㄠ，一名喜蛛。陸璣《疏》：「此蟲來著人衣，當有親客至，有喜也。荊州、河內人謂之『喜母』，幽州人謂之『親客』，亦如蜘蛛，羅網居之。」

⓰町畽，音ㄊㄧㄥˇ ㄊㄨㄢˇ，雙聲。有禽獸踐跡痕跡的空地。鹿場，鹿群棲息之地。

⓱熠燿，音ㄧˋ ㄧㄠˋ，雙聲。火光閃動不定貌。宵行，螢火蟲。馬瑞辰《毛詩傳箋通釋》：「町畽為鹿跡之跡，猶熠燿為螢火之光，二句相對成文。」

⓲鸛，音ㄍㄨㄢˋ，陸璣《疏》：「鸛雀也，似鴻而大，長頸，

赤喙，白身，黑尾翅。」垤，音ㄉㄧㄝˊ，蟻塚。《文選》張華〈情詩〉李善注引《韓詩薛君章句》云：「鸛，水鳥也。巢處知風，穴處知雨，天將雨而蟻出壅土，鸛鳥見之，長鳴而喜。」

⓳埽，同掃。穹，空隙。窒，堵塞。見〈豳風．七月〉注。

⓴征，行。聿，音ㄩˋ，聿至，爰至，即抵家。

㉑瓜苦，苦瓜。

㉒烝，眾也，見前「烝在桑野」。栗，《釋文》引《韓詩》作蓼，云：「聚薪也。」栗、蓼音近；栗薪，堆積之薪也。

㉓倉庚，黃鶯。于，動詞詞頭。于飛，在飛。

㉔之子，是子，謂其妻。于歸，出嫁。

㉕皇，黃白色之馬。駁，赤白色之馬。

㉖縭，音ㄌㄧˊ，即褘，又名蔽膝。佩之於前，可以蔽膝；蒙之於首，可以覆頭。結縭，女兒出嫁時，母親為之結蔽膝之帶。毛《傳》：「母戒女施衿結帨。」

㉗九十其儀，九十，虛數，形容婚禮儀節繁多。

㉘新，新婚之時。孔，甚。嘉，美善。

㉙舊，久，即指今日。鄭《箋》：「其新來時甚善，至今則久矣！不知其如何也，又極序其情，樂而戲之。」

詩旨

1. 《詩序》：「〈東山〉，周公東征也。周公東征三年而歸，勞歸士。大夫美之，故作是詩也。一章，言其完也。二章，言其思也。三章，言其室家之望女也。四章，樂男女之得及時也。君子之於人，序其情而閔其勞，所以說也。說以使民，民忘其死，其唯〈東山〉乎！」
2. 崔述《豐鎬考信錄》卷之四：「此篇毫無稱美周公一語，其非大夫所作顯然，然亦非周公勞士之詩也。細玩其詞，乃歸士自敘其離合之情耳。」
3. 撰者按：《尚書大傳》：「周公攝政，一年救亂，二年東征，三年踐奄。背景與《詩序》合。武王伐紂克商後二年（西元前一〇二五年）去世，成王繼位年幼，由叔父周公代執國政。紂子武庚拉攏武王之弟管叔等人，聯合原商之嬴姓同盟國徐、奄、盈以及熊、薄姑等東方氏族邦國發動叛亂，周公領兵東征，誅殺武庚、管叔等人，歷經三年平亂（成王二年秋末始征，成王五年春結束）。此詩之作者，馬瑞辰《毛詩傳箋通釋》以為是隨周公東征伐奄的士兵，論證可信。

1. 王士禎《漁洋詩話》：「寫閨閣之致，遠歸之情，遂為六朝唐人之祖。」
2. 姚際恆《詩經通論》：「末章駘蕩之極，直是出人意表。後人作從軍詩必描繪閨情，全祖之。」
3. 牛運震《詩志》：「一篇悲喜離合，都從室家男女生情。開端『敦彼獨宿，亦在車下』，隱然動勞人久曠之感；後文『婦歎于室』、『其新孔嘉』，惓惓於此，三致意焉。夫人情所不能已，聖人弗禁。東征之士，誰無父母？豈鮮兄弟？而夫婦情豔之私，尤所繾切。此詩曲體人情，無隱不透，直從三軍肺腑，捫攎一過，而溫摯婉惻，感激動人。」
4. 撰者按：本詩以「我徂東山，慆慆不歸，我來自東，零雨其濛。」為副歌（朱自清《中國歌謠》說：「很像是和聲」），出現在各章開頭四句（異於〈漢廣〉之出現在後四句），形成感傷的反覆詠嘆。另外征夫返鄉途中的內心描繪，由四個色調各異的場景來展示，首章歸途的餐風露宿；次章從對面設想家園的殘破荒涼；三章幻想妻子引領盼歸，四章回憶燕爾新婚甜蜜往事，以樂景寫哀，倍增其哀。曹操〈苦寒行〉：「悲彼東山詩，悠悠令我哀。」可見此詩寫征戍哀情之感人。

破斧

既破我斧，又缺我斨❶。周公東征，四國是皇❷。哀我人斯，亦孔之將❸。
既破我斧，又缺我錡❹。周公東征，四國是吪❺。哀我人斯，亦孔之嘉❻。
既破我斧，又缺我銶❼。周公東征，四國是遒❽。哀我人斯，亦孔之休❾。

❶ 斨，方孔斧，伐木析薪之工具，戰時作為兵器。破、缺，——打缺刃，形容征伐歷時已久。

❷四國，毛《傳》：「管、蔡、商、奄。」或泛指四方諸侯國。皇，毛《傳》：「匡也。」

❸哀，憐、愛。我人，從軍士兵自稱。斯，語尾助詞。馬瑞辰《毛詩傳箋通釋》：「人斯，猶人兮。『哀我人斯』，謂憐我而人偶之也。故《詩》言『亦孔之將』，與下章嘉、休同義，《廣雅》：『將，美也。』」

❹錡，音ㄑㄧˊ，鑿屬。

❺吪，音ㄜˊ，《魯詩》作訛，毛《傳》：「吪，化也。」

❻嘉，美好。

❼銶，音ㄑㄧㄡˊ，馬瑞辰《毛詩傳箋通釋》：「鑿柄。」

❽遒，音ㄑㄧㄡˊ，通揫，收束、約束。《說文》：「揫，束也。」

❾休，美好。

詩旨

1.《詩序》：「〈破斧〉，美周公也，周大夫以惡四國焉。」武王死，子成王立，年幼，由叔父周公攝政。後來武庚糾合管、蔡和東方殷商舊屬國奄、薄姑及徐夷、淮夷起兵反周。周公率兵東征，殺武庚和管叔，放蔡叔，滅熊、盈等十七國，遷殷遺民至洛陽。此為詩作背景，東征時間在周成王三年（西元前一一一三年），此詩應作於東征之後不久。

2.朱熹《詩集傳》：「從軍之士以前篇〈東山〉周公勞己之勤，故言此以答其意。」

3.姚舜牧《重訂詩經疑問》：「讀〈東山〉之詩，見周公體歸士之心；讀〈破斧〉之詩，見歸士識周公之心。」

4.范家相《詩瀋》：「此非周大夫之惡四國，亦非軍士之答周公而慰之也，蓋東人美周公以破敵之詩。」

5.崔述《豐鎬考信錄》卷之四：「詳味此詩之意，乃東征之士自述其勞苦，絕無稱美周公一語。惟其勞而不怨，由於周公勤勞王室，不自暇逸，是以其民皆悉周公之心，敵愾禦侮，不辭況瘁，至於斧破斨缺而無異言，即此見周公之美耳。」

6.聞一多《風詩類鈔》：「〈破斧〉，東征士卒喜生還也。」

作法

1. 陳子展《詩經直解》：「東征兵卒既美勘亂，又慶生還。三章只此一意。」又引孫鑛云：「破斧缺斨，蓋亦於美中微寓傷歎意。」
2. 撰者按：全篇直賦其事，不用比興。結構採用複沓形式，隔句押韻，韻腳一律在偶句，一唱三嘆。連用九個我字，讀之確如吳闓生《詩義會通》所說：「往復委婉，用意深至，令人低徊不盡。」

伐柯

伐柯如何❶？匪斧不克❷。取妻如何❸？匪媒不得。

伐柯伐柯，其則不遠❹。我覯之子❺，籩豆有踐❻。

注釋

❶柯，斧柄。伐柯，砍伐樹枝以為斧柄。

❷匪，通非。克，能夠。鄭《箋》：「伐柯之道，唯斧乃能之。此以類求其類也。」

❸取妻，娶妻。

❹則，法則。其則不遠，指伐柯者依手中所持斧柄而伐取之，故其法則不遠。

❺覯，見。之子，指新婦。

❻籩，音ㄅㄧㄢ，竹器，形狀似豆，用以盛裝果實脩脯等食物。豆，以陶或銅製成，用以盛裝葅醢等食物。有踐，踐然，陳列整齊貌。

詩旨

1. 《詩序》：「〈伐柯〉，美周公也，周大夫刺朝廷之不知也。」鄭《箋》：「成王既得雷雨大風之變，欲迎周公，而朝廷群臣猶惑於管、蔡之言，不知周公之聖德，疑於王迎之禮，是以刺之。」

2. 蘇轍《詩集傳》：「伐柯而不用斧，取妻而不用媒，豈可得哉？今成王欲治國，棄周公而不召，亦不可得也。」

3. 嚴粲《詩緝》：「有問伐柯以為斧柄者當如何乎？非斧則不能，其理易知，何必問也！有問取妻者當如何乎？非媒則不得，其理亦易知，何必問也。今欲周公之歸，何必問人，但以禮迎之而已。」

4. 王靜芝《詩經通釋》：「其所言者，皆媒聘婚禮之語，當是詠婚姻宜合於禮之詩也。」

作法

撰者按：首章用設問，一問一答，並以伐柯為喻，以雙重否定條件句，將娶妻說得難乎其難。次章又說只要依循法則，則娶妻易而又易。《詩經》中常以「伐柯」、「析薪」比喻娶妻，今以柯人、伐人指媒人，作柯、作伐指為人作媒，出自《詩經》。舊注則以寓託之意釋詩。

九罭

九罭之魚❶，鱒魴❷。我覯之子❸，袞衣繡裳❹。

鴻飛遵渚，公歸無所❺，於女信處❻。

鴻飛遵陸❼，公歸不復❽，於女信宿❾。

是以有袞衣兮❿，無以我公歸兮，無使我心悲兮。

注釋

❶罭，音ㄩˋ。九罭，網眼細密之魚網。九為虛數，言其網眼之多。《正義》引孫炎說：「九罭，謂魚之所入有九囊

也。」即密網。

❷鱒，《正義》引郭璞說：「鱒，似鯶子赤眼者。魴，鯿魚。」鄭《箋》：「設九罭之罟乃後得鱒魴之魚，言取物各有器也。」

❸覯，見。之子，指周公。

❹袞衣，古代貴族禮服，九章之衣（畫衣五章，繡裳四章），上公之服。

❺所，處，止。無所，不止，不留止於東國。

❻於女，猶汝且。汝，指周公。信處，再宿。

❼陸，陸地。毛《傳》：「陸非鴻所宜止。」

❽不復，不再返回。

❾信宿，再宿。

❿是，此，指東國。句言：此東國有服袞衣之人。

詩旨

1. 《詩序》：「〈九罭〉，美周公也，周大夫刺朝廷之不知也。」三家《詩》無異義。
2. 方玉潤《詩經原始》：「此東人欲留周公不得，心悲而作是詩以送之也。」
3. 吳闓生《詩義會通》：「先大夫曰：〈伐柯〉、〈九罭〉當是一篇，上言：『我覯之子，籩豆有踐。』此言：『我覯之子，袞衣繡裳。』文義相應。後人誤分為二，於是上篇無尾，而此篇無首，其詞皆割裂不完矣。毛《傳》亦本一篇，故通以禮為言，上言禮義治國之柄，此言周公未得禮，文義亦相聯貫，不以為兩篇也。《小序》二篇同詞，則後人以一《序》分冠於二篇耳。」「詩道東都之人留公之意。東都之人，猶能愛公若此，所以深刺朝廷之不知也。」
4. 聞一多《風詩類鈔》：「這是燕飲詩，主人所賦留客的詩。」

作法

1. 唐汝諤《毛詩微言》：「朝廷不可一日無公，而公亦無一日不以朝廷為念。則公之歸，自有不遑恤乎人情者。但天下可喜，而東人則可悲。故願於信處信宿之外，得少留焉，即以為幸也。」
2. 戴君恩《讀風臆評》：「信處信宿，明知公之必歸，明知公歸之為大義，卻說『無以我公歸兮』、『無使我心悲兮』，正詩之巧於寫其愛處，真奇！真奇！」

3. 陳應棠《詩風新疏》：「第一章言九罭之小網能得大魚，九罭以喻東方之地，東方小地方得見此偉大人物，乃慶幸之意。第二及第三章均以鴻代表周公，渚及陸代表東方之地。其起興之義相同。傳謂鴻不宜遵渚、遵陸，正謂東方之地不宜周公久留也。但東方之人不願其歸，然周公不得不歸，事與願違，使人無限悲傷而已，解此詩者以朱傳為長，傳箋所不及也。」

4. 撰者按：全詩採ABBC曲式，前三章用比興，以鱒魴之美，喻周公上公之服；以鴻遠飛，喻周公將西歸，挽留之情。末章直賦無限依戀，不捨周公離開；並句句加「兮」尾，聲情愴痛。

狼跋

狼跋其胡❶，載疐其尾❷。公孫碩膚❸，赤舄几几❹。

狼疐其尾，載跋其胡。公孫碩膚，德音不瑕❺。

注釋

❶跋，足踩之。胡，項下之垂肉，即頷。

❷載，則。疐，音ㄓˋ，通躓，《說文》：「礙不行也。」毛《傳》：「老狼有胡，進則躐其胡，退則跲其尾，進退有難，然而不失其猛。」

❸公孫，指周公，或為其孫輩。碩，大。膚，肥。馬瑞辰《毛詩傳箋通釋》：「當讀如『膚革充盈』之膚。碩膚者，心廣體胖之象。」

❹赤舄，音ㄒㄧˋ，以金為飾之紅鞋，亦稱金舄，為貴族配禮服時所穿。几几，《廣雅》：「盛也。」

❺德音，聲譽。不瑕，不已。

1.《詩序》：「〈狼跋〉，美周公也。周公攝政，遠則四國流言，近則王不知，周大夫美其不失其聖也。」鄭玄《箋》：「不失其聖者，聞流言不惑，王不知不怨，終立其志，成周之王功，致太平，復成王之位，又為立大師，終始無愆，聖德著焉！」孔穎達《正義》：「作〈狼跋〉詩者，美周公也。進退有難，而聖德著明，終無愆過。故周大夫美其不失其聖也。經二章皆云進退有難之事，德音不瑕，是不失聖也。」三家《詩》無異義。

2.朱熹《詩集傳》：「周公雖遭疑謗，然所以處之不失其常，故詩人美之，言狼跋其胡，則疐其尾矣！公遭流言之變……而安土樂天，有不足言者，所以遭大變而不失其常也。夫公之被毀以管蔡之流言也，而詩人以為此非四國之所為，乃公自讓其大美而不居耳！蓋不使讒邪之口，得以加乎公之忠聖，此可見愛公之深，敬公之至，而其立言亦有法矣！」

作法

撰者按：全詩兩章複沓，以狼之跋前疐後，進退兩難，卻不失其德，仍能殺傷禽獸，興成王雖不知周公之心，疑其有篡奪之志，但周公卻不失其聖，「公孫碩膚，赤舄几几」為其具體描述。周公安肆自得，毫不怨懟，終存敬畏之心，處變不驚，不廢攝政之舉。

小雅

鹿鳴之什
南有嘉魚之什
鴻鴈之什
節南山之什
谷風之什
甫田之什
魚藻之什

「雅」的涵義，前人眾說紛紜，舉其要者如下：

一、「雅」指政事

《毛詩序》：「雅者，正也，言王政之所由廢興也。政有小大，故有小雅焉，有大雅焉。」漢人以政事大小輕重言《詩》之分部，揆之《詩》之實際，雖多難通，但此說影響最大。

二、「雅」為樂器

此說由宋人程大昌《考古論》、王質《詩總聞》首倡，〈小雅．鼓鐘〉有「以雅以南，以籥不僭」之句，「雅」、「南」都是樂器，程、王據此認定雅詩即是以「雅」這種樂器伴奏的樂歌，因此稱「雅」。樂有「小呂」、「大呂」，故詩又分小雅、大雅。近人章太炎、郭沫若、張西堂等人即承此說而加以生發。

三、「雅」為周人歌唱的聲音

章太炎在其〈大疋小疋說〉中，據李斯〈諫逐客書〉稱秦人歌唱「烏烏快耳」推斷，秦為西周故地，而「雅」、「烏」古音相同，所以「雅」即「烏」，《詩經》稱「雅」，是由於歌唱時的發音。

四、「雅」是地域的稱謂

此說見於清人姚際恆《詩經通論》、方玉潤《詩經原始》，今人朱東潤、孫作雲等力主此說。朱東潤《詩三百篇探故．詩大雅小雅說臆》認為周自遷於周原以後，始稱為周，其部族則稱夏族。夏族之詩歌為夏，音轉變為「雅」。而孫作雲〈說雅〉，更以鑿鑿證據，證明「雅」即「夏」，「雅詩」即「夏詩」，亦即西周。

實則「雅」本為一種樂器名，孳乳而為樂調之名。《左傳．昭公二十年》：「天子之樂曰雅。」為周首都鎬京一帶的樂調名。「雅」有大小之別，孔穎達《正義》說：「詩體既異，音樂亦殊。」鄭樵《六經奧論》：「律有小呂、大呂，則歌有大雅、小雅，宜有別也。」惠周惕《詩說》：「大小二雅，當以音樂別之，不以政之大小論也，如律有大小呂。」皆以音樂觀點區別大小雅。〈風〉、〈雅〉之別猶如今之地方調、京調。

〈大雅〉共三十一篇，為西周盛世之作，〈小雅〉共七十四篇（另有六首有聲無詞的笙詩），產生的時間從西周到東周都有，以厲、宣、幽時代為多。二雅作者多為周王朝貴族，詩篇包含內容豐富，有史詩、征戍詩、諷刺詩、宴饗詩、農事詩、祭祀詩、頌讚詩等，呈現周人歷史、生活、文化、思想等諸多面向。研究《詩經》通常推崇〈國風〉的價值，實則二雅整肅典雅文筆、豐厚之思想文化內涵，對中國文化之形成深具意義。

鹿鳴之什

〈國風〉以地方土腔為編排，雅詩則以十篇為一什編排，其編排的依據，朱熹《詩集傳》說：「雅頌無諸國別，故以十篇為一卷，而謂之什；猶軍法以十人為什也。」又《經典釋文》以為歌詩之作，非止一人，篇數既多，故以十篇編為一卷，名之為什。

鹿鳴

呦呦鹿鳴❶，食野之苹❷。我有嘉賓，鼓瑟吹笙❸。吹笙鼓簧，承筐是將❹。人之好我，示我周行❺。

呦呦鹿鳴，食野之蒿。我有嘉賓，德音孔昭❻。視民不恌❼，君子是則是傚❽。我有旨酒❾，嘉賓式燕以敖❿。

呦呦鹿鳴，食野之芩⓫。我有嘉賓，鼓瑟鼓琴；鼓瑟鼓琴，和樂且湛⓬。我有旨酒，以燕樂嘉賓之心。

❶呦呦，音ㄧㄡ，鹿鳴聲。

❷苹，《爾雅．釋草》說一名藾蕭，陸生，青色，莖白而長，可食。

❸鼓，敲擊，彈奏。

❹承，奉，捧著。筐，用以盛幣帛禮物。鄭《箋》：「所以行幣帛也。」饗禮中對賓客舉行酬禮時，按禮應以禮品酬酢，稱為酬幣。將，進獻。承筐是將，奉上禮物給客人。

❺周行，原指周之國道，此比喻大道、至道。

❻德音，言語，《詩經》中稱他人之語言為德音。孔，甚，非常。昭，形容聲音清朗。〈魯頌．泮水〉「其音昭昭」可以互證。

❼視，鄭《箋》：「古示字也。」三家《詩》作「示」。恌，音ㄊㄧㄠ，薄，輕薄放縱。

❽則，傚，效法。是，指代嘉賓，分別作則、效前置賓語。意謂：君子學習嘉賓，效法嘉賓。

❾旨酒，美酒。

❿式，發語詞，表希冀：龍師宇純〈試釋詩經式字用義〉有說。燕，同宴，宴飲。敖，馬瑞辰《毛詩傳箋通釋》：「《爾雅舍人注》云：『敖，意舒也。』凡人樂則意舒，是知敖有樂意。」句意猶言嘉賓幸其燕飲以遨遊也。

⓫芩，音ㄑㄧㄣˊ，竹頭草，蒿類，莖如釵股，葉如竹，蔓生。

⓬湛，同耽，樂之久也。

詩旨

《詩序》：「〈鹿鳴〉，燕群臣嘉賓也。既飲食之，又實幣帛筐篚以將其厚意，然後忠臣嘉賓得盡其心矣。」鄭玄、孔穎達、朱熹均從《序》說。《魯詩》、《太平御覽》皆以為刺詩，與詩中氣氛不合，並不可取。

作法

1.嚴粲《詩緝》：「古者上下交而為泰，於〈鹿鳴〉諸詩見之。……謂群臣為嘉賓，以禮待臣之厚也。詩中求規益，《序》所謂盡心，謂忠告無隱也。上下之情不通，則忠臣嘉賓雖欲盡心以告君，而其勢分隔絕有不可得者，義在『得』字，非為必待燕而後盡其心也。」

2.方玉潤《詩經原始》：「嘉賓即群臣，以名分言曰臣，以禮意言曰賓。文武之待群臣，如待大賓，情意既洽而節文又敬，故能成一時之盛治也。……至其音節，一片和平，盡善盡美，與〈關雎〉同列四詩之始，殆無貽議云。」

3.程俊英《詩經注析》：「首章言奏樂，二章言飲酒，末章則奏樂、飲酒而言之。從情緒上說，是一章比一章親；從氣氛上說，是一章比一章熱烈，至末章則達到『和樂且湛』的高潮，層次十分清晰。」

四牡

四牡騑騑❶，周道倭遲❷。豈不懷歸❸？王事靡盬❹，我心傷悲。

四牡騑騑，嘽嘽駱馬❺。豈不懷歸？王事靡盬，不遑啓處❻。

翩翩者鵻❼，載飛載下❽，集于苞栩❾。王事靡盬，不遑將父❿。

翩翩者鵻，載飛載止，集于苞杞。王事靡盬，不遑將母。

駕彼四駱，載驟駸駸⓫。豈不懷歸？是用作歌⓬，將母來諗⓭。

❶牡，雄馬。騑騑，毛《傳》：「行不止之貌。」形容馬不停蹄，向前急行貌。

❷周道，同周行，周王朝通往各地之國道。倭遲，毛《傳》：「歷遠之貌。」《釋文》引《韓詩》作倭夷，為聯綿詞，字形不一，形容道路斜曲遙遠。

❸懷，思也。懷歸，思歸。

❹王事，王室之事，即國家之事。靡，無。盬，音ㄍㄨˇ，止息。

❺嘽嘽，音ㄊㄢ，形容馬行走聲音之盛。駱，黑色鬃毛之白馬。

❻不遑，無暇，沒有時間。啟，跪坐。處，居。啟處，安居。

❼翩翩，鳥輕飛貌。鵻，音ㄓㄨㄟ，毛《傳》：「夫不也。」古人以夫不為孝鳥。使臣思鄉，見物起興，因有下文「不遑將父」、「不遑將母」之感傷。

❽載，則，發語詞。

❾集，棲息。苞，茂盛。栩，柞櫟樹，其子為皂斗，俗名橡子，即皂角，殼可以染皂者是也。

❿將，奉養。

⓫載，則。驟，疾馳。駸駸，音ㄑㄧㄣ，馬疾馳貌。

⓬是用，是以、所以。作歌，即作此詩。

⓭將，發語詞。來，是。諗，音ㄕㄣˇ，念。將母來諗，唯母是念。又《經傳釋詞》：「來，猶是也。將母來諗，言我惟養母是念也。」

詩旨

1.《詩序》：「〈四牡〉，勞使臣之來也。有功而見知，則說矣。」姚際恆駁之曰：「試將此詩平心讀去，作使臣自詠極順，作代使臣詠極不順。亦因『作歌』句橫隔其間也。」

2.季本《詩說解頤》：「周之征夫勞於王事，不得歸而思其父母，故作此詩也。」

作法

1.龍起濤《毛詩補正》：「每章不脫王事，所以教忠；惓懷父母，所以教孝；教忠教孝，所以譜之於樂，可用之鄉人，可用之邦國也。通首纏綿肫摯，猶見周家忠厚之遺。」

2.撰者按：本詩採AABBC曲式，一、二章重調之奔馳起興，賦一己之辛勞與嘆息。三、四章重調由獸換禽，鵻鳥自由飛翔，又能孝順（馬瑞辰：「是知詩以鵻取興者，正取其為孝鳥，故以興使臣之不遑將父、不遑將母，為鵻之不若耳。」）痛惜人不如鳥。末章單獨成篇，以「駕彼四駱，載驟駸駸」，應一、二章駱馬奔馳，以「豈不懷歸」提問見意，並點明作詩意旨。

皇皇者華

皇皇者華❶，于彼原隰❷。駪駪征夫❸，每懷靡及❹。

我馬維駒❺，六轡如濡❻。載馳載驅，周爰咨諏❼。

我馬維騏❽，六轡如絲❾。載馳載驅，周爰咨謀❿。

我馬維駱⓫，六轡沃若⓬。載馳載驅，周爰咨度⓭。

我馬維駰⓮，六轡既均⓯。載馳載驅，周爰咨詢⓰。

❶皇皇，毛《傳》：「猶煌煌也。」燦爛之貌。華，花。

❷原，高平之地。隰，低濕之地。

❸駪駪，眾多貌。

❹每，雖。懷，念。及，值。每懷靡及，雖竭盡心力，每每仍然感到有不能及者。又鄭《箋》：「《春秋外傳》曰：『懷和為每懷也。』懷當為私。」每，林義光《詩經通解》訓作「貪冒」之冒，每、冒古音近義通。冒，私心。每懷即私懷。靡及，無法顧及。

❺駒，少壯之馬。〈小雅．角弓〉：「老馬反為駒，不顧其後。」《周禮．夏官校人》：「春祭馬祖，執駒。」注：「二歲曰駒。」

❻如濡，光鮮亮澤。

❼周，普遍。爰，於。咨諏，訪問。姚際恆《詩經通論》：「大抵『諏』為聚議之義，『謀』為計畫之意，『度』為酌量之意，『詢』為究問之意。」

❽騏，花紋如棋格之馬。

❾如絲，如絲之均勻柔韌。

❿咨謀，咨問商討。

⓫駱，黑色鬃毛之白馬。

⓬沃若，沃然，本義為肥美，此狀六轡之活絡。

⓭度，商量。

⓮駰，毛《傳》：「陰白雜色曰駰。」陰白，即灰白、暗白。

⓯均，調和。

⓰詢，詢問。

詩旨

1.《詩序》：「〈皇皇者華〉，君遣使臣也。送之以禮樂，言遠而有光華也。」

2.朱守亮《詩經評釋》：「此忠勤使臣，奔波道路，博訪民情之詩。」

3.撰者按：《國語．晉語》載胥臣言文王即位事：「詢于八虞而咨于二虢，度于宏夭而謀于南宮，諏于蔡原而訪于辛尹。」其詢、咨、度、諏與此詩之周爰咨諏正同。又參之《周禮》小司寇之職：「掌外朝之政，以致萬民而詢焉。」可見周代施政能廣採民意。

作法

撰者按：全詩採ABBB曲式，首章先以原隰之地光華燦爛之花起興，使臣路上所見景色如此，觸發其責任與使命神聖感。繼則以三章聯吟形式指出使臣常懷靡及之心，諏、謀、度、詢博採廣聞，《儀禮．鄉飲酒禮》載〈皇皇者華〉常在典禮、宴會上演唱，允為千古使臣寶鑑。

常棣

常棣之華❶，鄂不韡韡❷。凡今之人，莫如兄弟。
死喪之威❸，兄弟孔懷❹。原隰裒矣❺，兄弟求矣❻。
脊令在原❼，兄弟急難❽。每有良朋❾，況也永歎❿。
兄弟鬩于牆⓫，外禦其務⓬。每有良朋，烝也無戎⓭。
喪亂既平，既安且寧。雖有兄弟，不如友生⓮。
儐爾籩豆⓯，飲酒之飫⓰。兄弟既具⓱，和樂且孺⓲。
妻子好合，如鼓瑟琴。兄弟既翕⓳，和樂且湛⓴。
宜爾家室，樂爾妻帑㉑。是究是圖㉒，亶其然乎㉓？

注釋

❶常，棠之通假。常棣，棠棣、唐棣。華，花。
❷鄂不，鄭《箋》：「承華者曰鄂，『不』，當作柎；柎，鄂足也。」戴震《毛鄭詩考正》：「鄂不，今字為萼跗。」韡韡，音ㄨㄟˇ，光明貌。
❸威，通畏。死於兵之屍，古稱之畏，參馬瑞辰說。
❹懷，念。

❺裒，聚。《周禮．春官．冢人》：「死于兵者不入兆域。」原隰裒矣，言屍體聚集在原隰。

❻求，求屍。

❼脊令，鳥名，長腳，長尾，尖嘴，頭黑，前額白，背黑，腹白，頸下黑如連錢，飛翔時相互共鳴、共擺尾。朱熹《詩集傳》：「飛則鳴，行則搖，有急難之意。」或以脊令本為水鳥，今處原野，喻兄弟急難。

❽兄弟急難，有急難則兄弟相救。

❾每，雖然。

❿況，發語詞。永歎，長嘆。言雖有良朋，當一己有危難時，唯增加其長嘆，而不能如兄弟之奔赴救助也。

⓫鬩，鬥狠，相鬥。牆，《說文》：「垣蔽也。」即牆內。又龍師宇純《絲竹軒詩說．讀詩雜記》疑本作「兄弟鬩于嗇」，嗇同穡，鬩于嗇謂田訟也。

⓬禦，抵抗。務，欺侮。鄭《箋》「禦，禁；務，侮也。兄弟雖內鬩而外禦侮也。」

⓭烝，眾也。戎，幫助，援助。

⓮生，語助詞。友生，朋友。馬瑞辰《毛詩傳箋通釋》：「生，語詞也。唐人詩『太瘦生』及凡詩『作似生』、『作麼生』、『可憐生』之類，皆以生為語助詞，實此詩及〈伐木〉詩『友生』倡之也。」

⓯儐，陳列。籩，古代祭祀或宴會上用來盛果實、肉乾等之竹編器具。豆，盛裝菹醢之食器。

⓰之，是。飫，饜足，飽足。

⓱具，俱，俱在。

⓲孺，和下章「和樂且湛」相應，湛，毛《傳》：「樂之久也。」則孺亦為歡樂之意。

⓳翕，音ㄒㄧˋ，合。

⓴湛，久也。

㉑帑，亦作孥，毛《傳》：「子也。」

㉒究，推究。圖，圖謀，考慮。

㉓亶，誠。

詩旨

1. 《詩序》：「〈常棣〉，燕兄弟也。閔管、蔡之失道，故作〈常棣〉焉。」孔穎達《正義》：「周公閔傷管、蔡二叔之不和睦而流言作亂，用兵誅之，致令兄弟之恩疏，恐天下見其如此，亦疏兄弟，故作此詩以燕兄弟，取其相親也。」
2. 撰者按：朱熹、姚際恆、方玉潤，皆以為周公既誅管、蔡而後作。唯此詩作者各家有異說，鄭玄以為召公作，《左傳》以為召穆公作，《國語》以為周公作，後人多主周公作。此詩之寫作，充分反映周代重視宗族內部團結。

作法

撰者按：本詩立論、結構嚴謹，首章以花、萼同根而生，隱喻兄弟手足，總論「凡今之人，莫如兄弟」的中心論點。二、三、四章從正面立論，以死亡、急難、禦侮三事，論述兄弟之情遠勝朋友。五章反面立論，寫禍亂平息，處安寧環境時，人們反而「雖有兄弟，不如友生」，忽略兄弟應友愛。六、七章通過舉行家宴，兄弟齊聚的歡樂，並以妻子好合陪說，進一步說明家庭中夫妻、兄弟和諧，天倫之樂的可貴。末章承六、七章為全詩總結，詩人強調齊家的重要性。本詩在表現上提醒叮嚀，娓娓而敘，寓責備於開導勸誘之中，所以情調溫和，諄諄切切，比興手法的運用也相當成功。

伐木

伐木丁丁❶，鳥鳴嚶嚶❷。出自幽谷❸，遷于喬木。嚶其鳴矣❹，求其友聲。相彼鳥矣❺，猶求友聲；矧伊人矣❻，不求友生❼？神之聽之❽，終和且平❾。

伐木許許❿，釃酒有藇⓫。既有肥羜⓬，以速諸父⓭。寧適不來⓮，微我弗顧⓯。於粲洒埽⓰，陳饋八簋⓱。既有肥牡⓲，以速諸舅⓳。寧適不來，微我有咎⓴。

伐木于阪㉑，釃酒有衍㉒。籩豆有踐㉓，兄弟無遠㉔。民之失德㉕，乾餱以愆㉖。有酒湑我㉗，無酒酤我㉘。坎坎鼓我㉙，蹲蹲舞我㉚。迨我暇矣㉛，飲此湑矣㉜。

注釋

❶丁丁，音ㄓㄥ，伐木聲。
❷嚶嚶，鳥鳴聲。
❸幽谷，深谷。
❹嚶其，嚶然。

❺ 相，視、看。

❻ 矧，音ㄕㄣˇ，何況。

❼ 友生，朋友。

❽ 神，慎。

❾ 終，既。

❿ 許許，伐木聲。《說文》引作所所，聲同義通。

⓫ 釃，音ㄕ，以筐濾酒。釃酒，醇酒。藇，音ㄒㄩˋ，有藇，藇然，美好貌。

⓬ 羜，音ㄓㄨˋ，羔羊。

⓭ 速，邀請。諸父，毛《傳》：「天子謂同姓諸侯，諸侯謂同姓大夫皆曰父，異姓則稱舅。」

⓮ 寧，乃也。言客人乃有適然不來者。

⓯ 微，非。微我弗顧，不是我不顧念他們。

⓰ 於，音ㄨ，感嘆詞。粲，鮮明貌。

⓱ 陳，陳列。饋，食物。簋，音ㄍㄨㄟˇ，食器，見〈秦風．權輿〉注。據《儀禮．聘禮》及〈公食大夫禮〉諸侯燕群臣及他國使臣皆八簋。毛《傳》：「天子八簋。」周王宴會亦用八簋。

⓲ 牡，雄獸，指公羊。

⓳ 諸舅，朱熹《詩集傳》：「朋友之異姓而尊者。」

⓴ 咎，過錯。

㉑ 阪，山坡。

㉒ 有衍，衍然，美好貌。

㉓ 籩，古代祭祀或宴會上用來盛果實、肉乾等之竹編器具。豆，盛裝肉醬之類食器。有踐，踐然，排列整齊貌。

㉔ 無遠，莫要疏遠。

㉕ 失德，失和。又作喪失恩德，《漢書．宣帝紀》引《詩》，顏注：「人無恩德不相飲食。」

㉖ 餱，音ㄏㄡˊ，乾食。乾餱，乾糧。愆，過錯。人與人之彼此失和，往往因款待稍薄，飲食細故。

㉗ 湑，音ㄒㄩˇ，濾酒以去其渣。

㉘ 酤，買。又毛《傳》：「一宿酒也。」

㉙ 坎坎，擊鼓聲。〈陳風．宛丘〉：「坎其擊鼓。」

㉚ 蹲蹲，音ㄘㄨㄣˊ，毛《傳》「舞貌。」

㉛ 迨，及，趁著。謂趁我此時之暇也。

㉜ 湑，美酒。

詩旨

1. 《詩序》：「〈伐木〉，燕朋友故舊也。自天子至于庶人，未有不須友以成者。親親以睦，友賢不棄，不遺故舊，則民德歸厚矣。」三家《詩》以為刺詩，但從詩文看並無刺意。

2. 姚際恆《詩經通論》以詩中有諸父、諸舅、兄弟之語，而解為：「此燕朋友、親戚、兄弟之樂歌。一章言朋友也。二章言諸父，親也；諸舅，戚也。三章言兄弟。解者唯以朋友為言，非也。」

作法

撰者按：首章以鳥兒尚且懂得以鳴聲尋求友情，何況是人，以反問句承上啟下。次章寫求友生的具體表現，不僅出於禮儀宴請客人，更是為了尋求友情，態度誠懇。末章前半延續次章，繼續寫設宴請客，並加上反面的教訓「民之失德，乾餱以愆」。後半是尾聲，敘述視點轉為第一人稱，似乎由眾人合唱，表達歡樂情緒與和睦親善的願望。末二句代未出席者說明，並非不想參加宴會，而是適巧無空閒，以後若能前來當痛飲，這是對上章兩個「寧適不來」的照應。

天保

天保定爾❶，亦孔之固❷。俾爾單厚❸，何福不除❹？俾爾多益❺，以莫不庶❻。

天保定爾，俾爾戩穀❼。罄無不宜❽，受天百祿。降爾遐福❾，維日不足❿。

天保定爾，以莫不興⓫。如山如阜⓬，如岡如陵。如川之方至，以莫不增⓭。

吉蠲爲饎⓮，是用孝享⓯，禴祠烝嘗⓰，于公先王⓱。君曰：「卜爾⓲，萬壽無疆。」

神之弔矣⓳，詒爾多福⓴。民之質矣㉑，日用飲食。群黎百姓㉒，徧爲爾德㉓。

如月之恆㉔，如日之升。如南山之壽，不騫不崩㉕。如松柏之茂，無不爾或承㉖。

注釋

❶保，安。爾，汝，你。言天安定國君也。

❷孔，非常。固，堅固。

❸俾，使。單，大，又毛《傳》：「信也。或曰單，厚也。」厚，福祿厚。

❹除，毛《傳》：「開也。」朱熹《詩集傳》：「除舊而生新也。」

❺益，多也。多益連文，言福祿多也。

❻庶，眾也。仍言福祿多。

❼戩，音ㄐㄧㄢˇ，毛《傳》：「戩，福也。穀，祿也。」

❽罄，盡也。

❾遐，大也。

❿維日不足，程俊英《詩經注析》：「維同惟，惟的本義為思、考慮。此處有惟恐義。日，日日、每天。維日不足，每天惟恐降福不夠。王先謙《詩三家義集疏》：『此章承上何福不除言。』」「降爾遐福，維日不足」，鄭《箋》：「遐，遠也。天又下予女以廣遠之福，使天下溥蒙之，汲汲然如日且不足也。」

⓫興，興盛。

⓬阜，音ㄈㄨˋ，土山。

⓭增，增加。

⓮吉，善。蠲，音ㄐㄩㄢ，潔，齋戒沐浴以潔身。饎，音ㄔˋ，酒食。擇吉日齋戒沐浴以潔身，獻酒食以祭祀也。

⓯享，獻。孝享，以酒食祭祖。

⓰禴，音ㄩㄝˋ，夏祭。祠，春祭。烝，冬祭。嘗，秋祭。

⓱于公先王，祭于先公先王。

⓲君，先君。卜，報，賜予。

⓳弔，毛《傳》：「至也。」吳大澂說金文叔字與隸書弔字形近，叔、淑古通用，故淑（叔）字每譌為弔，此弔字疑淑字之譌。淑，善也。

⓴詒，貽，給予。

㉑質，《廣雅．釋詁》：「質，定也。」安定之意。

㉒黎，眾。群黎，眾民。百姓，毛《傳》：「百官族姓。」群黎百姓，實賅平民、貴族而言。

㉓為，化古皆讀若訛。訛，化也。馬瑞辰《毛詩傳箋通釋》：「言徧化爾德也。」

㉔恆，上弦月。言如月之長在。

㉕騫，虧損。崩，崩壞。

㉖或，語助詞（見《經傳釋詞》）。承，繼承。無不爾或承，指松柏樹木，新葉既生，舊葉始落，承繼不斷，永無凋零。

詩旨

1. 《詩序》：「〈天保〉，下報上也。君能下下以成其政，臣能歸美以報其上焉。」鄭玄《箋》：「下下謂〈鹿鳴〉至〈伐木〉，皆君所以下臣也。臣亦宜歸美於王，以崇君之尊，而福祿之，以答其歌。」孔《疏》提出異義說：「詩者，志也。各自吟詠。六篇之作，非是一人，而已（以）此為答上篇之歌者，但聖人示法，義取相成。此〈鹿鳴〉至〈伐木〉於前，此篇繼之於後以著義，非此故答上篇也。」
2. 朱熹《詩集傳》：「人君以〈鹿鳴〉以下五詩燕其臣，臣受賜者歌此詩以答其君。」
3. 撰者按：《詩序》、鄭《箋》、朱《傳》之說，季本、方玉潤等人已駁其非，姚際恆《詩經通論》以為「此臣致祝於君之詞」。

作法

撰者按：前三章反覆吟詠「天保定爾」，充分表達周人對其君之忠心，以及對蒼天虔敬之情，深刻反映周人的天命觀。後三章抒寫周人對其祖先與神靈的敬頌之情。敬天則能保民，「禴祠烝嘗，于公先王」，就能「君曰卜爾，萬壽無疆」；「吉蠲為饎，是用孝享」，就會「神之弔矣，詒爾多福」。全詩以德為主，表現周人以德為政的政治思想，「民之質矣，日用飲食。群黎百姓，徧為爾德」。以德施政，自能保民。王國維《觀堂集林．殷周制度論》：「欲觀周之所以定天下，必自其制度始矣！」「其旨則在納上下於道德，而合天子、諸侯、卿大夫、士庶民以成一道德之團體。」觀之〈天保〉信然。另連用九「如」字博喻，祝福壽延綿不絕，亦甚奇妙。「天保九如」已成祝壽成語。

采薇

采薇采薇❶，薇亦作止❷。曰歸曰歸，歲亦莫止❸。靡室靡家❹，玁狁之故❺；不遑啓居❻，玁狁之故。

采薇采薇，薇亦柔止❼。曰歸曰歸，心亦憂止。憂心烈烈❽，載飢載渴❾。我戍未定❿，靡使歸聘⓫。

采薇采薇，薇亦剛止⓬。曰歸曰歸，歲亦陽止⓭。王事靡盬⓮，不遑啓處⓯。憂心孔疚⓰，我行不來⓱。

彼爾維何⓲？維常之華⓳。彼路斯何⓴？君子之車。戎車既駕㉑，四牡業業㉒。豈敢定居？一月三捷㉓。

駕彼四牡，四牡騤騤㉔。君子所依㉕，小人所腓㉖。四牡翼翼㉗，象弭魚服㉘。豈不日戒㉙，玁狁孔棘㉚。

昔我往矣㉛，楊柳依依㉜；今我來思㉝，雨雪霏霏㉞。行道遲遲㉟，載渴載飢。我心傷悲，莫知我哀㊱！

注釋

❶薇，野菜名，俗稱野豌豆。

❷作，生長。止，表狀態的完成。

❸莫，同暮。

❹靡，沒有。靡室靡家，指征戍在外之人，遠離家人，不能照顧到家事，雖有若無。

❺玁狁，音ㄒㄧㄢˇ ㄩㄣˇ，毛《傳》：「北狄也。」鄭《箋》：「今匈奴也。」王國維〈鬼方昆夷玁狁考〉認為古籍中昆夷、犬戎、鬼方、葷鬻、休渾、匈奴等，都是同一北方遊牧民族的不同稱謂。

❻不遑，不暇，沒有空閒。啟居，安居。

❼柔，始生而莖柔。

❽烈烈，內心憂慮貌。

❾載，則。鄭《箋》：「則飢則渴，言其苦也。」按末章又有「載渴載飢」之語，證知此皆實謂飢渴也。

❿戍，戍守邊疆。未定，未有定處。

⓫歸，使也。聘，毛《傳》：「問也。」又馬瑞辰：「歸當

讀如歸。方言『歸，使也。』」言家人無法使使者聘問己也。

⑫ 剛，茁己長成，變強壯。

⑬ 陽，指十月。鄭《箋》：「十月為陽時，坤用事，嫌于無陽，故以名此月為陽。」

⑭ 王事，國事，指此次出征之任務。盬，停止。王事靡盬，此次之任務沒有止息。

⑮ 啟處，安居。

⑯ 疚，病痛。

⑰ 來，歸來。毛《傳》：「來，至。」鄭《箋》：「來，猶返也，據家曰來。」

⑱ 爾，毛《傳》：「華盛貌。」《說文》引作薾。

⑲ 常，毛《傳》：「棠棣也。」華，花。鄭《箋》：「以興將率車馬服飾之盛。」

⑳ 路，車大之貌。《經傳釋詞》：「斯猶維也。」斯何，馬瑞辰《毛詩傳箋通釋》：「斯為語詞，斯何猶維何也。」

㉑ 戎車，兵車。

㉒ 牡，雄馬。業業，高大健壯貌。

㉓ 捷，勝。三捷，馬瑞辰《毛詩傳箋通釋》：「古者言數之多，每曰三與九，此詩一月三捷，特冀其屢有戰功，亦三錫、三接之類。」

㉔ 騤騤，音ㄎㄨㄟˊ，毛《傳》：「強也。」形容馬匹強壯貌。

㉕ 依，陳奐《詩毛氏傳疏》：「猶憑也。」謂倚於車中也。

㉖ 小人，士兵。腓，音ㄈㄟˊ，庇護。謂避而不乘。

㉗ 翼翼，朱熹《詩集傳》：「行列整治之狀。」

㉘ 象弭，以象牙製成弓之兩稍與弓弦相連接處。魚，獸名，似豬，東海有之（說詳《正義》）。服，箭囊。魚服，以魚獸皮製成之箭囊。

㉙ 戒，警戒，警備。

㉚ 孔棘，甚急，此狀戰事緊張。

㉛ 往，指出征之時。

㉜ 依依，茂盛貌。

㉝ 思，語助詞。

㉞ 雨，音ㄩˋ，落。霏霏，雪盛密貌，

㉟ 遲遲，緩慢貌。

㊱ 莫知我哀，無人知我心中之哀傷。

詩旨

1.《詩序》：「〈采薇〉，遣戍役也。文王之時，西有昆夷之患，北有玁狁之難。以天子之命命將率，遣戍役，以守衛中國，故歌〈采薇〉以遣之。〈出車〉以勞還，〈杕杜〉以勤歸也。」崔述、姚際恆、方玉潤駁《詩序》之非。

2.王質《詩總聞》：「當是將佐述離家還家之狀。」
3.王靜芝《詩經通釋》：「戍守之人還歸自詠。」

1.劉勰《文心雕龍．物色》：「灼灼狀桃花之鮮，依依盡楊柳之貌，並以少總多，情貌無遺矣！雖復思經千載，將何易奪。」
2.王夫之《薑齋詩話》：「『昔我往矣，楊柳依依。今我來思，雨雪霏霏。』以樂景寫哀，以哀景寫樂，一倍增其哀樂。」
3.牛運震《詩志》：「悲壯淒婉，全以正大之筆出之。結構用意處，更極渾成，後世出塞曲傷於慘而盡矣！」
4.方玉潤《詩經原始》以為前五章不過追述之詞，末章乃言歸途景物，並回憶往時風光，故不覺觸景愴懷，曰：「此詩之佳全在末章，真情實景，感傷時事，別有深情，非可言喻。」
5.雒三桂、李山《詩經新注》：「詩篇含有戰爭、思歸兩個主題。第一章總起，二、三兩章表現思鄉，四、五兩章寫戰爭，布局均勻的展現兩個主題。而最後一章以歸鄉時深深的憂傷情緒總結全篇，在表達感情中，透露著對戰爭的評價……。」

出車

我出我車，于彼牧矣❶。自天子所❷，謂我來矣❸，召彼僕夫，謂之載矣。王事多難，維其棘矣❹。

我出我車，于彼郊矣。設此旐矣❺，建彼旄矣❻。彼旟旐斯❼，胡不旆旆❽？憂心悄悄❾，僕夫況瘁❿。

王命南仲⓫，往城于方⓬。出車彭彭⓭，旂旐央央⓮。天子命我，城彼朔方。赫赫南仲⓯，玁狁于襄⓰。

昔我往矣，黍稷方華⑰。今我來思⑱，雨雪載塗⑲。王事多難，不遑啓居⑳。豈不懷歸？畏此簡書㉑。

喓喓草蟲㉒，趯趯阜螽㉓。未見君子，憂心忡忡㉔；既見君子，我心則降㉕。赫赫南仲，薄伐西戎㉖。

春日遲遲㉗，卉木萋萋㉘。倉庚喈喈㉙，采蘩祁祁㉚。執訊獲醜㉛，薄言還歸㉜。赫赫南仲，玁狁于夷㉝。

❶于，往。牧，遠郊養馬之地。周人平時在牧地養馬，是以戰時車駕從牧地出發。《荀子・大略》：「天子召諸侯，諸侯輦輿就馬，禮也。」

❷自，從。天子，指周王。所，處所。

❸謂，《廣雅》：「使也。」

❹棘，急也。

❺旐，音ㄓㄠˋ，繪有龜蛇圖案之旗幟。

❻旄，音ㄇㄠˊ，竿頭上飾有犛牛尾之旗幟。

❼旟，音ㄩˊ，畫有鳥隼圖案之旗幟。

❽胡不，何不。旆旆，音ㄆㄟˋ，旌旗旒穗下垂貌。又朱熹《詩集傳》：「飛揚之貌。」

❾悄悄，憂愁貌。

❿況瘁，據吳大澂《說文古籀補》說況當作疣。況瘁為同義複合詞，憔悴之意。朱熹《詩集傳》引東萊呂氏曰：「古者出師，以喪禮處之，命下之日，士皆泣涕。」

⓫南仲，《漢書・古今人表》列為厲王末年人。鄦惠鼎有南中，王國維以為即此詩之南仲。以兮甲盤及虢季子盤皆宣王時器，皆記伐玁狁事，此亦記伐玁狁事也。說詳〈鬼方昆夷玁狁考〉。

⓬方，地名，即〈六月〉「侵鎬及方」之方。據郭沫若《中國古代史研究》：「方又稱土方、御方、馭方，其地大致在今山西北部或包頭附近。」

⓭彭彭，車馬眾盛貌。

⓮央央，毛《傳》：「鮮明貌。」

⓯赫赫，毛《傳》：「盛貌。」

⓰于，語助詞，猶是也。襄，毛《傳》：「除也。」

⑰ 方華，花正盛開。

⑱ 思，語助詞。

⑲ 雨，音ㄩˋ，落。載，則。塗，泥，一說同途，路。雨雪載塗，落雪滿路。

⑳ 不遑啟居，不暇安息。

㉑ 簡書，毛《傳》：「戒命也。鄰國有急，以簡書相告，則奔命救之。」即今天所謂之公文、命令。

㉒ 喓喓，音一ㄠ，蟲鳴聲。草蟲，即草螽，俗名織布娘。

㉓ 趯趯，音ㄊ一ˋ，昆蟲跳躍貌。阜螽，一種蝗蟲，尚未生翅的幼蝗。

㉔ 忡忡，音ㄔㄨㄥ，憂心貌。

㉕ 降，下也。我心則降，猶今言我則放下心了。

㉖ 薄，迫也，薄伐，猶快快地去討伐。西戎，王國維〈鬼方昆夷玁狁考〉：「即玁狁，互言之以諧韻。」

㉗ 遲遲，舒緩貌。意指春日漸長。

㉘ 卉，草。萋萋，茂盛貌。

㉙ 倉庚，黃鸝鳥。喈喈，鳥鳴叫聲。

㉚ 祁祁，眾多貌。

㉛ 執，擒獲。訊，生擒之俘虜，可以審口訊之活口，一說為間諜。獲，同馘，古代戰爭時割取敵人左耳以獻功。醜，惡，周人稱異國之敵人為醜，一說為眾多之意。

㉜ 薄言，猶「薄」，急迫。還歸，歸返。薄言還歸，言立刻歸返。

㉝ 于，猶是也。夷，平也。

詩旨

1. 《詩序》：「〈出車〉，勞還率也。」姚際恆、方玉潤已駁《詩序》之非。
2. 王質《詩總聞》：「此亦是將佐敘離家還家之狀，與〈采薇〉同。」
3. 王國維〈鬼方昆夷玁狁考〉：「〈出車〉詠南仲伐玁狁之事，南仲亦見〈大雅．常武篇〉……今焦山所藏鄦惠鼎云『司徒南中入右鄦惠』，其器稱『九月既望甲戌』，有月日而無年，無由知其為何時之器。然文字不類周初，而與〈召伯虎敦〉相似，則南仲自是宣王時人，出車亦宣王時詩也。徵之古器，則紀玁狁事者，亦皆宣王時器。……周時用兵玁狁事，其見於書器者，大抵在宣王之世，而宣王以後即不見有玁狁事。」

作法

1. 輔廣《詩童子問》：「行師之道，始出則尚嚴肅，既歸則尚和樂。故出則有誓，而歸曰凱還。前三章則如秋霜之肅，後三章則如春風之和。如此，然後謂之王者之師。」
2. 孫鑛《批評詩經》：「狀景物灑麗，以致美凱旋，饒有風致，襯貼得恰好。」
3. 牛運震《詩志》：「前三章意思肅重，後三章風致委婉，以整以暇，各有其妙。」
4. 竹添光鴻《毛詩會箋》：「句句是大將舉止。出師尚嚴，讀首三章便凜如秋霜；凱歸貴和，讀後三章，便藹如春露。其間有整有暇，有勤有慎，有威有斷。我出我車，責任專也；自天子所，寵命渥也；憂心悄悄，臨事懼也；執訊獲醜，恩威著也，全是專閫氣象，一字移杕杜不得。」

杕杜

有杕之杜❶，有睆其實❷。王事靡盬❸，繼嗣我日❹。日月陽止❺，女心傷止，征夫遑止❻。

有杕之杜，其葉萋萋❼。王事靡盬，我心傷悲。卉木萋止❽，女心悲止，征夫歸止。

陟彼北山❾，言采其杞❿。王事靡盬，憂我父母。檀車幝幝⓫，四牡痯痯⓬，征夫不遠。

匪載匪來⓭，憂心孔疚⓮。期逝不至⓯，而多爲恤⓰。卜筮偕止⓱，會言近止⓲，征夫邇止⓳。

注釋

❶杕，音ㄉㄧˋ，樹木孤高獨立貌。有杕，杕然。杜，赤棠樹。

❷睆，音ㄨㄢˇ，堅實。有睆，睆然。

❸王事靡盬，國家之事沒有止息。

❹嗣，繼續。繼嗣我日，繼續我行役之日。

❺止，之矣合音，語尾助詞，表狀態之完成。

❻遑，毛《傳》：「暇也。」即止息。鄭《箋》於首章云：「婦人思望其君子，陽月之時，已憂傷矣。征夫如今已閒暇且歸也。」止，表狀態之完成，作用同「矣」。

❼萋萋，茂盛貌。

❽卉，草。止，表狀態之完成，作用同「矣」。

❾陟，升，登上。

❿杞，枸杞也。灌木，高二三尺，夏日開花，嫩葉可食，實入藥，亦可食。

⓫檀車，車輪以檀木為之，故凡車皆可稱為檀車。幝幝，音ㄔㄢˇ，毛《傳》：「幝幝，敝貌。」一說與嘽嘽同義，車聲也，見〈四牡〉注。

⓬痯痯，音ㄍㄨㄢˇ，毛《傳》：「罷貌。」

⓭載，指車。

⓮孔，非常。疚，病也。

⓯逝，往，猶言過也。

⓰而，猶乃也。恤，憂也。

⓱卜筮偕止，鄭《箋》：「偕，俱。」馬瑞辰《毛詩傳箋通釋》：「古者卜用三兆，筮用三易，各以一人掌之，卜、筮皆三人。……三人占謂之會，其取義於三合一也。」即結果一致。

⓲會，合，謂卜與筮也。近，龍師宇純〈讀詩雜記〉說：近字不得不押韻，然而近與偕、邇陰陽聲已自不同，又非「正對轉」，不得相偕……余謂近當為比，古人書斤與比相似，詳金文斤字偏旁，此誤比為斤，遂附會為近耳。《廣雅．釋詁三》：「比，近也。」會言比止，義同會言近止。《說文》：「比，密也。」比之為近，猶疏之為遠，即密義引申。古韻比與偕、邇同屬脂部，與邇且同上調。

⓳邇，近也。止，表狀態之完成，作用同「矣」。

詩旨

1.《詩序》：「〈杕杜〉，勞還役也。」姚際恆已駁《序》非。

2.王質《詩總聞》：「此當是師徒之室家所敘，與〈采薇〉、〈出車〉同期，而其人則異也，其歸亦與薇剛歲陽同期。」

3.屈萬里《詩經詮釋》：「此征人思歸之詩，乃假家人思念征夫之語氣，以抒其懷歸之情也。」

作法

1.方玉潤《詩經原始》：「此詩本室家思其夫歸而未即歸之詞，故始則曰征夫遑止，言可以暇矣！曷為而不歸哉？繼則曰征夫歸止，言計其歸期實可歸也。既又曰征夫不遠，言雖未歸，其亦不遠矣！終則曰征夫邇止，言歸程甚邇，豈尚誑耶？始終望歸而未遽歸，故作此猜疑無定之詞耳！然期望雖殷，而終以王事為重，不敢以私情廢公義也。此詩人識見之大，詎得以尋常兒女情視之耶？」

2.雒三桂、李山《詩經新注》：「……實際詩人既不單為思婦代言，亦不單為征夫代言，只站在第三者角度，既設想征夫之情，又懸擬閨婦之情。因此這首詩可說是表現男子出征給人們帶來心靈痛楚的詩篇。後世高適〈燕歌行〉：『少婦城南欲斷腸，征夫薊北空回首。』陳陶〈隴西行〉：『可憐無定河邊骨，猶是春閨夢裏人。』等等，其筆法正發軔於此。」

3.撰者按：全詩四章，前三章前四句寫征夫，後三句寫思婦，類似蒙太奇剪接，讓懸隔萬里的夫婦對應出現，各訴衷腸。末章假思婦口氣敘述，卜筮征夫已在歸途，全詩敘述靈活，思婦情深、意厚、憂深、傷悲躍然紙上。

魚麗

魚麗于罶❶，鱨鯊❷。君子有酒，旨且多❸。

魚麗于罶，魴鱧❹。君子有酒，多且旨。

魚麗于罶，鰋鯉❺。君子有酒，旨且有❻。

物其多矣，維其嘉矣❼。

物其旨矣，維其偕矣❽。

物其有矣，維其時矣❾。

❶麗，罹也，遭遇。罶，音ㄌㄧㄡˇ，毛《傳》：「曲梁也。」王先謙《詩三家義集疏》：「言當曲水處為梁，以曲竹為笱承梁之孔，使魚入而不得出，若附麗於罶然。」

❷鱨，音ㄔㄤˊ，陸璣《疏》：「鱨，一名黃頰魚。」鯊，《爾雅》郭注：「今吹沙小魚。」為一種小魚，常張口吹沙，又名吹沙。

❸旨，美也。

❹魴，音ㄈㄤˊ，鯿魚，又名赤尾魚，見〈召南．汝墳〉。

鱧，音ㄌㄧˇ，毛《傳》：「鮦也。」馬瑞辰《毛詩傳箋通釋》：「今俗稱鱺子魚。」

❺鰋，音ㄧㄢˋ，鮎也，取黏滑之義，蓋魚之無鱗者耳，俗稱黏魚。

❻有，朱熹《詩集傳》：「猶多也。」

❼嘉，美也。

❽偕，齊也。

❾時，得其時也。

詩旨

1. 《詩序》：「〈魚麗〉，美萬物盛多，能備禮也。文武以〈天保〉以上治內，〈采薇〉以下治外，始於憂勤，終於逸樂。故美萬物盛多，可以告於神明矣。」
2. 朱熹《詩集傳》：「此燕饗通用之樂歌。」
3. 李光地《詩所》：「此必薦魚宗廟之後燕飲之詩，其後遂通用之。」
4. 方玉潤《詩經原始》：「此詩本無意義，不過極言餚饌之多且美。」

作法

1. 季本《說詩解頤》：「前三章皆言有酒，乃置酒之通名也。後三章皆言物，則其所謂旨，所謂多者，皆以餚言矣！雖用字不同，其實嘉與時皆所以言旨也。有與偕，皆所以言多也。不過即旨多二義，反覆嘆詠，以見主人禮義之殷勤耳。如此賢者豈不樂就哉！」

2.牛運震《詩志》：「不必侈陳太平之盛，只就物產點逗自見，自是高手。連紓疊複，若不可了，別是一格。」
3.范家相《詩瀋》：「美萬物盛多，但言魚者，在下動物之多莫如魚也。大雅言豐年之兆，亦曰眾維魚矣！」
4.王靜芝《詩經通釋》：「此詩共六章。前三章為同義三疊唱；後三章又為同義三疊唱。為雙重之三疊唱者，亦為極美之形式。」

南陔

《詩序》：「孝子相戒以養也。」

白華

《詩序》：「孝子之絜白也。」

華黍

《詩序》：「時和歲豐，宜黍稷也。有其義而亡其辭。」

上三篇僅存篇目而無詩。《詩序》：「有其義而亡其辭。」朱熹《詩集傳》：「此笙詩也，有聲無辭。」兩說孰是，今尚無定論。

朱熹《詩集傳》據鄉飲酒禮和燕禮，說演奏「鹿鳴、四牡、皇皇者華諸篇稱歌，南陔、白華、華黍諸篇曰笙、曰樂、曰奏，而不言歌，則有聲無詞明矣。所以知其篇第在此者，意古經篇題下，必有譜焉。」

南有嘉魚之什

南有嘉魚

南有嘉魚❶，烝然罩罩❷。君子有酒，嘉賓式燕以樂❸。

南有嘉魚，烝然汕汕❹。君子有酒，嘉賓式燕以衎❺。

南有樛木，甘瓠纍之❻。君子有酒，嘉賓式燕綏之❼。

翩翩者鵻❽，烝然來思❾。君子有酒，嘉賓式燕又思❿。

❶南，南方也，指南方江漢之地，與〈周南．南有樛木〉之南同義。

❷烝，眾多。罩罩，林義光《詩經通解》讀罩為掉，水中游魚搖尾而行貌。

❸式，語助詞，表希冀，以下式字同，詳見〈鹿鳴〉注。燕，宴饗。

❹汕汕，《說文》：「魚游水貌。」

❺衎，音ㄎㄢˋ，和樂貌。

❻甘瓠，音ㄏㄨˋ，瓠瓜有甜有苦，甘瓠即甜的瓠瓜。纍，纏繞。

❼綏，鄭《箋》：「安也。」

❽翩翩，鳥飛翔貌。鵻，鵓鳩鳥。

❾思，語助詞。

❿又，馬瑞辰《毛詩傳箋通釋》：「即今之右字。古右與侑、宥通用。」又即勸侑。

詩旨

1.《詩序》：「〈南有嘉魚〉，樂與賢也。太平之君子至誠，樂與賢者共之也。」鄭玄《箋》：「樂得賢者共立於朝，相燕樂也。」
2.朱熹《詩集傳》：「此亦燕饗通用之樂。」
3.雒三桂、李山《詩經新注》：「此詩雖未見得作於『太平』之世，然而詩歌中的確有一幅『太平』光景。詩的用語『君子』和『嘉賓』同出，可見詩並非專就『君子』或『嘉賓』某一方面寫，當是從第三者的角度來描述宴享情景。《儀禮．鄉飲酒禮》及〈燕禮〉中均有『工歌〈鹿鳴〉……〈南有嘉魚〉』云云，可見此詩或許為樂師所作、所歌。」

作法

1.方玉潤《詩經原始》：「彼（〈魚麗〉）專言餚酒之美，此兼敘賓主綢繆之情。故下二章文格一變，參用比興之法，其實無甚深意，則如一耳！」
2.王靜芝《詩經通釋》：「此篇前後四章，前二章以南有嘉魚起興，三章改南有樛木，四章改翩翩者鵻，而統以君子有酒嘉賓式燕貫之，結構極美。」

南山有臺

南山有臺❶，北山有萊❷。樂只君子❸，邦家之基❹；樂只君子，萬壽無期❺。
南山有桑，北山有楊。樂只君子，邦家之光❻；樂只君子，萬壽無疆。
南山有杞，北山有李。樂只君子，民之父母；樂只君子，德音不已❼。
南山有栲❽，北山有杻❾。樂只君子，遐不眉壽❿？樂只君子，德音是茂⓫。

南山有枸⑫，北山有楰⑬。樂只君子，遐不黃耇⑭？樂只君子，保艾爾後⑮。

注釋

❶臺，陸璣《草木鳥獸蟲魚疏》：「舊說夫須，莎草也，可為蓑笠。」

❷萊，草名，嫩葉可食。

❸只，語助詞。樂只，猶言樂哉。見〈周南．樛木〉注。

❹邦家，國家。基，根基，根本。

❺萬壽，萬歲、長壽。無期，無盡期。

❻光，光榮。

❼德音，因德行帶來之好聲譽。不已，不止。

❽栲，音ㄎㄠˇ，木名，山樗。見〈唐風．山有樞〉注。

❾杻，音ㄔㄡˇ，木名，葉似杏而尖，赤色皮，木質堅硬，可作車與弓幹。孔穎達《正義》引陸璣《疏》云：「杻，檍也。葉似杏而尖，白色，皮正赤，為木多曲少直，枝葉茂好，二月中葉疏，華如練而細蕊正白。……人或謂之牛筋，或謂之檍，材可為弓弩幹也。」梓樹之一種，見〈唐風．山有樞〉注。

❿遐，古讀與胡音近，何也。眉壽，高壽（見豳風．七月）注。

⓫茂，盛也。又于省吾《詩經新證》：「按懋，茂古今字。《尚書》懋多訓勉。『德音是茂』者，德音是勉也。」

⓬枸，音ㄐㄩˇ，《毛詩正義》引陸璣《疏》云：「枸樹高大似白楊，有子著枝端，大如指，長數寸，噉之甘美如飴。八月熟，今官園種之，謂之木蜜。」

⓭楰，音ㄩˊ，孔穎達《正義》引陸璣《疏》云：「楰，楸屬。其樹葉、木理如楸，山楸之異者，今人謂之苦楸是也。」

⓮黃，黃髮也，老人髮白而復黃。耇，音ㄍㄡˇ，老人。《說文》：「耇，老人面凍黎若垢。」

⓯保艾爾後，毛《傳》：「艾，養。保，安也。」馬瑞辰《毛詩傳箋通釋》：「艾、乂，古通用。保艾，猶〈康誥〉『用保乂民』也。」後，後人。

詩旨

1.《詩序》：「〈南山有臺〉，樂得賢也。得賢，則能為邦家立太平之基矣。」吳闓生《詩義會通》已駁《序》

非。

2.朱熹《詩集傳》：「此祝福之詩，引而為燕饗通用之樂歌。」

3.王靜芝《詩經通釋》：「此詩惟祝福之詩耳。」

4.雒三桂、李山《詩經新注》：「此詩為宴會上的祝福之歌，古來並無疑義，但在祝禱的對象上卻爭訟不已，依毛、鄭、朱熹、明代劉瑾《詩經通釋》的看法，『君子』指眾賓客，因此詩是天子祝禱臣下。但自宋代呂祖謙《讀詩記》、嚴粲《詩緝》及清代姚際恆《通論》、方玉潤《原始》等，認為〈南山有臺〉是臣工（即樂工）祝禱天子之詩。因此問題關鍵是『君子』如何解釋。我們認為〈南山有臺〉本是宴會的樂歌，是臣工歌唱的詩，那麼『君子』便是臣工眼中的所有與會的貴族人物。詩中每章都是『南山』、『北山』對舉，正象徵宴飲中的主客關係。宗族社會中天子舉行的宴享本意在強固內部的團結，就不應該將君臣等級放在首位，而應強調他們的等同。而出自樂工的祝禱，既可理解為臣對君的祝禱，又可理解作君對臣的祝禱，正起著融洽君臣的作用。從詩本身看，其祝禱內容不外壽、德、後代三項，體現著周人對什麼是幸福的理解。」

作法

1.輔廣《詩童子問》：「後二章言遐不眉壽、遐不黃耇，與首章次章末句相應；萬壽無期、萬壽無疆者，願之之辭也；遐不眉壽、遐不黃耇者，必之之辭也；德音是茂，言不但不已而已，而又愈益茂盛也。保艾爾後，則不但為今日計，而又願其安養其後世子孫也。」

2.撰者按：全詩五章疊章複沓，以君子如山化育萬木起興。有對君子的讚美：既讚其功（邦家之光、邦家之基）；又表其德（民之父母、德音不已、德音是茂）。也有對君子的祝福：先祝長壽（萬壽無期、萬壽無疆、遐不眉壽、遐不黃耇），再祝家族興旺，嗣息延長（保艾爾後）。每章「樂只君子」呼喚兩次，全詩共十次，亦如天保九如祝福之忱。

由庚

《詩序》：「萬物得由其道也。」

崇丘

《詩序》：「萬物得極其高大也。」

由儀

《詩序》：「萬物之生各得其宜也。有其義而亡其辭。」

上三篇僅存篇目而無詩，與〈南陔〉、〈白華〉、〈華黍〉同。

蓼蕭

蓼彼蕭斯❶，零露湑兮❷。既見君子，我心寫兮❸。燕笑語兮❹，是以有譽處兮❺。

蓼彼蕭斯，零露瀼瀼❻。既見君子，爲龍爲光❼。其德不爽❽，壽考不忘❾。

蓼彼蕭斯，零露泥泥❿。既見君子，孔燕豈弟⓫。宜兄宜弟，令德壽豈⓬。

蓼彼蕭斯，零露濃濃⓭。既見君子，鞗革忡忡⓮，和鸞雝雝⓯。萬福攸同⓰。

注釋

❶蓼，音ㄌㄧㄠˇ，毛《傳》：「長大貌。」蕭，鄭《箋》：「香物之微者。」即香蒿、牛尾蒿。斯，語助詞。

❷零，落也。湑，盛貌。已見〈唐風・杕杜〉，此指露之盛。

❸寫，舒暢、快樂。

❹燕，宴飲；燕樂。

❺譽，通豫，安、樂也。譽處，猶言安樂。參《經義述聞》及馬瑞辰說。

❻瀼瀼，毛《傳》：「露蕃貌。」蕃，眾多。

❼龍，寵。龍、光，光榮之意。鄭《箋》云：「為寵為光，

言天子恩澤光耀被及己也。」孔《疏》曰：「為君所寵遇，為君所光榮。」

❽爽，差，失。

❾壽考，長壽。不忘，不已。

❿泥泥，濡濕貌。

⓫孔，非常。燕，樂。孔燕，甚為快樂。豈弟，愷悌，和樂平易。

⓬令，美。豈，樂。壽豈，龍師宇純《絲竹軒詩說．讀詩管窺》：「疑壽豈，實為壽考之轉音。令德壽豈，即前章其德不爽，壽考不忘之重複，取豈之音與泥、弟為韻。」

⓭濃濃，露盛貌。

⓮鞗，音ㄊㄧㄠˊ，毛《傳》：「鞗，轡也。革，轡首也。」據段玉裁《說文解字注》說「鞗」實即轡首裝飾，「革」即今所說「馬籠頭」。忡忡，毛《傳》：「垂飾貌。」

⓯和、鸞，毛《傳》：「在軾曰和，在鑣曰鸞。」則「和」、「鸞」是分別掛在軾（車前橫木）與鑣（馬嚼子）上兩種不同之銅鈴。雝雝，鈴聲和諧貌。

⓰攸，所也。同，猶會也，聚集。言萬福所聚也

詩旨

1.《詩序》：「〈蓼蕭〉，澤及四海也。」

2.鄭《箋》：「此說天子之車飾者。諸侯燕見天子，天子必乘車迎于門，是以云然。」

3.朱熹《詩集傳》：「諸侯朝于天子，天子與之燕，以示慈惠，故歌此詩。」

4.朱守亮《詩經評釋》：「天子燕諸侯而美之之詞，亦戒而勵之，後乃引以為燕饗諸侯賓客通用之樂歌。」

作法

1.孫鑛《批評詩經》：「寫一時歡樂光景，藹然可陳。首章點得透快，二、三章歸之德，是詩骨。末章借車馬寫意，陡發而緩收，正是頓挫。」

2.方玉潤《詩經原始》：「此蓋天子燕諸侯而美之之詞耳，然美中寓戒，而因以勸導之。曰德曰壽，有是德乃有是壽，固也。諸侯之易於失德，則尤在兄弟爭奪之間，與鄰國侵伐之際，故又從令德中特言宜兄宜弟。夫必內有以和其親，然後外有以睦其鄰。諸侯睦而萬國寧，乃真天子福也，故更曰：萬福攸同。是豈徒為諸侯頌哉！古人立

言，各有體裁，以上頌下，當以此種為得體。」

湛露

湛湛露斯❶，匪陽不晞❷。厭厭夜飲❸，不醉無歸❹。
湛湛露斯，在彼豐草❺。厭厭夜飲，在宗載考❻。
湛湛露斯，在彼杞棘❼。顯允君子❽，莫不令德❾。
其桐其椅❿，其實離離⓫，豈弟君子⓬，莫不令儀⓭。

❶湛湛，毛《傳》：「露茂盛貌。」

❷陽，陽光。晞，乾。

❸厭厭，安靜貌。夜飲，鄭《箋》：「燕飲之禮，宵則兩階及庭門皆設大燭焉。」

❹不醉無歸，《儀禮·燕禮》：「司正升，受命，皆命，君曰：『無不醉。』賓及卿大夫皆興（起立），對曰：『諾，敢不醉？』皆反坐。」據此，「不醉無歸」是司正（即司宴官）傳達給客人的勸侑之詞。

❺豐，茂盛。

❻在宗，宗室、宗廟。載，則。考，成，謂成禮也。

❼杞，枸杞。棘，酸棗樹。

❽顯，明顯，顯赫。允，信實。

❾令，善。

❿椅，木名。梓屬，見〈鄘風·定之方中〉注。

⓫離離，下垂貌。見〈王風·黍離〉注。

⓬豈弟，愷悌。

⓭儀，威儀。

1.《詩序》：「〈湛露〉，天子燕諸侯也。」孔穎達《正義》：「諸侯來朝，天子與之燕飲，美其事而歌之。」《序》說係據《左傳．文公四年》：「昔諸侯朝正於王，王宴樂之，于是乎賦〈湛露〉。」

2.季本《詩說解頤》：「此天子燕諸侯而留之夜飲樂歌。」

作法

1.朱公遷《詩經疏義會通》：「前二章見親愛之至誠，後二章有戒飭之微意。」

2.姚舜牧《詩經疑問》：「露必待陽而晞，飲必至醉而歸，期其饗也。露必濡于豐草，飲必設于宗考，隆其禮也。杞棘承湛湛之露，桐椅生離離之實。君子承燕而不喪其令德，不失其令儀。此天子之所樂予，而賜之燕饗之隆禮也。詩敘燕飲于前，而推本于君子之德儀，旨深哉！」

3.龍起濤《毛詩補正》：「予謂後二章即從前二章生出，有前二章之厭厭，始見後二章之令德令儀。前二章君有餘愛，後二章見臣有餘敬，章法本極分明。」

彤弓

彤弓弨兮❶，受言藏之❷。我有嘉賓，中心貺之❸。鐘鼓既設，一朝饗之❹。

彤弓弨兮，受言載之❺。我有嘉賓，中心喜之。鐘鼓既設，一朝右之❻。

彤弓弨兮，受言櫜之❼。我有嘉賓，中心好之❽。鐘鼓既設，一朝饗之❾。

注釋

❶彤，朱色。弨，音ㄔㄠ，放鬆弓弦，弛而不張。
❷言，語助詞，猶而也。
❸貺，音ㄎㄨㄤˋ，通況，善也。參馬瑞辰說
❹饗，燕饗。
❺載，馬瑞辰《毛詩傳箋通釋》：「載亦藏也。」
❻右，通侑，勸也。即一獻禮中之「酢」。
❼櫜，音ㄍㄠ，毛《傳》：「韜也。」即裝弓箭的囊。在此作動詞，收藏。
❽好，喜愛。
❾醻，音ㄔㄡˊ，同酬。鄭《箋》：「飲酒之禮，主人獻賓，賓酢主人，主人又飲而酌賓，謂之酬。」饗禮行酬時要酬以禮品，稱為酬幣。

詩旨

《詩序》：「〈彤弓〉，天子錫有功諸侯也。」鄭玄《箋》：「凡諸侯賜弓矢，然後專征伐。」《序》說係據《左傳．文公四年》：諸侯敵王所愾而獻其功，王於是乎賜之彤弓一，彤矢百，玈弓十，玈矢千，以覺報宴。杜預注：「謂諸侯有四夷之功，王賜之弓矢，又為歌〈彤弓〉，以明報功宴樂。」

作法

1. 輔廣《詩童子問》：「大抵此詩首章已盡其意，下兩章只是詠嘆以加重焉耳。」
2. 呂大臨《考古圖》：「天子賜有功諸侯，必曰中心貺之、喜之、好之者，言是錫也，非以為儀也，出於吾情而非勉也。饗之、右之、醻之者，言功之大者情必厚，情之厚者賜必多，賜之多者儀必盛。所謂本末情文，無所不稱者也。」
3. 曹居貞《詩義發揮》：「王者於賞功之物，始而不知重其物，則必有輕視之心，而人亦褻之矣！終而不出於誠心，又吝而不果，則人雖得之，亦不以為異矣！故未有功之時，則藏之也不敢輕；既有功之時，則誠心與之而無所惜。王者賞功之大權，當如是矣！」

菁菁者莪

菁菁者莪❶，在彼中阿❷。既見君子，樂且有儀❸。
菁菁者莪，在彼中沚❹。既見君子，我心則喜。
菁菁者莪，在彼中陵❺。既見君子，錫我百朋❻。
汎汎楊舟❼，載沈載浮。既見君子，我心則休❽。

注釋

❶菁菁，毛《傳》：「盛貌。」莪，毛《傳》：「蘿蒿也。」陸璣《疏》：「生澤田漸洳（低窪）之處，葉似邪蒿而細，科生。三月中莖可生食，又可蒸食，香美味頗似蔞蒿。」

❷阿，大陵。中阿，阿中。

❸儀，禮儀。

❹沚，小渚，水中小洲。中沚，沚中。

❺陵，丘陵。中陵，陵中。

❻錫，賜。朋，幣值之名稱。古代以貝作為錢幣，五貝為一串，兩串十貝為一朋。王國維有說。

❼汎汎，漂浮不定貌。

❽休，《經義述聞》：「喜也。」

詩旨

1. 《詩序》：「〈菁菁者莪〉，樂育材也。君子能長育人材，則天下喜樂之矣。」三家《詩》無異義。
2. 朱熹《詩集傳》：「此亦燕飲賓客之詩。」在〈白鹿洞賦〉中有「樂菁莪之長育」句，又不廢舊說。
3. 姚際恆《詩經通論》：「大抵是人君喜得見賢之詩。」
4. 姜炳璋《詩序補義》說：此君子視學，「太學之士樂君子之育材而作此詩」。

作法

1. 朱公遷《詩經疏義會通》：「首章喜樂有禮儀，近乎外貌。故次章以我心則喜，言見其由中達於外也。三章錫我百朋，則甚遂其所欲。四章言昔憂今喜，則大遂其所願。皆以見其真誠之心非偽也。」
2. 撰者按：全詩四章複沓，詩分兩層，第一層以興的物象義，反覆詠嘆對於君子長育人才的歡悅之情。第二層寫見到君子後的喜悅之情。末章第一層稍作變化，以楊舟載物，沉浮不定，比喻太學生未見君子之憂。後人每於詩文中引用「菁莪」二字，作為樂育賢才之喻。如晉代孫楚〈故太傅羊祜碑〉：「雖泮宮之詠魯侯，菁莪之美育才，無以過也。」明代劉基〈送趙元舉之奉化州學正〉：「泮水紫芹香可覽，倚看待佩樂菁莪。」

六月

六月棲棲[1]，戎車既飭[2]。四牡騤騤[3]，載是常服[4]。玁狁孔熾[5]，我是用急[6]。王于出征[7]，以匡王國[8]。

比物四驪[9]，閑之維則[10]。維此六月，既成我服[11]。我服既成，于三十里[12]。王于出征，以佐天子。

四牡脩廣[13]，其大有顒[14]。薄伐玁狁[15]，以奏膚公[16]。有嚴有翼[17]，共武之服[18]。共武之服，以定王國。

玁狁匪茹[19]，整居焦穫[20]。侵鎬及方[21]，至于涇陽[22]。織文鳥章[23]，白旆央央[24]。元戎十乘[25]，以先啓行[26]。

戎車既安，如輊如軒[27]。四牡既佶[28]，既佶且閑[29]。薄伐玁狁，至于大原[30]。文武吉甫[31]，萬邦爲憲[32]。

吉甫燕喜[33]，既多受祉[34]。來歸自鎬[35]，我行永久[36]。飲御諸友[37]，炰鱉膾鯉[38]。侯誰在矣㊴？張仲孝友㊵。

注釋

❶ 棲棲，馬瑞辰《毛詩傳箋通釋》：「棲，栖古同字；義與《論語》『栖栖』同，謂行不止也。」

❷ 戎車，兵車。飭，整。

❸ 騤騤，馬匹強壯貌。

❹ 載，以車載之。常服，戎服。

❺ 熾，毛《傳》：「盛也。」孔熾，在此有氣燄囂張之意。

❻ 用，以。急，緊急。戴震《毛鄭詩考正》：「《鹽鐵論》引此詩作我是用戒，戒猶備也。……急字與韻亦不合。」我，我方。我是用戒，我方因此而戒備。

❼ 王于出征，王在興師出兵，欲與玁狁作戰，並非王親征，但是征伐之命令出於周王。又林義光《詩經通解》謂「于」乃「呼」之借字，並舉經籍多例以證于、乎（呼）古通。

❽ 匡，正，以使王國正而安；一說為救，以救王國之急難。

❾ 比，齊。物，毛《傳》：「毛物。」《周禮‧夏官校人》鄭注：「毛馬齊其色，物馬齊其力。」比物，其力相齊而顏色亦相同的馬匹。驪，黑色毛的馬。

❿ 閑，熟習。維，猶有也。則，法則。《經傳釋詞》：「維則言有法也。」

⓫ 服，戎服。

⓬ 于，往。于三十里，謂軍隊一日行三十里。

⓭ 脩，長。廣，大。脩廣，修長高大。

⓮ 顒，音ㄩㄥˊ，大貌。有顒，猶顒然。

⓯ 薄，語助詞，猶迫。

⓰ 奏，作，成。膚，大。公，功。

⓱ 嚴，威嚴。翼，敬。有嚴有翼，謂將帥嚴然翼然。

⓲ 共，通恭。服，事。共武之服，謂謹慎於武事。

⓳ 匪，非。茹，柔弱。

⓴ 整，齊。焦穫，毛《傳》：「周地接于玁狁者。」陳奐《詩毛氏傳疏》：「今陝西西安府三原、涇陽二縣之間有焦穫澤，即此焦穫，澤名。」

㉑ 鎬，地名。舊說以為非西周鎬京。方，舊說以為即朔方。近代以來，王國維〈周方京考〉、郭沫若〈臣晨盉〉、〈麥尊〉、〈遹𣪘〉諸器名考釋，及黃盛璋〈周都豐鎬與金文中的葊京〉等，都認為「鎬」即鎬京，「方」即豐京。

㉒ 涇陽，陳奐《詩毛氏傳疏》：「涇水之陽也。」即涇水之北，為涇水下游流入渭水處，蓋玁狁自山西西部入侵至於涇陽也。說詳王國維〈鬼方昆夷玁狁考〉。

㉓織，通幟，大夫以上為旌旗，士卒則著徽識之衣，其衣以鳥隼之章為徽識（馬瑞辰有說）。一說為旗幟。鳥章，鳥隼之花紋。

㉔白，帛。旆，音ㄆㄟˋ。白旆，毛《傳》：「繼旐者也。」旐為繪有龜蛇圖案之旗幟，旆為綴在旐周圍之燕尾形旗邊。央央，毛《傳》：「鮮明貌。」

㉕元，大。戎，兵車。乘，四馬為乘，指馬車。王先謙《詩三家義集疏》引《韓詩》：「元戎，大戎，謂兵車也。車有大戎十乘，謂車鏝輪，馬被甲，衡軛之上畫有劍戟，名曰陷陣之車，所以冒突先啟敵家之行伍也。」

㉖啟行，起行，開道，作為開路先鋒。

㉗如，或。輊，車後低，指車向下俯。軒，車前高起，車向上仰。言大車低昂起伏，調適安穩。

㉘佶，音ㄐㄧˊ，鄭《箋》：「壯健之貌。」

㉙閑，嫻熟。此言其協調、齊整。

㉚大原，在漢河東郡，今山西西部，說詳〈葊京考〉。又據顧炎武《日知錄》說在今寧夏固原一帶。

㉛吉甫，人名，周宣王時之卿士，〈大雅．崧高〉、〈烝民〉皆其所作，此又將兵，是允文允武也。王國維以為吉甫即作〈兮甲盤〉之兮甲（字伯吉父），說詳〈兮甲盤跋〉。

㉜憲，毛《傳》：「法也。」即楷模。

㉝燕，樂。

㉞祉，毛《傳》：「福也。」此謂賞賜也。

㉟來歸自鎬，自鎬歸來。言吉甫在出征很久後，從鎬京天子處回到自己家中。

㊱我行永久，指此次行役征戰，與親故闊別甚久。

㊲御，毛《傳》：「進也。」進獻酒食。

㊳炰，音ㄆㄠˊ，烹煮。膾，音ㄎㄨㄞˋ，將肉切細後烹煮。

㊴侯，維，發語詞。陳奐《詩毛氏傳疏》：「《爾雅》：『維，侯也。』維謂之侯，侯亦謂之維。」龍師宇純《絲竹軒詩說．試說詩經的虛詞侯》說「隹」、「侯」隸書形近，維字誤寫成侯。

㊵張仲，鄭《箋》：「吉甫之友，其性孝友。」朱熹《詩集傳》：「善父母曰孝，善兄弟曰友。」

1.《詩序》：「〈六月〉，宣王北伐也。」三家《詩》義同。

2.朱熹《詩集傳》：「成康既沒，周室寖衰，八世而厲王胡暴虐，周人逐之，出居于彘，玁狁內侵，逼近京邑。王崩，子宣王靖即位，命尹吉甫率師伐之，有功而歸，詩人作歌以敘其事如此。」

3.季本《詩說解頤》：「尹吉甫伐玁狁成功而歸，以飲御諸友，故在朝之君子作此以美之。非朝廷勞還宜別有詩，而今不傳耳。」

作法

1.孫鑛《批評詩經》：「六月嚴整閎壯，儼然節制之師氣象。語不濃，卻勁色照人，蓋自古直中煉出。」

2.方玉潤《詩經原始》：「寇退不欲窮追也，此吉甫安邊良謀。非輕敵冒進者比。故當其乘勝逐北也，車雖馳而常安，馬雖奔而恆閑，何從容而整暇哉！及其回車止戈也，不貪功以損將，不黷武以窮兵，又何其老成持重耶！所謂有武略者尤須文德以濟之，非吉甫其孰當此？宜乎萬邦取以為法也。」

3.撰者按〈兮甲盤銘〉記宣王五年，尹吉甫從王伐玁狁；《漢書．匈奴傳》：「宣王興師，命征將伐獫狁，詩人美大其功。」《漢書．韋元成傳》：「周室既衰，四夷並侵，獫狁最強，至宣王而伐之，詩人美而頌之，曰：『薄伐玁狁，至于大原。』」〈六月〉詩首章備戰，二、三章出征，四、五章激戰，末章凱旋，就出征、平亂、立功、凱旋燕飲情狀，層次井然敘述。文則壯麗嚴整，餘波又綺麗輕逸。尤其末章，凱旋讌飲，特別強調邀張仲孝友之人作陪，誠王者之師也。本篇為宣王北伐，周室中興的寶貴史詩。

采芑

薄言采芑❶，于彼新田❷，于此菑畝❸。方叔蒞止，其車三千❹，師干之試❺。方叔率止，乘其四騏❻，四騏翼翼❼。路車有奭❽，簟茀魚服❾，鉤膺鞗革❿。

薄言采芑，于彼新田，于此中鄉⓫。方叔蒞止，其車三千，旂旐央央⓬。方叔率止，約軧錯衡⓭，八鸞瑲瑲⓮。服其命服⓯，朱芾斯皇⓰，有瑲蔥珩⓱。

鴥彼飛隼⓲，其飛戾天⓳，亦集爰止⓴。方叔蒞止，其車三千，師干之試。方叔率止，鉦人伐鼓㉑，陳師鞠旅㉒。顯允方叔㉓，伐鼓淵淵㉔，振旅闐闐㉕。

蠢爾蠻荊㉖，大邦爲讎㉗。方叔元老，克壯其猶㉘。方叔率止，執訊獲醜㉙。戎車嘽嘽㉚，嘽嘽焞焞㉛，如霆如雷。顯允方叔，征伐玁狁，蠻荊來威㉜。

❶芑，音ㄑㄧˇ，《正義》引陸《疏》「芑，似苦菜也，莖青白色，摘其葉，白汁出，肥可生食，亦可蒸為茹。」

❷新田，毛《傳》：「田一歲曰菑，二歲曰新田。」即新開墾兩年之田。

❸菑，音ㄗ，新開墾一年之田，稱為菑畝。

❹方叔，人名，毛《傳》：「卿士也，受命而為將也。」郭沫若《兩周金文辭大系考釋》〈師寰簋〉考釋師寰即方叔，名寰（圜）字方叔。涖，臨。止，語氣詞。三千，金鶚《求古錄．禮說》：「方叔南征，車三千乘，每乘二十五人，三千乘得七萬五千人，是王六軍之制也。」

❺師，毛《傳》：「眾。」干，盾。之，猶是。試，練習。

❻乘，駕。騏，青黑色之馬。

❼翼翼，強壯貌。一說行列整齊貌。

❽路車，大車，參前〈采薇〉注。奭，音ㄕˋ，赤紅色。有奭，奭然。

❾簟茀，以竹蓆做之車蔽。魚服，用魚獸皮做成之箭囊，參前〈采薇〉注。

❿膺，音ㄧㄥ，毛《傳》：「樊纓也。」即繫在馬胸前大帶上之纓子。鞗革，以金屬裝飾之皮革做成之轡首，參前〈蓼蕭〉注。

⓫中鄉，田野之中。陳奐《詩毛氏傳疏》：「菑畝之中處也。」

⓬旂，畫有交龍之旗幟。旐，音ㄓㄠˋ，畫有龜蛇之旗幟。央央，鮮明貌。

⓭約，約束。軝，音ㄑㄧˊ，長轂，戎車長轂，故以皮纏繞轂以保護之。錯，文采。衡，車轅前端之橫木。

⓮鸞，繫在馬上之鈴鐺，馬口兩旁各一，四馬故有八鸞。瑲瑲，音ㄑㄧㄤ，鈴聲。

⓯命，朱熹《詩集傳》：「天子所命之服。」

⓰芾，音ㄈㄨˊ，皮製之蔽膝，天子純朱色，諸侯用黃朱色。《白虎通．紼冕》：「紼者，蔽也，行以蔽前者爾，有事因以列尊卑，彰有德也。」皇，煌，鮮明貌。

⓱有瑲，瑲然，如曰瑲瑲。蔥，蒼青色。珩，音ㄏㄥˊ，朱熹《詩集傳》：「佩首橫玉也。」即一組玉佩上端之橫玉。

⑱鴥，音ㄩˋ，鳥疾飛貌。
⑲戾，毛《傳》：「至也。」戾天，摩天。
⑳亦，語助詞。集，鳥棲息於樹上。爰止，休止。上三句既言其高，又言其快，當其集落於樹時，又緩慢從容。疾徐有致，正可以形容方叔之車馬有度。
㉑鉦，音ㄓㄥ，樂器，一種銅製之打擊樂器，形似鐘而狹長，有長柄可執，為古代行軍樂器。古代軍中，擊鼓以進兵，擊鉦以止兵。伐，敲擊。鉦人伐鼓，是鉦人擊鉦，鼓人伐鼓，互文以見義。
㉒陳，排列。鞠，告也。師、旅，兩千五百人為一師，五百人為一旅。陳師鞠旅，鄭《箋》：「此言將戰之日，陳列其師旅誓告之也。」亦用互文以見義。
㉓顯，顯赫。允，誠信。參前〈蓼蕭〉注。
㉔淵淵，毛《傳》：「鼓聲也。」
㉕振旅，整飭師旅以備戰。闐闐，音ㄊㄧㄢˊ，鼓聲。
㉖蠢，不遜貌。蠻，南夷，周人對南方民族之蔑稱。蠻荊，毛《傳》：「荊州之蠻也。」即楚人。
㉗大邦，指周。讎，仇。
㉘克，能。壯，大。猶，謀略。
㉙執，生擒。訊，俘虜。醜，惡，周人稱異國之敵人為醜。
㉚嘽嘽，音ㄊㄢ，形容馬行走聲。見前〈四牡〉注。
㉛焞焞，音ㄊㄨㄟ，車馬行聲。見〈王風．大車〉注。
㉜來，是。威，畏懼。來威，指方叔初隨吉甫討伐玁狁，此又來征討蠻荊，蠻荊畏之。

詩旨

1.《詩序》：「〈采芑〉，宣王南征也。」三家《詩》無異義。
2.朱熹《詩集傳》：「宣王之時，蠻荊背叛，王命方叔南征。軍行采芑而食，故賦其事以起興。」

作法

1.孫鑛《批評詩經》：「敘述軍容處，華而不堆，壯而有度。」
2.方玉潤《詩經原始》：「觀其全詩，題既鄭重，詞亦宏麗。如許大篇文字，而發端乃以采芑起興，何能相稱？蓋此詩非當局人作，且非王朝人語，乃南方詩人從旁得睹方叔軍容之盛，知其克成大功，歌以誌喜，如杜甫〈觀安西兵過〉及〈聞官軍收河南河北〉諸詩，故先從己身所居之地興起，及入題，乃曰『方叔涖止』。以下即極力描寫軍容之盛，紀律之嚴，早已為慴服蠻荊之張本。且其人並非荊人，必詩人之流寓蠻荊者，……素必熟稔荊楚情形，知其不臣已久，而又不能力請王師以討之。一旦得睹大將軍威，元老雄略，不覺深幸南人之得睹天日，而己身亦與有餘慶焉。故末一章，振筆揮灑，詞色俱厲，有泰山壓卵之勢，又何患其不速奏膚功也耶？」

車攻

我車既攻❶，我馬既同❷。四牡龐龐❸，駕言徂東❹。
田車既好❺，四牡孔阜❻。東有甫草❼，駕言行狩❽。
之子于苗❾，選徒囂囂❿。建旐設旄⓫，搏獸于敖⓬。
駕彼四牡，四牡奕奕⓭。赤芾金舄⓮，會同有繹⓯。
決拾既佽⓰，弓矢既調⓱。射夫既同⓲，助我舉柴⓳。
四黃既駕，兩驂不猗⓴。不失其馳㉑，舍矢如破㉒。
蕭蕭馬鳴㉓，悠悠旆旌㉔。徒御不驚㉕，大庖不盈㉖。
之子于征㉗，有聞無聲㉘。允矣君子㉙，展也大成㉚。

注釋

❶攻，毛《傳》：「堅也。」

❷同，毛《傳》：「齊也。」指馬行走之速度等齊。

❸龐龐，音ㄌㄨㄥˊ，陳奐《詩毛氏傳疏》：「強盛貌。」

❹言，語助詞，猶而。徂，往。

❺田車，朱熹《詩集傳》：「田獵之車。」

❻阜，肥大。見〈秦風‧駟驖〉注。

❼甫草，鄭《箋》：「甫草者，甫田之草也。鄭有甫田。」朱熹《詩集傳》：「今開封府中牟縣西圃田澤是也。」

❽狩，冬獵曰狩。

❾苗，朱熹《詩集傳》：「狩獵之通名也。」

⑩選，具。選徒，派遣隨列之卒徒。《經義述聞》：「謂具卒徒也。」䍐䍐，即囂囂，眾多貌。

⑪旐，畫有龜蛇圖案之旗幟。旄，竿頭上飾有犛牛尾之旗幟。

⑫搏獸，張衡〈東京賦〉作「薄狩于敖」。音近義通。敖，山名。陳奐《詩毛氏傳疏》：「今開封府滎澤縣西北有敖山，即此。」

⑬奕奕，高大貌。

⑭赤芾，紅色之蔽膝。舄，音ㄒㄧˋ，鞋子。金舄，有金飾之鞋。此言諸侯之裝束。

⑮會同，毛《傳》：「時見（無常期）曰會，殷（眾）見曰同。」都是朝見之名，在此無分別，為會集之意。有繹，繹然，盛大貌（經義述聞有說）。又毛《傳》：「繹，陳也。」朱熹《詩集傳》：「繹，陳列聯屬之貌也。」

⑯決拾，朱熹《詩集傳》：「決，以象骨為之，著於右手大指，所以鉤弦開體。拾，以皮為之，著於左臂以遂弦，故亦名遂。」佽，音ㄘˋ，助。

⑰調，調整妥當。

⑱射夫既同，陳奐《詩毛氏傳疏》：「射夫，謂會同諸侯也。同，猶合也。既同，言已合耦也。」耦即偶，兩人為偶。合耦有比賽之意。

⑲柴，《魯詩》作胔，《齊詩》、《韓詩》作㧘，朱《傳》：「柴，說文作㧘，積禽也。」〈漢石經〉作胔。助我舉柴，鄭《箋》：「已射同，復將射之位也。雖不中必助中者，舉積禽也。」按鄭《箋》之意為不中者助射中者收拾積禽。

⑳驂，古代在車旁駕車之兩匹馬。朱熹《詩集傳》：「猗，偏倚不正也。」

㉑不失其馳，毛《傳》：「言習于射御法。」言不失馳驅之法，合於射獵之規矩。

㉒舍，放也。如，猶而（《經傳釋詞》有說）。破，射傷野獸。

㉓蕭蕭，馬鳴聲。

㉔悠悠，旆旌飄蕩貌。旆，音ㄆㄟˋ，古代旌旗末端形似燕尾之下垂飾物。旌，一種旗杆上裝飾著五彩羽毛之旗子。

㉕徒，徒步者。御，乘車者。不驚，謂不驚動居民也。

㉖大庖，朱熹《詩集傳》：「君庖也。」不，丕，古通用；丕，大也；又作語詞亦通。

㉗征，行。

㉘有聞無聲，但聞其事，而不聞其行軍之聲，即上文不驚動之意。

㉙允，信，允矣，實在是。

㉚展也，猶言誠然。大成，所成者大。鄭《箋》：「大成謂致太平也。」

詩旨

1.《詩序》：「〈車攻〉，宣王復古也。宣王能內脩政事，外攘夷狄，復文武之竟土。脩車馬，備器械，復會諸侯於東都，因田獵而選車徒焉。」《墨子．明鬼》：「周宣王合諸侯而田於圃田，車數百乘。」《竹書紀年》：「成王二十五年大會諸侯于東都，四夷來賓。」自成王之後，直到宣王才恢復周天子與諸侯會獵東都，宣示天子地位古制。三家《詩》無異義。

2.方玉潤《詩經原始》：「昔周公相成王，營洛邑為東都，以朝諸侯。周室既衰，久廢其禮，迨宣王始舉行古制。」

作法

1.王士禎《漁洋詩話》云：「宋景文筆記：《詩》『蕭蕭馬鳴，悠悠旆旌』，顏之推愛之；『昔我往矣，楊柳依依。今我來思，雨雪霏霏』，謝玄愛之；『訏謨定命，遠猶辰告』，安石以為佳語。」（撰者按：《顏氏家訓．文學篇》推崇王籍〈入若耶溪〉「蟬噪林逾靜，鳥鳴山更幽。」江南以為文外斷絕，物無異議，王籍詩生於〈小雅〉「蕭蕭馬鳴，悠悠旆旌」之意。）

2.方玉潤《詩經原始》：「馬鳴二語，寫出大營嚴肅氣象，是獵後光景。杜詩『落日照大旗，馬鳴風蕭蕭』本此。」

3.朱守亮《詩經評釋》：「細考詩篇，固多言及田獵之事，但其主旨，則重在會諸侯，帶有濃厚政治作用。蓋東都之朝，不行田獵已久，故宣王假狩獵，示其天子之威，以懾服眾諸侯耳。詩則大寫旌旗之盛，車馬之盛，射御之能，獵獲之多，此固當時美觀，然其所重也，則在諸侯之『會同有繹』。首章之徂東，二章之行狩，三章之選徒，是未會諸侯以前事也。五六兩章之田獵射御，是既會以後事也。七章蕭蕭悠悠，是田獵終事也。末以『展也大成』總結。以第四章作中樞，『赤芾金舄』、『會同有繹』自是主句。此等修武盛典，輕率不得，否則諸侯何能重見漢官威儀？因之通篇以嚴肅之字為骨幹。車如何？馬如何？旌旗如何？弓矢如何？御射如何？無不井然有序，一無所失。尤以『徒御不驚』、『有聞無聲』為具體寫照。」

吉日

吉日維戊❶，既伯既禱❷。田車既好❸，四牡孔阜❹。升彼大阜，從其群醜❺。

吉日庚午❻，既差我馬❼。獸之所同❽，麀鹿麌麌❾。漆沮之從❿，天子之所。

瞻彼中原，其祁孔有⓫。儦儦俟俟⓬，或群或友⓭。悉率左右⓮，以燕天子⓯。

既張我弓，既挾我矢⓰。發彼小豝⓱，殪此大兕⓲。以御賓客⓳，且以酌醴⓴。

注釋

❶戊，毛《傳》：「為戊，順類乘牡也。」鄭《箋》：「戊，剛日也，故乘牡為順類也。」古人以十天干紀日，戊在第五位，位數為奇，奇數為剛，故稱剛日。牡為公馬，為陽為剛，故戊日乘牡為「順類」，是吉日。朱熹《詩集傳》：「以下章（按即下章『吉日庚午』句）推之，是日也，其戊辰與？」

❷既，已經。伯，本作百，禡之通假，師祭。《說文》：「師行所止。恐有慢神，下而祀之曰禡。」既伯既禱，《說文繫傳》引《詩》作「既禡既禂」。禱和禂聲近義通。《說文》：「禂，禱牲，馬祭也。」既伯既禱意為：已經舉行軍神祭和馬祖祭了。

❸田車，田獵之車。

❹阜，大。孔阜，甚大。

❺從，跟蹤，追逐。醜，眾，指禽獸。

❻庚午，剛日。戊辰之後第三天。

❼差，毛《傳》：「擇也。」

❽同，鄭《箋》：「猶聚也」，即群聚之意。

❾麀，音ㄧㄡ，母鹿。麌麌，音ㄩˊ，毛《傳》：「眾多也。」

❿漆沮，水名。戴震《毛鄭詩考正》以為此漆沮，即為〈禹貢〉之漆沮，合二字為水名，分言之則非也。漆沮水流經西安府境。譚其驤《中國歷史地圖集》：「漆沮實即一水，上游為漆，下游為沮。其源在今陝西麟游西北，古稱杜林之地，流經岐周故地，南入渭河。」之，是。從，追逐。言逐獸於漆沮之水，使至於天子之所，以供田獵也。

⓫祁，眾多貌。其祁，祁然。孔有，非常多。

⓬儦儦，眾多貌；或云疾行貌。俟俟，〈漢石經〉作騃騃，行貌。

⓭或群或友，獸三曰群，二曰友。

⓮悉，盡也。率，鄭《箋》：「循也。」左右，朱熹《詩集傳》以為從王之人也。悉率左右，鄭《箋》：「悉驅禽順其左右之宜，以安待王之射也。」

⓯燕，燕樂。

⓰挾，達。

⓱發，發矢，射殺。豝，母豬。

⓲殪，音ㄧˋ，射死。王先謙《詩三家義集疏》：「發、殪互詞。」兕，野牛。

⓳御，進獻。謂進奉飲食。

⓴酌，以勺挹取。醴，酒。朱熹《詩集傳》：「如今甜酒也。」

詩旨

1.《詩序》：「〈吉日〉，美宣王田也。能慎微接下，無不自盡以奉其上焉。」孔穎達《正義》：「天子之務，一日萬機，尚留意於馬祖之神為之祈禱，能謹慎於微細也。」程子曰：「漆沮之從，天子之所。悉率左右，以燕天子。皆群下盡力奉上。」

2.呂祖謙《呂氏家塾讀詩記》說：車攻、吉日所以為復古者，何也？「蓋蒐狩之禮，所以見王賦之復焉，所以見軍實之盛焉，所以見師律之嚴焉，所以見上下之情焉，所以見綜理之周焉。欲明文武之功業者，觀諸此足矣！」

3.魏源《詩古微．小雅答問上》說：車攻作在南征舉事之前，吉日作在北伐成功之後。

4.屈萬里《詩經詮釋》：「此自是美天子田獵之詩，惟天子是否為宣王，未能遽定。」

作法

1.范處義《詩補傳》：「詩人之美人君，多舉一事終始言之，以見其餘可知也。……田非重事也，既謹日而祭馬祖，又謹日以差我馬，則必能致謹於國事矣！因田而得禽，非厚獲也，猶為醴酒以御賓客，則必能與之食天祿矣！虞人既聚獸，必於天子之所，左右皆取禽，共天子之燕，則他日必能用命矣！」

2.蔣悌生《五經蠡測》：「〈車攻〉、〈吉日〉雖皆田獵之詩，〈車攻〉會諸侯於東都，其禮大；〈吉日〉專言田獵，不出西都畿內，其事視〈車攻〉差小，二詩之辭，其氣象大小詳略，亦自不同，猶六月、采芑。」

3. 徐光啟《毛詩六帖講意》：「〈車攻〉、〈吉日〉所言田獵之事，舂容爾雅，有典有則，有質有文，後世〈長揚〉、〈羽獵〉、〈上林〉、〈廣成〉未足窺其藩籬也。」

4. 程俊英《詩經注析》：「詩共四章，一二兩章敘寫獵前，三四兩章敘寫打獵，末章末二句敘寫獵後。結構嚴整，井井有條。」

鴻鴈之什

鴻鴈

鴻鴈于飛❶，肅肅其羽❷。之子于征❸，劬勞于野❹。爰及矜人❺，哀此鰥寡❻。

鴻鴈于飛，集于中澤❼。之子于垣❽，百堵皆作❾。雖則劬勞，其究安宅❿。

鴻鴈于飛，哀鳴嗸嗸⓫。維此哲人⓬，謂我劬勞；維彼愚人，謂我宣驕⓭。

注釋

❶鴻鴈，毛《傳》：「大曰鴻，小曰雁。」

❷肅肅，毛《傳》：「羽聲也。」

❸之子，毛《傳》：「侯伯卿士也。」即使臣也。又朱熹《詩集傳》：「流民自相謂也。」征，行也。

❹劬勞，毛《傳》：「病苦也。」

❺矜，毛《傳》：「憐也。」矜人，可憐之人。

❻鰥，鰥夫，老而無妻之人。寡，寡婦。此指孤苦無依之人。

❼中澤，澤中。

❽垣，牆。于垣，于，動詞詞頭；垣，動詞，築牆。

❾堵，毛《傳》：「一丈為版，五版為堵。」百堵，言築牆之多。《韓詩》謂八尺為版，鄭《箋》謂六尺為版。一丈，言其長，在版言其高。版，高二尺；五版，其高亦一丈也。

❿究，毛《傳》：「窮也。」朱熹《詩集傳》：「終也。」安宅，安居。其究安宅，意指雖然勞苦，但終於獲得安居之所。

⓫嗸嗸，音ㄠˊ，愁苦之聲。

⓬哲人，明智之人。

⓭宣驕，舊說以為示人以驕慢，王引之《經義述聞》：「宣驕與劬勞相對成文。劬亦勞也。宣亦驕也。……宣為侈大之意，宣驕，猶言驕奢，非謂宣示其驕也。」

詩旨

1.《詩序》：「〈鴻鴈〉，美宣王也。萬民離散，不安其居，而能勞來、還定、安集之，至于矜寡無不得其所焉。」三家《詩》無異義。

2.朱熹《詩集傳》：「周室中衰，萬民離散，而宣王能勞來還定安集之，故流民喜之而作此詩。」

3.姚際恆《詩經通論》修正《詩序》及朱熹《詩集傳》，以此詩為宣王命使臣安集流民而作，並且是「朝廷制作」，而非民謠。方玉潤《詩經原始》：「使者承命安集流民」而「費盡辛苦，民不能知，頗有煩言，感而作此」。

作法

撰者按：以哀鴻起興，有哀鴻遍野，滿目瘡痍，一片蕭索之象。首章哀嘆流民無家可歸，次章寫使臣安民之事，末章使臣因流民不瞭解而苦惱。至於詩作於何時？民因何流散？未能確知。若按舊說以為宣王時詩，根據《國語‧周語上》：「宣王既喪南國之師，乃料民於太原。」《史記‧周本紀》亦載此事。仲山父曾進諫：「民不可料。」「王卒料之，及幽王乃廢滅。」顧炎武《日知錄》亦論此事。宣王喪失很多軍隊，因而要料民太原以補充，其結果是「及幽王乃廢滅。」〈鴻雁〉一詩史料或可補載籍之闕。

庭燎

夜如何其❶？夜未央❷。庭燎之光❸。君子至止❹，鸞聲將將❺。

夜如何其？夜未艾❻。庭燎晣晣❼。君子至止，鸞聲噦噦❽。

夜如何其？夜鄉晨❾。庭燎有煇❿。君子至止，言觀其旂⓫。

注釋

❶其，音ㄐㄧ，語助詞。

❷央，《廣雅》：「已也，盡也。」

❸庭燎，毛《傳》：「大燭也。」馬瑞辰《毛詩傳箋通釋》：「古燭只用樵薪，或以麻稭為之。」胡承珙《毛詩後箋》：「惟諸侯來朝乃設之，而常朝不用也。」

❹君子，毛《傳》：「謂諸侯也。」止，龍師宇純《絲竹軒詩說．析詩經止字用義》說「君子至止」是由遠及近，是動態的，不是靜態的。原為「君子至之矣」，現代話說，便是：「君子來了呀！」用「矣」字的餘音，表示內心的喜悅。

❺鸞，鸞鈴。將將，音ㄑㄧㄤ，通鏘鏘，鸞鈴發出之聲響。

❻艾，盡。未艾，馬瑞辰《毛詩傳箋通釋》：「猶未央也。」

❼晣晣，毛《傳》：「明也。」

❽噦噦，音ㄏㄨㄟˋ，陳奐《詩毛氏傳疏》：「亦鸞鑣聲也。」

❾鄉，音ㄒㄧㄤˋ，通向。鄉晨，接近早晨。

❿有煇，煇然，光亮貌。

⓫言，我。旂，古代九旗之一，上繪有交龍，杆頭有鈴，為諸侯儀仗。

詩旨

1.《詩序》：「〈庭燎〉，美宣王也，因以箴之。」

2.朱熹《詩集傳》：「王將起視朝，不安於寢，而問夜之早晚。」

3.陳喬樅據《後漢書．列女傳》云：「宣王嘗夜臥晏起，后夫人不出房，姜后脫簪珥待罪於永巷。使其傅母通言於王曰：『妾之不才，至使君王失禮而晏朝，以見君王樂色而忘德也。敢請婢子之罪！』宣王曰：『寡人不德，實自生過，非夫人之罪。』遂復姜后，而勤於政事。早朝晏退，卒成中興之名。宣王中年怠政而〈庭燎〉詩作。脫簪之諫，當在此際。」

作法

1. 王夫之《詩繹》：「庭燎有煇，鄉晨之景莫妙於此。晨色漸明，赤光雜煙而靉靆，但以有煇二字寫之。」
2. 撰者按：全詩三章疊章複沓，皆以「夜如何其」問語起句，次句答以「夜未央」、「夜未艾」，時間尚早，及「夜鄉晨」，則天漸曉也。「鸞聲將將」、「鸞聲噦噦」，夜聞其聲，至「言觀其旂」則曉辨其色。周王從黑夜到天明，整夜不能安枕，以見其對視朝之經心，圍繞一夜之問答，有聲有色，渲染一派振奮之政治景象。

沔水

沔彼流水❶，朝宗于海❷。鴥彼飛隼❸，載飛載止❹。嗟我兄弟，邦人諸友❺。莫肯念亂❻，誰無父母？

沔彼流水，其流湯湯❼。鴥彼飛隼，載飛載揚❽。念彼不蹟❾，載起載行。心之憂矣，不可弭忘❿。

鴥彼飛隼，率彼中陵⓫。民之訛言⓬，寧莫之懲⓭。我友敬矣⓮，讒言其興⓯。

注釋

❶沔，毛《傳》：「水流滿也。」

❷朝宗，鄭《箋》：「諸侯春見天子曰朝，夏見曰宗。」此用以喻水流歸向大海。

❸鴥，音ㄩˋ，疾飛貌。

❹載，則。載飛載止，又飛翔又停止。

❺嗟我兄弟，毛《傳》：「邦人諸友，謂諸侯也。兄弟，同姓臣也。」

❻念，憂念。亂，禍亂。又馬瑞辰《毛詩傳箋通釋》：「念與尼雙聲，尼，止也。故念亦有止義。莫肯念亂，猶言莫肯止亂也。」

❼湯湯，音ㄕㄤ，水流盛大貌。

❽揚，高舉。毛《傳》：「言無所定止也。」

❾蹟，嚴粲《詩緝》引《釋文》作「跡」。不蹟，毛《傳》：「不循道也。」指製造禍亂之人。

❿弭，毛《傳》：「止也。」忘，亡，已也。言己之憂亂。
⓫率，循。中陵，陵間。
⓬訛言，謠言。
⓭寧，乃。懲，止，一說為戒。言莫能禁止民之訛言也，又聞訛言而猶不懲戒己之過惡也，亦通。
⓮敬與儆通，戒慎也。
⓯其，表示將然之意。讒言其能興乎？

詩旨

1.《詩序》：「〈沔水〉，規宣王也。」王先謙《三家詩義集疏》：「三家未聞。」
2.朱熹《詩集傳》：「此憂亂之詩。」（撰者按：朱熹不同意《詩序》規宣王，至於何人規宣王，則未說。詩首章有「嗟我兄弟，邦人諸友，莫肯念亂……」應是朝臣憂亂，以規朝臣較合詩意。）
3.王應麟《困學紀聞》：「宣王……殺其臣杜伯而非其罪，則沔水之規，讒言其興可見矣。」
4.季本《詩說解頤》：「亂世讒謗相傾，而勸其友人以謹言免禍，故作此詩。此朋友相戒之辭也。」
5.何楷《詩經世本古義》：「是詩也，其作于杜伯遭讒，將見殺之時，左儒九諫而王不聽之日乎？」

作法

1.朱公遷《詩經疏義會通》：「一章言人皆不知憂亂，二章言己獨憂人之造亂，三章言在位者敬以自持，則可止讒而息亂。」
2.王靜芝《詩經通釋》：「本篇三章，前二章皆以沔彼流水以下四句起興，其固定形式為一句為沔彼流水，三句為鴥彼飛隼。第三章忽捨沔彼流水，似若變化。然前二章皆八句，三章則祇六句，細察之，語氣亦短促無力。似三章亦應有沔彼流水二句為始。或詩有佚文，脫離二句。……」

鶴鳴

鶴鳴于九皋❶，聲聞于野。魚潛在淵❷，或在于渚❸。樂彼之園，爰有樹檀❹，其下維蘀❺。它山之石，可以爲錯❻。

鶴鳴于九皋，聲聞于天。魚在于渚，或潛在淵。樂彼之園，爰有樹檀，其下維穀❼。它山之石，可以攻玉❽。

注釋

❶皋，陵、岸。九皋，猶高陵、高岸。屈萬里《書傭論學集．三百篇成語零釋》有說。

❷潛，沉入。淵，水深之處。

❸渚，水中可居之地，即小洲。

❹爰，乃。樹檀，檀樹。

❺蘀，音ㄊㄨㄛˋ，馬瑞辰《毛詩傳箋通釋》：「下章穀為木名，則此章蘀亦木名，不得泛指落木。王尚書《經義述聞》曰：『蘀，疑當讀為檡。』其說甚確。」檡為棘類灌木。

❻錯，毛《傳》：「石也，可以琢玉。」字亦作厲。

❼穀，毛《傳》：「惡木也。」穀木，一名楮。

❽攻，毛《傳》：「錯也。」即磨治。攻玉，磨治美玉。

詩旨

1.《詩序》：「〈鶴鳴〉，誨宣王也。」鄭《箋》：「教宣王求賢人之未仕者。」

2.朱熹《詩集傳》：「此詩之作不可知其所由，然必陳善納誨之詞也。」

3.方玉潤《詩經原始》：「此好一篇招隱詩也。」

作法

1. 王夫之〈夕堂永日緒論〉：「〈小雅·鶴鳴〉之詩，全用比體，不道破一句，三百篇中創調也。要以俯仰物理而詠嘆之，用見理隨物顯，唯人所感，皆可類通。初非有所指斥一人一事，不敢明言而姑為隱語也。」
2. 沈德潛〈說詩晬語〉：「〈鶴鳴〉本以誨宣王，而拉雜詠物，意義若各不相綴，難於顯陳，故以隱語為開導也。」
3. 陳奐《詩毛氏傳疏》：「詩全篇皆興也，鶴、魚、檀、石皆以喻賢人。」
4. 屈萬里《詩經詮釋》：「每章前七句詠隱者所居處之風物，末二句乃招隱之意，言可以益己也。」
5. 陳子展《詩經直解》：「〈鶴鳴〉似是一篇小園賦，為後世田園山水一派之濫觴。」
6. 朱守亮《詩經評釋》：「詩則每章前七句詠隱者居處之風物，皋有鶴鳴，水有游魚，地上有雜樹，樹下有落葉。彼高雅幽靜之境，賢者自可樂之，故詩曰：『樂彼之園』也。園字貫串上下，覺禽魚樹石，無一非園中應有之物也。末二句『他山之石，可以為錯』、『可以攻玉』云云，招隱之意，甚為顯著。蓋人君若得此賢者，則必可為錯以磨治美玉，謂砥礪己行，而大有益於治國安邦也。情淡意遠，境幽調高，往復吟詠，韻味極佳。」

祈父

祈父❶！予❷，王之爪牙❸。胡轉予于恤❹？靡所止居❺。

祈父！予，王之爪士❻。胡轉予于恤？靡所底止❼。

祈父！亶不聰❽。胡轉予于恤？有母之尸饔❾。

注釋

❶祈父，毛《傳》：「司馬也，職掌封圻之兵甲。」司馬為周王軍事長官。

❷予，鄭《箋》：「我也。」軍士自稱。

❸爪牙，鳥獸用以威嚇搏噬之尖爪利牙。此用以誇飾周王禁

衛武士之兇猛。

❹胡，何。恤，憂恤之地。胡轉予于恤，為何差遣我到憂恤之地？

❺靡，沒有。止居，二字並為動詞。靡所止居，沒有可止居之處。

❻爪士，馬瑞辰《毛詩傳箋通釋》：「猶言虎士。《周官》『虎賁氏屬有虎士八百人』，即此。虎賁為宿衛之臣，故以移於戰爭為怨耳。」

❼厎，音ㄓˇ，龍師宇純《絲竹軒詩說・析詩經止字用義》說厎止當同上章止居，二字並為動詞。

❽亶，誠。聰，聞。不聰，林義光《詩經通解》：「謂不聞人民疾苦。」

❾尸，朱熹《詩集傳》：「尸，主也。」一說為陳。饔，熟食。尸饔，朱熹《詩集傳》：「言不得奉養，而使母反主勞苦之事也。」馬瑞辰《毛詩傳箋通釋》：「《白虎通義》曰：『尸之為言失也。』……尸饔，即謂失饔，謂奉養不能具也。」以馬說直截。

詩旨

1. 《詩序》：「〈祈父〉，刺宣王也。」毛《傳》：「宣王之末，司馬職廢，羌戎為敗。」鄭《箋》：「謂見使從軍，與羌戎戰於千畝而敗之時也。六軍之士，出自六鄉，法不取于王之爪牙之士。」（撰者按：據《國語・周語》記載，宣王即位後不籍千畝，致使民困乏財。三十九年在千畝與姜戎戰鬥，王師大敗。周制天子六君，其成員來自六鄉之民，通常不用天子衛戍部隊出戰。此詩寫虎賁之士久勞於外的不滿，可見當作於王朝軍事實力嚴重損失，不得不用禁軍外戍之際。如果作於宣王朝，就當在千畝之役後。）
2. 朱熹《詩集傳》：「《序》以為刺宣王之詩，說者又以為宣王三十九年，戰于千畝，王師敗績于姜氏之戎，故軍士怨而作此詩。……但今考之詩文，未有以見其必為宣王耳。」因而釋為：軍士怨於久役，故呼祈父而告之。
3. 方玉潤《詩經原始》：「此禁旅責司馬徵調失常之詩。」
4. 屈萬里《詩經詮釋》：「此詩當是王近衛之士，而調任邊疆作戰者所作。」

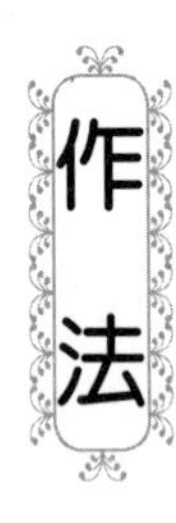

作法

1. 龍起濤《毛詩補正》：「三章開口連呼祈父，其聲動心。〈泰誓〉曰：『亶聰明，作元后。』此詩末章呼祈父變文曰：『亶不聰』，豈真斥祈父哉，詩人之譎也。」
2. 撰者按：詩三章全用賦法，前二章用反詰語氣，末章直斥，以揭示對祈父徵調失常不滿之情。

白駒

皎皎白駒❶，食我場苗。縶之維之❷，以永今朝❸。所謂伊人❹，於焉逍遙❺。

皎皎白駒，食我場藿❻。縶之維之，以永今夕。所謂伊人，於焉嘉客❼。

皎皎白駒，賁然來思❽。爾公爾侯❾，逸豫無期❿。慎爾優游⓫。勉爾遁思⓬。

皎皎白駒，在彼空谷⓭。生芻一束⓮，其人如玉。毋金玉爾音⓯，而有遐心⓰。

注釋

❶皎皎，潔白貌。

❷縶，音ㄓˋ，繫絆。維，繫。言繫絆其駒不令賢者去也。

❸永、終二字常連用，永猶終也。

❹伊人，指騎乘白駒而來之客人。

❺於焉，在此。逍遙，鄭《箋》：「遊息。」

❻藿，豆苗。此謂草苗。

❼嘉客，龍師宇純《絲竹軒詩說．彼其之子於焉嘉客釋義》：「今以為此詩客字正當訓『寄』，詩云『嘉客』者，嘉與寄聲同見母，韻同歌部……『嘉客』之義猶云『寄寓』，嘉與客並是動詞，其義相等，是為同義複詞，亦二字相連為用，故以易首章之『逍遙』。……」

❽賁，通奔。賁然，即奔然。又毛《傳》：「賁，飾也。」朱熹《詩集傳》：「賁然，光采之貌。」思，語助詞。

❾公、侯，客人爵位。

⑩逸，安。豫，樂。無期，無盡期。上二句言爾如為公為侯，則永久安樂也。

⑪慎，通順。優游，閒暇自得。

⑫勉，嘉勉。遁，隱遁。上二句言爾既不欲為公為侯，則順爾優游之志。

⑬空，毛《傳》：「大也。」馬瑞辰《毛詩傳箋通釋》：「穹之假借。《文選》注引《韓詩》『在彼穹谷』，薛君曰：『穹谷，深谷也。』」

⑭生芻，新刈之草，嚴粲《詩緝》：「生芻所以飼駒。」

⑮金、玉，皆貴重之物。音，音問。

⑯遐，遠。鄭《箋》：「毋愛女（汝）聲音，而有遠我之心。以恩責之也。」

詩旨

1.《詩序》：「〈白駒〉，大夫刺宣王也。」鄭《箋》：「刺其不能留賢也。」

2.朱熹《詩集傳》：「為此詩者，以賢者之去而不可留也。」

3.陳喬樅《三家詩遺說考》：「毛《詩》之說，每以詩先後限斷時代，其說多不可從。宣王失政，尚非衰亂，毛特以詩置於此，斷為一王之詩耳。其為賢人遠引，朋友離思，固無可疑，而必謂刺王不能留，則詩外之意也。」

4.方玉潤《詩經原始》：「此王者欲留士不得，因放歸山林而賜以詩也。」「試思宣王不能用賢，何以眷眷於賢若是哉？其時中興初定，安知宣王不有貧賤至交不肯出仕王朝，如嚴光之於漢光武，李泌之於唐肅宗，獨行其志以為高者。」

5.王先謙《詩三家義集疏》引《魯詩》說：「〈白駒〉者，失朋友之所作也。其友賢居任也，衰亂之世君無道，不可匡輔，依違成風，諫不見受，國士詠而思之，援琴而長歌。」又謂：「韓說曰：『彼朋友之離別，猶求思乎〈白駒〉。』」

6.雒三桂、李山《詩經新注》：「鄒肇敏《詩傳闡》、何楷《古義》認為詩言白駒，殷人尚白、大夫乘駒，疑為武王送箕子之詩。今人孫作雲承繼鄒、何舊說，進一步認定此詩作於宣王朝，是美宋公朝周之作。孫說的證據是，此詩在用詞上與〈周頌．有客〉十分相同，而〈有客〉的《毛序》說是『微子來見祖廟』，古今無有異詞。因此此詩不是刺詩，而是頌詩。我們認為孫說很有道理。《左傳》記宋人大心之言曰：『我于周為客。』詩中『于焉嘉客』或即對宋人的獨特稱呼。再則詩中『爾公爾侯』云云，稱呼客人，表明客人地位的尊貴，似非指一般的隱遁之人。實際上自周初以來，周人對商人後代一方面採取瓦解分化政策，消除其叛服的威脅，一方面則採取羈縻政策，令其臣服。詩中反覆表達敬客、留客、娛客之意，看似親密，實則是在借此抵消隔閡，籠絡其心。」

作法

1. 方玉潤《詩經原始》：「觀其初則欲縶白駒以永朝夕；繼則更欲縻以好爵，而不暇計賢者之心不在是也；終則知其不可留，而惟冀其毋相絕，時惠我以好音耳。詩之纏綿亦云至矣！」
2. 撰者按：一、二章寫愛賢而欲縶其駒；三章憂其優游隱遯；四章頌揚賢者高潔，末二句則盼其以聲音相通。曹攄〈思友人詩〉：「感時思〈蟋蟀〉，思賢詠〈白駒〉。」「白駒」已成思賢之文化符碼。

黃鳥

黃鳥黃鳥❶，無集于穀❷，無啄我粟。此邦之人，不我肯穀❸。言旋言歸，復我邦族❹。

黃鳥黃鳥，無集于桑，無啄我粱。此邦之人，不可與明❺。言旋言歸，復我諸兄❻。

黃鳥黃鳥，無集于栩，無啄我黍。此邦之人，不可與處。言旋言歸，復我諸父❼。

注釋

❶黃鳥，黃雀。
❷穀，樹名，一名楮。見〈鶴鳴〉注。
❸穀，《廣雅》：「穀，養。」
❹復，反回。邦，故土。族，同族之人。
❺明，鄭《箋》：「當為盟；盟，信也。」與盟，猶言相信也。
❻諸兄，指諸兄所在之地，即故鄉。
❼諸父，指叔伯所在之地，亦指故鄉。

詩旨

1.《詩序》：「〈黃鳥〉，刺宣王也。」鄭《箋》：「刺其以陰禮教親而不至，聯兄弟之不固。」（撰者按：所謂陰教係指婚俗之教。）
2.朱熹《詩集傳》：「民適異國，不得其所，故作此詩。」
3.方玉潤《詩經原始》：「刺民風偷薄也。……此不過泛言邦人之不可與處……總以見人心澆漓，日趨愈下，有滔滔難返之勢。」

作法

撰者按：全詩三章複沓，採用呼告法，呼告黃鳥無集穀、無啄粟，興此邦之人對我的欺凌剝削，類似〈魏風．碩鼠〉，而有不如歸去之嘆，是一首流落他鄉者之悲歌。

我行其野

我行其野，蔽芾其樗❶。昏姻之故，言就爾居。爾不我畜❷，復我邦家。
我行其野，言采其蓫❸。昏姻之故，言就爾宿。爾不我畜，言歸斯復。
我行其野，言采其葍❹。不思舊姻，求爾新特❺。成不以富❻，亦祇以異❼。

注釋

❶芾，音ㄈㄟˋ。蔽芾，樹葉茂密貌，見〈召南．甘棠〉注。樗，音ㄕㄨ，毛《傳》：「惡木也。」俗稱臭椿樹。
❷畜，養，或好之意。
❸蓫，音ㄓㄨˊ，毛《傳》：「惡菜也。」一種野菜，又名羊蹄

菜。

❹蓄，音ㄈㄨˊ，毛《傳》：「惡菜也。」《毛詩正義》引陸《疏》：「蓄一名蓨，幽州人謂之燕蓄，其根正白，可著熱灰中溫噉之，飢荒之歲可蒸以禦飢。」即今魯西所稱之蓄苗。葉、花皆似牽牛花，蔓生。

❺新特，毛《傳》：「外婚也。」即新配偶。

❻成，《論語》引作「誠不以富」。成正字作「誠」，誠然。

❼祇，只。異，新異。上二句言：誠然不因新特之富，亦祇以其新異耳。責其喜新厭舊也。

詩旨

1.《詩序》：「〈我行其野〉，刺宣王也。」鄭《箋》：「刺其不正嫁娶之數，而有荒政，多淫昏之俗。」《易林．巽之豫》：「黃鳥採蓄，既嫁不答。念吾父兄，思復邦國。」

2.朱熹《詩集傳》：「民適異國，依其婚姻，而不見收卹，故作此詩。」

3.王先謙《詩三家義集疏》：「周室中葉，即有棄舊姻求新特之事。降及漢世，婚禮大壞，見於詩篇者甚多，女子重前夫，男兒愛後婦，其殆『亦祇以異』之嗣音與？」

4.鄭振鐸《中國俗文學史》：「贅婿之不為人重，古今如一。」

作法

撰者按：全詩三章章六句，一、二章內容大體相同，寫自己遭到遺棄，決心返歸故國。末章揭露對方負心，並對其行為加以譴責。此詩不類女子口吻，從「婚姻之故，言就爾居」女子出嫁，隨夫而居，乃天經地義；另從「求爾新特」和〈鄘風．柏舟〉「實維我特」之「特」，可見是女子見異思遷，朱熹、鄭振鐸之說或可從。

斯干

秩秩斯干❶，幽幽南山❷；如竹苞矣❸，如松茂矣❹。兄及弟矣，式相好矣❺，無相猶矣❻。

似續妣祖❼，築室百堵❽，西南其戶❾。爰居爰處❿，爰笑爰語。

約之閣閣⓫，椓之橐橐⓬。風雨攸除⓭，鳥鼠攸去，君子攸芋⓮。

如跂斯翼⓯，如矢斯棘⓰；如鳥斯革⓱，如翬斯飛⓲，君子攸躋⓳。

殖殖其庭⓴，有覺其楹㉑。噲噲其正㉒，噦噦其冥㉓，君子攸寧。

下莞上簟㉔，乃安斯寢㉕。乃寢乃興㉖，乃占我夢。吉夢維何？維熊維羆㉗，維虺維蛇㉘。

大人占之㉙：維熊維羆，男子之祥㉚；維虺維蛇，女子之祥。

乃生男子，載寢之床㉛，載衣之裳㉜，載弄之璋㉝。其泣喤喤㉞，朱芾斯皇㉟，室家君王㊱。

乃生女子，載寢之地，載衣之裼㊲，載弄之瓦㊳。無非無儀㊴，唯酒食是議㊵，無父母詒罹㊶。

注釋

❶秩秩，清澈貌，或水流貌。斯，語助詞。干，澗。

❷幽幽，毛《傳》：「深遠也。」

❸苞，朱熹《詩集傳》：「叢生而固也。」

❹茂，茂密。

❺式，發語詞，表希冀之意。好，和好。龍師宇純〈析詩經式字用義〉說「式相好」與「無相猶」對文，正反相承，無字表消極願望，式字表積極希冀。

❻猶，馬瑞辰《毛詩傳箋通釋》：「猶，猷古通。《方言》：『猷，詐也。』《廣雅》：『猷，欺也。』詩謂兄弟相愛以誠，無相欺詐。」

❼似，毛《傳》：「嗣也。」續，繼。似續，繼續。妣祖，祖先，古者祖母以上皆稱之為妣，祖父以上皆稱之為祖，故西周之書及甲骨文與早期金文，皆祖妣對稱。似續妣祖，謂繼續祖先之祀事，一說為繼續祖先之基業。

❽堵，牆高一丈為堵，百堵，形容所建造之房屋眾多。

❾西南其戶，其戶向西或向南。

❿爰，於是，於此。

⓫約，捆紮。閣閣，毛《傳》：「猶歷歷也。」有結實、齊整之意。

⓬椓，即夯土，橐橐，敲擊聲。

⓭攸，由、因此、用，一說為語助詞。

⓮芋，《魯詩》作「宇」，覆蓋，引申為居之意。

⓯跂，企，舉踵而立。斯，其。斯翼，其翼，翼然。翼，兩手附身，如鳥翼之附體，用以狀恭敬端正貌。

⓰棘，稜角，用以狀筆直方正貌。

⓱革，翼，指張開翅膀貌，用以狀飛簷之形狀。

⓲翬，音ㄏㄨㄟ，《說文》：「大飛翬也。」此取翬為大飛之義，以狀檐阿之勢，猶今言飛檐也。

⓳躋，毛《傳》：「升也。」即升階入居新室。

⓴殖殖，毛《傳》：「言平正也。」

㉑覺，直。有覺，覺然。楹，在門前之兩根柱子。

㉒噲噲，音ㄎㄨㄞˋ，明亮貌。正，黃焯《詩疏平議》：「正、冥與庭、楹文屬平列，正謂正寢，冥謂室之奧窔。」房子中正處。

㉓噦噦，形容昏暗貌。冥，堂奧幽晦之處，即室。

㉔莞，音ㄍㄨㄢˇ，蒲席。簟，音ㄉㄧㄢˋ，竹席。

㉕斯寢，乃寢。

㉖興，起。

㉗熊、羆、虺、蛇，皆所夢之物。羆，音ㄆㄧˊ，似熊而大。

㉘虺，音ㄏㄨㄟˇ，小蛇，一說為毒蛇。

㉙大人，負責占夢之官員。

㉚祥，先兆。

㉛載，則。

㉜衣，穿著。

㉝弄，玩。璋，半圭。弄璋，將圭璋置於手邊玩弄，在此為預祝其顯官之意。

㉞喤喤，狀其聲音宏亮。

㉟朱芾，紅色之蔽膝。皇，鮮明貌。

㊱室家君王，一家之主。

㊲裼，音ㄊㄧˋ，毛《傳》：「褓也。」包裹嬰兒之小被子。

㊳瓦，毛《傳》：「紡磚也。」弄之瓦，意指學習紡織之事。又《禮記．檀弓上》：「瓦不成味。」瓦，謂豆、登等陶器也。以下文酒食是議觀之，似以此義為長。

㊴非，違背。儀，專制。無非無儀，對於他人之所言，不持異議，且不自作主張。

㊵議，談論。唯酒食是議，指婦女唯以酒食之事為論。

㊶詒，給予。罹，憂心。無父母詒罹，不使父母憂心。

詩旨

1.《詩序》：「〈斯干〉，宣王考室也。」鄭《箋》：「考，成也。德行國富，人民殷眾而皆佼好，骨肉和親，宣王於是築宮廟，群寢既成而釁之，歌〈斯干〉之詩以落之，此之謂成室。宗廟成，則又祭先祖。」《漢書．劉向傳》記載劉向上疏：「宣王賢而中興，更為儉宮室，小寢廟。」揚雄〈將作大匠箴〉：「詩詠宣王，由儉改奢。」

2.朱熹《詩集傳》：「舊說，厲王既流於彘，宮室圮壞，故宣王即位，更作宮室，既成而落之。今亦未有以見其必為是時之詩也。」「此築室既成，而燕飲以落之。」

作法

1.姚際恆《詩經通論》：「堂、室之制已備言之，下乃為頌禱之詞，猶後世作上梁文也。居室之慶莫過于子孫繁衍，故言其生男子、女子，且必願其男、女之善，方可承先啟後。然男、女之善于何可見，乃藉物類之熊、羆、虺、蛇比之，然何以見其可比于熊、羆、虺、蛇，則又藉夢言之。夢何以知，則又藉大人占之而知之。于是下始以『乃生男子』、『乃生女子』二章結之。如此層層結構，深見作者用意之精妙。正大之言出奇幻，斯為至文。」

2.撰者按：詩分九章，四章章七句，五章章五句。前五章頌讚宮室之落成，精心描繪其外形和內觀；六章以下轉為對新居主人的頌禱和祝福。全詩多用疊字，第四章連用四個比喻，以物象屋，被推為「古麗生動，孟堅〈兩都賦〉所祖」。

無羊

誰謂爾無羊？三百維群。誰謂爾無牛？九十其犉❶。爾羊來思❷，其角濈濈❸；爾牛來思，其耳濕濕❹。

或降于阿❺，或飲于池，或寢或訛❻。爾牧來思❼，何蓑何笠❽，或負其餱❾。三十維物❿，爾牲則具⓫。

爾牧來思，以薪以蒸⓬，以雌以雄⓭。爾羊來思，矜矜兢兢⓮，不騫不崩⓯。麾之以肱⓰，畢來既升⓱。

牧人乃夢，眾維魚矣⓲，旐維旟矣⓳。大人占之⓴：眾維魚矣，實維豐年㉑；旐維旟矣，室家溱溱㉒。

注釋

❶犉，音ㄔㄨㄣˊ，馬瑞辰《毛詩傳箋通釋》：「毛《傳》：『黃牛黑脣曰犉。』瑞辰按：《爾雅》又云『牛七尺曰犉』詩義當取此，極言肥大者之多爾。」

❷思，語助詞。

❸濈濈，音ㄐㄧˊ，毛《傳》：「聚其角而息，濈濈然。」

❹濕濕，毛《傳》：「呞而動其耳濕濕然。」呞即反芻。

❺阿，大陵。

❻訛，毛《傳》：「動也。」

❼牧，牧人。

❽何，通荷，披、戴。

❾負，載負。餱，音ㄏㄡˊ，乾糧、食物。

❿物，雜色之牛。三十維物，與九十其犉同，皆言其多。

⓫牲，供祭祀用之牲口。具，完備。周人不同之祭祀用不同毛色之牲口。牛群毛色眾多，則祭祀之牲口齊備。

⓬薪、蒸，皆是木柴。鄭《箋》：「此言牧人有餘力則取薪蒸、搏禽獸，以來歸也。粗曰薪，細曰蒸。」禽獸即獵物。

⓭以雌以雄，牧人於閒暇時所射獵之禽鳥。和上句意同，指獵取雌雄禽鳥。

⓮矜矜，于省吾《詩經新證》謂本應作矜矜，矜矜又應讀作鄰鄰。鄰本義為比鄰相連而居，引申之則接連有眾多之義。

⓯騫，虧損。崩，崩壞。不騫不崩，指羊群不散亂。

⓰麾，指揮。肱，手臂。

⓱畢，俱。既，盡。升，升入牢。

⓲眾維魚矣，維眾魚矣，指夢到眾多魚群。毛《傳》：「陰

陽和，則魚眾多矣。」

⑲ 旐，畫有龜蛇之旗子。旟，畫有鳥隼之旗子。旐維旟矣，維旐旟矣。毛《傳》：「旐、旟，所以聚眾也。」

⑳ 大人，負責占夢之官員。

㉑ 實維豐年，是豐年之象。魚為多產生物，故夢見之為豐年之象。

㉒ 溱溱，毛《傳》：「眾也。」指人口眾多。

詩旨

1.《詩序》：「〈無羊〉，宣王考牧也。」鄭《箋》釋考牧：「厲王之時，牧人之職廢，宣王始興而復之，至此而成，謂復先王牛羊之數。」

2.朱熹《詩集傳》：「此詩言牧事有成，而牛羊眾多也。」

作法

1.王士禎《漁洋詩話》：「字字寫生，恐史道碩、戴嵩畫手，未能如此極妍盡態也。」

2.方玉潤《詩經原始》：「詩首章誰謂二字飄忽而來，是前此凋耗，今始蕃育口氣。以下人物雜寫，或牛羊並題，或牛羊渾言，或單詠羊不詠牛，而牛自隱寓言外。總以牧人經緯其間，以見人物並處，兩相習自不覺其兩相忘耳。其體物入微處，有畫手所不能到，晉唐田家諸詩，何能夢見此境？末章忽出奇幻，尤為匪夷所思；不知是真是夢，真化工之筆也。其尤要者『爾牲則具』一語，為全詩主腦。蓋祭祀燕饗及日用常饌所需，維其所取，無不具備，所以為盛，固不徒專為犧牲設也。然淡淡一筆點過，不更纏繞，是其高處。若低手為之，不知如何鄭重以言，不累即腐。文章死活之分，豈不微哉！」「四章幻情奇想，深得化俗為雅，變板成活之法。」

3.吳闓生《詩義會通》：「此詩之妙，尤在體物之工，寫生之妙，偃如名手圖畫，在人目中，其精微曲到，為後世所不能及。」

節南山之什

節南山

節彼南山[1]，維石巖巖[2]。赫赫師尹[3]，民具爾瞻[4]。憂心如惔[5]，不敢戲談[6]。國既卒斬[7]，何用不監[8]！

節彼南山，有實其猗[9]。赫赫師尹，不平謂何[10]？天方薦瘥[11]，喪亂弘多[12]。民言無嘉[13]，憯莫懲嗟[14]！

尹氏大師，維周之氐[15]；秉國之均[16]，四方是維[17]；天子是毗[18]，俾民不迷[19]。不弔昊天[20]！不宜空我師[21]。

弗躬弗親[22]，庶民弗信[23]；弗問弗仕[24]，勿罔君子[25]。式夷式已[26]，無小人殆[27]。瑣瑣姻亞[28]，則無膴仕[29]。

昊天不傭[30]，降此鞠訩[31]；昊天不惠[32]，降此大戾[33]。君子如屆[34]，俾民心闋[35]；君子如夷[36]，惡怒是違[37]。

不弔昊天，亂靡有定[38]；式月斯生[39]，俾民不寧[40]。憂心如酲[41]，誰秉國成[42]？不自爲政，卒勞百姓[43]。

駕彼四牡，四牡項領[44]。我瞻四方[45]，蹙蹙靡所騁[46]。

方茂爾惡[47]，相爾矛矣[48]；既夷既懌[49]，如相醻矣[50]。

昊天不平，我王不寧。不懲其心51，覆怨其正52。
家父作誦53，以究王訩54。式訛爾心55，以畜萬邦56。

注釋

❶節，通「巀」，毛《傳》：「高峻貌。」

❷巖巖，毛《傳》：「積石貌。」

❸赫赫，尊貴顯赫貌。師尹，毛《傳》：「師，大師，周之三公也。尹，尹氏，為大師。」王國維〈書作冊師尹氏說〉：「師、尹乃二官名。非謂尹其氏、師其官也。」師為王最高軍事長官，尹掌冊命，為王朝最高文職名稱。

❹具，俱、皆。民具爾瞻，民皆唯爾是視。

❺惔，音ㄊㄢˊ，毛《傳》：「燔也。」《韓詩》作炎火。段玉裁《詩經小學》斷惔為炎字之誤，憂心如火之意。

❻戲談，猶戲謔。《經義述聞》有說。

❼卒，盡、終。斬，絕。

❽監，視、監察。

❾實，廣大。有實，實然，廣大貌。猗，音ㄜ，馬瑞辰《毛詩傳箋通釋》：「猗、阿古音通用。王尚書曰：『猗當讀為阿。阿，曲隅也。實，廣大貌。有實其猗者，言南山之阿，實然廣大也。』今按王說是也。《爾雅》：『偏高曰阿丘。』阿為偏高不平之地，故詩以興師尹之不平耳。」

❿謂何，奈何。

⓫薦，毛《傳》：「重。」屢次。瘥，音ㄘㄨㄛˊ，毛《傳》：「病。」即災疫。

⓬喪亂，禍亂。弘，大。

⓭嘉，善、好。民言無嘉，民眾對於師尹之施政，已無好話。

⓮憯，音ㄘㄢˇ，曾、乃。憯莫即不曾。懲，懲戒。嗟，嗟嘆，或以為語尾助詞。

⓯氐，毛《傳》：「本。」馬瑞辰《毛詩傳箋通釋》：「《爾雅．釋言》：『柢，本也。』郭注：『謂根本。』木必有根而本始建，大臣之為國根本，亦猶是也。」

⓰秉，秉持、掌握。均，毛《傳》：「平。」鄭《箋》：「持國政之平。」均，《漢書》、《文選注》皆引作鈞。

⓱維，維持、維繫。

⓲毗，音ㄆㄧˊ，輔佐。天子是毗，毗天子，輔佐天子。

⓳俾，使。迷，迷惑。俾民不迷，使人民不會迷惑。

⓴不弔，不淑，不幸。林義光《詩經通解》：「不弔，不淑

也。金文叔字皆借弔字為之。叔、弔雙聲旁轉，故淑亦通作弔。」昊，元氣博大貌。昊天，廣大無邊之上天。不弔昊天，言不幸啊老天！

㉑空，毛《傳》：「窮也。」師，民眾、百姓。

㉒躬親，親自做事。弗躬弗親，指師尹不親理政事。

㉓庶民，眾民。信，信賴。

㉔問，過問。仕，事，從事。

㉕罔，欺騙。君子，朱熹《詩集傳》：「指王也。」

㉖式，發語詞，表希冀。「式、無」句，參〈斯干〉注。夷，平，平其政。已，停止，止其惡。

㉗殆，危。無小人殆，不要使小人危害國家。

㉘瑣瑣，毛《傳》：「小貌。」姻，毛《傳》：「兩婿相謂曰姻。」亞，鄭《箋》：「婿父曰亞。」姻亞，即婚姻裙帶關係。

㉙膴，音ㄨˇ，毛《傳》：「厚也。」膴仕，高官厚祿。

㉚傭，常。又毛《傳》：「傭，均。」公平。

㉛鞫，窮，大。訩，凶咎，災禍。

㉜惠，愛，疼愛。

㉝戾，乖違不順。

㉞屆，極，公正。

㉟闋，息，使民心平息。

㊱夷，平。指為政公平。

㊲違，失去。惡怒是違，人民厭惡怒恨之情就會消失。

㊳亂，動亂。靡有，無有。亂靡有定，動亂無所定止。

㊴式月斯生，按月而生，意指每月都有禍亂滋生。

㊵寧，安寧。

㊶酲，音ㄔㄥˊ，毛《傳》：「病酒曰酲。」

㊷成，平。誰秉國成，誰來執掌國政使之太平。

㊸卒勞，馬瑞辰《毛詩傳箋通釋》：「卒者，瘁之假借。卒亦勞也，猶言賢勞、劬勞。」

㊹項，毛《傳》：「大也。」領，頸。項領，指馬很肥大。

㊺瞻，視、看。

㊻蹙蹙，鄭《箋》：「縮小之貌。」騁，馳騁。

㊼方，正當。茂，茂盛。惡，惡感。

㊽相，視、看。相爾矛，視爾矛，表示想要相鬥。

㊾夷，悅，和好。懌，音ㄧˋ，和悅。

㊿醻，飲酒酬作。如相醻，如飲酒互相酬作一般。

51 懲，懲戒。

52 覆，反。正，正道。非但不改悟，反怨恨持正道者。

53 家父，此詩作者之字。《漢書．古今人表》蔡邕朱公叔諡議，俱作嘉父。春秋桓八年：「天王使家父來聘。」（即桓王十六年，西元前七〇三年）春秋桓十五年：「家父來車。」（即桓王二十三年）。朱熹《詩集傳》：「春秋桓十五年，有家父來聘，於周為桓王之世，上距幽王之終，已七十五年。」本詩作者，未能確定是否即為來聘，或來求車之家父。但孔穎達《正義》論證春秋前古人同名者甚多，或為不同之人，並非桓王時之家父。誦，可誦之詩，在此指這首詩。

54 究，推究。王訩，王政致凶之緣由。

55 式，語詞，表希冀。訛，化、變。爾，指師尹或指周王。句言期望周王能改心易慮。

56 畜，養。萬邦，四方之諸侯國。

詩旨

1. 《詩序》：「〈節南山〉，家父刺幽王也。」王先謙《詩三家義集疏》引《齊》說：「周室之衰，其卿大夫緩於誼而急於利，亡推讓之風而有爭田之訟，故詩人疾而刺之。」歐陽修、季明德、何楷等人根據《春秋》桓公十五年有「家父來求車」，以為此詩作於東周桓王時代，孔穎達《正義》已指出兩家父非同一人。家父《漢書．古今人表》作「嘉父」，列於宣王時代。漢代今文家以此詩作於宣王時代，亦可備一說。
2. 朱熹《詩集傳》：「此詩家父所作，刺王用尹氏以致亂。」
3. 姚際恆《詩經通論》：主要刺尹氏，「唯末二章及王」。
4. 胡承珙《毛詩後箋》：「專責尹氏，而刺王之旨自在言外。」
5. 陳奐《詩毛氏傳疏》：「諷王亦諷尹。」

作法

許謙《詩集傳名物鈔》曰：「此詩刺王用尹氏。前九章惟極言尹氏之罪，而卒章以一言歸之王心，則輕重本末自見，此家父之善於辭也。其所以刺尹氏者，大要有二事，為政不平而委任小人也。」

正月

正月繁霜❶，我心憂傷。民之訛言❷，亦孔之將❸。念我獨兮❹，憂心京京❺。哀我小心❻，癙憂以痒❼。

父母生我，胡俾我瘉[8]？不自我先，不自我後[9]。好言自口，莠言自口[10]。憂心愈愈[11]，是以有侮[12]。

憂心惸惸[13]，念我無祿[14]。民之無辜[15]，并其臣僕[16]。哀我人斯[17]，于何從祿[18]？瞻烏爰止[19]，于誰之屋[20]？

瞻彼中林[21]，侯薪侯蒸[22]。民今方殆[23]，視天夢夢[24]。既克有定[25]，靡人弗勝[26]。有皇上帝[27]，伊誰云憎[28]？

謂山蓋卑[29]，爲岡爲陵[30]。民之訛言，寧莫之懲[31]！召彼故老[32]，訊之占夢[33]，具曰：「予聖。」[34]誰知烏之雌雄[35]？

謂天蓋高，不敢不局[36]；謂地蓋厚，不敢不蹐[37]。維號斯言[38]，有倫有脊[39]。哀今之人，胡爲虺蜴[40]？

瞻彼阪田[41]，有菀其特[42]。天之扤我[43]，如不我克[44]。彼求我則，如不我得[45]；執我仇仇[46]，亦不我力[47]。

心之憂矣，如或結之[48]。今茲之正[49]，胡然厲矣[50]？燎之方揚[51]，寧或滅之[52]。赫赫宗周[53]，褒姒威之[54]。

終其永懷[55]，又窘陰雨[56]。其車既載[57]，乃棄爾輔[58]。載輸爾載[59]，將伯助予[60]。

無棄爾輔，員于爾輻[61]，屢顧爾僕[62]，不輸爾載。終踰絕險[63]，曾是不意！

魚在于沼[64]，亦匪克樂[65]；潛雖伏矣[66]，亦孔之炤[67]。憂心慘慘[68]，念國之爲虐。

彼有旨酒[69]，又有嘉殽[70]；洽比其鄰[71]，昏姻孔云[72]。念我獨兮，憂心慇慇[73]。

佌佌彼有屋[74]，蔌蔌方有穀[75]。民今之無祿，天夭是椓[76]。哿矣富人[77]，哀此惸獨[78]！

注釋

❶正月，毛《傳》：「夏之四月。」鄭《箋》：「四月，建巳之月，純陽用事而霜多，急恆寒若之異，傷害萬物，故心為之憂傷。」繁，多。正月繁霜，正陽之月並非降霜之時，而今卻多霜，是天變示儆。

❷訛言，鄭《箋》：「訛，偽也。」即因天氣反常而引起之謠言。

❸孔、將，大也。亦孔之將，形容謠言之盛。

❹獨，孤獨無依。鄭《箋》：「言我獨憂此政也。」

❺京京，憂慮貌。

❻哀，哀傷。小心，狹小之心。

❼瘋，音ㄕㄨˇ，憂病。瘋憂，猶憂思（《經義述聞》有說）。痒，音ㄧㄤˊ，病也。

❽胡，何。俾，使。瘉，病。胡俾我瘉，為何使我遭遇此喪亂之病苦。

❾不自二句，言禍亂發生之不先不後，我卻適逢其時。

❿莠，音ㄧㄡˇ，毛《傳》：「醜也。」馬瑞辰《毛詩傳箋通釋》以為醜之假借。莠言，壞話。

⓫愈愈，馬瑞辰《毛詩傳箋通釋》：「《爾雅．釋訓》：『瘐瘐，病也。』瘐瘐即《詩》『愈愈』之異文。」

⓬侮，欺侮。是以有侮，因為憂傷時政而為人所忌，而遭到欺侮。

⓭惸惸，音ㄑㄩㄥˊ，憂思貌。

⓮祿，祿食。無祿，猶言無以為生。一說祿為福。朱熹《詩集傳》：「無祿，猶言不幸爾。」

⓯辜，罪過。

⓰并，使。并其臣僕，毛《傳》：「古者有罪不入于刑，則役于圜土以為臣僕。」馬瑞辰《毛詩傳箋通釋》：「《詩》言『并其臣僕』，謂使無罪者并為臣僕，在罪人之列，非謂已為臣僕又從而罪及之也。」句謂：使無罪之人，也成為臣僕，意即國家混亂。

⓱我人，我們。

⓲從，就。從祿，謀生。

⓳瞻，看。烏，周受命之徵兆。錢鍾書《管錐篇》引（清）張穆《㐆齋文集》云：「二語深切著明，烏者，周家受命之祥：《春秋繁露．同類相動篇》引《尚書傳》言：『周將興之時，有大赤烏銜穀之種而集王屋之上者，武王喜，諸大夫皆喜。』凡此皆古文〈泰誓〉之言，周之臣民，相傳以熟。幽王時天變迭見，訛言朋興，詩人憂大命將墜，故為是語。」爰，於何。

⓴于，在。于誰之屋，意指舉世皆窮困，不知烏落誰家之屋。此指憂周大命將墜。

㉑中林，林中。

㉒俟，維，語助詞。隹、俟隸書形近，誤寫為俟，詳參龍師宇純《絲竹軒詩說．試說詩經的虛詞俟》。薪、蒸，皆是木柴。蒸，薪之細者曰蒸。

㉓方，且。殆，危。

㉔夢夢，馬瑞辰《毛詩傳箋通釋》：「昏亂之貌，言天意不可知也。」

㉕克，能。定，定亂。

㉖靡人弗勝，連上句言上天如果肯定亂，則無人不能勝過，即天定勝人。此詩人念天之降亂，反覆推測而故作不解之詞。

㉗皇，大。有皇，皇然。上帝，上天。

㉘伊，鄭《箋》：「當讀作緊，緊猶是也。」發語詞，猶惟、是。云，結構助詞，與伊一起構成賓語提前句式。憎，憎惡。

㉙蓋，當讀如盍，如何之意。

㉚為，謂。朱熹《詩集傳》：「謂山蓋卑，而其實則岡陵之崇也。」

㉛寧，乃。莫，不能。懲，戒止。

㉜故老，年高望重之人。

㉝訊，訊問。占夢，占夢之官。

㉞具，俱。具曰予聖，皆自稱為聖哲。

㉟誰知烏之雌雄，烏之形狀毛色雌雄無別。用以比喻故老和占夢者各執一說，難分是非。

㊱局，曲身。

㊲蹐，音ㄐㄧ，毛《傳》：「累足也。」即小步行走貌，在此有謹慎之意。

㊳號，呼。斯言，指上面四句。

㊴倫、脊，毛《傳》：「倫，道。脊，理也。」即有條理之意。

㊵虺，音ㄏㄨㄟˇ，一種蛇。蜴，蜥蜴。

㊶阪田，鄭《箋》：「崎嶇磽确之處。」

㊷有菀，菀然，茂盛貌。特，特出之苗。

㊸杌，音ㄨˋ，搖動，危害。

㊹克，勝，強迫。如不我克，意指天之危害我，有如不我勝者，即無所不用其極。

㊺則，于省吾《詩經新證》：「則、敗古通。……《莊子．庚桑楚》：『天鈞敗之』，《釋文》：『敗，元嘉本作則。』」敗，壞也，猶過失也。言彼當政之人求我之過失，有如不可得者，以見其無微不至也。

㊻仇仇，毛《傳》：「仇仇，猶謷謷也。」扏扏之假借。

㊼力，力用，重用。亦不我力，謂不重用我。《禮記．緇衣》引此章後四句，鄭注：「言君始求我，如恐不得。既得我，執我仇仇然不堅固，亦不力用我，是不親信我也。」又高本漢《詩經注釋》說「亦不我力」如「亦不我克」，也不能強迫我。

㊽結，鬱結。

㊾正，政。

㊿胡然，何以如此。厲，暴亂。

51 燎，以火焚田。揚，舉，指火很盛大。

52 寧，猶乃也。《經傳釋詞》有說。

53 赫赫，顯盛貌。宗周，指鎬京。

54 威，滅。

55 終，既。永，長。懷，憂傷。

56 窘，困。言又為陰雨所困也。

57 既，已。

58 輔，陳奐《詩毛氏傳疏》：「揜輿之版。……大車揜版置諸兩旁，可以任載。今大車既重載矣，而又棄其兩旁之版，則所載必墮，此其顯喻也。」

59 輸，鄭《箋》：「墮也。」

60 將，毛《傳》：「請也。」伯，毛《傳》：「長也。」對他人之敬稱。一說為對男子之泛稱。

61 員，增益，就是加大。輻，支撐輪輞的細柱。以上二句，言既勿棄爾之車廂，又復增大爾車之輻也。

62 屢，數。顧，視。僕，駕車之人。

63 踰，度過。絕險，極其險惡之地。

64 沼，池沼。

65 匪，非。克，能。

66 潛，潛伏、深藏於水中。

67 孔，非常。炤，音ㄓㄨㄛˊ，昭顯。

68 慘慘，毛《傳》：「猶戚戚也。」

69 旨酒，美酒。

70 殽，餚。

71 洽，和諧，融洽。比，親近。

72 昏姻，婚姻，親戚。云，友好。

73 慇慇，憂傷、哀痛貌。

74 佌佌，音ㄘˇ，鮮盛貌。佌佌彼有屋，華麗之房屋。

75 蔌蔌，音ㄙㄨˋ，車行聲。方有穀，《韓詩》及《後漢書》蔡邕傳注引詩，皆無有字：《釋文》亦云：「本或作方有穀，非也。」是《釋文》本亦無有字。穀，蔡邕傳注作轂。李賢云：「方，竝也；竝轂而行也。」上二句謂彼小人既有華麗之屋，又蔌蔌然竝轂而行，言其富奢也。

76 夭夭，《韓詩》作「夭夭」，少壯貌，此指少壯之人。椓，音ㄓㄨㄛˊ，害。二句謂民眾遭逢喪亂，無以為生（無祿），致少壯者亦危死也。

77 哿，音ㄍㄜˇ，歡樂。《經義述聞》有說。

78 惸獨，孤獨。此二句言歡樂哉富人，可憐哉孤獨無依之人也。

詩旨

1. 《詩序》：「〈正月〉，大夫刺幽王也。」三家《詩》無異義。
2. 朱熹《詩集傳》：「時宗周未滅，以褒姒淫妒讒諂而王惑之，知其必滅周也。」
3. 陳啟源《毛詩稽古編》：「《國語》幽王三年三川震，伯陽父料周之亡不過十年；又鄭桓公為周司徒，謀逃死之所；史伯引檿弧之謠、龍漦之讖，決周之必弊，其期不及三稔，然則周之必亡，而亡周之必為褒姒，當時有識之士固已明知之，且明言之矣。……篇中所云具曰予聖，及旨酒、嘉肴、有屋、有穀等語，顯是荒君敝政奢縱淫佚，燕雀處堂之態。若犬戎一亂，玉石俱焚，此輩已血化青燐，身膏白刃，尚得以富貴驕人哉！」

作法

1. 程俊英《詩經注析》：「以烏鴉落在誰屋，比人們將流離失所。以叢林中都是不成材的小木，比小人充滿朝廷。以說高岡大陵是卑小的，比小人顛倒是非。以在高山厚地上不敢不彎腰小步走路，比在虐政下人們不得不謹慎小心。以虺蜴比害人的統治者，以特苗比賢才的自己。以野火方揚尚不易撲滅，反比赫赫宗周會被褒姒所滅。以車喻國，以載物喻治國，以輔喻賢臣，以顧僕喻政治措施。詩人多譬善喻，是本詩的藝術特徵。李仲蒙說：『索物以託情謂之比，情附物也。』〈正月〉詩人所索之物，都很確切恰當，將其複雜的思想感情附於物上，使此詩生動而富於說服力。」
2. 撰者按：全詩十三章，分三層次，一—六章，描寫當時社會是非顛倒，環境險惡。七—十一章，指責統治者用賢不專，致使賢士不容於朝廷。十二—十三章，指出當時社會日趨腐敗衰弱，已無力挽回。與《史記．周本紀》：「幽王二年，西周三川皆震。……三年幽王嬖愛褒姒。……褒姒不好笑，幽王欲其笑萬方，故不笑。幽王為烽燧大鼓，有寇至則舉烽火。諸侯悉至，至而無寇，褒姒乃大笑。幽王說之，為數舉烽火。石父為人佞巧，善諛好利，王用之，又廢申后，去太子也。申侯怒，與繒西夷犬戎攻幽王，幽王舉烽火征兵，兵莫至，遂殺幽王驪山下。」之記載吻合。

十月之交

十月之交[1]，朔月辛卯[2]，日有食之[3]，亦孔之醜[4]。彼月而微[5]，此日而微。今此下民，亦孔之哀。

日月告凶[6]，不用其行[7]。四國無政[8]，不用其良[9]。彼月而食，則維其常[10]；此日而食，于何不臧[11]！

爗爗震電[12]，不寧不令[13]。百川沸騰，山冢崒崩[14]。高岸爲谷，深谷爲陵[15]。哀今之人，胡憯莫懲[16]？

皇父卿士[17]，番維司徒[18]，家伯維宰[19]，仲允膳夫[20]，棸子內史[21]，蹶維趣馬[22]，楀維師氏[23]，豔妻煽方處[24]。

抑此皇父[25]，豈曰不時[26]？胡爲我作[27]，不即我謀[28]？徹我牆屋[29]，田卒汙萊[30]。曰：「予不戕[31]，禮則然矣[32]。」

皇父孔聖[33]，作都于向[34]，擇三有事[35]，亶侯多藏[36]。不憖遺一老[37]，俾守我王[38]。擇有車馬，以居徂向[39]。

黽勉從事[40]，不敢告勞[41]。無罪無辜，讒口囂囂[42]。下民之孽[43]，匪降自天[44]；噂沓背憎[45]，職競由人[46]。

悠悠我里[47]，亦孔之痗[48]。四方有羨[49]，我獨居憂。民莫不逸[50]，我獨不敢休[51]。天命不徹[52]，我不敢傚，我友自逸[53]。

注釋

❶十月，鄭《箋》：「周之十月，夏之八月也。」交，指晦（月終之日）、朔（月初之日）相交之日。

❷朔月，即月朔，初一。朔月辛卯，周幽王六年周曆十月初一，即辛卯日。

❸食，今通作蝕。《春秋》於日蝕，皆書「日有食之」。有，又也。

❹孔，非常。醜，惡。古人以為君主失道，則天變示儆，日食、地震等是也。

❺彼，彼時。微，昏暗無光，指月蝕。

❻告凶，鄭《箋》：「告天下以興亡之徵也。」

❼用，由。行，道。不用其行，朱熹《詩集傳》：「月不避日，失其道也。」

❽四國，四方之國，泛指天下。無政，無善政。

❾用，與上文用字同義，由也。良，賢良之人。

❿常，平常。則維其常，月蝕較為常見，是以古人以為月蝕是平常之事。

⓫于何，如何。臧，善。方玉潤《詩經原始》：「彼月而食四句，小人不知畏，故借口曰：『彼月而食固其常矣，此日而食，又于何不臧之有乎？』蓋不欲以天變自加修省耳。」

⓬爗爗，音ㄧㄝˋ，毛《傳》：「震電貌。震，雷也。」電，閃電。

⓭寧，安寧。令，善。

⓮塚，山頂。崒，音ㄘㄨˋ《經義述聞》：「崒本又作卒，當讀為猝；猝，急也。」突然之意。

⓯以上四語，言地震之象。《國語．周語上》：「幽王二年，西周三川皆震。」又云：「是歲也，三川竭，岐山崩。」三川，涇、渭、洛。二年疑為六年之誤。

⓰胡，何。憯，曾，乃。懲，懲戒。言可憐今在位之人，何為曾莫之懲戒乎？

⓱皇父，人名。陳奐據《國語．鄭語》，疑皇父即周幽王所寵之大臣虢石父。卿士，官名，六卿之長，總管政事。

⓲番，人名。維，語助詞。鄭《箋》：「掌天下土地之圖，人民之數。」

⓳家伯，人名。宰，冢宰。鄭《箋》：「掌建邦之六典。」「六典」為國家制度之總稱。

⓴仲允，人名，《齊詩》作中術。膳夫，鄭《箋》：「上士也，掌王之飲食膳羞。」

㉑棸，音ㄗㄡ，姓氏，《齊詩》作掫。子，尊稱。內史，鄭《箋》：「中大夫也，掌爵祿廢置、生殺予奪之法。」

㉒蹶，音ㄍㄨㄟˋ，人名。趣馬，鄭《箋》：「掌王馬之政。」

㉓楀，音ㄐㄩˇ，姓氏，《齊詩》作踽。師氏，鄭《箋》：「亦

中大夫也，掌司朝得失之事。」

㉔豔妻，指周幽王之寵妃褒姒。煽，熾熱。方處，俞樾《毛詩平議》謂：方處猶竝處。言七人與勢力熾盛之褒姒竝處；竝處，蓋同黨之意。

㉕抑，噫古通用，感嘆詞。

㉖時，是也。言豈自謂所作為者不是乎？又馬瑞辰《毛詩傳箋通釋》：「時當讀為『使民以時』之時。下言『田卒汙萊』，是奪其民時之證。豈曰不時，言其使民役作不自以為不時也。」

㉗作，役使。

㉘即，就。不即我謀，不來與我謀商。

㉙徹，撤，拆除。

㉚卒，盡，都。汙，停水。萊，生草。

㉛戕，音ㄑㄧㄤˊ，殘害。予不戕，不是我要殘害你。

㉜禮，理，朱駿聲《說文通訓定聲》：「禮、理雙聲，義故可通。」鄭《箋》：「下供上役。」禮則然矣，按理故當如此。

㉝孔聖，聖明，在此有諷刺之意。

㉞都，城。向，邑名，在今河南濟源縣內。皇父此舉，蓋先做避亂之準備也。

㉟三有事，司徒、司空、司馬三卿。言皇父自立三卿。孔《疏》：「三卿者，依周制而言，謂立司徒兼冢宰之事，立司馬兼宗伯之事，立司空兼司寇之事。」

㊱亶，誠。侯，維，語助詞。多藏，財貨很多。言三有事皆富有之人。

㊲憖，音ㄧㄣˋ，願。遺，遺留。老，舊臣。言皇父率舊臣俱去。

㊳俾，使。守，守衛。連上句言：皇父選擇朝廷三卿同往向邑，不願留下一個老臣，使他守衛國王。

㊴居，當為動詞，所居。臧文仲居蔡，居有儲藏之意。徂，往。言皇父擇有車馬之人，將所儲存財物載往向地。

㊵黽，音ㄇㄧㄣˇ，黽勉，《魯詩》作密勿，努力。

㊶告，告訴。不敢告勞，不敢自言勞苦。

㊷嚻嚻，即囂囂，鄭《箋》：「眾多貌。」

㊸孽，罪過。

㊹匪，非。

㊺噂，音ㄗㄨㄣˇ，聚匯。沓，合。背憎，背後互相憎恨。馬瑞辰《毛詩傳箋通釋》引朱彬說：「言小人之情，聚則相合，背則相憎。」

㊻職，專主。競，競尚。言下民之遭罪孽，實由於人專意競尚噂沓背憎致之也。

㊼悠悠，深長。里，毛《傳》：「病也。」《韓詩》作痗。《爾雅．釋詁》：「痗，病也。」馬瑞辰《毛詩傳箋通釋》：「此詩『亦孔之痗』始言病，則上句『悠悠我里』里當訓憂。」

㊽孔，非常。痗，毛《傳》：「病也。」

49 羨，欣喜。有羨，羨然，欣喜貌。

50 逸，安樂。

51 休，休息安逸。

52 徹，毛《傳》：「道也。」不徹即天命不循道而行。

53 傚，效。我友，指同在官位者；姚際恆《詩經通論》：「我友自逸，皆指七子輩也。」自逸，自安居於安逸。

詩旨

1.《詩序》：「〈十月之交〉，大夫刺幽王也。」撰者按：此詩為大夫憂慮權奸禍國之詩，至於詩的時代，《詩序》以為幽王時，鄭《箋》以為厲王時，《漢書．古今人表》將皇父、家伯等數人列於幽王之後，孔《疏》認為《韓詩》此篇亦次於〈正月〉與〈雨無正〉之間，是漢代今文學家對此詩寫作的時代亦無異義。阮元《揅經室集．詩十月之交四篇屬幽王說》論證甚詳；據天文學家陳遵媯的研究，周幽王六年（西元前七七六年）十月辛卯，曾發生過日蝕，與詩中所言正合。

2.何楷《詩經世本古義》：「幽王之世，褒氏用事於內，皇父之徒亂政於外。」

作法

1.牛運震《詩志》：「詩意本刺皇父，開端卻列日食山崩諸異，推本於天變之不虛作，而人事之失其所係者重也。用意自深。臚列災異，竦詭駭人。」

2.方玉潤《詩經原始》：「皇父援黨，布置要樞，竊權固寵，罔上營私，以致災異。曾莫自懲，乃敢誣天曰：『彼月而食，則維其常；此日而食，于何不臧。』是不唯欺君，而又欺天矣！小人無忌，往往如此，豈非罪之尤大者乎？詩人刺之，開口直抒天變時日於上，以著其罪，詩史家法嚴哉！」

3.撰者按：詩中將日食、地震和小人當政聯繫起來，為天人感應早期思想的萌芽。全詩八章，分三層次。一—三章寫天變災異及其原因，冀幽王引以為戒，但幽王不以為意。四—六章寫人禍，矛頭指向七位佞臣和褒姒的胡作非為，以深化國無政，不用其良。七—八章寫詩人面臨朝政日非，無力扭轉大局的無限憂愁和感慨。

雨無正

浩浩昊天[1]，不駿其德[2]。降喪饑饉[3]，斬伐四國[4]。昊天疾威[5]，弗慮弗圖[6]。舍彼有罪[7]，既伏其辜[8]；若此無罪，淪胥以鋪[9]。

周宗既滅[10]，靡所止戾[11]。正大夫離居[12]，莫知我勩[13]。三事大夫[14]，莫肯夙夜[15]；邦君諸侯，莫肯朝夕[16]。庶曰式臧[17]，覆出爲惡[18]。

如何昊天，辟言不信[19]？如彼行邁[20]，則靡所臻[21]。凡百君子[22]，各敬爾身[23]。胡不相畏？不畏于天！

戎成不退[24]，饑成不遂[25]。曾我暬御[26]，憯憯日瘁[27]。凡百君子，莫肯用訊[28]；聽言則答[29]，譖言則退[30]。

哀哉不能言！匪舌是出[31]，維躬是瘁[32]。哿矣能言[33]，巧言如流，俾躬處休[34]。

維曰予仕[35]，孔棘且殆[36]。云不可使，得罪于天子。亦云可使，怨及朋友[37]。

謂爾遷于王都[38]，曰：「予未有室家[39]。」鼠思泣血[40]，無言不疾[41]。昔爾出居，誰從作爾室？

注釋

[1] 浩浩，朱熹《詩集傳》：「廣大貌。」昊天，上天。

[2] 駿，毛《傳》：「長也。」陳奐《詩毛氏傳疏》：「長猶常也。不長其德，猶云不恆其德耳。」

[3] 饑饉，毛《傳》：「穀不熟曰饑，蔬不熟曰饉。」又《墨子．七患》：「一穀不收謂之饉，……五穀不收謂之饑。」

[4] 斬伐，猶言傷害。

[5] 朱熹《詩集傳》：「疾威，猶暴虐也。」

❻慮、圖，皆圖謀也。言當政者不思修明其政。
❼舍，置，赦免。赦免有罪之人。
❽伏，隱藏。辜，罪。隱藏其罪而不治。
❾淪胥以鋪，朱熹以淪訓陷。胥，相。以，及於。鋪，馬瑞辰據三家《詩》以鋪與痡同。淪胥以鋪，是「牽率而相共以至於病」。參龍師宇純〈詩經胥字析義〉。
❿周宗，當作宗周，傳寫倒誤。
⓫戾，毛《傳》：「定也。」止戾，孔《疏》：「無所止而安定也。」
⓬正，鄭《箋》：「長也。」朱熹《詩集傳》：「周官八職，一曰正，謂六官之長，皆上大夫。」離，離開。居，職責。
⓭勩，音ㄧˋ，毛《傳》：「勞也。」
⓮三事，指太師、太傅、太保等三有事，三卿也。
⓯夙夜，鄭《箋》：「晨夜朝暮省王也。」
⓰朝夕，同夙夜，朝暮朝見天子。
⓱庶，庶幾。式，語助詞。臧，善。
⓲覆，反。連上句龍師宇純〈試釋詩經式字用義〉說：三事大夫及邦君諸侯不能勤於政事，其言行亦有疑於為善者，而終焉為惡不悛。
⓳辟言，法度之言。不信，不被採信。
⓴行邁，行路。
㉑臻，至。
㉒凡百君子，指在位者。
㉓敬，儆戒。
㉔戎，兵亂，戰爭。戎成不退，馬瑞辰：「外患熾而敵勢強也。」
㉕遂，安。饑成不遂，馬瑞辰：「內災起而兵力弱也。」
㉖曾，只有。暬御，暬，音ㄒㄧㄝˋ，近侍之臣。
㉗憯憯，憂貌。瘁，病。
㉘訊，訊問。言不肯詢善於人。
㉙聽言，馬瑞辰《毛詩傳箋通釋》：「聽有順從之義，『聽言』對『譖言』而言，正謂順從之言。《廣韻》：『譖，毀也。』『毀，猶謗也。』古以諫言為誹謗。故堯有誹謗之木，譖言即諫言也。……言凡百君子所以莫肯用直諫，蓋以王好順從而惡諫諍，聞順從之言則答而進之，聞譖毀之言則退而不答。聽言言答，則進之可知；譖言言退，則不答可知。互文以見義。」即順從之言。答，進用。
㉚譖言，諫言，逆耳之言。退，斥退。則退，斥退而不用。
㉛匪舌是出，非舌頭所能說得出。又鄭《箋》：「不能言，言之拙也，言非可出於舌。」則以出為拙之省借。
㉜躬，自身。瘁，病。因不能巧言而常遭殃咎，故為己身之病害也。
㉝哿，音ㄎㄜˇ，歡樂，哿矣，表示稱許。此言樂哉能言之人。
㉞俾，使。休，美。言因能巧言而使己身處於休美之境也。
㉟于，往。于仕，出仕，做官。
㊱棘，棘手，不順。殆，危。

㊲朋友，指同在位者。

㊳謂，使。王都，王城，東周京都所在之地，即洛邑。謂爾遷于王都，即將使爾遷于王都。

㊴室家，房舍。曰予未有室家，以未有家室相推諉而不肯搬遷。

㊵鼠，憂。泣，無聲而流淚。泣血，淚盡而繼之以血。

㊶疾，疾惡，怨恨。無言不疾，謂己之言無不被疾惡。

詩旨

1.《詩序》：「〈雨無正〉，大夫刺幽王也。雨自上下者也。眾多如雨，而非所以為政也。」鄭《箋》：「亦當為刺厲王，王之所下政令甚多而無正也。」

2.朱熹《詩集傳》：「或曰，疑此亦東遷後詩也。」

3.牛運震《詩志》：「此東遷以後，暬御之士招諷西周離次之臣，而責以忠敬之義也。」

4.屈萬里《詩經詮釋》：「此當是東遷之際，詩人傷時之作。朱傳述元城劉氏（劉安世）曰：『嘗讀《韓詩》，有雨無極篇，序云：雨無極，正大夫刺幽王也，至其詩之文則比毛詩篇首多"雨無其極，傷我稼穡"八字。』按：本篇既名雨無正，是毛詩祖本，亦當有此二句，不知何時逸之。」【又按：「雨無正」，三字標題殊費解，疑毛詩標題但作「雨無」，毛序正字應連下讀。續序云：「雨，自上下者，眾多如雨，而非所以為政也。」以政釋正，知續序已以「雨無正」為題，鄭箋釋序既以正字連雨為文，篇末言若干章句云云，亦以「雨無正」為題，蓋以其誤自後漢始也。呂氏家塾讀詩記載董氏引韓詩作雨無政，序亦作正，大夫刺幽王也，讀詩記同時又引劉諫議（即元城劉氏）所引韓詩，似董氏所引不足據。】

5.撰者按：有關詩題〈雨無正〉詳參季旭昇〈小雅雨無正解題〉、劉釗〈卜辭「雨不正」考釋－兼《詩雨無正》篇題新證〉，俱以卜辭「正雨」為證，意為雨下得不適切。

作法

1.沈守正《詩經說通》：「通詩責離散，而詞旨嗟歎體諒，不正責之。至末章始窮其情，而猶屬望之意。……蓋去者原未嘗以義絕，亦不敢以明言，窮之正冀以返之也。」

2.牛運震《詩志》：「一片篤厚，純以咨嗟怪歎出之。筆勢起落離奇，極瀏亮頓挫之妙。」

小旻

旻天疾威❶，敷于下土❷。謀猶回遹❸，何日斯沮❹？謀臧不從❺，不臧覆用❻。我視謀猶，亦孔之邛❼。

潝潝訿訿❽，亦孔之哀！謀之其臧，則具是違❾；謀之不臧，則具是依❿。我視謀猶，伊于胡底⓫？

我龜既厭，不我告猶。謀夫孔多，是用不集⓬。發言盈庭⓭，誰敢執其咎⓮？如匪行邁謀⓯，是用不得于道⓰。

哀哉爲猶！匪先民是程⓱，匪大猶是經⓲；維邇言是聽⓳，維邇言是爭。如彼築室于道謀⓴，是用不潰于成㉑。

國雖靡止㉒，或聖或否㉓；民雖靡膴㉔，或哲或謀㉕，或肅或艾㉖。如彼泉流，無淪胥以敗㉗。

不敢暴虎㉘，不敢馮河㉙。人知其一，莫知其他㉚。戰戰兢兢㉛，如臨深淵，如履薄冰㉜。

注釋

❶旻，音ㄇㄧㄣˊ，幽遠。疾威，暴虐。

❷敷，布。土，地，西周文字多謂地為土。下土，下地，指地上。

❸猶，謀。回，邪。遹，音ㄩˋ，邪僻。

❹《經傳釋詞》：「斯，猶乃也。」鄭《箋》：「沮，止也。」

❺臧，善。從，聽從，採用。

❻覆，反。

❼孔，非常。邛，病。

❽潝潝，音ㄒㄧˋ，訿訿，音ㄗˇ。朱熹《詩集傳》：「潝潝，相合也。訿訿，相詆也。」言群小互相唱和，或互相攻訐。

❾具，俱。違，違背不用。

❿依，依從採用。

⓫伊，語助詞。于，往。胡，何。厎，音ㄓˋ，至。言我視彼等之謀畫，其將何所至乎？

⓬集，就，成就。《韓詩外傳》卷六引作「是用不就」。是用不集，所謀沒有成就。

⓭盈，滿。

⓮咎，過錯。誰敢執其咎，無人敢任其過咎。

⓯匪，彼。行邁，行路之人。

⓰用，以。道，正道。

⓱程，法。

⓲匪大猶是經，馬瑞辰《毛詩傳箋通釋》：「經，朱彬謂當訓行，是也。……匪大猶是經，猶云非大道是遵循爾。」

⓳邇，近。邇言，淺近之言。言在上位者只聽從淺近之言，只採納淺近之言。

⓴築室，建蓋房屋。如彼築室于道謀，就好像建屋而謀於道路之人。

㉑潰，遂。是用不潰于成，是以不能蓋成房屋。

㉒止，安定。龍師宇純〈析詩經止字用義〉：「靡止當是無有定止之意，不過在此止字已由動詞轉為狀詞，止的意思是安定。先師（撰者按：屈萬里先生）《詩經釋義》云：『止，定也。膴，厚也。』由其下文膴字的對照，更可得到證明。」

㉓聖，明智。否，不然。

㉔膴，音ㄨˇ，厚，此指人數眾多。

㉕哲，明哲。謀，聰謀，有謀慮。

㉖肅，恭謹敬肅。艾，通乂，治理。言民雖不多，尚有此類才智之士。

㉗無，勿。淪，率，陷落。胥，相。屈萬里《詩經詮釋》：「言無如泉流，相率以敗。泉流挾泥沙俱下，以喻善惡同歸於盡也。」按：屈萬里訓淪為率、陷落，率與陷落義不相同，朱熹以淪訓陷為是。

㉘暴虎，暴，正字為虣，甲骨文字形從戈從虎。裘錫圭《文字學概要》分析虣字甲骨文、詛楚文字形說：「表示用戈搏虎。可見暴虎應是徒步搏虎，並不是一定不拿武器。古代盛行車獵，對老虎這樣兇猛的野獸不用車獵而徒步跟牠搏鬥，是很勇敢的行為。馮河是無舟渡河，暴虎是無車搏虎，這兩件事是完全對應的。」裘氏論點詳參于省吾編《甲骨文字詁林》第二冊。

㉙馮，正字為淜，《說文》：「無舟渡河也。」河，黃河。游泳以渡過黃河，指徒步涉水。

㉚人知其一，莫知其他，人只知道暴虎馮河一端之危險，而

不知道更有其他危險之事。意指小人禍國而人莫察。

㉛戰戰兢兢，恐懼戒慎貌。

㉜履，踐，踩。

詩旨

1.《詩序》：「〈小旻〉，大夫刺幽王也。」鄭《箋》謂刺厲王（撰者按：〈小旻〉次於〈正月〉、〈十月之交〉、〈雨無正〉之後，〈十月之交〉確定為幽王六年日蝕之事，此篇或作於幽王之時）。

2.朱熹《詩集傳》：「大夫以王惑於邪謀，不能斷以從善，而作此詩。」並引蘇轍《詩集傳》釋詩題〈小旻〉之義曰：「小旻、小宛、小弁、小明四詩皆以小名篇，所以別其為〈小雅〉也。其在〈小雅〉者謂之小，故其在〈大雅〉者謂之〈召旻〉、〈大明〉，獨〈宛〉、〈弁〉闕焉，意者孔子刪之矣。雖去其大，而其小者猶謂之小，蓋即用其舊也。」

3.方玉潤《詩經原始》：「此必幽王多欲而無制，好謀而弗明，故群小得以邪僻進，王心愈回惑而不辨其是非。雖有一二正直臣，而忠不勝奸，樸不勝巧，亦難力與為爭……此詩之作所由來歟！」

作法

1.牛運震《詩志》：「借謀猶為感刺，而歸於憂讒懼禍。古勁蒼深，自是奇作。四章結尾俱用喻言，長句拗調，自成結構，詩中亦自創見。」

2.吳闓生《詩義會通》：「此篇以謀猶回遹為主，而剴切反覆言之，最見志士憂國忠悃勃鬱之忱。」

3.朱守亮《詩經評釋》：「詩則既以謀猶回遹為主，故詩中謀字凡十見，或作動詞用，或作形容詞用，或作名詞用。又所謀有遠有近，有正有邪，有善有不善。變化多端，斯須皆留意看。詩前兩章末均言我視如何？句法一律。後則均用譬喻作結，三章、四章、五章各用一譬喻，語長而氣舒。末章疊兩如字，用兩譬喻，句短而勁，與前稍變。」

小宛

宛彼鳴鳩❶，翰飛戾天❷。我心憂傷，念昔先人。明發不寐❸，有懷二人❹。

人之齊聖❺，飲酒溫克❻。彼昏不知❼，壹醉日富❽。各敬爾儀❾，天命不又❿。

中原有菽⓫，庶民采之。螟蛉有子⓬，蜾蠃負之⓭。教誨爾子，式穀似之⓮。

題彼脊令⓯，載飛載鳴。我日斯邁，而月斯征⓰。夙興夜寐，毋忝爾所生⓱。

交交桑扈⓲，率場啄粟⓳，哀我塡寡⓴，宜岸宜獄㉑。握粟出卜㉒，自何能穀㉓？

溫溫恭人㉔，如集于木㉕。惴惴小心㉖，如臨于谷。戰戰兢兢，如履薄冰。

注釋

❶宛，毛《傳》：「小貌。」

❷翰，毛《傳》：「高。」戾，毛《傳》：「至也。」

❸明發，早晨天剛亮之時。又馬瑞辰《毛詩傳箋通釋》：「皆醒也，即謂醒而不寐也。」

❹二人，朱熹《詩集傳》：「二人，父母也。」

❺齊聖，《經義述聞》：「齊者，知慮之敏也。齊聖，聰明睿智之稱。」

❻溫，鄭《箋》：「飲酒雖醉，猶能溫藉自持以勝。」孔《疏》：「謂蘊藉自持，含容之義。經中作溫者，蓋古字通用。」克，毛《傳》：「勝也。」即自持。

❼昏，昏瞶愚昧之人。不知，無知。

❽壹，專一。壹醉，恣意於飲酒。日富，馬瑞辰：「富之言畐也。《說文》：『畐，滿也。』……醉則日自盈滿。」日益盈滿，意即自滿驕縱，與上文溫克對照。

❾敬，謹慎。儀，威儀。

❿又，古右字，通佑，助益之意。

⓫中原，原中。菽，豆。

⓬螟蛉，桑蟲。

⓭蜾蠃，土蜂，體形似蜂而腰較細，古人以為。蜾蠃背負桑蟲之幼蟲於空木之中，七天之後會變成小土蜂，實際上蜾蠃是以小桑蟲來飼養幼蜂。又馬瑞辰《毛詩傳箋通釋》：「負之言孚也。凡物之卵化者曰孚，其化生者亦得

言乎。《夏小正》：『雞桴粥』，《傳》：『桴，嫗伏也。』……負之即孚育之，非謂負持之也。」

⑭ 式穀似之，龍師宇純〈試釋詩經式字用義〉說「式穀」二字連用達三次，句首句尾並見，疑或當日有此成語……式字常見義為法，穀字多訓善，二字結合，其義或可以「楷模」一詞當之。「式穀似之」，謂以為楷模而肖似之也。

⑮ 題，毛《傳》：「視也。」脊令，鳥名。長腳，長尾，尖嘴，頭黑，前額白，背黑，腹白，頸下黑如連錢，飛翔時相互共鳴、共擺尾。見〈常棣〉注。

⑯ 邁、征，皆行也。日邁月征，謂僕僕道路，無休息之時。

⑰ 忝，辱。所生，指父母。

⑱ 交交桑扈，毛《傳》：「小貌。桑扈，竊脂也。」郭璞《爾雅注》：「俗呼青雀，嘴曲，食肉，喜盜膏脂食之，因以云名。」

⑲ 率，循，沿著。場，穀場。

⑳ 填，同瘨，病。寡，財寡，貧窮。

㉑ 宜，為「且」字之誤。岸，鄉亭地方之牢獄。獄，朝廷之牢獄。言既病且貧，復被繫獄也。

㉒ 握，執。握粟出卜，以粟為卜資也。。

㉓ 穀，善。朱熹《詩集傳》：「何自而能善乎？」

㉔ 溫溫，和柔貌。恭人，恭謹之人。

㉕ 集，鳥棲息於樹上。此謂如人棲息在樹上，唯恐墜落，言小心也。

㉖ 惴惴，恐懼貌。

詩旨

1. 《詩序》：「〈小宛〉，大夫刺幽王也。」鄭《箋》：「亦當為刺厲王。」
2. 朱熹《詩集傳》：「此大夫遭時之亂，而兄弟相戒以免禍之詩。」「此詩之詞最為明白，而意極懇至。說者必欲為刺王之言，故其說穿鑿破碎，無理尤甚。」
3. 方玉潤《詩經原始》：「賢人自箴也。」
4. 王靜芝《詩經通釋》：「此詩人感生亂世而自警戒慎之詩也。」

作法

1.徐光啟《毛詩六帖講意》：「此篇五興，各有深致。排喻婉篤，寄意高遠。比物連累，莫妙於此。屈原雖長於譬況，自當北面，那得雁行！」

2.牛運震《詩志》：「苦心厚衷，妙在以溫婉出之。孝子血性，騷人幽思，乃有一片團結處。」

3.方玉潤《詩經原始》：「今細玩詩詞，首章欲承先志，次章慨世多嗜酒失儀，三教子，四勗弟，五六則卜善自警，無非座右銘。言固無所謂刺王意，亦何嘗有遭亂詞？」

4.撰者按：全詩言敬威儀、修德、免禍以思親為主；多次提到念先人、懷二人、爾所生，時時懷念父母，行事不敢有偏失。詩中多用比興，貼切反映詩人複雜之內心活動。

小弁

弁彼鸒斯❶，歸飛提提❷。民莫不穀❸，我獨于罹❹。何辜于天❺？我罪伊何❻？心之憂矣，云如之何❼？

踧踧周道❽，鞫為茂草❾。我心憂傷，惄焉如擣❿。假寐永歎⓫，維憂用老⓬。心之憂矣，疢如疾首⓭。

維桑與梓⓮，必恭敬止⓯。靡瞻匪父⓰，靡依匪母⓱。不屬于毛⓲，不罹于裏⓳？天之生我，我辰安在⓴？

菀彼柳斯㉑，鳴蜩嘒嘒㉒。有漼者淵㉓，萑葦淠淠㉔。譬彼舟流㉕，不知所屆㉖。心之憂矣，不遑假寐㉗。

鹿斯之奔㉘，維足伎伎㉙。雉之朝雊㉚，尚求其雌。譬彼壞木，疾用無枝㉛。心之憂矣，寧莫之知㉜？

相彼投兔[33]，尚或先之[34]；行有死人[35]，尚或墐之[36]。君子秉心[37]，維其忍之[38]。心之憂矣，涕既隕之[39]。

君子信讒，如或醻之[40]。君子不惠[41]，不舒究之[42]。伐木掎矣[43]，析薪扡矣[44]。舍彼有罪，予之佗矣[45]。

莫高匪山，莫浚匪泉[46]。君子無易由言[47]，耳屬于垣[48]。無逝我梁[49]，無發我笱[50]；我躬不閱[51]，遑恤我後[52]！

注釋

❶ 弁，音ㄆㄢˊ，朱熹《詩集傳》：「飛拊翼貌。」鸒，音ㄩˋ，即鵯鶋。一種鳥，大如鴿，腹下白，多群居。《爾雅．釋鳥》：「鸒斯，鵯鶋。」郭璞注：「鴉烏也，小而多群，腹下白，江東亦呼為鵯烏。」

❷ 歸飛，飛回。提提，毛《傳》：「群飛貌。」

❸ 穀，善。

❹ 于，語助詞。罹，憂。

❺ 辜，罪。

❻ 伊，是。

❼ 云，語助詞。如之何，無可奈何。

❽ 踧踧，音ㄉㄧˊ，平易貌。周道，宗周通往東方各國之大道。

❾ 鞫，音ㄐㄩ，滿。

❿ 惄，音ㄋㄧˋ，飢餓之感覺。此形容憂思之甚，如飢餓之難堪。擣，擊搗。

⓫ 假寐，鄭《箋》：「不脫冠衣而寐曰假寐。」永歎，長嘆。

⓬ 維，因為。用，猶以也。言因憂以老也。

⓭ 疢，音ㄔㄣˋ，熱病。疾首，頭痛。

⓮ 桑，桑樹，其葉可以養蠶。梓，梓木，可以為棺。《五代史》王建立：「桑以養生（育蠶），梓以送死（為棺），此桑梓必恭之義也。」

⓯ 止，《正義》：「必加恭敬之止。」龍師宇純〈析詩經止字用義〉說止仍是之矣的合音，其字有代詞的作用，且此詩「維桑與梓，必恭敬止」之意，謂自己所有行事無何差錯，何竟不能得父母之歡心，為完成式的語氣。

⓰ 靡，無。瞻，瞻視，尊仰。匪，非。無所瞻視而非父。

⑰依，依偎。無所依偎而非母。
⑱屬，連屬也。
⑲罹，附。《經義述聞》：「裏，讀為理，謂腠理也。毛在外，理在內，相對為文。」言己與父母、毛髮豈不相連屬乎？肌肉豈不相附屬乎？若相連屬附麗，何竟不為父母所愛也。
⑳辰，時，良時。二語言生不逢時也。
㉑菀，音ㄩˋ，茂盛貌。
㉒蜩，音ㄊㄧㄠˊ，蟬。嘒嘒，音ㄏㄨㄟˋ，形容蟬鳴之聲。
㉓漼，音ㄘㄨㄟˇ，有漼，漼然，水深貌。
㉔萑，音ㄏㄨㄢˊ，萑葦，蘆荻。淠淠，音ㄆㄧˋ，茂盛貌。
㉕舟流，無人操控，任船自流。
㉖屆，至。
㉗遑，暇。無遑，無暇。
㉘斯，語助詞。
㉙伎伎，馬瑞辰《毛詩傳箋通釋》：「速行之貌。」
㉚雊，雉雞，野雞。雊，音ㄍㄡˋ，雄雉之鳴叫聲。二語謂鹿奔求其群，雉鳴求其雌，喻人不可孤立也。
㉛疾，惡也。用，猶於也。
㉜寧，乃也。寧莫之知，乃不為人所知。
㉝相，視，看。投，掩；謂以網掩取。
㉞先，義猶開。先之，謂開放之也：馬瑞辰說。
㉟行，道路。
㊱墐，音ㄐㄧㄣˇ，掩埋，埋葬。
㊲君子，泛稱，指父母。秉心，存心，居心。
㊳忍，殘忍。
㊴隕，落。
㊵醻，音ㄔㄡˊ，同酬，報酬。飲酒之禮，主人酌酒獻賓，賓酢主人，主人又酌而自飲，然後又酌酒以飲賓客，稱之為醻。如或醻之，酬酒必受，言其聞讒言必信。
㊶惠，愛也。
㊷舒，緩也。究，察也。
㊸掎，音ㄐㄧˇ，偏引，從後面或旁邊拉倒。
㊹析薪，砍柴。扡，音ㄔˇ，〈唐石經〉作杝，阮元校勘記謂當依〈唐石經〉，隨著木紋剖開。鄭《箋》：「杝，謂觀其理也。必隨其理者，不欲妄挫折之。以言今王之遇大子，不如伐木析薪也。」
㊺佗，音ㄊㄨㄛˊ，負荷。
㊻匪，彼也。浚，深也。鄭《箋》：「山高矣，人登其巔；泉深矣，人入其淵，以言人無所不至。」
㊼由，於。無易由言，不要輕易發言。
㊽屬，連。垣，牆壁。耳屬于垣，耳朵貼連在牆上，表示竊聽。
㊾無，勿。逝，往。梁，魚梁，攔阻水流而留缺口以便捕魚。
㊿發，打開。笱，音ㄍㄡˇ，竹器，承對梁之缺口，用來捕捉順

水游出之魚。

51 躬，身。閱，容。我躬不閱，我身已不見容。

52 遑，何。恤，憂傷。遑恤我後，何暇憂慮我去後之家事呢？見〈邶風．谷風〉注。

詩旨

1.《詩序》：「〈小弁〉，刺幽王也。大子之傅作焉。」毛《傳》：「幽王取申女生太子宜咎，又說褒姒，生子伯服，立以為后，而放宜咎，將殺之。」《漢書．馮奉世傳贊曰》：「讒邪交亂，貞良被害，自古而然。故伯奇放流，孟子宮刑，申生雉經，屈原赴湘，〈小弁〉之詩作，《離騷》之辭興。」王先謙《詩三家義集疏》引《魯詩》說：「〈小弁〉、〈小雅〉之篇，伯奇之詩也。伯奇仁人，而父虐之，故作〈小弁〉之詩。……吉甫娶後妻，生子伯邦，乃譖伯奇於吉甫，放之於野。」《詩序》以為宜臼傅作，毛《傳》以為太子自作，今文派以為宣王時代，尹吉甫之子伯奇為母所譖，遭父放逐而作。

2.朱熹《詩集傳》：「幽王太子宜臼被廢而作此詩。」

3.撰者按：姚際恆《詩經通論》：「詩可代作，哀怨出於中情，豈可代乎？況此詩尤哀怨痛切之甚，異於他詩者。」已駁《詩序》、《詩集傳》非是。三家《詩》以為是宣王時尹吉甫之子伯奇作。屈萬里《詩經詮釋》原主張孟子論此詩為人子不得於其父母者所作，而未坐實其人。後又採《孟子．趙注》：「〈小弁〉，〈小雅〉之篇，伯奇之詩也，伯奇仁人，而父虐之，故作〈小弁〉之詩。」《詩經》詩篇常見文獻不足，難以確論，而眾說紛紜，或一人前後不同說法。此詩內容為子輩對父親不當待遇之哀怨，《孟子．告子下》記載孟子與高子談論〈小弁〉，孟子以為當長輩錯誤嚴重時，晚輩有反對的權利，不如此則無法糾正親人的過誤，既包含對長輩遵從的義務，也包含對長輩糾正的權利，而高子則只看到遵從的一面。就詩之內容言，孟子之論點或可反映當時孝道演變情形。

作法

1.孫鑛《批評詩經》：「語語割腸裂肝。」

2.方玉潤《詩經原始》：「或興或比，或反或正，或憂傷於前，或懼禍於後，無非望父母鑒察其誠，而怨昊天之降罪無辜。此謂情文兼到之作……至其布局精巧，整中有散，正中寓奇。離奇變幻，令人莫測。」

巧言

悠悠昊天❶，曰父母且❷。無罪無辜，亂如此憮❸。昊天已威❹，予慎無罪❺；昊天大憮❻，予慎無辜。

亂之初生，僭始既涵❼；亂之又生，君子信讒❽。君子如怒，亂庶遄沮❾。君子如祉❿，亂庶遄已。

君子屢盟⓫，亂是用長⓬；君子信盜⓭，亂是用暴⓮。盜言孔甘⓯，亂是用餤⓰。匪其止共⓱，維王之邛⓲。

奕奕寢廟⓳，君子作之。秩秩大猷⓴，聖人莫之㉑。他人有心，予忖度之㉒。躍躍毚兔㉓，遇犬獲之㉔。

荏染柔木，君子樹之㉕。往來行言，心焉數之㉖。蛇蛇碩言㉗，出自口矣。巧言如簧㉘，顏之厚矣㉙。

彼何人斯㉚？居河之麋㉛。無拳無勇，職爲亂階㉜。既微且尰㉝，爾勇伊何㉞？爲猶將多㉟，爾居徒幾何㊱？

注釋

❶悠悠，遙遠廣闊貌。昊天，上天。

❷曰、且，語助詞。二語乃呼天呼父母之意。

❸幠，音ㄏㄨ，毛《傳》：「大也。」

❹威，施威怒也。

❺慎，誠，真。

❻大幠，龍師宇純〈讀詩雜記〉說：毛《傳》不釋泰幠二字，上句「亂如此幠」，則云「幠，大也」。後人說此幠字，率用前訓。對照上文「昊天已威」，已、泰義並為甚，大與威則義不同類，亦與下文「予慎無辜」不相涉。鄭《箋》兩幠字並說為敖慢，義取《爾雅．釋言》。解「亂如此幠」為「亂如此甚敖慢無法度也」，不若毛訓幠為大。今謂幠原當作憮，幠憮並從無聲，明曉二母字古多通用，或此以幠為憮。《漢書．薛宣傳》云：「君子之道，焉可憮。」晉灼曰：「憮音誣。」王先謙曰：「官本考證引蕭該曰：學林云：此傳直用憮字以當誣字耳。」《國語．周語》「其刑矯誣」，注云「加諸無辭曰誣」。此上云昊天泰憮，下云予慎無辜，正見憮當為誣之借。

❼僭，譖之通假，《一切經音義》引作譖，讒言。涵，容納。言讒言開始被容納。

❽君子，指王。

❾庶，庶幾。遄，急速。沮，停止。君子如怒惡人，則亂庶幾快速可止。

❿祉，龍師宇純〈讀詩雜記〉：「今謂祉即止字加示旁，與《說文》訓福之祉異字；所以加示旁者，取告示義，與禁字從示意同。君子如祉，即君子如止，亦承譖字讒字言之，謂君子如其禁譖止讒也，故下接『亂庶遄已』矣。」

⓫屢盟，屢次結盟。既盟而背信，是以屢屢結盟。

⓬用，以，因而。長，增加。

⓭盜，鄭《箋》：「謂小人也。」

⓮暴，猛烈。

⓯孔，非常。甘，美味。

⓰餤，音ㄊㄢˊ，進食。言信讒如進食也。

⓱匪其止共，屈萬里《詩經詮釋》：「匪，彼也；謂小人也。甲骨文止、足同字，止共，猶足恭，言過恭也。」過於謙恭反而顯得虛偽。

⓲邛，病。朱熹《詩集傳》：「然此讒人不能供其職事，徒以為王之病而已。」

⓳奕奕，高大貌。寢廟，宗廟之前殿為廟，後殿為寢。此泛指宗廟。

⓴秩秩，明智貌。猷，謀略。

㉑莫，謨之通假，毛《傳》：「謀也。」

㉒忖度，揣度。

㉓躍躍，音ㄊㄧˋ，三家《詩》作趯趯，跳躍貌。毚兔，狡兔。

㉔獲，擒獲。毚兔遇犬而獲，以喻忖度他人之心必中也。

㉕荏染，柔弱貌。柔木，柔弱之樹木。樹，種植。二語喻進用小人

㉖行言，猶流言也：俞樾《毛詩平議》說。朱熹《詩集傳》：「數，辨也。」

㉗蛇蛇，音一ˊ，即《孟子》之訑訑。馬瑞辰云：「大言欺世之貌。」碩，大也。

㉘簧，笙、竽、管等樂器中以竹、金屬或其他材料所製成，用以振動發聲之薄片。

㉙顏之厚矣，即厚臉皮不知羞恥之意。

㉚彼，指讒人。

㉛麋，通湄，《魯詩》正作湄，水草交接之地，即水邊。

㉜職，主，猶言實也。亂階，禍亂之階梯，即禍亂由此而生。

㉝微，腳脛生瘡。尰，音ㄓㄨㄥˇ，一種足部浮腫之疾病。《爾雅．釋訓》：「骭瘍為微，腫足為尰。」

㉞伊，維，是。

㉟猶，馬瑞辰《毛詩傳箋通釋》：「廣雅：『猶，欺也。』為猶將多，言其為欺詐且多也。」將，猶方也，且也。

㊱居，俞樾《毛詩平議》讀為「蓄」，爾蓄徒多少？又陳奐《詩毛氏傳疏》：「猶直也，爾居徒幾何？」直，猶值得。

詩旨

1. 《詩序》：「〈巧言〉，刺幽王也。大夫傷於讒，故作是詩也。」《詩序》之說與《史記．周本紀》：「幽王以虢石父為卿用事，國人皆怨，石父為人佞巧、善諛、好利，王用之，又廢申后，去太子也，申侯怒，與繒、西夷、犬戎攻幽王……遂殺幽王驪山下。」《國語》載虢石父當朝，親近左右盡是讒慝、暗昧、侏儒、戚施之輩，與《詩經》「既微且尰」相合；另外，西虢之地在渭交匯處，與《詩》「在河之麋」也正相合。
2. 朱熹《詩集傳》：「大夫傷於讒，無所控告，而訴之於天。」
3. 方玉潤《詩經原始》：「嫉讒致亂也。」

作法

1. 楊廷麟《詩經主意鞭影》：「通篇皆是傷王之聽讒生亂。析言之則首章是大夫傷於讒而自訴求免也，二章言亂王之信讒也，三章言王信讒以致亂也。總是推本亂所由生。四章言讒人之心不難知，五章言讒人之言不難辨，末章言讒言之人不難除。皆所以責讒己之人，而見王之不當信也。」

2. 胡承珙《毛詩後箋》：「詩以悠悠昊天發問，而取五章之巧言名篇。蓋讒人之言非巧不入，詩人所深惡也。大夫傷於讒者，非獨一己傷困於讒，謂大夫傷聽讒言之亂政，故其詞屢言『亂』，而深望君子能察而止之。」

3. 程俊英《詩經注析》：「按詩共六章，前三章刺王，後三章刺讒人。言『亂』者十，言『君子』者七，可見其中心思想所在。」

何人斯

彼何人斯？其心孔艱❶。胡逝我梁❷，不入我門？伊誰云從❸？維暴之云❹。

二人從行❺，誰爲此禍？胡逝我梁，不入唁我❻？始者不如今，云不我可❼。

彼何人斯？胡逝我陳❽？我聞其聲，不見其身。不愧于人，不畏于天？

彼何人斯？其爲飄風❾。胡不自北？胡不自南？胡逝我梁，祇攪我心❿？

爾之安行⓫，亦不遑舍⓬；爾之亟行⓭，遑脂爾車⓮。壹者之來⓯，云何其盱⓰？

爾還而入⓱，我心易也⓲；還而不入，否難知也⓳。壹者之來，俾我祇也⓴。

伯氏吹壎㉑，仲氏吹篪㉒。及爾如貫㉓，諒不我知㉔。出此三物㉕，以詛爾斯㉖。

爲鬼爲蜮㉗，則不可得㉘。有靦面目㉙，視人罔極㉚。作此好歌，以極反側㉛。

注釋

❶艱，朱熹《詩集傳》：「險也。」孔艱，王先謙《詩三家義集疏》：「孔艱者，謂其心深而甚難察。」

❷胡，何也。逝，往也。梁，魚梁也。

❸伊，語助詞，猶維也。云，《經傳釋詞》云：「猶是也。」從，同行，跟從。伊誰云從，維誰是從也。

❹維，乃也。暴，舊謂暴公，無可徵信，應為人名。之，猶是也。云，語已詞。維暴之云，其人乃暴是也。

❺二人，指暴及其從行之人。

❻唁，慰問。

❼云，語助詞。不我可，不以我為是也。今者不以我為可，始者不如此也。

❽陳，毛《傳》：「堂涂也。」涂、途古通用，即堂前通路。

❾飄風，毛《傳》：「暴起之風。」

❿祇，鄭《箋》：「適也。」即只、恰恰。攪，擾亂。

⓫安行，緩行、徐行。

⓬遑，空暇。舍，休息。

⓭亟，急也。亟行，疾行，快速行走。

⓮脂，膏、油，在此作動詞，塗抹油膏於車輪使之潤滑。

⓯壹者，往日、從前。陳奐《詩毛氏傳疏》：「壹者，猶言乃者。高誘注《呂氏春秋．知節篇》云：『一猶乃也。乃者謂曩日也。』」之，猶是。來，指前逝梁、逝陳的事。

⓰云何，如何也。盱，音ㄒㄩ，憂傷。胡承珙《毛詩後箋》：「曰憂曰病，皆承上文攪我心而言。」

⓱還，旋也。

⓲易，毛《傳》：「說。」說讀如悅，高興。

⓳否，馬瑞辰《毛詩傳箋通釋》：「猶不也，蓋語助詞。『否難知』，言難知也。詩蓋謂還而不入，則其情叵測難知。」

⓴祇，音ㄑㄧˊ，通疷，毛《傳》：「病也。」又鄭《箋》：「安也。」如鄭《箋》應是將「壹者之來」釋為來一次。

㉑伯氏，指兄弟。壎，音ㄒㄩㄣ，陶製之樂器，上尖平底如卵形，有六個音孔，頂端有吹孔，演奏時以口吹上方吹口，以手按音孔發聲。

㉒仲氏，指兄弟。篪，音ㄔˊ，一種形狀似笛之竹管樂器，橫吹，有八孔。

㉓及，與也。貫，串也。如貫，朱熹《詩集傳》：「如繩之貫物。」此狀關係親暱。

㉔諒，誠也。又林義光《詩經通解》：「讀為竟。諒從京得聲，古與竟同音。」不我知，不理解我。

㉕三物，毛《傳》：「豕、犬、雞也。民不相信則盟詛之，君以豕，臣以犬，民以雞。」

㉖詛，祝詛，詛咒，發誓。

㉗蜮，音ㄩˋ，朱熹《詩集傳》：「短狐也。江淮水皆有之，能含沙以射水中人影，其人輒病，而不見其形也。」

㉘得，得見。

㉙有靦，靦然，慚愧貌。

㉚視，通示。罔極，不良。示人罔極，示人以不良，言公然做不良之事。

㉛極，糾正也。反側，反覆也；此作名詞，謂反覆之人。

詩旨

1. 《詩序》：「〈何人斯〉，蘇公刺暴公也。暴公為卿士，而譖蘇公焉，故蘇公作是詩以絕之。」鄭《箋》：「暴也、蘇也，皆畿內國名。」三國譙周《古史考》：「周幽王時暴辛公善塤，蘇成公善篪。」此古文說。《淮南子・精神訓》：「延陵季子不受吳國而訟閒田者慙矣。」《高注》：「訟閒田者，虞、芮及暴桓公、蘇信公是也。」此今文說。不論今古文派都以此詩為蘇公刺暴公之作，後世研究《詩經》者多從此說。
2. 《淮南子・精神訓》：「延陵季子不受吳國，而訟間田者慚矣。」高誘注：「訟間田者，虞、芮及暴桓公、蘇信公是也。」陳喬樅《三家詩遺說考》：「據《高注》，知《魯詩》之說，是以暴公與蘇公因爭閒田搆訟，而蘇公作此詩以絕之也。」王先謙《詩三家義集疏》調合漢代今、古文兩派之說：「暴、蘇搆衅，起於爭田，至暴之譖蘇，則必隙末之後，因事陷之，曲全在暴，非因爭田搆訟而作是詩也。」
3. 朱熹《詩序辨說》：「此詩中只有暴而無公字及蘇公字，不知序何所據而得此事也？」《詩集傳》：「舊說於詩無明文可考，未敢信其必然耳。」
4. 王靜芝《詩經通釋》：「細讀此詩，名『暴』者有之，名『蘇』者無之。所譏者從暴之人，非暴本人。是詩人傷友之趨勢附暴，反覆無常，故為是歌耳。若云詩人為蘇公，則無據也。」

作法

1. 郝敬《毛詩原解》：「詩言微婉，未有刺其人而直斥之者。……故屢言『彼何人斯』為窮詰之詞。從行二人，究其推諉之奸；逝梁不入，發其忸怩之情；飄風鬼蜮，比其曖昧之私。辭婉而意切矣！」
2. 方玉潤《詩經原始》：「小人欺天罔人，毫無畏忌，亦不知恥。是以交友則始合而終離，行事則有影無形，居心則忽南忽北，行蹤詭祕，令人莫測。所謂為鬼為蜮，心極奸險，不徒以譖愬為工者也。」
3. 程俊英《詩經注析》：「有人評末二章云：『此是極恨處。』詩人如何洩恨呢？詛咒、作歌。憤怒之情，溢於言表。《昭明文選》所錄之嵇康〈與山巨源絕交書〉、劉峻〈廣絕交論〉，可能受此詩影響，但都不夠坦率。」

巷伯

萋兮斐兮❶，成是貝錦❷。彼譖人者，亦已大甚。

哆兮侈兮❸，成是南箕❹。彼譖人者，誰適與謀❺？

緝緝翩翩❻，謀欲譖人。愼爾言也❼，謂爾不信。

捷捷幡幡❽，謀欲譖言❾。豈不爾受❿？既其女遷⓫。

驕人好好⓬，勞人草草⓭。蒼天蒼天！視彼驕人，矜此勞人⓮。

彼譖人者，誰適與謀？取彼譖人，投畀豺虎⓯；豺虎不食，投畀有北⓰；有北不受，投畀有昊⓱。

楊園之道⓲，猗于畝丘⓳。寺人孟子⓴，作爲此詩。凡百君子，敬而聽之㉑。

❶萋、斐，文采美麗貌。

❷貝錦，織有貝殼花紋之錦緞。

❸哆，音ㄔˇ，《魯詩》作誃，張口貌。侈，音ㄔˇ，張大貌。

❹南箕，箕星也。毛《傳》：「南箕為南天星宿名，由四星相聯而成箕形。」箕星在南，故曰南箕。

❺適，專主也。言誰復專與譖人相謀乎？又于省吾《詩經新證》訓為當，「誰適與謀」，言當誰與謀也。

❻緝緝，毛《傳》：「口舌聲。」馬瑞辰《毛詩傳箋通釋》說：附耳私小語也。翩翩，便巧言也。

❼慎，謹慎。

❽捷捷，三家《詩》作唼唼，便給，口齒伶俐貌。幡幡，反覆貌。

❾謀欲譖言，言計畫欲進譖言。

❿受，聽信讒言。

⓫其，《經傳釋詞》：「猶乃也。」遷，去也，猶捨也。連

上句意謂：王最初豈不接受爾之譖言，後來知其詐乃必捨去之也。

⑫ 好好，喜悅也。

⑬ 草草，勞心也。

⑭ 矜，憐憫也。

⑮ 畀，音ㄅㄧˋ，與，給。豺，肉食性動物，外形與狗、狼相似而較瘦，口大耳小，生性凶殘。

⑯ 有北，北方。毛《傳》：「北方寒涼而不毛。」古俗以為北方為寒涼不毛之凶地。

⑰ 有昊，昊天。言投與老天使處分之也。

⑱ 楊園，園名；或為寺人孟子之居處。

⑲ 猗，倚，靠近。畝丘，丘名。

⑳ 寺人，毛《傳》：「寺人而曰孟子者，罪已定矣，而將踐刑，作此詩也。」寺人為內小臣也。又《漢書．古今人表》中有「寺人孟子」（厲王時人），列中之上。張晏注：「寺人孟子，違於大雅，以保其身，既被宮刑，怨刺而作。」據此毛《傳》所言「踐刑」即「宮刑」，將處宮刑之前表達憤恨心情。

㉑ 敬，通儆，儆惕。聽，聽取、採納。

詩旨

1.《詩序》：「〈巷伯〉，刺幽王也。寺人傷於讒，故作是詩也。巷伯，奄官也。」

2. 朱熹《詩集傳》「時有遭讒而被宮刑為巷伯者作此詩。」

作法

1. 姚際恆《詩經通論》：「刺讒諸詩無如此之快利，暢所欲言。」

2. 牛運震《詩志》：「痛憤疾呼，明目張膽，驕人、投畀二章盡矣！妙在以冷婉發端，以肅重收結，便是怨怒之詩占身分處。」

谷風之什

谷風

習習谷風❶，維風及雨❷。將恐將懼❸，維予與女❹；將安將樂，女轉棄予。

習習谷風，維風及頹❺。將恐將懼，寘予于懷❻；將安將樂，棄予如遺。

習習谷風，維山崔嵬❼。無草不死，無木不萎。忘我大德，思我小怨❽。

注釋

❶習習，颯颯，形容風聲。

❷維，主謂間語助詞，猶「又是」。

❸維，只有。女，汝。

❹轉，反而。

❺頹，毛《傳》：「風之焚輪者也。」《正義》引李巡曰：「焚輪暴風從上來降，謂之頹。頹，下也。」按即暴風。

❻寘，置。

❼崔嵬，毛《傳》：「山巔也。」又《說文》：「隹隗，高也。」：參馬瑞辰說。

❽小怨，小缺點。

詩旨

1.《詩序》：「〈谷風〉，刺幽王也。天下俗薄，朋友道絕焉。」

2.朱熹《詩集傳》：「此朋友相怨之詩。」

3.屈萬里《詩經詮釋》：「此與〈邶風．谷風〉相似，蓋亦棄婦之辭也。」

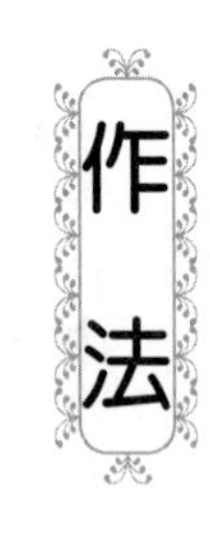

1.嚴粲《詩緝》：「首章，興也。來自大谷之風，大風也。又習習然連續不斷，繼之以雨，喻遭變恐懼之時，猶後人以震風凌雨喻不安也。當處變之時，且恐且懼，維予與女，同其憂患。及得志之後，且安且樂，女反棄我，交道薄矣。次章，頹，暴風也。不斷之風，又加以暴風，喻事變愈甚。恐懼之時，則置我於心而不忘；安樂之時，則棄我如遺物，不復省存也。末章，大風摧物，維戴土之石山崔嵬獨存，而其山之草木無不萎死矣，喻大患難也。此時賴朋友以濟，今豈可忘我共患難之大德而思我小怨乎？」嚴說指出詩之內容及層遞寫法。

2.鄒泉《詩經折衷》：「一章二章怨其始合而終睽，末章言其不當以小怨而見睽也。」

蓼莪

蓼蓼者莪，匪莪伊蒿[1]。哀哀父母！生我劬勞[2]。

蓼蓼者莪，匪莪伊蔚[3]。哀哀父母！生我勞瘁[4]。

缾之罄矣[5]，維罍之恥[6]。鮮民之生[7]，不如死之久矣。無父何怙[8]？無母何恃[9]？出則銜恤[10]，入則靡至[11]。

父兮生我，母兮鞠我[12]，拊我畜我[13]，長我育我[14]，顧我復我[15]，出入腹我[16]。欲報之德[17]，昊天罔極[18]。

南山烈烈[19]，飄風發發[20]。民莫不穀[21]，我獨何害[22]？

南山律律[23]，飄風弗弗[24]。民莫不穀，我獨不卒[25]。

注釋

❶蓼蓼，音ㄌㄨˋ，毛《傳》：「長大貌。」莪、蒿，陳奐《詩毛氏傳疏》：「莪、蒿本一物，而以時之先後異其名。」據陸璣《疏》，莪蒿三月時可食，秋老則不可食用。據陳氏之意，詩人莪、蒿互異，正由於有此變化。又李時珍《本草綱目》曰：「莪抱根叢生，俗謂之抱娘蒿是也。」王先謙《詩三家義集疏》：「始生香美可食，謂之莪，成蒿則不可食矣！」

❷劬，音ㄑㄩˊ，劬勞，辛勤勞苦。

❸蔚，馬新蒿，比蒿更粗大之草本植物。

❹瘁，音ㄘㄨㄟˋ，勞累、困病。

❺缾，瓶，汲器，裝水、酒之器皿。罄，音ㄑㄧㄥˋ，盡、空。

❻罍，音ㄌㄟˊ，貯水之容器。

❼鮮，斯，古音相近。馬瑞辰《毛詩傳箋通釋》：「阮宮保曰：『古鮮聲近斯，遂相通借。鮮民當讀為斯民。如《論語》「斯民」之例。』……斯民當謂離析之民，猶《易》言『旅人』也。民人離析，不得終養，故言生不如死。若但訓斯民為此民，無以見其生不如死也。」

❽怙，音ㄏㄨˋ，依賴。

❾恃，依靠。

❿出，出門、外出。恤，憂傷。銜恤，懷憂。

⓫入，進入家門，回家。靡，無。入則靡至，返家不見父母，惶惶不安，一若無所至。

⓬鞠，養育。

⓭拊，音ㄈㄨˇ，通撫，撫育。畜，養育。

⓮長，養育使之長大。育，覆育，寒冷之時，母親以身偎兒，如鳥之以翼覆其子。一說教育。

⓯顧，回顧，照顧。復，反回，將出而復反視兒。一說通覆，庇護。

⓰腹，懷抱。出入腹我，出入皆懷抱著我。

⓱之德，是德也。

⓲昊天，上天。罔極，無良。昊天罔極，為詈天之語，謂老天無良，奪其父母而去。見屈萬里《書傭論學集．三百篇成語零釋》。

⓳烈烈，山高峻險阻貌。

⓴飄風，暴風。發發，迅疾貌。

㉑穀，善也。

㉒我獨何害，我為何獨遭遇此不幸。

㉓律律，猶烈烈，山高峻險阻貌。

㉔弗弗，同發發，迅疾貌。

㉕卒，終，終養。不卒，不得終養父母。

詩旨

1.《詩序》：「〈蓼莪〉，刺幽王也。民人勞苦，孝子不得終養爾。」鄭《箋》：「二親病亡之時，時在役所，不得見也。」《魯說》亦以此詩為困於征役，不得終養而作。

2.朱熹《詩集傳》：「人民勞苦，孝子不得終養而作此詩。」

3.王靜芝《詩經通釋》：「此孝子哀父母早逝，而自傷不得奉養以報之詩。」

作法

1.朱熹《詩集傳》：「晉王裒以父死非罪（裒父王儀為司馬昭殺害），每讀《詩》至哀哀父母，生我劬勞，未嘗不三復流涕，受業者為廢此篇，詩之感人如此。」胡承珙《毛詩後箋》：「晉王裒，齊顧歡，並以孤露讀《詩》至〈蓼莪〉哀痛流涕。唐太宗生日，亦以生日承歡膝下，永不可得，因引『哀哀父母，生我劬勞』之詩。」

2.鄒泉《詩經折衷》：「此詩首二章是喻其不得終養，而因傷父母之劬勞；三章是言不得終養，正以應『匪莪伊蒿』二句意；四章是言父母之恩，正以應『生我劬勞』二句意；末二章又重自哀痛，以申不得終養之意。」

3.姚際恆《詩經通論》：「勾人眼淚，全在無數我字，何必王裒！」

4.牛運震《詩志》：「最難寫是孤兒哭聲，如此拙重惻怛，直將孝子難言之痛攄出，故是悲音盡頭文字。」

5.方玉潤《詩經原始》：「詩首尾各二章，前用比，後用興。前說父母劬勞，後說人子不孝，遙遙相對。中間二章，一寫無親之苦，一寫育子之艱，備極沉痛，幾於一字一淚，可抵一部《孝經》讀。」

大東

有饛簋飧❶，有捄棘匕❷。周道如砥❸，其直如矢；君子所履❹，小人所視❺。睠言顧之❻，潸焉出涕❼。

小東大東❽，杼柚其空❾。糾糾葛屨❿，可以履霜⓫。佻佻公子⓬，行彼周行⓭。既往既來⑭，使我心疚⑮。

有洌氿泉⑯，無浸穫薪⑰。契契寤歎⑱，哀我憚人⑲。薪是穫薪，尚可載也⑳；哀我憚人，亦可息也㉑。

東人之子㉒，職勞不來㉓；西人之子㉔，粲粲衣服㉕；舟人之子㉖，熊羆是裘㉗；私人之子㉘，百僚是試㉙。

或以其酒，不以其漿。鞙鞙佩璲㉚，不以其長。維天有漢㉛，監亦有光㉜。跂彼織女㉝，終日七襄㉞。

雖則七襄，不成報章㉟。睆彼牽牛㊱，不以服箱㊲。東有啓明，西有長庚㊳。有捄天畢㊴，載施之行㊵。

維南有箕㊶，不可以簸揚㊷；維北有斗㊸，不可以挹酒漿㊹。維南有箕，載翕其舌㊺；維北有斗，西柄之揭㊻。

注釋

❶饛，音ㄇㄥˊ，毛《傳》：「滿簋貌。」簋，盛裝黍稷之竹編圓形器皿。飧，毛《傳》：「熟食，謂黍稷也。」

❷捄，音ㄑㄧㄡˊ，毛《傳》：「長貌。」棘，棗屬。匕，類似現代之湯匙，吉事以棘為之，喪事以桑為之。

❸周道，周之國道，禁止平民通行。砥，礪石。如砥，形容平坦。

❹君子，為官之人，貴族。履，行走。

❺小人，平民。連上句意謂：此周道惟官吏得行於其上，一般平民則但視之而已。

❻睠，音ㄐㄩㄢˋ，毛《傳》：「反顧也。」此言看、視。言，語助詞，猶而也。

❼潸，毛《傳》：「出涕貌。」

❽小東、大東，傅斯年〈大東小東說〉：小東，漢之東郡，今山東濮縣一帶。大東，魯東一帶。惠周惕《詩說》：「小東大東，言東國之遠近也。〈魯頌〉『遂荒大東』《箋》：『大東，極東也。』遠，言大，則近言小可知矣！」

❾杼，音ㄓㄨˋ，梭子。柚，音ㄓㄨˊ，織布機中用以捲經之軸。空，盡也；言無布可織也。

❿糾糾，纏結貌。葛屨，以葛草編織成之草鞋。見〈魏風·葛屨〉注。

⓫可以，何以。履，踏。

⓬佻佻，音ㄊㄧㄠˊ，毛《傳》：「獨行貌。」《釋文》引《韓詩》作「嬥嬥」，云：「往來貌。」《經義述聞》：「家大人曰佻佻當從《韓詩》作嬥嬥，嬥嬥，直好貌也，非獨行貌，亦非往來貌。」

⓭周行，周道，即上章之周道。

⓮既往既來，馬瑞辰云：「承上『行彼周行』言之；往來，謂數數往來，疲於道路。」

⓯疚，病。

⓰有洌，洌然，寒涼貌。氿，音ㄍㄨㄟˇ，氿泉，側出之泉水。

⓱穫薪，已刈穫之柴薪。馬瑞辰：《說文》：「檴，木也。从木蒦聲。讀若華。或從蒦作穫，是穫即檴之或體，今俗所稱樺樹也。」句言冷清之泉水，別浸濕樺樹。

⓲契契，〈漢石經〉作「挈挈」。毛《傳》：「憂苦也。」寤歎，失眠長嘆。

⓳憚，〈漢石經〉作癉，毛《傳》：「勞也。」

⓴載，朱熹《詩集傳》：「載以歸也。」

㉑息，休息。

㉒東人之子，東國之人。

㉓職，職事。來，勞來，猶今語慰勞。馬瑞辰：「勞來之來本作勑。《爾雅》：『勞，來，勤也。』《釋文》：『來，本又作勑。』《說文》：『勑，勞勑也。』《廣雅》：『勑，勤也。』今經典通借作來。古以勤勞為勤，慰其勤勞亦為勤。」

㉔西人之子，毛《傳》：「京師之人也。」

㉕粲粲，毛《傳》：「鮮明貌。」

㉖鄭《箋》：「舟，當作周。」

㉗羆，動物名，似熊而大。熊羆是裘，穿著熊羆皮衣，狀其富有奢侈。

㉘私人，龍師宇純《絲竹軒詩說·詩彼其之子及於焉嘉客釋義》說：「『私人』恐仍是『西人』的擬聲……且『西人』、『舟人』、『私人』平列，與『東人』相對為言，『私人』所指，理應與『西人』、『舟人』無別。」

㉙百僚，百官。試，用。

㉚鞙鞙，音ㄒㄩㄢˋ，〈漢石經〉作琄琄，毛《傳》：「玉貌。」璲，佩玉之綬帶。綬以長為貴，今乃不以其長。與上文有酒無漿，皆困窮之象也。

㉛漢，天河，銀河。

㉜監，鄭《箋》：「視也。」亦，語助詞。言視之則有光也。

㉝跂，跂望。織女，織女星，屬天琴座，是北半球夏季大三角中最明亮之一顆星星，隔著銀河與牽牛星相對，亦稱為天女。

㉞終日七襄，鄭《箋》：「襄，駕也。駕，謂更其肆也，從旦至暮七辰，辰一移，因謂之七襄。」孔《疏》：「謂止舍處也。而天有十二次，日月所止舍也，舍即肆矣。在天為次，在地為辰，每辰為肆，是歷其肆舍有七也……晝夜雖各六辰數者，舉其終始故七，即自卯至酉也。」

㉟報，反，織布時以梭行緯，一來一去。章，成篇之文字。不成報章，不成布帛，意謂雖然稱為織女，卻不能織出布帛。

㊱睆，音ㄨㄢˇ，毛《傳》：「明星貌。」毛奇齡《毛詩寫官記》：「視也。」牽牛，牽牛星。天鷹座上銀白色之星星，與織女星隔銀河相對。又名河鼓星、河鼓二，與織女星、天津四合稱為夏季大三角。牛郎星之兩側各有一顆較暗之星，分別稱為河鼓一、河鼓三，合稱為「河鼓三星」。河鼓三星像一根長扁擔，是以民間稱之為「扁擔星」。

㊲服，駕。箱，車廂。不以服箱，雖然名為牽牛，卻不能夠駕車。

㊳啟明、長庚，皆為金星之別稱，又稱太白金星。啟明星黎明時出現於東方，黃昏時出現在西方，為特別明亮的一顆星，長庚與啟明星為同一顆星。

㊴有捄，捄然，彎曲貌。畢，田網，用以捕兔之長柄小網。天畢，畢宿，形似捕兔之網而得名，是二十八星宿之一，屬於西方白虎七宿之一。

㊵載，則。施，放置。行，行列。載施之行，意即只能置於眾星之行列，卻不能真用來捕兔。

㊶箕，箕宿，形似簸箕，為二十八星宿之一，東方青龍七宿之最後一宿，由四顆星組成。

㊷簸揚，揚穀去其糠粕。

㊸斗，《經義述聞》：「南斗星也。」斗宿，在箕宿之北方，是二十八星宿之一，屬於北方玄武七宿之第一宿，有六顆星，排列成像斗杓之形狀，古代稱之為南斗六星。

㊹挹，酌也，用勺舀酒。斗，類今之勺，所以酌取酒漿者；斗星則不能作此用也。

㊺翕，引，伸長。舌，箕星有四顆星，二者為踵，二者為舌。載翕其舌，意謂伸長舌頭，似欲吞噬貌。

㊻揭，舉也。西柄之揭，南斗星之柄，四時皆高舉而西向。言其欲向人間杓物也。

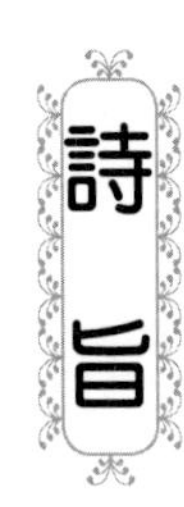

1.《詩序》：「〈大東〉，刺亂也。東國困於役而傷於財，譚大夫作是詩以告病焉。」鄭玄《箋》：「譚國在東，故其大夫尤苦征役之事也。魯莊公十年，齊師滅譚。」

2.王靜芝《詩經通釋》：「此傷東國役頻賦重，人民勞苦；而怨西人驕奢之詩。」

3.撰者按：惠周惕《詩說》：「〈小東〉、〈大東〉言東國之遠近也。〈魯頌〉『遂荒大東』，《箋》：『大東，極東也。』遠言大，則近言小可知矣！」據城子崖發掘報告，譚國遺址在今山東濟南附近，董作賓考證譚建國在殷之末葉，城子崖為古譚國城市。《詩譜》以為詩作於幽王時，《漢書‧古今人表》將譚大夫列厲王之世，則按《齊詩》之說此詩當作於厲王時期。據《國語‧周語》記載厲王「專利」，將山林川澤之利收歸王室所有。又載「厲始革典」，加重對公社民眾之賦稅，終於引發國人暴動。專利之周王，除了王畿千里外，必然擴及東國。另據〈禹鼎〉銘文記載，厲王好大喜功，曾調動駐紮成周之殷八師討伐東夷，大量軍需也有可能增加東國人民負擔。季本《詩說解頤》：「周衰，國亂無政，京師之人絡繹使於諸侯道途，困於供輸，故東人怨而作此詩也。」

作法

1.牛運震《詩志》：「通篇痛心徵斂之重，悲愁之思結成傲詭怨怒，睚眦橫加星辰。〈離騷〉、〈遠遊〉、〈招魂〉之旨，託本於此，都成一樣奇幻；盧仝〈月蝕〉詩亦踵此意，不足道也。」

2.方玉潤《詩經原始》：「詩本詠政賦煩重，人民勞苦。入後忽歷數天星，豪縱無羈，幾不可解，不知此正詩人之情，所謂光燄萬丈長也。試思此詩若無後半文字，則東國困敝，縱極寫得十分沉痛，亦不過平常歌詠而已，安能如許驚心動魄文字。所以詩貴有聲有色，尤貴有興有致，此興會之極為欻舉者也。然其驅詞寓意，亦非漫無紀律者。四章以上，將東國愁怨與西人驕奢，兩兩相形，正喻夾寫已極難諶。天漢而下，忽仰頭見星，不禁有觸於懷。呼天自訴，因杼柚之空而怨及織女機絲亦不成章。因織女虛機，而怨及牽牛河鼓難駕服箱。不寧唯是，即啟明、長庚之分見東西，亦若有所怨及焉！以其徒在天而燦然成行也。於是更南望箕張，北顧斗柄，箕非徒無用，不可以簸揚，反張其舌而若有所噬；北斗非徒無益，不可以挹酒漿，反揭其柄而若取乎東。民之困於王者，既若彼其窮，而人之厄於天者又如此其極。天乎！何其困厄東國若是乎！民情至此，咨怨極矣……。後世李白歌行，杜甫長篇，悉脫胎於此。均足以卓立千古，三百所以為詩家鼻祖也。」

四月

四月維夏❶，六月徂暑❷。先祖匪人❸，胡寧忍予❹！

秋日淒淒❺，百卉具腓❻。亂離瘼矣❼，爰其適歸❽。

冬日烈烈❾，飄風發發❿。民莫不穀⓫，我獨何害⓬！

山有嘉卉⓭，侯栗侯梅⓮。廢爲殘賊⓯，莫知其尤⓰。

相彼泉水⓱，載清載濁⓲。我日構禍⓳，曷云能穀⓴！

滔滔江漢㉑，南國之紀㉒。盡瘁以仕㉓，寧莫我有㉔。

匪鶉匪鳶㉕，翰飛戾天㉖，匪鱣匪鮪㉗，潛逃于淵。

山有蕨薇㉘，隰有杞桋㉙。君子作歌，維以告哀㉚。

注釋

❶ 四月，夏曆四月，為夏季第一個月。

❷ 六月，夏曆六月。徂，開始。

❸ 匪人，不是人。先祖匪人，我的祖先難道不也是人嗎？王夫之《詩經稗疏》：「其云匪人者，猶非他人也。〈頍弁〉之詩曰『兄弟匪他』義同。」

❹ 胡，何。寧，乃。胡寧忍予，怎麼忍心讓我遭逢災難？

❺ 淒淒，寒涼貌。

❻ 卉，草，花木。具，俱，皆。腓，病，指草木枯萎。

❼ 瘼，音ㄇㄛˋ，疾病，痛苦。

❽ 適，往。爰其適歸，鄭《箋》：「爰，曰也。」言且往歸也。《家語》引《詩》，爰字作奚，亦通，朱熹《集傳》用之。

❾烈烈，凜冽貌。

❿飄風，暴風。發發，迅疾貌。

⓫穀，善。

⓬我獨何害，為何我獨遭此禍害？

⓭嘉，善，美好。

⓮侯，鄭《箋》：「維也。」三家《詩》正作維，龍師宇純〈試說詩經的虛字侯〉說維（隹）因與侯隸書形近而誤。梅，〈漢石經〉作楳。

⓯廢，變壞。又《爾雅．釋詁》：「大也。」馬瑞辰以為即奍之假借，《說文》：「奍，大也。」殘，傷害。賊，賊害。

⓰尤，罪過。

⓱相，視，看。

⓲載，則。

⓳構，通遘，遇到。

⓴曷，何。穀，善。

㉑滔滔，水流盛大貌。江，長江。漢，漢水。

㉒之，是。紀，綱紀。

㉓瘁，勞病。

㉔寧，乃。有，馬瑞辰說：通友，親也。寧莫我有，言王乃莫我親也。

㉕匪，彼也。下同。鶉，音ㄊㄨㄢˊ，或作鷻。《說文》：「鷻，鵰也。」鳶，老鷹。

㉖翰，羽，振翅。戾，至。連上句意謂：貪殘之人處於高位。

㉗鱣，音ㄓㄢ，毛《傳》：「鯉也。」一說即鱘鰉，即大黃魚。鮪，音ㄨㄟˇ，與鱣相類的一種魚，但體型較小。連下句意謂：今民不能逃避禍害，是大魚之不如也。

㉘蕨，羊齒類植物，嫩葉可以煮食。薇，野菜名，俗稱野碗豆。

㉙隰，低下潮濕之地。杞，杞樹，枸杞。桋，音ㄧˊ，樹名，今名苦櫧，木質堅韌，可以作為車轂。

㉚告哀，謂申訴哀苦也。

詩旨

1.《詩序》：「〈四月〉，大夫刺幽王也。在位貪殘，下國構禍，怨亂並興焉。」
2.朱熹《詩集傳》：「此亦遭亂自傷之詩。」
3.季本《詩說解頤》：「此必仕者之子孫為南國州牧，而為小人構禍，無所容身，故作此詩也。」
4.方玉潤《詩經原始》：「逐臣南遷之詞。」

5. 王靜芝《詩經通釋》：「此當是詩人遭亂，流落南方，傷感而作。」
6. 雒三桂、李山《詩經新注》：「……至方玉潤《原始》則謂：『逐臣南遷也。』此說頗與詩的內容相合。但用『逐臣』稱呼詩人未必貼切。從『莫知其尤』、「盡瘁以仕」云云看，詩人不像是遷謫之人，倒很像是因朝中傾軋被迫外放邊地就職的人。詩人只有遷謫之實，而無遷謫之名。如此，詩中的『盡瘁以仕，寧莫我有』才符合身分，才顯得骨鯁忠誠。果然如此的話，此詩則稱得上中國古典文學中遷客騷人題材的肇始之作。」

作法

朱善《詩解頤》：「此詩或以為行役，或以為憂亂。以詩考之，由夏而秋，由秋而冬，則見其經歷之久。由西周而南國，由豐鎬而江漢，則見其跋涉之遠。此行役之證也。『父母先祖，胡寧忍予。』則無所歸咎之辭；『亂離瘼矣，爰其適歸。』則無所逃避之辭。此憂亂之證矣。專以為行役，則先祖匪人之怨，其辭過於深；專以憂亂，則滔滔江漢之詠，其辭過於遠。然則是詩也，蓋大夫行役而憂時之亂，懼及其禍之辭也。」

北山

陟彼北山❶，言采其杞❷。偕偕士子❸，朝夕從事❹。王事靡盬❺，憂我父母。
溥天之下❻，莫非王土。率土之濱❼，莫非王臣。大夫不均❽，我從事獨賢❾。
四牡彭彭❿，王事傍傍⓫。嘉我未老⓬，鮮我方將⓭，旅力方剛⓮，經營四方。
或燕燕居息⓯，或盡瘁事國，或息偃在床⓰，或不已于行⓱。
或不知叫號⓲，或慘慘劬勞⓳，或棲遲偃仰⓴，或王事鞅掌㉑。
或湛樂飲酒㉒，或慘慘畏咎㉓，或出入風議㉔，或靡事不爲㉕。

❶陟，登上。

❷言，猶卬，第一人稱代詞。

❸偕偕，毛《傳》：「強壯貌。」士子，仕者，詩人自稱。

❹從事，行役在外。

❺王事，國家之事。靡盬，沒有停息。

❻溥，同普。

❼率，循，沿著。濱，水邊。

❽均，公平。

❾賢，毛《傳》：「勞也。」馬瑞辰《毛詩傳箋通釋》：「賢亦勞也，賢勞猶言劬勞。」

❿牡，雄馬。彭彭，強壯貌，一說為馬奔走不息貌。

⓫傍傍，通旁旁，繁多貌。

⓬嘉，善也。

⓭鮮，善也。將，強壯。

⓮旅，通膂，旅力，體力。剛，堅強。

⓯燕燕，安息貌。居息，安居休息。

⓰偃，仰臥。

⓱不已，不止，不停。行，路。不已于行，在路上不停奔走。

⓲不知，猶不聞也。叫號，呼叫號哭。言不聞人痛苦叫號之聲也。

⓳慘慘，愁苦貌。劬勞，勞苦。

⓴棲遲，優游安閑。偃仰，俯仰。

㉑鞅掌，馬瑞辰以鞅掌二字疊韻，即秧穰之類。禾之葉多曰秧穰，人之事多曰鞅掌。

㉒湛樂，過度享樂。

㉓咎，罪過。

㉔出入，動詞作狀語。風，放。風議，放言高論。有的人出出進進高談闊論，不著邊際。

㉕靡事不為，凡事無不為之，形容非常辛勞。

詩旨

1.《詩序》：「〈北山〉，大夫刺幽王也。役使不均，己勞於從事，而不得養其父母焉。」《孟子》：「勞於王事而不得養父母。」

2.朱熹《詩集傳》：「大夫行役而作此詩。」

3.姚際恆《詩經通論》：「此為為士者所作以怨大夫也，故曰『偕偕士子』，曰『大夫不均』，有明文矣。」姚說更切詩中文字。

作法

1.李樗《毛詩李黃集解》：「孔子曰：『公則說。』人主苟有均平之心，則雖征役之重，不以為怨。若有不均之心，則雖征役未甚勞苦，而人亦將怨矣。……觀〈大東〉之詩，有粲粲衣服者，有葛屨履霜者。〈北山〉之詩，則役使不均，有息偃在床者，有不已於行者，以此二詩觀之，則幽王之政，無一得其平矣，則天下安得而悅服哉！」

2.沈德潛《說詩晬語》：「〈鴟鴞〉詩連下十予字，〈蓼莪〉詩連下九我字，〈北山〉詩連下十二或字。情至，不覺音之繁、辭之複也。」

3.方玉潤《詩經原始》：「前三章皆言一己獨勞之苦，尚屬臣子分所應為，故不敢怨。末乃勞逸對舉，兩兩相形，一直到底，不言怨而怨自深矣。此詩人善於立言處，固不徒以無數或字，見局陣之奇也。」

無將大車

無將大車❶，祇自塵兮❷。無思百憂，祇自疷兮❸。

無將大車，維塵冥冥❹。無思百憂，不出于熲❺。

無將大車，維塵雝兮❻。無思百憂，祇自重兮❼。

注釋

❶將，鄭《箋》：「猶扶進也。」大車，牛拉載重之車。

❷祇，只。塵，作動詞，塵土撲身。

❸疷，應作疧，音ㄑㄧˊ，病。段玉裁《詩經小學》有說。

❹冥冥，鄭《箋》：「蔽人目明，令無所見也。」

❺熲，音ㄍㄥˇ，音義同耿，心中不安貌。句言：不能避免心中之耿耿不安也。

❻雝，〈漢石經〉作雍，鄭《箋》：「猶蔽也。」

❼重，鄭《箋》：「猶累也。」

詩旨

1.《詩序》：「〈無將大車〉，大夫悔將小人也。」鄭《箋》：「幽王之時，小人眾多，賢者與之從事，反見譖害，自悔與小人竝。」《荀子．大略》引：「〈無將大車〉，維塵冥冥。」言無與小人處也。」《易林．井之大有》：「大輿多塵，小人傷賢。皇父司徒，使君失家。」皆以為後悔推薦小人之詩。《易林》提到的皇父是幽王時人（見〈十月之交〉），故此詩當作於幽王時。

2.王質《詩總聞》：「賢者不願居高位，居高位則任重事。事態如此，高位不可居，重事不可任，莫若自顧為安。」

3.朱熹《詩集傳》：「此亦行役勞苦而憂思者之作。言將大車則塵污之，思百憂則病及之矣。」（撰者按：姚際恆駁其非是。）

4.姚際恆《詩經通論》：「此賢者傷亂世，憂思百出，既而欲暫己，慮其甚病，無聊之至也。」

5.方玉潤《詩經原始》：「此詩人感時傷亂，搔首茫茫，百憂并集。既又知其徒憂無益，祇以自病，故作此曠達、聊以自遣之詞。亦極無聊時也。」

作法

撰者按：詩三章複沓，層層遞進。以「無將大車，祇自塵兮」興喻擔負繁重事務，徒勞無益且受其害。反覆用「無」字，不僅自我排遣，並且告誡他人。

小明

明明上天，照臨下土。我征徂西❶，至于艽野❷。二月初吉❸，載離寒暑❹。心之憂矣，其毒大苦❺。念彼共人❻，涕零如雨。豈不懷歸❼？畏此罪罟❽。

昔我往矣，日月方除❾。曷云其還❿？歲聿云莫⓫。念我獨兮，我事孔庶⓬。心之憂矣，憚我不暇⓭。念彼共人，睠睠懷顧⓮。豈不懷歸？畏此譴怒⓯。

昔我往矣，日月方奧⓰。曷云其還？政事愈蹙⓱。歲聿云莫，采蕭穫菽⓲。心之憂矣，自詒伊戚⓳。念彼共人，興言出宿⓴。豈不懷歸？畏此反覆㉑。

嗟爾君子㉒，無恆安處㉓。靖共爾位㉔，正直是與㉕。神之聽之㉖，式穀以女㉗。

嗟爾君子，無恆安息。靖共爾位，好是正直。神之聽之，介爾景福㉘。

注釋

❶征，行。徂，往。此云往西方鎬京，蓋參與伐玁狁之事。

❷毛《傳》：「艽野，荒遠之地。」九、鬼二字古通用，朱子謂艽是地名，艽野，疑即鬼方之野。此時鬼方雖已名玁狁，然舊稱或未盡泯也。

❸二月，夏曆二月。初吉，上旬之吉日；王國維〈生霸死霸考〉：「古者蓋分一月之日為四分。一曰初吉，謂自一日至七八日也。二曰既生霸，謂自八九日以降至十四五日也。三曰既望，謂自十五六日以後至二十二三日。四曰既死霸，謂自二十二三日以後至于晦也。」

❹載，則。離，通罹，遭受。

❺毒，心中之苦如毒藥。

❻共，同恭，《鹽鐵論．執務篇》引作「恭」。共人，溫恭之人。歷來解釋有四：一、恭敬之人，指妻子。二、寬柔之人，猶言君子，指僚友之未行役者。三、在朝燕息之小人（王先謙、范家相）。四、據徐中舒《甲骨文字典》「共人五千征土方」，共人為王朝徵集之部隊。

❼懷，思。

❽罟，網。罪罟，法網。

❾方，甫。方除，剛過年。

❿曷，何時。云，語助詞。還，返還，歸還。

⓫聿，音ㄩˋ，語助詞。莫，暮。歲聿云莫，到了歲末之時。

⓬孔庶，眾多。

⓭憚，勞。

⓮睠睠，見〈大東〉，返顧貌。

⓯譴怒，朱熹《詩集傳》：「罪責也。」

⓰奧，通燠，毛《傳》：「煖也。」即暖和。

⓱蹙，毛《傳》：「促也。」

⓲蕭，蒿屬，可以為薪。菽，豆類，豆熟甚晚。采蕭穫菽，用以指將要歲暮。

⓳詒，遺。伊，是。戚，憂戚。

⓴興，起。言，連詞，猶而也。興言出宿，鄭《箋》：「興，起也。夜臥起宿於外，憂不能宿於內也。」

㉑反覆，指戍期屢變。

㉒君子，執政者。

㉓無，勿。恆，常。無恆安處，不要長安居逸樂，而不勤勞公務。

㉔靖，治，勤於事。共，恭。位，職位，職事。靖恭爾位，勤謹於爾職之意。

㉕與，交好。林義光《詩經通解》：「與，以也。正直是與，行必以正直也。」

㉖神，慎也。聽，從也。見〈伐木〉注。

㉗式穀以女，龍師宇純〈試釋詩經式字用義〉說以汝為楷模也，因省為字，又取女字叶韻，故倒言之。

㉘介，通匄，賜予。景，大也。

詩旨

1.《詩序》：「〈小明〉，大夫悔仕於亂世也。」鄭《箋》：「名篇曰〈小明〉者，言幽王日小其明，損其政事，以至於亂。」蘇轍《詩集傳》則以為區別〈大雅〉之〈大明〉，故名小。

2.朱熹《詩集傳》：「大夫以二月西征，至於歲莫而未得歸，故呼天而訴之。復念其僚友之處者，且自言其畏罪而不敢歸也。」

3.高亨《詩經今注》：「周王朝的官吏所作。他被派到遠方辦事，經年不歸，因作此詩，抒寫他的辛苦生活和思家情緒，並對上位者提出勸告。」

4.王靜芝《詩經通釋》：「此行役者久不得歸，詠以寄其僚友者。」

作法

1.牛運震《詩志》：「前三章縷述征役憂思之苦，末二章遙誡同官，歸于忠愛。三念彼共人，兩嗟爾君子，章法鉤聯，意思貫串，乃有鎔鑄一片處。」
2.范家相《詩瀋》：「此詩與〈北山〉大旨略同，〈北山〉直而〈小明〉婉。」

鼓鐘

鼓鐘將將❶，淮水湯湯❷。憂心且傷。淑人君子❸，懷允不忘❹。

鼓鐘喈喈❺，淮水湝湝❻。憂心且悲。淑人君子，其德不回❼。

鼓鐘伐鼛❽，淮有三洲。憂心且妯❾。淑人君子，其德不猶❿。

鼓鐘欽欽⓫，鼓瑟鼓琴，笙磬同音。以雅以南⓬，以籥不僭⓭。

注釋

❶鼓，擊打。鐘鼓之樂在《周禮》中屬於「金奏」，周王舉行隆重典禮時用之。將將，即鏘鏘，鐘聲。
❷湯湯，音ㄕㄤ，水流盛大貌。
❸淑，善。淑人君子，屈萬里《詩經詮釋》以為指死者。
❹懷，持守；一說為思。允，信，誠。不忘，不已。
❺喈喈，音ㄐㄧㄝ，和諧之聲。
❻湝湝，音ㄐㄧㄝ，水流聲。
❼回，邪也。
❽鼛，音ㄍㄠ，大鼓也。《淮南子．主術訓》「鼛鼓而食」，高誘注：「鼛鼓，王者食樂也。《詩曰》：『鼓鐘伐鼛。』」
❾妯，音ㄔㄡ，悼也。
❿猶，《經義述聞》：「毛《傳》曰：『猶，若也。』《箋》曰：『猶當作瘉，瘉，病也。』引之謹案，爾雅，猶，已也。其德不猶，言久病而彌篤，無有已時，南山有臺篇曰德音不已。」
⓫欽欽，鐘聲。
⓬雅、南皆為樂器名，後來孳乳為樂調之名，即二雅與二

南。雅，《周禮．春官笙師》鄭司農注：「雅狀如漆筩而弇口，大二圍，長五尺六寸也羊韋鞔之，有兩紐疏畫。」南，《禮記．文王世子》有「胥鼓南」之語，知南亦樂器之可鼓者，甲骨文㱿字（[illegible]），正象鼓南之形。

⓭籥，音ㄩㄝˋ，竹製之樂器。為短管形之吹奏樂器，形制似笛，有三孔或六孔之分。僭，亂也。

詩旨

1. 《詩序》：「〈鼓鐘〉，刺幽王也。」毛《傳》：「幽王用樂不與德比，會諸侯於淮上，鼓其淫樂以示諸侯，賢者為之憂傷。」鄭《箋》：「為之憂傷者，嘉樂不野合，犧象不出門，今乃於淮水之上作先王之樂，失禮尤甚。」今文學家以為是昭王南巡，由淮入漢時作。
2. 朱熹《詩集傳》初云詩義未詳，繼又引王氏曰：「幽王鼓鐘淮水之上，為流連之樂，久而忘反，聞者憂傷，而思古之君子不能忘也。」
3. 方玉潤《詩經原始》：「此詩循文案義，自是作樂淮上，然不知其為何時、何代、何王、何事。《小序》漫謂刺幽王，已屬臆斷。歐陽氏云：『旁考《詩》、《書》、《史記》，皆無幽王東巡之事。當闕其所未詳。』玩其詞意，極為歎美周樂之盛，不禁有懷在昔，淑人君子德不可忘，而至於憂心且傷也。此非淮、徐詩人重觀周樂以志欣慕之作，而誰作哉？特史無徵，詩更失考。姑釋其文如此，而仍闕其序云。」
4. 屈萬里《詩經詮釋》：「此疑悼南國某君之詩。」
5. 雒三桂、李山《詩經新注》：「……毛《詩》學者的意見是有道理的。據《竹書紀年》及《左傳》記載，十年，幽王曾與諸侯盟於太室（嵩山別名），明年戎狄畔之。因此朱右曾《詩地理徵》認為：『幽為太室之盟，潁水出於太室而入於淮，意太室會後，遂浮潁而入於淮。』自周宣王以來，周人繼世經營東南，幽王的淮濱作樂，當也是經營東南的表現。但問題是，由於廢立太子的問題，周室與西申及其他西部方國的矛盾已經十分尖銳。在淮水之地盤桓不已，就是不顧大局的行為。這或許就是詩人聞鼓鐘而憂傷，而思先王的原因。」

作法

1. 朱守亮《詩經評釋》：「詩則前三章，首句鼓鐘將將、喈喈、伐鼛者，言其樂之盛也。次句淮水湯湯水盛，湝湝水流，水落而三洲見者，言其時之久也。或以歎美樂之盛感人，或以樂久生悲，而憂心傷悲以懷念淑人君子也。彼淑人君子之所以永懷不忘者，以其德之不回邪，誠實無欺也。末章除言前三章鼓鐘外，益以琴瑟笙磬籥等，且奏雅及南，盛之至也。其所以不再提憂傷懷允者，蓋意有餘哀在也。」
2. 撰者按：末章描寫一場交響樂演奏場面，有鐘、鼛、琴、瑟、笙、磬、雅、南、籥等九種管、弦及打擊樂器，並刻畫出各種樂器樂音和諧、悠揚畫面。

楚茨

楚楚者茨❶，言抽其棘❷。自昔何爲？我蓺黍稷❸。我黍與與❹，我稷翼翼❺。我倉既盈❻，我庾維億❼。以爲酒食，以享以祀，以妥以侑❽，以介景福❾。

濟濟蹌蹌❿，絜爾牛羊⓫，以往烝嘗⓬。或剝或亨⓭，或肆或將⓮。祝祭于祊⓯，祀事孔明⓰。先祖是皇⓱，神保是饗⓲。孝孫有慶⓳，報以介福⓴，萬壽無疆。

執爨踖踖㉑，爲俎孔碩㉒，或燔或炙㉓。君婦莫莫㉔，爲豆孔庶㉕。爲賓爲客㉖，獻醻交錯㉗。禮儀卒度㉘，笑語卒獲㉙，神保是格㉚。報以介福，萬壽攸酢㉛。

我孔熯矣㉜，式禮莫愆㉝。工祝致告㉞，徂賚孝孫㉟。苾芬孝祀㊱，神嗜飲食㊲。卜爾百福，如幾如式㊳。既齊既稷㊴，既匡既勑㊵。永錫爾極㊶，時萬時億㊷。

禮儀既備，鐘鼓既戒㊸。孝孫徂位㊹，工祝致告。神具醉止㊺，皇尸載起㊻。鼓鐘送尸，神保聿歸㊼。諸宰君婦㊽，廢徹不遲㊾。諸父兄弟，備言燕私㊿。

樂具入奏51，以綏後祿52。爾殽既將53，莫怨具慶54。既醉既飽，小大稽首55。神嗜飲食，使君壽考56。孔惠孔時57，維其盡之58。子子孫孫，勿替引之59。

❶楚楚，茂盛貌。茨，蒺藜，一年生草本植物，莖匍匐於地上，有羽毛形狀複葉，夏天開小黃花，果實有刺。

❷言，我。抽，毛《傳》：「除也。」棘，刺。棘為草名，又為凡草刺人之通稱：馬瑞辰有說。

❸蓺，藝之異體字，種植。

❹與與，茂盛貌。鄭《箋》：「黍與與，稷翼翼，蕃廡貌。」

❺翼翼，《廣雅》：「翼翼，盛也。」

❻盈，滿也。

❼庾，囷也。維億，很多之意。《經義述聞》：「毛《傳》曰：『萬萬曰億。』《箋》曰：『倉言盈，庾言億，亦互辭，喻多也。十萬曰億。』家大人曰：『億亦盈也，語之轉耳。』」

❽妥，毛《傳》：「安座也。」侑，勸也。以妥以侑，使尸安坐於神位而勸其飲食。

❾介，通匄，求也。景，大也。

❿濟濟，莊嚴恭敬貌。蹌蹌，走路有節奏貌。皆形容助祭者。

⓫絜，繁體作潔。牛、羊，祭祀之牲品。

⓬烝，冬祭。嘗，秋祭。烝嘗，泛指祭祀。

⓭剝，宰殺。亨，本字當作烹。

⓮肆，陳列。將，進奉。

⓯祊，門內設置祭祀之地。祊祭，《禮記．郊特牲》：「索祭祝于祊。」為正式祭祀前搜找祖先神靈之儀式。

⓰明，鄭《箋》：「猶備也，絜也。」

⓱皇，暀也，歸往也。毛《傳》：「皇，大也。」古稱祖曰皇祖，皇義猶顯赫偉大也。句又見〈信南山〉。

⓲神保，王國維〈與友人論詩書中成語書〉：「祖考之異名。」饗，食也，接受祭祀。

⓳孝孫，指祭祀之人。慶，朱熹《詩集傳》：「猶福也。」

⓴介，大也。

㉑爨，竈。執爨，任烹飪之事。踖踖，敬慎敏捷貌。

㉒俎，裝犧牲之容器。為俎孔碩，指牲品體積龐大。

㉓燔，音ㄈㄢˊ，燒也，放在火上燒烤。炙，將肉串起，放在火

上烤。

㉔君婦，天子諸侯妻，嫡婦之意。鄭《箋》：「君婦，謂后也。」莫莫，馬瑞辰《毛詩傳箋通釋》：「敬謹也。」

㉕豆，裝穀類之器皿。孔庶，非常多。

㉖賓客，指助祭者。

㉗醻，音ㄔㄡˊ，同酬，報酬。飲酒禮，由主人酌酒獻賓，賓酢主人，主人又酌而自飲，然後又酌酒以飲賓客，稱之為醻。交錯，往來。

㉘卒，盡。度，法度。卒度，言盡合法度。

㉙獲，得也，謂得宜也。

㉚格，通佫，《方言》：「佫，來也。」神保是格，言神明降臨。

㉛攸，猶以也。酢，報也。

㉜熯，毛《傳》：「敬也。」

㉝式禮莫愆，鄭《箋》：「式，法；莫，無；愆，過也。」式為動詞，句言：法於禮而無過差。

㉞工，官。工祝，祝官。致告，禱神，祈禱。

㉟徂，往。賚，賜予。徂賚孝孫，冀神往予孝孫以福也。

㊱苾，音ㄅㄧˋ，香。苾芬，芬芳。孝祀，馬瑞辰《毛詩傳箋通釋》說：「享祀也。」指祖神享受祭祀。

㊲嗜，愛。

㊳如幾如式，龍師宇純〈試釋詩經式字用義〉說幾即庶幾之幾，毛《傳》訓期，或即取期望義；式字疑與幾字義同，「卜爾百福，如幾如式」，謂神所報爾百福，正如爾之所冀望者。唯此義於字書古注俱無徵，前云式下接動詞者，式字義表希冀，與此說若合符節，姑釋之以待善言《詩》者。

㊴齊，音ㄓㄞ，齋，恭敬。稷，毛《傳》：「疾。」敏捷不怠慢。

㊵匡，正。敕，整齊。此指祭品之陳列整齊。

㊶錫，賜也。極，中正也，義猶善也。

㊷時，是也。時萬時億，形容神所賜福祿非常多。

㊸戒，備也。

㊹徂位，祭禮結束，祭祀者往堂下西面之位。

㊺具，備也。猶言已經也。止，之矣合音，《正義》：「於時神皆醉飽矣。」取其完成狀態語氣。

㊻皇，大也。尸，古時祭祀時代表死者接受祭祀之活人。載，則。

㊼聿，語助詞。

㊽諸宰，家臣，膳夫為其屬官。《周禮．膳夫》：「凡王祭祀，賓客食，則徹王之胙俎。」孔《疏》：「言諸宰者，以膳夫是宰之屬。」

㊾廢，去也。徹，除也，言撤去祭品也。不遲，以疾速表恭敬。

㊿備，俱也。言，語助詞。燕私，私燕。備言燕私，鄭《箋》：「祭祀畢，歸賓客豆俎，同姓則留與之宴，所以

尊賓客、親骨肉也。」

51 樂具入奏，朱熹《詩集傳》：「祭於廟而燕於寢，故此將燕，而祭時之樂，皆入奏於寢。」

52 綏，安也。祿，福祿。以綏後祿，猶云以奠後福也。鄭《箋》：「以安後日之福祿。骨肉歡而君之福祿安。」

53 將，馬瑞辰《毛詩傳箋通釋》：「『爾肴既將』猶〈頍弁〉詩『爾肴既嘉』、『爾肴既時』，嘉、時皆美也。」將，亦為美、善。

54 莫怨，諸兄弟皆無埋怨。具慶，俱相歡慶。

55 小大，長幼。稽首，以頭叩地，為叩拜禮中最敬之禮。

56 壽考，長壽。

57 惠，順也。時，善也。

58 盡之，謂盡禮也。連上句意謂：祭祀甚順甚善，無不盡禮。

59 替，廢除。引，長久。此祝子孫之連綿不絕也。

1.《詩序》：「〈楚茨〉，刺幽王也。政煩賦重，田萊多荒，饑饉降喪，民卒流亡，祭祀不饗，故君子思古焉。」今文學派無異義。

2.呂祖謙《東塾讀詩記》：「〈楚茨〉極言祭祀事神受福之節，觀其威儀之盛，物品之豐，所以交神明，逮群下至於受福無疆者，非德盛政修何以致之。」

3.朱熹《詩序辨說》：「自此篇至〈車舝〉凡十篇，……詞氣和平，稱述詳雅，無風刺之意。《序》以其在變雅中，故皆以為傷今思古之作，詩固有如此者。然不應十篇相屬，而絕無一言以見其為衰世之意也。竊恐正雅之篇有錯脫在此者耳。《序》皆失之。」《詩集傳》：「此詩述公卿有田祿者力於農事，以奉其宗廟之祭。」

4.姚際恆《詩經通論》：「此農事既成，王者嘗、烝以祭宗廟之詩。」

1.孫鑛《批評詩經》：「氣格宏麗，結構嚴密，寫祀事如儀注，莊敬誠孝之意儼然。有景有態，而精語險句，更層見錯出，極情文條理之妙。讀此便覺三閭九歌，微疏微佻。」

2.撰者按：全詩六章，章十二句。首章寫豐收祭祀之盛況，次章寫參祭人之忙碌，三章寫祭祀時之豐盛禮儀，四章寫正祭中之祝官致告，五章寫禮畢時之送尸歸神，末章寫祭畢後之宴饗。姚際恆《詩經通論》：「煌煌大篇，備極典制。」「古人于祭，慮其不極誠敬則神不饗。」全詩呈現周人祭祀之儀式與虔敬態度。

信南山

信彼南山❶，維禹甸之❷。畇畇原隰❸，曾孫田之❹。我疆我理❺，南東其畝❻。

上天同雲❼，雨雪雰雰❽。益之以霢霂❾，既優既渥，既霑既足❿，生我百穀。

疆埸翼翼⓫，黍稷彧彧⓬。曾孫之穡⓭，以爲酒食。畀我尸賓⓮，壽考萬年⓯。

中田有廬⓰，疆埸有瓜。是剝是菹⓱，獻之皇祖。曾孫壽考，受天之祜⓲。

祭以清酒⓳，從以騂牡⓴，享于祖考㉑。執其鸞刀㉒，以啓其毛㉓，取其血膋㉔。

是烝是享㉕，苾苾芬芬㉖，祀事孔明㉗。先祖是皇，報以介福㉘，萬壽無疆。

❶信，馬瑞辰《毛詩傳箋通釋》說：信、伸古通用，長也。信彼南山與節彼南山、倬彼甫田句法相類，節、倬皆為貌，則信亦南山貌也。

❷甸，毛《傳》：「治也。」即墾殖。

❸畇畇，音ㄩㄣˊ，毛《傳》：「墾辟貌。」即良田平整貌。

❹曾孫，朱熹《詩集傳》：「主祭者之稱。」即周王之泛稱。田之，用以為田也。

❺疆，毛《傳》：「畫經界也。」理，毛《傳》：「分地理也。」馬瑞辰《毛詩傳箋通釋》：「理對疆言，疆謂定其大界，理則細分其地脈也。」

❻南東其畝，或東其畝，或南其畝。《左傳．成公二年》載賓媚人質問先王疆理天下，物土之宜而布其利，故《詩》曰「我疆我理，南東其畝」，南畝是指行列南向之畝，東畝是指行列東向之畝。畝，田壟。

❼上天同雲，《藝文類聚》引《韓詩外傳》云：「雪雲曰同雲。」陰雲密布天空。
❽雨，作動詞，音ㄩˋ，落。雰雰，猶紛紛也。
❾益，加也。霢霂，音ㄇㄛˋㄇㄨˋ，小雨。
❿優、渥，朱熹《詩集傳》：「優、渥、霑、足，皆饒洽之意也。」
⓫埸，音ㄧˋ，疆埸，田畔。翼翼，朱熹《詩集傳》：「整飭貌。」
⓬彧彧，音ㄩˋ，茂盛貌。
⓭穡，收割，收割之穀物。
⓮畀，給予。尸，祭祀時代表死者接受祭祀之活人。賓，助祭之人。
⓯壽考，長壽。
⓰中田，田中。廬，房舍。鄭《箋》：「中田，田中也。農人作廬焉，以便田事。」

⓱剝，剝削瓜皮。菹，音ㄐㄩ，醃漬。
⓲祜，福佑。
⓳清酒，清香之酒，祭祀之酒。
⓴從，跟從。騂，赤色牲也。
㉑享，獻祭。祖考，祖先。
㉒鸞刀，刀之有鈴者。《公羊傳．宣公十二年傳》何休注：「鸞刀，宗廟割切之刀，環有和，鋒有鸞。」
㉓啟。開啟。用鸞刀剝開牲畜之毛皮。
㉔膋，音ㄌㄧㄠˊ，鄭《箋》：「脂膏也。血以告殺，膋以升臭。」周代祭祀，殺牲時取牛血向神告殺，將牛之油脂與黍稷、蕭艾合在一起燒，以其香氣享神。
㉕烝，進也。享，獻也。
㉖苾，音ㄅㄧˋ，香。苾芬，芬芳。
㉗明，完備。
㉘介，大也。

詩旨

1.《詩序》：「〈信南山〉，刺幽王也。不能脩成王之業，疆理天下，以奉禹功，故君子思古焉。」
2.王質《詩總聞》：「瓜熟而薦廟也，當是憂時，此薦新之祭，差小，故其禮比〈楚茨〉烝嘗之祭差簡。」
3.姚際恆《詩經通論》：「此篇與楚茨略同。但彼篇言烝、嘗，此獨言烝，蓋言王者『烝祭歲』也。」

作法

1. 張耒《詩說》曰：「愛莫大之福，而其君有安寧壽考之樂。此天下之至美及至治之際也。而其本出於倉廩之盈，原隰之治，田廬之修，雨雪之時，而後乃及於祭祀禮樂之事也。蓋衣食不足於下，則禮樂不備於上。惟田事修則衣食豐，衣食豐而禮樂備，禮樂備而和平興，和平興而人君有福祿壽考之盛。此詩人深探其本，要其終而言之，序如此也。」

2. 孫鑛《批評詩經》：「是紀祀事詩，卻乃遠從田事說來。首章田事，次章雨雪，三章乃及尸賓。」

3. 萬時華《詩經偶箋》：「前三章以奉黍稷而獲福，四章以奉瓜菹而獲福，五六章以奉犧牲而獲福。但章意當以黍稷為主，因及瓜菹，因及犧牲耳。」

4. 撰者按：全詩敘述有序，由田事而生長，而收穫，而祭祀，而得福，表現周人敬天重農思想。

甫田之什

甫田

倬彼甫田❶，歲取十千❷。我取其陳，食我農人❸，自古有年❹。今適南畝❺，或耘或耔❻，黍稷薿薿❼。攸介攸止❽，烝我髦士❾。

以我齊明❿，與我犧羊⓫，以社以方⓬。我田既臧⓭，農夫之慶⓮。琴瑟擊鼓，以御田祖⓯。以祈甘雨，以介我稷黍⓰，以穀我士女⓱。

曾孫來止⓲，以其婦子⓳，饁彼南畝⓴。田畯至喜㉑，攘其左右㉒，嘗其旨否㉓。禾易長畝㉔，終善且有㉕。曾孫不怒，農夫克敏㉖。

曾孫之稼，如茨如梁㉗；曾孫之庾㉘，如坻如京㉙。乃求千斯倉，乃求萬斯箱。黍稷稻梁，農夫之慶。報以介福㉚，萬壽無疆。

❶倬，音ㄓㄨㄛˊ，大貌。甫田，大田也。見〈齊風．甫田〉注。

❷取，收稅。十千為萬，言其多也。鄭玄等以井田之法說之，但未能確定周代是否通行井田之法。

❸陳，舊。食，以食與人。古者於穀物尚新，故以其陳者食其農人。

❹自古，自昔，多年以來。有年，豐年。

❺適，往。

❻耘，除草。耔，覆土培根。

❼薿薿，茂盛貌。

❽攸，乃，於是。介、止，皆休息之意。林義光《詩經通解》：「介，讀為愒。《說文》：『愒，息也。』介古作匃，愒從匃得聲，則介、愒古同音。《書．酒誥》云：『爾乃自介用逸。』又云：『不惟自息乃逸。』自介即自息，介亦愒之假借也。」

❾烝，進，接見。髦，音ㄇㄠˊ，俊。髦士，農夫中之優秀者。

❿齊，通粢。明，馬瑞辰《毛詩傳箋通釋》：「盛之假借。古明與盛同義。」據此，齊明，即粢盛，古人稱裝在器物中之食物供品為粢盛。

⓫犧，純色之牲，祭祀用之牲畜。

⓬社，后土。方，四方。此皆作動詞用，謂祭土地神及四方之神。

⓭臧，善。

⓮慶，福。

⓯御，迎接。田祖，毛《傳》：「先嗇也。」即農神。

⓰介，匃，祈求。以介我稷黍，祈求豐收。

⓱穀，養。士女，男女，百姓。

⓲曾孫，主祭者。止，之矣合音，以「矣」的餘音表內心喜悅。句言：曾孫來了呀！龍師宇純〈析詩經止字用義〉有說。

⓳婦子，妻子和小孩。

⓴饁，音一ㄝˋ，送飯至田間。南畝，向陽之耕地。

㉑畯，音ㄐㄩㄣˋ，田畯，教田之官，一說為農正，古代掌農事之官。喜，欣喜。又鄭《箋》：「喜當讀為饎。饎，酒食也。」《國語》載，王親耕之後，「宰夫陳饗，膳夫監之。膳夫贊王，王歆大牢，班嘗之，庶人終食。」據此，籍禮中有饋食一項。

㉒攘，拿取，左右，指左右之食物。又馬瑞辰《毛詩傳箋通釋》：「攘，古讓字。此詩攘即揖讓字，謂田畯將嘗其酒食而先讓左右從行之人，示有禮也。」胡承珙《毛詩後箋》引曹氏說：「卻也。」即曾孫推開左右。以訓「拿取」最為直截。

㉓旨否，美味與否。

㉔易，治。長畝，竟畝。禾易長畝，田畝中之作物都治理妥當。

㉕終，既也。有，多也。

㉖敏，疾也。

㉗茨，屋蓋。梁，橋樑，一說為屋樑。

㉘庾，囷也。

㉙坻，音ㄔˊ，通坻，馬瑞辰說：秦人謂陵阪曰阺。京，高丘。坻、京皆為高大之土丘。

㉚介，大。

詩旨

1.《詩序》：「〈甫田〉，刺幽王也。君子傷今而思古焉。」
2.朱熹《詩序辨說》：「此序專以『自古有年』生說，而不察其下文『今適南畝』以下，亦未嘗不有年也。」《詩集傳》：「此詩述公卿有田祿者，力於農事，以奉方社田祖之祭。」
3.王先謙《詩三家義集疏》引黃山云：「以社者，蔡邕所謂春耕籍田祈社稷也。以方者，蔡邕所謂春夏祈穀於上帝也。御田祖者，班固所謂享先農也。祈甘雨者，皇甫謐所謂時雩旱禱也。皆春夏王者重農所有事。詩歷言之，不必如《箋》說。」
4.王靜芝《詩經通釋》：「此詩所言，顯為君王祈豐年祭祀之詞。蓋詩人所作，而祭祀時所歌耳。」

作法

1.方玉潤《詩經原始》：「稼穡之盛，由於農夫克敏；農夫之敏，由於君上能愛農以事神。全篇章法一線，妥貼周密，神不外散。」
2.撰者按：全詩寫祭四方之神、后土之神、先嗇之神，以及饁禮勸農，以呈現周代統治者重視農業。

大田

大田多稼❶，既種既戒❷，既備乃事❸，以我覃耜❹，俶載南畝❺。播厥百穀。既庭且碩❻，曾孫是若❼。

既方既皁❽，既堅既好❾，不稂不莠❿。去其螟螣，及其蟊賊⓫，無害我田稺⓬。田祖有神，秉畀炎火⓭。

有渰萋萋⓮，興雨祁祁⓯；雨我公田，遂及我私⓰。彼有不穫穉⓱，此有不斂穧⓲；彼有遺秉⑲，此有滯穗⑳：伊寡婦之利㉑。

曾孫來止，以其婦子，饁彼南畝；田畯至喜。來方禋祀㉒，以其騂黑㉓，與其黍稷，

以享以祀，以介景福㉔。

注釋

❶多稼，多種莊稼。

❷種，選種。戒，備，準備農具。

❸乃事，龍師宇純〈讀詩雜記〉：鄭《箋》云：「是既備矣，至孟春，土長冒橛，陳根可拔，而事之。」以事為動詞，謂從事農作，故《正義》云：「於是乃耕，故云而事之也。」農作本含耕種二事，必先耕而後種，是以孔氏但云「乃耕」耳。今人類以事為名詞……今謂既備乃事為承上啟下之辭。「既備」承上「既種既戒」，「乃事」啟下「以我覃耜，俶載南畝，播厥百穀」；以「乃事」為「其事」，則但承上文，斯不然矣。

❹覃，鋒利。耜，掘土用農具。

❺俶，音ㄔㄨˋ，開始。載，在。

❻庭，筆直。碩，高大。謂禾苗條直而茂大也。

❼若，諾，滿意。

❽方，房，穀殼始生而未合。皁，音ㄗㄠˋ，穀殼已合而未堅。參馬瑞辰說。

❾堅，根莖堅韌。好，齊好。

❿稂，音ㄌㄤˊ，草名，其莖葉似禾而不結實，常雜生於禾粟中，損害禾苗之生長，又名狼尾草。莠，似苗之草，夏季自莖頂抽出花穗，在花穗間有許多硬硬長毛，使整串花穗看起來像一條狗尾巴，又稱為狗尾草。稂、莠二者皆害田。

⓫螟、螣、蟊、賊，毛《傳》：「食心曰螟，食葉曰螣，食根曰蟊，食節曰賊。」

⓬稺，《說文》：「幼禾也。」

⓭秉，持。畀，予。夜舉火於田間，則蝗蟲之屬，皆投火自焚；一若田祖之神持而投之於火也。

⓮渰，音ㄧㄢˇ，毛《傳》：「雲興貌。」萋萋，當作淒淒。《說文》：「淒，雨雲起也。」

⓯興雨，陳奐《詩毛氏傳疏》以為當作興雲。祁祁，眾多貌。又毛《傳》：「徐也。」即雲慢慢升起移動貌。

⓰公田，猶言大家之田。私，謂一己之田也。據《孟子》，

方一里為井，井九百畝。其中一百畝為公田，其餘八百畝為私田。先治公田，公事畢，然後治私事。

⑰不穫穉，馬瑞辰《毛詩傳箋通釋》：「禾之幼者曰穉，禾之晚種者亦曰穉。此詩『無害我田穉』謂幼禾也。『彼有不獲穉』，謂晚種後孰者也。」即未收割之稻禾。

⑱斂，收。穧，音ㄐㄧˋ，已收割之稻禾。

⑲秉，把，已收割之稻禾皆成把置於田中。

⑳滯穗，滯留在田間之遺穗。

㉑伊寡婦之利，寡婦拾取遺棄在田中稻穗以為己之利益。

㉒來方，龍師宇純〈甲骨文金文𠦪字及其問題〉說：疑此來當為𠦪（即後世之祓），與來形近，後人不識此字，遂誤書作來。禋祀，祭天之禮，以玉帛及犧牲加於柴上焚之，使升煙，以祀天神。

㉓騂，赤色之牲品，當指牛。黑，黑色之牲品，當指豬。

㉔介，匄，祈求。

詩旨

1. 《詩序》：「〈大田〉，刺幽王也。言矜寡不能自存焉。」朱熹駁《序》專以「寡婦之利」一句生說。
2. 方玉潤《詩經原始》：「祈神報賽，用以答神者也。」
3. 陳子展《詩三百解題》：「當是王者祈年報賽而祭祀田祖之樂歌。」

作法

1. 劉瑾《詩傳通釋》：「一章言田事修飭，而苗生盛美也；二章言苗既秀實，而願其無損也；三章復願其雨澤溥及，而收成有餘也；卒章言其收穫之後，而報祀獲福也。」
2. 方玉潤《詩經原始》：「（甫田）詳於察與省，而略於耕；此篇詳於斂與耕，而略於省與察。」「描摹多稼，純從旁面烘托。閒情別致，令人想見田家樂趣，有畫圖所不能到者。」
3. 程俊英《詩經注析》：「此詩雖為祭祀樂歌，但其內容主要是描寫農業生產中的選種、修械、播種、除草、去蟲，描摹雲雨景致，渲染豐收景象，純用白描手法，生動地刻畫了公田生產場面。其中人物有農人、婦子、寡婦；有曾孫、田畯，他們的動作，躍然紙上。」

瞻彼洛矣

瞻彼洛矣❶，維水泱泱❷。君子至止❸，福祿如茨❹。韎韐有奭❺，以作六師❻。

瞻彼洛矣，維水泱泱。君子至止，鞞琫有珌❼。君子萬年，保其家室。

瞻彼洛矣，維水泱泱。君子至止，福祿既同❽。君子萬年，保其家邦。

注釋

❶洛，洛水。渭水上游之支流，源出今陝西定邊縣東南白於山，東南流至朝邑縣境，入於渭。西周作「洛」，東周作「雒」，古者原不相混。參段玉裁《經韻樓集》。

❷泱泱，毛《傳》：「深廣貌。」

❸君子，指周王。止，鄭《箋》、孔《疏》以止為詞。此亦之矣合音，與〈終南〉同。

❹茨，茅茨，用以覆蓋屋頂。如茨，層層堆疊如茅茨，形容非常多。

❺韎，音ㄇㄟˋ，茅蒐所染之皮。韐，音ㄍㄜˊ，祭服之韠。奭，紅色。有奭，奭然。

❻作，興。六師，六軍，天子六軍。

❼鞞琫，刀鞘之裝飾。《釋名》云：「刀室曰削（俗作鞘），室口之飾曰琫，下末之飾曰琕（按：與鞞同）。」有珌，珌然，文飾貌。

❽同，朱熹《詩集傳》：「猶聚也。」

詩旨

1.《詩序》：「〈瞻彼洛矣〉，刺幽王也。思古明王能爵命諸侯，賞善罰惡焉。」

2.朱熹《詩集傳》：「此天子會諸侯於東都，以講武事，而諸侯美天子之詩。」

3.朱善《詩解頤》：「……此詩云天子至洛水之上，親御戎服，以起六師。則必於此乎朝會，於此乎田獵。修戎備於閒暇之時，講武事於燕安之日。據地利以合人心，遵國典以承天意。使斯民睹車馬之盛而知國勢之尊安，見旂常之美，而知王靈之赫奕。是固福祿之所由聚，邦家之所由安也。」

4. 何楷《詩經世本古義》：「紀東遷也。按史周幽王十有一年，申侯與犬戎入寇，戎弒王于驪山下。鄭桓公友死之；鄭人共立其子掘突，是為武公。時晉、衛、秦皆以兵來救，平戎。武公收父散兵，從諸侯東迎故太子宜臼于申，立之，是為平王。王以豐鎬逼近戎狄，不可居，乃遷都于洛。此詩所詠正其事也……。」

5. 方玉潤《詩經原始》：「闕疑以俟知者。」

6. 雒三桂、李山《詩經新注》：「……然據段玉裁研究：『自魏黃初以前，雍州渭、洛字作洛，豫州伊洛字作雒。絕無相混。』（見段著《小箋》）朱說又不攻自破。《周禮．司服》：『凡兵事韋弁服。』而詩中又明言『以作六師』，則此詩一定與軍事有關。洛既不可讀作雒，那麼此詩的創作背景及時間，就當從洛水的地理上尋求答案。此詩不會作於幽王時期，因為幽王朝的戰亂來自申國及犬戎，備邊自不會到東北方向的洛水之地去。此詩只可能作於宣王朝，因為宣王時〈兮甲盤〉載，王朝曾征伐獫狁至彭衙。而彭衙即在洛水上游。據〈禹鼎〉等銅器銘文，西周時期，鎬京有西六師，成周有殷八師，而可信為宣王時期的〈大雅．常武〉中有『整我六師』語，正與此詩『以作六師』合。」

1. 朱善《詩解頤》：「『瞻彼洛矣，維水泱泱』，言其形勢之壯盛也。『君子至止，福祿如茨』，言其福祥之厚集也。『韎韐有奭，以作六師』，言其人心之翕聚也。形勢之壯盛得乎地也，福祥之厚集得乎天也，人心之翕聚得乎人也。……周人尚文，其弊也必起於弱，故周公戒成王曰：『詰爾戎兵』。畢公戒康王曰：『張皇六師』。皆欲其振厲奮發，以聳萬民之觀瞻，一四方之趨向也。」

2. 程俊英《詩經注析》：「詩人用『瞻彼洛矣，維水泱泱』，抒寫周王聚會諸侯的地點。用『韎韐有奭』、『鞞琫有珌』描繪君子的身分形態。用『以作六師』、『保其家邦』，說明聚會的目的。寥寥數語，極形象概括之致。孫鑛云：『姿態乃在韎韐、琫珌兩語上。』確指出了此詩藝術特點。」

裳裳者華

裳裳者華❶，其葉湑兮❷。我覯之子❸，我心寫兮❹。我心寫兮，是以有譽處兮❺。

裳裳者華，芸其黃矣❻。我覯之子，維其有章矣❼。維其有章矣，是以有慶矣❽。

裳裳者華，或黃或白。我覯之子，乘其四駱❾。乘其四駱，六轡沃若❿。

左之左之⓫，君子宜之⓬。右之右之⓭，君子有之⓮。維其有之，是以似之⓯。

❶裳裳，《魯詩》、《韓詩》作常常，馬瑞辰《毛詩傳箋通釋》：「裳與常同字，《說文》『常，或作裳』是也。《廣雅》：『常常，盛也。』」華，花。

❷湑，毛《傳》「盛貌。」

❸覯，見也。之子，指某在位者言。

❹寫，除也。舒暢、快樂。

❺譽，通豫，安、樂之意。譽處，安樂。《經義述聞》：「集傳引蘇氏曰：譽，豫通，凡詩之譽皆言樂也。」

❻芸其，鄭《箋》：「華芸然而黃。」馬瑞辰《毛詩傳箋通釋》：「芸者，䖦字之假借。《說文》：『䖦，物數紛䖦亂也。』」今作紛紜。

❼章，法則。謂動容周旋中禮也。

❽慶，猶福也。

❾駱，白馬黑鬃。

❿轡，韁繩。每匹馬有二轡，四馬應有八轡，但是驂馬內轡繫於觖，因此手中只有六轡。沃若，沃然，調適活絡貌。

⓫左，通佐，輔助。

⓬君子，指周王。宜之，安之。

⓭右，通佑，輔助。

⓮有，親近。

⓯似，續也。屈萬里《詩經詮釋》：「謂使其繼續其祖考之官爵也。金文所載命官之辭，開首語多言使續其祖考某官，可證。」

詩旨

1. 《詩序》：「〈裳裳者華〉，刺幽王也。古之仕者世祿。小人在位，則讒諂並進，棄賢者之類，絕功臣之世焉。」三家《詩》無異義。
2. 朱熹《詩集傳》：「此天子美諸侯之辭。」
3. 魏源《詩古微．變小雅幽王詩發微》說：〈裳裳者華〉，亦諸侯嗣位初朝見之詩，故與〈瞻洛〉相次。孔子曰：「於〈裳裳者華〉，見賢者世保其祿也。」次〈瞻洛〉後，蓋朝於東都所作。

作法

1. 方玉潤《詩經原始》：「似歌非歌，似謠非謠，理瑩筆妙，自是名言。」
2. 朱守亮《詩經評釋》：「詩則前三章首兩句寫花之葉及色，此其燦然者也。第三句全為見其所美之人。下則分別美其才之全，藝之精，德之備，動容周旋之無不中禮，輔弼天子之無不得宜。此一賢良君子也。儼然有大臣劍佩氣象。故末章有以天子口氣，結以嗣其祖先官爵世祿也。」

桑扈

交交桑扈❶，有鶯其羽❷。君子樂胥❸，受天之祜❹。
交交桑扈，有鶯其領❺。君子樂胥，萬邦之屏❻。
之屏之翰❼，百辟爲憲❽。不戢不難❾，受福不那❿。
兕觥其觩⓫，旨酒思柔⓬。彼交匪敖⓭，萬福來求⓮。

注釋

❶交交，小貌，一說鳥鳴之聲。桑扈，鳥名，一名竊脂，即布穀鳥。見〈小宛〉注。

❷鶯，文采貌。有鶯，鶯然。

❸君子，指天子言。胥，龍師宇純〈詩經胥字析義〉說：語詞，疑同訏。「于胥」等於于嗟，為歎詞；「樂胥」、「燕胥」的胥等於「憯莫懲嗟」的嗟，仍是嗟歎的語氣。

❹祜，鄭《箋》：「福也。」

❺領，頸，脖子。

❻屏，屏蔽。

❼翰，幹也。屏蔽。《說文》：「韓，井垣也。」韓字相承皆用幹，亦屏蔽之意。

❽辟，君，諸侯。憲，法。百辟為憲，天下各國之君，皆應以之為法則也。

❾不，丕，非常。戢，音ㄐㄧˊ，和悅，收斂。難，音ㄋㄨㄛˊ，恭敬戒慎。

❿那，音ㄋㄨㄛˊ，多。連上句意謂：君子和悅而肅敬，接受之福氣甚多。

⓫兕觥，匜類之稍小而深者，或有足，或無足，而皆有蓋，蓋皆作牛首形。王國維〈說觥〉、孔德成〈說兕觥〉有說。〈卷耳〉「我姑酌彼兕觥」。觩，音ㄑㄧㄡˊ，彎曲貌。

⓬旨酒，美酒。思，語助詞。柔，嘉也，善也：馬瑞辰《毛詩傳箋通釋》說。

⓭彼交匪敖，《經義述聞》：「彼，亦匪也；交，亦敖也。」謂不傲慢也。

⓮萬福來求，《經義述聞》「求，與逑同。逑，聚也。」謂福祿來聚。

詩旨

1.《詩序》：「〈桑扈〉，刺幽王也。君臣上下，動無禮文焉。」鄭《箋》釋兕觥為罰爵。朱熹駁《序》說只用「彼交匪敖」一句生說。

2.王質《詩總聞》：「當是諸侯來朝，而歸國餞送之際，美戒兼同。」

3.朱熹《詩集傳》：「此亦天子燕諸侯之詩。」

4.朱鶴齡《詩經通義》：「今按『之屏之翰，百辟為憲』，即『維周之翰，四國于蕃』（〈崧高〉），『文武吉甫，萬邦為憲』（〈六月〉）也。從朱說甚安。」

1. 許謙《詩集傳名物鈔》：「謙虛逮下之意，盈溢於言辭之間，太平盛世之詩也。」
2. 陳奐《詩毛氏傳疏》：「言桑扈之羽翼、首領皆有文采可觀，以喻臣下舉動有禮文。」
3. 方玉潤《詩經原始》：「頌禱中寓箴規意，非上世君臣交儆，未易有此和平莊雅之音。」

鴛鴦

鴛鴦于飛❶，畢之羅之❷。君子萬年，福祿宜之。

鴛鴦在梁❸，戢其左翼❹。君子萬年，宜其遐福❺。

乘馬在廄❻，摧之秣之❼。君子萬年，福祿艾之❽。

乘馬在廄，秣之摧之。君子萬年，福祿綏之❾。

注釋

❶于，動詞詞頭，于飛，猶在飛。
❷畢，田網。羅，網。畢、羅在此皆作動詞用。
❸梁，魚梁。
❹戢，收斂。
❺遐，大也。
❻乘馬，四馬。廄，一作廐，養馬之馬房。
❼摧，同莝，鍘草。秣，餵馬匹飼料。
❽艾，養也。
❾綏，安也。

詩旨

1.《詩序》：「〈鴛鴦〉，刺幽王也。思古明王交於萬物有道，自奉養有節焉。」朱熹斥《序》說穿鑿無理。
2.朱熹《詩集傳》：「此諸侯所以答桑扈也。」
3.鄒肇敏《詩傳闡》說詠成王初婚，何楷《詩經世本古義》說詠幽王大婚，姚際恆《詩經通論》、方玉潤《詩經原始》從何楷之說。
4.屈萬里《詩經詮釋》：「此蓋頌禱天子之詩。」

作法

朱守亮《詩經評釋》：「詩則前兩章以鴛鴦起興。夫鴛鴦，匹鳥也。止則相偶，飛則成雙，雌雄未嘗相離，而無乖違背戾。故取之以頌禱天子萬年，福祿宜而久遠也。後兩章改以乘馬起興。蓋乘馬，神駿也。天子之馬，十有二閑，以四為乘，每出則齊色齊力，望若雲錦。亦取之以頌禱天子萬年，福祿安養之。」

頍弁

有頍者弁❶，實維伊何❷？爾酒既旨❸，爾殽既嘉❹。豈伊異人❺？兄弟匪他❻。蔦與女蘿❼，施于松柏❽。未見君子，憂心奕奕❾；既見君子，庶幾說懌❿。

有頍者弁，實維何期⓫？爾酒既旨，爾殽既時⓬。豈伊異人？兄弟具來⓭。蔦與女蘿，施于松上。未見君子，憂心怲怲⓮；既見君子，庶幾有臧⓯。

有頍者弁，實維在首⓰。爾酒既旨，爾殽既阜⓱。豈伊異人？兄弟甥舅。如彼雨雪⓲，先集維霰⓳。死喪無日⓴，無幾相見㉑。樂酒今夕，君子維宴㉒。

❶頍，音ㄎㄨㄟˇ，抬頭貌。弁，音ㄅㄧㄢˋ，皮弁，一種帽子，天子燕用皮弁。又方玉潤《詩經原始》引張彩說：「頍即古規字。規為員（圓）者，弁之貌也。」

❷實，是。維，為何。伊，語助詞。實維伊何，戴此皮弁，是為何故乎？意謂將燕也。

❸爾，指主人周王。旨，美。

❹殽，菜餚。嘉，美。

❺異人，外人。

❻鄭《箋》：「匪他，言至親。」不是外人。

❼蔦，音ㄋㄧㄠˇ，蔓生植物，又名寄生。女蘿，蔓生植物，又名菟絲。

❽施，音ㄧˋ，攀延，附生。

❾奕奕，心神搖曳不定。

❿庶幾，大約。說，通悅。懌，歡喜。

⓫期，音ㄐㄧ，語助詞。何期，猶「何伊」也。

⓬時，善也，美也。

⓭具，俱也。

⓮怲怲，毛《傳》：「憂盛滿貌。」

⓯臧，善。

⓰在首，在頭上。

⓱阜，多也。

⓲雨，音ㄩˋ，落。雨雪，下雪。

⓳霰，音ㄒㄧㄢˋ，雨點遇冷空氣凝成之雪珠，多降於下雪之前。

⓴無日，無多日。言人壽有限，距死喪無多日也。古語率直，不以為嫌。

㉑無幾相見，言相見將無多少次。

㉒宴，宴饗。「樂酒今夕，君子維宴」二句倒文為義，言君子宴饗，樂酒今夕也。

詩旨

1.《詩序》：「〈頍弁〉，諸公刺幽王也。暴戾無親，不能宴樂同姓，親睦九族，孤危將亡，故作是詩也。」

2.朱熹《詩集傳》：「此亦燕兄弟親戚之詩。」

3.吳闓生《詩義會通》：「季世憂亂之音。」

4. 陳延傑《詩序解》：「此詩寫王者燕兄弟親戚，其情頗相通。而優柔紆餘，甚有悲涼之慨。非涵泳浸漬，何能得其意哉？諸家多拘於大小《序》之說，刺幽刺厲，輒乖戾不當，以是知《三百篇》之厄于傳疏，信然。」

作法

1. 郝敬《毛詩原解》：「今夕何夕？死喪近矣！而君子惟怡然宴樂。長夜之飲不輟，來朝之事亦可知矣。如後世敵兵四合而帳中夜飲，亡國之慘，千古一轍。……長歌可以當泣，其〈頍弁〉之謂乎！」

2. 高儕鶴《詩經圖譜慧解》：「讀『有頍者弁』起句，便見峨冠滿目一段欣幸想頭，『豈伊異人』二句，如敘家常話，何等愷切！『蔦與女蘿』二句，又轉入比體，以見固結之情。『未見』、『既見』，當作未宴、既宴看。『庶幾』二字，幸詞也。二章言『兄弟俱來』，毫無離異矣。三章敘到兄弟甥舅……『樂酒今夕，君子維宴』玩一『維』字，見飲酒之外，一切憂慮皆當置之度外，欲盡今夕之歡也。《小序》謂幽王暴戾無親，諸公刺之而作，意必謂『死喪無日』二句起見，何說詩之鑿也。」

車舝

間關車之舝兮❶，思孌季女逝兮❷。匪飢匪渴，德音來括❸。雖無好友，式燕且喜❹。

依彼平林❺，有集維鷮❻。辰彼碩女❼，令德來教❽。式燕且譽❾，好爾無射❿。

雖無旨酒，式飲庶幾⓫。雖無嘉殽⓬，式食庶幾。雖無德與女⓭，式歌且舞。

陟彼高岡⓮，析其柞薪⓯。析其柞薪，其葉湑兮⓰。鮮我覯爾⓱，我心寫兮⓲。

高山仰止⓳，景行行止⓴。四牡騑騑㉑，六轡如琴㉒。覯爾新昏㉓，以慰我心。

❶間關，輾轉。舝，音ㄒㄧㄚˊ，同「轄」，貫穿車軸頭之金屬鍵，以防車輪脫落。

❷思，語助詞。孌，毛《傳》：「美貌。」逝，往。謂去其母家而來成婚也。

❸德音，語言。來，是。括，會。言並非飢渴，而所以如飢如渴者，乃盼望得會見其聲音也。

❹式，語詞，表希冀。燕，樂。句言：幸其燕飲且喜。

❺依，殷古同聲，茂盛貌。平林，林木之在平地者也。

❻鷮，音ㄐㄧㄠ，雉，野雞。

❼辰，時，善，美好。碩，高大。

❽令德，美德。來，是。令德來教，曾被教以美德。

❾式，語詞，表希冀。譽，安樂。句言：幸其燕飲且安樂。

❿好，喜好。射，音ㄧˋ，厭。

⓫庶幾，龍師宇純〈試釋詩經式字用義〉說：「式飲庶幾，式食庶幾」，幸其飲之食之，則庶幾也；「式歌且舞」，幸其歌且舞也。唯其中式飲、式食二句，式下云庶幾，文意重複，似為式字不得表希冀之證。然古人自有複語，不必即為反證。（庶，眾多也；幾，希少也。庶幾或別義為多少，故曰式飲庶幾，式食庶幾，猶今人勸人飲食，而曰：「多少飲一些，多少食一些。」）

⓬嘉殽，佳餚。

⓭與，助。女，汝，你。

⓮陟，登上。

⓯析，砍伐。柞，音ㄗㄨㄛˋ，櫟樹。

⓰湑，茂盛貌。

⓱鮮，斯，善。覯，見。

⓲寫，除，舒快。

⓳止，鄭《箋》、《釋文》及《禮記・表記》引此詩皆作仰之。龍師宇純〈析詩經止字用義〉說若本字是之字，因之字為代詞習見，而止字作單純代詞者無有，應無譌之為止之理；反之，本字作止字，因其文意仰下行下應有受詞，止之二字音又相近，但有聲調的不同，譌誤為之的可能性甚大，故定《詩》原作仰止行止。「高山仰止，景行行止」，謂高山則既仰之矣，景行則既行之矣。

⓴景行，馬瑞辰《毛詩傳箋通釋》：「與高山對言，猶云大道也。」

㉑騑騑，奔馳貌。見〈四牡〉注。

㉒轡，馬韁繩。如琴，六轡和諧如琴瑟。

㉓爾，指新婦。新昏，新婚。

詩旨

1.《詩序》：「〈車舝〉，大夫刺幽王也。褒姒嫉妒，無道竝進，讒巧敗國，德澤不加於民。周人思得賢女以配君子，故作是詩也。」
2.朱熹《詩集傳》：「此燕樂其新婚之詩。」
3.王靜芝《詩經通釋》：「此自敘結婚親迎之詩也。」

作法

1.方玉潤《詩經原始》：「前後兩章實賦，一往迎，一歸來，三四兩章皆寫思慕之懷，卻用興體。中間忽易流利之筆，三層反跌作勢，全詩章法皆靈。」
2.撰者按：《左傳．昭公二十五年》記載叔孫昭子為季平子如宋迎女，賦〈車舝〉，今說詩者亦大都以為宴樂新婚之詩。首章寫親迎，為實景；二三章是虛景，想像中的歡樂；四章寫親迎後的心情，末章寫歸途之樂。

青蠅

營營青蠅❶，止于樊❷。豈弟君子❸，無信讒言。
營營青蠅，止于棘。讒人罔極❹，交亂四國❺。
營營青蠅，止于榛。讒人罔極，構我二人❻。

注釋

❶營營，毛《傳》：「往來貌。」又《說文》𣡕字注引《詩》作營營，又謍字注引《詩》作謍謍，云：「小聲

也。」青蠅，鄭《箋》：「蠅之為蟲，污白使黑，污黑使白，喻佞人變亂善惡也。」

❷樊，毛《傳》「藩也。」即籬笆。

❸豈弟，和樂平易。君子，指周王。

❹罔極，無良。

❺交亂，使人交相猜疑嫌隙，挑撥使之為亂。四國，四方之國，天下。

❻構，合也，言構合雙方使彼此相嫌隙，即挑撥離間。

詩旨

1.《詩序》：「〈青蠅〉，大夫刺幽王也。」王先謙《詩三家義集疏》據《易林．豫之困》：「青蠅集藩，君子信讒，害賢傷忠，患生婦人。」以此詩為刺幽王聽信褒姒之讒而害忠賢。所謂忠賢，乃指太子宜臼等。

2.朱熹《詩集傳》：「詩人以王好聽讒言，故以青蠅飛聲比之，而戒王以勿聽也。」

3.王應麟《困學紀聞》謂此詩為衛武公信讒而作。王先謙駁之曰：「衛武公王朝卿士，詩又為幽王信讒而刺之，所以列〈小雅〉。若武公信讒而他人刺之，其詩當入〈衛風〉矣。即此可證明其誤。」

作法

1.歐陽修《詩本義》：「青蠅之為物甚微，至其積聚而多也，營營然，往來飛聲可以亂人之聽，故詩人引以喻讒言漸漬之多，能致惑爾。其曰止於樊者，欲其遠之，當限之於樊籬之外，鄭說是也。」

2.程頤《二程遺書》：「〈青蠅〉詩言樊、棘、榛，言二人、四國。自樊而觀之，則樊為近，而棘、榛為遠；自二人而觀之，則二人為小，而四國為大。讒人之情，常欲污白以為黑也。而其言不可以直達，故曰營營往來，或自近以至於遠，或自小而至於大，然後其說得行矣！」

賓之初筵

賓之初筵❶，左右秩秩❷。籩豆有楚❸，殽核維旅❹。酒既和旨❺，飲酒孔偕❻。鐘鼓既設，舉醻逸逸⑦。大侯既抗⑧，弓矢斯張。射夫既同⑨，獻爾發功⑩。發彼有的⑪，以祈爾爵⑫。

籥舞笙鼓⑬，樂既和奏。烝衎烈祖⑭，以洽百禮⑮。百禮既至⑯，有壬有林⑰。錫爾純嘏⑱，子孫其湛⑲。其湛曰樂，各奏爾能⑳。賓載手仇㉑，室人入又㉒。酌彼康爵㉓，以奏爾時㉔。

賓之初筵，溫溫其恭㉕。其未醉止㉖，威儀反反㉗。曰既醉止，威儀幡幡㉘。舍其坐遷㉙，屢舞僊僊㉚。其未醉止，威儀抑抑㉛；曰既醉止，威儀怭怭㉜。是曰既醉，不知其秩㉝。

賓既醉止，載號載呶㉞。亂我籩豆，屢舞僛僛㉟。是曰既醉，不知其郵㊱。側弁之俄㊲，屢舞傞傞㊳。既醉而出，並受其福。醉而不出，是謂伐德㊴。飲酒孔嘉，維其令儀㊵。

凡此飲酒，或醉或否。既立之監㊶，或佐之史㊷。彼醉不臧㊸，不醉反恥㊹。式勿從謂㊺，無俾大怠㊻。匪言勿言㊼，匪由勿語㊽。由醉之言㊾，俾出童羖㊿。三爵不識(51)，矧敢多又(52)。

注釋

❶ 賓，賓客。筵，竹席。初筵，初入席時。古代舉行大射禮之前，先有燕禮，設筵飲酒。

❷ 秩秩，朱熹《詩集傳》：「有序也。」

❸ 籩，古代祭祀或宴會時用來盛果實、肉乾等竹編器具。豆，盛裝肉醬類之食器。楚，馬瑞辰《毛詩傳箋通釋》說且之假借，多貌。一說有楚，楚然，楚楚，陳列有序貌。

❹ 毛《傳》：「殽，豆實也。核，加籩也。旅，陳也。」鄭《箋》：「豆實，葅醢，籩實，有桃梅之屬。」即籩豆中

之菜食和果品。

❺和，調和。旨，美。

❻孔，很，非常。偕，通諧，和諧。

❼醻，飲酒之禮，由主人酌酒獻賓，賓酢主人，主人又酌而自飲，然後又酌酒以飲賓客，稱之為醻。舉醻，舉杯。逸逸，往來有序。

❽侯，張皮或布以為射者之鵠的。大侯，君侯。抗，舉，張設，高掛。

❾射夫，射手。同，會聚，即選配對手，兩人一組，又稱「比耦」。

❿獻，奏。發，發矢。發功，發箭射擊之功夫。

⓫彼，指箭。有，于（《經傳釋詞》有說）。的，侯之中心，即靶心。

⓬祈，求。毛《傳》：「爵，射爵也。射之禮，勝者飲不勝。」祈爾爵，也就是求自己能射中，而讓別人飲酒之意。古人射箭，不勝者要被罰酒。

⓭籥，一種竹製管樂器。籥舞，執籥而舞，文舞。

⓮烝，語助詞。衎，音ㄎㄢˋ，娛樂。烈，業。烈祖，有功烈之祖先。

⓯洽，合也。

⓰至，完備。

⓱有壬有林，馬瑞辰《毛詩傳箋通釋》：「壬、林承上百禮言。有壬，狀其禮之大也；有林，狀其禮之多也。」

⓲錫，賜也。純，大也。嘏，福也。

⓳湛，樂也。

⓴奏，進獻。能，善射之能力，馬瑞辰《毛詩傳箋通釋》：「古者以善射為能。」

㉑載，則。手，取，選擇。仇，匹，指和自己一起射箭之人，對手。

㉒室人，主人。入又，主人又入射以伴賓。參胡承珙《毛詩後箋》說。

㉓酌，斟酒。康，大也。

㉔奏，進獻，為。時，射中之賓客。陳奐《詩毛氏傳疏》說：酌大爵以為汝中者，使飲不中者也。

㉕溫溫，柔和貌。

㉖止，龍師宇純〈析詩經止字用義〉說《正義》大抵以止為辭，而全不能得詩的意味。《詩》云「既醉止」，既字固然是止為之矣合音的關鍵字；「未」是「不曾」，「未醉止」也同樣可以說明止字具有「矣」的作用。

㉗反反，慎重貌。

㉘幡幡，反覆貌，用以形容不安於坐貌。

㉙舍，離開。坐，同座，座位。遷，遷徙。

㉚屢，多次。僊僊，音ㄒㄧㄢ，輕舉貌。

㉛抑抑，毛《傳》：「慎密貌。」

㉜怭怭，音ㄅㄧˋ，毛《傳》：「媟嫚也。」即不莊重。

㉝秩，常。又俞樾《毛詩平議》：「當作失。……不知其失，正與『不知其郵』同義。」

㉞號，呼，大叫。呶，音ㄋㄠˊ，喧嘩。

35 僛僛，音ㄑㄧ，毛《傳》：「舞不能自正也。」

36 郵，過失。

37 側，傾斜。弁，皮帽。俄，傾斜不正貌。

38 傞傞，音ㄙㄨㄛ，醉舞不止貌。

39 伐德，損害德行。

40 令，善。儀，威儀。

41 監，監視飲酒之人，即酒監、司正。馬瑞辰《毛詩傳箋通釋》：「按鄉射禮立司正注：『解倦失禮者，立司正以監之。』是監，即司正之屬。」

42 史，記事者。馬瑞辰《毛詩傳箋通釋》：「古者飲酒，皆立監，以防失禮；惟老者有乞言之典，更佐以史，少者則否。」

43 臧，善。

44 不醉反恥，喝醉者不善而不自知，反以不醉為恥。

45 式，發語詞。謂，勸勉。勿從謂，馬瑞辰《毛詩傳箋通釋》：「勿從而勸勉之使更多飲也。」龍師宇純〈試釋詩經式字用義〉說此亦「式、無」句，式義仍當表希冀；謂字當訓使，「式勿從謂」，言幸其勿從而使之多飲也。

46 俾，使。大，太。大怠，太輕慢無禮。

47 匪言，不當說之言。匪言勿言，不當說之言不要說。

48 由，式，法。匪由勿語，不合法道之言不要說。

49 由，出於。由醉之言，喝醉時所說之話。

50 出，說出。童，禿。羖，公羊。童羖，公羊而無角。醉漢荒唐之言。

51 三爵，獻、酢、醻。識，省。不識，猶今語不省人事也。

52 矧，何況。又，通侑，勸酒。

詩旨

1.《詩序》：「〈賓之初筵〉，衛武公刺時也。幽王荒廢，媟近小人，飲酒無度，天下化之，君臣上下沉湎淫液，武公既入，而作是詩也。」

2.朱熹《詩集傳》：「衛武公飲酒悔過而作此詩。」

3.馬瑞辰《毛詩傳箋通釋》以為詠大射禮。周代射禮分鄉射、大射、燕射、賓射。大射屬高級射禮，是天子、諸侯會集臣下在太學中舉行。

作法

1. 陳奐《詩毛氏傳疏》：「上二章陳古，下三章刺今。」
2. 方玉潤《詩經原始》：「詩本刺今，先陳古義以見飲酒原未嘗廢，但須射祭大禮而後飲，而飲又當有節，不至失儀，乃所以為貴。古之飲也如是，今之飲酒則不然，飲不至醉，醉必失儀，不至伐德不止，其無禮也又如是。兩義對舉，曲繪無遺。其寫酒客醉態，縱令其醒後自思，亦當發笑，忸怩難安。此所以善為譎諫也。」
3. 撰者按：本詩一言德，五言威儀；〈酒誥〉八言德，一言威儀，各有詳略，可相互補充，以觀察周代繼殷人醉死後之飲酒態度演變。詩中描繪一幅醉客圖，亦窮形盡相。

魚藻之什

魚藻

魚在在藻❶，有頒其首❷。王在在鎬❸，豈樂飲酒。
魚在在藻，有莘其尾❹。王在在鎬，飲酒樂豈。
魚在在藻，依于其蒲❺。王在在鎬，有那其居❻。

注釋

❶藻，水草名。生水底，葉狹長多皺。
❷頒，音ㄈㄣˊ，毛《傳》：「大首貌。」
❸鎬，鎬京。
❹莘，毛《傳》：「長貌。」
❺蒲，蒲草，一種水生植物。
❻那，鄭《箋》：「安貌。」

詩旨

1. 《詩序》：「〈魚藻〉，刺幽王也。言萬物失其性，王居鎬京，將不能以自樂，故君子思古之武王焉。」
2. 朱熹《詩集傳》：「此天子燕諸侯，而諸侯美天子之詩。」
3. 方玉潤《詩經原始》：「此鎬民私幸周王都鎬而祝其永遠在茲之詞也。」
4. 屈萬里《詩經詮釋》：「此頌美天子之詩。詩中言王在鎬，而又一片太平景象，疑宣王時之作品。」

1. 輔廣《詩童子問》：「此詩與鴛鴦相類，辭雖簡而意則切矣。不頌其德者，德盛而非言之所能盡，亦尊敬之至而不敢加以形容也，但美其樂飲安居其位，則非盛德其孰能之？」
2. 撰者按：全詩以自問自答方式寫作，一、三句點明處所，二、四句分別刻畫魚和王的形態。肥大之魚頭和長長之魚尾，刻畫魚在水藻中忽隱忽現之優游情景，而王在鎬京豈樂飲酒，有如魚之往來出入。魚依於其蒲，自足自樂；王有那其居，安然自處。

采菽

采菽采菽❶，筐之筥之❷。君子來朝❸，何錫予之❹？雖無予之，路車乘馬❺；又何予之，玄袞及黼❻。

觱沸檻泉❼，言采其芹❽。君子來朝，言觀其旂❾。其旂淠淠❿，鸞聲嘒嘒⓫。載驂載駟，君子所届⓬。

赤芾在股⓭，邪幅在下⓮。彼交匪紓⓯，天子所予。樂只君子⓰，天子命之；樂只君子，福祿申之⓱。

維柞之枝⓲，其葉蓬蓬⓳。樂只君子，殿天子之邦⓴；樂只君子，萬福攸同㉑。平平左右㉒，亦是率從㉓。

汎汎楊舟，紼纚維之㉔。樂只君子，天子葵之㉕；樂只君子，福祿膍之㉖。優哉游哉㉗，亦是戾矣㉘。

注釋

❶菽，大豆。

❷筐，方形之竹器。筥，圓形之竹器。

❸君子，指來朝見之諸侯。

❹錫，賜。

❺路車，諸侯所乘坐之車。乘馬，四馬。

❻玄，玄衣也。衮，繡卷龍於裳也。黼，黑白文也，謂繡黑白之花紋於裳也。參陳奐《詩毛氏傳疏》。

❼觱，音ㄅㄧˋ，觱沸，泉水湧出貌。檻泉，正湧出之泉水。

❽芹，水菜，又名水英，潔白而有節，其味芬芳。

❾旂，畫有交龍之旗子。

❿淠淠，眾多貌。

⓫嘒嘒，聲音和諧而合節拍。

⓬屆，至。

⓭赤芾，紅色之蔽膝。

⓮邪幅，鄭《箋》：「邪幅，如今行縢也，偪束其脛自足至膝。」在芾下，故云在下。

⓯彼，匪。《經義述聞》：「交，敖也。」紓，怠慢。二句倒文為義，言玄衮、赤芾等物，雖皆天子所賜予，而此諸侯亦不因受此殊榮而驕傲怠緩也。

⓰只，語助詞。

⓱申，重，重複。言又重複賜之以福祿也。

⓲柞，櫟樹。

⓳蓬蓬，茂盛貌。

⓴殿，鎮守。

㉑攸，所。同，會聚。

㉒平，古通便。陳奐《詩毛氏傳疏》：「平平，《釋文》引《韓詩》作便便，《爾雅》便便，辯也。」毛《傳》：「平平，辯治也。」高本漢謂原文應是采字，《說文》「采」，古文作「[illegible]」，即辨也。」《廣雅．釋詁》：「辯，慧也。平平即明慧之意。」左右，朱熹《詩集傳》：「諸侯之臣。」

㉓亦是，猶於是也。率從，隨從而至。

㉔紼、纚，音ㄈㄨˊ ㄌㄧˊ，紼為粗大之麻繩，纚為竹索，都是繫船之物。維，繫。

㉕葵，揆度也；言揆度其心也。

㉖膍，音ㄆㄧˊ，毛《傳》：「厚也。」

㉗優哉游哉，形容從容自得，悠閒自在。

㉘戾，至也。亦是戾矣，猶言於是至矣。又鄭《箋》：「戾，止也。諸侯有盛德者亦優游自安止，於是言思不出其位。」

詩旨

1.《詩序》：「〈采菽〉，刺幽王也。侮慢諸侯。諸侯來朝，不能錫命以禮，數徵會之而無信義，君子見微而思古焉。」

2.朱熹《詩集傳》：「此天子所以答〈魚藻〉也。」

3.姚際恆《詩經通論》：「大抵西周盛王，諸侯來朝，加以賜命之詩。」

作法

1.龍起濤《毛詩補正》：「首章於來朝後，接用一波三折之筆，傳出有加無已神情。次章說來朝由遠而近，初見旂，次聞聲，次見馬，次第如畫。三章赤芾邪幅，親見其人，逕由上章接下一路敘來，以匪紓二字作斷語，此二字是用意語。第四章說出殿天子之邦，更帶到左右率從，自是連帥威望，方能當得。末章纚維，則是將去作挽留之詞。篇中頻頻提出天子，分明他人口氣，以為天子答〈魚藻〉者非也。通篇神氣在匪紓一句，結末反掉一筆，見得優游便是獲戾，不必其在大也。」

2.方玉潤《詩經原始》：「此固是西周盛王諸侯來朝加以賜命之詩，然非出自朝廷制作，乃草野歌詠其事而已，觀前後四章興筆自見。事極典重，而起極輕微，豈國家錫予而有取於筐筥以為興耶？」

角弓

騂騂角弓❶，翩其反矣❷。兄弟昏姻❸，無胥遠矣❹。

爾之遠矣，民胥然矣。爾之教矣，民胥傚矣❺。

此令兄弟❻，綽綽有裕❼。不令兄弟，交相爲瘉❽。

民之無良❾，相怨一方❿。受爵不讓，至于己斯亡⓫。

老馬反爲駒⑫，不顧其後⑬。如食宜饇⑭，如酌孔取⑮。
毋教猱升木⑯，如塗塗附⑰。君子有徽猷⑱，小人與屬⑲。
雨雪瀌瀌⑳，見晛曰消㉑。莫肯下遺，式居婁驕㉒。
雨雪浮浮㉓，見晛曰流㉔。如蠻如髦㉕，我是用憂㉖。

注釋

❶騂騂，調和貌。角弓，以牛角裝飾之弓。

❷翩，反貌。弓不用時，則卸其弦，而向外反張。

❸昏姻，指姻親。

❹無胥遠矣，鄭《箋》：「胥，相也。骨肉之親，當相親信，無相疏遠。疏遠則以親親之望，易以成怨。」

❺爾之遠矣，民胥然矣。爾之教矣，民胥傚矣。鄭《箋》：「爾，女；女，幽王。胥，皆也。言王女不親骨肉，則天下之人皆如之。見女之教令，無善無惡，所尚者，天下之人皆學之。言上之化下，不可不慎。」

❻令，善也。

❼綽綽，毛《傳》：「寬也。」裕，饒足也。綽綽有裕，形容感情之融洽。

❽瘉，毛《傳》：「病也。」

❾無良，不善，品德不良。

❿一方，猶今語一面。呂叔湘《中國文法要略》指出古漢語「相」字偏指一方，此句意謂：以一面之理由怨人。

⓫亡，古通忘。《經義述聞》：「言但怨人之不讓己，而忘乎己之不讓人，正所謂民之無良也。」

⓬駒，六尺以下之馬，幼馬。老馬反為駒，喻老人反如兒童也。

⓭不顧其後，言其只顧眼前。

⓮宜，且也。饇，音ㄩˋ，飽也。言如食則得飽且飽。

⓯酌，挹取也。孔，甚也。言如酌酒則甚取之也。

⓰猱，音ㄋㄠˊ，獮猴也，性善升木。又王夫之《詩經稗疏》（卷二）謂猱非獮猴，引陸佃云：「猱，一名狨，輕捷善緣木，大小類猨，長尾，尾作金色，俗謂之金線狨，生川峽深山中。」

⓱塗，如塗之塗為名詞，泥土。塗附之塗為動詞，塗上。附，附著。朱熹《詩集傳》：「言小人骨肉之恩本薄，王又好讒佞以來之，是猶教猱升木；又如於泥塗之上，加以

泥塗附之也。」

⑱ 徽，美。猷，道。即良策。

⑲ 屬，連屬，依附。

⑳ 雨雪，落雪。瀌瀌，盛多貌。

㉑ 晛，音ㄒㄧㄢˋ，日氣。曰，聿，語助詞。消，謂雪消融也。

㉒ 莫肯下遺，式居婁驕，龍師宇純《絲竹軒詩說．試釋詩經式字用義》說：二語意義，不甚易知。鄭讀遺為隨，二字古聲雖近，韻則不同部韻，宜無可取。姑推「下遺」之意，謂下遺惠於民。全句謂：若不肯遺惠於民，亦幸其平居收斂驕慢之行也。

㉓ 浮浮，盛多貌。

㉔ 流，消融，消融為水而流去。

㉕ 蠻，南蠻。髦，西夷之別名。如蠻如髦，言其不知禮儀也。

㉖ 是用，是以。

詩旨

1. 《詩序》：「〈角弓〉，父兄刺幽王也。不親九族而好讒佞，骨肉相怨，故作是詩也。」《漢書．劉向傳》劉向上封事云：「幽、厲之際，朝廷不和，轉相非怨。詩人刺之曰：『民之無良，相怨一方。』」以為此詩作於幽、厲之際。
2. 季本《詩說解頤》：「周王不能以身教兄弟，而惟驕傲，以致其疏遠，君子憂之，故作是詩。」
3. 方玉潤《詩經原始》：「詩中無刺讒語，唯疏遠兄弟而親近小人，是此詩大旨。」
4. 屈萬里《詩經詮釋》：「舊以此為刺王不親九族而好讒佞，致使宗族相怨之詩。」

作法

1. 歐陽修《詩本義》：「一章言雖骨肉之親，若遇之失其道，則亦怨叛而乖離，如角弓翩然而外反矣！二章言王與骨肉如此，則下民亦將效上之所為也。三章四章遂言效上之事……。五章六章則刺王所以不親九族者，由好讒佞而被離間也。……七章八章又述骨肉相怨之言。」
2. 孫鑛《批評詩經》：「少微婉，多切直，然新意新語竟出，風骨自高妙。」

3.方玉潤《詩經原始》：「前四章，疏遠兄弟難保不相怨，而民且傚尤，體多用賦。後四章，親近小人，以至不顧其後而相殘賊，詩純用比。乃篇法變換處。中間以『民之無良』一句綰合上下。」

菀柳

有菀者柳❶，不尚息焉❷？上帝甚蹈❸，無自暱焉❹。俾予靖之❺，後予極焉❻。

有菀者柳，不尚愒焉❼？上帝甚蹈，無自瘵焉❽。俾予靖之，後予邁焉❾。

有鳥高飛，亦傅于天❿。彼人之心，于何其臻⓫？曷予靖之？居以凶矜⓬。

❶菀，音ㄩˋ，毛《傳》：「茂木也。」有菀，菀然也。又馬瑞辰據《淮南子》高誘注：「菀，枯病也。」蓋以枯柳之不可止息，興王朝之不可依倚也。

❷尚，庶幾。息，在柳樹下歇息。焉，疑問詞。言豈不庶幾可以休息乎？

❸上帝甚蹈，馬瑞辰說《一切經音義》引《韓詩》作「上帝甚陶」，陶，變也，變與動同義，言其喜怒變動無常。

❹暱，病也：《經義述聞》有說。

❺俾，使也。靖，治也。

❻極，誅也，誅，誅放之也。連上句意謂：倘使我治他之罪。後來我必遭誅放，

❼愒，音ㄑㄧˋ，毛《傳》：「息也。」

❽瘵，音ㄓㄞˋ，毛《傳》：「病也。」

❾邁，行也，放逐也。

❿傅，附也，至也。

⓫臻，至也。于何其臻，言其心將何所至乎？即其心叵測也。

⓬曷，何時也。又為何也。矜，危也。居以凶矜，言居之於凶危之地也。

詩旨

1.《詩序》：「〈菀柳〉，刺幽王也。暴虐無親，而刑罰不中，諸侯皆不欲朝，言王者之不可朝事也。」
2.吳闓生《詩義會通》：「此詩當為刺幽之作，《序》前三語得之，後二語則非。詩中並無不欲朝王及言王不可朝之義，不知作《序》者從何得此異說。此乃有功獲罪之臣，作此以自傷悼。故曰奈何使我治其事而後反窮我也。其言止于如此，諸儒泥於《序》說，咸以不願來朝釋之，都膠盩而不可通。子由、朱子最不信《小序》者，而皆篤守來朝之說，是尤可怪者也。」
3.屈萬里《詩經詮釋》：「此當是刺某兇險者之詩。」

作法

1.唐汝諤《毛詩微言》：「凶矜即上予極、予邁之意，蓋貪縱無極，則難弭；責望無已，則難塞，加禍所不免矣！」
2.牛運震《詩志》：「飛鳥借興人心奇情幻想，筆勢突兀聳拔。」「此篇用字極刻奧。」

都人士

彼都人士❶，狐裘黃黃❷。其容不改❸，出言有章❹。行歸于周❺，萬民所望。
彼都人士，臺笠緇撮❻。彼君子女，綢直如髮❼。我不見兮，我心不說❽。
彼都人士，充耳琇實❾。彼君子女，謂之尹吉❿。我不見兮，我心苑結⓫。
彼都人士，垂帶而厲⓬。彼君子女，卷髮如蠆⓭。我不見兮，言從之邁⓮。
匪伊垂之，帶則有餘；匪伊卷之，髮則有旟⓯。我不見兮，云何盱矣⓰！

注釋

❶都，都城，或指鎬京。都人士，都城之人。馬瑞辰《毛詩傳箋通釋》：「乃美士之稱。」

❷黃黃，同煌煌，明亮貌。

❸容，儀容態度。不改，不改常態。

❹章，有文采，有條理。

❺行歸于周，毛《傳》：「周，忠信也。」鄭《箋》：「于，於也。都人士所行要歸於忠信，其餘萬民寡識者咸瞻望而法傚之，又疾今之不然。」屈萬里《詩經詮釋》：「此章四句美新郎，末二句言新婦。行、歸，皆謂嫁也（行有嫁義，〈國風〉中數見）。行歸于周，言嫁於周也，朱熹《詩集傳》以周為鎬京，蓋是。」

❻臺，即〈南山有臺〉之臺，莎草也。臺笠，莎草製成之笠帽。緇，黑色之布。緇撮，黑色之布冠。

❼綢，同稠，稠密。如，其也。綢直如髮，言其髮又密又直。

❽說，同悅。

❾充耳，即瑱，用以塞耳之玉飾。琇，美玉。實，猶塞也。

❿君子女，馬瑞辰《毛詩傳箋通釋》：「詩以『都人士』與『君子女』相對成文，『君子女』，謂女有君子之行者，猶〈大雅〉『釐爾女士』。」尹吉，鄭《箋》：「吉讀為姞。尹氏，姞氏，周昏姻舊姓也。」

⓫苑結，鬱結，鬱悶。

⓬垂帶，下垂之冠帶。而，如也。厲，鄭《箋》：「厲字當作裂。」《說文》：「裂，繒餘也。」古者裂帛以續帶為飾

⓭卷，同捲。蠆，蠍子。卷髮如蠆，形容頭髮尾端像蠍子般向上捲曲。

⓮言，梅廣〈詩三百篇言字新議〉說：承上文指時間先後，相當於現代漢語「於是」。從，跟隨也。邁，行也。

⓯旟，音ㄩˊ，毛《傳》：「揚也。」有旟，旟然也。

⓰盱，通吁，嘆息。句見〈周南·卷耳〉。

詩旨

1.《詩序》：「〈都人士〉，周人刺衣服無常也。古者長民，衣服不貳，從容有常，以齊其民，則民德歸壹，傷今不復見古人也。」

2. 朱熹《詩集傳》：「亂離之後，人不復見昔日都邑之盛，人物儀容之美，而作此詩以嘆惜之也。」

3. 王先謙《詩三家義集疏》：「此詩毛氏五章，三家皆止四章。孔《疏》云：左襄十四年《傳》引此詩『行歸于周，萬民所望』二句，服虔曰：逸詩也。〈都人士〉首章有之。《禮記・緇衣》鄭注云，《毛詩》有之，三家則亡。今《韓詩》實無此首章。細味全詩。二、三、四、五章士女對文，此章單言士，並不及女，其詞不類。且首章言『出言有章』，言『行歸于周，萬民所望』，後四章無一語照應，是明明逸詩孤章。毛以首二句相類，強裝篇首。觀其取〈緇衣〉文作序亦無謂甚矣。」

4. 雒三桂、李山《詩經新注》：「……此人只能是曾被幽王廢掉太子之位的宜臼。宜臼被申侯、魯侯立為『天王』，幽王死後，與攜王有過十餘年的『并立』時期。此詩當作於晉文侯殺攜王，迎接平王返回京周之際。宜臼奔申時已經成人，所以十餘年後面容不改。在外娶的王后雖是周室婚姻舊族，但對京周人來說仍是新人。詩人稱道這一切，有對嫡太子的懷念，有對新王新后的欣喜。每章『我不見兮』，不是一種追想之辭。飽經十餘年喪亂後，受過委屈的天子歸來，懷著希望的京都之民勢必觀者如堵。『不見』之中，有著當時的情狀和人心。」

作法

1. 方玉潤《詩經原始》：「《集傳》云：『亂離之後，人不復見昔日都邑之盛，人物儀容之美，而作此詩以歎惜之。』然則此又東遷以後詩也。況曰彼都，曰歸周，明是東都人指西都而言矣！詩全篇只詠服飾之美，而其人之風度端凝，儀容秀美自見。即其人之品望優隆，與世族之華貴，亦因之而見，故曰萬民所望也。」

2. 撰者按：全詩五章章六句，後四章前四句詠服飾儀容之美，後二句言思念之深。此當是東遷亂離之後，懷念鎬京人物儀容之詩也。詩篇中有四「彼都人士」，三「彼君子女」，七彼字。四「我不見兮」，一「我心不說」，一「我心苑結」，六「我」字，比類連呼，點逗有情。

采綠

終朝采綠❶，不盈一匊❷。予髮曲局❸，薄言歸沐❹。

終朝采藍❺，不盈一襜❻。五日爲期❼，六日不詹❽。

之子于狩❾，言韔其弓❿；之子于釣，言綸之繩⓫。
其釣維何？維魴及鱮⓬。維魴及鱮，薄言觀者⓭。

注釋

❶綠，字當作菉，草名，又名王芻，可以染黃。《說文》云：「藎草也。」

❷盈，滿也。匊，同掬，捧也。

❸局，毛《傳》：「卷也，婦人夫不在則不容飾。」

❹薄言，猶「薄」，緊迫，快快地。沐，洗頭髮。歸沐，回家洗髮。

❺藍，草名，可以染藍。

❻襜，音ㄓㄢ，衣服之前襟。

❼五日為期，歸沐之期。又毛《傳》：「婦人五日一御。」《禮記・內則》：「妾未滿五十者，必與五日之御。」

❽詹，毛《傳》：「至也。」六日不詹，鄭《箋》：「五日、六日者，五月之日，六月之日也，期至五月而歸，今六月猶不至，是以憂思。」

❾之子，是子。于，動詞詞頭，于狩，在狩獵。

❿韔，音ㄔㄤˋ，裝弓箭之袋子，在此作動詞，將弓箭裝入囊內。

⓫綸，理絲。之，其。

⓬魴，音ㄈㄤˊ，鯿魚，又名赤尾魚。鱮，音ㄒㄩˋ，似魴而頭大。

⓭薄言，梅廣〈詩三百篇言字新議〉說：言是動詞，受副詞薄的修飾，其意為「匆促地說」，來不及細說，有「略舉大端」之意。《禮記・儒行》：「遽數之不能終其物」，「薄言」、「遽數」用法一律。觀者，無傳，《箋》云：觀，多也。《爾雅・釋詁下》：洋、觀、裒、眾、那，多也。郭注引《詩》「薄言觀者」為證，據此，「觀者」義為「那些多的」，也就是犖犖大者的意思。前文：「其釣維何？為魴及鱮。」接下來這兩句是補充的話：魴和鱮，是就那些多的說，其他就來不及說了。

詩旨

1.《詩序》：「〈采綠〉，刺怨曠也。幽王之時多怨曠者也。」王先謙《詩三家義集疏》：「三家義未聞。」

2.朱熹《詩集傳》：「婦人思其君子，而言終朝采綠而不盈一匊者，思念之深，不專於事也。又念其髮之曲局，於是舍之而歸沐，以待其君子之還也。」

3.方玉潤《詩經原始》：「婦人思夫，期逝不至也。幽王之時，政煩賦重，征夫久勞於外，踰時不歸，故其室思之如此。」

作法

1.陳僅《詩誦》：「〈采綠〉，予髮曲局兩句，唐詩鉛華不可棄，莫是槀砧歸所從出也。後二章追思往日形影不離情事，正不必說到今日而歸期杳然，相思不見，業已柔腸寸斷。末章單承互見，維魴及鱮疊一句，宛然數了回頭數情緒，『薄言觀者』搖漾旖旎，無限風神，真絕妙結法。千古閨情詩，此為壓卷。」

2.姚際恆《詩經通論》：「只承釣言，大有言不盡意之妙。」「單言釣，不言狩。已從簡言釣，亦只『維魴及鱮』一句，上下皆虛衍及過遞語，殆簡而又簡。」

3.撰者按：一、二章寫丈夫離家後，思婦盼歸幽怨之情，三、四章想像丈夫歸後倡隨之樂，無往而不與俱，愈見別離之苦。

黍苗

芃芃黍苗[1]，陰雨膏之[2]。悠悠南行[3]，召伯勞之[4]。

我任我輦[5]，我車我牛[6]。我行既集[7]，蓋云歸哉[8]！

我徒我御[9]，我師我旅[10]。我行既集，蓋云歸處[11]！

肅肅謝功⑫，召伯營之⑬；烈烈征師⑭，召伯成之⑮。
原隰既平⑯，泉流既清⑰。召伯有成⑱，王心則寧⑲。

❶芃芃，茂盛貌。

❷膏，潤澤，滋潤。

❸悠悠，遠也。

❹召伯，召穆公虎，周宣王時大臣。勞，慰勞。

❺我任我輦，任，載也。輦，駕也。任、輦為同義詞，皆為以車載物。

❻我車我牛，車，驅車。牛，驅牛。句謂：載我車，駕我牛。

❼集，鄭《箋》：「集猶成也。其所為南行之事既成。」

❽蓋，古通盍，何時。云，語助詞。言何時可歸也。

❾徒，徒步。御，御車。

❿師、旅，鄭《箋》：「五百人為旅，五旅為師。」王引之《經義述聞》引述經書例證駁其非，以師、旅皆為官名，旅卑於師，師又卑於正。姚際恆云：「《左傳》：君行師從，卿行旅從。則天子之卿與諸侯同，故有師旅也。」

⓫處，居也。歸處，回家安居。

⓬肅肅，嚴正之貌。謝，謝邑，申伯所封之國，在今河南信陽境。功，工也。據〈大雅．嵩高〉，宣王將「王之元舅」申伯遷封於謝，此詩反映內容，與〈嵩高〉為同一事件。

⓭營，經營。

⓮烈烈，威武貌。征，行也。師，群眾。征師，征行之群眾。

⓯成，組成之也。

⓰平，毛《傳》：「土治曰平。」

⓱清，毛《傳》：「水治曰清。」

⓲有成，經營有成。

⓳寧，安也。

詩旨

1.《詩序》：「〈黍苗〉，刺幽王也。不能膏潤天下，卿士不能行召伯之職焉。」
2.朱熹《詩集傳》：「宣王封申伯於謝，命召穆公往營城邑，故將徒役南行，而行者作此。」
3.劉玉汝《詩纘緒》：「此行者歸而作此詩。其曰我，故知為行者所作。曰歸哉、歸處，曰成之、有成，故知其歸而作。〈黍苗〉為營謝方畢而歸之詩，〈崧高〉為營謝既成，申伯出封之詩。」
4.何楷《詩經世本古義》：「謝為荊徐要衝之地，封申伯于此，則足以鎮撫南國，宣王之心則安也。」
5.王先謙《詩三家義集疏》：「三家說曰：『召伯述職，勞來諸侯也。』」
6.方玉潤《詩經原始》：「此詩明言召穆公營謝功成，士役美之之作。」

作法

1.陳僅《詩誦》：「〈黍苗〉全詩，格局嚴整。召伯南行之績，有營謝、平淮兩役。首章總挈、次章營謝、三章平淮，是分寫。四章合寫，仍分兩扇。末章總結。兩役中皆有田制水利事，因又抽出言之，於文為餘波，居然今世八股之式矣！詩中何所不有？」
2.高儕鶴《詩經圖譜慧解》：「此詩與〈崧高〉相表裏，都是因封伯而作，但〈崧高〉鋪敘宏闊，作于名公鉅賢，有台閣氣象。〈黍苗〉詞格俱簡，作于行役士庶，終屬山林氣色。故大小〈雅〉迥然不同。」
3.撰者按：全詩四言「召伯」，十用「我」字，召伯親民體恤之情，不可言喻。其言召伯者，慰勞我行役謝邑之人、營治謝邑、並且經營謝邑成之、有成，而以「王心則寧」，美其大成作結。然而召伯所以能成此大功者，又全在十「我」字之任也、輦也、車也、牛也、徒也、御也、師也、旅也、行也、集也之辛勞參與。

隰桑

隰桑有阿❶，其葉有難❷。既見君子，其樂如何？
隰桑有阿，其葉有沃❸。既見君子，云何不樂❹？

隰桑有阿，其葉有幽❺。既見君子，德音孔膠❻。
心乎愛矣，遐不謂矣❼？中心藏之❽，何日忘之？

注釋

❶隰桑，生長於低下潮濕地之桑樹。阿，朱熹《詩集傳》：「美貌。」有阿，阿然，美麗貌。

❷難，音ㄋㄨㄛˊ，茂盛貌。

❸沃，毛《傳》：「沃，柔也。」《廣雅》：「沃，美也。」

❹云何，如何。

❺幽，毛《傳》：「黑色。」馬瑞辰《毛詩傳箋通釋》：「盛貌。」

❻德音，語言。膠，語音高朗。

❼遐，胡也，何也。謂，勤也，慰勞也。

❽中心藏之，謂藏之於心中。鄭《箋》讀藏為臧：「善也。」心中善之亦通。

詩旨

1. 《詩序》：「〈隰桑〉，刺幽王也。小人在位，君子在野，思見君子，盡心以事之。」劉向《列女傳》引「既見君子，德音孔膠」云：「夫婦人以色親，以德固。」以為是婦女之作。

2. 朱熹《詩集傳》：「此喜見君子之詩……詞意大槩與〈菁莪〉相類，然所謂君子則不知其何所指矣！」

3. 屈萬里《詩經詮釋》：「此詩與鄭風風雨相似，疑亦男女相悅之辭。」

作法

1. 黃佐《詩傳通解》：「此詩前三章是屢興其見之之喜，末章是極道其愛之之誠。」

2.牛運震《詩志》：「分明是言不能盡，卻說遐不謂矣！分明是思不能忘，卻說何日忘之。搖曳含蓄，雋永纏綿。」

白華

白華菅兮❶，白茅束兮。之子之遠❷，俾我獨兮❸。
英英白雲❹，露彼菅茅❺。天步艱難❻，之子不猶❼。
滮池北流❽，浸彼稻田。嘯歌傷懷，念彼碩人❾。
樵彼桑薪❿，卬烘于煁⓫。維彼碩人，實勞我心。
鼓鐘于宮，聲聞于外。念子懆懆⓬，視我邁邁⓭。
有鶖在梁⓮，有鶴在林。維彼碩人，實勞我心。
鴛鴦在梁，戢其左翼⓯。之子無良⓰，二三其德⓱。
有扁斯石⓲，履之卑兮。之子之遠，俾我疷兮⓳。

注釋

❶白華，野菅，似茅而滑澤無毛。菅，作動詞，漚也。茅已漚謂之菅；此菅，謂漚也。

❷之子，指遠出之男子。之遠，往遠。

❸俾，使也。

❹英英，同央央，毛《傳》：「白雲貌。」

❺露，馬瑞辰《毛詩傳箋通釋》：「猶覆也。連言之則曰覆露，……『露彼菅茅』猶言覆彼菅茅，與下章『浸彼稻田』同義。」

❻天步，朱《傳》：「猶言時運。」

❼猶，可。不猶，不以我為可，即待我不好。孔《疏》引侯苞云：「天行艱難於我身，不我可也。」

❽滮池，池名，馬瑞辰《毛詩傳箋通釋》說在豐、鎬之間。

❾ 碩人，亦指遠出之男子言。
❿ 樵，採取。
⓫ 卬，我。烘，燎。煁，竈。
⓬ 懆懆，憂愁不安貌。
⓭ 邁邁，毛《傳》：「不說（悅）也。」又《釋文》引《韓詩》作怖，云：「意不說好也。」《說文》亦作怖，云：「恨怒也。」
⓮ 鶖，禿鶖。狀如鶴而大，長頸，赤目，好啗蛇。
⓯ 戢，收斂。
⓰ 無良，不善，品德不良。
⓱ 二三其德，三心二意。句見〈衛風．氓〉。
⓲ 扁，薄也。有扁，扁然。《周禮．春官隸僕》：「王行，洗乘石。」鄭司農云：「乘石，王所登上車之石也。《詩》云：『有扁斯石，履之卑兮。』謂上車所登之石。」
⓳ 疷，音ㄑㄧˊ，毛《傳》：「病也。」

詩旨

1.《詩序》：「〈白華〉，周人刺幽后也。幽王取申女以為后，又得褒姒而黜申后。故下國化之，以妾為妻，以孽代宗，而王弗能治，周人為之作是詩也。」三家《詩》無異義。
2. 朱熹〈詩序辨說〉：「此事有據，《序》蓋得之。但幽后字誤，當為申后刺幽王也。」《詩集傳》：「幽王娶申女以為后，又得褒姒而黜申后，故申后作此詩。」
3. 屈萬里《詩經詮釋》：「此蓋男子棄家遠遊，而婦人念之之詩。」

作法

1. 牛運震《詩志》：「比物連類，旁引曲喻，哀而不傷，怨而不怒。幽怨苦思，卻出之以閒細，而歸之於和厚。短調八摺，故自有遠神。」
2. 姚際恆《詩經通論》：「此詩八章，凡八比，甚奇。」
3. 方玉潤《詩經原始》：「全詩先比後賦，章法似複，然實創格。」
4. 撰者按：全詩八章，一、二句興語不重複，憂怨至極，取喻繁多。後二句賦語重複，點明本意。三言「碩人」，四言「之子」，五用「我」字。其言「碩人」者，思而念之也。其言「之子」者，遠棄、無良、不若昔日之相好也。其言「我」者，使我孤獨，視我不悅、心為之憂勞，使我病痛。「之子」與「我」形成對比。

緜蠻

緜蠻黃鳥❶，止于丘阿❷。道之云遠❸，我勞如何！飲之食之，教之誨之。命彼後車❹，謂之載之❺。

緜蠻黃鳥，止于丘隅❻。豈敢憚行❼？畏不能趨❽。飲之食之，教之誨之。命彼後車，謂之載之。

緜蠻黃鳥，止于丘側。豈敢憚行？畏不能極❾。飲之食之，教之誨之。命彼後車，謂之載之。

注釋

❶緜蠻，小鳥貌。又馬瑞辰《毛詩傳箋通釋》：「蓋文采緜密之貌。」

❷阿，山之彎曲處。

❸云，語助詞。

❹後車，副車。

❺謂，使。以上四句，乃行役者希冀其長官如此遇己也。

❻隅，角也。

❼憚，害怕。

❽趨，疾行。

❾極，至也，謂到達目的地也。

詩旨

1.《詩序》：「〈緜蠻〉，微臣刺亂也。大臣不用仁心，遺忘微賤，不肯飲食教載之，故作是詩也。」《魯詩》與《毛序》意同。
2.朱熹《詩集傳》：「此微賤勞苦，而思有所託者，為鳥言以自比也。」
3.方玉潤《詩經原始》：「〈緜蠻〉，王者加惠遠方人士也。」
4.屈萬里《詩經詮釋》：「此微臣苦於行役之詩。」

作法

1.王靜芝《詩經詮釋》：「言彼緜蠻之黃鳥，止息於丘之曲處矣。因以聯想如我微臣，行役甚苦，止息於路矣。我之行役，道途甚遠，是何等勞苦！但此時帥者，飲我以水，食我以物，教誨我如何行彼艱難之路，渡彼深闊之水。我已無力前進矣，彼帥我者，命彼副車，告之載我而行。遇我之厚，至足感也。」
2.撰者按：全詩採用AAA曲式，前四句為小臣行役勞苦之詞，情緒低沉；後四句為副歌，或為小臣內心之期望之詞，程俊英《詩經注析》則以為是一位大臣回答征夫時的對唱。

瓠葉

幡幡瓠葉❶，采之亨之❷。君子有酒，酌言嘗之❸。
有兔斯首❹，炮之燔之❺。君子有酒，酌言獻之❻。
有兔斯首，燔之炙之❼。君子有酒，酌言酢之❽。
有兔斯首，燔之炮之。君子有酒，酌言醻之❾。

注釋

❶ 幡幡，義同翻翻，葉子舞動貌。

❷ 亨，通烹，烹煮。

❸ 言，連詞，猶「而」。酌言嘗之，謂酌而嘗之也。

❹ 斯，鄭《箋》：「斯，白也，今俗語斯白之字作鮮，齊魯之間聲近斯，有兔白首者，兔之小者也。」又王肅、孫毓以「斯」為語詞，一兔頭，猶云一頭兔。朱熹《詩集傳》：「有兔斯首，一兔也。猶數魚以尾也。」

❺ 炮，音ㄆㄠˊ，裹泥而燒之。燔，音ㄈㄢˊ，燒，放在火上燒烤。

❻ 獻，飲酒之禮，主人始酌酒敬賓曰獻。

❼ 炙，將肉串起，放在火上烤，即烤肉。

❽ 酢，飲酒之禮，賓客接受主人獻酒後，乃斟酒以回敬主人，稱之為酢。

❾ 醻，飲酒之禮，由主人酌酒獻賓，賓酢主人，主人又酌而自飲，然後又酌酒以飲賓客，稱之為醻。

詩旨

1.《詩序》：「〈瓠葉〉，大夫刺幽王也。上棄禮而不能行，雖有牲牢饔餼不肯用也。故思古之人不以微薄廢禮焉。」王先謙《詩三家義集疏》：「三家義未聞。」

2.朱熹《詩序辨說》：「《序》說非是，此亦燕飲之詩。」

3.胡承珙《毛詩後箋》：「《左傳．昭元年》趙孟賦〈瓠葉〉，穆叔知其欲一獻，則此詩是一獻之禮。禮有獻、有酢、有酬，而後一獻之禮終，與詩中所言正合。古者士禮一獻，〈士冠禮〉注雖云一獻之禮有薦有俎，其牲未聞。然〈既夕〉注云：『士臘用兔』，詩三章皆言『兔首』，又焉知非士禮，而必以為庶人之禮乎？」

4.方玉潤《詩經原始》：「大抵古人燕賓，情真而意摯，不以豐備而寡情，亦不以微薄而廢禮。瓠葉、兔首固不必拘，然總是微薄意。」

作法

1. 姚舜牧《重訂詩經疑問》：「瓠葉之采亨，兔首之燔炙，可謂薄矣！而情由此達，禮由此行，君子不以為簡。傳曰：苟有明信，澗溪沼沚之毛，可羞于王公。易曰：『二簋可用享』，此之謂也。」
2. 高儕鶴《詩經圖譜慧解》：「菹不必佳蔬，餚不必異饌。會疏有禮勤，物薄而情厚，真德實意於是乎可驗。故即一瓠葉必獻，一兔首必獻，情意何等厚也！」
3. 撰者按：全詩四章複沓，用賦法，首章賦瓠葉，後三章賦首兔，以此二菜勾畫出宴席簡約。每章後二句，改動一字，嘗、獻、酢、醻四字，井然有序寫出宴飲依禮而行之歡樂場面。

漸漸之石

漸漸之石❶，維其高矣。山川悠遠❷，維其勞矣。武人東征，不皇朝矣❸。

漸漸之石，維其卒矣❹。山川悠遠，曷其沒矣❺？武人東征，不皇出矣❻。

有豕白蹢❼，烝涉波矣❽。月離于畢❾，俾滂沱矣❿。武人東征，不皇他矣⓫。

注釋

❶漸漸，同嶄嶄，毛《傳》：「山石高峻貌。」

❷悠遠，遙遠。

❸皇，通遑，空暇。

❹卒，通崒，高聳。

❺曷，何時。沒，盡也。曷其沒矣，何時能夠行盡此悠遠之山川。

❻出，出外。事繁，故不暇出也。

❼有豕白蹢，毛《傳》：「豕，豬也。蹢，蹄也。」龍師宇純《絲竹軒詩說．讀詩雜記》說「豕」原當作「亥」，本義為牡豕之名。

❽烝，發語詞。涉波，猶言涉水。

❾離，罹也，遭遇也。畢，畢星，二十八星宿中之畢宿。

❿滂沱，大雨貌。連上句意謂：月行遭遇畢星，將有滂沱大雨也。蓋古俗有此說，言此以明行役之苦。

⓫他，他事。

詩旨

1.《詩序》：「〈漸漸之石〉，下國刺幽王也。戎狄叛之，荊舒不至，乃命將率東征，役久病於外，故作是詩也。」《左傳》：「幽王為太室之盟，戎狄叛之。」《詩序》之說應可信。

2.朱熹《詩序辨說》：「《序》得詩意，但不知果為何時耳。」《詩集傳》：「將率出征，經歷險遠，不堪勞苦，而作此詩也。」

作法

1.方玉潤《詩經原始》：此必當日實事。月離畢而大雨滂沱，雖負塗曳泥之家，亦烝然涉波而逝，則人民之被水災而幾為魚鱉者可知，即武人之露體塗足，冒險東征，而不遑他顧者更可見。四句只須倒說，則文理自順，情景亦真。詩人造句結體與文家迥異，不可以辭而害意也。

2.撰者按：全詩三章，用賦法，時間、景物、事件連續銜接緊密，一層深似一層，情與景合，寫出將士出征之怨苦。

苕之華

苕之華❶，芸其黃矣❷。心之憂矣，維其傷矣。

苕之華，其葉青青❸。知我如此，不如無生。

牂羊墳首❹，三星在罶❺。人可以食，鮮可以飽❻。

注釋

❶苕，音ㄊㄧㄠˊ，草名，又名淩苕、淩霄，即紫葳。華，花。

❷芸，紛紜，眾多。王引之《經義述聞》說：芸其黃矣，言其盛非言其衰。詩人之起興，往往感物之盛而歎人之衰。

❸青青，茂盛貌。

❹牂，音ㄗㄤ，牂羊，牝羊。墳，大也。朱熹《詩集傳》：「羊瘠則首大。」

❺三星，參宿。罶，音ㄌㄧㄡˇ，曲梁，捕魚之器具，以曲薄為笱，承梁之空者。朱熹《詩集傳》：「罶中無魚而水靜，但見三星之光而已。」

❻鮮，少也。言人雖有食可食，然可以飽者鮮也。

詩旨

1. 《詩序》：「〈苕之華〉，大夫閔時也。幽王之時，西戎、東夷交侵中國，師旅並起，因之以饑饉。君子閔周室之將亡，傷己逢之，故作是詩也。」
2. 朱熹《詩集傳》：「詩人自以身逢周室之衰，如苕附物而生，雖榮不久，故以為比，而自言其心之憂傷也。」
3. 季本《詩說解頤》：「喪亂之餘，百物凋耗，君子不忍見之。」

作法

1. 鄒泉《詩經折衷》：「首二章言衰世難久存，而深致其感；末章言百物皆凋耗，而不聊其生，見其不能久存也。」
2. 范家相《詩瀋》：「牂羊墳首，野無青草之故；三星在罶，水無魚鱉，可知生意盡矣！」
3. 王照圓《詩說》：「舉一羊而陸物之蕭索可知；舉一魚，而水物之凋耗可想。」「人可以食，食人也。鮮可以飽，人瘦也，此言絕痛。」

何草不黃

何草不黃❶？何日不行？何人不將❷？經營四方。
何草不玄❸？何人不矜❹？哀我征夫❺，獨爲匪民❻。
匪兕匪虎❼，率彼曠野❽。哀我征夫，朝夕不暇！
有芃者狐❾，率彼幽草❿。有棧之車⓫，行彼周道。

注釋

❶黃，枯黃。草皆黃，蓋初冬時也。
❷將，行也，行軍。義見〈周頌・敬之〉毛《傳》。
❸玄，馬瑞辰《毛詩傳箋通釋》：「與黃同義。《爾雅・釋詁》：『玄黃，病也。』馬病謂之玄黃，草病亦謂之玄黃，其義一也。」
❹矜，讀為鰥，《經義述聞》：「爾雅：『鰥，病也。』」
❺哀，可憐。
❻匪，非也，匪民，不是人，即言人如牛馬一般沒兩樣。
❼匪，彼。兕，犀牛。
❽率，循也；循，行也。曠野，空曠之原野。連上句意謂：彼兕虎獸類，尚得行於曠野，意謂其閒適也。
❾有芃，芃然，芃芃，草盛貌。此借以形容狐毛之豐也。
❿幽，深也。
⓫棧，馬瑞辰《毛詩傳箋通釋》說：車高之貌。有棧，棧然也。

詩旨

1.《詩序》：「〈何草不黃〉，下國刺幽王也。四夷交侵，中國背叛，用兵不息，視民如禽獸。君子憂之，故作是詩也。」

2. 朱熹《詩集傳》：「周室將亡，征役不息，行者苦之，故作此詩。」

3. 裴普賢《詩經評註讀本》：「這是人民怨訴兵役之苦的詩。征夫遠離鄉井，奔走四方，朝夕不暇，眼見野獸的閒適自在，而有人不如獸之感。」

作法

1. 方玉潤《詩經原始》：「蓋怨之至也！周衰至此，其亡豈能久待？編詩者以此殿〈小雅〉之終，亦《易》卦純陰之象。」「純是一種陰幽荒涼景象，寫來可畏，所謂『亡國之音哀以思』也，詩境至此，窮仄極矣！」

2. 撰者按：一二章以草色起興，言草木凋零，行役之勞苦；三四章以兕虎、狐貍起興，言身非野獸，卻竟日奔波於曠野中。五「何」字句，責難至極，三「匪」字句，嗟嘆尤深。「哀」、「獨」字更見怨懟之悲切矣！

大雅

文王之什

生民之什

蕩之什

文王之什

文王

文王在上[1]，於昭于天[2]。周雖舊邦[3]，其命維新[4]。有周不顯[5]，帝命不時[6]。文王陟降[7]，在帝左右[8]。

亹亹文王[9]，令聞不已[10]。陳錫哉周[11]，侯文王孫子[12]。文王孫子，本支百世[13]。凡周之士[14]，不顯亦世[15]。

世之不顯，厥猶翼翼[16]。思皇多士[17]，生此王國。王國克生[18]，維周之楨[19]。濟濟多士[20]，文王以寧。

穆穆文王[21]，於緝熙敬止[22]。假哉天命[23]，有商孫子[24]。商之孫子，其麗不億[25]。上帝既命，侯于周服[26]。

侯服于周，天命靡常[27]。殷士膚敏[28]，祼將于京[29]。厥作祼將[30]，常服黼冔[31]。王之藎臣[32]，無念爾祖[33]。

無念爾祖，聿脩厥德[34]。永言配命[35]，自求多福。殷之未喪師[36]，克配上帝[37]。宜鑒于殷[38]，駿命不易[39]。

命之不易，無遏爾躬[40]。宣昭義問[41]，有虞殷自天[42]。上天之載[43]，無聲無臭[44]。儀刑文王[45]，萬邦作孚[46]。

❶文王，即姬昌。史載周人自姬昌開始稱王，後世周人以之為周族受天命之始。在上，在天上。

❷於，音ㄨ，感嘆詞。昭，昭顯。

❸舊邦，周太王遷於岐下，立國於周，已非常久遠，故稱舊邦。

❹命，天命。其命維新，周受天命為天子以取代商，是新近之事，故曰其命維新。

❺有，語助詞。不，音ㄆㄧ，同丕，大。

❻帝命，上天命周代殷之命。時，是，一說善。

❼陟，升也，升於天。降，下也，降於地。王國維〈與友人論詩書中成語書〉：「古人言陟降，猶今人言往來，不必兼陟與降二義。」

❽左右，身旁。在帝左右，不離開上帝之身邊。

❾亹亹，音ㄨㄟˇ，黽勉也。

❿令聞，美譽。不已，無盡。

⓫陳錫哉周，馬瑞辰《毛詩傳箋通釋》：「陳錫，即申錫之假借。申，重也。重錫，言錫之多。」哉，古通在，於也：于省吾說。

⓬侯，維也，乃也。維字其始只寫作「隹」，隸書隹字與侯字形似：詳參龍師宇純《絲竹軒詩說．試說詩經的虛字侯》。孫子，子孫。連上句意謂：文王重賜於周者，維其子孫也。

⓭本，根本，宗子。支，枝，庶子。本支百世，指其大宗及支庶昌繁，百世不絕。

⓮士，指周王朝異姓之臣。

⓯不，丕，不顯，大顯。亦世，讀為奕世，即永世累世。

⓰厥，其。猶，同猷，謀畫。翼翼，恭敬謹慎貌。

⓱思，語助詞。皇，煌，美盛貌。

⓲克，能夠。

⓳楨，棟樑。

⓴濟濟，眾多貌。

㉑穆穆，美也。

㉒於，感嘆詞。緝熙，光明。戴震《毛鄭詩考正》：「緝熙者，但言繼續不絕而已。」止，之矣合音，《正義》：「明有緝熙之德者敬之，故言敬其光明之德。」敬之下有一代詞。說詳龍師宇純〈析詩經止字用義〉。

㉓假，大也。

㉔有，保有，擁有。有商孫子，商之子孫皆臣屬於周。

㉕麗，數目。不，語助詞。其麗不億，其數目不止一億，非常多。

㉖侯，維也。侯服于周，言維周是服也

㉗靡常，無常。天命靡常，天命無常，不專私於一家一姓。

㉘殷士，殷商之舊臣，一說為殷商之後人，臣服於周之殷商貴族。膚，美也。敏，疾也。于省吾《詩經新證》釋為勤勉。此形容下文之祼將。

㉙祼，音ㄍㄨㄢˋ，古代之一種祭禮，以鬯酒獻尸，尸受祭酒灌於地以降神。將，進、獻也，指進酒。京，周之京師。

㉚厥，其，指殷士。作，行。厥作祼將，他們行祼祭之禮。

㉛黼，音ㄈㄨˇ，黼裳，繡有黑白相間黼形花紋之禮服。冔，音ㄒㄩˇ，殷冠，商朝貴族所戴之禮帽。常服黼冔，指周人寬大，不令殷人改其冠服。

㉜藎，音ㄐㄧㄣˋ，藎臣，忠臣。

㉝無念，勿念。

㉞聿，發語詞。聿修厥德，言但修其德。

㉟永，永久。言，語助詞。配命，與天命相合。王國維〈與友人論詩書中成語書〉：「配命，謂天所畀之命，亦一成語。永言配命，猶云永我畀命，非我長配天命之謂也。」

㊱師，眾也。喪師，喪失民心，指紂王之失天下。

㊲克，能也。配，合也。

㊳鑒，鏡，鑑鏡。

㊴駿，大。駿命，大命也，即天命。易，容易。

㊵無，勿。遏，絕。躬，身。無遏爾躬，勿當爾身而遏絕此天命。

㊶宣昭，明顯。義，善。問，通聞。義問，美好之名聲。

㊷有，又。虞，慮。自，於。言又憂慮殷人自天更得天命也。

㊸載，在也。

㊹臭，味也。連上句意謂：雖聽之不聞，臭之無味，但上天自在，不能不謹也。

㊺儀，式也。刑，法也。

㊻萬邦作孚，甲骨文以乍為則；作，從乍，亦當與則通。孚，信也。言萬邦則信孚於周也。

詩旨

1.《詩序》：「〈文王〉，文王受命作周也。」鄭《箋》：「受天命而王天下，制立周邦。」王先謙則據今文家說，以為「文王受命」是指受天命而稱王。

2.朱熹《詩集傳》：「周公追述文王之德，明周家所以受命而代商者，皆由於此，以戒成王。」

3.程俊英《詩經注析》：「追述周文王德業，並告誡殷商舊臣的詩。」

作法

1. 賀貽孫《詩觸》說：「中間監殷一段，乃就法文王中生出議論波瀾。……通篇以『儀刑文王』為主，儀刑文王，即所以配命，命者，天人之通也。……『天命靡常』一句，最為警惕。」
2. 方玉潤《詩經原始》：「曹詩（〈贈白馬王彪〉）只起落處相承，此則中間換韻，亦相承不斷，詩格尤奇。」
3. 撰者按：《書大傳》：「……文王受命，一年斷虞芮之訟，二年伐邘，三年伐密須，四年伐戎夷，五年伐耆，六年伐崇，七年而崩……」全詩歌頌文王受天命而王天下，制立周邦，詩中多次提及「天」、「上帝」、「天命」呈現周人君權神授，受命稱王，天命無常，唯德是輔，敘寫天人之際，商周興亡隆替之道，期望周之君王諸侯及殷商歸周諸臣記取殷亡教訓，效法文王順應天命，施行德政。

大明

明明在下❶，赫赫在上❷。天難忱斯❸，不易維王❹。天位殷適❺，使不挾四方❻。

摯仲氏任❼，自彼殷商❽；來嫁于周，曰嬪于京❾。乃及王季❿，維德之行⓫。大任有身⓬，生此文王。

維此文王，小心翼翼⓭。昭事上帝⓮，聿懷多福⓯。厥德不回⓰，以受方國⓱。

天監在下⓲，有命既集⓳。文王初載⓴，天作之合㉑。在洽之陽㉒，在渭之涘㉓。文王嘉止㉔，大邦有子㉕。

大邦有子，俔天之妹㉖。文定厥祥㉗，親迎于渭。造舟爲梁㉘，不顯其光㉙。

有命自天，命此文王。于周于京，纘女維莘㉚。長子維行㉛，篤生武王㉜。保右命爾㉝，燮伐大商㉞。

殷商之旅㉟，其會如林㊱。矢于牧野㊲：「維予侯興㊳。上帝臨女㊴，無貳爾心㊵！」

牧野洋洋[41]，檀車煌煌[42]，駟騵彭彭[43]。維師尚父[44]，時維鷹揚[45]；涼彼武王[46]，肆伐大商[47]，會朝清明[48]。

❶明明，光明昭顯貌。在下，指人間。

❷赫赫，顯赫威嚴貌。在上，指天上。兩句言文王及武王之神昭顯。

❸忱，信賴。斯，語助詞。

❹不易維王，言王業不容易。

❺位，于省吾《詩經新證》：「位、立古同字。金文位字皆作立。」適，于省吾《詩經新證》：「適、敵聲同古通。古無舌上，故讀適如敵。……言天立殷敵，使不能挾有四方也。」

❻挾，達，擁有。四方，天下。馬瑞辰《毛詩傳箋通釋》說：古者謂不得嗣王位為不達於四方。

❼摯，殷畿內國名，朱右曾《詩地理徵》云：「《郡國志》注曰：汝南平輿有摯亭，見《說文》。」平輿，今河南汝南縣，為任姓之諸侯國。仲，指次女。任，姓氏。摯仲氏任，即太任，文王之母。

❽自，來自。摯國之後裔，為殷商之臣子，故說太任自彼殷商。

❾曰，發語詞。嬪，婦，在此作動詞，即嫁。京，周京。

❿王季，太王之子，文王之父。

⓫之，是也。行，列也，猶言齊等：朱彬《經傳考證》說。

⓬有身，有孕，懷孕。

⓭翼翼，恭敬謹慎貌。

⓮昭，光明，誠心誠意之意。事，服事、侍奉。

⓯聿，發語詞。懷，來也，猶今語保持也。

⓰厥，其也。回，邪也。

⓱受，承受，謂保有也。方國，鄭《箋》：「四方來附者。」

⓲監，視也。

⓳集，至也，落到。《尚書．君奭》：「『其集大命于厥躬。』集，謂落到……上也，此言天命已落到文王身上。」

⓴載，始也。

㉑合，匹配，婚配。

㉒洽，水名，即郃水。陽，河之北岸。漢有郃陽城，蓋因此詩立名，故地在今陝西大荔縣，古莘國在焉。馬瑞辰、朱右曾並有說。

㉓渭，水名，渭水，黃河最大之支流，於潼關流入黃河。

涘，水邊。連上句意謂：在郃水之陽之有莘之女，與在渭水之濱之周文王結成佳偶。

㉔文王嘉止，鄭《箋》：「文王聞大姒之賢，則美之曰，大邦有子女，可以為妃，乃求昏。」龍師宇純〈析詩經止字用義〉說《箋》義蓋以止為之，後人說詩類有此意。但《詩經》中既不見有用止為之的確切例證，另一方面，朱熹訓嘉為婚禮，懷疑「文王嘉止」是「文王嘉之矣」，以嘉為不及物動詞，「嘉止」便是說到了該成婚的時候。

㉕大邦，指莘國。子，女子，指太似。以上二語為倒裝文法，言大邦有女，文王嘉美之也。

㉖俔，音ㄒㄧㄢˋ，《說文》：「譬喻也。」妹，俞樾《毛詩平議》說：即《周易》歸妹之妹，少女也。俔天之妹，言就像天仙。

㉗文定，訂婚。朱熹《詩集傳》：「文，禮；祥，吉也。言卜得吉，而納幣之禮定其祥也。」

㉘梁，橋也。造舟為梁，指連船為浮橋。

㉙不顯，丕顯，光，榮光，光彩。

㉚纘，馬瑞辰《毛詩傳箋通釋》說通纘，纘，好也。莘，國名，在今陝西郃陽縣一帶，姒姓之諸侯國。

㉛長子，指文王。行，齊等。

㉜篤，發語詞。

㉝右，助也。爾，語助詞，一說指武王。

㉞毛《傳》：「燮，和也。」清儒多以燮、襲雙聲，燮伐即襲伐之假借。

㉟旅，眾也。

㊱會，聚也。如林，形容非常多。

㊲矢，誓也，誓師。牧野，殷都朝歌郊外地名，在今河南淇縣一帶。

㊳維，發語詞。予，我，指周武王。侯，乃。興，興起。

㊴臨，監臨。女，同汝。

㊵無，勿。貳心，變心。

㊶洋洋，廣大貌。

㊷檀車，用檀木製造之兵車。煌煌，鮮明貌。

㊸騵，赤身黑尾白腹之馬。彭彭，強壯貌，一說為馬奔跑之聲。

㊹師，太師。尚父，姜太公呂望號也。

㊺時，是也。鷹揚，如鷹之飛揚，形容其勇猛。

㊻涼，毛《傳》：「佐也。」

㊼肆，《魯詩》肆作襲，毛《傳》：「疾也。」鄭《箋》：「故今也。」按係「故即」之誤，為複合連詞。此處或應與前「燮伐大商」同義。

㊽會，毛《傳》：「甲也。」會、甲雙聲，會朝，即甲朝，甲日這天早晨，與《楚辭．哀郢》「甲之鼂（朝）吾以行」之「甲之鼂」意同。清明，天氣晴朗。

詩旨

1.《詩序》：「〈大明〉，文王有明德，故天復命武王也。」

2.方玉潤《詩經原始》：「追述周德之盛，由於配偶天成也。蓋周家奕世積功累仁，人悉知之，所奇者，歷代夫婦皆有盛德，以相輔助，並生聖嗣，所以為異。」

作法

1.輔廣《詩童子問》：「君有明德，則天有明命。有王季、文王，則有大任、大姒；有王季、大任，則有文王；有文王、大姒，則有武王；有武王之君，則有太公之臣。讀〈大明〉之詩，則當知天人、夫婦、父子、君臣之際；安危、治亂、廢興、存亡之機。如影響形聲之相似，皆非偶然也。」

2.范家相《詩瀋》：「自首章以下，接言太任太姒者，唯聖父聖母乃生聖子。有是聖德，又有是聖配。妃匹之際，生民之始，莫非天也。」

3.撰者按：全詩共八章，奇數章章六句，偶數章章八句，相間編排，且偶數章末句與奇數章首句上遞下接，首尾蟬聯。全詩內容分三部分：首章為第一部分寫皇天無親，唯德是輔，滅商乃上帝之意。二—六章為第二部分，寫王季、文王行德事，拒邪僻，天賜美滿姻緣。七—八章為第三部分，寫武王牧野之戰推翻商朝。全文內容豐富，規模宏大壯闊，是篇珍貴之周人伐商詩史，為《史記．周本紀》之張本。

緜

緜緜瓜瓞[1]。民之初生[2]，自土沮漆[3]。古公亶父[4]，陶復陶穴[5]，未有家室。

古公亶父，來朝走馬[6]，率西水滸[7]，至于岐下[8]。爰及姜女[9]，聿來胥宇[10]。

周原膴膴[11]，堇荼如飴[12]。爰始爰謀[13]，爰契我龜[14]。曰止曰時[15]，築室于茲。

迺慰迺止[16]，迺左迺右[17]；迺疆迺理[18]，迺宣迺畝[19]。自西徂東[20]，周爰執事[21]。

乃召司空㉒，乃召司徒㉓，俾立室家。其繩則直㉔，縮版以載㉕，作廟翼翼㉖。

捄之陾陾㉗，度之薨薨㉘，築之登登㉙，削屢馮馮㉚。百堵皆興，鼛鼓弗勝㉛。

迺立皐門㉜，皐門有伉㉝；迺立應門㉞，應門將將㉟。迺立冢土㊱，戎醜攸行㊲。

肆不殄厥慍㊳，亦不隕厥問㊴。柞棫拔矣㊵，行道兌矣㊶。混夷駾矣㊷，維其喙矣㊸。

虞芮質厥成㊹，文王蹶厥生㊺。予曰有疏附㊻，予曰有先後㊼，予曰有奔奏㊽，予曰有禦侮㊾。

注釋

❶緜緜，毛《傳》：「不絕貌。」瓞，音ㄉㄧㄝˊ，小瓜。瓜瓞，即大瓜小瓜相聯。

❷民，毛《傳》：「周民也。」民之初生，生民之始，周人之先世，指公劉。

❸自土沮漆，太王遷岐路線從豳（邠）→土（杜）→漆→沮→梁山→岐山，周室初造之時，始居沮漆二水之地。屈萬里《詩經詮釋》：「此當是古之漆沮水，非古漆水也。《詩經世本古義》（卷十九）〈緜〉之篇引《闞駰十三州志》云：『漆水，出漆縣西北岐山，東入渭。』則漆水在杜水之西南，水出岐山之下，即周地之水也。邠在杜水左近。此言太公自邠之杜水，西南遷至漆水流域（亦即岐下）也。《說文》：『漆水，出右扶風杜陵岐山，東入渭。』《史記・周本紀》正義引《括地志》云：『豳州新平縣，即漢漆縣也。漆水，在岐州普潤縣東岐山漆溪，東入渭。』」

❹古公亶父，古公是號，亶父是字，即周太王，文王之祖父。初居於豳，為避狄人侵擾，遷於岐山之下，定國號為周，武王時，尊稱為太王。

❺陶，掏，挖掘。復，同覆，洞穴。于省吾《詩經新證》：「逕直而簡易者曰穴，複出而多歧者曰復。」古人穴居故云。

❻朝，早也。來朝，早來。走馬，屈萬里《詩經詮釋》：「以馬負物而人徒步以隨之，蓋非乘馬也。」

❼率，循，沿著。滸，水邊。西水滸，豳西漆水之岸邊。

❽岐下，岐山之下，岐山，在今陝西岐山縣。

❾姜女，姜姓之女，指太王之妃太姜。

❿聿，發語詞。胥，相。龍師宇純〈詩經胥字析義〉說古書

中並無非訓視不可的胥字，胥宇，可以說為「共處」，不可以說為「相宅」。

⑪ 原，高平之地。周原，周地之平原，指岐山下之土地。膴膴，土地肥美貌。

⑫ 堇，菜名，又稱為烏頭。荼，苦菜。飴，餳之屬，今謂之糖漿。

⑬ 爰，乃，於是。爰始爰謀，開始謀畫。

⑭ 契，刻也。爰契我龜，刻龜甲為橢圓形之小孔，然後以火燒之，從龜甲之裂痕以占卜吉凶。

⑮ 曰，語助詞。時，馬瑞辰《毛詩傳箋通釋》引王引之《經義述聞》之說：「時，亦止也，古人自有複語耳。……『曰止曰時』猶言『爰居爰處』也。」曰止曰時，言龜卜之兆，以為可以止居於此。

⑯ 迺，同乃。慰，毛《傳》：「安也。」《方言》、《廣雅》：「居也。」

⑰ 迺左迺右，乃有居左者居右者也。

⑱ 疆、理，朱熹《詩集傳》：「疆，謂畫其大界；理，別其條理。」〈小雅．信南山〉朱熹《詩集傳》：「疆者，為其大界。理者，定其溝塗。」

⑲ 宣，馬瑞辰《毛詩傳箋通釋》：「以耜發田之謂。」戴震《毛鄭詩考正》：「畝，謂因水地之宜而畝之。」

⑳ 徂，往也。

㉑ 周，朱熹《詩集傳》：「偏也。」到處、普遍。執事，做事。連上句意謂：周人自西循水滸而來，至岐下乃各執其所創業之事。

㉒ 司空，官名，掌管營建之事。

㉓ 司徒，官名，掌管徒役之事。

㉔ 其繩則直，以繩度之而直。古代建築房室時，以繩測度地基是否平直。

㉕ 縮版，以繩捆縮築牆之版。載，讀為栽，築牆之長板。以載，樹立築牆之長板。

㉖ 翼翼，朱熹《詩集傳》：「嚴正也。」

㉗ 捄，音ㄐㄩˊ，《說文》：「盛土於梩也。」梩，運土之車也。陾陾，音ㄖㄥˊ，鏟土之聲音。

㉘ 度，投也，投土於版。薨薨，填土之聲音。

㉙ 築，以杵搗土使其堅實。登登，搗土之聲音。

㉚ 削，削去。屢，馬瑞辰《毛詩傳箋通釋》以為即婁。婁、隆雙聲，屢即隆起。此指隆起之土牆。馮馮，音ㄆㄧㄥˊ，削牆之聲音。

㉛ 鼛，音ㄍㄠ，大鼓。《周禮．地官．鼓人》：「掌教六鼓四金之聲音，……以鼛鼓之役事。」言擊鼓以動眾，而赴工者多，鼓不勝擊也。

㉜ 皋門，毛《傳》：「王之郭門曰皋門。」即城門。

㉝ 伉，毛《傳》：「高貌。」有伉，伉然。

㉞ 應門，鄭《箋》：「朝門曰應門。」即王宮之正門。

㉟ 將將，嚴正貌。又《文選．七發注》：「將將，高貌也。」

㊱ 冢，大。土，社，土神。冢土，即大社，祭祀土神之地。

《禮記．祭禮》：「王為群姓立社曰大社，王自為立社曰王社。」

㊲戎，西戎。醜，惡類。戎醜，戎狄醜虜，指混夷。攸，因而。行，離去。

㊳肆，發語詞。殄，絕。厥，其，指混夷。慍，憤怒。

㊴隕，墜落。問，恤問。連上句意謂：雖不能息絕混夷之怒，但亦不失墜對混夷之恤問，此即孟子所謂文王事混夷也。

㊵柞，櫟樹。棫，白桵，與柞皆叢生灌木，皆有刺。拔，拔去。

㊶兌，通達，通暢。

㊷混夷，即昆夷，鬼方，西北之犬戎。駾，音ㄊㄨㄟˋ，驚走突奔貌。

㊸喙，疲勞困倦。

㊹虞，國名，在今山西解縣。芮，國名，在今陝西芮城縣。質，質正。成，平，平息爭端。虞芮質厥成，虞、芮爭田，往求質正於周，入周之境，見周人皆有禮讓之亍，乃慚而還，因而平息其爭端。

㊺蹶，感動。生，古通性。馬瑞辰《毛詩傳箋通釋》：「言文王有以感動其性也。」

㊻予，詩人自謂也。疏附，疏遠者來親附。

㊼先後，先親附者率導後來者親附。

㊽奏，一作走。奔奏，指奔走侍奉之臣。

㊾禦侮，抵禦外侮之臣。

詩旨

1. 《詩序》：「〈緜〉，文王之興，本由大王也。」
2. 朱熹《詩集傳》：「此亦周公戒成王之詩。追述太王始遷岐周以開王業，而文王因之以受天命也。」
3. 方玉潤《詩經原始》：「此詩以地利言，……凡屬宗廟社稷，莫不制畫昭然，使非去邠踰梁，何以臣服戎狄？故地利之美者地足以王，是則〈緜〉詩之旨耳。」

作法

1. 陳櫟《讀詩記》：「王跡肇基於大王，而王業漸大於文王；此追王所以自大王始，而此詩推本文王之受命，亦自大王之遷岐始也。然言文王之受命，惟至於虞芮質成者，蓋人心所歸，即天命所在也。」

2. 撰者按：全詩分兩部分，一—七章為第一部分，先陳太王創業。寫古公亶父率周人在岐山下營建廟宇，一片興國氣象。八—九章為第二部分，以文王之事終之。寫文王之時周民族強大，驅逐混夷，虞芮質成，威懾四方，天下歸附。

棫樸

芃芃棫樸❶，薪之槱之❷。濟濟辟王❸，左右趣之❹。

濟濟辟王，左右奉璋❺。奉璋峨峨❻，髦士攸宜❼。

淠彼涇舟❽，烝徒楫之❾。周王于邁❿，六師及之⓫。

倬彼雲漢⓬，爲章于天⓭。周王壽考⓮，遐不作人⓯。

追琢其章⓰，金玉其相⓱。勉勉我王⓲，綱紀四方⓳。

❶芃芃，茂盛貌。棫，白桵。樸，《經義述聞》：「樸，亦木名。說文作樸，云：棗也。」

❷薪，採以為薪。槱，音ㄧㄡˇ，毛《傳》：「積也。」馬瑞辰《毛詩傳箋通釋》：「古者燔柴以祭天神。……《王制》：『天子將出征，類乎上帝。』……則首章『薪之槱之』，蓋將出征類乎上帝之事。」類，依類祭祀。出師祭天，依照郊祀祭天之禮，所以稱為類。

❸濟濟，莊嚴恭敬貌。辟王，君王，指周王。

❹左右，指周王左右之大臣。趣，趨之借字，疾行以赴。言群臣奔趨助王祭祀。

❺奉，捧。璋，半圭，指璋瓚，祭祀時灌酒之器皿。祭祀之禮，王灌以圭瓚，諸臣助祭者灌以璋瓚。圭瓚，以圭為瓚柄；璋瓚，以璋為柄。左右奉璋，左右諸臣，捧璋瓚以助祭。

❻峨峨，盛壯貌。

❼髦士，俊士。攸，所。言此儀節，乃俊士所宜也。

❽淠，音ㄆㄧˋ，眾多貌，見〈小雅．小弁〉。涇，水名，源出今甘肅化平縣，東流至涇川縣、涇陽、高陵，入於渭。

❾烝，眾。烝徒，眾人。楫，作動詞用，划也。

❿邁，行也。于邁，出征。

⓫六師，六軍也，天子六軍。及，與也，追隨、跟從之意。

⓬倬，明亮貌，見〈小雅．甫田〉毛《傳》。雲漢，銀河。

⓭章，文彩。

⓮壽考，長壽。

⓯遐，朱熹《詩集傳》：「與何同。」作人，造就人才。連上句意謂：周王壽高，歷事既久，何能不成就人才乎？頌其成就也。

⓰追，毛《傳》：「雕也。」追琢，即雕琢，鏤金曰雕，鏤玉曰琢。其，指周王。章，文彩，今所謂花紋也。

⓱相，毛《傳》：「質也。」連上句在頌美王如雕琢之金玉也。

⓲勉勉，黽勉。

⓳綱紀，治理。

詩旨

1.《詩序》：「〈棫樸〉，文王能官人也。」古文家以為王能任用人才。

2.朱熹《詩集傳》：「此亦詠歌文王之德。」

3.王先謙《詩三家義集疏》引《齊》說曰：「天子每將興師，必先郊祭以告天，乃敢征伐，行子之道也。文王受天命而王天下，先郊，乃敢行事，而興師伐崇，其詩曰：『芃芃棫樸，薪之槱之。濟濟辟王，左右趣之、濟濟辟王，左右奉璋、奉璋峨峨，髦士攸宜。』此郊辭也。其下曰：『淠彼涇舟，烝徒檝之。周王于邁，六師及之。』此伐辭也。其下曰：『文王受命，有此武功，既伐于崇，作邑于豐。』以此辭者，見文王受命則郊，郊乃伐崇。」此《齊》說以為伐崇之前祭天。

4.屈萬里《詩經詮釋》：「此頌美周王之詩。」

1.朱公遷《詩經疏義會通》：「此亦以昭先王之德，使人知周所以得天下之故也。五章之序：首以左右言，次以六

師言；至作人綱紀，則盡乎人矣！人心所以歸之之故，於此見矣！」

2. 顧廣譽《學詩詳說》：「以尊言，曰辟王；以實言，曰周王；以親言，曰我王。一詩三稱，皆謂文王也。」

旱麓

瞻彼旱麓❶，榛楛濟濟❷。豈弟君子❸，干祿豈弟❹。

瑟彼玉瓚❺，黃流在中❻。豈弟君子，福祿攸降❼。

鳶飛戾天❽，魚躍于淵❾。豈弟君子，遐不作人❿？

清酒既載⓫，騂牡既備⓬。以享以祀⓭，以介景福⓮。

瑟彼柞棫⓯，民所燎矣⓰。豈弟君子，神所勞矣⓱。

莫莫葛藟⓲，施于條枚⓳。豈弟君子，求福不回⓴。

❶瞻，看。旱，山名，在今陝西漢中市南。麓，山腳。

❷榛，樹名，結實似栗而小。楛，音ㄏㄨˋ，樹名，似荊而赤，可以為箭。濟濟，毛《傳》：「眾多也。」

❸豈弟，音ㄎㄞˇ ㄊㄧˋ，和樂平易貌。

❹干，求。祿，福。求福得福，是以樂易也。

❺瑟，絜鮮貌。玉瓚，毛《傳》：「圭瓚也。」天子祭祀時灌酒器，以玉為柄，以黃金為勺。

❻流，流水之口。黃流，瓚之流以黃金為之，色黃，故曰黃流。在中，謂流在器之中央：馬瑞辰說。

❼攸，所也。降，下也。

❽鳶，似鷹，嘴較短，尾較長。戾，至也。

❾淵，深淵。

❿遐，何。作人，造就人才。

⓫清酒，祭祀之酒。既，已也。載，陳設也。

⓬騂牡，赤色之雄性牲品。見〈信南山〉注。

⓭享，獻也。

⑭介，祈求。景，大也。

⑮瑟，毛《傳》：「眾貌。」柞、棫，均為有刺灌木。

⑯燎，燒柴祭神。

⑰勞，鄭《箋》：「勞來，猶言佑助。」

⑱莫莫，枝葉茂盛貌。見〈周南·葛覃〉注。

⑲施，拖蔓，延伸。條，枝條。枚，樹幹。

⑳回，邪也。不回，守正不邪也。

詩旨

1.《詩序》：「〈旱麓〉，受祖也。周之先祖世脩后稷、公劉之業。大王、王季申以百福干祿焉。」受祖，即姚際恆所謂「祭祀而獲福」之意。

2.朱熹《詩集傳》：「此亦詠歌文王之德。」

3.王靜芝《詩經通釋》：「此祝周王祭祀得福之詩。」

4.雒三桂、李山《詩經新注》：「……此詩從用詞及風格看，當與〈棫樸〉為同一時期作品。寫的是穆王旱山祭天祈福的事。旱山據《漢書·地理志》在漢中，《古本竹書紀年》謂穆王『筑祇宮於南鄭』，其地理正符。另外，旱山處漢水上游，西周王朝東征淮夷、荊楚，多從漢水出師，或許這正是周穆王筑宮南鄭、祈福旱山的現實原因。」

作法

方玉潤《詩經原始》：「前後均泛言福祿，中間乃插入作人、享祀二端。蓋享祀是此篇之主，而作人則推原致福之由。得人者昌，天必相之矣！」

思齊

思齊大任❶，文王之母。思媚周姜❷，京室之婦❸。大姒嗣徽音❹，則百斯男❺。

惠于宗公❻，神罔時怨❼，神罔時恫❽。刑于寡妻❾，至于兄弟，以御于家邦❿。
雝雝在宮⓫，肅肅在廟⓬。不顯亦臨⓭，無射亦保⓮。
肆戎疾不殄⓯，烈假不瑕⓰。不聞亦式，不諫亦入⓱。
肆成人有德，小子有造⓲。古之人無斁⓳，譽髦斯士⓴。

注釋

❶思，發語詞。齊，讀為齋，莊嚴也。大任，即太任，王季之妃，文王之母。

❷媚，愛。周姜，太姜，太王之妃，王季之母。思媚周姜，太任能孝事太姜。

❸京室，毛《傳》：「王室也。」

❹大姒，文王之妻，武王之母。嗣，繼承。徽，美。音，聲譽。

❺則，其。百，形容極多。斯，語助詞。男，指子孫。

❻惠，順從。宗公，先公，祖先。言文王能事祖考之神。

❼罔，無。時，《經義述聞》：「時與所古同義通用。」

❽恫，傷痛。連上句意謂：神無所怨恨，亦無所痛傷也。

❾刑于寡妻，《釋文》引《韓詩》云：「刑，正也。」一說通型，法式，模範之意。寡妻，嫡妻。

❿御，治理。

⓫雝雝，和諧貌。言文王在家態度和睦。

⓬肅肅，恭敬謹慎貌。言文王在宗廟嚴肅恭敬。

⓭不顯，丕顯，大顯。

⓮射，音ㄧˋ，厭。無射，無厭。保，保民。連上句意謂：神丕顯而臨，保安子孫無厭也。

⓯肆，發語詞。戎，大也。疾，病也。殄，絕也。言文王能當大難而不殄絕。

⓰烈假不瑕，馬瑞辰《毛詩傳箋通釋》說：烈，即癘之假借；假，即瘕之假借，烈、假，皆病也。瑕，已也（言疾疫不作）。一說烈，業也；假，大也；瑕，過也（言建大業而無瑕過）。

⓱不聞二句，二「不」皆語詞無義。式，用也。入，納也。《經義述聞》：「聞則用之，諫則納之。」

⓲肆成人二句，朱熹《詩集傳》：「冠以上為成人。小子，童子也。」造，成就。言成人既有德；小子亦有所成就，以譽文王作人之功。

⓳古之人，朱熹《詩集傳》：「指文王也。」斁，厭。言文王作人不厭也。

⓴譽，稱譽也。《爾雅》：「髦，選也。」言於士人則稱譽之選擇之也。

詩旨

1.《詩序》：「〈思齊〉，文王所以聖也。」三家《詩》無異義。

2.朱熹《詩集傳》：「此詩亦歌文王之德，而推本言之。」

作法

龍起濤《毛詩補正》：「夫文王之所以聖者，修身齊家治國平天下而已矣。雝雝肅肅，亦臨亦保，此由誠正以修其身者也。刑寡妻，至兄弟，此由修身以齊其家者也。不殄不瑕，而善政備；有德有造，而善教章，此國與天下之平且治者也。而推其本，則上有聖母貽之休焉，中有賢妃嗣其徽焉。大任之上，又有大姜，大姒之後，又有邑姜，而肇基者則姜嫄也。周家母儀之盛，冠乎古今，此詩豈遂足以盡哉！」

皇矣

皇矣上帝❶，臨下有赫❷；監觀四方，求民之莫❸。維此二國❹，其政不獲❺；維彼四國❻，爰究爰度❼。上帝耆之❽，憎其式廓❾。乃眷西顧❿，此維與宅⓫。

作之屏之⓬，其菑其翳⓭；脩之平之⓮，其灌其栵⓯；啓之辟之⓰，其檉其椐⓱；攘之剔之⓲，其檿其柘⓳。帝遷明德⓴，串夷載路㉑。天立厥配㉒，受命既固㉓。

帝省其山㉔，柞棫斯拔㉕，松柏斯兌㉖。帝作邦作對㉗，自大伯王季㉘。維此王季，因心則友㉙。則友其兄，則篤其慶㉚，載錫之光㉛。受祿無喪㉜，奄有四方㉝。

維此王季，帝度其心，貊其德音[34]。其德克明[35]，克明克類[36]，克長克君[37]。王此大邦[38]，克順克比[39]。比于文王[40]，其德靡悔[41]。既受帝祉[42]，施于孫子[43]。

帝謂文王：「無然畔援[44]，無然歆羨[45]，誕先登于岸[46]。」密人不恭[47]，敢距大邦[48]，侵阮徂共[49]。王赫斯怒[50]，爰整其旅[51]，以按徂旅[52]。以篤周祜[53]，以對于天下[54]。

依其在京[55]，侵自阮疆。陟我高岡[56]。「無矢我陵[57]，我陵我阿[58]；無飲我泉，我泉我池！」度其鮮原[59]，居岐之陽[60]，在渭之將[61]。萬邦之方[62]，下民之王。

帝謂文王：「予懷明德[63]，不大聲以色[64]，不長夏以革[65]。不識不知[66]，順帝之則[67]。」帝謂文王：「詢爾仇方[68]，同爾兄弟[69]。以爾鉤援[70]，與爾臨衝[71]，以伐崇墉[72]。」

臨衝閑閑[73]，崇墉言言[74]，執訊連連[75]，攸馘安安[76]。是類是禡[77]，是致是附[78]，四方以無侮。臨衝茀茀[79]，崇墉仡仡[80]。是伐是肆[81]，是絕是忽[82]，四方以無拂[83]。

注釋

❶皇，光明、偉大。

❷臨，監視。下，下界、人間。有赫，赫然，威嚴貌。

❸莫，通瘼，病，疾苦。

❹二，上。二國，指夏、商。周初言失國，必舉夏殷為證，《尚書・召誥》所謂：「我不可不鑒於有夏，亦不可不鑒於有殷。」是也。

❺獲，得也，猶善也。

❻四國。四方之國，天下。

❼爰，乃。朱熹《詩集傳》：「究，尋也。度，謀也。」言尋覓謀求四方之國，以視孰可以承受天命也。

❽耆，讀為ㄑㄧˊ，《廣雅》：「怒也。」

❾憎，惡也。式，語助詞，猶庶幾，在此下接狀詞。廓，空虛也，言其無政也。

❿眷，回顧貌。西顧，顧視西方，周在西方。

⓫宅，居也。與宅，與周人共居。以上言上帝怒殷家幾近空虛，於是究度於四國之中，終於顧見西土文王之德，而與

之宅處。

⓬作，《經義述聞》：「讀為柞。……除木曰柞。」屏，除去。

⓭菑，音ㄗ，〈漢石經〉作「椔」，指直立未倒之枯木。翳，倒於地上之枯木。

⓮脩，修剪。平，整治。

⓯灌，叢生之樹木。栵，《經義述聞》：「當讀為烈，烈，栫也，斬而復生者也。」

⓰啟，開。辟，闢。

⓱檉，音ㄔㄥ，樹名，又名河柳。椐，音ㄐㄩ，樹名，又名靈壽木；腫節，可以為杖。

⓲攘，排除。剔，剔除。

⓳檿，音ㄧㄢˇ，樹名，即山桑。柘，樹名，一名黃桑，葉厚而尖，稍硬於桑葉，亦可飼蠶。

⓴帝，上帝。遷，徙而就之。明德，明德之人，指太王古公亶父。

㉑串夷，即混夷，亦即犬戎。載，則。路，馬瑞辰《毛詩傳箋通釋》說：疲瘠，古以國之盛為肥，則以衰為瘠矣。瘠者其筋骨外見，臚列於外，故訓為露，又訓為羸。露通作路，《管子．四時篇》「國家乃路」，路當訓敗，敗與瘠義相近。

㉒厥，其。配，馬瑞辰《毛詩傳箋通釋》：「謂立君以配天也，古以受命為天子為配天。」

㉓固，堅固、穩固。

㉔省，察看。山，指岐山。

㉕柞、棫，樹名。拔，拔除。

㉖兌，毛《傳》：「易直也。」即挺拔。連上句意謂：亂木已去，松柏暢茂。

㉗邦，指疆界。對，揚顯。言上帝為周立國，使周顯揚於天下。

㉘大伯，即太伯，太王長子，王季之兄。言自二人起，周即顯揚於天下。

㉙因心，因其心之自然，非勉強而為之，即出於本心。友，友愛兄弟。

㉚篤，厚益，增益。慶，福。

㉛載，則。錫，同賜。光，光顯。

㉜喪，喪失。言永遠受福而不失墜也。

㉝奄，覆也，盡也。奄有，盡有也。

㉞貊，《禮記．樂記》引此詩貊作莫。莫，大。德音，聲譽。

㉟克，能。明，昭顯。

㊱類，善也。

㊲克長，堪為長上。克君，堪為君王。

㊳王，作動詞，堪為大邦之王，稱王。

㊴比，親附。順，使民順從，一說順應民心。

㊵比于，至於。

㊶靡，無也。悔，遺恨也。言文王之德無復遺恨也。

㊷祉，福祉。

㊸施，音ㄧˋ，鄭《箋》：「施，猶易也，延也。」

㊹畔援，〈漢石經〉援作換，鄭《箋》云：「畔援，猶跋扈也。」

㊺歆羨，貪而羨之，覬覦。

㊻誕，發語詞。登，成也，平也。岸，通犴，獄訟也。連上三句意謂：上帝謂文王勿跋扈以自傲，勿貪求以侵人，但先平理國內獄訟之事可也。

㊼密，密須氏之國也，在今甘肅靈臺縣。不恭，不恭順。〈漢石經〉恭作共。《竹書紀年》：「帝辛二十三年，密侵阮，西伯帥師伐密。」

㊽距，抵拒。大邦，指周。

㊾阮、共，國名，皆在今甘肅涇川縣，為周之屬國。徂，往也。言密須氏侵此二國也。

㊿赫，勃然大怒貌。斯，《經義述聞》：「猶其也。」

51 旅，軍隊。

52 按，遏止。徂，往。旅，《孟子》引作莒，地名。朱右曾以為即《漢書．地理志》安定郡之鹵縣，在今甘肅天水、伏羌之間。以按徂旅，文王遏止密須氏侵莒之師。唯旅地誰屬，則待考。

53 篤，厚。祜，福。

54 以對于天下，《廣雅》：「對，揚也。」馬瑞辰《毛詩傳箋通釋》說：以對於天下，猶言以顯於天下。

55 依，《經義述聞》：「兵盛貌。」京，高丘。

56 陟，登也。

57 矢，陳也，陳兵。

58 阿，大陵曰阿。

59 度，越。《逸周書．和寤篇》：「王出圖商，至于鮮原。」孔晁注：「近岐周之地也。」

60 陽，山之南面。

61 將，毛《傳》：「側也。」

62 之，猶是也。方，向也。言為萬邦所傾向也。

63 懷，朱熹《詩集傳》：「眷念也。」

64 聲，謂喜怒之聲。以，與也。色，謂喜怒之色。

65 長，《廣雅》：「常也。」夏，夏楚。革，鞭扑。以上兩句，馬瑞辰《毛詩傳箋通釋》引汪德鉞曰：「不大聲以色者，不道之以政也。聲謂發號施令，色謂象魏懸書之類。不長夏以革者，不齊之以刑也。夏謂夏楚，扑作教刑也，革謂鞭革，鞭作官刑也。」

66 不識不知，不必多所謀慮。

67 順，順應。則，法則。言但順上帝之法則而已。

68 詢，鄭《箋》：「謀也。」仇方，朱熹《詩集傳》：「讎國也。」

69 同，和諧。兄弟，兄弟之國，同姓之國。

70 鉤援，古代攻城之工具，如今日之繩梯。

71 臨，臨車。衝，衝車，與臨車皆為攻城之器具。

72 崇，國名。見《左傳．宣西元年》：「晉趙穿帥師侵崇。」杜注：「崇，秦之與國，是崇至春秋時尚存，而其地無考。」墉，城也。

73 閑閑，車強盛貌。《經義述聞》有說。

74 言言，毛《傳》：「高大也。」

75 執，擒獲。訊，生擒之俘虜，可以審口訊之活口。連連，朱熹《詩集傳》：「續屬狀。」

76 攸，所。馘，毛《傳》：「殺而獻其左耳。」安安，陳奐《詩毛氏傳疏》：「舒徐之意。」

77 是，於是。類，出征時祭天。禡，於行軍所止之處祭神。見〈小雅．吉日〉注。

78 致，招之使其來。附，親附。

79 茀茀，毛《傳》：「強盛也。」

80 仡仡，同屹屹，高大堅實貌。

81 肆，鄭《箋》：「犯突也。」猶今語突擊也。

82 忽，毛《傳》：「滅也。」

83 拂，違逆。

詩旨

1.《詩序》：「〈皇矣〉，美周也。天監代殷莫若周，周世世脩德莫若文王。」三家《詩》無異說。陳奐、馬瑞辰、王先謙主張將第四章「維此王季」，依三家詩改為「維此文王」，應是受到《詩序》說詩的影響。

2.朱熹《詩集傳》：「此詩序大王、大伯、王季之德，以及文王伐密伐崇之事也。」

作法

1.徐常吉《毛詩翼說》：「各章俱以帝言，見周之所以受命興王者，一本於天，非人力也。」

2.孫鑛《批評詩經》：「長篇繁敘，規模閎闊，筆力甚馳騁縱放。然卻有精語為之骨，有濃語為之色，可謂兼終始條理。」

3.牛運震《詩志》：「奧闢警動，長篇結構，不蔓不複，此為大手筆。」

4.撰者按：本篇為周開國史詩中最長一篇，全詩有兩條明顯線索，一、歷史線索，兩章寫太王遷岐，開闢周原，逐退犬戎。兩章寫王季進德，兄弟手足之情。四章寫文王伐密伐崇，征伐敵國。二、思想線索，敘古公亶父：「天立厥配，受命既固。」敘王季：「維此王季，帝度其心。」敘文王則三次出現「帝謂文王」，充分呈現周人「皇天無親，唯德是輔」之天命觀。全文描寫上帝有心、有眼、有口、有手，表現不同活動於詩中，儼然具有人之鮮活形象。又二章八「之」字，八「其」字，交互連用；四章六「克」字，以一字為一德，五章三「以」字，一氣流走；六章七「我」字，宣示主權，筆意嶙峋；末章連用閑閑、言言等疊字，其後又連用八「是」字，句法多變，不論鍊字、排比、氣勢皆有獨特表現，足為駢體、漢賦先驅。

靈臺

經始靈臺❶，經之營之❷。庶民攻之❸，不日成之❹。經始勿亟❺，庶民子來❻。

王在靈囿❼，麀鹿攸伏❽。麀鹿濯濯❾，白鳥翯翯❿。王在靈沼⓫，於牣魚躍⓬。

虡業維樅⓭，賁鼓維鏞⓮。於論鼓鐘，於樂辟廱⓯。

於論鼓鐘⓰，於樂辟廱⓱。鼉鼓逢逢⓲，矇瞍奏公⓳。

注釋

❶經，度量。經始，開始度量。靈，通令，美、善之意。靈臺，文王臺名。

❷營，建造。

❸攻，建造。

❹不日，不限定完工日期。

❺亟，急也。經始勿亟，言文王不令民急於建造。

❻子來，子為副詞用法，如兒子為父親做事般前來。

❼囿，帝王畜養禽獸以供遊覽之所，為環繞辟廱面積廣闊之園林。

❽麀，牝也。麀鹿，母鹿。攸，所。伏，歇息。

❾濯濯，朱熹《詩集傳》：「肥澤貌。」

❿翯翯，音ㄏㄜˋ，《魯詩》作皜皜，朱熹《詩集傳》：「潔白貌。」

⓫靈沼，辟廱四周之環水，又稱辟池。

⓬於，音ㄨ，感嘆詞。牣，音ㄖㄣˋ，毛《傳》：「滿也。」

⓭虡，音ㄐㄩˋ，屈萬里《詩經詮釋》引陳奐說：虡，鐘磬架立之木也。其橫木謂之栒（音筍）。業，覆栒之大版也。樅，音瑽，業上懸鐘磬處，即〈周頌．有瞽〉之崇牙也。

⓮賁，大鼓。鏞，大鐘。

⓯於，音ㄨ，感嘆詞，下同。

⓰論，倫，有條不紊。

⓱辟廱，天子之學，天子為貴族子弟所設立之學校。學圓如璧，外環以水，故曰辟廱。古代學習科目有所謂小學、大學之分，辟廱之學屬於大學，同時辟廱也是貴族集會舉行各種典禮之地。戴震《毛鄭詩考正》以為天子離宮之名。

⓲鼉，音ㄊㄨㄛˊ，鱷魚之一種，俗稱鼉龍，又曰豬婆龍。鼉鼓，鼉皮製成之鼓。逢逢，音ㄆㄥˊ，鼓聲。

⓳矇，有眸子而看不見。瞍，無眸子。古代常用盲者擔任樂師。奏，作。奏公，奏功，作樂。

詩旨

1.《詩序》：「〈靈臺〉，民始附也。文王受命，而民樂其有靈德，以及鳥獸昆蟲焉。」《序》說係據《孟子．梁惠王》：「文王以民力為臺為沼，而民歡樂之，謂其臺曰靈臺，謂其沼曰靈沼，樂其有麋鹿魚鱉。古之人與民偕樂，故能樂也。」王先謙《詩三家義集疏》：「三家無異義。」

2.崔述《豐鎬考信錄》卷之二：「余按：〈靈臺〉一詩，前詠『靈臺』，後詠『辟雍』；首尾相聯，似詠一王之事者。然而後篇稱『鎬京辟雍』，武王始遷於鎬，故先儒皆以辟雍為始於武王，為辟雍自武王始，則靈臺亦非文王事矣。……蓋孟子引《詩》，斷章取義者多。」

作法

1.呂祖謙《呂氏家塾讀詩記》：「前二章樂文王有臺池鳥獸之樂也，後二章樂文王有鐘鼓之樂也，皆民樂之辭也。」

2.王志長《毛詩注疏刪異》：「庶民子來，民之太和；麀鹿攸伏，於牣魚躍，物之太和也；於論鼓鐘，於樂辟廱，君臣之太和也。所謂太和在成周宇宙間也。」

下武

下武維周❶，世有哲王❷。三后在天❸，王配于京❹。

王配于京，世德作求❺。永言配命❻，成王之孚❼。

成王之孚，下土之式❽。永言孝思❾，孝思維則❿。

媚茲一人⓫，應侯順德⓬。永言孝思，昭哉嗣服⓭。

昭茲來許⓮，繩其祖武⓯。於萬斯年⓰，受天之祜⓱。

受天之祜，四方來賀。於萬斯年，不遐有佐⓲。

❶下，後也。武，足跡也，一說繼承。下武，猶言接踵也。故下文言世有哲王。

❷世，代也。哲王，聖哲之君主。

❸后，君王。三后，指太王、文王、武王。

❹王，成王。配，配合，指能配合三后之道。京，鎬京。

❺世德，世世有德。作，則。求，當讀為逑，匹配。言其世德則相配合也。

❻永，長也。言，梅廣〈詩三百篇言字新議〉說作狀詞詞尾，用法與「然」相當，永言，就是「永」，是永遠不斷或一直不斷、一直到底之意。命，天命。

❼成王之孚，鄭《箋》：「孚，信也。……欲成我周家王道之信也。」

❽下土，對上天言，謂人間也。之，是也。式，毛《傳》：「法也。」當動詞。下土之式，猶云下土是式。

❾永言孝思，長存孝敬之意。

❿則，法也。謂法其先人也。

⓫媚，愛戴。一人，指周天子。

⓬應，當也。侯，維也。順德，慎修其德也。

⓭昭，昭顯。嗣服，猶言纘緒，謂繼續先人之業。參陳奐說。

⓮茲，同哉。來許，將來。

⓯繩，繼承。武，足跡。繩其祖武，言繼承先人之步趨。

⓰於，感嘆詞。斯，語助詞。

⓱祜，福也。

⓲遐，語詞，猶今語之啊。佐，古作左，疏外之也。屈萬里《詩經詮釋》：「言千秋萬世，亦不至有疏外周室而不親附者也。」

詩旨

1.《詩序》：「〈下武〉，繼文也。武王有聖德，復受天命，能昭先人之功焉。」王先謙《詩三家義集疏》：「三家詩無異義。」

2.朱熹《詩集傳》：「美武王能纘大王、王季、文王之緒而有天下。」

3.馬瑞辰《詩毛氏傳疏》：「按此詩《序》言『繼文』，與〈文王有聲〉《序》言『繼伐』相對成文。繼伐為繼武功，則繼文為繼文德。詩中『世德作求』、『應侯順德』，皆尚文德之事。」

作法

1.輔廣《詩童子問》：「首章言武王能纘太王、王季、文王之緒而有天下。中三章言武王善繼善述之孝，又有常永不已之誠，故能成王者之信，為天下之法，以致天下之愛戴如此。末兩章又言武王之成效大驗如此，則其後世子孫，亦將善繼其先人之緒，而久受上天之福，多得天下之助也。」

2.陳櫟《讀詩記》：「此詩美武王繼三后於已往，開後嗣於方來。惟以求世德，永孝思，而上合天理，下孚人心者，為之本耳。」

文王有聲

文王有聲❶，遹駿有聲❷，遹求厥寧❸，遹觀厥成❹。文王烝哉❺！

文王受命，有此武功❻；既伐于崇，作邑于豐❼。文王烝哉！

築城伊淢❽，作豐伊匹❾。匪棘其欲❿，遹追來孝⓫。王后烝哉⓬！
王公伊濯⓭，維豐之垣⓮。四方攸同⓯，王后維翰⓰。王后烝哉！
豐水東注，維禹之績⓱。四方攸同，皇王維辟⓲。皇王烝哉！
鎬京辟廱，自西自東，自南自北，無思不服⓳。皇王烝哉！
考卜維王⓴，宅是鎬京㉑。維龜正之㉒，武王成之㉓。武王烝哉！
豐水有芑㉔，武王豈不仕㉕？詒厥孫謀㉖，以燕翼子㉗。武王烝哉！

注釋

❶聲，聲譽。有聲，有好名聲。
❷遹，音ㄩˋ，聿，發語詞。駿，大也。
❸求厥寧，謂文王求天下之安寧。
❹觀厥成，謂人觀文王之成功。
❺烝，美也。
❻武功，鄭《箋》：「伐四國及崇之功。」
❼既伐于崇，作邑于豐，《古書疑義舉例》卷一引《史記》作為證：「下于字，乃語詞；上于字，則邘之叚字也。」作邑，建都。豐，故地在今陝西省鄠縣。言已討伐邘國、崇國，在豐邑建築都邑。
❽淢，音ㄩˋ，城溝也，護城河。馬瑞辰、陳奐並有說。近世出土穆王以後吉器銘文中屢有淢字出現，從字形看，有環水繞地之意，或可能就是辟廱之廱。
❾匹，配也，相稱也。言作豐城與城池相配稱也。
❿匪，非也。棘，急也。欲，慾望也。
⓫追，追思，追承。來，是也。遹追來孝，追承先王之志以為孝也。
⓬后，君也，王后，指周文王。
⓭公，古通功。王公，王之功業。伊，語助詞。濯，大也。
⓮垣，城牆。
⓯攸，語助詞。同，會同。言四方之君來朝會也。
⓰翰，楨幹。見〈小雅．桑扈〉。言四方諸侯為王之幹也。
⓱績，功績。
⓲皇王，指周武王。辟，法也。辟廱，見〈靈臺〉注。
⓳思，句中語助詞。服，順服。無思不服，無不順服。
⓴考，稽也。考卜，謂稽之於龜卜。考卜維王，維王考卜之

倒裝句。所卜者，即下文宅居鎬京之事。

㉑宅，定居。

㉒正之，得到吉兆。

㉓成之，指完成遷都鎬京之事。

㉔芑，草名，音ㄑㄧˇ，似苦菜，莖青白色，摘其葉，會流白汁，可生食。即水芹。見〈小雅．采芑〉注。

㉕仕，事也。言武王豈無所事乎？

㉖詒，遺也。孫，子孫。詒厥孫謀，言遺留謀略與其子孫。

㉗燕，安也。翼，護也。子，子孫。言安定保護其子孫。

詩旨

1. 《詩序》：「〈文王有聲〉，繼伐也。武王能廣文王之聲，卒其伐功也。」
2. 朱熹《詩集傳》：「此言文王遷豐，武王遷鎬之事。」

作法

1. 郝敬《毛詩原解》曰：「詩首尾四章稱文武者，文始之，武終之也。中四章稱王后皇王者，繼諸侯而為天子也。文王伐崇作豐而王業始，武王伐商作鎬而王業成。文王求寧觀成，以始武也；武王燕子詒孫，以終文也。」
2. 撰者按：全詩分兩部分，一—四章敘文王自岐遷豐之經過，而遷豐之舉在承先——遹追來孝，光大祖業而致其孝思。五—八章敘武王自豐遷鎬之始末，而遷鎬之目的在啟後——貽厥孫謀，長保後嗣永安天下。每章章五句，前四句為敘述，後一句為讚嘆，且都使用「烝哉」二字。

生民之什

生民

厥初生民[1]，時維姜嫄[2]。生民如何？克禋克祀[3]，以弗無子[4]。履帝武敏歆[5]，攸介攸止[6]；載震載夙[7]，載生載育，時維后稷[8]。

誕彌厥月[9]，先生如達[10]。不坼不副[11]，無菑無害[12]。以赫厥靈[13]，上帝不寧[14]。不康禋祀[15]，居然生子[16]。

誕寘之隘巷[17]，牛羊腓字之[18]。誕寘之平林[19]，會伐平林[20]；誕寘之寒冰，鳥覆翼之。鳥乃去矣，后稷呱矣[21]。實覃實訏[22]，厥聲載路[23]。

誕實匍匐[24]，克岐克嶷[25]，以就口食。蓺之荏菽[26]，荏菽旆旆[27]，禾役穟穟[28]，麻麥幪幪[29]，瓜瓞唪唪[30]。

誕后稷之穡[31]，有相之道[32]。茀厥豐草[33]，種之黃茂[34]。實方實苞[35]，實種實褎[36]，實發實秀[37]。實堅實好[38]。實穎實栗[39]，即有邰家室[40]。

誕降嘉種[41]，維秬維秠[42]，維穈維芑[43]。恆之秬秠[44]，是穫是畝[45]；恆之穈芑，是任是負[46]。以歸肇祀[47]。

誕我祀如何？或舂或揄[48]，或簸或蹂[49]；釋之叟叟[50]，烝之浮浮[51]。載謀載惟[52]，取蕭祭脂[53]，取羝以軷[54]。載燔載烈[55]，以興嗣歲[56]。

卬盛于豆㊼，于豆于登㊽。其香始升，上帝居歆㊾。胡臭亶時㊿。后稷肇祀。庶無罪悔[61]，以迄于今。

注釋

❶厥，其。初，始。言其始生人也，周人蓋以其始祖為生人之始，故云。

❷時，是。姜嫄，后稷之母。言最初生人者，乃姜嫄也。

❸克，能夠。禋，祭天神之典禮，以玉帛及犧牲加於柴上焚之，使升煙上於天，以祀天神。

❹弗，〈漢石經〉作祓，去也；祭祀以祓除不祥也。弗，三家《詩》作祓，鄭《箋》：「弗之言祓也。」言姜嫄能潔祀以除去無子之不祥，即祭祀以求生子。又後來姜嫄棄子，甚不可解，岑仲勉以為「生民如何？克禋克祀，以弗無子。」三句自為一節，祇泛論生子以前之必備條件，是插論體裁，亦後來稷所以被棄之張本，初不就姜嫄立言。」（〈周初生民之神話解釋〉載林慶彰編《詩經研究論集》）

❺履，踐、踏。帝，上帝。武，足跡。敏，〈漢石經〉作拇，足大趾。歆，欣然，心有所動貌。

❻攸介攸止，龍師宇純〈析詩經止字用義〉說：即所介所止，謂其所接處之處，所留止之處；全句為「履帝武敏」之補足語，因韻而倒置歆字之下。

❼載，則。震，〈漢石經〉作振，同娠，懷孕。夙，肅敬。

❽時，是。后稷，周人之始祖。相傳姜嫄因踐天帝跡而懷后稷，因初欲棄之，故取名曰棄。相傳為帝堯時之稷官，因有功封於邰，號曰后稷。

❾誕，發語詞。彌，滿。厥月，其月，妊娠之月數，即十個月。

❿先生，頭胎，第一胎。達，鄭《箋》：「羊子也。」人之頭胎難生，以小羊出生之易，比喻出生之順利。又胡承珙《毛詩後箋》：「《說文》：『泰，滑也。』滑，利也。〈生民〉之達，當與泰同。」

⓫坼，音ㄔㄜˋ，破裂。副，音ㄆㄧ，破裂。不坼不副，此似指產門未破裂。

⓬菑，同災。

⓭赫，顯。言上帝顯其德也。

⓮不，讀為丕，大也。寧，安也。不寧，丕寧，大寧。一說為不安寧。

⓯康，安。不康，丕康；一說為不安康。

⓰居然，安然；言上帝安於姜嫄之祀，故姜嫄居然不夫而生

子。一說為竟然，姜嫄未禋祀求子，竟然踩上帝足跡而生子。

⑰寘，棄置。

⑱腓，庇護。字，《說文》：「乳也。」

⑲平林，平地上之林木。

⑳會，適值，恰好。

㉑呱，音ㄍㄨ，小孩之哭聲。

㉒實，是。覃，長。訏，大。實覃實訏，后稷哭聲洪亮悠長。

㉓載，則也。毛《傳》：「路，大也。」言其聲則大也。

㉔實，是。匍匐，伏地爬行。

㉕岐，知意。嶷，音ㄋㄧˋ，識。岐嶷，有知識，聰明懂事之意。

㉖蓺，種植。之，是。荏菽，大豆。

㉗旆旆，茁壯貌。

㉘役，列。穟穟，音ㄙㄨㄟˋ，稻苗美好貌。

㉙幪幪，茂盛貌。

㉚瓞，小瓜。唪唪，《說文》引作菶，音ㄅㄥˇ，果實纍纍貌。

㉛穡，〈漢石經〉作嗇，稼穡。

㉜相，視，視土地之宜。道，法。

㉝茀，拂，拔除。豐草，盛多之野草。

㉞黃茂，猶茂盛也。言除去豐草，種之則茂盛也。

㉟方，《廣雅》：「方，始也。」此謂苗開始萌芽。苞，包也，謂苗始生包而未舒：馬瑞辰說。

㊱種，苗出地尚短；褎，音ㄧㄡˋ，禾苗漸漸長高，鄭《箋》：「褎，枝葉長也。」

㊲發，莖發高也。秀，成穗也：馬瑞辰有說。

㊳堅，穀粒堅實飽滿。

㊴穎，穗之垂者。栗，穀之成者：馬瑞辰有說。

㊵即，就。有，如有夏有殷之有，名詞詞頭無義。邰，后稷所封國，在今陝西省武功縣。家室，即居住。句言以后稷善種植，有其農功，舜乃封之於邰，有其家室也。

㊶降，天降下，賜予。嘉，善。

㊷秬，音ㄐㄩˋ，黑黍。秠，音ㄆㄧ，黍之一種，一個穀殼中含有兩粒黍米。

㊸穈，音ㄇㄣˊ，赤苗。芑，白苗。陳奐《詩毛氏傳疏》：「赤苗白苗，謂禾莖有赤白二種；本為苗之名，因為禾之名。」

㊹恆，遍地。之，是。恆之秬秠，言遍種秬秠百穀。

㊺畝，以畝計之，堆在田裏。

㊻任，鄭《箋》：「猶抱也。」負，背荷。言收穫之多。

㊼歸，從田裏回家。肇，開始。祀，祭神。古人穀熟而祭，以祈來歲之豐。

㊽舂，用杵在臼中搗米。揄，《周禮．地官舂人》鄭注引作「抌」。揄，音ㄧㄡˊ，抒臼也；取出臼中已舂之穀物也。

㊾簸，以箕揚米去糠皮。蹂，以手搓揉米粒以去糠皮。

㊿釋，淘米。叟叟，淘米之聲音。

51 烝，同蒸。浮浮，熱氣上升貌。

52 載，則。謀，計畫。惟，思考，考慮。毛《傳》：「穀熟而謀，陳祭而卜。」謀、惟，籌謀思考有關祭祀之事。

53 蕭，蒿。脂，牛油。祭祀時將牛油塗在蒿上然後燃燒之，達氣味於神。

54 羝，ㄉㄧ，公羊。軷，音ㄅㄚˊ，據馬瑞辰《毛詩傳箋通釋》說軷祭有二種：一為出行之軷，一為冬祭行神之軷。此為後者。「行神」即道路之神，據《周禮》，祭用羊。是在祭祀過所有神之後舉行之祭禮，所以下文緊接著說「以興嗣歲」。

55 燔，直接用火燒。烈，將肉串起來架在火上烤。陳奐《詩毛氏傳疏》：「烈炙聲轉而義同。」

56 興，興旺。嗣歲，來年。

57 卬，我。豆，裝肉醬之器物。

58 登，瓦製，與豆相似，裝肉汁之器物。

59 居，語助詞。歆，饗，享受祭祀。

60 胡臭亶時，胡，何。臭，氣味。亶，誠然，確實。時，善，好。句言：為什麼香氣誠然如此美好。

61 罪悔，悔與罪義相近；罪悔猶罪過也：《經義述聞》有說。

詩旨

1.《詩序》：「〈生民〉，尊祖也。后稷生於姜嫄，文、武之功起於后稷，故推以配天焉。」

2.王靜芝《詩經通釋》：「此述后稷誕生之異，並其稼穡之功，以見周先祖之德，當受天命也。」

作法

1.朱善《詩解頤》：「首章述姜嫄禋祀之祥，二章述后稷降生之易，三章述其生而見棄之事，四章述其幼而種植之志，五章述其教稼穡而受封，六章述其降嘉種而肇祀，七章備言后稷祭祀之誠，八章備言周人尊祖配天之義，以終前章之義。」

2.牛運震《詩志》：「一篇后稷本紀。此詩本為尊祖配天而作，卻不侈陳郊祀之盛，但詳敘后稷肇祀之典，故是高一層寫照法。極神怪事，卻以樸拙傳之，莊雅典奧，絕大手筆。」

行葦

敦彼行葦❶，牛羊勿踐履❷。方苞方體❸，維葉泥泥❹。
戚戚兄弟❺，莫遠具爾❻。或肆之筵❼，或授之几❽。
肆筵設席，授几有緝御❾。或獻或酢❿，洗爵奠斝⓫。
醓醢以薦⓬，或燔或炙⓭。嘉殽脾臄⓮，或歌或咢⓯。
敦弓既堅⓰，四鍭既鈞⓱；舍矢既均⓲，序賓以賢⓳。
敦弓既句⓴，既挾四鍭㉑；四鍭如樹㉒，序賓以不侮㉓。
曾孫維主㉔，酒醴維醹㉕，酌以大斗㉖，以祈黃耇㉗。
黃耇台背㉘，以引以翼㉙。壽考維祺㉚，以介景福㉛。

注釋

❶敦彼，敦敦然。敦，毛《傳》：「聚貌。」行葦，道旁之葦草。

❷踐履，踐踏。

❸方，開始。苞，馬瑞辰《毛詩傳箋通釋》：「《爾雅》：『如竹箭曰苞。』葦之初生似竹筍含苞，故曰方苞。」體，鄭《箋》：「成形也。」即莖幹長成。

❹泥泥，同苨，茂盛貌。

❺戚戚，相親貌。

❻具，俱。爾，親近。

❼肆，陳。筵，席。古人席地而坐。

❽几，供老者憑靠之桌子。設几，鄭《箋》：「年稚者為設筵而已，老者加之以几。」

❾緝御，陳奐《詩毛氏傳疏》：「聚足而進曰緝御。」恭敬之狀。

❿獻、酢，鄭《箋》：「進酒於客曰獻，客答之曰酢。」見〈小雅．瓠葉〉注。

⓫斝，音ㄐㄧㄚˇ，酒器，大於爵。奠，置。鄭《箋》：「進酒於客曰獻，客答之曰酢，主人又洗爵醻客，客受而奠之，不舉也。」

⓬醓，因ㄊㄢˇ，多汁之肉醬。醢，肉醬。薦，進。

⓭燔，音ㄈㄢˊ，燒，放在火上燒烤。炙，將肉串起，放在火上烤。

⓮嘉，美。殽，餚。脾，音ㄆㄧˊ，切碎之胃。臄，音ㄐㄩㄝˊ，口上肉，一說牛舌。

⓯咢，音ㄜˋ，只打鼓不唱歌。

⓰敦弓，雕弓，畫弓。

⓱鍭，音ㄏㄡˊ，一種金屬箭頭，箭羽剪齊之箭。鈞，勻。《正義》：「輕重鈞停，四矢皆然。」

⓲舍矢，放箭。均，皆，都射中。

⓳序賓，安排賓客在宴席上之座位次序。賢，此指射中最多之人。《儀禮．射禮》：「若右勝，則曰右賢；若左勝，則曰左賢。」

⓴句，通彀，張弓。

㉑挾，持。

㉒樹，豎立。如樹，指箭射在靶子上像樹立著一樣，意即皆射中。

㉓侮，輕侮，怠慢。

㉔曾孫，朱熹《詩集傳》：「曾孫，主祭者之稱。今祭畢而燕，故因而稱之。」主，主人。

㉕醴，甜酒。醹，音ㄖㄨˇ，厚酒，酒味醇厚。

㉖大斗，柄長三尺之斗。

㉗黃，黃髮，老人髮白而復黃。耇，音ㄍㄡˇ，老人。

㉘台，同鮐。台背，背皮如鮐魚（即河豚），形容老人消瘦貌。

㉙引，在前引導。翼，在旁輔助。

㉚壽考，長壽。祺，吉祥。

㉛介，求。景，大。

詩旨

1. 《詩序》：「〈行葦〉，忠厚也。周家忠厚，仁及草木，故能內睦九族，外尊事黃耇，養老乞言，以成其福祿焉。」據《左傳．隱公三年》：「雅有〈行葦〉、〈泂酌〉，昭忠信也。」就「周家忠厚」而言，《毛序》與《左傳》相合。

但詩中比賽射箭場面，《毛序》未提及，詩中未敘「乞言」之事，《毛序》卻憑空增入，因此朱熹駁之曰：「逐句生意，無復倫理。」三家《詩》異於毛說。《魯詩》：「君聞昔者公劉之行乎？牛羊踐葭葦，惻然為痛之。」（劉向《列女傳》）《齊詩》：「慕公劉之遺德，及行葦之不傷。（班彪〈北征賦〉）」《韓詩》：「公劉慈仁，行不履生草，運車以避葭葦。」（趙曄《吳越春秋》）三家皆引用「敦彼行葦，牛羊勿踐履」，以為是頌揚公劉之詩。方玉潤《詩經原始》：「眾說雖非詩義，然公劉必有其事，而後人稱之者眾。觀詩引此為興，未必無因，特以為美公劉則臆測耳。」

2. 朱熹《詩集傳》：「疑此祭畢而燕父兄耆老之詩。」

3. 程俊英《詩經注析》：「周統治者和族人宴會比射的詩。」

作法

撰者按：全詩毛《傳》分七章、朱《傳》分四章、鄭《箋》分八章。首章據三家《詩》說為公劉厚德，恩及草木，牛羊六畜且感其德。以下各章先言兄弟，次言醻酢、次言射禮、終言尊禮耆老，宴會比射，並祈求福祿。

既醉

既醉以酒[1]，既飽以德。君子萬年，介爾景福。

既醉以酒，爾殽既將[2]。君子萬年，介爾昭明[3]。

昭明有融[4]，高朗令終[5]。令終有俶[6]，公尸嘉告[7]。

其告維何？籩豆靜嘉[8]。朋友攸攝[9]，攝以威儀[10]。

威儀孔時[11]，君子有孝子。孝子不匱[12]，永錫爾類[13]。

其類維何？室家之壼[14]。君子萬年，永錫祚胤[15]。

其胤維何？天被爾祿。君子萬年，景命有僕[16]。

其僕維何？釐爾女士[17]。釐爾女士，從以孫子[18]。

注釋

❶介，求。景，大。

❷殽，餚。將，進。

❸昭明，昭顯光明。

❹融，非常光明。有融，融然。

❺高朗，高明，指聲譽。令，善。令終，馬瑞辰《毛詩傳箋通釋》：「當兼福祿名譽言之。」

❻有，又。俶，始。令終有俶，言前輩以善終，後人又以善始。

❼公尸，與皇尸同義。尸為代表祖先接受祭奠之人。《禮記．曲禮》：「君子抱孫不抱子，此言孫可以為王父尸。」嘉告，朱熹《詩集傳》：「嘉告，以善言告之，謂嘏辭也。」

❽籩，古代祭祀或宴會上用來盛果實、肉乾等之竹編器具。豆，盛裝肉醬之類食器。靜、嘉，靜嘉連言，靜亦善也：馬瑞辰《毛詩傳箋通釋》說。

❾朋友，朱熹《詩集傳》：「指賓客助祭者。」攝，輔佐。

❿威儀，容止。攝以威儀，合乎禮節之態度舉止。戴震《毛鄭詩考正》：「攝，斂持也，言朋友為之斂持，使威儀無愆。」

⓫時，是也，猶宜也。

⓬匱，竭盡。言孝行無竭盡之時。

⓭錫，賜也。類，善也。言天永賜爾以善也。又鄭《箋》訓類為族類。

⓮壼，音ㄎㄨㄣˇ，捆致，捆至，親睦也。參鄭《箋》及馬瑞辰說。

⓯祚胤，後嗣。

⓰景命，大命，天命。僕，附屬。言天命使女有附屬之眾也。

⓱釐，賜予。女士，女子，指妃。又俞樾《毛詩平議》：「〈甫田〉篇以『穀我士女』，此云女士，彼云士女，倒文以協韻耳。下云：『從以孫子』，孫子即子孫，則女士即士女也。」據俞說女士則泛指男女。

⓲從，隨。孫子，子孫。

詩旨

1.《詩序》：「〈既醉〉，大平也。醉酒飽德，人有士君子之行焉。」

2. 朱熹《詩集傳》：「此父兄所以答行葦之詩。」
3. 范家相《詩瀋》：「此是王與群臣祭畢飲宴於寢，而群臣頌君之詞，非父兄之答行葦也。行葦但言燕射而不言祭，此篇特言公尸嘉告，籩豆靜嘉，明其為祭畢之燕也。」
4. 陳奐《詩毛氏傳疏》：「此祭畢而用饗宴之詩。」
5. 林義光《詩經通解》：「此詩為工祝奉尸命以致嘏於主人之辭。」（撰者按：嘏，《禮記．禮運》：「祝為尸致福於主人之辭也。」）

1. 朱善《詩解頤》：「籩豆靜嘉，孝誠之著於物也；朋友攸攝，孝誠之寓於人也；孝子不匱，孝誠之傳於後嗣也；室家之壼，孝誠之形於內助也。錫爾以祚，所以厚其身也；錫爾以胤，所以昌厥後也；釐爾女士，則室家之深遠而嚴肅者，非止於一世；從以孫子，則嗣子之孝誠而不竭者，非止於一人。此皆述所告之詞也。」
2. 撰者按：本篇為完整之「嘏辭」，前二章為引子，後六章為神之祝福語。全詩採勾連法，蟬聯而下；並用設問法，以增添熱烈祝福氣氛。

鳧鷖

鳧鷖在涇❶，公尸來燕來寧❷。爾酒既清，爾殽既馨❸。公尸燕飲，福祿來成❹。

鳧鷖在沙，公尸來燕來宜。爾酒既多，爾殽既嘉❺。公尸燕飲，福祿來爲❻。

鳧鷖在渚，公尸來燕來處❼。爾酒既湑❽，爾殽伊脯❾。公尸燕飲，福祿來下❿。

鳧鷖在潨⓫，公尸來燕來宗⓬。既燕于宗⓭，福祿攸降。公尸燕飲，福祿來崇⓮。

鳧鷖在亹⓯，公尸來止熏熏⓰。旨酒欣欣⓱，燔炙芬芬⓲。公尸燕飲，無有後艱⓳。

注釋

❶鳧，野鴨。鷖，鷗鳥。涇，涇水。

❷公尸，君尸。來，猶是也。燕，宴饗。寧，安。言宴公尸寧公尸也。

❸殽。餚。馨，香。

❹成，成就。福祿來成，福祿成就之。

❺嘉，美。

❻為，鄭《箋》：「猶助也。」

❼處，止，留止。

❽湑，濾酒，此引申為清。

❾脯，肉乾。

❿來下，降下。福祿來下，福祿降及其身。

⓫潨，《說文》：「小水入大水。」即眾水交會之處。

⓬宗，毛《傳》：「尊也。」鄭《箋》：「其來燕也，有尊主人之意。」

⓭宗，宗廟。

⓮崇，重，重複。形容福祿之多。

⓯亹，音ㄇㄣˊ，通湄，馬瑞辰《毛詩傳箋通釋》：「疑亹即湄之假借，……讀為湄，正與上章『在沙』、『在渚』、『在潨』同為水旁之地。」即水涯也。

⓰來止薰薰，龍師宇純〈析詩經止字用義〉說此句與〈甫田．大田〉詩「曾孫來止」，〈雝〉詩「至止肅肅」尤為相近，疑止字仍為之矣合音，全句是說：「公尸薰薰然地來了呀！」熏熏，毛《傳》：「和悅也。」

⓱旨，美。欣欣，毛《傳》：「欣欣然樂也。」用以狀旨酒不辭。俞樾《古書疑義舉例》：「熏熏、欣欣字當互易。『公尸來止欣欣』，言公尸之和悅也。『旨酒熏熏』，此熏字乃薰之假借。《說文》：『薰，香草也。』蓋因草之香而引申之，則見香者皆得言薰也。欣、薰字音相同。古書多口授，互倒其文耳。」

⓲燔，音ㄈㄢˊ，燒，放在火上燒烤。炙，將肉串起，放在火上烤。芬芬，形容肉食香氣芬芳。

⓳艱，災難，不幸。後艱，未來之災難。毛《傳》：「無有後艱，言不敢多祈也。」孔《疏》：「無有後艱，守成而已。不敢更復望福，是所謂能持盈也。」

詩旨

1.《詩序》：「〈鳧鷖〉，守成也。大平之君子能持盈守成，神祇祖考安樂之也。」鄭《箋》：「祭祀既畢，明日，又設禮而與尸燕。」王先謙《詩三家義集疏》：「三家無異義。」

2. 范處義《詩補傳》：「既醉、鳧鷖皆祭畢燕飲之詩，故皆言公尸。然既醉乃詩人託公尸告嘏以禱頌，鳧鷖則詩人專美公尸之燕飲。」

3. 朱熹《詩集傳》：「此祭之明日，繹而賓尸之樂。」（撰者按：天子諸侯於祭祀之明日，設禮以燕其尸曰繹。）

作法

1. 朱公遷《詩經疏義會通》：「來成、來為、來下、攸降、來崇，皆即今日言之，凡得安樂尊崇如此者，是即所謂福也。無有後艱，則自今以往，永永無虧，而福常若此矣！」

2. 撰者按：全詩五章，除第五句外，句句押韻，一韻到底。僅少數句子有變化，但情感熱烈。主人誠敬以酒清餚馨回報公尸之和悅與神靈之降福，誠如孫鑛評《詩經》：「滿篇歡宴福祿」。只在結尾提到「無有後艱」，更令人感受主人態度之戒慎和對神靈之敬畏與祈求。

假樂

假樂君子[1]，顯顯令德[2]。宜民宜人，受祿于天。保右命之[3]，自天申之[4]。

干祿百福[5]，子孫千億[6]。穆穆皇皇，宜君宜王。不愆不忘[7]，率由舊章[8]。

威儀抑抑[9]，德音秩秩[10]。無怨無惡[11]，率由群匹[12]。受福無疆，四方之綱。

之綱之紀，燕及朋友。百辟卿士[13]，媚于天子[14]。不解于位[15]，民之攸塈[16]。

❶假樂，毛《傳》：「假，嘉也。」《左傳》、《中庸》引詩皆作嘉樂。嘉樂，喜樂。君子，指周王。

❷顯顯，《齊詩》作憲，光顯貌。令，美。

❸右，《齊詩》作佑，佑助。命，指天授命。

❹申，重複。申之，陳奐《詩毛氏傳疏》：「言申之以福祿也。」

❺干，求。祿，亦福也。干祿百福，言求祿而得福也。

❻千億，古制十萬為億，千億言其多。

❼愆，罪過。忘，失；《說文》：「不識也。」

❽率，循。舊章，先王制定之典章。

❾抑抑，謙遜謹慎貌。見〈小雅．賓之初筵〉注。

❿秩秩，有序貌。見〈秦風．小戎〉注。

⓫惡，厭惡。

⓬群匹，馬瑞辰《毛詩傳箋通釋》說猶言群眾。連上句意謂：臣民無厭惡王者，以王能順從群眾之望也。

⓭百辟，各諸侯國君。

⓮媚，鄭《箋》：「愛也。」

⓯解，通懈，懈怠也。

⓰塈，毛《傳》：「息也。」鄭《箋》：「不解於其職位，民之所以休息由此也。」

詩旨

1.《詩序》：「〈假樂〉，嘉成王也。」

2.王充《論衡．藝增》：「《詩》言『子孫千億』，美宣王之德能慎天地，天地祚之，子孫眾多，至於千億。」王充學《魯詩》，如此《魯詩》派認為是宣王時詩。

3.朱熹《詩集傳》：「疑此即公尸所以答鳧鷖者也。」（姚際恆駁其非）

4.何楷《詩經世本古義》：「假樂贊美武王之德，為祭武王之詩。」

5.方玉潤《詩經原始》：「此等詩無非奉上美詞，若無『不解于位』一語，則近諛矣！其所用既無考證，詩意亦未顯露，故不知其為何王，亦莫定其為何用矣。《序》云嘉成王，以其詩次成王之世而言也。《集傳》疑即公尸之答鳧鷖，又以其篇在鳧鷖後而言也。至何玄子更以為祭武王之詩，則因《中庸》引《詩》以證舜，故疑為下章之武王詠也。皆臆測也，而何可以為據哉？」

6. 王闓運《毛詩補箋》：「成王行冠禮時的樂歌。」
7. 程俊英《詩經注析》：「周王宴會群臣，群臣歌功頌德的詩。」

1. 徐光啟《毛詩六帖講意》：「此詩之作，本為稱頌其君，而言子孫為詳，可謂知所重矣！末章忽入燕臣，就從此生出群臣之媚，就從群臣說出『不解于位，民之攸塈』善頌善禱之中，曲寓規諷之意。其文體奇逸，如行雲變幻，不可揣摹。……章法神品。」
2. 撰者按：此詩頌揚王能敬天、法祖、用賢、安民，但究竟頌揚何王？各家說法紛紜。

公劉

篤公劉❶，匪居匪康❷，迺埸迺疆❸，迺積迺倉❹。迺裹餱糧❺，于橐于囊❻，思輯用光❼。弓矢斯張❽，干戈戚揚❾，爰方啓行❿。

篤公劉，于胥斯原⓫。既庶既繁⓬，既順迺宣⓭，而無永歎。陟則在巘⓮，復降在原。何以舟之⓯？維玉及瑤，鞞琫容刀⓰。

篤公劉，逝彼百泉⓱，瞻彼溥原⓲。迺陟南岡，乃覯于京⓳。京師之野⓴，于時處處㉑，于時廬旅㉒，于時言言，于時語語。

篤公劉，于京斯依㉓。蹌蹌濟濟㉔，俾筵俾几㉕，既登乃依㉖。乃造其曹㉗，執豕于牢㉘；酌之用匏㉙。食之飲之，君之宗之㉚。

篤公劉，既溥既長㉛。既景迺岡㉜，相其陰陽㉝，觀其流泉，其軍三單㉞。度其隰原㉟，徹田爲糧㊱。度其夕陽㊲，豳居允荒㊳。

篤公劉，于豳斯館[39]。涉渭為亂[40]，取厲取鍛[41]。止基迺理[42]，爰眾爰有[43]。夾其皇澗[44]，遡其過澗[45]。止旅乃密[46]，芮鞫之即[47]。

注釋

❶篤，發語詞。公劉，后稷之裔孫。堯時封后稷於邰，十餘世，至公劉，當夏之衰，避桀居於豳。參戴震《毛鄭詩考正》及陳奐《詩毛氏傳疏》。

❷匪，上匪字，讀為彼，下匪字，讀為非。康，安。言公劉勤於事，不安逸以居也。或說公劉因其人民居於戎狄之間不安居也。

❸迺，乃。疆、埸，大界曰疆，小界曰埸，在此皆作動詞，指整治田地，正其田畝之意。

❹積，露天堆糧之處，在此作動詞，指聚積糧食。倉，倉庫，在此作動詞，修建穀倉。

❺裹，包裹。餱糧，乾糧。

❻橐、囊，裝糧食之袋子。毛《傳》：「大曰橐，小曰囊。」

❼思，發語詞。輯，聚集。用，以。光，廣，形容很多。思輯用光，言集聚餱糧已多也。

❽斯，發語詞。

❾干，盾牌。戚，斧。揚，龍師宇純《絲竹軒詩說．讀詩管窺》以揚為動詞，與「弓矢斯張」句大同，皆倒文取叶韻也。

❿爰，於是。方，開始。啟行，啟程，出發。

⓫于胥斯原，胥與于字連用為嘆詞，義同嗟。句型同於「于嗟麟兮」或「于嗟乎不承權輿」，「于嗟」為讚嘆之辭，「于胥」亦為「斯原」的讚嘆之辭，龍師宇純《詩經胥字析義》有說。

⓬庶、繁，居民人口眾多。

⓭既順，民心既順。宣，舒暢。

⓮陟，登。巘，音ㄧㄢˇ，小山。

⓯舟，毛《傳》：「帶也。」汪中《經義知新記》：「舟無佩義，必是服字。傳寫者脫其半耳。」

⓰鞞，刀鞘下端之裝飾。琫，刀鞘口上之裝飾。容刀，佩刀。陳奐《詩毛氏傳疏》：「佩刀以為容飾，故曰容刀。」

⓱逝，往。百泉，地名，其詳未聞。

⓲溥原，地名。又毛《傳》：「溥，大也。」溥原，即廣大之平原。顧炎武、胡渭以為大平原，在平涼境內。朱右曾以為即安定郡，在今寧夏南部，甘肅東部，即固原、平

涼、慶陽間之廣大平原。王國維〈克鐘克鼎跋〉以為即克鼎「錫女田于溥原」之溥原。

⑲京，豳之地名。

⑳師，都邑。馬瑞辰《毛詩傳箋通釋》引吳斗南說：「京者，地名。師者，都邑之稱。如洛邑亦稱洛師之類。」

㉑時，是。處處，居處，居住。

㉒廬，寄。廬旅，寄居。馬瑞辰《毛詩傳箋通釋》說：廬、旅，古同聲通用，旅亦寄也。

㉓依，依之以居。

㉔蹌蹌，趨進貌。濟濟，眾多貌。一說蹌蹌濟濟為威嚴敬慎貌。

㉕俾，使。筵，席子，在此作動詞，擺設筵席。几，小桌子，在此作動詞，安置桌几。

㉖登，指登筵，登上席位。依，依靠桌几。

㉗造，往。曹，群，指豬群。

㉘牢，豬圈。

㉙酌之，指斟酒。匏，葫蘆。

㉚君，君主。宗，族主，一說為尊。

㉛溥，廣，指居住之土地廣大。

㉜景，以日影測度方向。迺，猶其也：《經傳釋詞》說。岡，山崗。

㉝相，看，視察。陰，山之北面。陽，山之南面。相其陰陽，視察方向，以為居室。

㉞單，于省吾《澤螺居詩經新證》說單、戰古通，三戰乃古人恆言，皆指屢戰。毛《傳》稱公劉居於邰，而遭夏人亂，迫逐公劉，公劉乃辟中國之難，遂平西戎，而遷其民邑於豳焉。是公劉武功炳彪一時，故詩人以其軍三戰詠之也。又鄭《箋》以三單為軍制，馬瑞辰《毛詩傳箋通釋》發揮鄭說：「分其軍，或居山之陰，或居山之陽，或居流泉之旁。」俞樾《達齋詩說》則發揮毛《傳》訓「單」為「相襲」之說曰：「三單則何以相襲？疑毛公讀單為禪。禪者，禪代之義，故云相襲也。三軍所以得相襲何也・為三軍而用其一軍，使之更番代，故曰三單。」

㉟度，測量。度其隰為原，以為取稅之標準也。

㊱徹，讀為《孟子》「周人百畝而徹」之徹，取稅之稱。此言照田畝徵穀，以為出行所用之糧也。

㊲夕陽，山之西面稱為夕陽。

㊳豳居，豳地。允，誠然。荒，大，廣大。此章言公劉擴展疆域至豳也。

㊴館，館舍，居住。

㊵涉渭，渡過渭水。亂，以石絕流，即梁，一說為橫流而渡。涉渭為亂，乃倒文以叶韻，言為亂以涉渭也。

㊶厲，通礪，粗石，磨刀石。鍛，碫，細石。一說為搥打用之石頭。二者皆築室所需之物或生產工具。

㊷止基乃理，龍師宇純〈試析詩經止字用義〉以為止字即古文「之」字，應讀作「茲」，乃指事代詞。「茲基乃理」承上「于豳斯館」為言，是說公劉遷豳後，人民居二澗之旁而「茲眾乃安」。

㊸爰，於是。有，多，眾、多皆指人口之多。言從事者眾多。

㊹皇澗，澗名。夾，夾持，蓋在皇澗兩旁之宮室。

㊺遡，向，面對。過澗，澗名。言面向過澗而居。

㊻止，居。旅，寄。言居住之人繁密。

㊼芮，通汭，水灣之內。鞫，水灣之外。即，就。芮鞫之即，言就水灣內外而居。

詩旨

1.《詩序》：「〈公劉〉，召康公戒成王也。成王將涖政，戒以民事，美公劉之厚於民，而獻是詩也。」方玉潤《詩經原始》駁曰：「《序》以此為召康公作者，蓋〈七月〉既屬之周公，則此詩不能不屬於召公矣。其有心附會周、召處，明白顯然。」王先謙《詩三家義集疏》：「據《魯》說，詩專美公劉，不關戒成王，亦不言召公作。《齊》、《韓》當同。」

2.《史記．周本紀》：「公劉雖在戎狄之間，復修后稷之業，務耕種，行地宜。自漆沮渡渭，取材用。行者有資，居者有畜積。民賴其慶，百姓懷之，多徙而保歸焉。周道之興自此始，故詩人歌樂思其德。」

撰者按：相傳周人始祖后稷建都於邰（今陝西武功縣境），到其曾孫公劉時，因不堪忍受周圍部族之侵擾，而遷徙到豳地（今陝西旬邑西），此後十世不遷都，進入比較富庶定點之農業生活，本詩即詠此事。全詩六章章十句，以「匪居匪康」為主線，從遷居之始、相地之宜、民情之洽、燕饗之樂、制度之備，終之以擴土築館，民得安居，懷柔遠人等等方面，讚美公劉之偉大功業。除條理井然外，全詩於人物與場景的描寫亦十分精彩。

洞酌

洞酌彼行潦❶，挹彼注茲❷，可以餴饎❸。豈弟君子❹，民之父母。

洞酌彼行潦，挹彼注茲，可以濯罍❺。豈弟君子，民之攸歸❻。
洞酌彼行潦，挹彼注茲，可以濯溉❼。豈弟君子，民之攸塈❽。

注釋

❶洞，音迥，遠也。酌，以勺酌取。行潦，流潦也。《正義》：「行者，道也。潦者，雨水也。行道上雨水流聚，故云流潦也。」

❷挹，酌取也。彼，指行潦。注，瀉入也。茲，此也。

❸餴，音ㄈㄣˊ，餾也，本義為米蒸過一次後加水再蒸，在此是蒸飯。饎，酒食也。

❹豈弟，愷悌，和樂平易貌。

❺濯，洗也。罍，酒器。

❻攸，所也。

❼溉，音ㄍㄞˋ，王引之《經義述聞》：「當為概，概、溉通用。《周官．大宗伯》注：『溉，酒器。』」應為樽類酒器。

❽塈，鄭《箋》：「息也。」

詩旨

1.《詩序》：「〈洞酌〉，召康公戒成王也。言皇天親有德、饗有道也。」（姚際恆駁其非）今文經學家以其次於〈公劉〉之後，因而謂為公劉所作，但無確據。

2.方玉潤《詩經原始》：「……必在上者有慈祥豈弟之念，而後在下者有親附來歸之誠。」

3.王先謙《詩三家義集疏》：「三家以詩為公劉作。蓋以戎狄濁亂之區而公劉居之，譬如行潦可謂濁矣，公劉挹而注之，則濁者不濁，清者自清。由公劉居豳之後，別田而養，立學以教，法度簡易，人民相安，故親之如父母。及大王居豳，而從如歸市，亦公劉之遺澤有以致之也。其詳則不可得而聞矣！」

作法

1. 方玉潤《詩經原始》：「……曰攸歸者，為民所歸往也；曰攸塈者，為民所安息也。使君子不以父母自居，外視其赤子，則小民又豈如赤子相依，樂從夫父母？故詞若褒而意實勸戒。」「其體近乎風，匪獨不類大雅，且並不似小雅之發揚蹈厲、剴切直陳者。」

2. 撰者按：全詩三章複沓，前三句毛《傳》未標興，但就詩義而言，實為物象義，以水在生活中之重要性，象徵君子為民父母，在百姓心目中之重要地位。後二句則歌頌君子和人民之關係。

卷阿

有卷者阿❶，飄風自南❷。豈弟君子❸，來游來歌，以矢其音❹。

伴奐爾游矣❺，優游爾休矣❻。豈弟君子，俾爾彌爾性❼，似先公酋矣❽。

爾土宇昄章❾，亦孔之厚矣❿。豈弟君子，俾爾彌爾性，百神爾主矣⓫。

爾受命長矣，茀祿爾康矣⓬。豈弟君子，俾爾彌爾性，純嘏爾常矣⓭。

有馮有翼⓮，有孝有德⓯，以引以翼⓰。豈弟君子，四方爲則⓱。

顒顒卬卬⓲，如圭如璋⓳，令聞令望⓴。豈弟君子，四方爲綱。

鳳凰于飛，翽翽其羽㉑，亦集爰止㉒。藹藹王多吉士㉓，維君子使㉔，媚于天子㉕。

鳳凰于飛，翽翽其羽，亦傅于天㉖。藹藹王多吉人，維君子命，媚于庶人㉗。

鳳凰鳴矣，于彼高岡。梧桐生矣，于彼朝陽㉘。菶菶萋萋㉙，雝雝喈喈㉚。

君子之車，既庶且多㉛，君子之馬，既閑且馳㉜。矢詩不多㉝，維以遂歌㉞。

❶卷，毛《傳》：「曲也。」有卷，卷然，蜿蜒曲折貌。阿，鄭《箋》：「大陵。」

❷飄風，暴風。

❸豈弟，愷悌，和樂平易貌。君子，指周天子，或指來朝見之諸侯。

❹矢，毛《傳》：「陳也。」音，聲音。

❺伴奐，鄭《箋》：「自縱馳之意。」伴奐、拌換、叛換、畔換、判換、畔援聯綿詞義存乎聲，字無定寫，皆盤桓之意。爾，指周天子或指來朝見之諸侯。

❻優游，閒暇自得貌。休，休息。

❼俾，使。彌，終。性，生，生命。俾爾彌爾性，王國維〈與友人論詩書中成語書〉：「彌性，即彌生，猶言永命矣。」此祝其長壽也。

❽似，毛《傳》：「嗣也。」酋，通猷，謀也。

❾土宇，邦家。昄，音ㄅㄢˇ，大。章，著。言疆域大而國顯也。

❿厚，豐厚，指福祿豐厚。

⓫百神，言其多。《禮記．祭統》：「有天下者祭百神。」主，主祭。

⓬茀，鄭《箋》：「福。」康，安康。

⓭純，大。嘏，福。言受大福以為常。

⓮馮、翼，朱熹《詩集傳》：「馮，謂可為依者。翼，謂可為輔者。」

⓯有孝有德，馬瑞辰《毛詩傳箋通釋》引王引之說：「《爾雅》：『善父母為孝。』推而言之，則為善德之通稱。」

⓰以引以翼，連上二句謂：諸臣多忠藎孝德之人，或導之於前，或輔之於左右也。

⓱四方，四方之國，天下。則，法，典範。

⓲顒顒，音ㄩㄥˊ，溫和貌。卬卬，志氣高朗貌。

⓳圭、璋，玉製之禮器，用以形容君子品德高貴純潔。

⓴令，美。聞、望，聲譽。

㉑翽翽，音ㄏㄨㄟˋ，鳥拍動翅膀之聲音。

㉒亦，語助詞。爰，於。止，棲止，停息。

㉓藹藹，眾多貌。吉士，善士。

㉔君子，指周王。使，役使。一說，君子使，指來朝諸侯之使臣。

㉕媚，愛戴。

㉖傅，附；一說至。

㉗庶人，眾人。

㉘朝陽，山之東面，因早晨為陽光照射，故稱朝陽。姚際恆《詩經通論》：「詩意本是高岡朝陽，梧桐生其上，而鳳凰棲於梧桐之上鳴焉；今鳳凰言高岡，梧桐言朝陽，互見

也。」

㉙菶，音ㄅㄥˇ，菶菶、萋萋，皆狀草木茂盛貌，此用以喻朝臣之眾多。

㉚雝雝、喈喈，形容鳴聲和諧，此用以喻朝臣之和諧。錢鍾書《管錐篇．毛詩正義》說「菶菶」句緊接梧桐二句，而「雝雝」句遠承鳳凰二句，此謂丫叉句法。

㉛庶，眾。

㉜閑，熟習也。馳，能急馳。

㉝矢，陳。

㉞遂，完成。遂歌，遂為樂官譜成歌曲。《毛傳》：「王使公卿獻詩以陳其志，遂為工師之歌焉。」

詩旨

1.《詩序》：「〈卷阿〉，召康公戒成王也。言求賢用吉士也。」姚際恆《詩經通論》引《竹書紀年》：「成王三十三年，遊于卷阿，召康公從。」以證《序》說，但《竹書紀年》有作偽成分。今文三家說釋不同，王先謙《詩三家義集疏》引黃山說：「此詩據《易林》、《齊》說，為召公避暑曲阿，鳳凰來集，因而作詩。蓋當時奉命巡方，偶然游息，推原瑞應之至，歸美於王能用賢，故其詩得列於〈大雅〉耳。周公垂戒毋佚，成王必不盤游，毛說殆近於誣矣。」

2.朱熹《詩集傳》：「此詩舊說亦召康公作，疑公從成王游歌於卷阿之上，因王之歌，而作此以為戒。」王質《詩總聞》則以為是頌文王。

3.屈萬里《詩經詮釋》：「頌美來朝之諸侯也。」

4.程俊英《詩經注析》：「周王與群臣出遊卷阿，詩人陳詩頌王的歌。」

作法

1.牛運震《詩志》：「優柔和平，風流逸宕，想見大臣納誨亹亹之神。先頌後規，首尾相應，結構最工。」

2.孫作雲《詩經與周代社會研究．詩經的錯簡》：「詩從開始至『四方為綱』為一首，從『鳳凰于飛』到結束為另一首，全詩實由兩詩誤合為一。」

3.撰者按：首章：「來游來歌，以矢其音。」末章：「矢詩不多，維以遂歌。」首尾呼應。中間八章，敘出遊則祝頌並起；敘求賢則賦與興兼用。

民勞

民亦勞止❶，汔可小康❷。惠此中國❸，以綏四方❹。無縱詭隨❺，以謹無良❻。式遏寇虐❼，憯不畏明❽？柔遠能邇❾，以定我王。

民亦勞止，汔可小休。惠此中國，以爲民逑❿。無縱詭隨，以謹惛怓⓫。式遏寇虐，無俾民憂。無棄爾勞⓬，以爲王休⓭。

民亦勞止，汔可小息。惠此京師，以綏四國。無縱詭隨，以謹罔極⓮。式遏寇虐，無俾作慝⓯。敬慎威儀，以近有德。

民亦勞止，汔可小愒⓰。惠此中國，俾民憂泄⓱。無縱詭隨，以謹醜厲⓲。式遏寇虐，無俾正敗⓳。戎雖小子⓴，而式弘大㉑。

民亦勞止，汔可小安。惠此中國，國無有殘㉒。無縱詭隨，以謹繾綣㉓。式遏寇虐，無俾正反㉔。王欲玉女㉕，是用大諫㉖。

❶亦，猶既。止，之矣合音，表狀態之完成。

❷汔，庶幾，表示希望之詞。小康，稍安。

❸惠，愛。中國，毛《傳》：「京師也。」

❹綏，安定。

❺縱，縱容，放縱。詭隨，王引之《經義述聞》謂疊韻字不可分訓，詭隨即譎詐欺謾之人。

❻ 謹，戒慎。

❼ 式，龍師宇純〈試釋詩經式字用義〉說：「此詩除首章外，餘並屬『式、無』句，式義並當表希冀，『式遏寇虐』，猶言幸遏寇虐也。」遏，遏止。寇虐，掠奪暴虐之官吏。

❽ 憯，曾。明，光明，正道。句言：曾不畏光明之人也。

❾ 柔，安撫。能，伮，安撫。邇，近，指住在近處之人。句言：遠近都使之安也。

❿ 逑，〈關雎〉「好逑」，猶言嘉偶；〈兔罝〉「好仇」（仇、逑通假），猶言良伴。民逑，意謂為民眾之友。

⓫ 惛怓，猶喧譁，謂好爭訟之人。

⓬ 勞，鄭《箋》：「勞，猶功也。」

⓭ 休，美也。連上句鄭《箋》曰：「無廢女始時勤政事之功，以為女王之美。述其始時者，誘掖之也。」

⓮ 罔極，無良。

⓯ 慝，毛《傳》：「惡也。」

⓰ 愒，毛《傳》：「息。」

⓱ 泄，散也，毛《傳》：「去也。」

⓲ 醜、厲，皆指醜惡之人。

⓳ 正敗，政事敗壞。正同政。

⓴ 戎，汝也。小子，據俞樾《達齋詩說》說即卿大夫之子。古代世卿，貴族子弟入仕，應從下級僚屬做起。

㉑ 式，鄭《箋》：「用也。」弘大，甚大。二語言：汝雖小子，然因在官位，故作用甚大也。又龍師宇純〈試釋詩經式字用義〉說：唯式字義為「作用」，《詩經》未見。今仍以式字義表希冀，弘大二字用為動詞，「而式弘大」，謂幸女恢宏大之也。

㉒ 殘，猶害也，指被殘害之人。

㉓ 繾綣，反覆。

㉔ 正，政也。反，覆也。猶政敗。

㉕ 玉，音ㄒㄩˋ，《說文》金玉之玉，其旁無點。加點者，云：朽玉也，讀若畜牧之畜。阮元《揅經室集》以為此即加點之玉，玉汝即畜汝，亦即好汝。

㉖ 用，以。大諫，深切之勸諫。言是以作此詩以大諫之也。

1. 《詩序》：「〈民勞〉，召穆公刺厲王也。」陸德明《經典釋文》：「從此至〈桑柔〉五篇是厲王變〈大雅〉。」王先謙《詩三家義集疏》謂三家詩無異義。

2. 朱熹《詩集傳》：「《序》說以此為召穆公刺厲王之詩。以今考之，乃同列相戒之辭耳，未必專為刺王而發。然其憂時感事之意，亦可見矣！」

作法

1. 牛運震《詩志》：「似是風戒同官之辭，而憂時感事，忠愛惓惓，總為規君而發，是謂善於立言。」
2. 方玉潤《詩經原始》：「詩起四句說安民，中四句說防姦，非君上不足以當此。唯末二句輔成君德，似戒同列辭耳。每章皆然，特各變其義，以見深淺之不同。而中間四句尤反覆提唱，則其主意專注防姦也可知。蓋姦不去則君德不成，民亦何能安乎？故全詩當以中四句為主，雖曰戒同列，實則望君以去邪為急務也。」

板

上帝板板[1]，下民卒癉[2]。出話不然[3]，爲猶不遠[4]。靡聖管管，不實於亶[5]。猶之未遠，是用大諫[6]。

天之方難[7]，無然憲憲[8]；天之方蹶[9]，無然泄泄[10]。辭之輯矣[11]，民之洽矣[12]；辭之懌矣[13]，民之莫矣[14]。

我雖異事[15]，及爾同寮[16]。我即爾謀[17]，聽我囂囂[18]。我言維服[19]，勿以爲笑。先民有言：「詢于芻蕘[20]。」

天之方虐，無然謔謔[21]。老夫灌灌[22]，小子蹻蹻[23]。匪我言耄[24]，爾用憂謔[25]。多將熇熇[26]，不可救藥。

天之方懠[27]，無爲夸毗[28]。威儀卒迷[29]，善人載尸[30]。民之方殿屎[31]，則莫我敢葵[32]。喪亂蔑資[33]，曾莫惠我師[34]。

天之牖民[35]，如壎如篪[36]，如璋如圭[37]，如取如攜[38]。攜無曰益[39]，牖民孔易[40]。民之多辟[41]，無自立辟[42]。

价人維藩㊸，大師維垣㊹，大邦維屏㊺，大宗維翰㊻。懷德維寧㊼，宗子維城㊽。無俾城壞，無獨斯畏㊾。

敬天之怒㊿，無敢戲豫[51]；敬天之渝[52]，無敢馳驅[53]。昊天曰明[54]，及爾出王[55]；昊天曰旦[56]，及爾游衍[57]。

❶板板，《說文》有版無板，《爾雅》：「版版，僻也。」謂僻遠也。又毛《傳》：「反也。」即翻覆不定，乖戾反常。

❷卒，《韓詩外傳》引作瘁，病也。癉，勞病也。

❸然，信也。古人謂言而有信曰重然諾。

❹猶，謀略。遠，遠大。為猶不遠，言所做計謀短淺無遠見。

❺靡聖管管，不實於亶，毛《傳》：「管管，無所依繫。亶，誠也。」鄭《箋》：「王無聖人之法度，管管然以心自恣，不能用實於誠信之言，言行相違。」龍師宇純說：鄭增字說經，不合詩意。八字只是一句，於靡聖下以管管為「不實於亶」之狀詞；因四言為句，不得不分作兩截，又以管與亶韻。全句言「無有聖人管管然不實於亶者」。凡《詩》云靡哲不愚、靡國不泯與此皆同一句型。〈殷武〉云：「天命降監，下民有嚴。」下民為降監之受詞，亦因四言句型之限，而分為兩句，與此大同。管管，鄭說為以心自恣，即毛氏無所依繫之義，亦可換作泛泛然不經心意以解之。今人多依《爾雅》訓為憂，與詩恉不相合。

❻是用，是以。

❼方難，正降下災難。

❽無，勿。無然，不要如此。憲憲，毛《傳》：「猶欣欣也。」喜悅貌。

❾蹶，動蕩，指社會動亂。

❿泄泄，毛《傳》：「猶沓沓也。」馬瑞辰《毛詩傳箋通釋》釋為多言妄論。

⓫辭，言詞。輯，溫和。

⓬洽，融洽。

⓭懌，和悅。

⓮莫，定。

⓯異事，職務不同。

⑯寮，同僚，寮為官署名，西周王朝設卿士寮和太史寮，為最高行政機構。同寮，即同事。

⑰即，就，往。謀，商量。

⑱囂囂，通謷謷，朱熹《詩集傳》：「自得不肯受言之貌。」

⑲服，用。又馬瑞辰《毛詩傳箋通釋》訓為治，即能治理國家亂狀。

⑳詢，詢問，請教。芻蕘，毛《傳》：「薪采者。」泛指卑賤之人。

㉑謔謔，戲樂。

㉒老夫，詩人自稱。灌灌，毛《傳》：「猶款款也。」即款誠忠實。

㉓小子，指年輕之掌權者，即前言之同寮。蹻蹻，義同驕驕，驕傲貌。

㉔匪，非。耄，老而昏亂。

㉕憂，俞樾以為憂當讀為優，調戲也。謔，戲謔也。二語謂我所言者並非老而昏之言，而汝乃以為戲謔之言也。

㉖多，指進言之多。熇熇，讀如嗃嗃，嚴厲貌，指發怒。此謂進言多則將使之發怒也。

㉗懠，音ㄐㄧˋ，毛《傳》：「怒也。」

㉘毗，音ㄆㄧˊ，夸毗，毛《傳》：「以體柔人也。」即卑躬屈膝以迎合諂媚他人。

㉙卒，盡。迷，迷亂。

㉚載，則。載尸，則尸，如尸之不語，孔穎達《疏》：「尸，謂祭時之尸，以為神象，故終祭而不言。賢人君子則如尸不復言語，畏政故也。」

㉛殿屎，通唸吚，《魯詩》作唸吚，痛苦呻吟聲。

㉜葵，同揆，揆度。言民眾莫敢揆度之也。

㉝蔑，無。資，財。言喪亂使人民無資財以生。

㉞惠，愛。師，眾。曾莫惠我師，在位者曾不惠愛我民眾也。

㉟牖，誘導。誘導之使向善也。

㊱壎，陶土製成之圓形吹奏樂器。篪，音ㄔˊ，竹製之管樂器。如壎如篪，用以比喻使民和諧如壎、篪之相應合奏。

㊲璋、圭，半圭為璋，合二璋為圭，兩者皆為玉製之禮器。如璋如圭，如圭璋之配合得宜。

㊳取，猶提也。取攜，猶言提攜，謂相親也。

㊴曰，聿也，語助詞。益，當讀為搤，扼制。言提攜之而勿扼制之也。

㊵牖民，誘民。孔易，非常容易。

㊶辟，邪僻。言人民已多邪僻。

㊷無自立辟，言在上位者勿更自立邪僻以誤導人民。

㊸价，音ㄐㄧㄝˋ，善。維，為，是。藩，藩籬。

㊹大師，大眾，人民。垣，城牆。

㊺大邦，諸侯國中之大國。屏，屏障。

㊻大宗，周天子同姓之宗族。翰，棟樑。

㊼懷德，指人民懷念其德。寧，安寧。言在上者如有德可懷，則可獲軍人、大眾、諸侯、宗族之擁戴，則邦國得以

安寧矣！

㊽宗子，鄭《箋》：「謂王之嫡子。」龍師宇純〈讀詩雜記〉說：鄭說宗子，為其一般義，施之於此，於上下文無脈絡可尋。上文云：『价人為藩，太師為垣，大邦維屏，大宗維翰。』藩、垣、屏、翰即此文城字所出，則价人、大師、大邦、大宗當為此宗子所指。宗者，眾也，義見《廣雅．釋詁三》……宗眾古韻同中部，一精一照，照三照二本是一音，而照二自精出，照三亦或出於精……以見二字音近，故眾亦或書作宗也。

㊾無獨斯畏，龍師宇純〈讀詩雜記〉說：自鄭《箋》以下，解者均莫得其意。上文云「懷德維寧，宗子維城。無俾城壞」，斯字即指城壞而言，意謂無獨以城壞為可畏，其尤可畏者，在無德耳。

㊿敬，敬畏。

51 戲豫，逸樂。

52 渝，變，災變。

53 馳驅，馳馬出遊，有放縱自恣之意。

54 昊天，上天。曰，語助詞。明，光明。

55 及，與。王，往。出王，猶出遊。

56 旦，猶明。

57 游衍，衍，《釋文》作羨，羨有樂義。游衍，猶遊樂。

詩旨

1. 《詩序》：「〈板〉，凡伯刺厲王也。」據王先謙《詩三家義集疏》，今文家說法大體相同，只補充《詩序》說：「刺周王變祖法度，故使下民將病也。」
2. 朱熹《詩集傳》：「今考其意，亦與前篇相類，但責之益深切耳。」

作法

1. 牛運震《詩志》：「抝峭激切，卻純是篤厚。前後屢言敬天安民，都為規王而發。中間二章特借同列以警其見聽耳。當時謗禁甚嚴，道路以目，詩人不敢正言極諫，故詭有所託，以抒其憂國之志，所謂言之者無罪也。」
2. 鄒梧岡《詩經備旨》：「首章責之以失道，二章勉之以善言，三、四章是維其聽己之言，五章供致其切責之意，六章欲其輔君以化下，七章欲其輔君以修德，末章以敬天終之，蓋敬天斯可以安民也。」

蕩之什

蕩

蕩蕩上帝[1]，下民之辟[2]。疾威上帝[3]，其命多辟[4]。天生烝民[5]，其命匪諶[6]。靡不有初[7]，鮮克有終[8]。

文王曰：「咨[9]！咨汝殷商。曾是彊禦[10]，曾是掊克[11]；曾是在位，曾是在服[12]。天降滔德[13]，女興是力[14]。」

文王曰：「咨！咨女殷商。而秉義類[15]，彊禦多懟[16]。流言以對[17]，寇攘式內[18]。侯作侯祝[19]，靡屆靡究[20]。」

文王曰：「咨！咨女殷商。女炰烋于中國[21]，斂怨以爲德[22]。不明爾德[23]，時無背無側[24]；爾德不明，以無陪無卿[25]。」

文王曰：「咨！咨女殷商。天不湎爾以酒[26]，不義從式[27]。既愆爾止[28]，靡明靡晦[29]。式號式呼[30]，俾晝作夜[31]。」

文王曰：「咨！咨女殷商。如蜩如螗[32]，如沸如羹[33]。小大近喪[34]，人尚乎由行[35]。內奰于中國[36]，覃及鬼方[37]。」

文王曰：「咨！咨女殷商。匪上帝不時[38]，殷不用舊[39]。雖無老成人[40]，尚有典刑[41]。曾是莫聽[42]，大命以傾[43]。」

文王曰：「咨！咨女殷商。人亦有言：『顛沛之揭44，枝葉未有害，本實先撥45。』殷鑒不遠46，在夏后之世47！」

注釋

❶蕩蕩，即《論語》「蕩蕩乎民無能名焉」之蕩蕩，偉大之貌。

❷辟，君王。

❸疾威，暴虐。又鄭《箋》：「疾，重賦斂也。威，峻刑法也。」

❹辟，邪僻。以上四語，言偉大之上帝，乃下民之君；今乃暴虐而多邪僻之命。意謂必有其故也。

❺烝，眾也。

❻其命，指天命。諶，信賴。言天命不可信賴，義與〈大明〉「天難忱斯」相似。

❼初，開始。

❽鮮，少也。言國運初始，無不隆盛，而甚少能善終也。

❾咨，嗟嘆之詞。

❿曾，《經傳釋詞》：「曾，乃也。」彊禦，強橫。

⓫掊，音ㄆㄡˊ，掊克，毛《傳》：「自伐好勝之人也。」《釋文》：「聚斂也。」

⓬服，事也。在服，猶在位。以上四語言使強橫聚斂之臣在位也。

⓭滔，傲慢。滔德，傲慢不恭之品德。

⓮女，汝，你。興，作。力，用力。言汝則用力作為之，意謂競為惡也。

⓯而，你。秉，用。義類，善類：馬瑞辰說。

⓰懟，音ㄉㄨㄟˋ，怨恨。言用善人則強橫之臣怨懟也。

⓱流言，謠言。對，答也。言以謠言答其君也。

⓲寇攘，竊盜。鄭《箋》：「式，用也。」內，朱彬《經傳考證》：「內、入，古通用。」言盜竊之人，竟用之於內。

⓳侯，維也。作，當讀為詐，一說咒。祝，詛咒。

⓴靡，無。屆，極。究，窮究。二語言維用詐偽及互相祝詛，無窮無極也。

㉑炰烋，咆哮，驕傲囂張。

㉒斂，聚也。言聚斂人之怨恨以為己之美德也。又德通得。

㉓明，修明。

㉔時，是。無背無側，身旁及身後都無善臣。背、側指小臣言。

㉕陪，副。卿，卿士。毛《傳》：「無陪貳也，無卿士

也。」陪貳、卿士皆是大臣。

㉖湎，沉迷。

㉗不義從式，毛《傳》：「義，宜也。」鄭《箋》：「式，法也。天不同女顏色以酒，有沉湎於酒者，是乃過也，不宜從而法行之。」

㉘愆，過失。止，容止，儀態。

㉙明，白天。晦，晚上。

㉚式，法。式號式呼，鄭《箋》：「醉則號呼相傚。」

㉛俾，使。俾晝作夜，鄭《箋》：「用晝日作夜，不視政事。」

㉜蜩，音ㄊㄧㄠˊ，蟬。螗，音ㄊㄤˊ，一種大而黑之蟬。

㉝沸，煮沸。羹，菜湯。以上二語，如馬瑞辰言：「時人悲歎之聲如蜩螗之鳴；憂亂之心如沸羹之熟。」

㉞小大，猶言老少。近，幾乎。

㉟尚，尚且。由行，照舊而行，言其不改舊惡。

㊱奰，音ㄅㄟˋ，怒。

㊲覃，延。鬼方，殷周期間西北狄國之名。言商紂作威毒於內，人民憤怒怨恨，由國內延及鬼方。

㊳時，善。一說是。

㊴舊，舊章。

㊵老成人，老臣。

㊶典刑，法則。

㊷曾，乃。聽，從，聽用。

㊸大命，國運。傾，傾覆。

㊹顛，仆。沛，拔。揭，樹根蹶起。

㊺本，根本。撥，斷絕。以上三語，言樹木之拔倒而根蹶起者，枝葉並未有病害，實因其根先斷絕也。

㊻鑑，鏡也。

㊼夏后，周人稱夏朝為夏后氏，夏桀暴虐無道。二語言殷人之借鏡並不在遠，即在夏后之世也。

詩旨

1.《詩序》：「〈蕩〉，召穆公傷周室大壞也，厲王無道，天下蕩蕩無綱紀文章，故作是詩也。」今文三家無異義。

2.朱熹《詩集傳》：「詩人知厲王之將亡，故為此詩，託於文王所以嗟嘆殷紂者。」

3.屈萬里《詩經詮釋》：「此疑周初之詩，假文王語氣，以章殷人之惡，而明周人得國之正也。」

4.陳子展《詩三百解題》：「疑是武王假『遵文王』，車載『文王木主』，託為文王的話去伐紂，聲討武王的一篇有韻的檄文，正和〈泰誓〉、〈牧誓〉相類。」

1.鄒肇敏《詩傳闡》：「通篇託文王嘆商，危言不諱，而卒不能啟王之聰。故異時彘之亂，國人圍王宮，召公曰：『昔吾驟諫王，王不從，以及此難。』驟諫者，非獨外傳諫監謗數語，蓋〈蕩〉之詩尤最險焉！」

2.鄒梧岡《詩經備旨》：「此詩將言厲王之為不善，故首章言天變世亂皆人為不善所致，以啟戒王之端。下數章托言文王之嘆紂者，以刺之。二、三章嘆其用人之失；四、五章嘆其不修德，故有用人之失；六章嘆其致亂而不知戒；七章嘆不用舊，總是為政之失；八章則嘆其將亡，而欲其以往事為鑒也。」

3.吳闓生《詩義會通》：「此詩格局最奇。本是傷時之作，而忽幻作文王咨殷之語。通篇無一語及於當世，但於末二語微詞見意，而仍納入文王界中。詞意超妙，曠古所無。」

4.撰者按：近人說此詩以為直指殷紂之亡，異於舊說講寓託。從首章結構異於其後七章，直指天命無常，不能善始善終，似在點出作意，並非真寫殷商之事，只是借之諷喻現實。首章總冒全篇，下則全託文王口氣，歷數殷商罪過，以警告時王。後世唐詩喜用漢武當明皇、飛燕當太真皆仿此。

抑

抑抑威儀❶，維德之隅❷。人亦有言：「靡哲不愚❸。」庶人之愚❹，亦職維疾❺；哲人之愚，亦維斯戾❻。

無競維人❼，四方其訓之❽；有覺德行❾，四國順之。訏謨定命❿，遠猶辰告⓫。敬慎威儀，維民之則⓬。

其在于今，興迷亂于政⓭。顛覆厥德⓮，荒湛于酒⓯，女雖湛樂從⓰。弗念厥紹⓱，罔敷求先王⓲，克共明刑⓳。

肆皇天弗尚⓴，如彼泉流，無淪胥以亡㉑。夙興夜寐㉒，洒埽庭內㉓。維民之章㉔。脩爾車馬，弓矢戎兵㉕。用戒戎作㉖，用逷蠻方㉗。

質爾人民[28]，謹爾侯度[29]，用戒不虞[30]。愼爾出話，敬爾威儀，無不柔嘉[31]。白圭之玷[32]，尚可磨也。斯言之玷，不可爲也[33]。

無易由言[34]，無曰苟矣[35]；莫捫朕舌[36]，言不可逝矣[37]。無言不讎[38]，無德不報。惠于朋友，庶民小子。子孫繩繩[39]，萬民靡不承[40]。

視爾友君子[41]，輯柔爾顏[42]，不遐有愆[43]。相在爾室[44]，尚不愧于屋漏[45]。無曰：「不顯[46]，莫予云覯[47]。」神之格思[48]，不可度思[49]，矧可射思[50]？

辟爾爲德[51]，俾臧俾嘉[52]。淑愼爾止[53]，不愆于儀。不僭不賊[54]，鮮不爲則[55]。投我以桃，報之以李。彼童而角[56]，實虹小子[57]。

荏染柔木[58]，言緡之絲[59]。溫溫恭人[60]，維德之基[61]。其維哲人，告之話言[62]，順德之行[63]；其維愚人，覆謂我僭[64]，民各有心。

於乎小子[65]！未知臧否[66]。匪手攜之[67]，言示之事[68]；匪面命之，言提其耳[69]。借曰未知[70]，亦既抱子[71]。民之靡盈[72]，誰夙知而莫成？

昊天孔昭[73]，我生靡樂。視爾夢夢[74]，我心慘慘[75]。誨爾諄諄[76]，聽我藐藐[77]。匪用爲教[78]，覆用爲虐[79]。借曰未知，亦聿既耄[80]。

於乎小子！告爾舊止[81]。聽用我謀，庶無大悔。天方艱難，曰喪厥國[82]。取譬不遠，昊天不忒[83]。回遹其德[84]，俾民大棘[85]。

❶抑抑，毛《傳》：「密也。」有凝重、厚重之意。

❷隅，稜角。一說為偶，匹配。二語言君子當慎密於威儀，勿使有失外在儀表，當與內在品德相配合也。

❸靡哲不愚，哲人通達，處於亂世，則其行若愚，即邦無道則愚。

❹庶人，一般人。

❺職，實，一說主。疾，毛病。二語言眾人之愚，是其本愚，是自然常態。

❻戾，乖違。二語言哲人而愚，乖違常度，其非真愚也，乃畏罪之加於身也。

❼無競，無人能與之競爭。

❽訓，順。《左傳．哀公二十六年》引作「順」。

❾覺，《廣雅》：「大也。」

❿訏，大。謨，謀。定命，安定國運。

⓫猶，謀。辰，時。言遠大之謀，以時來告。

⓬則，法。

⓭興，舉，皆。興迷亂于政，俞樾《毛詩平議》說：皆迷亂於政。

⓮顛覆，傾敗。厥，其。

⓯荒，荒亂。湛，樂過其節。

⓰女，汝，你。雖，惟，獨。女雖湛樂從，你唯湛樂是從。

⓱紹，繼承。言繼承先人之業。

⓲敷，普，廣。

⓳克，能。共，讀為恭，恭謹。刑，法。二語言不善求先王之道，遂不能恭謹從事於賢明之法度。

⓴肆，語助詞，猶故也。尚，《經義述聞》引《爾雅》：「尚，右也。」佑，助也。

㉑無淪胥以亡，龍師宇純〈詩經胥字析義〉說朱熹訓淪為陷，〈小旻〉與〈抑〉兩詩的「如彼泉流，無淪胥以敗」及「無淪胥以亡」，用《說文》「陷，高下也」的解釋，便是「像彼泉流一樣，不要混混而下相共以至於敗亡。」

㉒夙，早。興，起。夙興夜寐，早起晚睡。

㉓埽，掃。庭內，庭院及宮室之內。

㉔章，表率。

㉕戎兵，兵器。

㉖戒，戒備。戎，兵事。作，起。

㉗逷，音ㄊㄧˋ，治。蠻方，夷狄之國。

㉘質，定。《說苑．修文》及《韓詩外傳》六引此句，質，皆作告，《鹽鐵論．世務篇》引作誥。

㉙侯，諸侯。度，法度。

㉚虞，慮。不虞，即今語意外。

㉛柔，嘉皆善也：馬瑞辰《毛詩傳箋通釋》有說。

㉜玷，音ㄉㄧㄢˋ，玉之污點，泛指缺失。

㉝為，龍師宇純〈讀詩雜記〉說：馬瑞辰曰：「為亦摩也。靡摩古通用。《廣韻》靡，為也，即摩字假借。是知不可為，猶言不可磨，變文以與磨為韻耳。《廣雅》蔿，化也。蔿與為通，匕與化通，為為消化，亦與消磨義同。」馬說為義為化得之；以為借作摩，變其文以為韻，則不知為摩聲母相遠，為固不可借作摩也。為當讀為譌，義謂化也。〈節南山〉云「式訛爾心」，訛即言變化，訛譌同字。

㉞由，於。無易由言，勿輕易出言。

㉟苟，苟且。猶今語所謂馬虎。

㊱捫，持。朕，我。

㊲逝，及。二語俞樾《毛詩平議》說：「雖無人持我之舌，但言既出則不能追及；不可不謹也。」

㊳讎，對，答：馬瑞辰《毛詩傳箋通釋》說。二語言報施不爽。

㊴繩繩，綿綿不絕貌，見〈周南．螽斯〉注。

㊵承，順。以上四語謂：如能惠愛朋友，以及眾民小子，則家國必昌；必致子孫繁盛，萬民順承也。

㊶視，示，告。

㊷輯、柔，皆和。

㊸遐，語助詞。愆，過。言不至於有過

㊹相，視。相在爾室，言視爾在室也。

㊺尚，庶幾。屋漏，屋之西北隅，隱暗之處。言雖無人處，亦必恭謹，庶幾乎能不愧於暗室也。

㊻顯，明。

㊼覯，見。

㊽格，神降臨曰格。思，語助詞。

㊾度，揣度。

㊿矧，猶今語哪得。射，厭；謂厭怠不謹於德。

51辟，法。

52臧、嘉，皆善。

53淑，美，善。止，鄭《箋》：「容止。」

54僭，差。賊，害；謂賊害人。

55鮮，少。則，法。

56童，毛《傳》：「羊之無角者也。」

57虹，訌，潰亂。

58荏染，柔軟。見〈小雅．巧言〉注。

59緡，毛《傳》：「被也。」即施於物上。以上二語，馬瑞辰《毛詩傳箋通釋》：「以絲作弦，施於柔木之上而為琴瑟也。」

60溫溫，寬柔。

61基，基址，根本。

62話言，善言。

63順德之行，其行順乎德。

64覆，反。僭，不誠實。

65於乎，嗚呼，感嘆詞。

66臧，善。

67 匪，非，不但。

68 匪手攜之，言示之事，不但以手攜之，且指示以事之是非。

69 匪面命之，言提其耳，不但面命之，更提其耳而告之。

70 借，假。

71 亦既抱子，馬瑞辰：抱乃「桴」字之或體。《廣雅》：「孚，生也」。

72 盈，滿。

73 昭，明。

74 夢夢，讀為懜懜，《爾雅》：「懜懜，昏也。」

75 慘慘，憂心不快樂。

76 誨，教誨。諄諄，懇切勸告。

77 藐藐，毛《傳》：「藐藐然不入也。」不入，聽不進去。

78 用，以。

79 覆，反。虐，同謔，戲謔。

80 聿，語助詞，乃，於是。耄，老。

81 告爾舊止，鄭《箋》：「舊，久也。止，辭也。」《正義》：「告汝以久故往昔之道止。」龍師宇純〈析詩經止字用義〉（五、存疑部分）：「據鄭氏訓舊為久，《尚書．無逸》『舊勞于外』即『久勞於外』，止當仍為之矣合音。舊下接『之矣』，可參〈杕杜〉之『近止』、『邇止』。但俞樾以止為禮，為名詞，告爾舊止猶言告爾舊章，亦通。」

82 厥，其。

83 忒，差。言天之報施無差忒。

84 回遹，邪僻不正。在此作動詞。見〈小雅．小旻〉注。

85 棘，通急，凶險困厄。

詩旨

1. 《詩序》：「〈抑〉，衛武公刺厲王，亦以自警也。」《序》說係據《國語．楚語》左史倚相曰：「昔衛武公年數九十五矣，猶箴儆於國，曰自卿以下至于師長士，苟在朝者無謂我老耄而舍我，必恭恪於朝夕，以交戒我，在輿有旅賁之規，位宁有官師之典，倚几有誦訓之諫，居寢有暬御之箴，臨事有瞽史之道，宴居有師工之誦，史不失書，矇不失誦，以訓御之，於是作懿戒以自儆，及其沒也，謂之睿聖武公。」但作者是否為衛武公，所刺是否為厲王，後人說法紛紜。
2. 朱熹《詩集傳》：「……韋昭曰：『懿，讀為抑，即此篇也。』董氏曰：『侯包言：「武公行年九十有五，猶使人日誦是詩而不離於其側。」』然則《序》說為刺厲王者誤矣！」
3. 閻若璩《潛丘劄記》：「衛武公以宣王十六年己丑即位，上距厲王流彘之年已三十載，安有刺王之詩？」

4. 姚際恆《詩經通論》：「篇中句句刺王，無一語自警。」

5. 陳奐《詩毛氏傳疏》據《史記・十二諸侯年表》考定，衛武公即位在周宣王十六年，犬戎殺幽王，武公將兵平戎甚有功，周平王命武公為公，五十五年卒。「於厲王時未為諸侯，幽王時雖諸侯不聞為周卿士，則入相於周斷在平王之世。」

6. 魏源《詩古微・變大雅三家詩發微》說：〈抑〉，衛武公作於為平王卿士之詩，距幽沒三十餘載，距厲沒八十餘載。爾、女、小子，皆武公自儆之詞，而刺王室在其中矣。「修爾車馬」、「弓矢戎兵」，冀復鎬京之舊，而慨平王不能也。

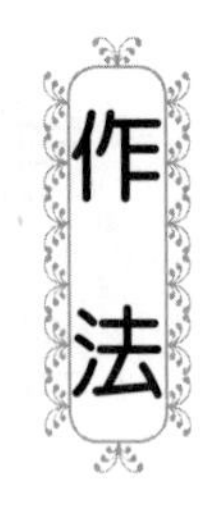

作法

1. 汪應蛟《學詩略》：「〈抑〉，戒聖學也。近而威儀言語，遠而謨令政刑，細而寢興洒掃，大而車馬戎兵，顯而賓友臣庶，微而暗室屋漏。凜凜乎！若師保在前，天威在上，既耄如此，敬義之功，於是為至矣！」

2. 撰者按：全詩十二章，三章八句，九章十句。全詩以「敬慎」為眼目，敬慎者為何？「威儀」是也，「威儀」即德也。因之詩中三言「威儀」，七言「德」。如何敬慎？正面言之者，除直接用敬慎外，曰淑慎、曰抑抑、曰謹、曰慎、曰敬、曰戒。反面言之者，多用無字、不字、莫字、靡字。以長篇獨白方式，借用雙關、對比、比喻等修辭；或議論，或描繪，或問答，首尾呼應，詩情與哲理，諷刺與幽默融合為一，充滿憂國憂民深切情感，一幅長者告戒晚輩，語重心長圖像。

桑柔

菀彼桑柔❶，其下侯旬❷，捋采其劉❸。瘼此下民❹，不殄心憂❺。倉兄填兮❻。倬彼昊天❼，寧不我矜❽。

四牡騤騤❾，旟旐有翩❿。亂生不夷⓫，靡國不泯⓬。民靡有黎⓭，具禍以燼⓮。於乎有哀⓯！國步斯頻⓰。

國步蔑資[17]，天不我將[18]。靡所止疑[19]，云徂何往[20]？君子實維[21]，秉心無競[22]。誰生厲階[23]？至今爲梗[24]。

憂心慇慇[25]，念我土宇[26]。我生不辰[27]，逢天僤怒[28]。自西徂東，靡所定處。多我覯痻[29]，孔棘我圉[30]。

爲謀爲毖[31]，亂況斯削[32]。告爾憂恤[33]，誨爾序爵[34]。誰能執熱[35]，逝不以濯[36]？其何能淑[37]？載胥及溺[38]。

如彼遡風[39]，亦孔之僾[40]。民有肅心[41]，荓云不逮[42]。好是稼穡[43]，力民代食[44]；稼穡維寶，代食維好[45]。

天降喪亂，滅我立王[46]。降此蟊賊[47]，稼穡卒痒[48]。哀恫中國[49]，具贅卒荒[50]。靡有旅力[51]，以念穹蒼[52]。

維此惠君[53]，民人所瞻[54]。秉心宣猶[55]，考慎其相[56]。維彼不順，自獨俾臧[57]。自有肺腸[58]，俾民卒狂[59]。

瞻彼中林[60]，甡甡其鹿[61]。朋友已譖[62]，不胥以穀[63]。人亦有言：「進退維谷[64]」。

維此聖人，瞻言百里[65]；維彼愚人，覆狂以喜[66]。匪言不能[67]，胡斯畏忌[68]？

維此良人，弗求弗迪[69]；維彼忍心[70]，是顧是復[71]。民之貪亂[72]，寧爲荼毒[73]！

大風有隧[74]，有空大谷[75]。維此良人，作爲式穀[76]；維彼不順[77]，征以中垢[78]。

大風有隧，貪人敗類[79]。聽言則對[80]，誦言如醉[81]。匪用其良，覆俾我悖[82]。

嗟爾朋友！予豈不知而作[83]？如彼飛蟲[84]，時亦弋獲[85]。既之陰女[86]，反予來赫[87]。

民之罔極，職涼善背[88]。爲民不利[89]，如云不克[90]。民之回遹[91]，職競用力[92]。

民之未戾[93]，職盜為寇[94]。涼曰不可[95]，覆背善詈[96]。雖曰匪予[97]，既作爾歌[98]。

❶菀，音ㄩˋ，毛《傳》：「茂貌。」桑柔，即柔桑，桑之柔嫩枝葉。

❷侯，維。維字其始只寫作「隹」，隸書隹字與侯字形似：詳參龍師宇純《絲竹軒詩說．試說詩經的虛字侯》。旬，均，指樹蔭均。

❸捋，音ㄌㄜˋ，用手握住，用力抹下來。見〈周南．芣苢〉注。此言不分大小，不加保留地採。劉，枝葉稀疏不均。

❹瘼，病。下民，謂民眾，與〈鴟鴞〉之下民同義。

❺殄，絕。不殄，不絕，不已。

❻倉兄，即劉向〈九辯〉之愴況，悵恨不適意。填，讀為瘨，病也：馬瑞辰說。

❼倬，明亮貌，一說廣大貌。

❽寧，乃。矜，哀憐。

❾騤騤，馬匹強壯貌

❿旟，音ㄩˊ，畫有鳥隼之旗子。旐，畫有龜蛇之旗子。有翩，翩然，動搖不定貌。

⓫夷，平。

⓬泯，王引之《經義述聞》：「亂也。」一說滅。

⓭黎，眾。言喪亂之餘，民已不多。又王引之《經義述聞》：「黎，老、耆老也。黎、耆古通。」

⓮具，俱。燼，焚餘也。言民俱罹禍，所存者如焚餘之燼也。

⓯於乎，讀如嗚呼。

⓰國步，國勢。斯，是。頻，危急。

⓱蔑，無。資，財。言國運困窘。

⓲將，助。

⓳疑，毛《傳》：「定也。」鄭《箋》：「我從兵役，無有止息時。」

⓴云，發語詞。徂，往。言欲徂則何往乎？謂無安樂之所也。

㉑君子，指當政者。維，惟，思。

㉒秉心，存心。無競，無人能與之競爭。言當政者之存心，其良善實應過於眾人。

㉓厲，惡。厲階，進於惡之階梯，即禍端。

㉔梗，病苦，災害。

㉕慇慇，義同殷殷，憂心貌。

㉖土宇，邦家，國土。見〈卷阿〉注。

㉗辰，時。

㉘僤，音ㄉㄢˋ，毛《傳》：「單，厚也。」僤怒，盛怒。

㉙覯，遇。痻，音ㄏㄨㄣ，病，災難。言我所遇之病苦已多也。

㉚棘，急。圉，音ㄩˇ，猶域，今所謂邊疆。邊疆甚急，謂禍亂深也。

㉛為，如也。毖，謹慎

㉜亂況，亂狀。削，減少。言在上者能善其謀慎其事，則亂狀斯能減削也：馬瑞辰說。

㉝恤，憂心。憂恤，指可憂心之事。

㉞序爵，辨別賢否，以序次爵祿之事。

㉟執，持。

㊱逝，發語詞。濯，以水沖洗，洗手。二語謂：執熱物者，必滌手以減其熱，誰能不如此乎？以喻為政必以道也。

㊲淑，善。

㊳載，則。胥，相。溺，溺於水，比喻喪亡。言其何能善乎？則唯有相與溺於水而已。

㊴遡，向。遡風，迎面吹來之風。

㊵僾，音ㄞˋ，唈，氣不舒。

㊶肅，進。肅心，上進求善之心。

㊷荓，使。云，語助詞。不逮，不及。二語言民有向善之心，使之不能達也。

㊸好是稼穡，意謂聚斂賦稅。

㊹力民，馬瑞辰《毛詩傳箋通釋》說：斂民之賦稅也。代食，代民食之。

㊺代食維好，以代民食其穀為好。

㊻立王，所立之王。

㊼蟊，音ㄇㄠˊ，蟊賊，鄭《箋》：「蟲食苗根曰蟊，食節曰賊。」此指作物蟲害。

㊽卒，盡，完全。痒，病。

㊾恫，音通，痛也。

㊿具，俱。贅，屬，連。卒，盡。荒，荒年。陳奐《詩毛氏傳疏》：「承上文降此蟊賊，稼穡卒痒言之，猶云饑饉薦臻耳。」

51旅，同膂。旅力，膂力，體力。

52穹蒼，天。

53惠，愛。惠君，愛民之君。

54瞻，龍師宇純〈讀詩雜記〉說：瞻字不與相、臧、狂韻。此原當作彰，為瞻之雙聲轉韻，後人以彰字義不可通，而改為瞻耳。彰，見也，明也，謂民人所共見也。

55宣，明。猶，通猷，順。馬瑞辰《毛詩傳箋通釋》說：秉心宣猶，言持心明且順也。

56考，明辨。慎，謹慎。相，輔佐之人。考慎其相，言明辨而慎用其輔佐之人也。

57自獨，自己獨斷獨行。俾，使。臧，善。俾臧，謂使其事善。

58自有肺腸，意指與人不同。

59卒，盡。狂，迷惑。

60中林，林中。

61 甡甡，毛《傳》：「眾多也。」

62 譖，欺詐。

63 不胥以穀，鄭《箋》：「胥，相也。以，猶與也。穀，善也。視彼谷中，其鹿相輩耦行，甡甡然眾多。今朝廷群臣皆相欺背，不相與以善道，言其鹿之不如。」

64 谷，山谷。山谷不易行過；進退維谷，言進退兩難。

65 瞻，視。言，語助詞。瞻言百里，言眼光遠大。

66 覆，反。狂，迷惑。言反狂惑而自喜也。

67 匪，非。言，言語，道說。匪言不能，言賢人非不能言。

68 胡，何。斯，是。胡斯畏忌，何如斯之畏忌而不敢言耶？

69 迪，進，進用。

70 忍心，殘忍之人。

71 顧，回顧。復，反覆。是顧是復，指眷顧留戀之不使其去。

72 貪，欲。

73 寧，乃。荼毒，苦毒，痛苦。

74 隧，王引之《經義述聞》說：古稱衝風為隧。有隧，隧然，奔衝而至貌。

75 有空，空然。空谷易來風，故有此語。

76 作為式穀，龍師宇純〈試釋詩經式字用義〉說即作為楷模。詳參〈節南山．小宛〉注。

77 不順，不順義理之人。

78 征，行。垢，塵垢。中垢，垢中。以上二語，胡承珙《毛詩後箋》說：言不順之人，其所行如在垢中也。又王引之《經義述聞》：「中，得也。垢，當讀為詬，詬，恥辱也，不順之人，行不順之事，以得恥辱。」

79 敗，毀敗。類，善類。

80 聽言，順從之言。對，答。

81 誦，諷。誦言，諷諫之言。誦言如醉，言聞諷己之言，則昏然如醉而不省也：馬瑞辰有說。又誦言，或作讚美之言。

82 覆，反。俾，使。悖，逆。覆俾我悖，言不能用良人，而反使我為悖逆不順之事。

83 作，為。

84 飛蟲，飛鳥。

85 弋，以繩繫矢而射。獲，得。馬瑞辰《毛詩傳箋通釋》說：詩以飛鳥之難射，時亦以弋射獲之，喻貪人之難知，時亦以窺測得之耳。

86 之，猶其也。陰，覆蔭，庇護。女，汝，你。

87 來，是。赫，怒。

88 職，實，主。涼，涼薄。善背，好反背，善於反覆。

89 為民不利，言為不利於民之事。

90 云，語助詞。不克，不勝。有如不能勝者，極言其致力之多也。

91 回遹，邪僻。

92 職競，專主於競取。見〈小雅．十月之交〉注。

93 戾，《廣雅》：「善也。」

94 職盜為寇，龍師宇純〈讀詩雜記〉說：疑「職盜為寇」本作「職盜寇為」。職，主也。職盜寇為義同職為盜寇，謂專為盜寇之所為也。

95 涼，涼薄。

96 覆，反。覆背，反覆背道而行。詈，罵。二語言遇友人涼薄已曰不可，乃反背而好罵也。

97 雖曰匪予，你雖然推諉說：此禍非我所為。

98 既，已。我已為爾作此歌矣！

1.《詩序》：「〈桑柔〉，芮伯刺厲王也。」《詩序》係據《左傳．文公元年》，秦伯曰：「是孤之罪也，周芮良夫之詩曰：『大風有隧，貪人敗類。聽言則對，誦言如罪。匪用其良，覆俾我悖。』是貪故也，孤之謂也。」為說。

2.王先謙《詩三家義集疏》：「魯說曰：『昔周厲王好專制，芮良夫諫而不入，退賦〈桑柔〉之詩以諷。言是大風也必將有遂（隧），是貪人也，必將敗其類。王又不悟，故遂流于彘。』」

3.屈萬里《詩經詮釋》：「詩中有『天降喪亂，滅我立王』之語，則此詩作於東周之初，乃傷時之詩；舊說非也。」

4.程俊英《詩經注析》：「就詩論詩，其寫作時間定在厲王流彘，共和攝政之後一、二年間，是比較確切的。」

作法

1.朱公遷《詩傳疏義》：「〈小雅．正月〉、〈大雅．桑柔〉皆詩人深悲甚痛之辭，故言之長也如此。然彼多憂懼，此多哀怨，則有不容不辨也。」

2.鄒梧岡《詩經備旨》：「一章嘆病民之可憂，二、三、四章述征役者之怨詞，以見民之病之也。五章言用賢可以已亂。六章言世亂而君子不樂仕於朝。七章言降亂無已，雖田野亦不能自安。八章責王不能擇相而任小人。九章並刺在位者之不善。十章刺人君用愚人以拒諫。十一章刺人君用忍人以致亂。十二章言君子小人趨向之異。十三章刺王之用貪人以致亂。十四章言其言之可聽，而小人不見聽。十五、六章言小人情狀之可惡。雖皆反覆以責小人，實以深怒用人之非也。」

3. 牛運震《詩志》：「『告爾憂恤，誨爾序爵』二語一篇綱領。前段言國步民生，俱為禍燼；土宇稼穡，瘠痒相仍。所謂『告爾憂恤』也。後段言君不考相，小人回遹，朋友交譖，貪人敗類，所謂『誨爾序爵』也。篇幅雖長而脈線緜密，自無懈散之病。」

雲漢

倬彼雲漢❶，昭回于天❷。王曰：「於乎❸！何辜今之人❹？天降喪亂，饑饉薦臻❺。靡神不舉❻，靡愛斯牲❼。圭壁既卒❽，寧莫我聽❾！」

旱既大甚❿，蘊隆蟲蟲⓫。不殄禋祀⓬，自郊徂宮⓭。上下奠瘞⓮，靡神不宗⓯。后稷不克⓰，上帝不臨⓱，耗斁下土⓲，寧丁我躬⓳！

旱既大甚，則不可推⓴。兢兢業業㉑，如霆如雷。周餘黎民㉒，靡有孑遺㉓。昊天上帝，則不我遺㉔。胡不相畏㉕？先祖于摧㉖。

旱既大甚，則不可沮㉗。赫赫炎炎㉘，云我無所㉙。大命近止㉚，靡瞻靡顧㉛。群公先正㉜，則不我助。父母先祖，胡寧忍予㉝？

旱既大甚，滌滌山川㉞。旱魃爲虐㉟，如惔如焚㊱。我心憚暑㊲，憂心如熏㊳。群公先正，則不我聞㊴。昊天上帝，寧俾我遯㊵？

旱既大甚，黽勉畏去㊶。胡寧瘨我以旱㊷？憯不知其故㊸。祈年孔夙㊹，方社不莫㊺。昊天上帝，則不我虞㊻。敬恭明神㊼，宜無悔怒㊽。

旱既大甚，散無友紀㊾。鞫哉庶正㊿，疚哉冢宰[51]。趣馬師氏[52]，膳夫左右[53]；靡人不周[54]，無不能止[55]。瞻卬昊天[56]，云如何里[57]？

瞻卬昊天，有嘒其星[58]。大夫君子[59]，昭假無贏[60]。大命近止，無棄爾成[61]。何求爲我[62]？以戾庶正[63]。瞻卬昊天，曷惠其寧[64]？

注釋

❶倬，廣大貌；一說明亮貌。雲漢，銀河。

❷昭，明。回，毛《傳》：「轉也。即光芒閃爍。」

❸王，指宣王。厲王子，名靜。史載其繼王室衰微之後，修明內政，命秦仲征西戎，尹吉甫伐玁狁，方叔征荊蠻，召虎平淮夷，周室中興，在位四十六年。於乎，即嗚呼。

❹辜，罪。何辜今之人，今人何罪？

❺饑，穀不熟。饉，菜不熟。薦臻，毛《傳》：「薦，重。臻，至也。」

❻靡，無，不。舉，指行祭祀之禮。據《周禮》，國有凶荒，則索鬼神而祀之。

❼愛，吝惜。牲，祭祀用之牛羊豬等。

❽圭、璧，均是祭祀用之玉器。周人祭神用玉器，祭天神則焚玉，祭山神則埋玉，祭水神則沉玉，祭人鬼則藏玉。卒，盡。

❾寧，乃。聽，聽從。寧莫我聽，即寧莫聽我，乃不聽從我之祭禱，仍不肯降雨止旱。

❿大，同太。

⓫蘊隆，暑氣鬱積而隆盛。蟲蟲，《韓詩》作烔烔，熱氣逼人。

⓬殄，斷絕。禋祀，祭祀，祭天神之典禮，以玉帛及犧牲加於柴上焚之，使升煙，以祀天神。

⓭郊，祭天地於郊。徂，往。宮，宗廟，祭祀祖先。

⓮上，祭天。下，祭地。奠，置祭品於地上。瘞，音ㄧˋ，埋，指把祭品埋在地下。

⓯宗，尊敬。

⓰克，肩，任。不克，猶今語不管。

⓱臨，降臨。

⓲耗，耗損。斁，音ㄧˋ，敗壞。

⓳寧，乃。丁，毛《傳》：「當也。」遭逢。我躬，我身。

⓴推，毛《傳》：「去也。」

㉑兢兢業業，毛《傳》：「兢兢，恐也。業業，危也。」

㉒黎，眾。周餘黎民，周室所餘之眾民。

㉓孑遺，遺留，殘餘。

㉔遺，留。言天不肯為我留存人民也。

㉕畏，畏懼。

㉖摧，斷絕。言先祖之祀將絕也。

㉗沮，止。

㉘赫赫炎炎，毛《傳》：「赫赫，旱氣也。炎炎，熱氣也。」

㉙云，語助詞。無所，無處可逃，無處可居。

㉚大命，國運。止，終止，或作語詞。

㉛靡瞻靡顧，指神之不來眷顧拯救。

㉜群公，周之諸先公。先正，指先公之諸臣。

㉝寧，乃。忍，忍心。胡寧忍予，何乃忍心於我而不救？

㉞滌滌，濯濯，光禿無草木貌。滌滌山川，山枯川涸。

㉟旱魃，音ㄅㄚˊ，毛《傳》：「旱神也。」

㊱惔，音ㄊㄢˊ，毛《傳》：「燎之也。」火燒。

㊲憚，畏懼。

㊳熏，毛《傳》：「灼。」

㊴聞，恤問：《經義述聞》有說。

㊵遯，同遁，逃。又馬瑞辰《毛詩傳箋通釋》：「遁、屯古同聲，當讀如『屯難之屯。』《易經》有『屯』卦，為艱虞之象。」

㊶黽勉，辛勤。畏去，龍師宇純《絲竹軒詩說．讀詩管窺》：去與怯為一語之轉。高亨：黽勉，勉力也。去借為怯。畏怯，小心恐懼。

㊷瘨，病苦。

㊸憯，曾，乃。

㊹祈年，指春日祭上帝以求豐年之祭祀。孔夙，很早。《禮記．月令》：「孟冬之月，天子乃祈來年于天宗。」又：「孟春之月，是月也，天子乃以元日祈穀于上帝。」

㊺方，祭四方之神。社，祭土神。莫，同暮，晚。

㊻虞，助。王引之《經義述聞》有說。

㊼明神，神明。

㊽悔，毛《傳》：「恨也。」

㊾散，亂。友，通有。紀，綱紀，法度。

㊿鞫，鄭《箋》：「窮也。」庶正，鄭《箋》：「眾官之長也。」

51 疚，病。冢宰，宰夫，周代官名，為百官之長，相當後世之宰相。

52 趣馬，負責馬政事務之官。師氏，掌王朝師旅之官。

53 膳夫，掌管飲食膳饈之官。左右，左右小臣，此指以上這些大臣之左右官員。

54 周，鄭《箋》：「當作賙。」救濟。

55 無，龍師宇純〈析詩經止字用義〉說疑此詩無字原作亡，「靡人不周，亡不能止」，謂宣王雖於庶正冢宰諸臣無不賙給，但亡去者不能止。

56 卬，音ㄧㄤˇ，通仰。

57 云，語助詞。里，鄭《箋》：「憂也。」云如何里，憂心如何？

58 嘒，音ㄏㄨㄟˋ，毛《傳》：「眾星貌。」

59 君子，指有官爵之人。

60 昭假，神靈昭然降臨，或祈禱神靈降臨，在此指祭祀。贏，過失：馬瑞辰說。

❻❶ 成，通誠。或釋為成就。

❻❷ 何求為我，我何所求？以上二語，屈萬里《詩經詮釋》：「周之受命，本由天意，是天之成就周也。今大命近終矣，望天勿棄爾之成就，意謂當急拯救之也。」

❻❸ 戾，定。庶正，舉庶正以代上文所言之百官。連上句謂：所求何曾為我個人，乃為安定眾官耳！

❻❹ 曷，何時。惠，維。

詩旨

1.《詩序》：「〈雲漢〉，仍叔美宣王也。宣王承厲王之烈，內有撥亂之志，遇災而懼，側身脩行，欲銷去之。天下喜於王化復行。百姓見憂，故作是詩也。」《詩序》說作者為仍叔，但據《春秋》，推算仍叔離宣王時已一百二十年左右，也有人以為是仍叔之祖先作，無從考證。鈔本《北堂書鈔．天部》引《韓詩》：「宣王遭旱仰天。」王先謙《詩三家義集疏》：「合之《繁露》『宣王憂旱』云云，是《齊詩》與《韓》合。《魯詩》當無異義。」

2.屈萬里《詩經詮釋》：此憂旱之詩。【隨巢子：「厲宣之世，天旱地坼。」《太平御覽》八七九引《史記》：「共和十四年，大旱，火焚其屋，伯和篡位立，秋又大旱。」《通鑑外記》：「二相立宣王，大旱。」皇甫謐《帝王世紀》：「宣王元年，天下大旱。二年不雨，至六年乃雨。」】

作法

1.許謙《詩集傳名物鈔》：「宣王遇災憂懼，始祈於外神，次祈於宗廟，既而無驗，則自揆事神之誠或未至。誠既盡，則又盡人事以聽天命也。其恐懼修省之意，仁愛惻怛之誠，反覆淫溢於言辭之間，宣王之所以賢，仍叔之善於知德，立言皆可見矣！」

2.朱善《詩解頤》：「余讀是詩，見宣王有事天之敬，有事神之誠，有恤民之仁。敬畏以事天，而天監之；虔恭以事神，而神享之；惻怛以恤民，而民懷之。蘊隆之氣消，豐穰之效著。內治既修，外攘斯舉，南征北伐，無不如意。中興之業，視文武成康而無愧，皆自雲漢一念之烈而基之也。」

3. 凌濛初《言詩翼》曰：「通篇不露一『雨』字，自是詩人用意，為後來詩家不露本題法門。謂是畏懼不敢道及者，經生之陋，貽笑作者。」又曰：「描寫旱象，則曰『蘊隆蟲蟲』、『滌滌山川』；點綴旱景，則曰『雲漢昭回』、『有嘒其星』。試一玩味，赤地千里之狀，宛在目前，使後人窮思賦旱，能出此否？」

崧高

崧高維嶽❶，駿極于天❷。維嶽降神，生甫及申❸。維申及甫，維周之翰❹。四國于蕃❺，四方于宣❻。

亹亹申伯❼，王纘之事❽。于邑于謝❾，南國是式❿。王命召伯⓫，定申伯之宅⓬。登是南邦⓭，世執其功⓮。

王命申伯：「式是南邦。因是謝人⓯，以作爾庸⓰。」王命召伯，徹申伯土田⓱。王命傅御⓲，遷其私人⓳。

申伯之功，召伯是營⓴。有俶其城㉑，寢廟既成㉒，既成藐藐㉓；王錫申伯㉔，四牡蹻蹻㉕，鉤膺濯濯㉖。

王遣申伯，路車乘馬㉗。「我圖爾居㉘，莫如南土。錫爾介圭㉙，以作爾寶。往近王舅㉚，南土是保。」

申伯信邁㉛，王餞于郿㉜。申伯還南，謝于誠歸㉝。王命召伯，徹申伯土疆㉞。以峙其粻㉟，式遄其行㊱。

申伯番番㊲，既入于謝，徒御嘽嘽㊳。周邦咸喜㊴，戎有良翰㊵。不顯申伯㊶，王之元舅㊷，文武是憲㊸。

申伯之德，柔惠且直㊹。揉此萬邦㊺，聞于四國。吉甫作誦㊻，其詩孔碩㊼；其風肆好㊽，以贈申伯。

❶崧與嵩皆為崇之異體字。崧高，崇高。嶽，馬瑞辰以為即《尚書．禹貢》之岍山，一名吳嶽，吳山，在今陝西省隴縣西南。屈萬里《詩經詮釋》：「此嶽，當指〈禹貢〉冀州之嶽言，即太嶽，後之霍山也。」

❷駿，高大。極，至。

❸甫、申為國名，皆為姜姓之後。甫，指仲山甫；申，指申伯。據說堯時姜姓掌四岳之神祭祀，稱為「四岳」。

❹翰，幹，棟樑。

❺于，為。蕃，屏藩，屏障。

❻于，為。宣，馬瑞辰《毛詩傳箋通釋》：「與蕃對言，宣當為垣之假借。《說文》：『垣，牆也。』亘古讀同宣，故垣或假借作宣。」

❼亹亹，鄭《箋》：「勉也。」申伯，指申伯之國。申伯，即申侯，宣王之元舅。

❽纘，音ㄗㄨㄢˇ，繼承。纘之事，使其繼承先人之職事。

❾于，上于字，作動詞，為、建之意。下于字，即於之意。邑，都邑。謝，邑名，國名，在今河南信陽縣。于邑于謝，猶云作邑於謝。申、謝相去不遠，而謝大於申，故申伯徙封焉：馬瑞辰有說。

❿南國，謝國在南方，為南方之國，故云南國。式，法，當動詞。句言：南國之人唯申伯而法式之也。

⓫召伯，召穆公虎，為周宣王朝大臣。

⓬定，選定。

⓭登，進、往。一說為完成，建成。

⓮執，執行。功，政事，功業，指南邦之國事。

⓯因，依靠。

⓰庸，毛《傳》：「城也。」庸即墉之通假字。「以作爾墉」為比喻性之說法，朱熹《詩集傳》：「言因謝邑之人而為國也。」則此指事功而言。

⓱徹，指定賦稅之法。見〈大雅．公劉〉注。

⓲傅御，朱熹《詩集傳》：「申伯家臣之長。」

⓳私人，申伯之家臣。見〈小雅．大東〉注。

⓴營，治理經營。

㉑俶，音ㄔㄨˋ，《說文》：「俶，善也。」有俶，俶然，此指城牆壯觀貌。

㉒寢廟，周代宗廟之建築有廟和寢兩部分，前為廟，神所處，後為寢，人所居，合稱寢廟。

㉓藐藐，毛《傳》：「美貌。」此形容寢廟之美好。

㉔錫，同賜。

㉕蹻蹻，馬匹高大健壯貌。

㉖膺，馬胸前之束帶。見〈小雅．采芑〉注。濯濯，毛《傳》：「光明也。」

㉗路車，諸侯所乘車，又作輅車。乘馬，四匹馬。四馬一車為一乘。

㉘圖，圖謀。

㉙介圭，大圭，玉製之禮器，據周制，天子錫命諸侯頒賜介圭作為信物。

㉚近，鄭《箋》：「辭也，聲如『彼記之子』之記。」惠棟《九經古義》以近為迡的訛字。馬瑞辰《毛詩傳箋通釋》：「詩言『往迡』猶《虞書》言『往哉』，《周書》言『予往已』也。」王舅，申伯為宣王之舅，故稱王舅。言遣以就封而期望之。

㉛信，誠。邁，行。信邁，誠然啟行。

㉜餞，備酒食送行。郿，即今陝西郿縣，在鎬京之西，當是申伯封謝之前的舊地。又據朱東潤〈詩大小雅說臆〉，封建諸侯要在岐周行告廟典禮，然後諸侯就國，故周王在距岐周不遠之郿地為申伯餞行。

㉝謝于誠歸，鄭《箋》：「誠歸于謝。」

㉞徹，徵稅。

㉟峙，音ㄓˋ，具，儲備。粻，音ㄓㄤ，糧食。

㊱式，語助詞，表希冀。遄，疾速，用為動詞。式遄其行，謂幸速其行也。龍師宇純〈試釋詩經式字用義〉有說。

㊲番番，毛《傳》：「勇武貌。」

㊳徒，徒行之人。御，御車之人。徒御為保護車駕之武士。毛《傳》：「諸侯有大功，則賜虎賁徒御。」嘽嘽，音ㄊㄢ，聲盛貌，見〈小雅．四牡〉注。

㊴周，遍，全。咸，皆。

㊵戎，汝，你。翰，楨幹。

㊶不，通丕，大。顯，顯赫。見〈大雅．文王〉注。

㊷元舅，長舅，大舅。

㊸憲，法式，模範。

㊹柔惠，和順。直，正直。

㊺揉，安撫。

㊻吉甫，尹吉甫，周宣王時大臣。誦，可誦之詩。

㊼孔碩，甚大。

㊽風，曲調，傅斯年《詩經講義稿》認為，古人於詩亦稱為風。肆，馬瑞辰《毛詩傳箋通釋》：「肆好即極好，猶言孔碩，古人自有複語耳。」

詩旨

1.《詩序》：「〈崧高〉，尹吉甫美宣王也。天下復平，能建國、親諸侯、褒賞申伯焉。」王先謙《詩三家義集疏》：「此詩及下章（指〈烝民〉）皆有詩人自名。三家無異義。」
2.朱熹《詩集傳》：「宣王元舅申伯出封于謝，而尹吉甫作詩以送之。」
3.姜炳璋《詩序補義》：「宣王時，玁狁擾于北，王命尹吉甫伐之，既平，韓侯來朝，錫之追貊使為之伯，以控制北方。荊楚亂于南，王命方叔伐走之。申甫近于楚，足以牽制元舅出封，所以威楚也。東有徐夷之判，王自將伐之。」
4.雒三桂、李山《詩經新注》：「申伯姜姓，世代與周為婚姻關係。申姜又稱西戎（見《國語．鄭語》），其世居之地當在宗周以西地區。《國語．周語》載宣王三十九年『王師敗績於姜氏之戎』，古本《竹書紀年》記同年宣王有『伐申戎』之事，可見申姜與周人之間既有戰爭關係，又有姻親關係。宣王朝是一個『四夷交侵』的時代，申伯受封的謝地是周王朝防禦楚國北犯的門戶。封建申伯於南疆既可以抵禦楚人，又可以分化西申勢力，消除西戎對宗周的潛在威脅，實有一箭雙雕的功效。宣王中興主要表現於團結內部力量，抗擊外來侵犯。從〈崧高〉也可明顯看出宣王朝的禦外有方。詩中『申伯信邁』及『謝于誠歸』，《鄭箋》：『申伯之意，不欲離王室。王告語之，復重於是，意解而信行。』看來申伯本不願離開自己的舊地，但最終服從王命。」

作法

1.方玉潤《詩經原始》：「一章起筆崢嶸，與嶽勢競隆。後世杜甫呈獻鉅篇，專學此種。中間四章皆王遣臣代其經營而錫予之，自城郭、宗廟、宮室、車馬、寶玉以及土田、賦稅之屬，無不具備；且命傅御遷其家人，則榮寵者至矣。六章始入餞行正面，更為備及行得（疑糧字之誤），是何等周密。七章入謝，乃文章後路應有之意。八章結尾點明作意，並表其功德之盛，非徒以親貴邀寵者，亦詩人自占身份處。」
2.撰者按：《小雅、黍苗》與本篇皆寫申伯入謝之事宜並看。本詩雖寫贈別，卻不從餞行寫起。而是從高處、大處、遠處、奇處落筆。寫申伯之降生、品德、貢獻、作用、地位和影響，令人有整體印象。結尾述作意「其詩孔碩，其風肆好。」自許、自誇寫法罕見。

烝民

天生烝民❶，有物有則❷。民之秉彝❸，好是懿德❹。天監有周❺，昭假于下❻，保茲天子，生仲山甫❼。

仲山甫之德，柔嘉維則❽。令儀令色❾，小心翼翼；古訓是式❿，威儀是力⓫。天子是若⓬，明命使賦⓭。

王命仲山甫：式是百辟⓮，纘戎祖考⓯，王躬是保⓰。出納王命⓱，王之喉舌⓲。賦政于外⓳，四方爰發⓴。

肅肅王命㉑，仲山甫將之㉒；邦國若否㉓，仲山甫明之。既明且哲㉔，以保其身。夙夜匪解㉕，以事一人㉖。

人亦有言：「柔則茹之㉗，剛則吐之。」維仲山甫，柔亦不茹，剛亦不吐；不侮矜寡㉘，不畏彊禦㉙。

人亦有言：「德輶如毛㉚，民鮮克舉之㉛。」我儀圖之㉜，維仲山甫舉之；「愛莫助之」㉝，袞職有闕㉞，維仲山甫補之㉟。

仲山甫出祖㊱，四牡業業㊲，征夫捷捷㊳，每懷靡及㊴。四牡彭彭㊵，八鸞鏘鏘㊶。王命仲山甫，城彼東方㊷。

四牡騤騤㊸，八鸞喈喈㊹，仲山甫徂齊㊺，式遄其歸㊻。吉甫作誦，穆如清風㊼。仲山甫永懷㊽，以慰其心。

❶烝，毛《傳》：「眾。」

❷物，馬瑞辰《毛詩傳箋通釋》：「凡以類相從者皆謂之物。」則，毛《傳》：「法。」即法則。二語言既有眾民，則必有事；有事，則必有法則也。

❸秉，持。彝，常。馬瑞辰《毛詩傳箋通釋》說秉為順從、保持；彝為恆常之性。民之秉彝，即謂民之順其常耳。

❹好，喜歡。懿，毛《傳》：「美也。」二語言民之秉持有其常道，所好者乃此美德也。

❺監，視。有周，周朝。

❻昭假，神降臨（見〈大雅．雲漢〉）。下，指人間。

❼仲山甫，宣王時之大臣，封於樊，《國語．周語》稱為樊仲山甫，又稱樊穆仲，〈晉語〉稱為樊仲。樊，邑；穆，謚；仲山甫，字也。

❽柔、嘉皆善（見〈大雅．抑〉）。則，法。

❾令，善。儀，威儀。色，謂對人之顏色。

❿古訓是式，毛《傳》：「古，故也。」鄭《箋》：「故訓，先王之遺典也。式，法也。」句言：以古訓為法式也。

⓫力，盡力。

⓬若，順從。

⓭命，令。賦，布。二語言天子選擇仲山甫，使之頒布命令。

⓮式，法，動詞。辟，君。百辟，諸侯。式是百辟，言諸侯法式之。

⓯纘，繼承。戎，你。祖考，先祖先父。纘戎祖考，言繼承汝祖與父之事。

⓰躬，身。王躬是保，以保王身。

⓱出，宣布政令。納，接納各處之意見，以進於周王。

⓲喉舌，比喻代言人。毛《傳》：「冢宰。」

⓳賦，宣布，頒布。

⓴發，執行、實行。

㉑肅肅，威嚴。

㉒將，執行。

㉓若，善。否，不善。

㉔哲，智。

㉕解，同懈。

㉖一人，指周王。

㉗茹，食。

㉘侮，欺侮。矜寡，瘝寡，泛指孤苦之人。

㉙彊禦，強橫之人。見〈大雅．蕩〉注。

㉚輶，音ㄧㄡˊ，輕。言德之輕而易舉，如毛羽然。

㉛鮮，少。克，能。言一般人甚少能舉之者。二語言德雖易

修，而成德者鮮少。

㉜我儀圖之，馬瑞辰說：儀、圖，皆度也。連下句意謂：我（尹吉甫）遇事僅能揣度之，而仲山甫則能舉德身體之也。

㉝愛莫助之，毛《傳》：「愛，隱也。」鄭《箋》：「愛，惜也。仲山甫能獨舉此德而行之，惜乎莫能助之者。多仲山甫之德，歸功言耳。」龍師宇純〈讀詩雜記〉說：毛不得愛字之義，鄭訓愛為惜，亦不然。愛即「心乎愛矣」之愛，不待訓，亦無可訓。毛鄭所以不得其義，由其不知此句與「德輶如毛，民鮮克舉之」，並承「人亦有言」句，為俗有此諺。若施以新式標點，此章「人亦有言」下為冒號，「德輶」二句加引號，其下為逗，「維仲山甫舉之」下為分點，又於「愛莫」句加引號，下為逗，至「補之」下加句號。今人加標點者，亦俱不得句意。至或謂「仲山甫為盛德之人，故雖愛之，而無助其德也」；或云莫借為慔，其義為勉，謂「此句指仲山甫愛民，努力幫助他們有德」，是真差之毫釐，失之千里者矣。

㉞袞，袞衣，天子所穿繡有龍紋之衣服。袞職，指天子之職事。闕，缺失。

㉟補之，補其缺失。

㊱祖，出行之祭。出祖，出行而祭路神。

㊲牡，公馬。業業，馬強壯貌。見〈小雅・采薇〉注。

㊳捷捷，疾速敏捷貌。

㊴每懷，私懷，個人感情。靡及，顧不上。見〈小雅・皇皇者華〉注。

㊵彭彭，強壯貌。

㊶鸞，鸞鈴。鏘鏘，鈴聲。

㊷城，築城。東方，指齊國。屈萬里《詩經詮釋》：「《史記・齊世家》謂：太公封營丘，至五世胡公，徙都薄姑；子獻公，徙治臨淄，事在獻西元年，當夷王之時。魏源《詩古微》，據《水經注・胡公銅棺》，以胡公為六世，知《史記》於胡公前缺一世；以為獻公嗣位徙都，約當宣王之初。按：《國語》記樊穆仲譽魯孝公事，在宣王三十二年。以此推之，魏氏說蓋是。〈小雅・六月〉言：『文武吉甫。』六月亦宣王時詩，與此可以互證。」

㊸騤騤，馬強壯貌。

㊹喈喈，鈴聲和諧貌。

㊺徂，往。

㊻式，語助詞，表希冀。遄，速，為動詞。式遄其歸，幸速其歸也。

㊼穆，鄭《箋》：「和也。」

㊽永懷，長思。言仲山甫其長思念此詩，可以慰其心也。

詩旨

1.《詩序》：「〈烝民〉，尹吉甫美宣王也。任賢使能，周室中興焉。」王先謙《詩三家義集疏》：「三家無異義。」
2.朱熹《詩集傳》：「宣王命樊侯仲山甫築城于齊，而尹吉甫作詩以送之。」
3.撰者按：《竹書紀年》記載宣王七年王命仲山甫城齊，或與此詩所述為同一史實。

作法

1.孫鑛《批評詩經》：「語意高妙，探微入奧，又別是一種風格，大約以理趣勝。」
2.高儕鶴《詩經圖譜慧解》：「此詩寫山甫德業，字字出色。吉甫可謂大雅之詩人，而〈烝民〉尤為誦述詩之第一篇也。」
3.鄒梧岡《詩經備旨》：「前六章分，上是推山甫降生之異，而述其德之全，末二章言山甫城齊之事而及己贈行之意。然言降生之異者，為舉德盡職張本也；言德職之全者，又為城齊之命必副張本，以慰其不及之懷也。」
4.撰者按：詩人列舉仲山甫之德行、學行、事業以及世系、官守，極意推崇讚美，而歸總於「德」，準之以「則」，塑造仲山甫才德兼備，補闕袞職之重臣形象。

韓奕

奕奕梁山❶，維禹甸之❷，有倬其道❸。韓侯受命❹，王親命之：「纘戎祖考❺。無廢朕命❻，夙夜匪解❼，虔共爾位❽。朕命不易❾，榦不庭方❿，以佐戎辟⓫。」

四牡奕奕⓬，孔脩且張⓭。韓侯入覲⓮，以其介圭⓯，入覲于王。王錫韓侯⓰，淑旂綏章⓱，簟茀錯衡⓲，玄袞赤舄⓳，鉤膺鏤錫⓴，鞹鞃淺幭㉑，鞗革金厄㉒。

韓侯出祖[23]，出宿于屠[24]。顯父餞之[25]，清酒百壺。其殽維何？炰鱉鮮魚[26]。其蔌維何[27]？維筍及蒲。其贈維何？乘馬路車[28]。籩豆有且[29]，侯氏燕胥[30]。

韓侯取妻，汾王之甥[31]，蹶父之子[32]。韓侯迎止[33]，于蹶之里。百兩彭彭[34]，八鸞鏘鏘[35]，不顯其光[36]。諸娣從之[37]，祁祁如雲[38]。韓侯顧之[39]，爛其盈門[40]。

蹶父孔武[41]，靡國不到。為韓姞相攸[42]，莫如韓樂。孔樂韓土，川澤訏訏[43]，魴鱮甫甫[44]，麀鹿噳噳[45]，有熊有羆，有貓有虎[46]。慶既令居[47]，韓姞燕譽[48]。

溥彼韓城[49]，燕師所完[50]。以先祖受命[51]，因時百蠻[52]。王錫韓侯，其追其貊[53]，奄受北國[54]，因以其伯[55]。實墉實壑[56]，實畝實藉[57]。獻其貔皮[58]，赤豹黃羆。

注釋

❶奕奕，高大貌。梁山，江永《詩補義》：「今通州西有梁山，當固安縣東北。」梁山為韓境之山，知此韓在河北省固安縣境。

❷甸，治。

❸倬，猶直。道，道路。

❹命，冊命，指韓侯今始受命為伯。

❺纘，繼承。戎，你。祖考，先祖先父。

❻朕，我。命，命令。

❼解，懈。

❽虔，敬。共，同恭。

❾易，改易。

❿榦，治。庭，直。方，方國。不庭方，王國維《觀堂集林．與友人論詩書中成語書》：「詩之不庭方，皆三字為句，方猶國也。」即不來朝之國。

⓫戎，汝。辟，君。

⓬牡，公馬。奕奕，強壯高大貌。

⓭脩，長。張，大。

⓮覲，諸侯朝見天子。

⓯介圭，大圭，諸侯持此以朝見天子。

⓰錫，賜。

⑰ 淑旂綏章，毛《傳》云：「淑，善也。」龍師宇純〈讀詩雜記〉說：旂可云美，不可云善；旂而云善，文不成義。淑旂之淑，當同金文叔市之叔，或本亦作叔，不解其義者加水成淑耳。……「淑旂、叔市」淑叔並當讀為鯈。《說文》：「鯈，青黑繒發白色也。……」旂，繪有交龍文之旗子。綏章，言其章綏然有文。

⑱ 簟茀，竹蓆所做之車蔽。錯，文采。衡，車轅前端之橫木。

⑲ 玄袞，玄色畫有卷龍之衣服。赤舄，上公所穿之赤色鞋子。見〈豳風．狼跋〉注。

⑳ 膺，馬胸前之帶子。鏤，雕刻。鍚，音ㄧㄤˊ，馬額上之裝飾物。

㉑ 鞹，音ㄎㄨㄛˋ，去毛之獸皮。鞃，音ㄏㄨㄥˊ，以皮革捆紮車軾中間之把手。淺，淺毛之虎皮。幭，音ㄇㄧㄝˋ，覆。淺幭，覆蓋於車軾上之淺毛虎皮。參陳奐說。

㉒ 鞗革，〈漢石經〉作鋚勒。鞗，鋚之假借，銅製之轡頭裝飾。革，勒，以皮革做成之轡首。金，以金屬為裝飾。厄，同軛，衡下之軥，即牛梭頭，套在馬頭上用以牽挽之工具。

㉓ 出祖，出行而祭於道路之神。

㉔ 屠，地名，即杜陵，在今陝西省西安縣附近。姚際恆《詩經通論》：「屠、杜古通用，晉有杜蒯，亦作屠蒯，《漢志》注云：『古杜伯國，漢宣帝葬其地，因曰杜陵，在長安南五十里。』」

㉕ 顯父，鄭《箋》：「周之公卿也。」餞，送行飲酒。

㉖ 炰，蒸煮。見〈小雅．六月〉注。

㉗ 蔌，音ㄙㄨˋ，蔬菜。

㉘ 乘馬，四匹馬。路車，諸侯所乘坐之車。

㉙ 籩，盛裝肉乾、果實之竹製器皿。豆，盛裝肉醬之器皿。且，盛多貌。有且，且然。

㉚ 侯氏，指韓侯。龍師宇純〈詩經胥字析義〉說此詩「侯氏燕胥」與〈桑扈〉「君子樂胥」結構相同，義不得異。胥為語詞，疑同訏（撰者按：嗟訏）。

㉛ 汾王，鄭《箋》：「厲王也。厲王流于彘，彘在汾水之上，故時人因以號之。」又俞樾《毛詩平議》疑即西戎之王。……汾即《考工記》之妢胡，西戎國名也。……韓侯娶汾王之甥為妻，蓋亦有意借此為服西戎之策，後世和親之策，此其濫觴也。甥，外甥女。

㉜ 蹶父，周之卿士，姞姓，封地為蹶，故名。子，女兒。

㉝ 迎，迎娶。止，龍師宇純〈析詩經止字用義〉說是之矣合音，並非單純的之字，矣為餘音作用與呀同。

㉞ 百兩，百輛之車。彭彭，眾多貌，一說為馬奔跑聲。

㉟ 鸞，鸞鈴。鏘鏘，鈴聲。

㊱ 不，丕，大。

㊲ 娣，妹。諸娣，陪嫁之媵女，古者諸侯娶妻，妻之妹及姪女亦隨嫁，稱之為媵。

㊳ 祁祁，眾多貌。

㊴ 顧之，毛《傳》：「曲顧道義也。」曲顧即回顧、環視，道義即導儀、引導。古代親迎時有曲顧之禮。孔穎達《正

義》：「既受女，揖以出門，及升車授綏之時，當曲顧以道引其妻之禮義。」

❹⓪ 爛其，粲然，鄭《箋》：「粲然鮮明且眾多之貌。」

❹❶ 武，勇武。

❹❷ 姞，蹶父之姓。韓姞，韓侯之妻，姓姞而嫁韓侯，故稱為韓姞。相，視。攸，所。相攸，擇可嫁之所。

❹❸ 訏訏，音ㄒㄩ，廣大貌。

❹❹ 甫甫，肥大貌。

❹❺ 麀鹿，母鹿。噳噳，音ㄩˇ，眾多貌。

❹❻ 貓，馬瑞辰說：「今俗稱山貓者。……《記》言迎貓迎虎。」因其食田鼠，所以古代秋冬報神祭祀中有迎貓一項。

❹❼ 慶，善。令，使。言蹶父善韓，既令韓姞居之。

❹❽ 燕譽，安樂。見〈小雅．蓼蕭〉注。

❹❾ 溥，鄭《箋》：「大。」

❺⓪ 燕，西周時有南燕、北燕。南燕姞姓，黃帝之後，封地在今河南輝縣境內。俞正燮《癸巳類稿》說南燕即蹶父之國。北燕為周初召公封國，其地在今北京市境內。本詩之燕，揆諸地理當係北燕。師，民眾。完，修築。韓近燕，故以燕眾築城。

❺❶ 以，用。以先祖受命，言用先祖受命之禮：陳奐說。韓國祖先為武王庶子。

❺❷ 因，依靠，憑藉。時，是。百蠻，諸蠻夷之國。言因仍此百蠻而長之。

❺❸ 追、貊，都是戎狄之國。周天子將此兩部族賞賜韓侯。

❺❹ 奄，覆，猶言盡。

❺❺ 因以其伯，言因使其為伯。在此周王命韓侯統率北國各部族首領。

❺❻ 實，是。墉，修城。壑，鑿池。

❺❼ 畝，治其田畝，開墾田地。藉，稅，制定稅法。

❺❽ 貔，音ㄆㄧˊ，外形似虎之一種貓科猛獸。

詩旨

1. 《詩序》：「〈韓奕〉，尹吉甫美宣王也。能錫命諸侯。」王先謙《詩三家義集疏》：「三家無異義。」
2. 朱熹《詩集傳》：「韓侯初立來朝，始受王命而歸，詩人作詩以送之。《序》亦以為尹吉甫作，今未有據。」
3. 陳奐《詩毛詩傳疏》：「韓，韓侯。奕，猶奕奕也。宣王命韓侯為侯伯，奕奕然大，故詩以〈韓奕〉命篇。」
4. 方玉潤《詩經原始》：「送韓侯入覲歸娶，為國北衛也。」

作法

1. 鄒忠胤《詩傳闡》：「韓為武穆與晉同祖，均屬望國，諸侯之向背繫焉，又密邇北國，為一方屏翰……。韓侯遂來朝，蓋猶用繼世稟命之禮，王因命之纘舊服，受北國為伯，其依毗亦隆重哉！而馭下之柄，可概見矣！」
2. 牛運震《詩志》：「此敘韓侯來朝受命之事，首尾就王命臣職，點出正大情節，自然嚴重篤厚。中間插入娶妻一事，情景絢媚，點染生色，亦文家討好之法。臺閣之詞藻奇陸離，韓退之諸將帥碑銘多脫化於此。」
3. 吳闓生《詩義會通》：「首章纘戎以下，古奧如《尚書》，此退之得之以雄百代者。三章忽變清麗，令讀者改觀。四五兩章朝會大文，夾敘昏姻事，豔麗非常。」

江漢

江漢浮浮，武夫滔滔❶。匪安匪遊❷，淮夷來求❸。既出我車，既設我旟❹。匪安匪舒❺，淮夷來鋪❻。

江漢湯湯❼，武夫洸洸❽。經營四方，告成于王❾。四方既平，王國庶定❿。時靡有爭⓫，王心載寧⓬。

江漢之滸⓭，王命召虎⓮，式辟四方⓯，徹我疆土⓰。匪疚匪棘⓱，王國來極⓲，于疆于理⓳，至于南海。

王命召虎：「來旬來宣⓴。文武受命㉑，召公維翰㉒。無曰：『予小子㉓』，召公是似㉔。肇敏戎公㉕，用錫爾祉㉖。」

「釐爾圭瓚㉗，秬鬯一卣㉘，告于文人㉙。錫山土田，于周受命㉚，自召祖命㉛。」虎拜稽首㉜：「天子萬年。」

虎拜稽首，對揚王休㉝。作召公考㉞，天子萬壽。明明天子㉟，令聞不已㊱；矢其文德㊲，洽此四國㊳。

注釋

❶江漢，馬瑞辰《毛詩傳箋通釋》謂古時長江通名江漢。浮浮、滔滔，毛《傳》：「浮浮，眾強貌。滔滔，廣大貌。」王引之《經義述聞》：「經當作『江漢滔滔，武夫浮浮。《傳》當作『滔滔，廣大貌。浮浮，眾強貌。』」

❷匪，非。安，安樂。

❸淮夷，江蘇近海一帶，淮河流域之夷。來求，馬瑞辰：「箋誤來為行來之來，不若王尚書訓來為詞之是。來求猶是求……求與鳩糾同聲通用……是知求之言糾。糾者，繩治之命，與討同義。《說文》、《廣雅》並曰：『討，治也。』淮夷來求，猶云：淮夷是糾、是討耳。」

❹旟，畫有鳥隼之旗子。

❺舒，徐緩。

❻鋪，伐，懲。

❼湯湯，音ㄕㄤ，水流盛大貌。

❽洸洸，音ㄍㄨㄤ，毛《傳》：「武貌。」

❾成，成功。

❿庶定，庶幾安定。

⓫爭，戰爭。

⓬載，則。寧，安寧。

⓭滸，水邊。

⓮召虎，召穆公。

⓯式，語助詞，表希冀。辟，同闢。句言：幸其開闢四方。

⓰徹，制定稅法。參〈公劉〉注。

⓱匪，非。疚，病。棘，困急。

⓲來，是。極，正。

⓳疆，劃定疆界。理，治理土地。

⓴來，猶是也。旬，通徇，巡也：馬瑞辰說。宣，示也：胡承珙說。

㉑文武，文王、武王。

㉒召公，指召公虎之祖先召康公，名奭。翰，幹，棟樑。

㉓予小子，自我貶損之詞。

㉔似，繼續、繼承。

㉕肇敏戎公，金文中常見語。肇，謀也。敏，謀，金文或作勄，或作誨，于省吾讀為謀。肇敏猶言圖謀。公，金文或作工，或作攻。戎公，兵事也。見王國維〈與友人論詩書中成語書〉。

㉖用，則。錫，賜。祉，福祉。

㉗釐，賜。瓚，祭祀時灌酒之器具。圭瓚，用圭作柄之瓚。

見〈大雅．旱鹿〉注。

㉘秬鬯，音ㄐㄩˋㄔㄤˋ，秬，黑黍也。鬯，香草也。即用黑黍和香草釀製之香酒，祭神所用。卣，音ㄧㄡˇ，有柄之酒壺。

㉙文人，毛《傳》：「文德之人也。」為對祖先之美稱。

㉚周，鄭《箋》：「岐周也。」岐山為周族興盛之地，有歷代祖廟，先靈所依。周人重大之事，都先告祭祖先再行冊命。

㉛自，用。召祖，召康公奭。命，冊命。言用召公受命之禮。

㉜稽首，叩首，頭至地稽留多時不即起，為至敬之禮。

㉝「對揚」為金文中習見用語。對，遂，順從。揚，發揚。休，美。召虎拜而答王之冊命，稱揚王之德美。

㉞考，于省吾以為金文與孝通用。作召公考，作孝召公之倒裝句，意即追孝召公。

㉟明明，黽勉。

㊱聞，聲譽。令聞，美好之名聲。

㊲矢，施布。文德，文治之德，禮樂教化之類。

㊳洽，和。洽此四國，和洽天下四方，使皆蒙其德澤。

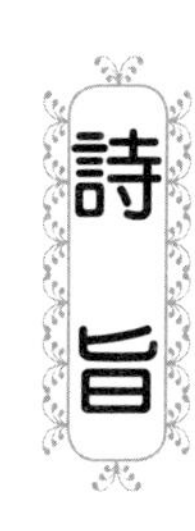

1. 《詩序》：「〈江漢〉，尹吉甫美宣王也。能興衰撥亂，命召公平淮夷。」《詩序》說作者為尹吉甫恐係附會。王先謙《詩三家義集疏》：「三家無異義。」
2. 朱熹《詩集傳》：「宣王命召穆公平淮南之夷，詩人美之。」
3. 撰者按：據今本《竹書紀年》宣王六年曾命召穆公率師伐淮夷，見《詩序》之說有所本，此詩詳細記錄周王對召公之冊命與封賜。朱熹《詩集傳》云：「言穆公既受賜，遂答稱天子之美命，作康公之廟器，而勒王策命之詞，以考其成，且祝天子以萬壽也。」方玉潤《詩經原始》承朱熹之說，確定為「召穆公平淮銘器也。」詩與銘文用語相類，或為同一時代語言習慣所致，肯定說是此器則未必然。至於郭沫若〈召伯虎簋銘〉說：「此銘」與〈江漢〉篇乃同時事，乃召虎平定淮夷，歸告成功而作。」又說：「是則〈江漢〉之詩實亦簋銘之一。」實則〈召伯虎簋銘〉所記係召公聽斷爭田獄訟，與〈江漢〉並不相干。

1. 崔述《豐鎬考信錄》卷之八：「此詩前三章敘召公經略江漢之事，乃國家大政。……後三章耑言召公受賜事。」
2. 撰者按：全詩六章章八句。首、次章寫召虎征伐淮夷，捷報周王。三章補敘宣王命令召虎。四章續寫宣王命令召虎之詞令，並讚賞召虎之功勞。五章寫宣王賞賜召虎酒器、美酒、山地土田，以及追念先祖之功烈。末章寫召虎之對答，並頌揚宣王雖以武功告成，實以文德服人，能協和四方。

常武

赫赫明明[1]，王命卿士，南仲大祖[2]，大師皇父[3]。整我六師[4]，以脩我戎[5]。既敬既戒[6]，惠此南國[7]。

王謂尹氏[8]，命程伯休父[9]，左右陳行[10]，戒我師旅[11]：「率彼淮浦[12]，省此徐土[13]，不留不處[14]。」三事就緒[15]。

赫赫業業[16]，有嚴天子[17]，王舒保作[18]。匪紹匪遊[19]，徐方繹騷[20]。震驚徐方[21]，如雷如霆[22]，徐方震驚。

王奮厥武，如震如怒[23]。進厥虎臣[24]，闞如虓虎[25]。鋪敦淮濆[26]，仍執醜虜[27]。截彼淮浦[28]，王師之所[29]。

王旅嘽嘽[30]，如飛如翰[31]，如江如漢[32]。如山之苞[33]，如川之流[34]。緜緜翼翼[35]，不測不克[36]，濯征徐國[37]。

王猶允塞[38]，徐方既來[39]。徐方既同[40]，天子之功。四方既平，徐方來庭[41]。徐方不回[42]，王曰：「還歸[43]」。

注釋

❶赫赫明明，形容王命之聲勢。

❷南仲，即〈小雅・出車〉之南仲，為周宣王朝卿士，曾率師征伐玁狁。大祖，太祖之廟。宣王命南仲為卿士，命皇父為大師，皆於太祖廟也。又林義光《詩經通解》：「祖讀為『仲山甫出祖』、『韓侯出祖』之祖。古者將行，犯軷而祭道神謂之『祖』，大祖者，大祭軷也。」

❸大師，大讀作太，太師為執掌兵權之大臣。皇父，宣王朝大臣，疑為〈小雅・十月之交〉之皇父。

❹整，整備。六師，即六軍。《周禮・夏官司馬》：「凡制軍，萬有二千五百人為軍，王六軍，大國三軍，次國二軍，小國一軍。」

❺脩，整理。戎，兵器。

❻敬，警。戒，戒備。

❼惠，嘉惠。

❽尹氏，又稱師尹，掌命卿士之官。見〈小雅・節南山〉注。

❾程伯，宣王朝大臣。毛《傳》：「始命為大司馬。」據《國語・楚語》休父本為史官，此次戰役中始被任用為大司馬。

❿左右，周人軍隊單位有左右之分。陳行，陳列，列隊。左右陳行，即按左右行陣，將軍隊分為兩支。

⓫戒，勒，告誡。連上句言：使其士眾左右陳列而敕戒之，猶後世所謂誓師也。

⓬率，循，沿著。淮浦，淮水水邊。

⓭省，巡視。徐土，徐方之土。徐方，淮夷之一，在淮水之北。

⓮不留不處，不停留，不久處，意即不久佔據其地。

⓯三事，三卿。見〈小雅・雨無正〉。言備戰之事，三卿皆籌備就緒也。王親征，故三卿從王。又高本漢《詩經注釋》謂三事當指南仲、皇父、程伯休父言。

⓰業業，壯盛貌，見〈小雅・采薇〉。赫赫業業，形容軍容之嚴盛。

⓱有嚴，威嚴。

⓲毛《傳》：「舒，徐也。保，安也。」鄭《箋》：「作，行。」王舒保作，朱熹《詩集傳》：「言王舒徐而安行也。」

⓳匪，非。紹，舒緩：《經義述聞》說。匪紹匪遊，言周軍不遲緩也不遊逛。

⓴徐方，淮夷之一，在淮水之北。繹騷，驚擾騷動。馬瑞辰說：「擾動也。」

㉑震驚，驚動。

㉒如雷如霆，形容王師陣勢之堅強猛烈。

㉓震，雷。

㉔進，進攻。虎臣，形容將帥之勇猛。

㉕闞，音ㄎㄢˋ，老虎發怒貌。虓，音ㄒㄧㄠ，老虎之吼叫聲。

㉖鋪，伐，懲。敦，屈萬里《詩經詮釋》：「當讀為『凡民罔不譈』之譈，意即周書憝國之憝，殺伐也。」濆，河岸，水邊。

㉗仍，數，頻。醜虜，醜惡之虜。

㉘截，平治。一說斷絕。

㉙所，處。王師之所，王師所至之處，成為王師駐守之處。

㉚王旅，王師。嘽嘽，眾多貌。

㉛如飛如翰，形容王師行進之迅速。

㉜如江如漢，形容王師如江漢軍容壯盛，聲勢洶湧。

㉝如山之苞，形容王師之強固。

㉞如川之流，形容行軍暢行無阻。

㉟緜緜，連綿不絕貌。翼翼，盛多貌。

㊱測，側，隱伏。一說不測，不可測度。克，通尅，急：馬瑞辰說。一說不克，人不可戰勝之。

㊲濯，大。

㊳猶，謀略。允，信。塞，實。言王所謀誠切中實情。

㊴來，歸順。

㊵同，會同，即來朝。

㊶庭，俞樾《毛詩平議》：「此處庭字亦當訓直，四方既平，徐方來庭，言四方平，而徐方直也。《尚書‧洪範》曰王道平平，王道正直，即其義也。下曰徐方不回，不回即直之謂也。傳以為來王庭，則古義之湮久矣。」

㊷回，違抗。

㊸還，音ㄒㄩㄢˊ。還歸，凱旋而歸。

詩旨

1.《詩序》：「〈常武〉，召穆公美宣王也。有常德以立武事，因以為戒然。」

2. 朱熹《詩集傳》：「宣王自將以伐淮北之夷，而命卿士之謂南仲為大祖兼大師，而字皇父者，整治其從行之六軍，修其戎事，以除淮夷之亂，而惠此南方之國。詩人作此以美之。」

3. 撰者按：《竹書紀年》：「宣王六年王率師伐徐戎，皇父林父從王伐徐戎，次於淮。」所記史事與本詩合。

作法

1. 陳僅《詩誦》：「此詩宣王法駕親征，膚功迅奏，曠世一見之大烈。故其敘述戰功，發揚蹈厲，第三章及後二章換韻最急，全篇不入韻者纔七句。其聲震訇，其氣嚴肅，將以耀中興之功而懾叛臣之膽，後世韓碑柳雅，皆其取宗也。」

2. 方玉潤《詩經原始》：（第五章）連用數比喻，將王師迅急（如飛如翰）、洶湧（如江如漢）、靜守（如山之苞）、動攻（如川之流）、聯營（緜緜翼翼）、祕謀（不測不克）、痛剿（濯征徐國）神武氣概渲染得淋漓盡致。

3. 撰者按：以〈常武〉名篇，俞樾《毛詩平議》：「常當作尚。」黃焯《毛詩鄭箋平議》：「『曰商是常』猶云惟商是宗尚耳。」全詩寫王師嚴明——赫赫明明、赫赫業業、震驚徐方、徐方震驚、緜緜翼翼；臨事而懼——既敬既戒；天子親征——王命、王謂、王曰……，「王」字凡八出；信哉！宣王之能尚武。伐徐之決心強烈，全詩一言「徐土」、一言「徐國」、六言「徐方」，尤其末章連用四「徐方」，勝利之喜悅油然。

瞻卬

瞻卬昊天❶，則不我惠❷。孔塡不寧❸，降此大厲❹。邦靡有定❺，士民其瘵❻。蟊賊蟊疾❼，靡有夷屆❽。罪罟不收❾，靡有夷瘳❿。

人有土田，女反有之⓫；人有民人⓬，女覆奪之⓭。此宜無罪，女反收之；彼宜有罪，女覆説之⓮。哲夫成城⓯，哲婦傾城⓰。懿厥哲婦⓱，爲梟爲鴟⓲。婦有長舌⓳，維厲之階⓴。亂匪降自天，生自婦人。匪教匪誨㉑，時維婦寺㉒。

鞫人忮忒㉓，譖始竟背㉔。豈曰不極㉕？「伊胡爲慝㉖」！如賈三倍㉗，君子是識㉘。婦無公事㉙，休其蠶織㉚。

天何以刺[31]？何神不富[32]？舍爾介狄[33]，維予胥忌[34]。不弔不祥[35]，威儀不類[36]。人之云亡[37]，邦國殄瘁[38]。

天之降罔[39]，維其優矣[40]。人之云亡，心之憂矣。天之降罔，維其幾矣[41]。人之云亡，心之悲矣。

觱沸檻泉[42]，維其深矣！心之憂矣，寧自今矣[43]！不自我先，不自我後。藐藐昊天[44]，無不克鞏[45]。無忝皇祖[46]，式救爾後[47]。

注釋

❶卬，同仰。瞻卬，仰視。

❷惠，愛。

❸填，通瘨，病苦。

❹厲，惡，禍。

❺靡：無。

❻瘵，音ㄓㄞˋ，病。

❼蟊，音ㄇㄠˊ，食苗根之害蟲。賊，疾，皆殘害也。

❽夷，馬瑞辰說讀如《孟子》「夷考其行」之夷，語詞也（見〈召旻〉「實靖夷我邦」注）；下同。屆，止。言蟊蟲害苗，無止息時也。

❾罪罟，罪網。收，收起不用。

❿夷，語助詞，同註❽。瘳，病癒。言罪網張而不收，故民之病痛不癒。

⓫女，汝。有，取，取以為己有。

⓬民人，人民；或以為指奴隸。

⓭覆，反。收，拘，拘捕收押。

⓮說，通脫，脫免其罪。

⓯哲，智。城，用以比喻國家。

⓰哲婦，指褒姒。傾，毀敗。

⓱懿，通噫，感嘆詞。厥，其。

⓲梟、鴟，皆為貓頭鷹之屬，為惡聲之鳥，俗稱聞其聲者則主凶喪，用以比喻褒姒之言惡。

⓳長舌，比喻多言。

⓴厲，惡，禍。階，階梯，根源。維厲之階，實為禍亂形成之根源。

㉑匪教匪誨，不教誨之。

㉒時，是。寺，同侍。婦寺，即《晏子春秋》之婦侍，寵暱之婦人。見竹添光鴻《毛詩會箋》。

㉓鞫，音ㄐㄩˊ，推勘窮究。忮，音ㄓˋ，狠。忒，惡。鞫人忮忒，推勘人之過失則狠而惡。見竹添光鴻《毛詩會箋》。

㉔譖，誹謗。譖始，始進譖言以害人。竟，終。背，違背。竟背，其終又背其言。胡承珙《毛詩後箋》說以譖人為始，及其終又自背其言也。譖人者必言人之短，己之長；而已則存心為惡，故於譖人時己雖偽作善人，然終必背違之也。

㉕極，中正，義猶是。

㉖伊，語助詞。胡，何。慝，音ㄊㄜˋ，惡。言其惡如此，而彼則豈自謂不是乎？乃曰：「此何足為惡事哉！」

㉗賈，商賈。三倍，獲三倍之利。

㉘君子，指有官爵之人。識，知。連上句《鄭箋》曰：「賈物而有三倍之利者，小人所宜知也，君子反知之，非其宜也。」

㉙公事，功事。據毛《傳》，古時天子諸侯有公桑蠶室，養蠶、繅絲由后夫人率貴婦人為之。休其蠶織，即是無功事。

㉚休，停止。

㉛刺，責。天何以刺：上天何以降譴責？

㉜富，福。何神不富，神何以不賜福？

㉝舍，捨。介，大。狄，當作逖，或惕，憂之意。一說為夷狄之患。

㉞胥，相。忌，忌恨，怨恨。維予胥忌，反與我相怨。

㉟不弔，不幸。不祥，不吉利。顧炎武《日知錄》：「威儀不類，賢人喪亡，婦寺專橫，皆國之不祥。」

㊱類，毛《傳》：「善。」

㊲人，賢人。云，語助詞。亡，奔亡。

㊳殄、瘁，皆病也。《經義述聞》說。

㊴罔，同網。

㊵優，寬大。

㊶幾，近。

㊷觱，音ㄅㄧˋ，觱沸，泉水湧出貌。檻泉，正湧出之泉水。見〈小雅．采菽〉注。

㊸寧，乃。

㊹藐藐，朱熹《詩集傳》：「高遠貌。」言高遠之天，神明莫測。

㊺克，能。鞏，固。言雖危亂之國，亦無不能鞏固之者；要在能自勉耳。

㊻忝，辱。皇祖，先祖。

㊼式，語助詞，表希冀，亦「式、無」句。後，後世子孫。連上句言：希冀能改過自新，無忝辱爾之先祖，以救爾之後人也。

詩旨

1.《詩序》：「〈瞻卬〉，凡伯刺幽王大壞也。」凡伯非厲王時作〈板〉詩之凡伯，可能是他的後人。王先謙《詩三家義集疏》：「三家無異義。」

2.朱熹《詩集傳》：「此刺幽王嬖褒姒任奄人以致亂之詩。」

3.季本《詩說解頤》：「此詩正言以刺褒姒之亂邦，而欲幽王之知警戒也。」

4.屈萬里《詩經詮釋》：「《詩序》：『凡伯刺幽王大壞也。』《春秋》隱七年經：『冬，天王使凡伯來聘。』杜注：『凡伯，周卿士。凡，國；伯，爵也。』是《序》說如屬實，則來聘之凡伯，當是此詩人之後。」

作法

1.方玉潤《詩經原始》：「極言女禍之害，以為亂自婦人，匪由天降。曰傾城，曰長舌，曰厲階，可謂窮形盡相，不遺餘力矣！」

2.吳闓生《詩義會通》：「首二章述時政之弊，三、四章追咎禍原由於女寵，五、六章哀賢人之亡，末章望王改悔，用意深厚」

3.撰者按：全詩七章，首章、三章、末章章十句，其餘四章章八句，採用參差不齊之章句，便於淋漓酣暢敘事、抒情、議論。全詩首章寫濫罰酷刑，生靈塗炭；次章寫當權者剝奪別人之土地、奴隸；三、四章寫哲婦長舌、害人、凶狠；五章寫幽王威儀不類；六章寫賢士逃亡；末章自傷生逢亂世之不幸，期能匡時補救，以勸戒作結。

召旻

旻天疾威[1]，天篤降喪[2]，瘨我饑饉[3]，民卒流亡[4]。我居圉卒荒[5]。

天降罪罟[6]，蟊賊內訌[7]。昏椓靡共[8]，潰潰回遹[9]，實靖夷我邦[10]。

皋皋訿訿[11]，曾不知其玷[12]。兢兢業業[13]，孔填不寧[14]，我位孔貶[15]。

如彼歲旱，草不潰茂[16]，如彼棲苴[17]。我相此邦[18]，無不潰止[19]。

維昔之富，不如時[20]；維今之疚[21]，不如茲[22]。彼疏斯粺[23]，胡不自替[24]，職兄斯引[25]？

池之竭矣[26]，不云自頻[27]？泉之竭矣，不云自中[28]？溥斯害矣[29]，職兄斯弘[30]，不烖我躬[31]？

昔先王受命，有如召公[32]，日辟國百里[33]；今也日蹙國百里[34]。於乎哀哉[35]！維今之人[36]，不尚有舊[37]。

注釋

❶ 旻，幽遠。疾威，暴虐。

❷ 篤，厚。

❸ 瘨，音ㄉㄧㄢ，病。饑，穀不熟。饉，菜不熟。饑饉，荒年。

❹ 卒，盡。

❺ 居，語詞。圉，音ㄩˇ，猶域。荒，荒蕪。言國盡荒廢也。

❻ 罟，網。

❼ 蟊，音ㄇㄠˊ，食苗根之害蟲。賊，吃苗節之害蟲。蟊賊，用以比喻惡人。訌，爭訟誣陷。

❽ 昏，譁亂。椓，通諑，造謠陷人。共，恭：馬瑞辰說。

❾ 潰潰，昏亂貌。回遹，邪僻。

❿ 靖，毛《傳》：「謀。」夷，滅，鄭《箋》：「皆謀夷滅王之國。」

⓫ 皋皋訿訿，馬瑞辰說：皋皋，相欺。訿訿，誹謗也。

⓬ 曾，乃。玷，缺失。

⓭ 兢兢，惶恐貌，業業，危懼貌。兢兢業業，狀其謹慎恐懼，認真小心。

⓮ 孔，甚也。填，讀為瘨，病也。

⓯ 貶，貶黜。

⓰ 潰，《齊詩》作「彙」，馬瑞辰《毛詩傳箋釋》：「潰、遂疊韻字，潰即遂之音近假借。……遂者艸之暢達，與茂義相成。」

⓱ 棲苴，王逸〈九章注〉：「生曰草，枯曰苴。」棲苴，寄生於樹上已枯之草。

⓲ 相，視。

⓳ 無不潰止，鄭《箋》：「潰，亂也。無不亂者，言皆亂也。」龍師宇純〈析詩經止字用義〉（五、存疑部分）：「鄭不直云『無不亂』，亦不全依詩句云『無不亂止』，

而云『無不亂者』，疑『者』字或原是詩文，後因者、止二字雙聲同調而誤。者與苴古韻並屬魚部，但有平上之隔，而詩韻亦偶以平上相叶。不然，則止仍當取之矣合音，即此詩無韻。」

⑳時，是。

㉑疚，病。連上句曾運乾說（見曾氏《尚書正讀》後所附楊樹達曾星笠傳引曾氏說）：「維昔之富，不如時；維今之疚，不如茲。此言維昔之富，今不如時，維今之疚，昔不如茲也。上句今字因下省，下句昔字承上省也。」又王先謙《詩三家義集疏》：「詩言昔日之富，家給人足，不如今時之困窮。今日之疚，仁賢疏退，不如此時之尤甚。」

㉒茲，此。

㉓疏，粗，指糙米。粺，音ㄅㄞˋ，精米。那些君子吃粗糲，這些小人吃精米。

㉔替，廢。連上句王先謙《詩三家義集疏》：「彼宜食疏糲之小人，反在此食精粺。何不早日廢退，免致妨賢病國。」

㉕職，反而、卻。兄，同況，更加。引，延伸。連上句言那些小人無能任事，不僅不自廢退，反而更加主其事，居其位也。

㉖竭，枯竭、乾涸。

㉗頻，龍師〈讀詩雜記〉說：疑本作涬，以涬叶中字躬字，《說文》云：「涬，水不遵道也。」《孟子》說涬水為洪水，涬洪一語之轉。

㉘中，泉水由內出。不云自中，泉水由內湧出，故泉之枯竭，由內之不出。此二句以泉水之枯竭從中開始，喻國家之動亂從朝廷內部腐敗開始。

㉙溥，通普，大。言災害已普遍。

㉚弘，廣大、發展。

㉛烖，同災，災害。我躬，我身。連上句言而又專意擴大之，豈能不害及我身乎？

㉜召公，召穆公虎，通稱召伯，亦稱召公。

㉝辟，同闢。闢國，蓋指召穆公虎平定江漢之域。

㉞蹙，音ㄘㄨˋ，縮小。

㉟於乎，嗚呼。

㊱維今之人，指今日在位之人。

㊲尚，上，加。有，于也，語助詞。舊，指先朝老臣。不尚有舊，朱熹《詩集傳》：「今世雖亂，豈不猶有舊德可用之人哉？言有之而不用耳。」方玉潤《詩經原始》引曹粹中說：「當是時去宣王中興之日不遠，其舊臣故老無尚存者乎？」

1. 《詩序》：「〈召旻〉，凡伯刺幽王大壞也。旻，閔也。閔天下無如召公之臣也。」今文三家無異義。詩題〈召旻〉，蘇轍《詩集傳》：「首章稱旻天，卒章稱召公，故謂之『召旻』，以別〈小旻〉而已。」「召公」為何人，今古文家解釋不同。毛詩派以為是召虎，以陳奐為代表。三家詩派認為指召康公，以王先謙為代表。今日一般看法是召伯為召虎，召公為召康公。
2. 朱熹《詩集傳》：「此刺幽王任用小人，以致饑饉侵削之詩也。」

作法

1. 陳僅《詩誦》：「召旻，亡國之音也。章法、句法皆前急而後慢，其節奏亦前噍而後嘽。其音哀，其氣促，往而不回，其東遷之兆乎？隋王令言聽樂，而知隋煬之不反，吾於此詩亦然。」
2. 孫鑛《批評詩經》：「音調淒惻，語皆自哀苦中出，匆匆若不經意，而自有一種奇峭，與他篇風格又別。淡湮古樹入畫固妙，卻正於觸處收，正不必具全景。」
3. 錢天錫《詩牖》：「此詩刺王，亦以王用小人故也。饑饉侵削，無不因之以致者耳！此詩及前篇末皆有惓惓望治之意。」
4. 牛運震《詩志》：「悲音促節，斷續似不成聲，卻自有極雋永處。一意反復，總在疾王任用小人。結處以舊人共政望之，靈警圓切。」
5. 吳闓生《詩義會通》：「賢者遭亂世，蒿目傷心，無可告愬，繁冤抑鬱之情，〈離騷〉、〈九章〉所自出也。」
6. 撰者按：此詩題〈召旻〉，據蘇轍《詩集傳》：「首章稱旻天，卒章稱召公，以別小旻而已。」西元前七八二年，宣王卒，太子宮涅即位，是為幽王。幽王荒娛放縱，外信佞臣虢石父，內寵褒姒，廢申后，去太子，以申后之子伯服為太子，幽王舉烽火以取悅褒姒。西元七七一年，申侯聯合繒與犬戎攻周，殺幽王於驪山之下，西周因此滅亡。此詩約作於此時，作者情感複雜，思緒紛亂。一下憂國，一下斥奸邪，一下自傷身世，反覆地說憂國，屈原〈離騷〉、〈天問〉之祖。

周頌

〈周頌〉共三十一首詩，最早對「頌」加以定義的是《毛詩序》：「頌者，美盛德之形容，以其成功告於神明者也。」定義中含三要素：形容、告成、神明，「形容」表明有舞有樂，「告成」表明有歌有詩，「神明」則表明詩、樂、舞用於宗廟及天地山川神祇的祭典。前代學者對〈頌〉詩的解釋，如阮元〈詩頌〉側重其舞容，王國維〈說周頌〉側重其音聲，都不免以偏概全。

〈周頌〉的寫作時代，學者以為是周初，其最晚下限不超過成、康時期，從〈昊天有成命〉「成王不敢康」、〈執競〉「不顯成康」之語，朱熹《詩集傳》：「〈周頌〉三十一篇，多周公所定，而亦或有康王以後之詩。」應是可信的。

〈周頌〉中多祀文王、武王之詩，或頌其文德，或頌其武功。而言農事者亦有六篇，以見周因后稷以農事興，故特重稼穡。〈周頌〉文字古奧難解，故注家歧說亦最多。〈周頌〉多有韻，亦有無韻者，且皆不分章。

清廟之什

清廟

於穆清廟❶，肅雝顯相❷。濟濟多士❸，秉文之德❹。對越在天❺，駿奔走在廟❻。不顯不承❼，無射於人斯❽。

❶於，音ㄨ，感嘆詞。穆，美。清廟，清靜之廟，指文王之廟。又《正義》引賈逵《左傳注》：「肅然清靜，謂之清廟。」

❷肅，敬。雝，雍和。顯，顯明。相，助，此作名詞，指助祭之公卿諸侯。顯相，清廟所昭示出之形象、氛圍。《尚書大傳》：「周公升歌清廟，苟在廟中，嘗見文王者，愀然如復見文王焉。」

❸濟濟，眾多貌。多士，朱熹《詩集傳》：「與祭執事之人也。」

❹秉，秉持，秉奉。文，指文王。鄭《箋》：「皆執行文王之德。」

❺對，順承。越，發揚。《經義述聞》說對越猶對揚也。在天，指文王在天之靈。對越在天，順承而發揚文王之意。

❻駿，急速。馬瑞辰《毛詩傳箋通釋》：「駿、疾以聲近為義，廟中奔走以疾為敬。」

❼不，同丕，大。顯，昭顯，謂文王之神昭顯。承，保佑，謂文王保佑其後人也。

❽射，音ㄧˋ，厭倦。斯，語助詞。言神於人不厭倦也。又屈萬里《詩經詮釋》：「《禮記大傳》引此詩，射作斁，謂祭者不倦怠（不恭），亦通。」

詩旨

1.《詩序》：「〈清廟〉，祀文王也。周公既成洛邑，朝諸侯，率以祀文王焉。」鄭《箋》：「祭有清明之德之宮也，謂祭文王也。天德清明，文王象焉，故祭之而歌此詩也。廟之言貌也，死者精神不可得而見，但以生時之居，立宮室象貌為之耳。成洛邑，居攝五年時。」孔《疏》：「《禮記》每云升歌〈清廟〉，然則祭宗廟之盛，歌文王之德，莫重於〈清廟〉。」《尚書大傳》：「周公升歌清廟」詩中有「秉文之德」句，推斷詩作於周公攝政時。

2.王先謙《詩三家義集疏》引蔡邕《獨斷》所存《魯詩》說：「周公詠文王之德而作〈清廟〉，建為〈頌〉首。」

作法

1.牛運震《詩志》：「不必鋪揚文德，從助祭之人看出秉德無射，自然深厚。對神之詞，文不得，淺不得，妙在質而能深。沉奧動盪，有一唱三嘆之音。」

2.撰者按：首句正面點題，以下七句均從側面落筆，以祭祀者肅敬雍和，虔敬心情和莊嚴舉止，頌揚文王之德。

維天之命

維天之命❶，於穆不已❷。於乎不顯❸！文王之德之純❹。假以溢我❺，我其收之❻。駿惠我文王❼，曾孫篤之❽。

注釋

❶維，發語詞，猶「啊」！天之命，朱熹《詩集傳》：「天命，即天道也。」屈萬里《詩經詮釋》：「天之命，蓋謂降予周之國運也。」

❷於，感嘆詞。穆，美。不已，無窮盡。

❸於乎，嗚呼。不，同丕，大。顯，昭顯。

❹純，毛《傳》：「大。」馬瑞辰《毛詩傳箋通釋》：「純本美絲之稱，假以狀明德之明而不雜，故義為明，又為大耳。」

❺假，毛《傳》：「假，嘉。溢，慎。」馬瑞辰《毛詩傳箋通釋》：「慎我即靜我也，靜我即安我，猶《詩》言『綏我眉壽』，綏亦安也。『假以溢我』正謂善以綏我。」

❻收，朱熹《詩集傳》：「受。」

❼駿，大。惠，德惠。言文王之德惠盛大，參〈清廟〉注。

❽曾孫，朱熹《詩序辨說》：「古者事神之稱。」孫子以下皆稱為曾孫。篤，篤守不變。此言信奉之虔誠也。

詩旨

1.《詩序》：「〈維天之命〉，大平告文王也。」鄭玄《箋》：「告太平者，居攝五年之末也。文王受命不卒而崩，今天下太平，故承其意而告之，明六年制禮作樂。」蔡邕《獨斷》引《魯》說：「告太平於文王之所歌也。」王先謙《詩三家義集疏》：「《齊》、《韓》當同。」

2.朱熹《詩集傳》：「此亦祭文王之詩。」

3.陳奐《詩毛氏傳疏》：「《書・雒誥・大傳》云：『周公攝政，六年制禮作樂，七年致政。維天之命，制禮也；維清，作樂也；烈文，致政也。』三詩類列，正與〈大傳〉節次合。然則維天之命當作於六年之末矣！』……」以為作於成王六年之末（西元前一〇五八年）。

作法

1. 方玉潤《詩經原始》說：首二句總起，三四句緊接，五六句乘勢順折而下，省卻無數筆墨，末二句回斡文王句，單煞。
2. 撰者按：全詩一章八句，前二句從天命總起，三、四句讚美文王之德之純。程子曰：「純則無二無雜。」詠文王之德，〈大雅〉曰敬，此處言純，敬而能純，所以為至誠也。《中庸》曰：「純亦不已」，不已即不息，永不間斷。下四句寫忠誠奉行文王旨意。文王之德可以配天道於無窮，永被子孫於萬世。《儀禮》、《禮記》中均有「升歌〈清廟〉，下管〈象〉」的記載，所謂升歌，即樂工升堂鼓瑟而歌，下管〈象〉者，王國維曰：「當謂管〈樂工以管吹奏伴武樂曲〉〈維清〉之詩。」因此〈清廟〉是祭祀樂章的序曲，而〈維清〉據毛《序》是奏象舞也；只有此詩〈維天之命〉為祭者對神靈之獻歌。

維清

維清緝熙❶，文王之典❷。肇禋❸。迄用有成❹，維周之禎❺。

注釋

❶維，發語詞。清，朱熹《詩集傳》：「清明也。」緝熙，連續不斷，見〈大雅·文王〉注。
❷典，法則。連上句言文王之法，清明而永續也。
❸肇，開始。禋，潔祀，以火燒牲，使煙氣上沖於天之祭祀。言開始潔祀文王。
❹迄，至今。用，以。成，成功。言至今用文王之典以有成功。
❺禎，吉祥。

詩旨

1.《詩序》：「〈維清〉，奏象舞也。」鄭《箋》：「象武，象用兵時刺伐之舞，武王制焉。」陳奐《詩毛氏傳疏》：「象，文王樂。象文王之武功曰象，象武王之武功曰武。象有舞，故名象舞。」王先謙《詩三家義集疏》引《魯》說：「奏象武之所歌也。」又引《齊》說：「武王受命作象樂，繼文以奉天。」

2.朱熹《詩集傳》：「此亦祭文王之詩。」

3.戴震《毛鄭詩考正》：「〈維清〉一章五句，奏象舞之所歌也。……言此天下澄清，光昭於無窮者，文王之法典實開始禋祀皇天盛禮，以迄於今而有成。是周有天下之祥如此也。辭彌少而意指極深遠。」

作法

1.嚴粲《詩緝》：「言清緝熙者，……備舉文王之聖德。而以典言之者，謂其德寓於法也。……文王有典則以貽後人，王業雖未成，而禋祀之禮，已肇始於此，遂至其後而有成焉。是文王之典，為周之禎祥也。」

2.撰者按：全詩僅一章五句，為三百篇中最短一篇，以「典」字為主，典為法則，後嗣當以文王為典則。前半首言天下已清，後王當嗣續，以昭明先王之典則。讚美文王德政，又歌頌文王武功，以少總多，意旨深遠。何楷《詩經世本古義》指出此詩與〈清廟〉、〈維天之命〉當為一篇，如樂府詩一篇分為數解。李光地《詩所》具體指出：〈清廟〉方祭之詩，〈維天之命〉祭而受福之詩，〈維清〉祭畢送神之詩。

烈文

烈文辟公，賜茲祉福❶。惠我無疆❷，子孫保之❸。無封靡于爾邦❹，維王其崇之❺。念茲戎功❻，繼序其皇之❼。無競維人❽，四方其訓之❾。不顯維德❿，百辟其刑之⓫。於乎⓬！前王不忘⓭。

注釋

❶烈文辟公，馬瑞辰《毛詩傳箋通釋》：「烈文二字平列，烈，言其功；文，言其德也。……天子曰辟王，諸侯曰辟公。」屈萬里《詩經詮釋》：「以金文中習見之文祖，文考，及江漢之文人例之，凡以『文』字形容人者，多謂已故之人。此烈文辟公，謂周之先公也。錫，賜也；言先公賜此福祿也。」

❷惠，愛。無疆，無窮盡。

❸保之，保有此績業。

❹封，大。靡，損壞。馬瑞辰《毛詩傳箋通釋》說：無封靡于爾邦，言王無大損壞於爾邦。又毛《傳》：「封，大也。靡，累也。」陳奐《詩毛氏傳疏》：「封與豐聲同，故《傳》訓大。」累即縲紲，引申為犯罪，封靡即犯大罪。

❺崇，尚也，高也。言王宜更加奮勉使國運隆盛超越前人。

❻戎，大。戎功，兵事。參〈大雅．江漢〉注。

❼序，緒。皇，大。繼序其皇之，繼先人之緒而更光大之。

❽無競，無人能與之競爭。

❾訓，順。二語見〈大雅．抑〉。其人之善無人能與之競，勝過一般眾人，故四方諸侯皆順從之。

❿不，同丕，大。顯，昭顯。

⓫百辟，百官諸侯。刑，效法。

⓬於乎，嗚呼。

⓭前王不忘，不可忘前王。前王指武王，孔《疏》：「成王之前，唯武王耳。故知前王武王。」

詩旨

1. 《詩序》：「〈烈文〉，成王即政，諸侯助祭也。」鄭《箋》：「新王即政，必以朝享之禮祭於祖考，告嗣位也。」孔《疏》：「武王崩之明年與周公歸政明年，俱得為成王即政。但此篇敕戒諸侯用賞不以為己任，非復喪中之辭，故知是致政後年之事也。王先謙《詩三家義集疏》引《魯》說：「成王即政，諸侯助祭之所歌也。」又引《韓》說：「成王初即洛邑，諸侯助祭之樂歌也。」依孔穎達說此詩約作於成王七年（西元前一〇五七年）。
2. 朱熹《詩集傳》：「此祭於宗廟，而獻祝祭諸侯之樂歌。」
3. 屈萬里《詩經詮釋》：「此蓋祭周先公之詩，因以戒時王也。」
4. 雒三桂、李山《詩經新注》：「孔氏定為周公結束攝位、歸政成王後，是有道理的。據《尚書大傳》，周公攝政七年。如此，則此詩之作當在武王崩後七八年之際？詩開首便稱『錫茲祉福』，《鄭箋》：『新王即政，必以朝享之禮祭於祖考，告嗣位也。』即是說，新君嗣位要在宗廟獻祭，而祭者的受先祖賜，參考大、小〈雅〉祭祀詩篇，是在祭禮將盡時由尸祝傳達的。如此看來，在歌唱〈烈文〉之首，已有『朝享』大祭，換言之，詩是即位祭祀之後的樂章。詩是戒諸侯，又是在成王親政之際，其主名者當為周公。不論其是否出自周公親筆，詩都當是以周公口吻寫作而由樂工演唱的。《尚書．立政》中，周公在告誡成王之後，一再呼『文子文孫』，告訴他們『汝子王矣』，並囑他們『勿誤子庶獄』。這都可以視作詩出自周公的旁證。」

作法

1. 牛運震《詩志》：「結處點出前王，倒裝法。歎前王之不忘，則戒勉辟公之意隱然言表。篇終詠歎，愾然仁孝之思。」
2. 撰者按：前四句禱詞，首句呼喚語，接下三句感激先王賜福，並以子孫保之慰祖考。中間八句為慰勉諸侯之辭。末二句慨嘆不可忘前王，方玉潤：「君臣交相勉勵，神味尤覺無窮。」

天作

天作高山❶，大王荒之❷。彼作矣❸，文王康之❹。彼徂矣❺，岐有夷之行❻。子孫保之❼。

❶ 作，毛《傳》：「生。」高山，指岐山，在今陝西岐山縣東北。

❷ 大王，太王，指文王之祖古公亶父，武王時尊為太王。荒之，朱熹《詩集傳》：「治也。」俞樾《毛詩平議》：「奄有之也。」周始祖后稷居邰，公劉居豳。到文王之祖父古公亶父初亦居豳，為狄人所侵，率眾遷至岐山之下，國號曰周，岐山為周建國之地。

❸ 彼，指太王。作，開墾。

❹康，指修治之使人安居。又楊樹達〈周頌天作篇解〉釋康為庚，即賡續之意。

❺徂，往也。指往岐山。

❻岐，岐山。夷，平。行，路。言本為險阻之岐山，太王往岐山後，乃有平坦之道路。

❼保之，保有此績業。

詩旨

1.《詩序》：「〈天作〉，祀先王先公也。」鄭《箋》：「先王，謂大王以下；先公，諸盩至不窋。」王先謙《詩三家義集疏》引《魯詩》：「祀先王先公之所歌也。」無異《毛詩》，齊、韓當同。

2.朱熹《詩集傳》：「此祭大王之詩。」

3.輔廣《詩童子問》：「高山大川，皆天造地設也，……故曰天作。……大王始荒之，而亦曰彼作矣者，推大王與天同功也。祖先所以經理其始，計安其後者，既已甚艱勤矣。則子孫固宜世世保之而不失也。」

4.季本《詩說解頤》：「竊意此蓋祀岐山之樂歌。按《易．升》六四爻曰，王用享于岐山。是周本有岐山之祭。」

5.雒三桂、李山《詩經新注》：「明、清許多學者都認為是武王柴祀岐山之樂歌，其根據是《周易》兩見王用享岐山的繇辭。但《周易》中『王用享岐山』是否祀山川之禮，卻大可懷疑。《禮記．禮器》：『天地之祭、宗廟之事……倫也；社稷山川之事、鬼神之祭體也。』鄭玄注：『倫之言順也。』『天地人之別體也。』意謂天地宗廟祭祀是出於孝道，而社稷山川之祀則人、神間不存在順承關係。《周易》言王祭於岐山，是『享』，屬於《禮記》所謂之『宗廟之事』。實則《周易》所謂的『王用享岐山』是說王在岐山祭祖。如此，則明、清各家所另立的新說就徹底失去了理據，而《周易》卦繇之辭反而可以作為舊說的旁證。」

作法

撰者按：首句「天作高山」破空而來，取勢雄偉，與〈大雅．嵩高〉「嵩高維嶽，駿極于天」句，有異曲同工之妙。詩由大王遞入文王，不言王季者，以所重在岐山，故止挈首尾二君言之。蓋大王遷岐，為王業之始；文王治岐，為王業之盛。「彼作矣」、「彼徂矣」句法一律；「荒之」、「康之」句法亦一律，用以狀太王、文王經治之功。收句「子孫保之」，意入規戒，旨有所歸，含蓄不盡。

昊天有成命

昊天有成命❶，二后受之❷。成王不敢康❸，夙夜基命宥密❹。於緝熙❺，單厥心❻，肆其靖之❼。

注釋

❶昊天，上天。成命，馬瑞辰《毛詩傳箋通釋》：「古文明、成二字同義。……成命猶言明命。」

❷后，君王。二后，指文王、武王。

❸成王，舊說釋為「成其王功」；朱熹等以為即周成王姬誦，因而造成說詩紛紜。康，安寧。

❹夙夜，早晚，有勤勉之義。基，始；一說為謀畫經營。宥，通有、又。密，讀為毖，謹慎。言夙夜敬勤其始受之命，而又謹慎也。又于省吾《詩經新證》以為宥密即有勉，勉勉。

❺於，感嘆詞。緝熙，連續不斷。

❻單，厚，一說盡。單厥心，其心仁厚，一說專一其心而盡之。

❼肆，發語詞。靖，安定。

詩旨

1.《詩序》：「〈昊天有成命〉，郊祀天地也。」《魯詩》略同。據王先謙《詩三家義集疏》，《齊詩》說：「成王郊祀天地於雒邑。」方玉潤《詩經原始》駁之曰：「豈有祭天地不告天地，而專頌王成功之理？」駁之不為無理。

2.朱熹《詩集傳》據《國語．晉語》叔向引此詩之說，而謂：「此詩多道成王之德，疑祀成王之詩也。」

作法

1. 姚際恆《詩經通論》：「通首密練。」
2. 牛運震《詩志》：「基命宥密，語極精奧，括盡一切。」「於緝熙以下，寫出艱難勤苦。」
3. 朱守亮《詩經評釋》：「詩則首句提出天命，壓倒一切。次緊接文武二后之受命，第三句遞入成王，其言成王之德也，曰不敢康，曰夙夜基命，曰宥密，曰緝熙，而終以單厥心，所以上基天命，纘成王業，而能安靖天下者，於是乎在。語極精粹，氣極貫串，足可與精一數語相參。末句以靖之作結，與上受之相應，一靖字包括許多吉祥昇平好語，古人之頌，簡嚴如是。」

我將

我將我享❶，維羊維牛。維天其右之❷。儀式刑文王之典❸，日靖四方❹。伊嘏文王❺，既右饗之❻。我其夙夜❼，畏天之威❽，于時保之❾。

注釋

❶將，進。享，獻。

❷右，助。

❸儀式刑文王之典，毛《傳》：「儀，善；刑，法；典，常也。」鄭《箋》：「我儀則式象法行文王之常道。」

❹靖，治。

❺伊，語助詞。嘏，大。伊嘏文王，大哉文王。

❻右，侑，勸飲食。饗，享。既右饗之，勸尸使饗食之。

❼夙夜，早晚，有勤勉之義。

❽畏，敬畏。

❾時，是。保之，保有績業。

詩旨

1.《詩序》：「〈我將〉，祀文王於明堂也。」王先謙《詩三家義集疏》：三家與《序》說同。

2.朱熹《詩集傳》：「此宗祀文王於明堂，以配上帝之樂歌。」（撰者按：此說本《孝經．聖治章》：「宗祀文王於明堂，以配上帝。」）又引陳氏曰：「古者祭天於圜丘，掃地而行事，器用陶匏，牲用犢，其禮極簡」。聖人之意以為未足以盡其意之委曲，故於季秋之月有大享之禮焉。天即帝也，郊而曰天，所以尊之也。故以后稷配焉。后稷遠矣，配稷於郊，亦以尊稷也。明堂而曰帝，所以親之也，以文王配焉。文王親也，配文王於明堂，亦以親文王也。尊尊而親親，周道備矣。然則郊者古禮，而明堂者周制也。

作法

1.牛運震《詩志》：「其者，疑詞，尊之而不敢必也，故言右而不言饗。既者決詞，親之而可必也，故言右而併言饗。於天不敢加一詞，於文王則詳道其所以事天事親。精細分明如此。我其夙夜，直如對天結誓之詞，妙甚。三句連下，妙在以拙重竦直出之，篤厚兢業之衷如見。」

2.方玉潤《詩經原始》：「首三句祀天，中四句祀文王，末三句則祭者本旨，賓主次序井然。」

3.吳闓生《詩義會通》：「通篇注意在末三句，所以戒成王也。」

時邁

時邁其邦❶，昊天其子之❷，實右序有周❸。薄言震之❹，莫不震疊❺。懷柔百神❻，及河喬嶽❼。允王維后❽。明昭有周❾，式序在位❿。載戢干戈⓫，載櫜弓矢⓬。我求懿德⓭，肆于時夏⓮，允王保之⓯！

注釋

❶時，以時。邁，行，此指巡守。時邁其邦，武王按時巡行於邦國。
❷子，愛。子之，視之如子。
❸右，助。序，順。吳闓生《詩義會通》：「右、序，皆助也。」
❹薄言，梅廣〈詩三百篇言字新議〉：「薄言震之猶薄而震之，是連動式，薄是逼近（其境）的意思。」震，驚動。
❺疊，毛《傳》：「懼。」
❻懷柔，安慰。
❼河，黃河。喬，高。
❽允，信。后，君王。
❾昭，明。有，語助詞。
❿式，語助詞，表希冀。序，順序，次序。在位，指諸侯與百官。句言：幸其次序百官。
⓫載，則。戢，聚，收藏。
⓬櫜，弓囊，在此作動詞，盛弓矢於囊。
⓭懿，美。
⓮肆，陳，施行。時，是。夏，中國。
⓯允，信。保之，保此周邦。

詩旨

1.《詩序》：「〈時邁〉，巡守告祭柴望也。」鄭《箋》：「巡守告祭者，天子巡行邦國，至于方嶽之下而封禪也。」孔《疏》：「武王既定天下，而巡行其守土諸侯，至於方嶽之下，乃作告至之祭，為柴望之禮。柴，祭昊天，望，祭山川。巡守而安祀百神，乃是王者盛事。」《儀禮．大射儀》鄭注：「時邁者，太平巡狩祭山川之樂歌。」《魯詩》：「巡守告祭柴望之所歌也。」（蔡邕《獨斷》）、《齊詩》：「太平巡狩祭山川之樂歌。」《韓詩》：「美成王能備舒文武之道而行之。」

2.雒三桂、李山《詩經新注》：「……前人每以《逸周書》所記為武王巡狩的證據，以反對今文家（《韓詩》）武王不巡狩之說，殊為不當。武王滅商後在世時間很短，大局不定，恐怕難以有巡狩之事，而周公『求懿德』之詩，也只是對未來大政的宣言。巡狩之禮很可能如今文家所說，在成王之世才開始實行。據禮制文獻，周天子十二年一巡狩，諸侯會集向天子述職，屆時還要積柴燔牲，告祭上天，望拜山川神祇。但此詩卻不是為這已制度化了的大典而作。成王巡狩時，或許用此前朝詩篇作為舞樂之曲，倒是很有可能的。所以漢代今、古文四家之說，都與詩篇本義不合。另外，此詩據云又名〈肆夏〉，是因詩中有『肆于時夏』之句。《國語》曰：『金奏〈肆〉、〈繁遏〉、〈渠〉，天子所以享元侯也。』三詩以鐘鼓聯奏，或許如〈清廟〉三詩並用一樣，為宗廟中祭祀武王的樂舞歌辭。」

作法

1. 孫鑛《批評詩經》：「前二句，甚壯甚忙，儼然坐明堂，朝萬國氣象。下分兩節，一宣威，一布德，皆以有周起，允王結，整然有度，遣詞最古而腴。」
2. 牛運震《詩志》：「二其字自謙自任俱有。震疊懷柔，兼德威言之，寫人鬼受職，開國規模不凡。『懷柔百神』二句，正為『莫不震疊』作襯托，直寫得精神寂寞，性情動盪。『懿德』字渾活淵微，『求』字別有深妙之旨。寫歸馬放牛心事氣象俱出。『允王維后』、『允王保之』此自臣下頌君之詞，故《傳》以為周公作也。」
3. 撰者按：全詩十五句分兩層敘寫。第一層從開頭到「允王維后」。前三句寫武王受命於天，到各地去巡狩視察諸侯邦國，「薄言震之，莫不震疊」二句寫商紂無道，武王奉天命征討。「懷柔百神，及河喬嶽。允王維后」三句，頌揚武王巡狩告祭山川百神，誠為賢明之君。第二層從「明昭有周」至結尾，則頌揚武王偃武修文，使周人安享太平。

執競

執競武王❶，無競維烈❷。不顯成康❸，上帝是皇❹。自彼成康，奄有四方❺，斤斤其明❻。

鐘鼓喤喤❼，磬筦將將❽，降福穰穰❾。降福簡簡❿，威儀反反⓫。既醉既飽，福祿來反⓬。

注釋

❶執競，陸德明《經典釋文》：「《韓詩》云：『執，服也。』」馬瑞辰《毛詩傳箋通釋》：「《韓詩》訓執為服者，蓋以『執競』為能執服強御。」執持競爭之事，此指伐商。

❷無競，無比強盛。烈，功業。無競維烈，其功業無人能與之抗衡。

❸不，同丕，大。成康，成王、康王。

❹皇，毛《傳》：「美也。」即上帝嘉美成康。

❺奄有，盡有。

❻斤斤，毛《傳》：「明察也。」

❼喤喤，聲音宏亮貌。

❽磬，石製打擊樂器。筦，音ㄍㄨㄢˇ，即管樂之管。將將，通鏘鏘鳴聲。

❾穰穰，毛《傳》：「眾也。」

❿簡簡，毛《傳》：「大也。」

⓫反反，莊嚴謹慎貌。

⓬來，是。反，歸，報。一說來反，反覆而來，無休止。

詩旨

1.《詩序》：「〈執競〉，祀武王也。」王先謙《詩三家義集疏》說蔡邕《獨斷》載《魯詩》遺說義同，《齊》、《韓》蓋同。

2.朱熹《詩集傳》：「此祭祀武王、成王、康王之詩。」（撰者按：姚際恆疑無三王並祭之禮。方玉潤：「若謂三王並祭，無論典禮無稽，即文勢亦隔閡難通。蓋『烈』則歸之武王，『皇』則屬諸成、康，而『奄有四方』者，又始自成、康矣，通乎不乎？當不言而自辨矣！」）

作法

撰者按：本詩「不顯成康」該如何訓解？各家說法不一。毛《傳》：「不顯乎成大功而安之也。」朱熹釋為成王、康王。方玉潤駁朱說有一定道理，仍以《序》說為長。全詩十四句，分兩層次。第一層前七句，緬懷開國之祖武王創業歷史；第二層後七句，描寫祭祀盛況，祈望天賜福周人。

思文

思文后稷❶，克配彼天❷。立我烝民❸，莫匪爾極❹。貽我來牟❺，帝命率育❻，無此疆爾界❼，陳常于時夏❽。

注釋

❶思，發語詞。文，文德，對武功言，指建設國內的功業。

❷克，能。

❸立，定。一說養育。烝民，眾民。

❹匪，非。極，準則。莫匪爾極，言莫不以爾后稷為準則。

❺貽，遺。麥為牟來之合聲，牟來倒為來牟，即麥也：焦循《毛詩補疏》說。

❻率，徧。育，養。帝命率育，言上帝貽此來牟，命遍養下民也。

❼無此疆爾界，言不分疆界地域。

❽陳，布，施行。常，常道。時，是。夏，中國。連上句為主祭者戒勉之詞：不要分此疆爾界，將后稷藝農之典推廣到中國各地。

詩旨

1.《詩序》：「〈思文〉，后稷配天也。」今文三家說略同。

2.朱熹《詩集傳》：「言后稷之德，真可配天。」

3.姚際恆《詩經通論》：「按《孝經》云：『昔者周公郊祀后稷以配天』，指此也」。又云：「郊祭有二：一、冬至之郊；一、祈穀之郊。此祈穀之郊也。」

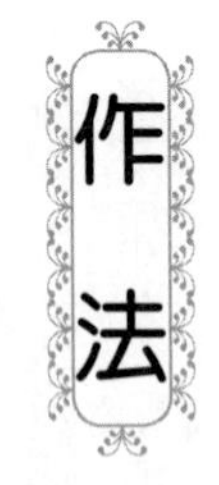

1.王鴻緒《詩經傳說彙纂》引張所望曰：「后稷配天，一事也。〈生民〉述事，故詞詳而文直；〈思文〉頌德，故語簡而旨遠。雅、頌之體，其不同如此。」

2.撰者按：全詩八句，前四句虛寫后稷配天，後四句實敘后稷為農業生產的發展和改善周人生活的貢獻。〈生民〉述事，詞詳而文直，〈思文〉頌德，語簡而旨深。

臣工之什

臣工

嗟嗟臣工❶，敬爾在公❷。王釐爾成❸，來咨來茹❹，嗟嗟保介❺，維莫之春❻。亦又何求？如何新畬❼？於皇來牟❽，將受厥明❾，明昭上帝，迄用康年❿。命我眾人，庤乃錢鎛⓫，奄觀銍艾⓬。

❶嗟嗟，發語詞。工，官。臣工，群臣百官。

❷敬，敬慎。公，公家，公事。

❸釐，通喜。成，穀物豐熟。

❹來，是。咨，詢。茹，度。來咨來茹，言來探求穀物豐熟之道。

❺保介，魏源《詩古微》：「當作保界，見《韓詩外傳》及《章句》。蓋遂人之職，保經界。」

❻莫，暮。暮春，夏曆三月。

❼新畬，音ㄩˊ，《爾雅．釋地》：「田一歲曰菑，二歲曰新，三歲曰畬。」連上句意謂：所求者維何？即如何耕治新田及畬田之事。

❽於，音ㄨ，感嘆詞。皇，美。來牟，牟來之倒文，為麥之合聲。見〈思文〉注。

❾厥，其。明，馬瑞辰《毛詩傳箋通釋》：「《爾雅．釋詁》：『成也。』古以年豐穀孰（熟）為成。」

❿迄，庶幾。用，以。康，樂。康年，豐年樂歲。

⓫庤，音ㄓˋ，具。錢，鍤，掘土之農具。鎛，音ㄅㄛˊ，鋤頭一類之農具。

⓬奄，奄忽，不久。銍，音ㄓˋ，獲；一說割稻穀之鐮刀。艾，通刈，收割。奄觀銍艾，言不久可以觀其收穫也。

詩旨

1. 《詩序》：「〈臣工〉，諸侯助祭，遣於廟也。」王先謙《詩三家義集疏》：「《魯》說無異。」「《齊》、《韓》蓋同。」
2. 朱熹《詩集傳》：「此連上篇亦戒農官之詩。」
3. 陳子展《詩三百解題》：「王者春省耕（視察耕種）之詩。」
4. 撰者按：《呂覽．孟春紀》：「是月也，天子乃以元日祈穀於上帝……帝率三公、九卿、諸侯大夫躬耕，帝藉田，天子三推，三公五推，卿諸侯大夫九推。」此詩非寫孟春藉田，而是寫天子暮春省耕。《孟子》：「春省耕而補不足。」寫天子暮春巡狩，省問耕者，補其耒耜之不足。詩句「維莫之春」、「亦又何求，如何新畬」可證。另據《國語．周語》：周王親行三坺親耕之禮後，尚有徇行視農之事。「農師一之，農正再之，后稷三之，司空四之，司徒五之，太保六之，太師七之，太史八之，宗伯九之，王則大徇，耨穫亦如之。」據此，則此詩當是暮春「徇農」前戒告農官之詞。

作法

1. 吳闓生《詩義會通》：「舊評：於皇以下，虛擬之詞，筆情飛舞。」
2. 撰者按：全詩分四個段落，開頭四句寫召集百官，勉勵他們各敬其職，彙報收成，並討論商議農耕之事。「嗟嗟保介」以下四句，係問保介有何須求？如何耕治新田及畬田之事。「於皇來牟」以下四句，寫小麥成長，年穀豐熟，實為上帝保佑。「命我眾人」三句，充滿歡欣告訴農人準備好農具，農作即將收成。

噫嘻

噫嘻成王❶，既昭假爾❷。率時農夫❸，播厥百穀。駿發爾私❹，終三十里❺。亦服爾耕❻，十千維耦❼。

注釋

❶噫嘻，馬瑞辰《毛詩傳箋通釋》引戴震說：「猶噫歆，祝神之聲。」

❷昭假，指神昭然降臨。《經傳釋詞》：「爾，猶矣也。」

❸時，是。

❹駿，疾速。發，發土，耕田。私，私田；又郭沫若、孫作雲以為乃「耜」字之訛。

❺終，竟。三十里，天子籍田千畝，約合三十里。

❻亦，語助詞。服，事。爾，你，指農夫。

❼十千，萬。耦，兩人並耕。古人耕地，一人在前，一人在後，推拉而耕。十千其耦，當有二萬人。

詩旨

1.《詩序》：「〈噫嘻〉，春夏祈穀於上帝也。」三家《詩》無異義。

2.朱熹《詩集傳》：「蓋成王始置田官，而嘗戒命之也。」

3.何楷《詩經世本古義》：「康王春祈穀也。」（撰者按：姚際恆、方玉潤亦主之。）

4.戴震《毛鄭詩考證》、馬瑞辰《毛詩傳箋通釋》皆以此詩為成王祈呼上帝之助的農詩，以成王為生號；而雒三桂、李山《詩經新注》：「《頌》詩中告神，稱『予』者有之，稱『我』者有之，稱某王者卻沒有；相反，稱已逝之王倒多為諡號。因此，詩中的成王只能是噫嘻存神之聲的對象，因而詩也只能是康王時期作品。」

作法

朱善《詩解頤》：「成王既置田官而戒命之，後王復遵其法而重戒之。『率時農夫』，農官之職也；『播厥百穀』，農夫之事也。『終三十里』，欲其地之無遺利矣！『十千維偶』，欲其人無遺力也。地無遺利，人無遺力，此豐穰之所以可必也。」

振鷺

振鷺于飛❶，于彼西雝❷。我客戾止❸，亦有斯容❹。在彼無惡❺，在此無斁❻。庶幾夙夜，以永終譽❼。

注釋

❶振，群飛貌。

❷雝，水澤，西雝，在岐周西南：朱右曾《詩地理徵》說。

❸客，毛《傳》：「二王之後。」夏之後為杞，殷商之後為宋。李樗《毛詩李黃集解》：「二王之後不純臣待之，故謂之『我客』。」戾，至。戾止，當與至止義同，止為之矣合音，以矣字餘音表內心喜悅。戾止，猶來呀！

❹亦有斯容，言客有如鷺般潔白之容。

❺彼，在其本國。惡，嫌棄。在彼無惡，鄭《箋》：「謂居其國無怨惡之者。」

❻此，指客。斁，厭倦。在此無斁，有客助祭不厭倦也。

❼永，長。終，永。譽，安樂。連上句意謂：能早夜敬慎，則庶幾永安長樂也。

詩旨

1.《詩序》：「〈振鷺〉，二王之後來助祭也。」鄭《箋》：「二王，夏殷也。其後杞、宋也。」三家《詩》無異義。

2.姚際恆《詩經通論》：「詩但言我客，不言二客。」因謂《序》說不可從。復引《左傳》皇武子曰：「宋，先代之後，于周為客。天子有事，膰焉；有喪，拜焉。」因以為微子來助祭之詩。

3.撰者按：武王克商後，封虞舜之後於陳，封夏禹之後於杞，封商紂王之子武庚於殷墟，使各奉其先祀，尊為「三恪」，以賓客之禮相待。成王初年，武庚叛亂被誅，周王朝改封紂王庶兄微子杞建國於宋。微子仁賢，頗得商民愛戴，與周室關係亦融洽。殷人尚白，詩：「振鷺于飛……我客戾止，亦有斯容。」疑本詩為微子朝見周王助祭宗廟時，周人為頌美微子而作樂歌。詩意或為告誡微子切勿步武庚後塵，要成為一位「無惡」、「無斁」的宋君。

作法

高儕鶴《詩經圖譜慧解》：「尊之曰客，親之曰我客，愛敬兼至也。斯指鷺之潔白，言在彼在此，無惡無斁，總為先代之後申其愛敬之說。庶幾二字有欣、勉二意，深見立言之妙。」

豐年

豐年多黍多稌❶，亦有高廩❷，萬億及秭❸。爲酒爲醴❹，烝畀祖妣❺，以洽百禮❻。降福孔皆❼。

❶稌，音ㄊㄨˊ，毛《傳》：「稻也。」

❷亦，語助詞。高廩，高大之米倉。

❸秭，音ㄗˇ，萬萬曰億，萬億曰秭：參陳奐說。萬億及秭，形容收穫很多。

❹醴，甜酒。

❺烝，進獻。畀，給予。烝畀，祭祀享獻。祖妣，祖先，古者祖母以上皆稱之為妣，祖父以上皆稱之為祖，故西周之書及甲骨文與早期金文，皆祖妣對稱。

❻洽，合。百禮，形容禮之多。

❼孔，甚。皆，馬瑞辰《毛詩傳箋通釋》：「皆、偕、嘉一聲之轉。」

詩旨

1.《詩序》：「〈豐年〉，秋冬報也。」蔡邕《獨斷》引《魯詩》遺說：「蒸嘗秋冬之所歌也。」《齊》、《韓》當同。

2.陳奐《詩毛氏傳疏》：「此秋冬報祭，亦必自上帝百神凡有功於穀實者徧祭之，而皆歌此詩。」

作法

1.朱善《詩解頤》：「收入之多，而祭禮之無不備；祭禮之備，而福祿之無不徧。此方社之賜也，而亦田祖先農之力也。秋而報焉，則方社之謂也；冬而報焉，則蜡祭百神之謂也。以其同謂之報祭，故同歌是詩也。」

2.撰者按：全詩一章七句，分三層。前三句描寫豐年黍稻豐收；次三句寫以穀物釀酒，用百禮祭祀祖先；末句期望祖先神靈降福。

有瞽

有瞽有瞽❶，在周之庭。設業設虡❷，崇牙樹羽❸，應田縣鼓❹，鞉磬柷圉❺。既備乃奏，簫管備舉。喤喤厥聲❻，肅雝和鳴❼，先祖是聽。我客戾止❽，永觀厥成❾。

注釋

❶瞽，鄭《箋》：「矇也。以為樂官者，目無所見，於音聲審也。」

❷虡，音ㄐㄩˋ，虡，鐘磬架之立木。其橫木謂之栒。業，覆栒之大版。

❸崇牙，樅，業上懸鐘磬處，即業上之一排鋸齒，用以懸掛鐘磬。樹，立。樹羽，插五色羽毛作為裝飾。

❹應，小鼓。田，大鼓。縣，同懸。應田縣鼓，懸此應、田之鼓。

❺鞉，音ㄊㄠˊ，同鼗，一種有柄可搖之小鼓。磬，石製之敲擊樂器。柷，音ㄓㄨˋ，木製之樂器，如漆桶，用以起樂。圉，音ㄩˇ，又作敔，木製樂器，形狀似虎，背上有二十七個鋸齒，以木鋸劃之作聲，用以止樂。

❻喤喤，聲音宏亮和諧。厥，其。

❼肅，敬。雝，和。肅雝，形容聲音和諧肅靜。

❽我客，指諸侯助祭之人。戾，至。止，之矣合音，以矣字餘音表內心喜悅。戾止，猶來呀！

❾永，長。厥，其。成，樂終。永觀厥成，長觀斯樂也。

1. 《詩序》：「〈有瞽〉，始作樂而合乎祖也。」鄭《箋》：「合者，大合諸樂而奏之。」孔《疏》：「周公攝政六年，制禮作樂，一代之樂功成，而合諸樂器於太祖之廟奏之，告神以知善否。詩人述其事而為此歌焉！」
2. 《禮記‧月令》：「季春之月，是月之末，擇吉日大合樂，天子乃率三公、九卿、諸侯、大夫，親往視之。」
3. 高亨〈周頌考釋〉：「此詩所詠者：（一）瞽師在庭；（二）樂器備設；（三）諸樂皆作；（四）先祖聽之；（五）客至觀成。其為大合樂於宗廟所歌之詩，明矣。」又《詩經今注》：「這篇是周王大合樂於宗廟所唱的樂歌。大合樂於宗廟是把各種樂器會合一起奏給祖先聽，為祖先開個盛大的音樂會，周王和群臣也來聽。」
4. 楊合鳴《詩經新選》：「請客觀樂，意在施行教誡，使『客』深感和樂，走上正道，終無過錯，永遠忠順周朝。」

撰者按：全詩十三句，前六句寫演奏前的準備，中間四句正面描寫演奏的場面，末三句寫演奏後的效果。詩中所提樂器以打擊樂器為主，還有吹奏樂器，未提及弦樂器，或許當時大型音樂演奏弦樂器尚未廣泛被應用。

潛

猗與漆沮❶，潛有多魚❷。有鱣有鮪❸，鰷鱨鰋鯉❹。以享以祀❺，以介景福❻。

❶猗與，歎美詞。漆、沮，二水名，在岐山附近。見〈小雅．吉日〉注。

❷潛，《說文》：「潛，藏也。」《釋文》引《韓詩》作涔，云：「涔，魚池。」《左傳．昭公二十九年》：「潛醢以食夏后。」杜注：「潛，藏也。」又《易．乾初九》：「潛龍勿用。」崔憬注云：「潛，隱也。」潛有多魚，言水深處隱藏多魚。又黃焯《詩疏平議》：「今謂諸說皆有所偏主，惟先從父季剛先生云：『投米積木二義皆通……其實涔、潛、槮、罧、糝、栫聲皆相轉，即義皆可通，不必從米獨是，從木獨非……。』」假借為槮，積柴於水以捕魚，可備一說。

❸鱣，音ㄓㄢ，一種鯉魚，毛《傳》：「鯉也。」一說即鱘鰉，即大黃魚。鮪，音ㄨㄟˇ，與鱣相類之一種魚，但體型較小。

❹鰷，音ㄊㄧㄠˊ，白鰷。鱨，音ㄔㄤˊ，黃頰魚。鰋，音ㄧㄢˇ，鮎魚，無鱗，俗稱黏魚。

❺享，祭獻。

❻介，求。景，大。

詩旨

1.《詩序》：「〈潛〉，季冬薦魚，春獻鮪也。」鄭《箋》：「冬，魚性定；春，鮪新來。薦之者，謂其於宗廟也。」孔《疏》：「冬則眾魚皆所薦，春惟獻鮪而已。冬月既寒，魚不行而肥，故薦之。」《魯》說無異，《齊》、《韓》蓋同。方玉潤《詩經原始》指出《序》、《箋》不妥處曰：「魚是總名，鮪乃下六魚之一，何以冬則總薦魚，春則單薦鮪？且單薦鮪，則文當言鮪，何以仍用總名？周庭縱極不文，亦不難別作樂歌以薦之，何至用此不通之文以獻諸祖考前乎？」

2. 陳奐《詩毛氏傳疏》：「《禮記．月令》：季冬命漁師始漁。天子親往，乃嘗魚，先薦寢廟。此冬薦魚也。……《魯語》云：古者大寒降、土蟄發，水虞於是乎講罛罶，取名魚而嘗之廟，行諸國。案，冬、春之際皆取魚嘗廟，正與《序》義合。」

3. 程俊英《詩經注析》：「周王獻魚求福，祭祀於宗廟時所唱的樂歌。」

作法

1. 范處義《詩補傳》：「鱣鮪之大，鰷鱨之長，鰋形似偃，鯉之形俯。舉其類之多，皆可以薦享者，亦形容萬物盛多之意也。以是借物以享祀，則神助我以大福，所以報也。」

2. 程俊英《詩經注析》：「這是一首魚祭詩，全詩只有六句，前二句指出產魚的地點，中二句以六種大魚渲染一『多』字。末二句說明祭祀的目的。詞簡意賅，語言明快，似為西周晚期之作。」

3. 撰者按：全詩篇幅短小，文字樸實，以曼聲頌詞，獻上漆沮盛產之各種魚類祝祭，祈求祖先賜福。詩中排列鱣、鮪、鰷、鱨、鰋、鯉六種魚，為漢賦鋪陳濫觴。

雝

有來雝雝❶，至止肅肅❷。相維辟公❸，天子穆穆❹。於薦廣牡❺，相予肆祀❻。假哉皇考❼，綏予孝子❽。宣哲維人❾，文武維后❿。燕及皇天⓫，克昌厥後⓬。綏我眉壽⓭，介以繁祉⓮。既右烈考⓯，亦右文母⓰。

❶有，語助詞。有來，指前來助祭之諸侯。雝雝，和諧貌。

❷至止肅肅，鄭《箋》：「有是來時雝雝然，既至止而肅肅

然者，乃助王禘祭百辟與諸侯也。」龍師宇純〈析詩經止字用義〉說「有來雝雝」與「至止肅肅」相對，句法相同，鄭氏獨於「至止」上加「既」字，似已掌握句子的語氣（按：指完成狀態）。肅肅，恭謹貌。

❸相，助祭者。維，語助詞。辟公，諸侯。

❹穆穆，容止端莊恭敬貌。

❺於，音ㄨ，感嘆詞。薦，進獻。廣，大。牡，雄牲。

❻相，助。肆，陳列，一說舉牲全體而薦之。

❼假，大；一說通格，神降臨。皇，美好。考，先父。

❽綏，安定，安撫。

❾宣，明。哲，智。維，為。宣哲維人，言為人則聰明智慧。

❿后，君。文武維后，為君則允文允武。

⓫燕，安。指上天沒有變異，不降災禍。

⓬克，能。昌，大，盛。厥，其。後，後嗣。以上二句：言文王能事上帝，使之安樂，故能昌大其後嗣。

⓭綏，安。眉壽，長壽。見〈豳風．七月〉注。

⓮介，助。繁，多。以上二句：言安我以老壽，又助我以多福。

⓯右，通侑，勸酒，勸食。烈，功業。考，先父。毛《傳》：「烈考，武王也。」

⓰文，文德。文母，有文德之母。毛《傳》：「文母，太姒也。」連上句烈考、文母對舉，意謂：既請先父嚐嚐祭品，也請先母嚐嚐祭品。若毛《傳》則實指文王、太姒。

詩旨

1. 《詩序》：「〈雝〉，禘大祖也。」蔡邕《獨斷》所載《魯詩》遺說大體相同。
   《論語．八佾》：「三家者以〈雍〉徹。子曰：『相維辟公，天子穆穆。』奚取於三家之堂？」朱熹注曰：「天子宗廟之祭，則歌〈雍〉以徹。」
2. 《後漢書．劉向傳》：「文王既沒，武王、周公繼政，朝臣和於內，萬國驩於外，故盡得其驩心，以事其先祖。其詩曰『有來雝雝，至止肅肅。相維辟公，天子穆穆。』言四方皆以和來也。」
3. 朱熹《詩集傳》：「此武王祭文王之詩。」

作法

撰者按：全詩十六句，每四句為一段。首段敘述參與祭祀的人物和神韻。次段寫祭祀中的獻祭和祝禱，視點轉為天子第一人稱。三段歌頌皇考功德，澤被後世，視點又變為第三者。末章為主祭者的祈禱，視點又轉為天子第一人稱。

載見

載見辟王❶，曰求厥章❷。龍旂陽陽❸，和鈴央央❹。鞗革有鶬❺，休有烈光❻。率見昭考❼，以孝以享❽，以介眉壽❾。永言保之❿。思皇多祜⓫。烈文辟公⓬，綏以多福⓭，俾緝熙于純嘏⓮。

注釋

❶載，始。辟王，天子，指周成王。

❷厥，其。章，典章法度。

❸龍旂，畫有交龍之大旗，上公所用之物。陽陽，鮮明貌。

❹和，掛在車軾上之鈴。鈴，掛在旗子上之鈴。央央，鈴聲。

❺鞗革，轡首之裝飾。鶬，音ㄑㄧㄤ，有鶬，鏘然作聲。

❻休，美。烈光，光明，光彩。

❼率，王引之：詞之用也。昭，光顯。昭考，毛《傳》：「武王也。」周代宗廟制度，太祖居中，其子孫分居左右。左昭右穆，依次排列。文王為穆，武王為昭，是以成王稱武王為昭考。

❽孝、享同義，皆為獻祭。

❾介，求。眉壽，長壽。

❿永，長。言，語助詞。

⓫思，語助詞。皇，大。祜，福。

⓬烈，功業。文，文德。辟公，助祭之諸侯，周之先公。

⓭綏，安。

⓮俾，使。緝熙，繼續不絕。純，大。嘏，福。連上二句：

言諸侯之先人，綏安諸侯以多福，俾其大福繼續不絕。

詩旨

1.《詩序》：「〈載見〉，諸侯始見乎武王廟也。」孔《疏》：「周公居攝七年而歸政成王。成王即政，諸侯來朝，於是乎率之以祭武王之廟，詩人述其事而為此歌焉。」

2.陳奐《詩毛氏傳疏》：「成王之世，武王廟為禰廟。武王主喪畢，入禰廟，而諸侯於是乎始見之，此其樂歌也。」

3.程俊英《詩經注析》：「周成王率領諸侯拜謁武王廟，祭祀求福的樂歌。」

作法

1.方玉潤《詩經原始》引《詩經傳說彙纂》：「成王新即政，率是百辟見於昭廟，以隆孝享。一以顯耆定之大烈彌光，一以彰萬國之歡心如一。」

2.吳闓生《詩義會通》引舊評云：「起層不急入助祭，舒徐有度。末以長句作收。」

3.撰者按：全詩十六句，分為二段。前六句敘諸侯首次朝見成王的隆重儀式，著重寫諸侯儀仗之盛。後八句寫成王率諸侯助祭，著重寫祭祀求壽求福。

有客

有客有客❶，亦白其馬❷。有萋有且❸，敦琢其旅❹。有客宿宿❺，有客信信❻。言授之縶❼，以縶其馬❽。薄言追之❾，左右綏之❿。既有淫威⓫，降福孔夷⓬。

注釋

❶客，鄭《箋》確指為微子。《左傳．僖公二十四年》：「宋，先代之後，於周為客。」

❷亦，發語詞。

❸萋且，馬瑞辰《毛詩傳箋通釋》：「萋、且雙聲字，皆以狀從者之盛。」

❹敦琢，同雕琢，本為治玉，在此引申有精選之意。旅，眾。

❺宿，留住一夜。宿宿，住了一夜又一夜。

❻信，再留宿一夜。信信，連住好幾天。

❼言，承上文指時間先後縶，相當於現代漢語「於是」。縶，絆馬索。言授之縶，梅廣〈三百篇言字新議〉說：「於是給他馬絆，（請他）把馬繫住（當是古代客人告別時主人留客的一種禮貌表示）。」

❽縶，絆，意指挽留客人。以上二語：言留客不使去也。

❾薄言，猶「薄」，急迫、立刻。參梅廣說。迫而，快快地。追，送。

❿綏，安。

⓫淫，大。威，《廣雅》：「威，德也。」參馬瑞辰、陳奐說。

⓬夷，大也：馬瑞辰說。

詩旨

1. 《詩序》：「〈有客〉，微子來見祖廟也。」三家《詩》無異義。
2. 朱熹《詩集傳》：「此微子來見祖廟之詩。周既滅商，封微子於宋，以祀其先王，而以客禮待之，不敢臣也。」
3. 鄒肇敏《詩傳闡》、方玉潤《詩經原始》皆舉例證明，以為箕子之朝見祖廟，武王眷顧而祝頌之詩。

作法

撰者按：全詩十二句，每四句為一段。首段寫微子（或其他宋之後人）始至，騎白馬來周作客，隨從眾多，且皆精選英俊。次段寫周挽留微子，不容其去，一宿不已，必曰信宿；信宿不已，欲縶其馬而不使之去。末段寫終不可留，安撫其左右，然後祝福送別之。全詩分為讚客、留客、祝客三層

武

於皇武王❶，無競維烈❷。允文文王❸，克開厥後❹。嗣武受之❺，勝殷遏劉❻，耆定爾功❼。

❶於，音ㄨ，感嘆詞。皇，大。

❷烈，功業。無競維烈，其功業無人能與之抗衡。

❸允，信，誠然。文，文德。

❹厥後，指武王所開創之事業。克開厥後，能開啟後代之基業。

❺嗣武，嗣子武王。受，承受。受之，承受其基業。

❻遏，鄭《箋》：「止。」劉，毛《傳》：「殺。」

❼耆，毛《傳》：「致也。」戴震《毛鄭詩考正》：「爾，猶此也。」指武王伐紂，致使奠定其功業。

詩旨

1.《詩序》：「〈武〉，奏〈大武〉也。」蔡邕《獨斷》所載《魯》說：「奏〈大武〉，周武所定一代之樂之所歌也。」鄭《箋》：「〈大武〉，周公作樂所為舞也。」「……嗣子武王受文王之業，舉兵伐殷而勝之，以止天下之暴虐而殺人者，年老乃定女之此功，言不汲汲於誅紂，須暇五年。」孔穎達《正義》：「武詩者，奏大武之樂歌也。謂周公攝政六年之時，象武王伐紂之事，作大武之樂，既成而於廟奏之，詩人睹其奏而思武功，故述其事而作此歌焉。」

2.《左傳・宣公十二年》以此詩為武王所作。又引「耆定爾功」語，謂為武之卒章；以賚為武之三章，以桓為武之六章，是古時武原分章，而今本則以章為篇也。

3.《禮記・樂記》：「且夫武始而北出，再成而滅商，三成而南，四成而南國是疆，五成而分周公左、召公右，六成復綴以崇。」

4.《呂氏春秋・古樂篇》：「武王伐殷，克之于坶野，乃薦馘于京太室，乃命周公作為〈大武〉。」

5.撰者按：本詩內容如嚴粲《詩緝》：「文王有文德，以開其後人之基緒。然殷虐未除，武王伐紂以止殺，然後致定其功。所以歸重武王之功，明非武王之武，無以成文王之文也。」為歌頌周武王之樂歌，是周公所作大武樂歌之一。《禮記・樂記》：「武樂六成。」每一成還伴有舞蹈。第一成始而北出，舞容為「總干而山立」，像武王手持武器率師北伐；第二成「再成而滅商」，舞容為「發揚蹈厲」，像牧野大戰之狀；第三成「三成而南」，舞容為「自北而南」，像武王還鎬；第四成「四成而南國是疆」，舞容為「再向南」，像武王經營南國；第五成「五成而分周公左，召公右」，舞容為「分成兩隊，一隊向東，一隊向西」，像周公、召公分陝而治；第六成「六成復綴，以崇天子」，舞容為「退回原位」，效尊奉武王之態。武樂六成，後人多有考證，但意見不一。此篇《左傳》以為是〈大武〉樂的第六章，而何楷、魏源、龔橙、王國維以為是第一章，而且六成名稱亦不同，為便於對照，轉引張建軍《詩經與周文化考論》一書中自明代何楷以來學者對〈大武〉篇目、篇次說法之排列表如下：

人名	篇目	文獻出處
何楷	武 酌 賚 般 時邁 桓	《詩經世本古義》
魏源	武 酌 賚 般 已佚 桓	《詩古微》
龔橙	武 酌 賚 般 維清 桓	《詩本誼》
王國維	昊天有成命 武 酌 桓 賚 般	《觀堂集林》
高亨	我將 武 賚 般 酌 桓	《詩經今注》
孫作雲	酌 武 般 賚 原無 桓	《詩經與周代社會研究》
陰法魯	酌 武 賚 般 缺 桓	《詩經中的舞蹈形象》
楊向奎	武 時邁 賚 酌 般 桓	《宗周社會與禮樂文明》

楊寬	我將　武　賚　般　酌　桓	《西周史》
劉毓慶	大武不入周頌	《雅頌新考》
李山	武　賚　桓	《詩經的文化精神》

作法

撰者按：以「於皇」嘆詞起頭，武王所以可美者在「勝殷遏劉」，所謂止戈為武是也。詩不陳述其克殷殺敵之功，反以「允文文王」開啟其天下莫強端緒，此所以孔子稱美武樂盡美矣之故也。

閔予小子之什

閔予小子

閔予小子❶，遭家不造❷，嬛嬛在疚❸。於乎皇考❹！永世克孝❺。念茲皇祖❻，陟降庭止❼。維予小子，夙夜敬止❽。於乎皇王❾！繼序思不忘❿。

注釋

❶閔，通憫，可憐。小子，成王自稱。據《禮記．曲禮》：「天子未除喪自稱小子。」

❷遭，逢。造，成，善。不造，猶言不善，不淑：馬瑞辰《毛詩傳箋通釋》說。

❸嬛嬛，音ㄑㄩㄥˊ，同煢煢，孤獨無依貌。疚，毛《傳》：「病也。」即憂苦。在疚，在憂患病苦之中。

❹於乎，嗚呼。皇考，偉大的父親，指武王。

❺永世，終身。

❻皇祖，指文王。

❼陟降，來往。庭止，龍師宇純〈析詩經式字用義〉說下文「敬」字為動詞，庭字亦當為動詞，即來庭之意。止為之矣合音。連下句言：皇祖則既上下不離乎朝庭矣，予小子亦既恭敬之矣。

❽敬，敬慎。止，之矣合音。

❾皇王，祖考，對已故父祖之敬稱，兼指文王、武王。

❿序，同續，事業。思，語助詞。忘，通亡，失。以上二句：言繼祖考之緒業而不失墜也。

詩旨

1. 《詩序》：「〈閔予小子〉，嗣王朝於廟也。」鄭《箋》本《魯》說申《序》：「嗣王，謂成王也。除武王之喪，將始即政，朝於廟也。」《齊》、《韓》當同。
2. 朱熹《詩集傳》：「成王免喪始朝于先王之廟而作此詩也，疑後世遂以為嗣王朝廟之樂。」

作法

1. 朱善《詩解頤》：「孝也敬也，一理也。自繼述而言謂之孝，自存主而言謂之敬。敬其身，即所以孝於親。孝於親，未有不敬其身者也，此所以能就文武之業而崇大化之本也。」
2. 陸化熙《詩通》：「開口說個『閔』字，含許多淒愴。其可閔在下二句，國家新造未集，又以皇考即世，煢煢在哀疚之中，豈不可閔？此三句就有懼繼序之未能意。永世克孝，以纘緒繼述言，不言己之念皇考，而但追想皇考之生平，正是念之真切處。」
3. 徐光啟《毛詩六帖講意》：「此詩首章三言，何等悲愴怨慕。即此便見守成之難，即此便是守成之本。」

訪落

訪予落止❶，率時昭考❷。於乎悠哉❸！朕未有艾❹。將予就之❺，繼猶判渙❻。維予小子，未堪家多難❼。紹庭上下❽，陟降厥家❾。休矣皇考❿，以保明其身⓫。

注釋

❶ 訪予落止，毛《傳》：「訪，謀。落，始。時，是。」鄭《箋》：「成王始即政，自以承聖父之業，懼不能遵其

德，故於廟中與群臣謀我始即政之事。群臣曰，當循是明德之考所施行。」《正義》：「成王始即王政……與群臣謀事，汝等當謀我始即政之事止。……」龍師宇純〈析詩經止字用義〉（五、存疑部分）說：「鄭不釋止字，《正義》於『事』下加止字，是以止為辭。……此文因訪字落字如何取義難以確定，故止字用義亦不能詳。」

❷ 率，遵循。時，是。昭考，皇考，先父，指武王。

❸ 於乎，嗚呼。悠，悠遠，指武王之道深遠。

❹ 艾，朱熹《詩集傳》：「艾，如夜未艾之艾。」戴震《毛鄭詩考正》：「艾之言止也，有續未竟曰未艾……此言朕未有艾者，循行昭考之道，未有可止，以見悠遠難終。」

❺ 將，語助詞。就，馬瑞辰《毛詩傳箋通釋》：「因。」將予就之，因襲武王之緒。

❻ 猶，道。一說圖謀。判渙，大也。繼猶判渙，當繼其道而光大之也。

❼ 未堪家多難，不堪遭受國家多災多難。

❽ 紹，昭通。紹庭上下，神昭然上下於庭。

❾ 陟降，來往。厥，其。

❿ 休，美。皇考，對已故父祖之敬稱，此指武王。

⓫ 保，保佑，保護。明，明智，明哲。其身，嗣王。屈萬里《詩經詮釋》：「既保護其身，又使之明哲也。〈大雅．烝民〉：『既明且哲，以保其身』，可為此語作注腳。」

詩旨

1. 《詩序》：「〈訪落〉，嗣王謀於廟也。」王先謙《詩三家義集疏》：「《魯說》曰：『成王謀政於廟之所歌也。』（蔡邕《獨斷》）《齊》、《韓》當同。」
2. 朱熹《詩集傳》：「成王既朝于廟，因作此詩，以道延訪群臣之意。」
3. 何楷《詩經世本古義》：「此詩雖對群臣而作，以延訪發端，而意皆屬望昭考，至〈小毖〉篇始道其延訪群臣之意耳。」

作法

1. 牛運震《詩志》：「陡然一歎，愾動深遠。『朕未有艾』，作窮蹙語，是求助真情懇結處。『將予就之』云云，所謂欲從未由也。寫得微至靈悅，有情有景，離合閃忽，非親歷不能道。『紹庭上下』倒句古（疑法字之誤），又插入皇考，寫得精神飛越。但贊皇考作結，意思深蘊。」

2. 撰者按：《尚書大傳》：「周公攝政，一年救亂，二年克殷，三年踐奄，四年建侯衛，五年營成周，六年制禮作樂，七年致政成王，東征三年踐奄而後歸。」詩中有「未堪家多難」，應指武王喪亡，三監之變，當作於周公東征前後。成王告廟時年僅七歲，他一即位即告祭祖廟，延訪群臣，商議國事。本詩及後面的〈敬之〉、〈小毖〉篇旨略同，全詩塑造成王銳意進取，繼承王業的英明幼主形象。

敬之

敬之敬之❶，天維顯思❷。命不易哉❸。無曰：「高高在上。」陟降厥士❹，日監在茲❺。

維予小子，不聽敬止❻。日就月將❼，學有緝熙于光明❽。佛時仔肩❾，示我顯德行❿。

❶敬，警，戒慎。之，指下文天命。

❷維，語助詞。顯，明察。指上天明察一切。思，語助詞。

❸命，天命，指國運。易，容易。不易，不易保住。

❹陟降，往來。厥，其。士，事。陟降其事，言上帝好像升降於人間，察看人們所做之事。

❺監，視。茲，此。以上二語：言神往來視察其事業，日日監視於此也。

❻不，音ㄆㄧ，發語詞。聽，聽從。敬，警戒。不聽敬止，言聽從神之意旨而戒慎之也。承首句「敬之敬之」而言。

❼就，成就。將，行，進。日就月將，言日有所成就，月有所進益。

❽緝熙，繼續。學有緝熙于光明，言為學當繼續不已以進於光明。

❾佛，輔助。仔肩，猶今語責任。

❿示，指示。顯，顯明。德行，進德之路。以上二語：言依賴群臣輔助此重任，指示我光明之德行。

詩旨

1.《詩序》：「〈敬之〉，群臣進戒嗣王也。」《魯詩》同。

2.朱熹《詩集傳》：「（前半）成王受群臣之戒而述其言。（後半）自為答之之言。」

3.姚際恆《詩經通論》：「愚向者亦不敢以一詩硬作兩人語，惟此篇則宛肖。上章先以『敬之』直陳，意甚警切，下皆規戒之辭；下章則純乎成王語，故敢定為此說。」（即群臣答〈訪落〉之意而成王又答之也。）

4.方玉潤《詩經原始》：蓋此詩乃一呼一應，如自問自答之意，並非兩人語也。一起直呼「敬之敬之」，至「日監在茲」，先立一案……「維予小子」，又言「示我顯德行」，則是嗣王告群臣，非群臣戒嗣王也。方玉潤以為成王自箴，其說可信。

5.林義光《詩經通解》：「按《詩》言『維予小子』，又言『示我顯德行』，則是嗣王告群臣，非群臣戒嗣王也。」

作法

撰者按：全詩十二句，分成兩段。從開頭至「日監在茲」，旨在敬天自箴。自「維予小子」至結尾，旨在規戒自勉。

小毖

予其懲❶，而毖後患❷。莫予荓蜂❸，自求辛螫❹。肇允彼桃蟲❺，拚飛維鳥❻。未堪家多難，予又集于蓼❼。

注釋

❶懲，戒。
❷毖，音ㄇㄧˋ，毛《傳》：「慎也。」
❸荓，音ㄆㄧㄥ，朱熹《詩集傳》：「使也。」
❹辛螫，辛毒之刺螫。以上二語：言莫使蜂以自求辛螫也。
❺肇，始。允，信。桃蟲，鷦鷯，鳥之小者。
❻拚，飛貌。以上二語：始者信為鷦鷯小鳥，然及其拚然而飛，乃為大鳥。用以自喻終可由小而成大。
❼蓼，水荭，水生植物，味苦。以上二語：言不堪家多難，鷦鷯不能成鵰拚飛，仍但為桃蟲以集於蓼而已。此自喻又陷入困境，王先謙《詩三家義集疏》引黃山曰：「又集于蓼，正指淮夷之繼叛。」

詩旨

1.《詩序》：「〈小毖〉，嗣王求助也。」鄭《箋》：「始者管叔及其群弟流言於國，成王信之，而疑周公，至後三監叛而作亂，周公以王命舉兵誅之，歷年乃已。故今周公歸政，成王受之，而求賢臣以自輔助也。」
2.朱熹《詩集傳》：「此亦訪落之意。」

作法

1.孫鑛《批評詩經》：「全篇議論，又推廣設譬以寓意，其用意甚巧，機甚陡。諷詠之，趣味最腴見永。此是經中一變格。」
2.方玉潤《詩經原始》：「此詩名雖小毖，意實大戒，蓋深自懲也……自閔予小子至此凡四章，皆成王自作，若他人則不能如此深切有味矣！然除〈閔予小子〉一篇似祝辭外，餘皆箴銘體。」又引姚際恆之語曰：「憤懣蟠鬱，發為古奧之辭，篇取草蟲等作喻，以見姿致，尤奇。」

載芟

載芟載柞❶，其耕澤澤❷。千耦其耘❸，徂隰徂畛❹。侯主侯伯❺，侯亞侯旅❻，侯彊侯以❼。有嗿其饁❽，思媚其婦❾，有依其士❿。有略其耜⓫，俶載南畝⓬，播厥百穀⓭，實函斯活⓮。驛驛其達⓯，有厭其傑⓰。厭厭其苗⓱，緜緜其麃⓲。載穫濟濟⓳，有實其積⓴，萬億及秭㉑。爲酒爲醴㉒，烝畀祖妣㉓，以洽百禮㉔。有飶其香㉕，邦家之光㉖。有椒其馨㉗，胡考之寧㉘。匪且有且㉙，匪今斯今㉚，振古如茲㉛。

❶載，則。芟、柞，毛《傳》：「除草曰芟，除木曰柞。」

❷澤澤，馬瑞辰《毛詩傳箋通釋》說通釋釋，土質疏鬆貌。

❸耦，兩人並耕。耘，鋤。

❹徂，往。隰，低下潮濕之地。畛，田間之小路。

❺侯，維，語助詞。主、伯，毛《傳》：「主，家長也。伯，長子也。」

❻亞、旅，毛《傳》：「亞，仲叔也。旅，子弟也。」

❼侯彊侯以，龍師宇純〈讀詩雜記〉說：凡韻必與文意相始終，此詩侯主侯伯、侯亞侯旅、侯彊侯以三句平行，侯為隹之誤，隹與維同，數說「徂隰徂畛」之人眾，不得上句之以韻下句之婦、士也。《周禮．地官．遂人》云：「勸甿以彊予。」鄭注云：「彊予，謂民有餘力，復予之田，若餘夫然。」鄭不得彊予之義，彊予即此彊以，予以一聲之轉，猶以訓與，與亦訓以，詳見《經傳釋詞》，與以亦一聲之轉也。予與則音同通用不別。毛《傳》訓以為用，鄭氏以傭賃說之，予之義猶助也（見《國語．齊策》「君不與勝者，而與不勝者」與字高誘注）。此詩以當作予，正與伯字旅字韻。

❽嗿，音ㄊㄢˇ，眾人吃飯之聲音。饁，音ㄧㄝˋ，謂食其饁也。

❾思，語助詞。媚，美。

❿依，愛。士，夫。

⓫略，利。耜，農具。

⓬俶，始；載，猶在也。俶載南畝，言始在南畝也。〈良耜〉篇亦有此語，義同。

⓭厥，其。百穀，形容穀物很多。

⓮實，穀實，種籽。函，穀種包含於土中。活，生。

⓯驛驛，通繹繹，苗接續出生貌。達，鄭《箋》：「出地也。」

⓰厭，馬瑞辰《毛詩傳箋通釋》謂厭為嬮之借字。有厭，厭然，高出貌。傑，先生之苗。

⓱厭厭，齊等貌。

⓲緜緜，朱熹《詩集傳》：「緜緜，詳密也。」麃，耘。緜緜其麃，言鋤草之人小心謹慎。

⓳濟濟，眾多貌。

⓴實，大。有實，實然。積，堆積之穗。

㉑秭，萬萬曰億，萬億曰秭。萬億及秭，形容收穫之多。

㉒醴，甜酒。

㉓烝，進。畀，予。烝畀，祭祀享獻。祖妣，歷代男女祖先。

㉔洽，合。百禮，形容禮之多。

㉕飶，音ㄅㄧˋ，芳香。

㉖邦家，國家。

㉗椒，馨，香。

㉘胡，大。胡考，先考，一說壽考。之，是。寧，安。以上二句謂：以椒然其馨，以養耆老，則胡考之所以安寧也。

㉙匪，非。且，龍師宇純〈讀詩雜記〉說：此詩且讀為徂，《說文》：「徂，往也。」……往謂往昔。徂義同往，故亦為昔。此上言「匪且有且，匪今斯今」，故下接言「振古如茲」。（撰者按：句言非始於昔，而又見於昔。）

㉚匪今斯今，非始於今，而又見於今。

㉛振古，自古。如茲，如此。

詩旨

1.《詩序》：「〈載芟〉，春籍田而祈社稷也。」蔡邕《獨斷》載《魯詩》遺說同。《南齊書．樂志》載漢章帝時班固奏請以〈載芟〉祈先農。班固習《齊詩》，是今、古文家說無異義。

2.朱熹《詩集傳》：「此詩未詳所用。然辭意與豐年相似，其用應亦不殊。」（撰者按：〈豐年〉是秋冬報賽田事之樂歌。）

3.高亨〈周頌考釋〉下（《收入中華文史論叢》）：「此篇亦天子烝祭宗廟所奏之樂歌，與〈豐年〉同。其所詠者：（一）稼穡之情況；（二）以穀物作酒醴；（三）進酒食於祖妣；（四）酒食芬芳，是邦家之光，福壽之本；烝祭之禮，自古已有。」

作法

1. 孫鑛《批評詩經》：「長章緩調，鋪張勻密，描寫親切，而峭句險字，更自不乏，嚴整中有活潑，最工最巧。」「此描寫苗處尤工絕。函、傑是險字，厭厭、緜緜得態。語不多而意狀飛動，所以妙。」
2. 鍾惺《詩經評點》：「前半寫田家景象，茅茨雞犬，歷歷在目，有讓田爭席之意。後忽說向宗廟朝廷上去，作大氣象，大文字，筆端變化。〈豳風〉亦然，而體裁不同。」
3. 方玉潤《詩經原始》：「一家叔伯以及傭工婦子，共力合作，描摹盡致，是一幅田家樂圖。」

良耜

畟畟良耜❶，俶載南畝❷，播厥百穀❸，實函斯活❹。或來瞻女❺，載筐及筥❻，其饟伊黍❼。其笠伊糾❽，其鎛斯趙❾，以薅荼蓼❿。荼蓼朽止⓫，黍稷茂止。穫之挃挃⓬，積之栗栗⓭。其崇如墉⓮，其比如櫛⓯，以開百室⓰。百室盈止⓱，婦子寧止⓲。殺時犉牡⓳，有捄其角⓴。以似以續㉑，續古之人㉒。

注釋

❶ 畟畟，音ㄘㄜˋ，鋒利貌。耜，農具。
❷ 俶，始。載，在。
❸ 厥，其。百穀，形容穀物很多。
❹ 實，穀實，種籽。函，穀種包含於土中。活，生。實函斯活，言播穀種於土中，遂萌芽而生長。
❺ 或，有人。瞻，省視，馬瑞辰以為假瞻為贍，來饁正所以贍之也。女，汝，你。
❻ 載，攜來。筐、筥，竹編食器，圓為筥，方為筐。
❼ 饟，同餉，以食食人，在此作名詞，食人食物。伊，維。黍，以黍所煮之飯食。
❽ 笠，笠帽。糾，纏結貌。
❾ 鎛，音ㄅㄛˊ，鋤頭一類農具，參〈周頌．臣工〉注。趙，毛

《傳》：「刺也。」三家《詩》作挒，通撥，《說文》：「撥，刺也。」鏟除之意。

❿薅，音ㄏㄠ，拔草。荼，陸地上之草。蓼，水邊之草。荼、蓼，指影響作物生長之各種雜草。

⓫朽，腐朽。止，語助詞。

⓬挃挃，音ㄓˋ，毛《傳》：「穫聲也。」

⓭栗栗，毛《傳》：「眾多也。」

⓮崇，高。墉，城牆。

⓯比，排列。櫛，梳頭篦子。其比如櫛，形容穀物堆放稠密狀。

⓰以開百室，開百戶家庭倉房以納穀，此處指言其多。

⓱盈，滿。止，語助詞。

⓲寧，安。

⓳犉，音ㄔㄨㄣˊ，毛《傳》：「黑牛黑脣曰犉。」牡，公牛。

⓴捄，牛角彎曲貌。

㉑似，嗣。續，繼承，繼續。以續，繼續奉祀祖先。

㉒古之人，先祖。

詩旨

1.《詩序》：「〈良耜〉，秋報社稷也。」《周禮．春官》：「祭祀有二時，謂春祈、秋報。報者，報其成熟之功。」王先謙《詩三家義集疏》：「《魯說》曰：良耜一章二十三句，秋報社稷之所歌也（蔡邕《獨斷》文），《齊》、《韓》當同。」

2.程俊英《詩經注析》：「周王在秋收後祭祀土神穀神的樂歌。」

作法

1.李樗《毛詩李黃集解》：「祈之之詩，則詳及其耕種之事；報之之詩，則詳其收成之事。」

2.牛運震《詩志》：「田家樸陋事，寫來韻甚。祇是敘饁事，空中插『或來瞻女』四字便覺神情飛動。或字虛用，不言婦字，妙。『其笠伊糾』，畫態，絕妙耘田圖，挃挃栗栗刻畫精鑿，如櫛亦自奇想。……『有捄其角』點染亦佳，偏有閒筆。結法篤厚高逸。」

3.撰者按：本詩採用賦寫法，春耕、夏耘、秋穫、冬祭，敘寫層次清晰，有條不紊。詩中不論農人勞動、饗食、作物生長、家室溫飽、祭祀都寫得有聲有色，顯示周人對土地、耕稼的熱愛，周文化是重農的文化，具有豐富的農耕經驗。

絲衣

絲衣其紑❶，載弁俅俅❷。自堂徂基❸，自羊徂牛，鼐鼎及鼒❹。兕觥其觩❺，旨酒思柔❻。
不吳不敖❼，胡考之休❽。

❶絲衣，毛《傳》：「祭服也。」紑，音ㄈㄡˊ，毛《傳》：「潔鮮貌。」

❷載弁，鄭《箋》：「載，猶戴也。弁，爵弁也。」俅俅，毛《傳》：「恭順貌。」但首句言絲衣鮮潔，此句亦應狀禮帽之形態。屈萬里《詩經詮釋》：「疑為曲貌，參良耜『其笠伊糾』，〈小雅．大東〉『有捄棘匕』，〈桑扈〉『兕觥其觩』。又〈小雅．角弓〉、〈魯頌．泮水〉，皆有『角弓其觩』語。」釋為彎曲較合詩義。

❸堂，廟堂。徂，往。基，堂基：陳奐說。又王引之〈語詞誤解〉以實義：言自堂及基，自羊及牛也。

❹鼐，大鼎。鼒，音ㄗ，小鼎。鼎類所以烹牲也。

❺兕觥，犀牛角形之酒杯，見〈周南．卷耳〉注。觩，牛角彎曲貌。

❻旨，美。思，語助詞。柔，嘉，美好。

❼吳，喧嘩。敖，傲慢。

❽胡考，壽考。休，美。

詩旨

1.《詩序》：「〈絲衣〉，繹賓尸也。高子曰：靈星之尸也。」（撰者按：繹，祭後第二日又祭之名。尸，象神受祭之人。賓尸，天子以賓禮待尸。靈星，天田星，舊說以為主稼穡之神。《詩序》意為：天子繹祭後，以待賓之禮宴請靈星之尸的樂歌。）據蔡邕《獨斷》載《魯詩》遺說，今文家對「繹賓尸」與《毛詩》說法一致。

2.姚際恆《詩經通論》：「闕疑。」

3.馬瑞辰《毛詩傳箋通釋》提出異說，以為「靈星」之「靈」，當是窗櫺之櫺的通假字。古代門可稱櫺，立櫺星門以為祀，其神為天鎮星。據此，靈星祭是在宗廟門內祭天鎮星，靈星尸就是祭天鎮星時的尸。

4.陳奐《詩毛氏傳疏》：「案此繹祭賓尸之樂歌也。」

1.王質《詩總聞》：「將祭而眡（視）牲、眡饌、眡器之類也，即畢燕以勞之。自堂徂基，自上而下也；自羊徂牛，自小而大也，鼐鼎及鼒，自大而小也。言往復檢校也。」

2.撰者按：頌多為無韻之章，但本詩以「紑、俅、牛、鼒、柔、休」為韻，短短九句，描寫主祭人之服色、衣冠、祭地、祭牲、祭器、祭時之儀態與期望。反映祭祀告濯具、告充、告潔之過程。

酌

於鑠王師❶，遵養時晦❷。時純熙矣❸，是用大介❹。我龍受之❺，蹻蹻王之造❻。載用有嗣❼，實維爾公❽。允師❾。

❶於，音ㄨ，感嘆詞。鑠，美。高亨《詩經今注》說疑當讀為灼，與篇名酌為一字。對先祖與最高統治者美讚多用昭、明、皇等，意同此。

❷遵，率，指率領王師。養，《毛傳》：「取。」時，是。晦，毛《傳》：「昧也。」謂紂也。孔《疏》：「率此師以取是晦昧之君，謂誅紂以定天下。」

❸純，大。熙，光明。馬瑞辰《毛詩傳箋通釋》：「按純熙，謂大光明也。武王既攻取晦昧，于時遂大光明。」

❹是用，因此。介，善，好。以上二句謂：武王率領光榮之王師，推翻紂王統治，是值得慶祝之大好事。

❺龍，寵。受，承受。龍受，膺受。

❻蹻蹻，勇武貌。造，作為。以上二句謂：我恭敬承受威武之武王軍隊。

❼載，乃。有嗣，繼承先人之業。

❽爾，指武王。公，功。

❾允，誠然。允師，誠然可以師法。

詩旨

1.《詩序》：「〈酌〉，告成〈大武〉也。言能酌先祖之道以養天下也。」鄭《箋》：「周公居攝六年，制禮作樂，歸政成王，乃後祭於廟而奏之。其始成，告之而已。」蔡邕《獨斷》載《魯詩》遺說：「告成（大武），言能濯取先祖之道以養天下之所敬也。」《漢書．禮樂志》載《齊》說：「周公作〈勺〉。勺，言能勺先祖之道也。」

2.朱熹《詩集傳》：「此亦頌武王之詩。」

3.陳奐《詩毛氏傳疏》：「周公所作，維天之命，禮成，告文王；此樂成，告武王。」

4.屈萬里《詩經詮釋》：「酌，宣公十二年《左傳》引作汋，亦即儀禮、禮記舞勺之勺。嚴粲疑亦武之一章，蓋是。」

5.撰者按：〈酌〉章八句，前六句歌頌武王克商立國之功，後二句祭告周朝祚胤永錫，以慰先王。〈酌〉為大武樂章之一，在大武樂章的位置，各家說法不一，孫作雲以為是第一章，何楷、魏源、龔橙以為是第二章，王國維以為是第三章。《禮記．內則》：「童子十有三年，學樂、頌詩、舞勺；成童舞象。」以見〈酌〉為周代著名舞樂，是當時貴族少年必習課程之一。

作法

朱公遷《詩經疏義會通》：「此篇重在時字，武頌止殺，酌頌適時。蓋窮兵黷武，不足以為武；違天悖時，不足以成功。可謂所當頌矣！」

桓

綏萬邦❶，婁豐年❷，天命匪解❸。桓桓武王❹，保有厥士❺，于以四方❻，克定厥家❼。於昭于天❽，皇以閒之❾。

❶綏，鄭《箋》：「安也。」萬邦，萬國，泛指平定天下，包含密、崇、奄等屬國。

❷婁，通屢，《左傳》引作屢，屢次。孔《疏》：「僖十九年《左傳》：『昔周饑，克殷而年豐。』是伐紂之後，即有豐年也。」

❸解，同懈。朱熹《詩集傳》：「然天命之於周，久而不厭也。」

❹桓桓，勇武貌。

❺士，卿士。又馬瑞辰《毛詩傳箋通釋》：「士與土形近，古多互譌。保土，猶言『保邦』也，作『士』者，蓋以形近而譌。」

❻于以，龍師宇純《絲竹軒詩說．詩經于以說》說：今以為于當訓往，以應讀同治，「保有厥士，于以四方」，便是「保有其士，往治四方」。

❼克，能。克定厥家，能夠奠定他的國家基礎。

❽於，感嘆詞。昭于天，指武王之功德顯耀於上天。

❾皇，光大。以，猶而也。毛《傳》：「閒，代也。」之，指上文之武王。龍師宇純《絲竹軒詩說．讀詩管窺》以為「皇以閒之」意同〈周頌．烈文〉之「繼序其皇之」。閒字義同繼序，《傳》訓為代無可疑。皇字於彼為動詞，義為光大，於此亦同。之字彼文指其上之辟公，此文亦指稱上文之武王。以猶而也（說見王引之《經傳釋詞》）。「於昭于天，皇以閒之」，謂武王之德已昭顯於天，余後人當光大而承代之也。

詩旨

1.《詩序》：「〈桓〉，講武類禡也。桓，武志也。」鄭《箋》：「類也，禡也，皆師祭也。」孔《疏》：「謂武王欲伐殷，陳列六軍，講習武事。又為類祭於上帝，為禡祭於所在之地。治兵祭神，然後克紂。」今文三家無異義。《左傳・宣公十二年》以此為武之六章。

2.朱熹《詩集傳》：「大軍之後，必有凶年，而武王克商，則除害以安天下，故屢獲豐年之祥……。然天命之於周，久而不厭也。故此桓桓之武王保有其士，而用之於四方，以定其家。其德上昭于天也，言君天下以代商也。此亦頌武王之功。」

3.方玉潤《詩經原始》：「愚意桓詩即明堂祀武之樂歌。此論甚是，不然何云皇以閒天耶，蓋閒天即參天之意，德可參天，故祭用配天，與文王並配上帝於明堂也。」

作法

孫鑛《批評詩經》：「陡起甚奇。天命以下，似是說綏豐所由，此蓋類所謂倒插者然。」

賚

文王既勤止❶，我應受之❷，敷時繹思❸。我徂維求定❹，時周之命❺。於繹思❻。

注釋

❶勤，勤勞。止，之矣合音。龍師宇純〈析詩經式字用義〉：「勤止與受之相連為文，勤止不作勤之，而勤上有既字，並止為之矣合音之證。」

❷我，武王自謂。應受，膺受。之，于省吾《詩經新證》謂

指代民人與疆土。

❸敷，胡承珙《毛詩後箋》：「布也。」時，是也；馬瑞辰《毛詩傳箋通釋》：「與承一聲之轉，古亦通用。」繹，聯綿不絕意。思，語詞。敷時繹思，馬瑞辰：「謂布文王之德澤而尋繹引申之，以及於無窮。」

❹徂，通且，語助詞。定，安定，共定天下。

❺時周，當時（逢時）之周。以上二語言：我維求安定此正在逢時之周之國運。

❻於，感嘆詞。姚際恆《詩經通論》：「於繹思，又重申己與諸侯始終無倦勤之意。」

詩旨

1. 《詩序》：「〈賚〉，大封於廟也。賚，予也。言所以錫予善人也。」鄭《箋》：「大封，武王伐紂時，封諸臣有功者。」王先謙《詩三家義集疏》：「賚，一章六句，大封于廟，賜有德之所歌也（蔡邕．獨斷）。左宣十二年傳云：『武王克商而作頌』知是伐紂後大封也。」《左傳．宣公十二年》以此為武之六章。
2. 朱熹《詩集傳》：「此頌文武之功，而言其大封功臣之意也。」
3. 何楷《詩經世本古義》以此為大武之三章。
4. 姚際恆《詩經通論》：「此武王初克商，歸祀文王廟，大告諸侯所以得天下之意也。」
5. 程俊英《詩經注析》：「是武王克商還都，祭祀文王並封功臣的樂歌。」

作法

1. 季本《詩說解頤》：「時周之命如此，則武王本非以力爭天下，而欲後人求之於文王之德也，故再言『於繹思』以歎美之。」
2. 孫鑛《批評詩經》：「古淡無比，以於繹思三字嘆勉，含味最長。」
3. 撰者按：〈頌〉詩異於〈風〉．〈雅〉，不少詩篇以內容命名，詩中文字雖不見錫予善人，但從詩題看或有此意。詩用之部韻，開頭兩句句押韻，後四句則間斷用韻，且有句中韻（敷時繹思，時周之命。於繹思），反覆頌美，音調紆徐舒緩。

般

於皇時周❶，陟其高山❷。嶞山喬嶽❸，允猶翕河❹。敷天之下❺，裒時之對❻，時周之命❼。

注釋

❶於，感嘆詞。皇，大。時周，當時（逢時）之周，見〈賚〉注。又《白虎通》引《詩》作「於皇明周」，馬瑞辰《毛詩傳箋通釋》：「明周，猶〈時邁〉言『明昭有周』也。」

❷陟，登。

❸嶞，狹長之山巒。喬，高。

❹允，語助詞。猶，通猷，順。翕，合。河，黃河。允猶翕河，言周之山東西順延而匯合於黃河。

❺敷，普。

❻裒，毛《傳》：「聚也。」時，是。對，馬瑞辰《毛詩傳箋通釋》：「當讀如『對揚王休』之對。對猶答也，謂諸侯皆聚於是以答揚天子之休命也。」

❼時周之命，言是周所以承受天命之緣故。

詩旨

1. 《詩序》：「〈般〉，巡守而祀四嶽河海也。」蔡邕《獨斷》載《魯詩》遺說同。《史記．封禪書》：「周成王封泰山、禪社首，然後得封禪。」司馬遷習《魯詩》，是《魯詩》派主張此詩作於成王時代。
2. 何楷《詩經世本古義》以為〈大武〉之四章。
3. 方玉潤《詩經原始》：「武王巡守祀嶽瀆。」

作法

1. 鄒泉《詩經折衷》：「上三句本言祭告事，然於此而祭告百神，即於此而朝會諸侯，蓋不言朝會，而朝會之意已在；故下敷天二句，遂承上而推言其朝會之意也。」
2. 撰者按：全詩七句，均用四言，不押韻。首句嘆美，中三句寫登山所見，末三句抒懷，並再次頌美。全詩表現出周王巡守、祭祀、召告諸侯莊嚴凝重的神態與氣象。

魯頌

魯頌共四首詩，《漢書地理志》：「魯地，奎、婁之分埜也。東至東海，南有泗水，至淮，得臨淮之下相、睢陵、僮、取慮，皆魯分也。周興，以少昊之虛曲阜封周公子伯禽為魯侯，以為周公主。其民有聖人之教化……。瀕洙泗之水，其民涉度，幼者扶老而代其任。俗既益薄，長老不自安，與幼少相讓，故曰：『魯道衰，洙泗間之齗齗如也。』」周公既還政成王，成王乃封周公旦長子伯禽於魯，故城在今山東省曲阜縣。鄭玄《詩譜》：「初，成王以周公有太平制典之勳，命魯郊祭天三望，如天子禮；故孔子錄其詩之頌，同於王者之後。」朱熹《詩集傳》也說：「成王以周公有大勳勞於天下，故賜伯禽以天子之禮樂，魯於是乎有頌，以為廟樂。其後又自作詩以美其君，亦謂之頌。」

〈國風〉無魯詩，而〈魯頌〉四篇，皆非廟堂祀神之詞；其體實兼風雅，而與頌殊。方玉潤《詩經原始》：「〈駉〉實近雅，〈有駜〉、〈泮水〉則兼風，〈閟宮〉，不惟體類大雅，且開漢賦之先，是詩變為騷，騷變而賦之漸也。」還更進一步說〈魯頌〉是騷、賦之源。〈魯頌〉雖不類頌，但仍列之於頌，乃因三百篇之編定出於魯，等魯於王，所以尊魯也。

〈魯頌〉寫作的時代，〈閟宮〉詩云：「新廟奕奕，奚斯所作。」今文家於是以為〈魯頌〉四篇為奚斯所作，實則奚斯作者為廟而非詩，奚斯為魯僖公時人（西元前六五九—六二七年），如果閟宮是他所建，那頌揚之詩篇有可能作於那個時代。古文家則以為〈魯頌〉四篇是史克所作，同樣從詩篇本身無法找到內證。傅斯年《詩經講義稿》以為「詩三百中，除〈陳風〉外，恐無後於〈魯頌〉者」。其寫作時代推測約在魯僖公時。

駉

駉駉牡馬[1]，在坰之野[2]。薄言駉者[3]，有驈有皇[4]，有驪有黃[5]，以車彭彭[6]。思無疆[7]，思馬斯臧[8]。

駉駉牡馬，在坰之野。薄言駉者，有騅有駓[9]，有騂有騏[10]，以車伾伾[11]。思無期[12]，思馬斯才[13]。

駉駉牡馬，在坰之野。薄言駉者，有驒有駱[14]，有駵有雒[15]，以車繹繹[16]。思無斁[17]，思馬斯作[18]。

駉駉牡馬，在坰之野。薄言駉者，有駰有騢⑲，有驔有魚⑳，以車祛祛㉑。思無邪㉒，思馬斯徂㉓。

注釋

❶駉駉，毛《傳》：「良馬腹幹肥張也。」牡馬，公馬。

❷坰，音ㄐㄩㄥˇ，毛《傳》：「遠野也。」

❸薄言，梅廣〈詩三百篇言字新議說〉：猶「薄」，急迫。薄言，「言」動詞，接受副詞「薄」的修飾。「薄言」，「匆促地說」，來不及細說，這就產生「略舉大端」的習慣用法。《禮記．儒行》：「遽數之不能終其物。」「薄言」、「遽數」用法一律。……「薄言駉者」就是「光就肥健的那些來說的意思」（參〈魚藻之什．采綠〉注）。

❹驈，音ㄩˋ，黑身白腿之馬。皇，毛色黃白相雜之馬。

❺驪，純黑色之馬。黃，黃赤色之馬。

❻以車，以之駕車。彭彭，車馬奔騰聲。

❼思，語詞。無疆，頌禱之詞。

❽臧，善。以上二句：言馬之盛無盡無休，而其馬又必皆善也。

❾騅，音ㄓㄨㄟ，蒼白雜毛之馬。駓，音ㄆㄧ，黃白雜毛之馬。

❿騂，赤黃色之馬。騏，青黑色花紋相間之馬。

⓫伾伾，音ㄆㄧ，毛《傳》：「伾伾，有力也。」屈萬里《詩經詮釋》：「伾伾，與〈招魂〉之駓駓同，王逸注云：『走貌也。』」

⓬無期，無盡期。

⓭才，朱熹《詩集傳》：「材力也。」一說成材之意。

⓮驒，音ㄊㄨㄛˊ，朱熹《詩集傳》：「色有深淺，斑駁如魚鱗，今之連錢驄也。」駱，白身黑鬣之馬，見〈小雅．四牡〉注。

⓯駵，音ㄌㄧㄡˊ，赤身黑鬣之馬，見〈秦風．小戎〉注。雒，黑身白鬣之馬。

⓰繹繹，毛《傳》：「善走也。」

⓱無斁，陳奐《詩毛氏傳疏》謂無斁、無邪，有勸戒之意。無斁，謂養馬無厭也。

⓲作，興也，猶盛也。陳奐《詩毛氏傳疏》：「蓋馬先作弄四足者，正是調習之狀，……說苑指武篇『造父王良不能以敝車不作之馬趨疾而致遠。』」

⓳駰，淺黑色和白色相雜之馬，見〈小雅．皇皇者華〉注。騢，赤白雜毛之馬。

⓴驔，足脛有白色長毛之馬。魚，兩眼眶有白圈之馬。

㉑祛祛，毛《傳》：「強健也。」

㉒無邪，專心養馬，不胡思亂想。

㉓徂、且古通，此當讀為且，多也。

詩旨

1.《詩序》：「〈駉〉，頌僖公也。僖公能遵伯禽之法，儉以足用，寬以愛民，務農重穀，牧于坰野，魯人尊之。於是季孫行父請命于周，而史克作是頌。」王先謙《詩三家義集疏》：「史克作〈頌〉，惟見《毛序》，他無可證。三家《詩》說皆以〈魯頌〉為奚斯作，……」此詩作者《詩序》說是史克，三家詩說是奚斯，三家材料豐富，佐證充足，或可相信。

2.朱熹《詩集傳》：「此詩言僖公牧馬之盛。」

3.方玉潤《詩經原始》：「此諸家皆謂頌僖公牧馬之盛，愚獨以為喻魯侯育賢之眾，蓋借馬以比賢人君子耳。……此雖駉馬歌，實一篇賢才頌耳。不然牧馬縱盛，何關大政，而必為之頌，且居一國頌聲之首耶？」方氏並認為此詩「為頌中變體，已開〈天馬歌〉、〈白馬〉篇等詩之先」。

作法

1.許顗《彥周詩話》：「客言：『李杜詩中說馬如相馬經，有能過之者乎？』僕曰：『毛詩過之。』」

2.劉瑾《詩傳通釋》：「美文公之馬，則言其騋而牝者有三千之眾；美僖公之馬，則言其駉而牡者有十六種之毛色。蓋各極其盛而言，皆以見其國之殷富也。」

3.撰者按：全詩四章複沓，結構整飭，體裁類風。首二句重複敘述，中四句描寫精煉，末二句議論深長。語言簡蘊含蓄，豐富多彩，不論排比或疊音字的應用，俱能使形象生動，富氣勢和節奏感。方玉潤以為詩有寓託，此說甚佳，如此《詩經》已開後世以馬寓志之先河，並非單純之詠馬詩。

有駜

有駜有駜❶，駜彼乘黃❷。夙夜在公，在公明明❸。振振鷺❹，鷺于下❺。鼓咽咽❻，醉言舞❼。于胥樂兮❽。

有駜有駜，駜彼乘牡❾。夙夜在公，在公飲酒。振振鷺，鷺于飛。鼓咽咽，醉言歸。于胥樂兮。

有駜有駜，駜彼乘駽❿。夙夜在公，在公載燕⓫。自今以始⓬，歲其有⓭。君子有穀⓮，詒孫子⓯。于胥樂兮。

注釋

❶駜，毛《傳》：「馬肥彊貌。馬肥強則能升高進遠，臣強力則能安國。」

❷乘黃，駕車四馬皆為黃色，見〈鄭風．大叔于田〉注。

❸在公，鄭《箋》：「在於公之所。」明明，馬瑞辰《毛詩傳箋通釋》：「明、勉一聲之轉，明明即勉勉之假借，謂其在公盡力也。」

❹振振，毛《傳》：「群飛貌。」

❺于，爰。于下，落下。

❻咽咽，毛《傳》：「鼓節也。」即伴舞鼓點。

❼言，語助詞，猶而也。

❽于胥樂兮，龍師宇純〈詩經胥字析義〉說：朱熹《集傳》云：「胥，相也。醉而起舞，以相樂也。」今之說詩之家，或同鄭《箋》訓胥為皆，或同朱《傳》訓胥為相。本文以「于嗟麟兮」「于嗟洵兮」等句法相較，因于字下僅有接歎詞的例，沒有接皆或相的例，定胥字為歎詞，並疑胥與訏字同源。

❾乘牡，四匹公馬。

❿駽，青黑色之馬。

⓫載，則。燕，燕飲。

⓬以，而。

⓭有，有年，豐年。王質《詩總聞》：「自今以始，言昔多無年也。春秋自莊、閔，至僖十餘年之間，莊二十五年大

水，二十七年無麥禾，二十九年有蜚，僖二年三年冬春夏不雨，此詩當此年以後也。」

⓮ 穀，祿。

⓯ 詒，遺留。以上二句：鄭《箋》：「穀，善。詒，遺也。……其善道則可以遺子孫也。」

詩旨

1.《詩序》：「〈有駜〉，頌僖公君臣之有道也。」王先謙《詩三家義集疏》：「三家《詩》無異義。」

2.朱熹《詩序辨說》：「此但燕飲之詩，未見君臣有道之意。」《詩集傳》：「此燕飲而頌禱之辭也。」

3.朱守亮《詩經評釋》：「此當係慶豐年，燕飲而頌禱僖公之詩也。」

作法

1.沈守正《詩經說通》：「首二章燕飲，三章誦禱。曰歲，非一歲也，有穀，亦本禮教信義而推廣之。魯頌夸大，非止頌其所有已也，君臣忘形以相娛，侈詞以致禱，自謂千載之一時矣！」

2.龍起濤《毛詩補正》：「通體描繪一樂字，而首章之明明，末章之詒穀，則又有好樂無荒之意。妙在中間振振鷺一筆，忽然插入，如天外飛來，令人精神一振。後來唯少陵頗得其祕，結末明點樂字，通體皆醒。」

3.撰者按：本詩採四言、三言交錯，使用疊字、疊詞及頂針修辭，末章句法變化，具有韻律美，吳闓生引舊評：「音節絕佳。」全詩表達喜慶豐收、宴飲歡樂、君臣醉舞之情景。

泮水

思樂泮水❶，薄采其芹❷。魯侯戾止❸，言觀其旂❹。其旂茷茷❺，鸞聲噦噦❻。無小無大❼，從公于邁❽。

思樂泮水，薄采其藻。魯侯戾止，其馬蹻蹻❾。其馬蹻蹻，其音昭昭❿。載色載笑⓫，匪怒伊教⑫。

思樂泮水，薄采其茆⑬。魯侯戾止，在泮飲酒。既飲旨酒，永錫難老⑭。順彼長道⑮，屈此群醜⑯。

穆穆魯侯⑰，敬明其德。敬慎威儀，維民之則⑱。允文允武，昭假烈祖⑲。靡有不孝⑳，自求伊祜㉑。

明明魯侯，克明其德㉒。既作泮宮，淮夷攸服㉓。矯矯虎臣㉔，在泮獻馘㉕。淑問如皋陶㉖，在泮獻囚㉗。

濟濟多士㉘，克廣德心㉙。桓桓于征㉚，狄彼東南㉛。烝烝皇皇㉜，不吳不揚㉝。不告于訩㉞，在泮獻功。

角弓其觩㉟，束矢其搜㊱。戎車孔博㊲，徒御無斁㊳。既克淮夷，孔淑不逆㊴。式固爾猶，淮夷卒獲㊵。

翩彼飛鴞㊶，集于泮林㊷。食我桑黮㊸，懷我好音㊹。憬彼淮夷㊺，來獻其琛㊻：元龜象齒㊼，大賂南金㊽。

注釋

❶思，發語詞。思樂，猶言樂哉。泮水，姚際恆《詩經通論》：「泮宮，宋戴仲培，明楊用修皆以為泮水之宮，非學宮，其說誠然。按：《通典》載：『魯郡泗水縣，泮水出焉。』泮為水名可證。……自王制以為諸侯之學宮，此漢儒之說，未可信也。……詩曰泮水，又曰泮宮。言泮水者，水名也；言泮宮者，泮水之宮也。文義自明。……詩又曰泮林，明是泮水之林。……」

❷薄，梅廣〈詩三百篇言字新義〉說：訓為迫，轉為副詞用

法，可翻譯為急忙、連忙，亦可解釋成趕快，在短時間內完成的意思。

❸戾止，已見〈周頌·振鷺〉，「魯侯戾止，言觀其旂」同〈庭燎〉「君子至止，言觀其旂」。止為之矣合音，魯侯來了呀！此用「矣」字的餘音，表內心之喜悅。龍師宇純〈析詩經止字用義〉有說。

❹言，梅廣〈詩三百篇言字新議〉說：承上文，複指處所。言觀其旂，魯侯來，在那裏看到他的旗幟。

❺茷茷，馬瑞辰《毛詩傳箋通釋》：「猶旆旆，旂垂貌。」

❻鸞，鸞鈴。噦噦，鈴聲。

❼無，無論。小大，老少，一說官職之尊卑。

❽邁，行。

❾蹻蹻，強健貌。

❿音，聲音。昭昭，高朗貌。

⓫載，則。色，顏色溫和。

⓬匪，非。伊，語助詞。以上二句言：和顏悅色，不必發怒，足以教化人也。

⓭茆，蓴菜。

⓮錫，賜。難老，長壽。

⓯長道，馬瑞辰《毛詩傳箋通釋》：「猶言大道。」

⓰屈，屈服。群醜，指淮夷。

⓱穆穆，美。

⓲則，法。

⓳昭，明；假，至；指神昭然降臨。烈祖，有功業之祖先。言魯侯之德，感動烈祖之神，使其昭然降臨。

⓴靡有，無有。孝，效，效法。王引之《經義述聞》：「謂魯公無事不效法其祖，非謂國人傚魯公也。」

㉑祜，福。恭敬祖先即是自求多福。

㉒克，能。

㉓淮夷，周時分布於今淮河下游一帶之夷族也。淮夷攸服，屈萬里《詩經詮釋》：「僖公十三年，嘗從齊桓公會於鹹，為淮夷之病杞；十六年，有從齊桓公會於淮，為淮夷之病鄫。詩所言當指此二役之一。《春秋》經傳雖未言爭戰，然以情勢度之，必有兵事。下文言獻馘獻囚，雖不免鋪張，要非無中生有也。」

㉔矯矯，鄭《箋》：「勇貌。」虎臣，猛將。

㉕馘，音ㄍㄨㄛˊ，所割取敵人之左耳。

㉖淑，善。問，訊問，審問。皋陶，舜時善於聽訟之獄官。

㉗獻，獻上，一說讞，議罪之意。囚，俘虜。

㉘濟濟，眾多貌。

㉙克，能。廣，推廣。

㉚桓桓，毛《傳》：「威武貌。」于征，出征。

㉛狄，治理。東南，淮夷。

㉜烝烝皇皇，朱熹《詩集傳》：「烝烝、皇皇，盛也。」

㉝吳，喧嘩。揚，揚聲。

㉞告，通鞫，窮治罪人。訩，凶惡。不告于訩，陳奐《詩毛氏傳疏》說：言不窮治凶惡，唯在柔服而已。

㉟角弓，以角為裝飾之弓，見《小雅·角弓》注。觩，彎曲

貌，見〈周頌．絲衣〉注。

㊱束矢，一捆箭；或云百支，或云四支，或云十二支。其搜，搜然，聚集貌。

㊲戎車，兵車。孔，甚。博，陳奐《詩毛氏傳疏》：「博，猶眾也。」

㊳徒，徒步者。御，駕車者。斁，厭倦，倦怠。無斁，不懈怠。

㊴淑，善。逆，違命。孔叔不逆，鄭《箋》：「其士卒甚順軍法而善，無有為逆者。」

㊵式，語助詞，表希冀。固，堅定。猶，謀略。句言：幸其堅固謀猶，然後淮夷可卒獲服也。蓋詩人慮夷性反覆，雖克之，不必從此無後患，是以語而厚望之。龍師宇純〈試釋詩經式字用義〉有說。

㊶翩，鳥飛翔貌。鴞，貓頭鷹。毛《傳》：「惡聲之鳥也。」

㊷集，棲息。泮林，泮宮之林。

㊸桑黮，桑葚。

㊹懷，念。好音，善意。〈漢石經〉作「詒我德音」。以上二句言：鴞本惡聲之鳥，因食我之桑葚，懷我之德義而為好音矣！喻淮夷能降服也。

㊺憬，〈漢石經〉作獷。《說文》：「憬，覺悟也。」

㊻琛，音ㄔㄣ，毛《傳》：「寶也。」

㊼元龜，大龜，古人用龜占卜吉凶，以為龜愈大愈靈。象齒，象牙。

㊽大，多。賂，毛《傳》：「遺。」南金，荊、揚等南方出產之黃金。以上二句言：所賂者有元龜、象齒及南金也。大賂二字，貫上下文。又大賂作大路（路車）亦通，如此則並列淮夷所獻四種寶物。

詩旨

1.《詩序》：「〈泮水〉，頌僖公能脩泮宮也。」王先謙《詩三家義集疏》：「三家無異義。」

2.朱熹《詩集傳》：「此飲於泮宮而頌禱之辭也。」

3.屈萬里《詩經詮釋》：惠周惕云：「此詩始終言魯侯在泮宮事，是克淮夷之後，釋菜而儐也。釋奠釋菜，祭之略者也。釋奠釋菜不舞，詩言不及樂，故知為釋菜也。」《禮記．王制》云：「出征，執有罪反，釋奠于學，以訊馘告。」鄭注：「釋菜奠幣，禮先師也。」按此亦僖公時詩。

1. 朱守亮《詩經評釋》：「詩則所敘極有步驟，既克淮夷，歸而飲至策勳，釋奠于學，以訊馘告。首三章采芹、采藻、采茆為釋奠之用。而初見其旂、次色笑、次飲酒，次第井然。穆穆明明兩章，為一篇中樞，極力頌揚，探源立論。六章是將帥體君德無爭功者。七章是凱旋士卒無怠倦者。八章以淮夷歸化獻琛作結。」
2. 撰者按：據《春秋》記載，僖公十年冬與齊侯會于淮而被淮所俘，次年才被放回。之後兩次隨齊桓公征淮，十三年從齊桓公會於鹹，為淮夷病杞；十六年從齊桓公會於淮，為淮夷之病鄫。只有十六年會淮「謀鄫，且東略也」獲得一些些好處，然此詩卻偏頌魯僖公平淮之功，獻馘、獻囚鋪張其事，寫得有聲有色，以見頌詩重鋪張揚厲，已開漢賦先聲。

閟宮

閟宮有侐❶，實實枚枚❷。赫赫姜嫄❸，其德不回❹。上帝是依❺，無災無害；彌月不遲❻。是生后稷。降之百福，黍稷重穋❼，稙穉菽麥❽。奄有下國❾，俾民稼穡❿。有稷有黍，有稻有秬⓫。奄有下土，纘禹之緒⓬。

后稷之孫，實維大王⓭，居岐之陽⓮，實始翦商⓯。至于文武，纘大王之緒。致天之屆⓰，于牧之野。「無貳無虞⓱，上帝臨女⓲。」敦商之旅⓳，克咸厥功⓴。

王曰㉑：「叔父㉒，建爾元子㉓，俾侯于魯㉔。大啓爾宇㉕，爲周室輔。」乃命魯公㉖，俾侯于東；錫之山川㉗，土田附庸㉘。周公之孫，莊公之子㉙，龍旂承祀㉚，六轡耳耳㉛。春秋匪解㉜，享祀不忒㉝。皇皇后帝㉞，皇祖后稷㉟，享以騂犧㊱，是饗是宜㊲，降福既多。周公皇祖㊳，亦其福女㊴。秋而載嘗㊵，夏而楅衡㊶。白牡騂剛㊷，犧尊將將㊸。毛炰胾羹㊹，籩豆大房㊺。萬舞洋洋㊻，孝孫有慶㊼。俾爾熾而昌㊽，俾爾壽而臧㊾。保彼東方，魯邦是常[50]。不虧不崩[51]，不震不騰[52]。三壽作朋[53]，如岡如陵。

公車千乘，朱英綠縢[54]，二矛重弓[55]。公徒三萬[56]，貝冑朱綅[57]，烝徒增增[58]。戎狄是膺[59]，荊舒是懲[60]，則莫我敢承[61]。俾爾昌而熾，俾爾壽而富。黃髮台背[62]，壽胥與試[63]。俾爾昌而大，俾爾耆而艾[64]。萬有千歲[65]，眉壽無有害[66]。

泰山巖巖[67]，魯邦所詹[68]。奄有龜蒙[69]，遂荒大東[70]，至于海邦[71]。淮夷來同[72]，莫不率從[73]，魯侯之功。

保有鳧繹[74]，遂荒徐宅[75]，至于海邦。淮夷蠻貊，及彼南夷，莫不率從。莫敢不諾[76]，魯侯是若[77]。

天錫公純嘏[78]，眉壽保魯。居常與許[79]，復周公之宇[80]。魯侯燕喜[81]，令妻壽母[82]。宜大夫庶士[83]，邦國是有[84]。既多受祉[85]，黃髮兒齒[86]。

徂來之松[87]，新甫之柏[88]，是斷是度[89]，是尋是尺[90]。松桷有舃[91]，路寢孔碩[92]。新廟奕奕[93]，奚斯所作[94]。孔曼且碩[95]，萬民是若[96]。

注釋

❶閟，音ㄅㄧˋ，邃祕。宮，宮廟。閟宮，姜嫄廟之名，指魯之宗廟。侐，寂靜。

❷實實，鞏固，形容基止之鞏固。枚枚，細密，形容樑椽結構之細密。

❸赫赫，顯盛貌。姜嫄，后稷之母，見〈大雅・生民〉注。

❹回，邪。不回，不邪，正大。

❺依，憑依。指姜嫄履大人跡，見〈大雅・生民〉注。

❻彌，滿。彌月，滿十月。

❼重，音ㄔㄨㄥˊ，先種晚熟之穀類。穋，音ㄌㄨˋ，晚種先熟之穀類。見〈豳風・七月〉注。

❽稙，音ㄓˊ，禾之早種者。穉，音ㄓˋ，禾之晚種者。

❾奄有，盡有。

❿俾，使。稼，耕種。穡，收穫。

⓫秬，黑黍。

⓬纘，繼承。緒，功業。

⓭實維，是為。大王，太王，古公亶父。

⓮岐，岐山。陽，山之南面。

⓯翦，通薦。薦商，意為薦祭殷商祖宗神明。

⓰致，奉行。屆，通殛，誅殺。

⓱貳，貳心。虞，顧慮。無虞，言勿多所顧慮。見〈大雅．大明〉注。

⓲臨，監視、照臨。女，同汝，你。

⓳敦，殺伐。旅，軍隊。

⓴克，能。咸，完成。厥，其。

㉑王，指周成王。

㉒叔父，指周公旦。

㉓建，立。元子，長子，指魯第一代君主伯禽。

㉔俾，使。侯，作動詞，封侯、稱侯，伯禽為魯國開國之君。魯，地名，魯國初封地在今河南魯山一帶。

㉕啟，開拓。宇，毛《傳》：「居也。」指魯國之疆域。

㉖魯公，指伯禽。

㉗錫，賜。

㉘附庸，附屬於諸侯之小國，小國不能自達於天子而附於大國。

㉙周公，周公旦，諡周文公。莊公，魯莊公，名同。莊公之子為僖公，僖公元年當周惠王十八年，西元前六五九年。

㉚龍旂，旗面畫有交龍之旗子。承祀，奉祀。

㉛轡，馬韁繩。耳耳，眾貌：陳奐說。

㉜春秋，四季。匪，非。解，通懈。

㉝享，獻。忒，過失，差錯。

㉞皇皇，光明貌，一說大。后帝，指上帝。

㉟皇祖，太祖，指后稷。

㊱騂，赤色。犧，純色之牲。騂犧，純赤色之牲。

㊲宜，馬瑞辰《毛詩傳箋通釋》：「凡神歆饗其祀通謂之宜。」

㊳皇祖，指伯禽。

㊴女，同汝，指僖公。

㊵載，則。嘗，秋祭，嘗即嘗新穀。

㊶楅衡，毛《傳》：「楅衡，設牛角以楅之也。」鄭《箋》「秋將嘗祭，於夏則養牲，楅衡其牛角，為其觸牴人也。」即以橫木架在牛角上，以防其觸人。秋祭所用之牛，於夏天即楅衡之，以防其觸人，以免不吉也。

㊷白牡，白色公牛。剛，通犅，公牛。騂剛，赤色之公牛。

㊸犧尊，據于省吾《詩經新證》：「即以犧牛為形狀之酒尊。近世出土文物可證。」將將，尊器眾多貌。

㊹炰，正字應作炮。毛炰，連毛裹泥烘烤。胾，切成大塊之肉。羹，肉湯。

㊺籩，盛乾肉、果實之竹製食器。豆，盛肉醬之器皿。大

房，朱熹《詩集傳》：「半體之俎。足下有跗，如堂房也。」

46 萬舞，舞之總名。洋洋，盛大貌。

47 孝孫，指僖公。慶，福。

48 俾，使。熾，興盛。昌，繁昌。

49 臧，善。

50 常、尚，古通，助也：俞樾《毛詩平議》說。

51 虧、崩，毀壞。

52 震、騰，震動。

53 三壽，馬瑞辰《毛詩傳箋通釋》謂即三老，並引《杜注》：「三老謂上壽、中壽、下壽，皆八十以上。」《文選》李善注引《養生經》：「上壽者百二十，中壽百年，下壽八十。」又郭沫若《兩周金文辭大系考釋》：「參壽即魯頌閟宮三壽作朋之三壽，謂壽如參星之高也。」朋，輩。

54 朱英，孔穎達《正義》：「矛飾，蓋絲纏而朱染之，以為矛之英飾也。」綠縢，用以纏弓之綠繩。

55 二矛重弓，一車之上有二矛二弓。

56 徒，步兵。公徒，魯公之步兵。三萬，屈萬里《詩經詮釋》：「魯自襄公十一年始有三軍，箋以三萬為三軍之成數，非是。且與千乘之數不合。」

57 貝冑，以貝為飾之盔甲。朱綅，綴貝之紅線。

58 烝，眾。增增，毛《傳》：「眾貌。」

59 戎，本謂西戎；狄，本謂北狄，此蓋指淮夷。《孟子》趙注「膺，擊也。」膺擊戎狄，指僖公十三年鹹之會及僖公十六年淮之會。見〈泮水〉。

60 荊，楚之舊稱；春秋僖西元年始稱荊曰楚。舒，楚之與國，在今安徽舒城、廬江境內。懲，創，罰。僖公四年，公會齊桓公等侵蔡，蔡潰，遂伐楚。

61 承，抵擋。

62 黃髮，見〈小雅．南山有臺〉、台背，見〈大雅．行葦〉，皆是長壽之象徵。

63 胥，相。試，馬瑞辰《毛詩傳箋通釋》：「猶式也，字通作視。……《廣雅》：『視，比也。』比之言比擬（擬）也。『壽胥與試』承『黃髮台背』言，猶云壽相與比耳。」

64 耆、艾，長壽。

65 有，又。

66 眉壽，長壽，見〈豳風．七月〉注。無有害，沒有災害。

67 巖巖，山高峻貌。

68 詹，通瞻，仰望。

69 龜，山名，在今山東省泗水縣。蒙，山名，在今山東省蒙陰縣。

70 荒，盡有，擁有。大東，魯東一帶之地，極遠之東方。見〈小雅．大東〉注。

71 海邦，指魯東近海之小國。

72 同，會同。

73 率從，率而相從，隨從而至。

74 保有，保而有之。鳧，山名，在今山東魚臺縣。繹，山名，在今山東省嶧縣。

75 宅，居。徐宅，徐人所居之處，即徐國。

76 諾，應，服從。

77 若，順從。

78 錫，賜。純，大。嘏，福。

79 居，住。常、許，魯國之邑名，曾為齊國所侵占。《國語．齊語》載《管子》語曰：「以魯為主，反其地堂、潛。」事在莊公年間，是以馬瑞辰《毛詩傳箋通釋》認為常即《國語》之堂，因齊人歸還堂地距僖公時代不遠，所以詩人舉以為頌美之詞。許，陳奐《詩毛氏傳疏》：「《晏子．雜上》篇：『景公伐魯，傅許，得東門無澤。』是魯有許邑矣。」

80 復，恢復。宇，居，指疆域。

81 燕，安。喜，樂。

82 令妻，賢妻，魯公夫人名聲姜。壽母，長壽之母親，即莊公夫人哀姜。

83 宜，安適。在此有款待之意。

84 有，保有。

85 祇，福。

86 兒，音ㄋㄧˊ，通齯。《說文》：「齯，老人齒也。」老人又生新齒，為長壽之徵。

87 徂來，山名，在今山東省泰安縣東。

88 新甫，即梁甫山，在今山東省新泰縣。

89 斷，裁斷。度，剫之省，判，劈成兩半。

90 尋，八尺。

91 桷，音ㄐㄩㄝˊ，方形之屋椽。舄，音ㄒㄧˋ，大。

92 路寢，正寢。碩，大。

93 新廟，指閟宮。奕奕，大。

94 奚斯，見魯閔公二年《左傳》，魯國人，公子魚之字。奚斯所作，此新廟為奚斯所建。今文家魏源《詩古微》、皮錫瑞《經學歷史》則以〈魯頌〉為奚斯所作。

95 曼，長。

96 若，順從。萬民是若，意指國人皆順從魯侯。

詩旨

1. 《詩序》：「〈閟宮〉，頌僖公能復周公之宇也。」《文選》班固〈兩都賦序〉：「奚斯頌魯。」李善注引《韓詩薛君章句》云：「言其新廟奕奕然盛，是時公子奚斯所作也。」
2. 朱熹《詩序辨說》：「為僖公修廟之詩明矣。」《詩集傳》：「閟宮時蓋修之故，詩人歌詠其事，以為頌禱之詞，而推本后稷之生，而下及於僖公耳。」

3.王靜芝《詩經通釋》：「此新廟已成，僖公祀於廟，史臣作頌也。」

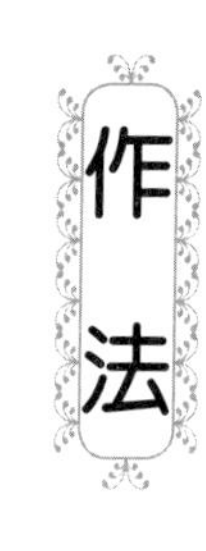

1.王安石《詩經新義》：「周頌之詞約，約所以為嚴，盛德故也。魯頌之詞侈，侈所以為夸，德不足故也。」

2.方玉潤《詩經原始》：「此詩褒美失實，制作又無關緊要，原不足存。其所以存者，以備體耳，蓋頌中變格，早開西漢揚、馬先聲。因知其非全無關係也。」

3.陳延傑《詩序解》：「魯頌多分章，且其體又近乎風，蓋實魯風焉。舍告神之義，為美上之詞，遂為秦漢以來刻石銘功之所祖。」

4.朱守亮《詩經評釋》：「詩則三百中最為長篇，除首二句領閟宮起，末章作廟收，首尾相應外。中間歷頌周之先祖，開國文武及伯禽封魯，傳至僖公之德。其所以又浩衍其詞，侈公車徒之盛，誇龜蒙鳧繹之宏，而膺夷狄，懲荊舒，同淮夷，荒徐宅，氣象堂皇非凡者。蓋魯之積弱也久矣，史臣特就此肆作描繪以震動之，而見其聲威也。全詩浩衍恣肆，暢所欲言，極文章之大觀；鋪張揚厲，意酣辭贍，開漢賦之先聲。惟敘事近冗而語句過多，亦不無複雜之病也。且時至春秋，諂諛之意多，規諫之風少。僖公庸主耳，尚如此頌之，則其他亦可知矣！」

5.撰者按：全詩九章一二〇句，為《詩經》中長詩。係伯禽十九世孫魯僖公為誇耀功業，而由史臣撰寫之頌歌。全詩歌頌魯僖公能興祖業、復疆土、興祖廟。

商頌

〈商頌〉共五首詩，《國語．魯語》：「昔正考父校商之名頌十二篇於周大師，以〈那〉為首。」「商之名頌」即商頌。正考父為孔子七世祖，宋國大夫，為周宣王、幽王，平王時代之人。據此可知，在西周、東周之際，宋國曾有〈商頌〉十二篇。但今本《詩經》只有五首，其他七首則已亡佚。

關於〈商頌〉的寫作時代，今古文經學派之間看法不同。《毛詩序．那序》說：「祀成湯也。微子至于戴公，其間禮樂廢壞，有正考甫者，得商頌十二篇於周之大師，以那為首。」《詩序》之說本於《國語．魯語》，但從其中「微子至于戴公」等語，則很明顯，是將〈商頌〉十二篇視為殷商舊作，在正考父之前就已存在，是他從周大師那裏得來。此說影響深遠，之後孔穎達、朱熹、姚際恆、陳奐等人皆主此說。今文家則主張〈商頌〉是春秋時宋國大夫正考父所作，據《史記．宋世家》：「襄公之時，修行仁義，欲為盟主，其大夫正考父美之，故追道契湯高宗殷所以興，作〈商頌〉。」（本魯詩說）對古文家之說頗有非難，魏源《詩古微》舉證十三，皮錫瑞《經學通論》繼補七證，力證《毛序》之非，認為〈商頌〉是宋大夫正考父美宋襄公，或宋襄公美其父桓公之詩。王國維〈說商頌〉綜合《左傳》、《國語》、《史記》等材料，指出除非正考父能活到一百五六十歲，否則不及事宋襄公，斷定〈商頌〉創作時間在西周中期，並且非正考父所作。程俊英《詩經注析》：「商頌共五篇。前三篇〈那〉、〈列祖〉、〈玄鳥〉為祭祀樂歌，不分章，產生的時間較早。後二篇〈長發〉、〈殷武〉是歌頌宋襄公伐楚的勝利，皆分章，產生的時間較晚。敘事具體，韻律和諧，比周頌進步多了。據魏源、皮錫瑞、王先謙、王國維等精審的考證，認為〈商頌〉即〈宋頌〉，是春秋時代的作品，產生於宋首都河南商丘地帶。」至今現代學者對此問題，依舊意見不一，不過以主張宋詩為多。

這五首詩為頌揚商族祖先的祭祀歌辭，包含內容如下：

1. 商族的來源；
2. 商族祖先，如契、相土、成湯及湯臣伊尹、高宗武丁；
3. 伊尹與商湯并祭制度；
4. 商族與夏族（禹、韋、顧、昆吾、桀）的關係；
5. 商族與氐、羌、荊楚等部族的關係。

〈商頌〉提供研究商族歷史、文化的重要資料。

那

猗與那與❶！置我鞉鼓❷。奏鼓簡簡❸，衎我烈祖❹。湯孫奏假❺，綏我思成❻。鞉鼓淵淵❼，嘒嘒管聲❽。既和且平，依我磬聲❾。於赫湯孫❿，穆穆厥聲⓫。庸鼓有斁⓬，萬舞有奕⓭。我有嘉客⓮，亦不夷懌⓯。自古在昔，先民有作⓰。溫恭朝夕⓱，執事有恪⓲。顧予烝嘗⓳，湯孫之將⓴。

❶那，音ㄋㄨㄛˊ。與，語助詞，《經傳釋詞》：「與，猶兮也。」馬瑞辰《毛詩傳箋通釋》說：猗那，即猗儺，美盛之貌。

❷置，植，樹立。鞉鼓，一種有柄可搖小鼓，見〈周頌·有瞽〉注。

❸簡簡，形容聲音之大。

❹衎，音ㄎㄢˋ，毛《傳》：「樂也。」烈祖，有功業之祖先，指成湯。

❺湯孫，湯之後代子孫，即主祀者，可能是宋襄公。奏，進。假，音ㄍㄜˊ，同格，神至。奏假，神靈到來，或祈禱神之降臨。

❻綏，安，一說為賜予。思，語助詞。成，馬瑞辰《毛詩傳箋通釋》：「《祭統》：『福者，備也。』成為備，即為福。『綏我思成』為報福之詞。」

❼淵淵，狀聲詞。

❽嘒嘒，吹管聲清亮。

❾依，毛《傳》：「倚也。」指各種樂器相互伴奏和鳴。

❿於，音ㄨ，感嘆詞。赫，顯赫。

⓫穆穆，聲樂優美。厥，其。

⓬庸，毛《傳》：「大鐘曰庸。」斁，通繹，《論語·八佾》：「始作翕如也，從之純如也，皦如也，繹如也。」繹如即音樂有條不紊。牟庭《詩切》：「《周禮·春官》鄭司農注曰：『庸器，有功者鑄器銘其功。』鄭注曰：『庸器，伐國所獲之器。』據以知銘功之鼓謂之庸鼓，銘功之鐘謂之庸鐘。」

⓭萬舞，舞之總名，見〈邶風·簡兮〉注。有奕，奕然，盛

大貌。

⑭嘉客，指祝祭者。魏源《詩古微》：「宋時『嘉客』謂附庸小國。……宋之同姓有殷、時、來、宋、空同、黎、比髦、目夷、蕭。皆當助祭於宋者也。」

⑮亦，語助詞。不，同丕。夷、懌，喜悅。

⑯有作。有所作為，意即立有規定。指下文溫恭朝夕而言。

⑰溫，和。恭，恭謹。朝夕，朝夕朝見。此語所以告助祭之人也：參馬瑞辰之說。

⑱有恪，恪然，恭敬謹慎。

⑲顧，神之來顧。烝，冬祭。嘗，秋祭。

⑳將，進獻。以上二句謂：神來顧我之烝嘗，而此烝嘗乃湯孫所進奉也。

詩旨

1.《詩序》：「〈那〉，祀成湯也。微子至于戴公，其間禮樂廢壞。有正考甫者得〈商頌〉十二篇於周之大師，以〈那〉為首。」《序》說係本《國語．魯語》閔馬父之言：「昔正考父校商之名頌十二篇於周大師，以〈那〉為首。」王先謙《詩三家義集疏》引《韓詩內傳》：「湯為天子十三年，百歲而崩，葬於徵，今扶風徵陌是也。」

2.朱謀瑋《詩故》：「湯之功德偉矣！宜在可述。此詩獨舉鞉鼓管磬庸鼓之聲與萬舞之奕以及執事有恪者何哉！商人尚聲，聲之盛，是德之盛也。湯之功德，自有大濩之樂。此所謂聲，蓋即大濩之聲耳。」

3.撰者按：此詩為祀成湯之詩，但古文家主張是商詩，今文家則主張為宋詩。魏源《詩古微》證商頌為宋襄公時正考父祭商先祖，而頌君德之詩，頗為有據。王國維證以殷墟卜辭中祭禮典制文物，商頌中一無可尋，而人名地名與殷時不類，與周時反相近；所用成語，不類周初，而類宗周中葉以後。

作法

撰者按：周公於商亡後，將商舊都周圍之地封予紂王庶兄微子啟，建立宋國，即商之後裔。此詩為其祭祀先祖成湯之樂歌，全詩一章二十二句，詩分三層，一層六句，寫奏鼓樂祖，祈求賜福。二層十句極陳樂舞之盛美。三層四句，頌揚先祖有所作為，我人應法先祖，黽勉恭敬。末二句為祭祀結束祝詞。

烈祖

嗟嗟烈祖❶！有秩斯祜❷。申錫無疆❸，及爾斯所❹。既載清酤❺，賚我思成❻。亦有和羹❼，既戒既平❽。鬷假無言❾，時靡有爭❿。綏我眉壽⓫，黃耇無疆⓬。約軝錯衡⓭，八鸞鶬鶬⓮。以假以享⓯，我受命溥將⓰。自天降康⓱，豐年穰穰⓲。來假來饗⓳，降福無疆。顧予烝嘗⓴，湯孫之將㉑。

❶嗟嗟，嘆美詞。烈祖，有功業之祖先。

❷秩，《經義述聞》：「大貌。」有秩，秩然。斯，《經傳釋詞》：「猶其也。」祜，福。

❸申，重。錫，賜。無疆，無盡。

❹爾，指主祭之君。斯所，此處，指主祭之君。以上二句謂：成湯賜福無窮無盡，都落在時王你的身上。

❺載，設。酤，清酒。

❻賚，音ㄌㄞˋ，毛《傳》：「賜也。」思，語助詞。成，福。

❼和羹，調和五味之羹，即鉶羹。

❽戒，備。平，和。以上二句謂：鉶羹既齊備又適中。

❾鬷，音ㄗㄨㄥ。假，音ㄍㄜˊ。鬷假，即奏假，神靈降臨。馬瑞辰《毛詩傳箋通釋》謂即前文所云奏假，鬷、奏一聲之轉，可以通用。無言，據聞一多《周易義證類纂》即無愆。《周易》中「有言」多可解為有愆，無愆即無過錯。

❿時，是。靡，無。爭，失和爭訟之事。以上二語謂：神降臨檢視無過錯，使國中平安無戰爭也。

⓫綏，贈予。眉壽，長壽。

⓬黃，黃髮，老人之頭髮先白後黃。耇，音ㄍㄡˇ，老人臉上之灰瘢。黃耇，指長壽。

⓭約軝，以朱紅色之皮革纏包車軸兩頭。錯衡，在車前衡木上雕錯花紋。見〈小雅·采芑〉注。

⓮鸞，鸞鈴。鶬鶬，鈴聲。

⓯假，音ㄍㄜˊ，神至。享，獻。以假以享，祭祀以祈禱神之降臨。

⓰溥將，《經義述聞》：「溥，大。將，長。」

⓱康，安樂。

⓲穰穰，收穫眾多貌，見〈周頌．執競〉注。
⓳饗，享用祭品。
⓴顧，神之來顧。烝，冬祭。嘗，秋祭。
㉑將，奉獻，進獻。

1.《詩序》：「〈烈祖〉，祀中宗也。」鄭《箋》：「中宗，殷王大戊，湯之玄孫也。有桑穀之異，懼而修德，殷道復興，故表顯之，號為中宗。」朱熹、姚際恆駁《序》非。
2.朱熹《詩序辨說》：「詳此詩，未見其為祀中宗，而末言湯孫，則亦祭成湯之詩耳。」《詩集傳》：「此亦成湯之樂。」
3.姚際恆《詩經通論》引輔廣云：「〈那〉與〈烈祖〉皆祀成湯之樂，然〈那〉詩則專言樂聲，至〈烈祖〉則及於酒饌焉。」
4.朱守亮《詩經評釋》：「細審詩篇中有清酤、和羹之詞，詩末又有『顧予烝嘗，湯孫之將』之語，結語與〈那〉相同，此亦當係祭祀成湯之詩也。惟一祭兩詩，其分別在〈那〉則專言聲，始作樂時歌之，烈祖則兼言酒與饌，既祭五獻薦熟時歌之也。」

1.王質《詩總聞》：「前詩聲也，所言皆音樂。此詩臭也，所言皆飲食也。商尚聲亦尚臭，二詩當是各一節。〈那〉奏聲之詩，此薦臭之詩也。商尚聲，故以樂居先。」
2.牛運震《詩志》：「格意幽清，間有和大之筆，亦不失為簡質。古之稱商道者尚質，曰信鬼，曰駿厲嚴肅。讀其詩，可想見其餘韻。」
3.龍起濤《毛詩補正》：「烈祖起，湯孫結，首尾照應與〈那〉篇同。第一言聲樂，一言飲食。言聲樂則舉鞉鼓磬管，言飲食則舉清酒和羹。聲樂則曰：『既和且平』，飲食則曰：『既戒既平』。而一則曰『綏我思成』，一則曰『賚我思成』。一則及於嘉客，一則及於嘉客之車馬。而其為奏假則同也，其不同者：前篇為灌獻，故曰『執事有恪』；此篇為祝釐，故曰：『降福無疆』。明是一人手筆，故結構相同，不但首尾照應如一也。」

玄鳥

天命玄鳥❶，降而生商。宅殷土芒芒❷。古帝命武湯❸，正域彼四方❹。方命厥后❺，奄有九有❻。商之先后❼，受命不殆❽，在武丁孫子❾，武丁孫子，武王靡不勝❿。龍旂十乘⓫，大糦是承⓬。邦畿千里⓭，維民所止⓮，肇域彼四海⓯。四海來假⓰，來假祁祁⓱。景員維河⓲，殷受命咸宜，百祿是何⓳。

❶玄鳥，燕子。古又稱鳦。鄭《箋》：「天使鳦下而生商者，謂鳦遺卵，娀氏之女簡狄吞之而生契，為堯司徒，有功封商，堯知其後將興，又賜其姓焉。」

❷宅，居。殷土，殷商之土地。芒芒，即茫茫，毛《傳》：「大貌。」

❸古，昔。帝，上帝。武湯，有武德之湯。

❹正域，馬瑞辰《毛詩傳箋通釋》：「正、域二字平列，皆正其封疆之謂。」

❺方，馬瑞辰《毛詩傳箋通釋》：「方、旁古通。……旁之言溥也，遍也。」厥，其。后，君，指諸侯。

❻奄有，盡有，擁有。九有，九域，九州。

❼先后，先君，先王。

❽殆，通怠，鬆懈。

❾在武丁孫子，即在孫子武丁，倒文以協韻也。指武丁受命不怠，武丁為商湯第十代孫，號高宗，為商朝中興之主。

❿武王，商湯。武王靡不勝，意即凡武王所為，武丁無不能為。

⓫龍旂，畫有交龍之旗子。乘，四馬。

⓬糦，音ㄔˋ，饎之或體，酒食。大糦，祭祀所用之豐盛酒食。承，進奉。

⓭邦畿，王畿，近京師之地，直轄於王者也。

⓮止，居住。

⓯肇，開始。域，開拓國土。肇域彼四海，言開拓疆域至於四海。

⓰四海，指四海之君。假，音ㄍㄜˊ，至，神之降臨。屈萬里《詩經詮釋》：「假（格），本謂神之降臨，施之於凡

人，乃後起之用法，疑作〈商頌〉時，尚無此義。此蓋謂四海之君來助祭也（祈神降臨——即祭——亦謂之假）。」

⑰祁祁，鄭《箋》：「眾多也。」

⑱景，大。員，通隕，幅隕，疆域。河，黃河。景員維河，言商之疆域廣闊，三面皆臨黃河。

⑲何，通荷，承受。百祿是何，言承受百祿。

詩旨

1.《詩序》：「〈玄鳥〉，祀高宗也。」鄭《箋》：「高宗，殷王武丁，中宗玄孫之孫也。有雊雉之異，又懼而修德，殷道復興，故亦表顯之，號為高宗云。」鄭玄之說係本《史記．殷本紀》：「帝武丁祀成湯，有飛雉登鼎鳴，武丁懼。」三家《詩》異於《序》說，以為宋公祀中宗之樂歌。朱熹亦不信《序》說。

2.朱熹《詩集傳》：「此亦祭祀宗廟之樂，而追述商人之所由生，以及其有天下之初也。」

3.沈守正《詩經說通》：「小序云祀高宗也。詩詞最顯白易見。朱子以為宗廟祭祀之詩，則契湯武丁並重，而詩詞無起伏矣！惟祀武丁，故本之契，以見商之所由生，本之湯，以見商之所由造，而總承之曰『商之先后，受命不殆』；以歸重武丁曰『在武丁孫子』，若曰不在武丁，命亦幾乎殆矣！因曰此武丁孫子也。固儼然一武王也，有何不勝乎！」

作法

1.李樗《毛詩李黃集解》：「玄鳥之詩歷言殷之先祖，其實為高宗設也。高宗，中興之主也。商之先祖能正四方，故奄有天下。其政中微，則諸侯必有不服者。高宗既興之後，能肇域彼四海，是以四海之諸侯，莫敢不服。此詩卒二章大抵言奄有天下之由，而發揚高宗能紹祖宗之舊，服諸侯之心也。……祀高宗而指武丁者，蓋以諱事神者，周人之制也。自周以前，則未嘗諱之也。」

2.方玉潤《詩經原始》：「詩骨奇秀，神氣渾穆，而意復雋永，實為三頌壓卷。」

3.撰者按：全詩四五言間出錯用，用韻響亮，詩風莊嚴肅穆，用詞如「宅殷土芒芒」、「正域彼四方」、「奄有九有」、「武王靡不勝」、「邦畿千里」、「肇域彼四海」、「四海來假」、「百祿是何」等都呈顯殷商朝王國之強盛與信心。全詩分兩大部分，前七句為第一部分，追述商王朝開創歷史，受命於天。以下為第二部分，全力歌頌武丁之功績。

長發

濬哲維商❶，長發其祥❷。洪水芒芒❸，禹敷下土方❹。外大國是疆❺，幅隕既長❻。有娀方將❼，帝立子生商❽。

玄王桓撥❾，受小國是達❿，受大國是達。率履不越⓫，遂視既發⓬。相土烈烈⓭，海外有截⓮。

帝命不違，至于湯齊⓯。湯降不遲⓰，聖敬日躋⓱。昭假遲遲⓲，上帝是祗⓳。帝命式于九圍⓴。

受小球大球㉑，爲下國綴旒㉒，何天之休㉓。不競不絿㉔，不剛不柔，敷政優優㉕，百祿是遒㉖。

受小共大共㉗，爲下國駿厖㉘，何天之龍㉙。敷奏其勇㉚，不震不動㉛。不戁不竦㉜，百祿是總㉝。

武王載旆㉞，有虔秉鉞㉟。如火烈烈，則莫我敢曷㊱。苞有三蘖㊲，莫遂莫達㊳，九有有截㊴。韋顧既伐㊵，昆吾夏桀。

昔在中葉㊶，有震且業㊷。允也天子㊸，降予卿士㊹。實維阿衡㊺，實左右商王㊻。

❶濬，通睿。濬哲，睿智明哲。商，指商之君王。

❷長，久。祥，祥瑞、吉利。長發其祥，發祥已久。

❸芒芒，即茫茫，廣大貌。

❹敷，鋪，平。下土方，下國。禹敷下土方，自禹治水後，商即有國。

❺外，王畿之外。外大國，王畿外之諸侯。疆，疆界。外大國是疆，諸大國皆在疆域之中。

❻幅隕，疆域。長，長大。

❼有娀，國名，其地在今山西運城一帶。有娀，指簡狄，契之母親簡狄為有娀氏之女。將，猶「百兩將之」之將，謂迎娶也。

❽帝立子生商，上帝命燕遺卵，使簡狄吞而生契，是為商之始祖。

❾玄王，指契。馬瑞辰《毛詩傳箋通釋》：「桓撥二字並列，皆剛勇之貌。」

❿受，承受，領受。達，通達。以上二語言：無論承受小國或大國，其政無不通達。

⓫率，遵循。履，毛《傳》：「禮也。」越，踰越。

⓬遂，鄭《箋》：「猶偏也；發，行也。」以上四語，鄭《箋》：「玄王廣大其政治，始堯封之商為小國，舜之末年，乃益其土地為大國，皆能達其教令，使其民循禮，不得踰越，乃偏省視之教令，則盡行也。」

⓭相土，契之孫。烈烈，威盛貌。

⓮截，整齊貌。海外有截，言四海之外率服，截然整齊，無不服者。

⓯違，背而去之也。不違，言帝命常在於商。俞樾《毛詩平議》：「齊，讀為濟，成也。」言至湯而成功也。

⓰降，降至、以下，湯降即自湯以下。不遲，適逢時會。

⓱躋，升。聖敬日躋，湯聖明敬謹之德日有升進也。

⓲昭假，祈禱神之降臨。朱熹《詩集傳》：「遲遲，久也。」「昭假於天，久而不息。」

⓳祗，敬。以上三語：言其祈神之誠，久而不懈，唯上帝是敬。

⓴式，法。圍，馬瑞辰《毛詩傳箋通釋》：「圍、域、有皆一聲之轉，聲同則義同。」九圍，毛《傳》：「九州也。」

㉑受，受之於天。球，《經義述聞》：「球、共，皆法也。球，讀為梂；共，讀為拱。《廣雅》曰：『拱、梂，法也。』」

㉒下國，王畿外諸侯國。綴旒，表章、表率。為下國綴旒，言為下國之表率也。

㉓何，負荷，承受。休，通庥，庇護、保佑。

㉔競，爭。絿，音ㄑㄧㄡˊ，毛《傳》：「急也。」即操之過急。

㉕敷，布。優優，毛《傳》：「和也。」

㉖遒，毛《傳》：「聚也。」

㉗共，法則。

㉘駿，大。厖，《荀子‧榮辱》、《大戴禮‧將軍文子》引作蒙，覆被。駿厖，覆被之廣，庇護。句謂下國皆受其庇護也。《魯詩》作「駿蒙」、《齊詩》作「恂蒙」。

㉙何，負荷，承受。龍，鄭《箋》：「當作寵。寵，榮名之謂。」

㉚敷，布。奏，告，義猶陳也。言布陳其勇武也。

㉛震，動，驚動。不震不動，陳奐《詩毛氏傳疏》：「言不震作、動搖也。」

㉜戁，音ㄋㄢˇ，毛《傳》：「恐。」竦，毛《傳》：「懼。」

以上二語言國境平安。

㉝總，聚合。

㉞武王，即商湯。載，設。旆，旗。

㉟虔，敬。有虔，虔然。秉，持。鉞，一種兵器，形制似斧而較大。

㊱曷，同遏，阻止。

㊲苞，根，用以比喻夏朝。櫱，樹木斬伐後復生之芽。三櫱，喻韋、顧、昆吾三國。

㊳遂、達，皆順利生長。

㊴九有有截，九州截然整齊皆歸附，無有不服。

㊵韋、顧、昆吾，皆夏桀之與國。韋，在今河南滑縣；顧，在今山東范縣；昆吾，在今河北濮陽縣。既伐二字，貫上下文，言韋、顧、昆吾、夏桀，皆已伐也。

㊶中葉，中世，指湯未興之時。

㊷震，驚動。業，危殆。言國勢曾不安也。

㊸允，信。允也天子，意謂名符其實之天子，指商湯。

㊹降予，上天賜予。

㊺阿衡，毛《傳》：「伊尹也。」伊尹名摯，商湯時著名大臣。

㊻左右，助也，謂輔相之也。

詩旨

1.《詩序》：「〈長發〉，大禘也。」禘者，禘其祖之所自出，以其祖配之。《楚辭‧天問》：「初湯臣摯（伊尹），後茲永輔，何卒官湯而尊食宗緒？」記錄伊尹配祀湯廟傳說。王先謙《詩三家義疏》：「此或亦祀成湯之詩。詩本亦主祀湯，而以伊尹從祀。其歷述先世，著湯業所由開，非皆祀之。否則宋為諸侯，禮不得禘帝嚳，又安得及有娀乎？」

2.朱熹《詩集傳》：「此宜為祫祭之詩。」（撰者按：祫者，大合先祖親疏遠近也。）

3.屈萬里《詩經詮釋》：「此蓋亦祀成湯之詩。」

1.徐常吉《毛詩翼說》：「此祫祭群廟，故上六章歷推群后受命之事，而未及伊尹佐命之功也。一章言商世德之盛而受命之久也。二章言商之受命始於契而大於相土。三章言大命會於湯而湯能以德受命。四、五章詳言湯敬德受命之實。六章言湯奉天伐暴以有天下。末節則言湯中興而得賢佐也。」

2.撰者按：全詩分七章。首章寫商族之起源。次章寫契和相土之功業，意在炫耀湯之祖德。三章寫湯之出生和品德。四、五章寫湯征伐周圍各族，因而接受商族之領導保護。六章寫商征伐夏族的過程，先征討夏桀的三個同盟——韋、顧、昆吾，然後伐桀。末章頌揚湯而兼及其輔佐伊尹。牛運震《詩志》評云：「遒勁精嚴，敘事處儉切不浮。」

殷武

撻彼殷武[1]，奮伐荊楚[2]。罙入其阻[3]，裒荊之旅[4]。有截其所[5]，湯孫之緒[6]。

維女荊楚[7]，居國南鄉[8]。昔有成湯，自彼氐羌[9]，莫敢不來享[10]，莫敢不來王[11]。曰商是常[12]。

天命多辟[13]，設都于禹之績[14]。歲事來辟[15]，勿予禍適[16]。稼穡匪解[17]。

天命降監[18]，下民有嚴[19]。不僭不濫[20]，不敢怠遑[21]。命于下國，封建厥福[22]。

商邑翼翼[23]，四方之極[24]。赫赫厥聲[25]，濯濯厥靈[26]。壽考且寧[27]，以保我後生[28]。

陟彼景山[29]，松柏丸丸[30]。是斷是遷[31]，方斲是虔[32]。松桷有梴[33]，旅楹有閑[34]，寢成孔安[35]。

注釋

❶撻，馬瑞辰《毛詩傳箋通釋》：「蓋勇武之貌。」殷武，屈萬里《詩經詮釋》：「殷之武力也。宋在春秋時，猶有殷商之稱。」

❷奮，奮起。奮伐，奮力討伐。奮伐荊楚，主張〈商頌〉為商詩或宋詩學者，各持不同之見；持商詩說之楊合鳴在《詩經新選》說：荊楚並非周代之楚國，而應為殷代荊州之楚國，據說在今貴州省境內。高宗前世，殷道中衰，故荊楚伺機背叛。高宗即位後，這位勇武的殷王，便奮揚其威武討伐荊楚。持宋詩說之屈萬里在《詩經詮釋》說：「春秋於僖西元年始稱荊曰楚，可知楚之稱號，其起甚晚。即此可證知此非商代之詩或西周時之詩也。世人或謂此所言伐楚，指宋襄公隨齊桓公侵蔡伐楚事【襄西元年與齊桓公會楚丘】。按：其事在魯僖公四年，隨齊伐楚者乃宋桓公。非襄公也。唯魯僖公十五年，宋襄公欲為盟主，曾會諸侯盟于牡丘，謀伐楚救徐。二十二年【宋襄公十三年，周襄王十四年西元前六三八年】與楚人戰於泓，宋師敗績【宋襄公為楚所執】。頌詩自多溢美之辭，此言伐楚，蓋指牡丘之會及泓之戰而言；或竟並桓公隨齊伐楚之事言之也。」不過屈氏後又修正：「猒毀（郭氏以為昭王時器）：『猒馭從王南征伐楚荊……』知楚之名，西周時已有。」

❸罙，音ㄇㄧˊ，古深字。阻，險阻之地。

❹裒，音ㄆㄡˊ，通捊，取也：《經義述聞》、馬瑞辰並有說。旅，眾，指兵士。

❺截，整齊。有截，截然。言宋之疆域截然整齊未被侵削。

❻湯孫，商湯之後裔，指宋襄公。緒，功業。

❼維，發語詞。女，同汝，你。

❽鄉，向也。南向，南方也。楚在宋之南。

❾氐、羌，西方夷狄之國。

❿享，獻貢。

⓫來王，來朝見商王。遠方諸侯，一世一見天子曰王。鄭《箋》：「世見曰來王。」

⓬曰，語詞。常、尚通用，輔助也。言維商是輔也：俞樾《毛詩平議》說。

⓭辟，君。多辟，諸侯。

⓮都，城。設都，建設都城，即立國。績，通蹟，跡。設都于禹之蹟，立國於禹所治之地。禹之跡，指周都鎬京，〈大雅．文王有聲〉「豐水東注，維禹之蹟」可證。

⓯歲事，歲時朝見之事。來辟，來朝。

⓰禍，《經義述聞》：「讀為過。適，《廣雅》曰：『過責也。』謫與適通。勿予過謫，言不施譴責也。」

⓱解，通懈。言諸侯能勤於農事。

⑱ 降監，下察人民。

⑲ 下民，人民。嚴，毛《傳》：「敬也。」一說通儼，敬謹之意。王國維〈與友人論詩書中成語書〉：「有嚴一語，古人多以之斥神祇祖考。……是天命降監，下民有嚴者，意謂天命有嚴，降監下民。句或倒者，以就韻耳。」

⑳ 不僭不濫，毛《傳》：「賞不僭，刑不濫也。」即賞人既不過度，又不濫施刑罰。《左傳．襄公二十六年》：「蔡聲子謂楚子木曰：『善為國者，賞不僭而刑不濫。』」

㉑ 遑，暇。怠遑，懈怠偷懶。

㉒ 封建，只西周分封諸侯。厥，其。福，于省吾《詩經新證》：「福、富、服古通。……『封建厥福』，即封建厥服。」以上二語意謂上天命於下國，封建宋君，使其有國也。

㉓ 商邑，宋都商丘。朱熹《詩集傳》：「翼翼，整敕貌。」

㉔ 極，中，準則。

㉕ 赫赫，顯盛貌。厥，其。宋君襄公之聲威顯盛。

㉖ 濯濯，光明貌。靈，通令，指宋君之命令。

㉗ 壽考，長壽。寧，安。

㉘ 保，保佑。後生，後代子孫，指宋襄公。

㉙ 陟，登。景山，朱熹《詩集傳》：「景山，山名，商所都也。」王國維〈說商頌〉以為景山在商丘附近。

㉚ 丸丸，毛《傳》：「易直也。」即挺拔順直。

㉛ 斷，截斷。遷，遷移。

㉜ 方，是。斲，砍。虔，伐刈。

㉝ 桷，音ㄐㄩㄝˊ，方形之屋椽。梴，音ㄔㄢ，毛《傳》：「長貌。」

㉞ 旅，朱熹《詩集傳》：「眾也。」楹，堂室前之立柱。閑，高大貌。有閑，閑然。

㉟ 寢，寢宮，一說寢廟。孔安，甚安。

1. 《詩序》：「〈殷武〉，祀高宗也。」孔《疏》：「高宗前世，殷道中衰，宮室不修，荊楚背叛。高宗有德，中興殷道，伐荊楚，修宮室，既崩之後，子孫美之，追述其功，而歌此詩也。」王先謙《詩三家義集疏》：「《韓說曰》：宋襄公去奢即儉。」（見於《史記》司馬貞索引，《文選》張衡〈東京賦〉李善注引《韓詩》。）

2. 朱熹《詩集傳》：「蓋自盤庚而殷道衰，其人叛之，高宗撻然用武以伐其國，入其險阻，以致其眾，盡其平地，使截然齊一，皆高宗之功也。易曰：『高宗伐鬼方，三年克之。』蓋謂此歟？」

3. 魏源《詩古微》：「《春秋．僖公四年》：公會齊侯、宋公伐楚。此詩與〈魯頌〉『荊舒是懲』，皆侈召陵攘楚之伐，同時同事同詞，故宋襄作頌以美其父。」

4.屈萬里《詩經詮釋》：「此美宋襄公之詩。」

5.王靜芝《詩經通釋》：「此宋襄公成新廟，以伐楚告於廟。」

作法

1.顧廣譽《學詩詳說》：「『商邑翼翼，四方之極』，建首善自京師始，國治而天下平也。赫赫厥聲，濯濯厥靈，何以然？其道在『不僭不濫，不敢怠遑』，賢王事業，總從小心敬畏來；若專恃兵威，而已盛之極衰之始矣！」

2.撰者按：古文家以為是祭祀高宗武丁之詩；今文家則以為是春秋時宋襄公伐楚時讚美其父宋桓公之樂歌。此詩首章宣揚伐楚之武功。次章為對楚人之告誡。三、四章寫天子分封諸侯和臣民在其治理下的秩序。五章誇國都的繁榮昌盛。六章以建宗廟祭祀作結。

國家圖書館出版品預行編目資料

詩經詳析／呂珍玉著. ——二版. ——臺北市：五南, 2015.08

面； 公分

ISBN 978-957-11-8216-2（平裝）

1.詩經 2.研究考訂

831.18 104012590

1X2K

詩經詳析

作　　者— 呂珍玉

發 行 人— 楊榮川

總 編 輯— 王翠華

主　　編— 黃惠娟

責任編輯— 蔡佳伶　李鳳珠

封面設計— 童安安

出 版 者— 五南圖書出版股份有限公司

地　　址：106台北市大安區和平東路二段339號4樓

電　　話：(02)2705-5066　　傳　　真：(02)2706-6100

網　　址：http://www.wunan.com.tw

電子郵件：wunan@wunan.com.tw

劃撥帳號：01068953

戶　　名：五南圖書出版股份有限公司

法律顧問　林勝安律師事務所　林勝安律師

出版日期　2010年11月初版一刷

　　　　　2015年 8 月二版一刷

定　　價　新臺幣550元

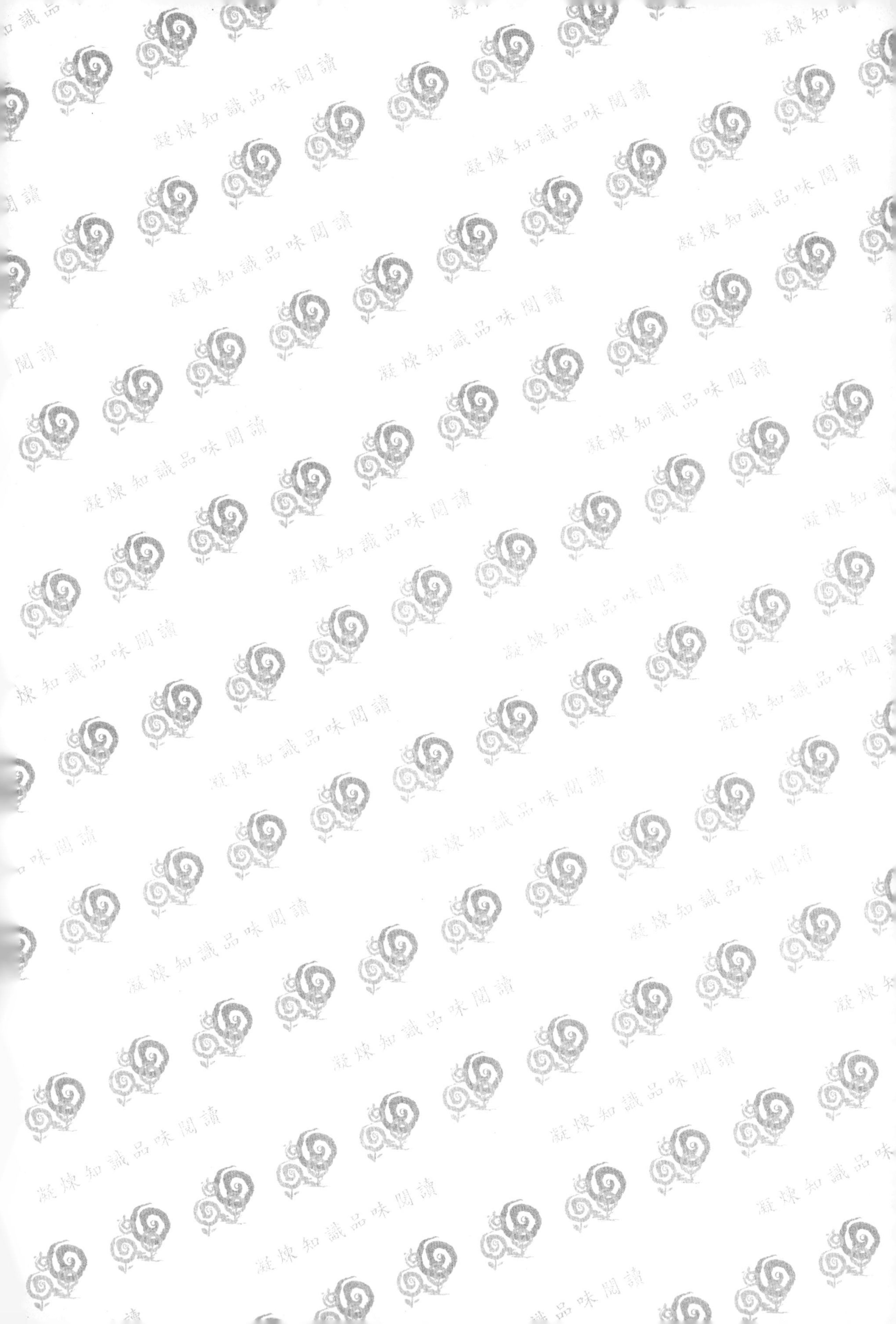
凝煉知識品味閱讀